Bäckström
Épisode 1 : Linda

Du même auteur
chez le même éditeur

La Fête du cochon

Les Profiteurs

Les Piliers de la société

Entre le désir de l'été et le froid de l'hiver

Autre temps, autre vie

Comme dans un rêve

Bäckström. Épisode 2 : *Celui qui terrasse le dragon*

Leif GW Persson

Bäckström
Épisode 1 : Linda

Un roman sur un crime

Traduit du suédois
par Catherine Renaud

Collection dirigée
par François Guérif

Rivages/noir

Retrouvez l'ensemble des parutions
des Éditions Payot & Rivages sur

payot-rivages.fr

Titre original : *Linda – som i Lindamordet*
Publié avec l'accord de Salomonsson Agency

Dan

Pour Maj Sjöwall et Per Wahlöö –
Les plus talentueux de nous tous (ou presque).

1

Växjö, matin du 4 juillet

Ce ne fut pas sa mère qui découvrit Linda, mais la voisine. Tout bien considéré, c'était de loin préférable. Et elle fit gagner un temps précieux à la police, car la mère, qui vivait dans l'appartement avec sa fille, n'avait pas prévu de rentrer de la campagne avant le dimanche soir. Du point de vue de la police, plus tôt l'enquête démarrait, mieux ça valait, surtout s'il s'agissait d'un meurtre.

L'alerte fut donnée dès 8 h 05 à la police de Växjö, et une voiture de patrouille qui se trouvait déjà dans le quartier prit l'appel. À peine trois minutes plus tard, les patrouilleurs firent leur premier rapport. Ils étaient sur les lieux, la femme qui avait appelé était assise en sécurité sur le siège arrière de leur voiture et eux-mêmes se préparaient à entrer dans l'immeuble pour constater de visu la situation. Ils auraient dû se trouver au poste à cette heure-là, sous la douche ou à attendre en salle de repos la relève de l'équipe de jour.

L'officier de garde en personne avait reçu l'appel. Ses deux jeunes collègues sur place avaient déjà réussi à se forger une certaine réputation à la brigade.

Malheureusement pas entièrement positive. Aussi, comme il avait lui-même le double de leur âge, trente ans d'expérience dans le métier et qu'il estimait passer beaucoup trop de temps dans la merde d'élan jusqu'au cou, son premier réflexe avait été d'envoyer du renfort. Mais la patrouille l'avait rappelé au bout de huit minutes seulement, et sur son téléphone portable pour qu'aucune oreille extérieure ne puisse entendre ce qu'ils avaient à dire. Il était à présent 8 h 15.

En dépit de leur âge, de leur degré d'expérience et de leur réputation, ils procédèrent exactement dans les règles, ce qui était en soi remarquable. Ils firent tout ce qu'on attendait d'eux et même, pour l'un d'entre eux, davantage. Du coup, ce dernier s'octroya une petite étoile dorée pour ses états de service, chose qui ne se faisait pas encore dans la police de Växjö.

Dans la chambre à coucher de l'appartement se trouvait une femme morte, manifestement assassinée depuis à peine quelques heures – comment pouvaient-ils bien le savoir, d'ailleurs ? En revanche, il n'y avait aucune trace du meurtrier, même si la fenêtre de la chambre à coucher, demeurée ouverte à l'arrière de l'immeuble, donnait au moins une indication sur la façon dont il avait quitté la scène de crime.

Pour compliquer les choses, le jeune collègue auquel l'officier de garde avait parlé était convaincu de connaître la victime, et si c'était bien elle, cela signifiait que l'officier de garde l'aurait en personne à de nombreuses reprises cet été-là, la dernière fois la veille.

– Mauvais, très mauvais, marmonna-t-il en sortant sa petite liste des choses à faire en situation professionnelle de crise. Une demi-page A4 plastifiée comportant une dizaine de points sous le titre évocateur de : « Si tout part en couilles au boulot ». Pendant son service, il la gardait habituellement à l'abri de son sous-main, où elle était restée pendant près de quatre ans.

– OK les gars, dit l'officier de garde. Alors, voilà ce qu'on va faire…

Il fit tout ce qu'on pouvait légitimement attendre de lui. Mais rien de plus, parce qu'à son âge on ne se risquait pas aux entreprises hasardeuses.

Dans la voiture de patrouille arrivée la première sur les lieux du crime se trouvaient deux jeunes policiers de la sécurité publique de Växjö. L'inspecteur par intérim Gustaf von Essen, trente ans, surnommé le Comte même s'il prenait toujours soin de souligner qu'il n'était qu'un « simple baron ordinaire ». Et son collègue de quatre ans plus jeune, l'adjoint Patrick Adolfsson, surnommé Adolf pour une raison qui ne s'expliquait malheureusement pas que par son patronyme.

Lorsqu'ils répondirent à l'appel, ils rentraient au commissariat, et n'étaient qu'à quelques kilomètres de la scène de crime. La circulation dans le secteur étant quasiment inexistante en cette heure matinale, Adolf fit demi-tour, appuya sur l'accélérateur et prit le chemin le plus rapide sans mettre le gyrophare ni la sirène, pendant que le Comte se préparait à scruter tout automobiliste suspect qui roulerait en sens inverse.

À eux deux, ils concentraient presque deux cents kilos de force de l'ordre de race paysanne suédoise de premier choix : que du muscle, avec une agilité dont ne peut que rêver le citoyen appelant au secours, terrorisé par la présence de trois voyous inconnus sous son porche en train de démolir sa porte d'entrée.

Lorsqu'ils se garèrent devant l'immeuble du Pär Lagerkvists väg, où le crime était censé avoir été commis, une femme d'âge moyen bouleversée se précipita sur eux en plein milieu de la rue, en bredouillant et faisant de grands gestes. Adolf, premier sorti, l'attrapa prudemment par le bras, la fit asseoir sur le siège arrière et lui assura que « tout allait bien maintenant ». Le Comte prit position derrière l'immeuble, arme de service dégainée, au cas où le criminel se serait encore trouvé sur place et aurait pensé s'échapper par là, pendant qu'Adolf inspectait rapidement l'entrée du bâtiment et pénétrait dans l'appartement. Ce qui ne s'avéra pas trop difficile, puisque la porte était grande ouverte.

Ce fut à cet instant-là qu'il gagna son étoile dorée, en faisant pour la première fois tout ce qu'on apprend à faire à l'école de police, là-haut à Stockholm : arme de service à la main, il fouilla l'appartement. Sur la pointe des pieds et en longeant les murs, pour ne pas polluer la scène plus que nécessaire en attendant les collègues de la brigade technique, tout en s'assurant que le criminel, s'il se trouvait encore sur place et était assez fou pour tenter quelque chose, n'aurait pas la moindre chance. Mais la victime était seule. Elle était allongée sur le lit de la chambre à coucher, immobile, enveloppée dans un drap taché de sang qui recouvrait sa tête, son buste et la moitié de ses cuisses.

Adolf cria au Comte, par la fenêtre ouverte, d'aller inspecter la cage d'escalier, rengaina son arme et attrapa le petit appareil photo numérique qu'il avait coincé sous son aisselle gauche. Il prit rapidement trois photos du corps immobile, avant de tirer doucement une partie du drap qui recouvrait sa tête afin de voir si elle était encore vivante.

De l'index droit, il chercha son artère carotide, bien que ce ne fût visiblement pas nécessaire étant donné le lien autour de son cou et l'expression de ses yeux. Puis il toucha doucement ses joues et ses tempes, mais contrairement aux femmes vivantes qu'il avait touchées de la même façon, sa peau était ferme et raide.

Oui, elle est bien morte, mais pas depuis très longtemps, pensa-t-il.

Soudain, il la reconnut. Pas comme quelqu'un dont il se souviendrait vaguement ; c'était quelqu'un qu'il connaissait réellement, à qui il avait parlé et sur qui il avait même ensuite fantasmé. Et le plus étrange… – ça, il n'avait pas l'intention de le dire à qui que ce soit –, c'était qu'il ne s'était jamais senti plus proche d'elle qu'en cet instant. Tellement proche et en même temps, il était comme spectateur de la scène, comme s'il se regardait lui-même. Comme s'il ne s'agissait pas vraiment de lui, et encore moins de la jeune femme morte dans ce lit alors que quelques heures plus tôt à peine, elle était encore bien vivante.

2

Le témoin qui avait découvert la victime et appelé la police fut auditionné pour la première fois dès 10 heures par deux inspecteurs de permanence de la police régionale. L'audition fut enregistrée sur cassette et retranscrite le jour même. Une bonne vingtaine de pages imprimées : Margareta Eriksson, cinquante-cinq ans, veuve, sans enfant, habitant au dernier étage du même immeuble que la victime et sa mère.

À la fin du PV, il était noté que, en vertu de l'article 10 du chapitre 23 du code de procédure judiciaire, le témoin était tenu au silence. Par contre, sa réaction, lorsqu'elle avait appris qu'elle encourait « une sanction pénale » si elle divulguait les informations évoquées durant l'audition, n'était pas précisée. Ce qui n'avait rien d'étonnant, car on ne mentionne pas, d'habitude, ce genre de choses dans les PV. De toute façon, elle avait réagi comme la plupart des gens dans cette situation, en assurant qu'elle n'allait pas colporter des ragots.

L'immeuble, composé d'un sous-sol, de quatre étages et d'un grenier, était la propriété d'une association de copropriétaires dont le témoin était aussi la présidente. Deux appartements à chaque étage, sauf au dernier, un double appartement occupé par le témoin. Un total de sept propriétaires, tous d'une cinquantaine d'années ou plus, célibataires ou en couple avec des enfants adultes ayant quitté le foyer. La plupart d'entre eux partis en vacances au moment des faits.

L'appartement du meurtre appartenait à la mère de la victime et, selon le témoin, la victime venait y séjourner de temps à autre. Assez souvent ces derniers temps. La mère, en vacances, était dans sa maison de campagne sur l'île de Sirkön, à une vingtaine de kilomètres au sud de Växjö.

L'appartement, quatre pièces et une cuisine, se situait au rez-de-chaussée du côté de la rue et de l'entrée de l'immeuble. Mais, puisque le bâtiment était semi-enterré, il était au premier étage du côté de la cour, qui se trouvait par ailleurs juste en bordure d'un espace vert entouré de villas et de petits immeubles résidentiels.

Le témoin possédait des chiens qui, selon ses propres déclarations, constituaient depuis longtemps son occupation principale. Ces dernières années, elle en avait eu deux, un labrador et un épagneul, qu'elle sortait quatre fois par jour tous les jours. Dès 7 heures, elle avait pour habitude de leur faire faire une longue promenade matinale d'au moins une heure.

– Je suis du matin et je n'ai jamais eu de mal à me lever tôt. Une fois réveillée, je déteste rester au lit à paresser.

Lorsqu'elle rentrait, elle prenait son petit déjeuner et lisait le journal pendant que les chiens avalaient leur « ration du matin ». À midi, ils repartaient en promenade pour environ une heure et, à son retour, elle déjeunait pendant que ses compagnons à quatre pattes étaient récompensés par « une oreille de cochon séchée ou autre friandise à mâchouiller ».

Vers 17 heures, une dernière promenade, plus courte. D'une demi-heure environ, pour qu'elle puisse avoir tranquillement le temps de dîner et de « donner leur repas du soir à Peppe et Pigge », avant de s'installer devant le journal télévisé. Il ne restait plus pour finir que le « pipi du soir » entre 22 heures et minuit, selon le programme télé.

Une routine fixe, en grande partie dictée par ses chiens. Pour le reste, elle consacrait son temps libre aux courses en ville, à voir des connaissances – « surtout des amies et d'autres propriétaires de chiens » – ou à travailler de chez elle.

Son mari, décédé dix ans plus tôt, avait été comptable indépendant, et elle-même avait travaillé à temps partiel pour lui. Après sa mort, elle avait continué à aider certains de ses anciens clients, mais sa principale source de revenus était la pension de son mari.

– Ragnar était prévoyant pour ce genre de choses, donc je ne suis pas dans le besoin.

L'audition s'étant déroulée chez elle, les inspecteurs constatèrent de leurs propres yeux qu'ils pouvaient la croire sur ce point : tout, ici, confirmait que Ragnar avait bien veillé à ce que son épouse ne manquât de rien après sa mort.

Vers 23 heures la veille, au moment du fameux « pipi du soir », elle avait vu la victime sortir de l'immeuble et prendre la direction du centre à pied.

– Elle avait l'air d'aller à une fête, mais je suppose que la plupart des jeunes de nos jours ont cet air-là à toute heure de la journée.

Elle-même se trouvait environ trente mètres plus haut dans la rue et, même si elles ne s'étaient pas saluées, elle était absolument certaine d'avoir bien vu la victime.

– Je ne crois pas qu'elle m'ait aperçue, elle devait être pressée. Sinon elle m'aurait saluée.

Cinq minutes plus tard, elle était remontée chez elle et après sa routine habituelle, était allée se coucher.

Elle s'était endormie tout de suite et ne se souvenait de rien d'autre.

Cet été incroyable, qui avait commencé dès mai et semblait ne jamais vouloir prendre fin. Jour après jour, sans la moindre brise, le soleil chaud comme une grille de barbecue, le ciel bleu pâle, implacable, sans nuage ni ombre et constamment de nouveaux records de chaleur. Aussi, le matin suivant, était-elle sortie avec ses chiens dès 6 h 30.

Bien plus tôt que d'habitude, donc, mais étant donné « cet été complètement incroyable... et je ne suis pas la seule à le penser... je voulais éviter la forte chaleur ». D'ailleurs, tous les propriétaires de chiens responsables savent qu'ils ne doivent pas faire d'exercice par trop forte chaleur.

Elle avait suivi le parcours habituel. Elle sortait, prenait la rue à gauche, passait devant les propriétés voisines puis le chemin à droite qui descendait vers la grande zone boisée, à quelques centaines de mètres de son immeuble. Une demi-heure plus tard – il faisait alors déjà incroyablement chaud alors qu'il était à peine 7 heures –, elle avait décidé de rentrer. Peppe comme Pigge haletaient, et même leur maîtresse était impatiente de retrouver l'ombre de son appartement et de boire quelque chose de frais.

À peu près au moment où elle s'était décidée à faire demi-tour, le ciel s'était soudain assombri, le vent s'était levé dans les buissons et les arbres, et le tonnerre avait commencé à gronder. Lorsque les premières grosses gouttes s'étaient abattues, elle n'avait plus que quelques centaines de mètres à parcourir avant d'arriver chez elle. Elle s'était mise à courir, même si ce n'était pas nécessaire puisque la première pluie s'était déjà transformée en averse et que, quand elle était arrivée à l'immeuble par le côté cour, elle était déjà trempée. Ce fut à cet instant qu'elle se rendit compte que la fenêtre de la chambre à coucher de ses voisines était ouverte et battait au vent, et que les rideaux de la pièce étaient trempés.

Sitôt entrée dans le hall – « à environ 7 h 30, si je ne me trompe pas » –, elle avait sonné à plusieurs reprises à la porte de ses voisines, mais en vain.

– J'ai pensé qu'elle avait dû ouvrir la fenêtre en rentrant au milieu de la nuit. Même si ça ne change pas grand-chose, parce qu'il fait bien plus chaud dehors que dedans. En tout cas, quand nous sommes sortis pour « le pipi du soir », elle était fermée. Ça, c'est vraiment le genre de choses que je remarque.

Mais comme personne n'était venu lui ouvrir, elle avait pris l'ascenseur pour monter chez elle. Elle avait essuyé ses chiens mouillés et mis des vêtements secs. Et elle était de mauvaise humeur.

– C'est une copropriété, et on ne plaisante pas avec les dégâts des eaux. Sans parler des risques de cambriolage. Il y a certes quelques mètres sous la fenêtre, mais il ne se passe pas un seul jour sans qu'il y ait un article dans le journal sur ces monte-en-l'air qui volent tout ce que les gens possèdent, et même s'ils sont complètement drogués, ce n'est pas difficile pour eux d'emprunter une échelle à l'un de leurs camarades, n'est-ce pas ?

Mais que pouvait-elle faire ? En parler avec la fille la prochaine fois qu'elle la verrait ? Appeler la mère pour moucharder ? Quinze jours plus tôt, il y avait eu une averse torrentielle similaire, qui avait fait du bien aux pelouses et autres plantations, mais qui avait duré à peine dix minutes avant de cesser aussi soudainement qu'elle avait commencé. Le soleil s'était alors remis à briller dans un ciel bleu et sans nuages. Cette fois-ci au contraire, un quart d'heure plus tard, alors qu'elle s'affairait avec les gamelles des chiens et sa propre machine à café, il pleuvait toujours autant. Et soudain, elle s'était décidée.

– Je vous l'ai dit, je suis la présidente de la copropriété, et nous qui habitons ici avons pour habitude de nous entraider, de prendre soin les uns des autres. Surtout à cette époque de l'année, où tellement de gens sont en vacances. J'ai donc une deuxième clé de la plupart des appartements.

Elle avait pris la clé que lui avait confiée la mère de la victime, était redescendue dans l'entrée par l'ascenseur, avait à nouveau sonné à plusieurs reprises, « juste au cas où elle se serait quand même trouvée chez elle », avait ouvert la porte et finalement pénétré dans l'appartement.

– Ça ressemblait à un appartement où il y a un jeune qui vit seul, alors je n'y ai pas vraiment fait attention. Je crois que j'ai appelé, pour savoir s'il y avait quelqu'un, mais personne n'ayant répondu je suis allée… dans la chambre à coucher… oui… et alors, j'ai vu ce qui était arrivé. J'ai aussitôt compris. Je… j'ai fait demi-tour et j'ai couru dans la rue… il était peut-être encore à l'intérieur, alors j'ai eu la peur de ma vie… Heureusement, j'avais mon portable sur moi, alors j'ai appelé… le numéro d'urgence… le cent douze. Et ils m'ont répondu aussitôt, malgré tout ce qu'on lit dans les journaux.

Elle n'avait finalement jamais réussi à refermer la fenêtre, ce qui en soi était moins grave puisqu'il ne pleuvait déjà plus quand la première patrouille était arrivée sur les lieux, et puis les éventuels dégâts des eaux étaient à présent la moindre de ses préoccupations. L'adjoint Adolfsson n'avait bien entendu pas pensé à la refermer non plus. Par contre, il avait noté la présence de traces de sang mêlé d'eau sur le rebord de la fenêtre, mais, comme il ne pleuvait plus, il avait laissé ce détail à ses aînés de la brigade technique.

L'été le plus chaud de mémoire d'homme, une voisine qui faisait la même promenade avec ses chiens tous les matins et qui avait la clé de l'appartement de la victime, une averse soudaine, une fenêtre ouverte. Des coïncidences, le jeu du hasard si l'on veut, mais quoi qu'il en soit, c'était pour cela que la police avait découvert le corps de cette façon et pas autrement. C'était loin d'être le pire des scénarios imaginables.

3

L'officier de garde avait vraiment bien fait son travail. En moins de deux heures, tous ceux qui devaient se trouver sur la scène de crime s'y trouvaient. Malheureusement, il y avait aussi un grand nombre de personnes qui auraient gagné à être ailleurs, mais il n'y pouvait rien. Et le périmètre autour de l'immeuble était bouclé, la rue sur le devant également, dans les deux sens de la circulation.

Les agents de la sécurité publique avaient commencé à fouiller systématiquement les bâtiments voisins et les alentours, pendant qu'une patrouille avec des chiens avait essayé de retrouver la piste que l'agresseur avait dû laisser derrière lui, s'il avait bel et bien sauté par la fenêtre ouverte à l'arrière de l'immeuble. Sans succès cependant, mais il fallait s'y attendre à cause de l'averse.

Les techniciens avaient entrepris d'examiner l'appartement, le médecin légiste avait été contacté et il était en train de rentrer de sa maison de campagne. Les collègues de la police judiciaire régionale avaient déjà mené leur première audition du témoin qui avait découvert le corps, la mère et le père de la victime avaient été tous les deux informés et conduits au commissariat. Ils allaient bientôt pouvoir entamer le porte à porte dans le quartier, et tous les points de la liste de l'officier de garde – à l'exception du dernier – étaient en cours de traitement et cochés.

Une fois qu'il se fut assuré que tous les morceaux du puzzle étaient bien en place, ou du moins à l'étude, il était 9 h 30. Il s'attaqua alors au dernier point de son pense-bête : appeler le directeur de la police régionale. Étrangement, alors que l'on était un vendredi de cet été sans fin, et alors qu'il était censé être en vacances, il ne se trouvait pas dans sa maison de campagne en bord de mer près d'Oskarshamn, à une centaine de kilomètres de Växjö, mais bel et bien dans son bureau, quelques étages au-dessus de l'officier de garde. Ils avaient discuté au téléphone pendant près d'un quart d'heure. Ils avaient surtout évoqué la victime et, une fois la conversation achevée, en dépit de toute son expérience, l'officier de garde s'était senti abattu.

Ce qui était curieux, parce qu'en repensant à la dernière fois où il avait dû sortir son pense-bête manuscrit, il en était presque émoustillé. C'était lors d'un long détachement auprès des autorités voisines de Kalmar. Deux des pires voyous du coin s'étaient mis à canarder sauvagement autour d'eux, en plein après-midi, en pleine ville, au milieu de tous les bons et honnêtes citoyens. Une vingtaine de coups de feu dans toutes les directions imaginables, mais par miracle, ils n'avaient réussi qu'à se blesser l'un l'autre. Ce genre de chose ne peut arriver qu'en Småland, avait pensé l'officier de garde à l'époque.

Le directeur de la police régionale n'était pas heureux non plus. Il n'avait assurément rien d'un enquêteur et l'un de ses principes de vie était de ne jamais s'inquiéter à l'avance, mais là, tous ces signes annonciateurs d'une classique enquête à énigme n'auguraient rien de bon, et si ça tournait mal – ce qui, vu l'identité de la victime, n'était pas improbable –, il en souffrirait, comme chaque fois que sa vie professionnelle lui semblait particulièrement injuste.

Dans un discours qu'il avait prononcé lors d'un dîner la semaine précédente, il s'était longuement attardé sur le manque de ressources de la police et avait pour conclure comparé ses forces à « une clôture à claire-voie très insuffisante et mal entretenue, rempart dérisoire contre une criminalité galopante ».

Le discours avait été très apprécié, et il avait lui-même été plutôt satisfait de sa comparaison avec la clôture à claire-voie, qu'il trouvait à la fois appropriée et bien formulée. Il n'avait pas été le seul : le rédacteur en chef du grand journal local, présent au même dîner, l'avait complimenté au moment du café et pousse-café. Mais c'était la semaine précédente, et le directeur de la police régionale préférait ne pas imaginer les pensées du rédacteur en chef dans quelques heures.

Le pire, c'étaient ses sentiments personnels, privés. Il connaissait le père de la victime et avait rencontré sa fille – la victime – en plusieurs occasions. Une jeune femme charmante, et s'il avait lui-même eu une fille, il aurait aimé qu'elle lui ressemble. *Qu'est-ce qui se passe ? Et pourquoi au nom du ciel à Växjö, où l'on n'a pas eu de meurtre pendant toutes mes années de service. Ici, chez moi ? En plein été !*

Il se décida donc. Peu importait à présent à quel point sa clôture était à claire-voie, il était grand temps de se préparer au pire. Sans oublier que les vacances d'été, ainsi que les autres enquêtes de la police en cours, n'allaient pas faciliter les choses. Aussi décrocha-t-il en personne son téléphone pour appeler son vieil ami et camarade de promo, « le Grand Patron », et lui demander de l'aide. *Car vers qui d'autre se tourner, dans ce genre de situation ?*

Après la conversation, qui avait duré moins de dix minutes, le directeur de la police régionale s'était senti considérablement soulagé, presque libéré. L'aide allait arriver, la meilleure aide possible, de la légendaire brigade criminelle nationale, et le directeur de la police nationale avait promis qu'elle arriverait dès aujourd'hui.

Il s'était donc, lui aussi, honorablement acquitté du début de sa tâche. Pas d'étoile dorée certes, ni même d'étoile d'argent, mais au moins une petite en bronze pour avoir pensé à un détail pratique non négligeable : il avait immédiatement chargé sa secrétaire d'appeler le Stadshotel pour réserver six chambres simples, pour une durée indéterminée, en précisant que les chambres devaient être placées les unes à côté des autres et de préférence à l'écart.

Au Stadshotel, ils furent ravis d'être ainsi sauvés du calme estival. Quelques heures plus tard, il n'était plus possible de trouver la moindre chambre d'hôtel libre dans tout le centre de Växjö.

4

Stockholm, vendredi 4 juillet au matin

Bien qu'il ne fût que 10 heures, en cet étrange été qui avait commencé dès le mois de mai et ne semblait jamais vouloir se terminer, une véritable légende de la brigade criminelle nationale était déjà installée à son bureau. Le commissaire Evert Bäckström, qui, contrairement à la plupart de ses collègues, n'avait pas pris de congés pour partir à la campagne se battre contre les moustiques, les femmes aigries et les enfants impossibles. Sans parler de tous les voisins fous, des toilettes extérieures qui puent, des barbecues empestant l'essence et des bières trop chaudes.

Bäckström était petit, gros et primitif, mais au besoin il savait se montrer à la fois rusé et vindicatif. Lui-même se considérait comme un type intelligent dans la fleur de l'âge ; un homme libre, sans attache, qui préférait la vie tranquille en ville et, puisqu'un nombre suffisant de femmes légèrement vêtues et appétissantes semblaient partager son avis, pourquoi se plaindre ?

Les vacances d'été font le bonheur d'une majorité de gens qui ne connaît rien de mieux. Et comme la quasi-totalité de ses collègues en abusait, autant rester au boulot quand, pour une fois, on pouvait gérer ses horaires. Dernier arrivé, premier parti, et personne pour le signaler. Tout le temps qu'on veut pour se tailler « en mission » hors du siège. Et au cas où un chef encore sur place aurait quand même l'idée de jeter un œil dans son bureau, il était bien préparé.

Dès la veille, avant que son supérieur direct n'ait disparu en vacances, Bäckström lui avait indiqué que non seulement il restait présent pour parer à toute éventualité, mais il allait profiter de son temps libre pour s'occuper de quelques *cold cases*. Son chef, qui voulait vite quitter le siège de la police, au Kungsholme, et surtout ne pas avoir à discuter avec Bäckström, n'avait pas émis d'objection. Aussi une montagne de veilles enquêtes non résolues, que ses collègues intellectuellement moins doués avaient foirées sans raison, se dressait à présent sur le bureau de Bäckström.

Sa première tâche en arrivant était de déplacer un peu ses piles de papiers, au cas où quelqu'un voudrait vérifier s'il avançait. Après avoir planifié le reste de sa journée dans sa chaise bien confortable, à l'abri de son bureau encombré, il entrait sur son téléphone de service des messages pour justifier ses absences. Il y en avait plusieurs au choix et, pour éviter tout soupçon d'excuse systématique, il lançait les dés et laissait le hasard décider s'il serait pour le reste de la journée « en réunion », « en service », « bientôt de retour », « à l'extérieur », voire « en mission ». Ces tâches récurrentes accomplies, il était habituellement grand temps de continuer les tribulations du jour en allant « déjeuner ». Un besoin humain fondamental, un droit inscrit dans la législation du travail et, bien sûr, doté de son propre code dans la messagerie automatique de la police. Il n'avait même pas besoin de lancer les dés.

Seul inconvénient : tout cela limitait fortement les heures supplémentaires et autres petits compléments pécuniaires, parce que, comme si souvent, c'était marée basse dans ses caisses – bien qu'il eût été payé une semaine auparavant. *Ça va s'arranger*, pensait Bäckström. *Il faut profiter du beau temps et de toutes ces dames à moitié nues qui se promènent en ville. Car il y aura sûrement bientôt un taré pour tuer un pauvre type dans un trois-étoiles qui vaudra le déplacement, et ça fera à la fois des heures supplémentaires, des indemnités et des réductions d'impôt.* Et ce fut au milieu de ces pensées réconfortantes que son téléphone se mit à sonner.

Le directeur de la police nationale, DPN Sten Nylander, appelé au quotidien « le Grand Patron » par ses huit cents subordonnés, était plongé dans ses pensées quand le directeur de la police régionale de Växjö l'avait appelé. Des réflexions profondes et complexes, qu'il avait développées sur l'énorme panneau de planification de son propre centre d'opérations, ou Op-Center comme il l'appelait. Concrètement, il s'agissait d'élaborer la meilleure façon de déployer sa Force d'intervention nationale si des terroristes internationaux avaient l'idée farfelue d'essayer de détourner un avion à Arlanda[1].

Son collègue à Växjö n'avait à l'évidence pas la même capacité à distinguer les petites des grandes priorités, et pour ne pas gaspiller la moitié de sa journée, il lui avait aussitôt promis de lui envoyer des gens de sa propre brigade criminelle. *Dans le pire des cas, s'ils ont autre chose en cours, ils n'auront qu'à revoir leurs priorités*, avait-il pensé en raccrochant,

1. Aéroport de Stockholm (toutes les notes sont de la traductrice).

avant d'appeler sa secrétaire pour lui demander de « mettre la main sur ce petit gros, dont je ne me souviens jamais du nom ». Puis il était retourné à des choses plus importantes.

– Le Grand Patron semble bien occupé même pendant les vacances, constata Bäckström en souriant benoîtement à la secrétaire de son chef et en hochant la tête en direction de la porte fermée dans son dos. *Grand Patron de l'Op-Center, ça a de la gueule.*

– Oui, il a beaucoup à faire, déclara la secrétaire sèchement, sans relever le nez de ses papiers. Toute l'année, ajouta-t-elle.

Bien sûr, pensa Bäckström. *Ou alors, il a été suivre une formation pour apprendre que les gens comme lui doivent toujours faire poireauter les gens comme moi un quart d'heure pendant qu'il lit les titres de* Svenska Dagbladet.

– Eh oui, les temps sont durs, se lamenta Bäckström.

– Effectivement, répondit la secrétaire en lui lançant un regard méfiant.

À moins d'être le Grand Patron, bien sûr. Chouette titre, en plus, le salaud. Grand Patron avait une sonorité à la fois militaire et virile. Vraiment mieux que chef de la police nationale, le coq de la basse-cour sur son tas de fumier, juste appelé CPN. Qui voudrait être CPN ? Ça donne l'impression d'avoir été faire la bringue avec les mauvaises bonnes femmes et de s'être chopé une merde.

– Le Grand Patron est disponible maintenant, dit la secrétaire.

– Merci, fit humblement Bäckström en s'inclinant depuis son siège. *Exactement un quart d'heure. Même un enfant pourrait comprendre. Même toi espèce de petite gouine d'assaut*, pensa-t-il en souriant chaleureusement à la secrétaire, qui continua à le regarder avec méfiance.

Le plus haut supérieur de Bäckström semblait toujours plongé dans ses propres pensées. En tout cas, il se passait pensivement le pouce droit et l'index le long de son menton viril et marqué, et ne dit rien lorsque Bäckström entra.

Quel type bizarre, pensa Bäckström. *Et quels putains de vêtements ridicules alors qu'il fait trente degrés à l'extérieur !*

Le DPN était, comme toujours, vêtu d'un uniforme impeccable qui, ce jour-là, comportait des bottes d'équitation noires, le pantalon d'équitation bleu de la police montée, une chemise d'uniforme d'un blanc éclatant avec des épaulettes, quatre bandes dorées et une feuille de chêne surmontée d'une couronne royale. Sur le côté gauche de la poitrine, un ruban à quatre barres, sur la droite les deux sabres croisés en or qui, allez savoir pourquoi, étaient devenus les emblèmes de la police nationale. Une cravate évidemment, et l'épingle à cravate réservée aux hauts fonctionnaires de la police. Le dos droit comme s'il avait un balai dans le cul, le ventre rentré et la poitrine sortie comme pour essayer d'en découdre avec la partie la plus proéminente de son corps.

Nom de Dieu, quel menton ! On dirait un putain de pétrolier en cale sèche !

– Si tu te poses des questions sur ma tenue vestimentaire, dit le Grand Patron sans daigner lui accorder un regard et sans enlever ses doigts de la partie de son corps qui occupait les pensées de Bäckström, j'ai l'intention d'aller tout à l'heure faire une promenade à cheval avec Brandklipparen.

Il est attentif aussi, se dit Bäckström, *alors faisons gaffe.*

– Un nom royal pour un noble coursier, ajouta le Grand Patron.

– Oui, c'était comme ça que s'appelait le bourrin de Charlot XII, dit Bäckström doucereux et bien qu'il eût beaucoup séché ses leçons d'histoire.

– Charles XI et Charles XII, précisa le Grand Patron. Le même nom, mais pas le même cheval évidemment. Sais-tu ce que c'est, ça ? ajouta-t-il en montrant le tableau de planification géant.

Si l'on considère tous les terminaux, hangars et avions, ça ne peut pas être la bataille de Poltava[1].

– Arlanda, risqua Bäckström. Arlanda vu d'en haut ?

– Exactement, fit le Grand Patron. Sauf que ce n'est pas pour cela que je voulais te parler.

– Je t'écoute, chef, dit Bäckström en essayant de prendre un air de premier de la classe.

– Växjö, dit le Grand Patron avec emphase. Un meurtre à énigme, une jeune femme retrouvée étranglée chez elle ce matin. Probablement violée aussi. J'ai promis que nous allions les aider. Alors tu vas rassembler une équipe et descendre là-bas immédiatement. Pour les détails, tu verras sur place à Växjö. S'il y en a dans la maison qui ont des objections, tu peux me les envoyer.

Génial ! On se croirait face au souverain à l'époque des trois mousquetaires, mais en mieux, putain. Parce que ce livre-là, il l'avait lu. Quand il était un petit garçon qui faisait l'école buissonnière.

– C'est comme si c'était fait, chef, dit Bäckström. *Växjö. Est-ce que ce n'est pas au bord de la mer quelque part au sud, dans le Småland ? Ça doit bien grouiller de femelles en cette saison ?*

---

1. Victoire décisive des Russes de Pierre Ier sur le roi de Suède Charles XII (1709).

– Ah oui, ajouta le chef de la police nationale. Une dernière chose avant que j'oublie. Il y a une petite complication : l'identité de la victime.

Voyons voir, dit l'aveugle, pensa Bäckström en faisant ses préparatifs dans son bureau, une demi-heure plus tard. Avant toute chose, une véritable injection de liquidités sous forme d'un mandat postal qu'il avait réussi à soutirer à la caisse bien qu'on fût vendredi en période de vacances. Et qu'il avait complété de quelques billets de mille en liquide pris dans la caisse des paris de la brigade criminelle. Elle contenait toujours de quoi assurer les dépenses inattendues, ce qui arrangeait Bäckström qui, quel que soit l'état de son compte en banque, n'avait pas l'intention de souffrir de privations.

Il avait ensuite réussi à dégoter cinq collègues, dont quatre vrais policiers et une seule bonne femme. D'un autre côté, ce n'était qu'une employée de l'administration qui devrait surtout gérer toute la paperasserie, alors il allait faire avec. En outre, l'un des collègues allait sûrement apprécier cet arrangement puisqu'il lui sautait dessus dès qu'il en avait l'occasion, à bonne distance de sa mégère aigrie. *Peut-être pas l'élite absolue*, pensa Bäckström en étudiant la liste de son équipe, *mais pas si mal si l'on considère que c'est les vacances.* Sans compter qu'il serait lui aussi de la partie.

Restait à trouver un moyen de transport pour descendre à Växjö et à régler les détails. Bäckström rafla les trois meilleures voitures disponibles. Pour lui-même, il prit une Volvo quatre roues motrices du plus grand modèle, avec le moteur le plus gros et tellement d'options que les gars du bureau technique devaient être totalement défoncés lorsqu'ils l'avaient équipée.

Je crois que c'est bon, se dit Bäckström en cochant sa petite liste. Il lui restait à s'occuper de ses bagages, ce qui le découragea un peu. Le *Systembolag*[1] n'était pas un problème. Pour une fois, il avait une quantité infinie de gnôle à la maison. Un de ses plus jeunes collègues était allé à Tallin et avait fait les courses en gros pendant le week-end, et Bäckström avait acheté une bonne partie du butin ; whisky, vodka, et deux caisses de bière forte qui était de la pure dynamite.

Putain, mais qu'est-ce que je vais me mettre ? Bäckström revoyait sa machine à laver en panne, son panier à linge qui débordait et les piles de vêtements sales qui s'étaient accumulées à la fois dans la chambre et la salle de bains depuis presque un mois. Pas plus tard que ce matin avant d'aller au boulot, il avait eu un petit ennui. Fraîchement douché et étincelant de propreté, il était resté planté là, pour une fois sans la moindre gueule de bois, et trouver une chemise et un caleçon qui ne le feraient pas aussitôt passer pour un marchand de fromages danois avait été un enfer. *Ça va s'arranger*, pensa Bäckström, frappé d'une idée brillante. D'abord il irait faire un petit tour du côté de la galerie commerciale de la Sankt Eriksgatan pour acheter quelques beaux vêtements neufs, puisqu'il ne manquait pas de liquide. Ou mieux encore – en y réfléchissant davantage –, il n'avait qu'à emporter son linge sale et le donner à laver à l'hôtel à Växjö. *Génial*, pensa Bäckström. Mais avant tout, manger un morceau, parce que commencer une enquête l'estomac vide serait pure faute professionnelle.

Bäckström prit un copieux déjeuner dans un restaurant espagnol du quartier, avec beaucoup de tapas et

1. Monopole d'État de la vente d'alcool.

autres délices estivaux. Puisqu'il avait décidé que son employeur pouvait bien prendre en charge ses frais, il ajouta sur la note un informateur pas vraiment présent. Un indic qui avait en plus eu le bon goût d'avaler deux grands verres de bière forte. Bäckström pour sa part, étant en service, s'était contenté d'une simple eau minérale. Rassasié et satisfait, il était ressorti dans la rue le moral au beau fixe. *Le soleil brille et la vie s'améliore*, pensa Bäckström en se dirigeant vers chez lui. Il n'avait pas besoin de prendre un taxi, parce qu'il habitait depuis quelques années dans un agréable petit appartement sur la Inedalsgata à seulement quelques minutes de marche du siège de la police, près du Kronobergspark.

Il avait repris l'appartement d'un vieux collègue parti en retraite plusieurs années auparavant, qu'il avait connu pendant son passage à la brigade des agressions à Stockholm. Le collègue avait emménagé dans sa maison de vacances, dans l'archipel de Stockholm, pour pouvoir se saouler à mort en paix et pêcher un peu. N'ayant plus besoin de son appartement en ville, il l'avait laissé à Bäckström.

Quant à Bäckström, il avait revendu son studio à un jeune collègue de la police régionale qui avait été mis à la porte de chez lui pour avoir couché avec une autre collègue de la sécurité ; or celle-ci étant mariée à un troisième collègue, potentiellement très salaud, qui travaillait à la permanence du commissariat, il n'était pas question d'emménager chez elle.

Il avait donc acheté la petite garçonnière de Bäckström. En liquide, au noir et à un bon prix, en échange de son aide pour déménager ses affaires au Kungsholme. Un deux-pièces cuisine et salle de bains au deuxième, côté cour. Un loyer raisonnable, une majorité de voisins âgés qui ne se plaignaient jamais et qui ne se doutaient pas le moins du monde qu'il était flic. Jusqu'à présent, tout baignait.

Son seul souci restait de trouver une bonne femme pour ranger et faire le ménage, en échange de quelques bons tours dans le solide lit en pin de chez Ikea.

Parce que là, ça a vraiment l'air bordélique, pensa Bäckström en empaquetant son linge sale dans un sac de sport suffisamment grand.

Le mieux aurait été de prendre avec lui tout son appartement et de le laisser à la réception. *Et merde, ça va bien finir par s'arranger*, trancha Bäckström en allant se chercher une bière bien fraîche dans le frigo. Puis il emballa le reste de ce dont il avait besoin dans l'autre sac, et fut alors terrassé par une pensée terrible. Comme si quelqu'un l'avait empoigné par le col pour le secouer, ce qui, ces dernières années s'était malheureusement produit un peu trop souvent. *Nom de Dieu, qu'est-ce que je vais faire d'Egon ?!*

Egon portait le nom du collègue à la retraite qui lui avait laissé son appartement, mais ils n'avaient pas grand-chose d'autre en commun puisque l'Egon de Bäckström était un poisson rouge ordinaire.

Bäckström avait reçu Egon, avec l'aquarium qui allait avec, en cadeau de la part d'une bonne femme qu'il avait rencontrée six mois plus tôt. Il avait répondu à une petite annonce sur Internet, séduit moins par la description en elle-même que par sa conclusion : « de préférence un uniforme ». Certes, Bäckström avait toujours soigneusement évité de porter l'uniforme dès qu'il avait été un flic assez grand pour se défendre, mais qui se souciait de ce genre de détail ?

Au début, ça avait d'ailleurs parfaitement fonctionné. Elle s'était présentée comme « une femme libérée et ouverte », ce qui n'était pas tout à fait faux.

Pas au début du moins, mais petit à petit, ça l'était devenu, parce qu'elle n'était pas si différente de toutes les autres pleurnichardes qui avaient défilé dans sa vie. Alors, ça avait fini comme d'habitude, sauf pour Egon, qui était toujours là. Et le pire, c'était que Bäckström avait commencé à s'attacher à lui.

La relation entre Egon et Bäckström avait changé de dimension quelques mois plus tôt, quand Bäckström avait été contraint de partir une semaine à la campagne enquêter sur un meurtre, et n'avait donc pas pu nourrir quotidiennement son poisson rouge.

Il avait d'abord rappelé la femme qui lui avait imposé son problème à nageoires, mais elle lui avait crié dessus et raccroché au nez. *À la guerre comme à la guerre*, avait pensé Bäckström et, en dépit de l'avertissement sur l'étiquette, il avait vidé une demi-boîte de nourriture avant de partir. *C'est l'avantage avec les poissons rouges*, avait-il pensé sur la route. *Les cabots, on ne peut pas les balancer aux chiottes s'ils clamsent.* En plus, il pourrait tirer quelques centaines de couronnes de l'aquarium en passant une annonce sur le Net.

À son retour dix jours plus tard, il avait découvert qu'Egon était encore en vie. Il semblait certes moins vif, et les premiers jours il avait nagé un peu de travers, mais il avait fini par redevenir lui-même.

Bäckström en avait été impressionné au point de parler d'Egon dans la salle de repos au boulot – « un petit bâtard exceptionnellement coriace » – et de commencer à s'attacher à lui. Il lui arrivait même, pendant qu'il savourait son grog du soir bien mérité après une longue et éreintante journée de travail, de s'asseoir pour le regarder. Il était fasciné par la façon dont Egon nageait de long en large et de haut en bas, sans même sembler s'inquiéter de l'absence de petites dames poissons dans le coin. *T'as la belle vie mon gars*, pensait habituellement Bäckström, qui estimait qu'Egon surclassait aisément n'importe lequel de tous ces programmes télé nullards sur la nature.

Il va falloir que je m'arrange pour accélérer l'enquête, pensa Bäckström en se sentant un peu coupable de verser à son petit camarade silencieux une bonne dose de nourriture, mesurée avec son pouce contre le bord inférieur de la boîte. Et si ça devait durer, il n'aurait qu'à demander à un collègue de prendre en charge la garde quotidienne.

– Prends soin de toi, mon gars, dit Bäckström. Papa doit partir travailler. Mais on se revoit bientôt.

Et un quart d'heure plus tard, il était installé dans la voiture en route pour Växjö avec deux de ses collègues de la brigade criminelle.

5

Bäckström avait été rejoint par deux jeunes recrues de la brigade, les inspecteurs Erik Knutsson et Peter Thorén, qui certes n'étaient pas des lumières, mais avaient au moins l'habitude de lui obéir. Au boulot, on les surnommait Pam et Poum[1] et, à part le fait que Pam était blond et Poum brun, ils se ressemblaient à s'y méprendre. Ils apparaissaient presque toujours ensemble, discutaient entre eux en permanence et, en les écoutant les yeux fermés, il était pratiquement impossible de les différencier.

Knutsson était au volant, pendant que Thorén, sur le siège passager, lui lisait une brochure touristique sur Växjö qu'il avait téléchargée sur le Net. Quant à Bäckström, affalé sur la banquette avec une bière bien fraîche, il réfléchissait sereinement à l'affaire.

– Désolé, Bäckström, dit Thorén. Växjö n'est pas au bord de la mer. C'est à une centaine de kilomètres de la Baltique. Il y a une cathédrale, un gouverneur de län[2] et une université. Tu devais confondre avec Västervik. Ou peut-être Kalmar. Kalmar et Västervik

1. D'après la série américaine de comics *The Katzenjammer Kids* de Rudoph Dirks, en français *Pim Pam Poum*, en suédois *Knoll och Tott*.

2. Unité administrative suédoise.

sont sur la côte. En Småland. Tu sais, Astrid Lindgren et tout ça. La population avoisine les soixante-quinze mille habitants. Je parle de Växjö, là. Qu'est-ce que ça représente en nombre de femmes disponibles ? T'en penses quoi, Erik ?

– Est-ce que ce serait trop demander d'en savoir un peu plus sur l'affaire ? dit Knutsson avec aigreur. Au moins deux mille femmes disponibles, minimum, dit-il soudain plus heureux.

– Les collègues de Växjö devaient envoyer un fax dès qu'ils auraient rassemblé quelques informations, dit Bäckström en hochant la tête en direction du tableau de bord entre les sièges.

– Mais on doit bien savoir quelque chose quand même ? s'entêta Knutsson.

Bla-bla-bla, pensa Bäckström en soupirant.

– Ce matin, ils ont trouvé une jeune femme assassinée dans son appartement. Étranglée. Et, à en croire le péquenot de shérif en personne, ça ressemble à une histoire de sexe. Coupable inconnu et tout le toutim. Avec un peu de chance, ils se sont trompés et on pourra aller directement cueillir son petit copain.

– C'est vraiment tout ce qu'on sait ? demanda Knutsson, sceptique. Avait-elle un petit copain d'ailleurs ?

– Apparemment non, hésita Bäckström. Et puis, il y a une légère complication : c'est une des nôtres.

– Qu'est-ce que tu dis ? s'exclama Knutsson. Une collègue ?

– Ça, c'est pas bien, constata Thorén. Une collègue. Ça n'arrive pas tous les jours. Pas si c'est un crime sexuel, en tout cas.

– Une future collègue, précisa Bäckström. Elle était à l'école de police de Växjö. Elle aurait dû finir dans un an. Là, elle était intérimaire au commissariat pour l'été. À la réception.

– Où allons-nous ? se demanda Knutsson en secouant la tête. Qu'est-ce que c'est que ce crétin qui tue une future collègue pour une histoire de cul ?

– Si elle connaissait l'assassin, il y a de fortes chances pour que ce soit un autre collègue, gloussa Bäckström. Sauf que ça ne sera pas forcément aussi malsain, ajouta-t-il en apercevant le regard incrédule de Knutsson dans le rétroviseur.

– Ça devrait être plus facile à résoudre qu'un meurtre de pute classique. Si on essaye d'être un peu positif sur l'affaire, se réconforta Thorén. Je veux dire, on n'aura pas tous les clients bizarres, les indics et tout ça.

C'est pas ça le gros du problème mon gars, tu peux rêver, pensa Bäckström.

– Espérons-le, dit Bäckström. Espérons-le.

Quand ils arrivèrent à hauteur de Norrköping, ils reçurent le fax envoyé par les collègues de Växjö, mais vu son contenu, ils auraient aussi bien pu s'abstenir. D'abord, un plan de Växjö avec la scène de crime marquée d'un cercle, et le chemin vers l'hôtel indiqué par des flèches. Complètement inutile puisque Thorén avait déjà téléchargé la même carte, et que Knutsson avait entré l'adresse de l'hôtel dans le GPS de la voiture.

Puis arriva un bref message du responsable local de l'enquête, qui leur souhaitait la bienvenue et les informait que le travail d'investigation avait commencé et se déroulait exactement dans les règles, que d'autres détails suivraient dès qu'il y aurait quelque chose à envoyer et que la première réunion avec le groupe d'enquête aurait lieu à 9 heures le lendemain matin au commissariat de Växjö.

– C'est sûrement le commissaire Bengt Olsson, de la police régionale de Växjö, qui va diriger l'enquête, constata Thorén, qui était assis le plus près du fax et avait les mains libres. Est-ce que tu le connais, Bäckström ?

– Je l'ai rencontré, dit Bäckström en avalant la dernière gorgée de sa canette. *Un peu simplet, alors ça ne pouvait pas mieux tomber*, pensa-t-il. Lui, il savait déjà comment il allait s'y prendre.

– Comment est-il alors ? demanda Knutsson.

– Du type compatissant, dit Bäckström.

– Est-ce qu'il s'y connaît en meurtres, au moins ? s'entêta Knutsson.

– Je ne pense pas, dit Bäckström. Mais il semble avoir suivi beaucoup de cours sur les violences faite aux femmes et aux enfants, et sur l'inceste, et comment gérer tout ça.

– Il doit bien avoir enquêté au moins une fois sur un meurtre ? objecta Thorén.

– Il y a quelques années, il a sévi sur une affaire de meurtre rituel d'une petite fille immigrée qui se serait déroulé au fin fond du Småland. Il avait une indic tarée qui prétendait avoir été témoin des faits.

– Et alors, comment ça s'est passé ? s'interrogea Knutsson.

– Parfaitement bien. On a récupéré l'affaire et on l'a résolue le lendemain. Puis on a envoyé une gentille lettre pour expliquer que ce meurtre n'avait jamais eu lieu. En les remerciant, et en leur demandant de nous recontacter s'ils avaient d'autres vieilles histoires de fantômes en stock.

– Je crois que je m'en souviens, dit Thorén. C'était avant que j'arrive, mais est-ce que ce n'était pas lui, Bengt Olsson, que les anciens de chez nous surnommaient « le meurtrier au rituel » ?

– Si, répondit Bäckström. C'est devenu sa spécialité. Les fantômes, les vieux bonshommes laids, les encensoirs oscillants et les longues canines dissimulées derrière de longs manteaux, et puis un petit dernier débriefing avant que les flics ne rentrent enfin chez eux. *Comment ça anciens ? Putains de fascistes de l'âge.*

– Mais qu'arrive-t-il à la police ? Où allons-nous ? gémit Thorén.

– Je croyais que je venais de vous le dire, soupira Bäckström. Alors si ces messieurs veulent bien la fermer un moment, je pourrai essayer de reposer ma pauvre tête fatiguée. *Voilà qu'il s'y met lui aussi. Deux idiots sur la même banquette avant.*

Le reste du voyage se déroula dans un silence relatif. Pas d'autre fax. Knutsson et Thorén avaient certes continué à bavarder, mais un ton plus bas et ils ne s'adressaient plus à Bäckström. Quand ils arrivèrent à l'hôtel, à Växjö, il était 17 heures, et comme Bäckström se sentait encore un peu vaseux, il décida d'aller s'allonger une heure ou deux avant de dîner. De toute façon, les autres collègues n'étaient pas encore arrivés.

Prévoyant, Bäckström avait appelé l'hôtel avant leur arrivée pour qu'ils puissent s'éclipser directement dans leurs chambres sans avoir à se frayer un chemin parmi les vautours du quatrième pouvoir qui commençaient déjà à s'agglutiner dans le hall. Et puis il avait aussi distribué quelques tâches. Après tout, c'était lui le chef. Knutsson avait été chargé de prendre contact avec les collègues locaux et de leur dire de sa part qu'il avait autre chose à régler pour le moment, mais qu'il se manifesterait dès que possible et qu'il serait là à la grande réunion du lendemain matin. Thorén avait promis de s'occuper de la lessive de Bäckström, puis d'aller faire un tour sur la scène de crime. Lui-même avait l'intention de s'offrir une petite sieste bien méritée.

– Il y en a qui sont sur le pont depuis tôt ce matin, dit Bäckström, qui s'était déjà jeté sur son lit. Et n'oubliez pas de réserver une table à l'écart au restaurant pour 20 heures. *Enfin*, pensa Bäckström quand Thorén referma la porte derrière eux. Puis il avait réarrangé l'oreiller et s'était endormi aussitôt.

6

Une demi-heure avant le dîner, ils se réunirent, tout naturellement dans la chambre de Bäckström puisque c'était lui le chef et que s'ils se réunissaient ailleurs que chez le chef, c'était signe de mutinerie. Bäckström le savait d'expérience, lui qui au cours de toutes ses années d'enquêtes à la criminelle, avait été à la fois skipper et matelot. Mais pour le moment, tout semblait calme. Ses collègues étaient arrivés. En forme, heureux et pleins d'espoirs, comme s'il s'était agi d'un voyage d'études en Finlande et pas d'une enquête criminelle.

Le premier dans la chambre de Bäckström fut son vieux collègue, l'inspecteur Jan Rogersson, que Bäckström connaissait depuis l'époque de l'ancienne brigade des agressions à Stockholm. Il avait voyagé seul et s'était arrêté au poste de police de Nyköping, où il avait déposé les actes d'instruction d'une affaire qui venait de se refermer sagement. La veuve de la victime avait enfin passé l'arme à gauche et donc arrêté d'écrire à l'*ombudsman*[1] parlementaire pour se plaindre. Rogersson était arrivé à l'hôtel à Växjö deux heures après Bäckström. Un type bien selon les critères de Bäckström, et pratiquement le seul de ses collègues qu'il pouvait supporter en privé.

1. Médiateur.

Bäckström se sentait alerte et de meilleure humeur, tout fraîchement douché et reposé. Rogersson et lui avaient fait en sorte de descendre quelques bières et un ou deux verres de gnôle avant que les autres ne viennent lourdement troubler leur paix. Knutsson et Thorén arrivèrent bien sûr ensemble. Knutsson était allé au poste de police, avait parlé avec les collègues et rapporté une pile de papiers. Thorén avait déposé le linge sale de Bäckström et fait un tour sur la scène de crime, et ni l'un ni l'autre ne se vit offrir une bière ou quelque chose de plus fort. Au contraire, dès qu'ils frappèrent à la porte, Bäckström planqua les bouteilles et les verres avant d'ouvrir. *Ils pourront boire tout leur saoul pendant leur temps libre*, pensa Bäckström.

Le dernier arrivé fut le commissaire Jan Lewin, qui avait voyagé en compagnie de leur assistante Eva Svanström. Ils avaient quitté Stockholm avant tout le monde et mis sept heures pour faire quatre cents kilomètres, ce qui pouvait sembler un peu étrange, mais comme chacun connaissait déjà la réponse, personne ne posa la question.

– J'espère que le voyage s'est bien passé, constata Bäckström d'un air innocent en contemplant la seule femme de la compagnie. *De bonne humeur, toute rose et fraîchement baisée*. Mais beaucoup trop maigre à son goût, alors autant la fermer et les laisser parler.

– Tout s'est très bien passé, gazouilla Svanström. Janne avait deux, trois trucs à faire en route, c'est pour ça que ça a pris du temps.

– Ah oui, je vois, dit Bäckström. Eh bien, si on profitait de ce que nous sommes seuls pour avancer un peu, afin de pouvoir éviter de parler boulot au milieu des vautours en bas. Tu as ramené beaucoup de paperasses, Erik. Tu en as assez pour tout le monde ? *Tout ça est totalement inutile*.

Knutsson avait rapporté pratiquement tout ce qui avait été imprimé lorsqu'il avait rendu visite au commissariat. En six exemplaires, pour que tout le monde soit servi. Dans la liasse se trouvaient la plainte initiale et le rapport de la première patrouille arrivée sur les lieux, plusieurs photos de la scène de crime et de ses environs immédiats, un croquis de l'appartement où la victime avait été découverte, une brève description de sa personnalité ainsi qu'un compte rendu chronologique de ce que les collègues étaient déjà parvenus à entreprendre.

Bäckström se sentit légèrement déçu en feuilletant sa liasse. Ils semblaient ne pas avoir négligé les premières constatations. Mais comme il allait bientôt prendre la direction des opérations, ça n'irait qu'en s'améliorant.

– Des questions ? demanda Bäckström, mais ils secouèrent tous la tête unanimement.

– Il n'est pourtant pas encore l'heure de bouffer, dit Bäckström avec un sourire ironique. *Quelle bande de tire-au-flanc ! La seule chose qu'ils ont dans la tête, c'est becqueter, picoler et niquer.*

– Est-ce qu'on sait quand on aura les rapports du médecin légiste et des techniciens ? demanda Rogersson.

– Elle doit être autopsiée demain, dit Knutsson. Ils l'ont conduite au centre de médecine légale de Lund. Les collègues de la brigade technique étaient en plein boulot, mais celui avec lequel j'ai parlé pensait qu'ils avaient réussi à récupérer du sperme de l'agresseur, ainsi que quelques traces de sang qui se trouvaient sur le rebord extérieur de la fenêtre de la chambre. Il y avait aussi quelques vêtements, qui devaient lui appartenir et qu'il aurait oubliés en se sauvant. Il semblait apparemment très pressé, et le collègue était presque sûr qu'il avait sauté par la fenêtre. C'est probablement à ce moment-là qu'il s'est égratigné.

– Tu as parlé de vêtements, grogna Bäckström. On n'aurait quand même pas la chance qu'il soit parti en courant sans son futal ?

– Presque, répondit Knutsson. Je ne sais pas comment il était habillé quand il est arrivé, mais il semble s'être tiré sans sous-vêtement.

– Quelle négligence, dit Bäckström. Bon, il ne rangeait quand même pas son permis de conduire dedans, faut pas trop en demander. *Personne n'est cinglé à ce point*, pensa Bäckström, même si le bonhomme avait l'air bien dingue, ce qui était plutôt une chance pour eux.

– Bäckström, dit Rogersson, qui tout à coup semblait d'excellente humeur. Tu te souviens du taré qui avait étranglé cette bonne femme dans son appartement de la Högalidsgata ? Le meurtre Ritva. C'était son nom. Celui qui avait soigneusement nettoyé derrière lui, essuyé ses empreintes digitales et récuré à fond les murs, le sol et le plafond avant de partir. Il y avait passé des heures, le salaud. Dommage que la petite Ritva n'ait pas pu profiter d'une maison si propre.

– Je m'en souviens, dit Bäckström. On y était tous les deux et c'est quasiment la seule affaire dont tu aies jamais parlé ces vingt dernières années. *Ça doit être la bibine*.

– Mais oui, mais oui, on ne va pas se fâcher pour ça, dit Rogersson, toujours aussi enjoué. Je me demande quelle tête il a faite quand il a claqué la porte derrière lui et s'est rendu compte de ce qu'il avait oublié.

– Il ne se sentait probablement pas très bien, fit Bäckström. Dis-moi Peter, toi qui es allé faire un tour sur la scène de crime, continua Bäckström en direction de Thorén. De quoi ça a l'air ?

– Et alors ? demanda Thorén. Excusez mon ignorance, mais c'était quoi le problème ?

– Comment ça le problème ? dit Bäckström. *De quoi il cause, putain ? Il ne peut pas se contenter de répondre à une simple question ?*

– Avec le type de la Högalidsgata, s'obstina Thorén.

– Ah celui-là, dit Bäckström. Oui, il avait laissé son portefeuille, avec son permis et tous ses papiers sur la table de nuit de la victime. Mais sinon il avait vraiment bien nettoyé derrière lui. Les techniciens n'ont pas trouvé le moindre cheveu. Mais si on revenait à notre propre petite affaire…

– Pas possible ! s'exclama Knutsson, presque aussi réjoui que Rogersson.

– Notre affaire, rappela Bäckström. À quoi ressemblait la scène de crime ?

Comme d'habitude, selon Thorén. C'était aussi triste que peut l'être un endroit où une femme a été violée et étranglée. Peut-être encore plus triste cette fois-ci, puisque l'agresseur avait été seul avec la victime dans son appartement, semblait avoir eu le contrôle de la situation et, apparemment, avait pris son temps.

Malheureusement, on n'avait retrouvé aucun lien avec les suspects habituels. Pas de petit ami passé ou actuel, ou quelqu'un qu'elle connaissait et en qui elle aurait eu confiance. Elle ne semblait pas avoir eu de petit copain depuis très longtemps, et il n'y avait aucun fou ni de personne particulièrement suspecte dans le voisinage ou dans son cercle de connaissances. Restait le cauchemar de la police : un agresseur inconnu de sa victime. Et dans le pire des cas, inconnu de qui que ce soit.

– Alors ça a bien l'air d'une véritable enquête à énigme, conclut Thorén.

– OK, dit Bäckström. Ça va s'arranger. Maintenant, c'est l'heure de manger, et puis vous pourrez lire vos dossiers tranquillement avant de dormir. Faites attention à bien les ranger, que je ne les retrouve pas dans la presse. Toute cette baraque grouille de journalistes et autres profanateurs de sépultures. Mais là on va bouffer, je meurs de faim depuis ce matin.

– Si vous écrivez votre nom dessus et me les donnez, je peux les enfermer dans mon coffre-fort pendant le repas, dit Svanström.

– Excellente idée, approuva Bäckström. *Espèce de misérable petite pimbêche*. Et vraiment beaucoup trop maigre, en plus.

Après le dîner, ils retournèrent tous dans leur chambre pour commencer à étudier l'affaire. Du moins, c'est ce qu'ils dirent à Bäckström, et Knutsson et Thorén allaient bien entendu étudier ensemble. Même Rogersson, qui d'ordinaire était un collègue tout à fait normal, semblait en proie à une envie de lecture. D'abord, il suivit quand même Bäckström dans sa chambre et lui emprunta quelques bières fortes. Par contre, il refusa l'offre de Bäckström de prendre un petit pousse-café ensemble.

– Tu n'es quand même pas en train de tomber malade, Rogge, demanda Bäckström. Je suis presque inquiet pour toi. *Espèce de petite couille molle*.

– Naan. Rogersson secoua la tête. Ne t'inquiète pas. Je dois juste dormir quelques heures pour être en forme demain.

Alors, ils se séparèrent dans la chambre de Bäckström, ce qui était aussi bien puisque ce dernier avait pensé s'offrir un petit tour discret en ville. Au moins pour vérifier la configuration du terrain, et mieux valait le faire seul.

Bäckström s'esquiva par l'arrière de l'hôtel et partit se promener un peu au hasard dans le centre-ville. Il passa devant la résidence du gouverneur du län et la cathédrale, devant toutes ces belles vieilles maisons bien rénovées et devant plusieurs restaurants aux terrasses remplies de gens en tenue d'été qui ne semblaient pas personnellement touchés par l'affaire qui l'avait amené à Växjö. *Comment est-ce que quelqu'un peut tuer quelqu'un d'autre de cette façon dans cette ville ?* pensa Bäckström. Ça devait bien être la première fois dans l'histoire criminelle locale, et d'ailleurs lui-même n'avait jamais visité Växjö auparavant. Que ce soit pour le boulot ou en privé.

Plusieurs endroits agréables sur son chemin, presque vingt degrés dans l'air alors qu'il était déjà 23 heures passées, mais Bäckström résista à la tentation et finit par retourner à l'hôtel.

Là, il commanda une bière en terrasse et s'assit dans la pénombre tout au fond pour être tranquille. *Pas vraiment grand monde de toute façon.* Ses collègues brillaient par leur absence, pour la simple raison qu'ils avaient fait exactement ce qu'ils avaient promis de faire. Même s'il avait des doutes concernant Lewin et la petite Svanström, parce que là, ce n'était peut-être pas la lecture qui était en tête de leur liste. Avec Knutsson et Thorén, c'était beaucoup plus simple. Ils étaient certainement assis dans la chambre de l'un ou de l'autre à parler homicides, et ils allaient probablement continuer une bonne partie de la nuit si personne ne les dérangeait. *Mais qui voudrait les déranger ? En plus, ils doivent être complètement sobres ces deux petits cons*, pensa Bäckström en lapant sa bière lorsqu'il fut interrompu :

– Cette chaise est libre ?

C'était une femme. *D'âge indéfini, entre trente-cinq et quarante-cinq ans, et ayant certainement déjà dépassé sa date de péremption*, se dit Bäckström. Mais au moins, elle n'était pas maigre, plutôt le contraire, et c'était toujours ça.

– Ça dépend qui pose la question, dit Bäckström. *Une journaliste.*

– Oui, je devrais commencer par me présenter, précisa-t-elle tout en posant sa propre bière sur la table et s'asseyant sur la chaise vide. Je m'appelle Carin Ågren, dit-elle en tendant une carte de visite. Je suis journaliste à la radio locale.

– Quelle coïncidence incroyable ! s'exclama Bäckström. Et comment puis-je vous aider, Carin ? *À part en te mettant un bon coup dans ma chambre.*

– Oui, c'en est une, dit-elle en souriant de ses dents blanches. Imaginez-vous que je vous ai reconnu. Je vous avais vu quand je travaillais à Stockholm pour TV4, il y a deux ans. Je couvrais un procès, où vous étiez témoin. Il s'agissait de trois Russes qui avaient assassiné et volé un couple âgé. Peut-on demander ce que fait la brigade criminelle nationale ici ?

– Je n'en ai pas la moindre idée, répondit Bäckström en prenant une bonne gorgée de sa bière. Pour ma part, je pensais aller visiter la maison d'enfance d'Astrid Lindgren.

– On pourra peut-être se reparler, proposa-t-elle en souriant. Un sourire aussi large que le précédent, avec les mêmes dents blanches.

– Certainement. Bäckström enfonça sa carte dans sa poche, hocha la tête et finit sa bière. Puis il se leva et lui adressa à son tour son plus beau sourire. Le flic vétéran de la capitale. Dur contre les durs, mais le type le plus sympa du monde si l'on était soi-même sympa et qu'on le caressait dans le sens du poil.

– Je prends ça comme une promesse, dit-elle. Sinon je serai forcée de vous pourchasser. Elle leva son verre et lui sourit pour la troisième fois.

Facilement jouable, pensa Bäckström un quart d'heure plus tard en se brossant les dents devant le miroir de la salle de bains de sa chambre. *Il n'y a plus qu'à y aller calmement et faire les choses dans l'ordre, et elle aura bientôt la chance de goûter au super-salami.*

7

Contrairement à ce que croyait Bäckström, le commissaire Jan Lewin alla directement rechercher la solitude de sa chambre pour lire les procès-verbaux en toute tranquillité. Il prit note de ce qui était positif et de ce qui ne l'était pas, et bien qu'il n'y eût principalement que des informations préliminaires, des tas de choses s'annonçaient bien.

L'identité de la victime était connue, la scène de crime aussi, on avait une idée au moins approximative du déroulement des faits et du moment du meurtre. Lui et ses collègues étaient sur place moins de vingt-quatre heures après, ce qui n'était pas si mal pour la brigade criminelle nationale. Le crime avait été perpétré à l'intérieur, ce qui valait mieux qu'à l'extérieur, et leur victime semblait être une jeune personne tout à fait normale, sans habitude ni contact douteux.

Malgré cela, il ne pouvait pas se débarrasser de son malaise habituel. Il pensa d'abord aller jeter un œil à la scène de crime du Pär Lagerkvists väg, afin de se faire sa propre idée. Mais comme les collègues de la brigade technique étaient certainement occupés, il décida de ne pas les déranger.

Faute de mieux, et surtout pour s'occuper, il alluma son ordinateur, se connecta à Internet et lut ce qu'il y trouva sur le lauréat du prix Nobel de littérature Pär

Lagerkvist, qui avait donné son nom à la rue où leur victime avait perdu la vie. *Si tant est que ça ait quelque chose à voir avec l'affaire*, pensa Lewin. *Il est mort depuis trente ans.*

Évidemment, Pär Lagerkvist était originaire de Växjö. Né en 1891, c'était le plus jeune fils d'une famille de sept enfants aux revenus modestes, avec un père garde-barrière à la gare de Växjö. Particulièrement doué, il avait eu, contrairement à ses frères et sœurs plus âgés, la possibilité de faire des études et à dix-huit ans, il passa son baccalauréat à Växjö.

Puis il avait laissé sa jeunesse derrière lui, était parti et était devenu écrivain. À vingt-cinq ans, en 1916, il avait connu son premier succès littéraire avec le recueil de poèmes *Angoisse*. Plus tard, il était entré à l'Académie suédoise et en 1951, il avait reçu le prix Nobel de littérature.

L'enfant du pays avait manifestement laissé un bon souvenir parce qu'à peine quelques mois après, il avait une rue à son nom dans sa ville natale. Plus de vingt ans avant sa mort, ce qui était peu fréquent pour un écrivain, même si les bâtiments qui furent finalement construits le long du chemin qui portait son nom n'existaient encore que dans le plan d'urbanisation du quartier.

Aujourd'hui, l'un de ces bâtiments était devenu la dernière scène de crime de Jan Lewin, qu'il avait l'intention de visiter dès que le temps et les circonstances le permettraient. *Mais pas ce soir, puisque les collègues de la brigade technique ont besoin de travailler en paix.*

À la place, il fit un tour en ville. Au bout de quatre cents mètres, il arriva au nouveau commissariat, son lieu de travail pour les jours à venir.

Le commissariat se dressait sur la Sandgärdsgata, près de la place Oxtorget. Terminé au début du nouveau millénaire, c'était un véritable temple de la justice moderne, de quatre ou cinq étages selon la façon dont on comptait, ressemblant à une boîte, à la façade jaune pâle. La police partageait les locaux avec le parquet, le tribunal pour les audiences de mise en détention provisoire, la maison d'arrêt et l'administration pénitentiaire et de probation. Une usine couvrant toute la chaîne de la justice. Un message sans équivoque, peu réconfortant pour ceux qui atterrissaient là, et un démenti à la thèse selon laquelle chaque suspect devait être traité comme s'il était innocent jusqu'à preuve du contraire.

Sur la gauche de l'entrée, Lewin trouva une petite plaque en cuivre qui expliquait qu'ici se dressait autrefois l'ancienne laiterie de Växjö, avec les anciennes étables pour les foires aux bestiaux. À l'époque de Pär Lagerkvist, et même longtemps après qu'il eut reçu son prix Nobel. Soudain tout cela déprima Lewin, qui rentra à l'hôtel pour essayer de dormir quelques heures avant que les choses sérieuses ne commencent.

Avant de s'endormir, il se mit à réfléchir sur l'angoisse. Un sujet classique pour un jeune poète, quelle que soit son époque. Un sujet commun pour tout auteur, quel que soit son âge, en pleine guerre mondiale.

Jan Lewin en savait long sur l'angoisse. Les expériences d'angoisse avaient été son lot dès l'enfance. Certes, elle le hantait beaucoup moins avec l'âge, mais le guettait encore, toujours quelque part, toujours dans un coin, toujours prête à se jeter sur lui au moindre signe de faiblesse. Soudaine, inattendue, chaque fois provoquée par une chose différente. Obscure par nature, même si ses conséquences étaient claires.

À cette angoisse personnelle s'ajoutait celle qu'il rencontrait dans sa profession, à l'origine de crimes qu'il avait à résoudre. Des rendez-vous qui dégénéraient, des relations qui se dégradaient et devenaient des terreaux de peur et de haine, pour finir parfois par atterrir sur son bureau à la brigade criminelle nationale de Stockholm.

Enfin, l'angoisse pouvait toujours frapper jusqu'au criminel le plus endurci lorsqu'il se rendait compte des conséquences de ses actes. À condition que la police l'attrape, bien sûr. En attendant, il était contraint de se tapir dans l'obscurité, bien conscient que les gens comme Lewin fouillaient les mêmes recoins pour le dénicher, lui, justement lui.

Faute de mieux à faire et pour atténuer ma propre angoisse, pensa Jan Lewin, qui finit par s'endormir.

8

Växjö, samedi 5 juillet

Et qui c'est qui avait raison ? pensa Bäckström quand il descendit prendre son petit déjeuner le samedi matin. Les tabloïds étaient déjà arrivés. Bien qu'il ne fût que 7 h 45, ils étaient dans leur présentoir devant le comptoir de la réception. Bäckström attrapa un exemplaire de chaque et rejoignit ses collègues dans la salle du petit déjeuner. *Si ceci est une petite complication, espérons que nous n'en rencontrerons pas de grandes*, se dit-il.

Toute la page de titre et une bonne partie du reste traitaient du meurtre, exactement selon l'angle prévu : « POLICIÈRE ASSASSINÉE ET VIOLÉE », criait le plus grand des deux journaux, pendant que son concurrent un peu plus petit tentait de hurler encore plus fort : « JEUNE FEMME POLICIÈRE ASSASSINÉE… étranglée, violée, torturée ». *Soupir*, pensa Bäckström. Il plaça les journaux sous son bras, prit un plateau et commença à le remplir de nourriture. *Personne ne peut résoudre une affaire l'estomac vide*, conclut-il en se servant généreusement en œufs brouillés, bacon et saucisses.

– As-tu vu les tabloïds, Bäckström ? s'enquit Lewin quand Bäckström se fut assis à la table où les autres se trouvaient déjà. Je me demande ce que la famille de la fille doit ressentir en les lisant.

Es-tu complètement con ou quoi ? pensa Bäckström, qui était déjà en train de les feuilleter de la main gauche tout en fourrant dans sa bouche, de la droite, ses œufs brouillés et ses saucisses.

– C'est juste tout simplement trop… merdique, approuva Thorén, qui ne jurait presque jamais.

Encore un, se dit Bäckström. Il grommela entre deux bouchées et continua sa lecture.

– Pourquoi est-ce que les politiques ne font rien contre ça ? ajouta Knutsson. Il devrait y avoir des lois contre ce genre de choses. C'est une agression aussi grave que… eh bien… que celle que la victime a subie.

Oui, on se demande bien pourquoi les politiques n'interdisent pas aux journalistes d'écrire tout ce ramassis de conneries, pensa Bäckström en continuant à manger tout en feuilletant les journaux.

Durant cinq bonnes minutes, Bäckström eut l'excuse d'être en train de manger pour ne pas parler, ce qui lui permit de finir à la fois son petit déjeuner et ses journaux. Le seul à n'avoir pas dit un mot était Rogersson, fait habituel à cette heure.

Au moins un qui comprend et qui la ferme, pensa Bäckström alors que le premier représentant du quatrième pouvoir approchait, se présentait et demandait s'il pouvait leur poser des questions. Alors, le collègue Rogersson finit par ouvrir la bouche :

– Non, dit il avec un regard qui fit déguerpir le journaliste.

Rogge est doué, pensa Bäckström. *Il n'a même pas eu besoin de grogner ou de montrer les dents, ce qu'il fait par ailleurs très bien.*

– Il y a une autre chose qui me préoccupe davantage, dit Bäckström. On en parlera quand on sera seuls.

La première occasion ne se présenta pas avant qu'ils se retrouvent garés derrière les grilles fermées, à l'intérieur de l'enceinte du commissariat.

– Je suppose que vous avez tous eu le temps de lire les tabloïds ? demanda Bäckström.

– J'ai aussi regardé les programmes télé du matin et ça ne vaut guère mieux, dit Lewin.

– En bon suédois, c'est tout simplement trop merdique, insista Thorén, qui commençait visiblement à surmonter sa réticence pour au moins les plus doux d'une certaine famille de mots.

– Ce qui m'inquiète, dit Bäckström, c'est que tout ce dont nous avons parlé hier soir se trouve déjà dans les journaux. On se fout des hypothèses et de toutes ces autres putain de spéculations, mais pensez plutôt aux détails de l'affaire qui ont été publiés et vous constaterez forcément que ce bateau fuit comme une passoire. (Bäckström hocha la tête en direction du commissariat, leur lieu de travail de ces prochains jours.) Et si nous n'y mettons pas de l'ordre dès maintenant, nous aurons l'enfer sur terre.

Personne n'émit d'objection.

Bäckström rencontra d'abord le directeur de la police régionale et Olsson, le collègue de Växjö en charge de l'enquête préliminaire, et donc son supérieur immédiat. *D'un point de vue purement formel, puisque ça marche toujours comme ça quand la brigade criminelle nationale part à la campagne faire le ménage derrière le shérif des péquenots.*

– En dépit de ces tristes circonstances, déclara le directeur de la police régionale, je suis heureux et soulagé que toi et tes collègues ayez pu descendre nous aider. Dès que j'ai réalisé ce qu'il s'était passé, j'ai appelé… le Grand Patron Nylander… nous sommes de vieux amis depuis nos études… et s'il s'avérait que j'ai crié au loup inutilement, j'endosserai la faute. Merci d'être venu, Bäckström. Merci beaucoup.

Bäckström hocha la tête. *Quel putain de crétin ! Prends deux Valium, rentre chez ta petite femme et tonton Bäckström dépècera le loup pour toi.*

– Oui, je ne peux qu'approuver totalement mon chef, en rajouta Olsson. Toi et tes collègues étiez attendus avec impatience.

Encore un. Mais d'où ils sortent, tous ?

– Merci, dit Bäckström. *Deux petites tapettes assises sur la même brindille et qui gazouillent à l'unisson, mais putain est-ce qu'il ne vaudrait pas mieux se mettre enfin à faire quelque chose, nom de Dieu ?*

Avant cela, il restait encore à déterminer la distribution des tâches et en particulier leur répartition formelle.

– On va suivre les règles, comme d'habitude, dit Bäckström. *Parce que lire et apprendre les règles par cœur, ça au moins vous savez faire.*

– Si tu n'as rien contre, Bäckström, j'avais pensé m'occuper de la communication avec l'extérieur… le contact avec les médias et tout ça, plus les questions personnelles et la gestion des détails administratifs. Nous allons être assez nombreux. Vous êtes six, et nous une vingtaine. Nous avons également sollicité des gens de Jönköping et Kalmar, alors au total on sera une bonne trentaine sur l'affaire. Tu n'as pas d'objections ?

– Pas la moindre, assura Bäckström. *Pas tant qu'ils font ce que je leur dis.*

– Nous avons aussi un problème pratique, continua Olsson en échangeant un regard avec son supérieur. Est-ce que tu veux que je le mentionne, chef ?

– Vas-y, Bengt.

– On a affaire à une histoire révoltante, une véritable tragédie, et comme ce sont les vacances, on n'a pas beaucoup de monde et bon nombre des collègues qu'on a appelés en renfort sont jeunes et peut-être pas très expérimentés… alors le chef et moi avons pris dès hier la décision que nous allions détacher un thérapeute spécialisé dans la gestion des situations de crises, pour que ceux qui travaillent sur cette affaire puissent être en permanence sous surveillance et obtiennent l'aide éventuellement nécessaire pour gérer cette histoire… un débriefing tout simplement, conclut Olsson en soupirant lourdement comme s'il avait déjà besoin de ce service.

Putain, c'est pas vrai, se dit Bäckström, mais il n'allait bien sûr rien dire à voix haute.

– Avez-vous pensé à quelqu'un en particulier, demanda Bäckström en s'efforçant courageusement de montrer autant de compassion que les autres.

– Une femme psychologue très bien, qui a travaillé dans la maison et donne aussi des cours à l'école de police de Växjö. Et qui a œuvré de nombreuses années dans la commune. Très appréciée comme conférencière, aussi.

– Comment s'appelle-t-elle donc ? demanda Bäckström.

– Lilian… Lilian Olsson, surnommée Lo, dit Olsson. Sauf que nous ne sommes pas apparentés, elle et moi. Pas le moins du monde.

Non, vous êtes simplement foutrement pareils, pensa Bäckström. *Putain, ce serait tellement pratique si tous les crétins pouvaient avoir le même nom de famille !*

– Ça devrait aller, dit Bäckström. Je suppose qu'elle ne sera pas impliquée dans le travail d'enquête lui-même. *Autant que ce soit clair dès le début.*

– Non, bien sûr que non, dit le directeur de la police régionale. Elle avait seulement pensé venir se présenter à la première réunion, que tous sachent comment prendre contact avec elle. Nous lui avons réservé un bureau dans la maison.

Voilà qui s'est finalement bien passé, se dit Bäckström une fois la réunion terminée. Tous ses collègues étaient stratégiquement placés. Lewin serait sous ses ordres directs et devait analyser tous les éléments de l'enquête au fur et à mesure qu'ils se présenteraient. *Séparer le bon grain de l'ivraie, l'essentiel de l'accessoire. S'assurer qu'on traitait ce qui pouvait avoir de l'importance et que toutes les conneries seraient reléguées aux classeurs en bas de l'étagère.*

Rogersson serait responsable des auditions, pendant que Knutsson et Thorén seraient au moins autorisés à rester ensemble pour prendre en charge la surveillance interne et externe. Il avait même réussi à caser la petite Svanström. En raison de sa grande expérience de gestion de la documentation liée aux enquêtes criminelles, elle devait diriger les collègues locaux et répondre de l'enregistrement de tous les papiers qui menaçaient déjà de les inonder.

Et le plus important de tout : c'était Bäckström qui tenait la barre. *Pas si mal*, pensa-t-il en entrant dans la grande salle de réunion qui leur servirait de QG et où la plupart des collègues étaient déjà assis à l'attendre. *Pas mal du tout, même si une bonne femme frappadingue va encore se mêler de notre boulot alors qu'elle n'aurait jamais dû mettre un seul pied dans la maison. À mon avis, en tout cas.*

Ça commença comme d'habitude, tout le monde se présenta à tout le monde, nom, fonction. Comme il y avait trente-quatre personnes dans la pièce, ça prit du temps, mais même ça c'était supportable puisqu'il serait débarrassé de deux d'entre elles dès que ce serait terminé. L'attachée de presse de la police de Växjö et la guérisseuse des âmes du groupe d'enquête. Elles se présentèrent en dernier, et l'attachée de presse fut étonnamment concise et claire : elle et elle seule gérait tous les contacts avec les médias, en liaison avec les responsables de l'enquête.

– J'ai été policière pendant presque vingt ans avant de commencer ce boulot, dit-elle. Je connais la plupart de ceux qui sont dans cette pièce et comme vous me connaissez aussi, vous savez qu'il ne faut pas me prendre à la légère si je suis de mauvaise humeur. Après avoir lu les tabloïds du jour, je ressens malheureusement un grand besoin de rappeler à tous ceux qui sont assis ici l'existence des règles de confidentialité. Si quelqu'un les avait oubliées, il est plus que temps de les relire. Ou, encore plus simple naturellement, de garder la bouche fermée et de ne parler de l'affaire qu'avec ceux qui travaillent dessus et quand il y a des raisons de le faire. Y a-t-il des questions ?

Personne n'avait de questions, alors elle les salua et sortit. Elle avait elle-même beaucoup à faire. *Nom de Dieu, je me demande comment elle était quand elle travaillait comme flic. Plutôt pas mal en plus. Dans la catégorie plus âgée. Elle doit bien approcher les quarante-cinq, la pauvre vieille*, pensa Bäckström, qui lui-même en avait dix de plus.

Leur thérapeute de crise, psychologue agréée et psychothérapeute attitrée Lilian Olsson, n'aurait pas dû avoir besoin de davantage de temps. Mais comme elle correspondait en tout point aux attentes de Bäckström, une petite blonde maigre, d'au moins cinquante printemps pluvieux, la suite ne le surprit pas le moins du monde.

– Et donc je m'appelle Lilian Olsson… sauf que tous ceux qui me connaissent m'appellent juste Lo et j'espère que vous le ferez aussi… Je suis donc psychologue agréée et psychothérapeute… et il y en a sûrement beaucoup parmi vous qui se demandent ce qu'une personne comme moi fabrique ici… Je suis donc psychologue… je suis thérapeute… je donne des conférences et des cours… je travaille comme consultante… et dans mon temps libre… comme bénévole pour diverses organisations de bienfaisance… le refuge pour femmes battues… le centre d'aide aux hommes… le groupe de soutien aux victimes de crimes… En ce moment, j'écris aussi un livre… et la plupart d'entre vous qui êtes assis ici… c'est tout à fait normal de se sentir mal… Beaucoup d'entre vous donnent une impression sensible, perdue, un peu déprimée… pendant que les autres se réfugient dans les pensées machos, la dissimulation et le déni… et que d'autres encore abusent de l'alcool et du sexe… d'eux-mêmes et de ceux qui les entourent… beaucoup d'entre vous ont des troubles alimentaires… nous sommes tous des êtres humains… nous devons reconnaître… nous devons prendre conscience… nous devons accepter… nous libérer de tout bagage effrayant et inhibant… nous devons oser montrer nos faiblesses… oser appeler au secours… oser nous écarter de tout cela… c'est ce dont il s'agit avant tout… le processus de libération tout simplement… ce n'est pas plus étrange que ça… donc c'est simple et évident. Et ma porte vous est toujours ouverte, conclut Lo en laissant son doux sourire englober chacun dans la pièce.

Bla-bla-bla... bla-bla, pensa Bäckström, qui se redressa sur la chaise où il était assis et jeta un œil sur sa montre. *Dix bonnes minutes du temps précieux et compté du groupe d'enquête qui se sont déjà envolées parce qu'une andouille a besoin de presque un quart d'heure pour dire que sa porte est grande ouverte.*

– Eh bien, s'exclama Bäckström dès qu'elle eut refermé derrière elle. Nous pourrions peut-être travailler un peu. Nous avons un putain de cinglé en liberté et il faut que nous l'attrapions pour le boucler. Le plus rapidement sera le mieux. *Et il faudrait surtout qu'on le réduise en bouillie ce salopard*, pensa-t-il. Sauf qu'il n'allait pas dire ça. Tout vrai flic le comprenait, de toute façon. Sans qu'on ait besoin de lui expliquer en long, en large et en travers. Durant la performance de Madame la thérapeute de crise, il avait d'ailleurs repéré quelques jeunes talents prometteurs, à en juger par leurs mimiques. *Peut-être même qu'il y a un futur Bäckström ici dans cette pièce. Aussi incroyable que cela puisse paraître.*

9

– Alors, allons-y, dit Bäckström.

Il se pencha sur l'extrémité de la grande table où il était assis, y appuya ses avant-bras et releva le menton aussi haut que s'il avait été le chef de toute la police nationale.

– Commençons par résumer la situation, continua-t-il. Que savons-nous de la victime et de son emploi du temps ? Jusqu'à maintenant ?

La victime s'appelait Linda Wallin. Elle avait vingt ans et allait en avoir vingt et un. À l'automne, elle aurait dû commencer son troisième semestre à l'école de police de Växjö. Elle mesurait un mètre soixante-douze et pesait cinquante-deux kilos. Naturellement blonde, les cheveux courts, et les yeux bleus. *Une jolie fille, pour ceux qui aiment ce genre de sportive maigre*, pensa Bäckström quand il regarda sa photo. C'était un agrandissement de la photo de sa carte d'étudiante à l'école de police, qui montrait une Linda ouverte et souriante, le regard rivé droit sur l'appareil photo, occupée par l'instant présent et pleine d'espoir pour l'avenir. Tel cet été par exemple, où elle travaillait comme remplaçante à la police de Växjö, certes surtout à la réception, mais elle s'était honorablement acquittée de sa tâche. Pas simplement agréable à regarder, mais aussi serviable, efficace et appréciée à la fois par les visiteurs et les collègues.

Son entourage la décrivait comme douée, charmante, sociable, intelligente et sportive. Ce qui n'était peut-être pas complètement inattendu vu le contexte, mais pour une fois il y avait même des documents pour le prouver. Les meilleures notes au lycée et à l'école de police à la fois dans les matières pratiques et théoriques. Ainsi, c'était la jeune femme qui faisait le plus rapidement le tour du terrain de sport et la deuxième à envoyer les buts les plus précis dans les filets de l'équipe de football féminine de l'école. En outre, elle était à la fois correctement engagée, à la fois sur le plan social et politique. Elle avait écrit un mémoire sur « Le crime, le racisme et la xénophobie ». *Ce n'est pas une victime typique, mais probablement une de celles capables de ramener n'importe qui chez elles. Ce n'est certainement pas plus compliqué que ça*, pensa Bäckström.

Comme tous les enfants, Linda avait deux parents et comme beaucoup d'enfants de sa génération, ses parents étaient divorcés. Dans son cas, depuis une bonne dizaine d'années. Linda était la fille unique de ce mariage, et les parents avaient eu la garde partagée après le divorce. Auparavant, la famille avait habité aux États-Unis pendant deux ans, quand le père avait monté une entreprise à New York. Lorsque le couple s'était brisé, la mère avait pris Linda avec elle et était rentrée en Suède.

La mère avait quarante-cinq ans et travaillait depuis quinze ans en tant qu'enseignante dans un collège de Växjö. Le père avait vingt ans de plus, c'était un homme d'affaires prospère qui avait à présent commencé à lever le pied. Il était retourné dans son pays d'enfance du Småland quelques années après Linda et sa mère, et habitait un grand manoir près du lac Rottnen à une dizaine de kilomètres au sud-est de Växjö.

Il avait également deux fils d'un précédent mariage, qui étaient à peu près deux fois plus âgés que la fille qu'il venait de perdre. Selon leurs informations, Linda n'avait presque aucun contact avec ses demi-frères. Par contre, elle avait conservé de bonnes relations avec ses deux parents, même si ceux-ci ne semblaient quasiment pas s'être vus depuis leur divorce. *Ça ressemble au bordel matrimonial habituel*, pensa Bäckström, *et il est grand temps de poser une question.*

– Elle habitait donc chez sa mère, dans l'appartement du meurtre ? demanda-t-il.

– Elle vivait chez ses deux parents, mais ces derniers temps, elle habitait principalement chez la mère, expliqua la collègue de la police de Växjö chargée d'enquêter sur la personnalité de la victime.

– Et qu'a-t-elle fait avant d'en arriver à cette triste fin ? demanda Bäckström, qui semblait à la fois amical et intéressé. *C'est à ça qu'elles devraient ressembler pour intégrer la police. Fausse blonde, du monde au balcon, joyeuse, agréable et sportive, la trentaine. Seul problème, elle était déjà sûrement avec un de ces shérifs bouseux tarés, qui dans le pire des cas, se trouvait dans la même pièce. À approcher avec d'extrêmes précautions.*

– Tu es tombé sur la bonne personne, répondit la collègue en souriant. Nous étions au même endroit, la victime et moi-même. Nous étions au Grace, la boîte de nuit de Statt, le Stadshotel donc, parce que c'était leur grande soirée club du jeudi soir. Sauf que Linda est partie avant moi. Je suis restée jusqu'à la fermeture. Autant en profiter quand on a son mari et ses gamins en sécurité à la campagne, expliqua-t-elle, pas l'air coupable le moins du monde. Pas plus que les autres d'ailleurs, à en juger par les sourires furtifs qui fleurirent tout à coup parmi le groupe d'enquête.

– Tu m'en diras tant, fit Bäckström sur un ton toujours aussi amical et intéressé. *Cette ville est peut-être un peu petite quand même*, pensa-t-il. *Surtout si l'on veut se taper quelqu'un de sa propre équipe. Comme l'inspectrice Anna Sandberg, trente-trois ans, de la police de Växjö*. Parce qu'elle s'appelait ainsi, selon la liste du personnel qui se trouvait sur la table devant lui.

– On fait des progrès, constata Sandberg. Il y avait beaucoup de monde. Gyllene Tider donnait un concert à Öland hier, alors il y avait davantage de gens en ville que d'habitude et je doute avoir été la seule collègue ou future collègue sur les lieux… de sorte que… Mais je crois quand même qu'on commence à y voir plus clair sur les personnes présentes. Si tu veux, je peux te faire un rapide résumé ? Elle lança à Bäckström un regard interrogateur, auquel répondit un hochement de tête amical et intéressé.

Fais donc, ma petite chérie, pensa-t-il. *Et on réglera les détails quand on sera seuls, toi et moi.*

Jeudi, avant son assassinat, Linda avait travaillé à la réception du commissariat. Elle avait quitté le bâtiment juste après 17 heures avec une amie qui travaillait aussi au poste. Puis elles étaient allées faire un tour en ville, avaient regardé quelques boutiques et vers 18 h 30, elles avaient mangé chacune leur salade de pâtes et bu chacune leur eau minérale dans une pizzeria de la Sandgärdsgata, dans le centre. C'était aussi là qu'elles avaient décidé de se retrouver plus tard à la soirée au Stadshotel.

Une fois leur dîner terminé, elles s'étaient séparées et Linda était rentrée à pied chez elle. En chemin, elle avait passé trois appels sur son portable. Le premier juste après 19 h 30. Elle avait parlé à sa mère, qui se trouvait dans sa maison de campagne à quelques dizaines de kilomètres au sud de Växjö. Une brève conversation quotidienne, où elle avait discuté de ses projets pour la soirée.

Le deuxième et le troisième appel avaient été passés à une amie et camarade de l'école de police pour savoir si elle ne voulait pas « venir en boîte avec elle ». La camarade de l'école de police avait voulu réfléchir, mais quand Linda l'avait rappelée dix minutes plus tard pour lui dire qu'elle venait de rentrer et allait prendre une douche – au cas où elle rappellerait et n'obtiendrait pas de réponse –, sa copine avait décidé de venir. À 23 h 15, elles s'étaient retrouvées devant le Stadshotel sur le Stora Torget et étaient entrées ensemble dans la boîte de nuit.

Ce qu'elle avait fait entre 19 h 45 et un peu avant 23 heures n'était pas encore très clair, mais elle était probablement restée chez elle. Elle n'avait ni passé ni reçu d'appels sur son portable. Par contre, elle avait appelé son père juste avant 21 heures avec le téléphone fixe et la conversation avait duré un bon quart d'heure. D'après lui, ils avaient surtout échangé des banalités, tels la journée de boulot et les projets de sa fille pour la soirée. Selon les connaissances que Linda avait retrouvées au bar plus tard ce soir-là, elle avait aussi dû regarder un programme musical sur MTV qui commençait à 21 h 30, puis elle avait zappé sur TV4 pour le journal de 22 heures.

Environ une heure plus tard, sa voisine l'avait vue quitter l'immeuble à pied et prendre le Pär Lagerkvists väg en direction du sud, vers le centre-ville. Une information corroborée par le fait qu'elle avait retiré cinq cents couronnes à 23 h 14 au distributeur de billets de

SE-Banken au coin de Storgata et de Stora Torget, à cinquante mètres de l'entrée de la boîte de nuit du Stadshotel.

– Je pense que ça se tient très bien, résuma la collègue Sandberg. Toutes les filles savent parfaitement que se préparer pour sortir faire la fête le soir prend un peu de temps. C'est sûrement ce qui l'a occupée en dehors du téléphone et de la télé. Ça et un peu de détente. Elle s'est faite belle pour la soirée, tout simplement, conclut-elle l'air soudain abattu.

– Que s'est-il passé dans la boîte de nuit ? demanda Bäckström. *Les gonzesses resteront toujours des gonzesses, et si ça continue comme ça, la psychologue aura de quoi faire.*

Ce qui s'était passé en boîte n'est pas non plus clarifié dans le détail, ceci pour des raisons évidentes. Il y avait foule, c'était un peu le chaos, comme souvent, et il restait encore pas mal de monde à auditionner. De plus, cette soirée-ci avait été plus chaotique que d'habitude, parce qu'ils avaient engagé des célébrités locales, qui étaient apparues dans plusieurs émissions de téléréalité et tentaient à présent de gagner leur vie en tant qu'artistes de boîtes de nuit.

Mais il ne s'était apparemment rien passé de dramatique, ni même d'intéressant, comparé à ce que Linda allait subir quelques heures plus tard. Linda avait tourbillonné comme la plupart des autres, comme c'est normal dans ce genre d'endroit. Elle s'était assise avec deux groupes d'amis différents. Elle avait parlé et dansé et semblait être de bonne humeur. Elle ne s'était disputée avec personne, et personne ne l'avait draguée. Elle ne s'était pas non plus spécialement enivrée. Elle avait bu une bière forte, probablement une petite liqueur de framboise, et ensuite au maximum un ou deux verres de vin blanc qu'une collègue de la police lui avait offerts.

Puis, entre 2 h 30 et 3 heures du matin, elle avait pris sa camarade de l'école de police à part pour lui dire qu'elle rentrait se coucher. Le videur l'avait vue partir – « Juste avant 3 heures, je dirais » – et, selon lui, elle était à la fois sobre et seule, et ni heureuse ni triste en s'éloignant sur la place, en direction du Pär Lagerkvists väg.

Et c'était là qu'elle disparaissait dans la brume policière. Aucun témoin ne l'avait vue marcher le bon kilomètre séparant la boîte de son immeuble. Du moins, personne ne s'était fait connaître. Aucune conversation sur son portable, que ce soit entrante ou sortante. Et c'était calme en ville, surtout les rues que Linda avait probablement empruntées.

– OK, déclara Bäckström en observant son groupe d'enquête. Vous comprenez bien que ce passage est sacrément important. Je veux savoir en détail ce qu'il s'est passé dans la boîte. Chaque idiot qui y a mis le pied doit être entendu, tous les fêtards, tout le personnel et en particulier ces célébrités de téléréalité. Surtout elles. La même chose pour son retour chez elle. N'y a-t-il vraiment aucun témoin à s'être présenté ? Bäckström interrogea du regard l'inspectrice Sandberg, qui semblait presque coupable en secouant la tête. Les caméras de surveillance, fit Bäckström avec emphase. Tu as parlé d'un distributeur de billets. Il doit bien y avoir des caméras là ? *Putains d'amateurs !*

– On a récupéré cette vidéo, dit Sandberg. Malheureusement, on n'a pas encore eu le temps de la visionner. On n'a tout simplement pas eu le temps !

– Qu'y avait-il comme autres caméras sur son chemin ? Bäckström s'appuya sur ses coudes, l'air sinistre.

– On est en train de le vérifier, dit Sandberg. J'y avais bien pensé, c'est juste qu'on n'a pas fini.

– Alors, il faut qu'on en fasse une priorité, riposta Bäckström, avant que le boutiquier du coin et ses semblables se souviennent qu'ils ont oublié de demander la permission d'installer leur propre petite caméra et décident de la cacher et d'effacer le film de la nuit de vendredi.

– Je vois ce que tu veux dire, fit Sandberg.

– Parfait, dit Bäckström. Et puis il est grand temps de se mettre à frapper aux portes le long de la route entre la boîte et chez elle. Confiez ce boulot aux collègues qui ont déjà commencé dans le quartier où elle habitait.

Elle acquiesça et prit note dans son petit carnet.

Merde, pensa Bäckström, en jetant un œil à sa montre. Ça faisait déjà trois heures, son estomac commençait à gargouiller de famine et ils n'avaient même pas encore atteint la scène de crime. Et s'il ne voulait pas rester assis ici à bavasser toute la journée, il valait mieux qu'il prenne le relais, qu'il accélère la cadence et fasse en sorte que son équipe ait de quoi s'occuper.

– OK, dit Bäckström en hochant la tête vers Enoksson, surnommé Enok, commissaire et directeur de la brigade technique. Corrige-moi si je me trompe, Enoksson. La scène de crime, c'est l'appartement où elle et la maman habitent, ça s'est produit aux aurores, vendredi, entre 3 et 5 heures du matin environ. Selon les informations fournies par toi et tes collègues, elle a donc été étranglée et violée, et nous parlons très probablement d'un seul agresseur.

– Je ne vais pas te contredire, dit Enoksson, qui semblait aussi avoir besoin à la fois de manger et de dormir. C'est exactement ce que nous croyons. De plus, nous sommes certains qu'il s'est échappé par la fenêtre de la chambre. Nous avons retrouvé du sang et des fragments de peau sur le rebord de la fenêtre.

– Pourquoi n'est-il pas sorti par la porte ? demanda Bäckström.

– Selon la voisine, la porte de l'appartement était fermée de l'intérieur. Moi et mes collègues pensons qu'il s'est enfui quand le livreur de journaux a glissé les journaux dans la boîte aux lettres. Il a dû s'imaginer que quelqu'un était en train d'entrer dans l'appartement, et comme la chambre est à l'opposé de la porte d'entrée, il a sauté par la fenêtre.

– À quelle heure le journal est-il arrivé ? *Grosso modo, putain*, pensa Bäckström.

– Juste après 5 heures du matin, et l'heure semble assez précise, insista Enoksson.

– Est-ce qu'on sait autre chose ? demanda Bäckström.

– Le code de la porte d'entrée de l'immeuble était hors service. Il fonctionnait mal, alors le livreur de journaux s'était plaint. On pouvait entrer directement depuis mercredi. La société de serrurerie avait promis de le réparer pour jeudi, mais apparemment ne l'avait pas fait, soupira Enoksson.

– Et la porte de l'appartement, Enoksson ? Comment était-elle ?

– Aucun signe d'effraction. Aucun autre signe de violence dans le salon non plus. Alors soit elle l'a laissé entrer volontairement, soit elle a oublié de refermer derrière elle.

– Ou alors, il lui a mis un couteau sous la gorge quand elle est entrée par la porte principale et l'a forcée à ouvrir. Ou il lui a pris ses clés, contra Bäckström.

– On ne peut pas l'exclure non plus. Certainement pas. Il nous faudra encore probablement quelques jours dans l'appartement pour que le tableau s'éclaircisse. Et le résultat des analyses du laboratoire national de la police scientifique de Linköping prendra comme d'habitude un peu de temps, mais le légiste devrait nous faire parvenir son rapport préliminaire au plus tard demain, alors il doit être en pleine autopsie.

– Il y a quelques bonnes nouvelles quand même, dit Bäckström, soudain affable. *Varions : beaucoup de coups bâton et une ou deux carottes.*

– Nous avons retrouvé du sang, du sperme et probablement ses empreintes digitales, alors on est loin du désespoir, dit Enoksson.

– Mais tu souhaites attendre avant de nous donner les détails ? Bäckström souriait toujours.

– Oui, c'est ce que nous pensions faire, moi et mes collègues de la brigade technique, acquiesça-t-il comme pour confirmer qu'il y avait un temps pour tout, y compris pour Bäckström. Mais j'ai bien quelques petites réflexions en cours.

– J'écoute, dit Bäckström. *Sauf que je n'ai pas toute la journée.* Parce que c'était désormais la révolution au niveau de sa ceinture.

– D'abord, je crois qu'elle l'a fait entrer volontairement. Ou qu'elle l'a rencontré en route et l'a ramené avec elle. Ou bien elle avait déjà décidé de le rejoindre. Si l'on en juge par l'état de l'appartement, tout semble avoir commencé paisiblement.

– Vraiment ? fit Bäckström. *Aucun doute, encore une de ces filles qui laissent entrer n'importe qui.*

– D'autre part, et avec tout le respect pour ce que la collègue Anna a dit plus tôt, je crois qu'elle n'habitait pas beaucoup là. D'après ce que j'ai compris en lisant l'audition de la mère.

– Qu'est-ce qui te fait croire ça ? demanda Bäckström.

– Elle était couchée dans le lit de la mère, répondit Enoksson. C'est là où il l'a tuée. Le seul lit de l'appartement. Bien sûr elle pouvait dormir sur le sofa du salon, parce qu'il est assez grand, mais rien n'indique qu'elle l'ait fait depuis longtemps.

– Sa maman est prof, l'interrompit l'inspectrice Sandberg qui, visiblement, s'était sentie attaquée. Elle était en congé depuis presque un mois et est sans doute restée à la campagne… pense au temps que nous avons eu !

Ils ne s'arrêteront donc jamais, soupira Bäckström. *Toujours à pinailler !*

– J'entends ce que tu dis, Anna, dit Enoksson. En tout cas, il ne semble pas qu'elle avait l'intention d'emménager pour de bon. Nous n'avons trouvé que deux choses appartenant probablement à Linda dans l'appartement. Une trousse de toilette dans la salle de bains, avec son contenu habituel, et l'un de ces sacs de sport en tissu qui se trouvait sur la plus haute étagère d'une armoire dans le bureau de la mère. Il contient des sous-vêtements propres et un chemisier. Alors, j'en ai déduit qu'elle n'habitait là que quand la maman était partie et qu'elle-même voulait être en ville, pour sortir par exemple. Comme jeudi donc, quand elle s'est rendue au Statt.

– C'est à creuser, dit Bäckström en allant jusqu'à sourire à Anna. Je ne sais pas pour vous autres, mais moi je dois absolument manger quelque chose.

10

Bäckström et Rogersson avaient d'abord pensé s'éclipser pour déjeuner dans un endroit discret, où ils auraient pu se prendre la grande bière forte qu'ils avaient si bien méritée. Mais quand ils virent la foule de journalistes devant l'entrée du commissariat, ils tournèrent aussitôt les talons et allèrent s'installer dans la cantine du personnel. Ils trouvèrent une table libre au fond de la salle et se délectèrent du plat du jour accompagné d'une bière blonde.

– Putain, comment peut-on avoir l'idée de servir de la saucisse de Falun grillée, des macaronis à la sauce blanche et du gâteau au fromage du Småland avec de la confiture en dessert quand il fait presque trente degrés dehors ? On dirait des asticots, grogna Rogersson en touchant ses macaronis du bout de sa fourchette.

– Inutile de me poser la question. Je n'ai jamais mangé d'asticots, dit Bäckström. Moi je trouve ça bon.

– Certes, Bäckström, fit Rogersson, fatigué. Mais si on parle d'une personne normale, comme moi…

– Si tu t'interroges sur les asticots, tu peux en parler avec Egon. *Et bonne chance*, pensa Bäckström, puisque Egon était encore plus silencieux que son collègue Rogersson.

– Quel putain d'Egon ?

– Mon Egon.

– Tu lui donnes des asticots ? Rogersson le regarda, incrédule.

– Des vers, des larves de mouche, c'est la même chose. Mais uniquement dans les grandes occasions. As-tu la moindre idée de ce qu'un bocal de larves de mouches peut coûter ? *Il y a des limites, même pour Egon*, pensa Bäckström. *Il faut quand même qu'on vive à deux sur un salaire de flic de base.*

– Tu prends un café ? soupira Rogersson en se levant.

– Un grand avec du lait et du sucre. *C'est le meilleur gâteau au fromage que j'ai mangé depuis longtemps.*

Après le déjeuner, Bäckström entreprit avec une énergie renouvelée de mettre de l'ordre autour de lui et de s'assurer que son groupe d'enquête faisait ce qu'il fallait. Le collègue Olsson apparut et effectua un tour dans la pièce en essayant d'entrer dans les bonnes grâces d'autant de personnes que possible, mais quand il s'approcha de Bäckström pour gaspiller son temps précieux, ce dernier lui fit le coup du téléphone : il leva le combiné et marmonna dedans, l'air concentré, tout en agitant évasivement sa main droite libre. Par mesure de sécurité, il s'était équipé d'un crayon et d'un bloc-notes bien visible devant lui sur la table. Olsson retourna donc à son bureau et en referma la porte derrière lui. Et Bäckström appela la collègue Sandberg pour obtenir davantage de détails sur les contacts et les préférences sexuelles de la victime, tout en en profitant pour reposer ses yeux fatigués sur celle qui devait faire le boulot.

– La vie sexuelle de la victime, Anna. Avons-nous une idée sur la question ? commença Bäckström en hochant la tête. Ce hochement de tête lourd, professionnel, auquel il avait l'habitude de recourir quand il devait parler de choses sérieuses. *Pas mal, les flotteurs de la petite dame.*

– Nous sommes parvenus à en découvrir une partie, répondit Anna.

– Des choses intéressantes ? demanda Bäckström. En rapport avec l'enquête, je veux dire. Il marchait sur de la glace très mince et avait intérêt à bien tourner sa langue dans sa bouche pour ne pas passer à travers.

Jusqu'au début du printemps, Linda avait eu un petit copain, qu'elle avait rencontré un an auparavant. L'ancien petit copain était un peu plus âgé qu'elle et étudiait l'économie à l'université de Lund. Quand, sept mois plus tôt, juste avant Noël, il avait obtenu son diplôme, il avait aussitôt décroché un boulot dans une entreprise là-haut à Stockholm. Il y avait déménagé et leur relation s'était vite enlisée.

Ils n'avaient rien trouvé de négatif sur lui ou à propos de sa relation avec Linda, et il avait même un excellent alibi pour le moment du meurtre : il était à une fête, dans l'archipel de Stockholm avec sa nouvelle petite amie et quelques amis. Il avait lui-même appelé la police de Växjö dès qu'il avait entendu ce qui était arrivé à Linda et ensuite, de sa propre initiative, avait pris contact avec la police à Stockholm, qui l'avait déjà interrogé. Il était en état de choc, naturellement, mais en même temps il avait coopéré bien davantage que ce qu'on était en droit d'exiger. Il avait par exemple volontairement proposé de faire un test ADN, afin que la police n'ait pas à perdre son temps avec lui.

– Voilà un jeune homme très obligeant, constata Bäckström. Comment l'a-t-il appris si rapidement ? Que Linda avait été assassinée.

– Sa mère, qui vit en ville et connaît la famille de Linda, l'avait appelé hier après-midi, dès qu'elle l'a su. Le fils se trouvait quelque part à Sandhamn, au fin fond de l'archipel de Stockholm. Oui, tu sais où ça se trouve, du reste. Elle connaît aussi cette famille-là et elle a appelé à la maison de Sandhamn. Je viens de parler au collègue qui l'a interrogé. Il est convaincu que l'ex-petit ami de Linda n'a rien à voir avec tout ça, mais il a quand même relevé son ADN et l'a envoyé au laboratoire de Linköping, conclut Anna.

– Bien, dit Bäckström, alors il ne reste plus qu'à attendre. As-tu découvert d'autres petits copains depuis cet économiste ?

– Personne, dit Anna en secouant la tête. Nous avons pourtant parlé à ses trois meilleures amies et à plusieurs de ses camarades de l'école de police. Nous avions pensé interroger ses parents dès qu'ils seraient en état de l'être.

– Aucune aventure, aucun penchant sexuel bizarre ? insista Bäckström.

– Non. (Anna secoua fermement la tête.) Rien que ses proches connaissent, en tout cas. Ils sont unanimes là-dessus, Linda semble avoir été une fille tout à fait ordinaire. Des copains ordinaires, du sexe ordinaire. Pas de bizarreries.

– Six mois sans copain ou même de rencontre d'un soir. Bäckström secoua la tête, dubitatif. *Comment est-ce croyable ? Une jolie jeune fille de vingt ans. Un peu maigre, mais...*

– C'est sûrement moins rare que ce que les gens croient, répondit Anna en ayant l'air de savoir ce dont elle parlait. Je pense qu'elle est juste tombée sur un fou. Ce n'est pas plus compliqué que ça, si tu veux mon avis.

– Vraiment, hésita Bäckström. Mais ça va s'arranger. Ça va s'arranger. *Tout le monde a un petit cadavre dissimulé dans son placard.*

La collègue Sandberg ne dit rien mais acquiesça, un peu étonnée.

Maintenant, tu as de quoi réfléchir, ma petite chérie, pensa Bäckström en la suivant du regard quand elle retourna à sa place.

On n'a jamais la paix. Bäckström alla se chercher une tasse de café avant d'emmener Knutsson et Thorén dans un bureau vide pour pouvoir écouter tranquillement comment l'enquête progressait.

– Alors, racontez à un vieil homme, dit Bäckström décidé à se montrer détendu et serein. Avons-nous trouvé quelque chose d'intéressant ?

– Tu veux dire sur la scène de crime ? demanda Thorén. Ils semblent y découvrir constamment de nouveaux éléments.

– Je ne pensais pas à la scène de crime, répondit Bäckström, toujours aussi calme et pédagogue. Je pensais à partout ailleurs en dehors de la scène de crime. Sur le chemin de la victime, quand elle est rentrée de nuit. Dans les environs de la scène de crime. Sur la route de l'agresseur lorsqu'il s'est enfui. Ou n'importe où à Växjö. Ou en Suède… ou dans le monde ?

– Je vois ce que tu veux dire, commença Knutsson. Tu veux dire…

– Je n'ai pas l'impression que tu comprennes, l'interrompit Bäckström, qui était lancé. Je pense à la totale, depuis le plus petit bout de papier dans la rue jusqu'aux poubelles, conteneurs, caniveaux, coins et recoins, cages d'escalier, cachettes potentielles, appartements, greniers et caves et terrains vagues broussailleux, et tout ce qu'il y a autour. Je pense aux voisins bizarres, aux criminels en général, aux voyeurs, aux exhibitionnistes, aux maniaques sexuels et aux psychopathes. Et puis je pense aux citoyens lambda qui ont juste eu un court-circuit dans leur petite tête à cause de cette putain de chaleur tellement inhabituelle qui semble ne jamais vouloir s'arrêter.

– Dans ce cas, on n'a rien trouvé, constata Thorén.

– D'un autre côté, on cherche toujours, objecta Knutsson. Je veux dire que ton message à la réunion était clair. Ils font sûrement tous de leur mieux.

– Mais pour le moment, on n'a encore rien trouvé ?

– Non, dit Thorén.

– Non, confirma Knutsson en secouant sa tête ronde.

– C'est quand même vraiment étrange qu'un taré qui abandonne son caleçon sur la scène de crime et saute par la fenêtre parce que le journal arrive par la boîte aux lettres, sans parler de tout le sperme et toutes les traces de sang et les empreintes digitales qu'il semble avoir laissés derrière lui, disparaisse en fumée dès qu'il se retrouve à l'air libre, résuma Bäckström.

– C'est sûr, c'est un peu surprenant, constata Thorén.

– J'y ai moi-même réfléchi, confirma Knutsson. Je ne pense pas qu'il ne portait qu'un caleçon quand il a attaqué la victime. Je plaisante bien sûr, s'empressa-t-il d'ajouter devant l'expression de Bäckström.

– On ne sait jamais, on ne sait jamais, dit Bäckström en pensant à ce qu'il avait fait à la victime pendant deux heures. Parce qu'il semble aussi avoir pris une douche et philosophé un peu.

– C'est sûr qu'il a l'air complètement cinglé. Je suis d'accord là-dessus, approuva Thorén.

– Mais visiblement pas assez pour laisser des indices à l'extérieur de la scène de crime, insista Bäckström.

– Son esprit s'est peut-être éclairci une fois qu'il a pu relâcher la pression, pouffa Knutsson.

– Sans blague, soupira Bäckström. Si je vois quelque chose qui ressemble à un ver luisant, qui bouge comme un ver luisant et qui émet une lumière mystérieuse, qu'est-ce que c'est ?

– Un ver luisant ? demanda Thorén.

– Bon garçon, dit Bäckström. Tu n'as jamais pensé à entrer dans la police ?

Avant de retourner en voiture à l'hôtel ce soir-là, Bäckström et Rogersson firent un détour par la scène de crime pour jeter un œil à l'appartement. Plusieurs représentants de différents médias se trouvaient naturellement sur place derrière les cordons et, à en juger par la longueur de leurs téléobjectifs, les photographes semblaient aussi prêts à saisir toute initiative policière. Bäckström était resté assis au volant sans sourciller, bien qu'un des photographes fût presque monté sur le capot de leur voiture de service avant de reculer, satisfait. Puis ils avaient enfin réussi à passer les cordons et Bäckström s'était garé juste devant la porte de l'immeuble pour ne pas avoir à être photographié inutilement.

– Sales vautours, dit Rogersson dès qu'ils furent dans l'entrée. Curieux qu'ils n'aient pas encore installé une baraque à saucisses.

– Il fait trop chaud, gloussa Bäckström. *Mais une glace n'aurait pas été une si mauvaise idée.*

Les deux techniciens présents sur les lieux étaient en pleine pause-café lorsqu'ils arrivèrent, mais comme Bäckström et Rogersson refusèrent tous les deux une tasse, ils reposèrent rapidement la leur et leur proposèrent une visite guidée.

– Vous voulez le grand ou le petit tour ? demanda le plus jeune.

– Le petit, ça suffira, dit Bäckström tout en enfilant des gants en plastique et, avec quelque difficulté, les surchaussures en s'appuyant sur le mur.

– Un appartement d'une surface de quatre-vingt-deux mètres carrés. Quatre pièces, cuisine, salle de bains, WC séparés, plus le hall d'entrée où nous nous trouvons. (Le plus âgé des techniciens ponctuait son énumération en montrant du doigt.) La salle de séjour est droit devant. Elle fait environ vingt-cinq mètres carrés et se situe au milieu de l'appartement. Du côté de la rue, nous avons la cuisine et une pièce dont la mère de la victime se servait visiblement comme bureau. D'ailleurs, vous n'avez pas eu le plan de l'appartement ?

– Si, bien sûr, dit Bäckström. Nous l'avons vu, mais ce n'est pas la même chose que de le découvrir de ses propres yeux.

– Entièrement d'accord, approuva le plus âgé. Côté cour, nous avons à la fois la chambre à coucher où elle a été retrouvée et l'entrée donnant dans la salle de séjour. Donnant sur la chambre à coucher, une grande salle de bains avec baignoire, cabine de douche, toilettes et bidet. De l'autre côté de la salle de bains, il y a une pièce plus petite, utilisée comme une sorte de débarras ou de cellier avec un tas de bazar, y compris une planche à repasser et deux grands paniers à linge, et on y arrive par le couloir qui se trouve ici et qui comprend aussi plusieurs penderies intégrées.

Ni chic ni pauvre, pensa Bäckström en faisant le tour de l'appartement. *Ni bien rangé ni particulièrement en désordre, si l'on prend en compte le travail des techniciens*. Conforme à ce qu'il s'était imaginé de l'appartement d'une enseignante d'âge moyen de la classe moyenne. Une femme seule avec une fille de vingt ans, qui y habitait de temps en temps.

Une salle de séjour avec un grand sofa, trois coussins détachables pour l'assise et celui du milieu qui manquait. Devant lui, une table basse et deux fauteuils. Un petit buffet se dressait contre le mur à côté du sofa, mais puisque c'était une femme qui habitait là, Bäckström n'était pas particulièrement désireux de pousser la fouille plus loin pour voir ce qu'il renfermait. *Probablement juste des verres, des serviettes et d'autres merdes de ce style.*

Des étagères le long des murs et une bonne quantité de livres, ce qui était tout à fait logique pour une enseignante, et évidemment une télévision, d'un grand modèle et stratégiquement placée par rapport au sofa. Un petit lustre au plafond, deux lampadaires, et sur le sol un total de trois tapis orientaux quelconques. Une chaîne hi-fi avec deux haut-parleurs séparés placés à hauteur de poitrine dans la bibliothèque du milieu. Des tableaux sur les murs, tous des paysages ou des portraits.

– C'est nous qui avons pris le coussin manquant sur le sofa, dit le plus jeune technicien. Et le caleçon de renommée désormais nationale, au sujet duquel nous pourrons bientôt lire des articles dans nos chers tabloïds, et pas seulement pour dire qu'il s'agit d'un vêtement typiquement masculin, se trouvait en boule par terre sous le sofa.

C'est dingue ce que tu t'exprimes bien. Est-ce que tu as pris des cours ? pensa Bäckström, qui garda cette remarque pour une meilleure occasion et se contenta d'un grognement, pendant que son camarade et collègue demeurait aussi silencieux qu'à son habitude.

Dans la chambre à coucher, les collègues de la brigade technique avaient visiblement fait leur boulot. Aussi bien le matelas que les draps du large lit en pin manquaient, et il y avait des traces de poudre à empreintes et de différents liquides chimiques sur tout ce qui traînait. De plus, ils avaient découpé un grand morceau de la moquette.

– Eh bien, c'est ici qu'on croit que la plupart des choses se sont passées, dit le technicien le plus âgé. Le cœur de l'action, si on veut. Tout ce que nous n'avons pas encore envoyé chez les collègues de Linköping se trouve chez nous à la brigade, à votre disposition.

– Nous vous remercions, dit Bäckström en souriant à la ronde. *Il est grand temps de se taper une bière ou deux.*

Bäckström et Rogersson commandèrent leur dîner dans la chambre de Bäckström. Il ne leur avait fallu qu'un rapide coup d'œil à la clientèle du restaurant pour comprendre que c'était le pire endroit de Växjö pour un simple flic qui voulait manger un morceau en paix, se prendre une bière ou deux, et peut-être aussi un ou deux autres petits alcools plus forts.

– À la tienne, mon frère, dit Rogersson en levant son verre avant même que Bäckström ait eu le temps de finir de verser leur bière.

Là, il semble beaucoup plus gai, le vieux saoulard, pensa Bäckström, lui-même n'étant pas du genre à se plaindre que c'était encore son alcool qu'ils buvaient.

– À la tienne, mon frère, répondit Bäckström. *Enfin samedi. Je suis un homme heureux*, pensa-t-il en sentant la chaleur et la sérénité se propager dans son estomac et sa tête.

11

Växjö, dimanche 6 juillet

Le commissaire Jan Lewin n'était encore jamais venu à Växjö en service. En presque vingt ans dans la police, il avait visité la plupart des villes suédoises plus grandes, aussi grandes, voire bien plus petites. Et voilà qu'il y était : *Enfin Växjö*, pensa-t-il en souriant avec ironie. *Ici plutôt que n'importe où ailleurs !*

La réunion d'introduction sitôt terminée, il avait rapidement déjeuné puis s'était installé à son bureau pour essayer de mettre de l'ordre dans ses piles de papiers grandissantes. Il y était resté près de douze heures, toute la journée du samedi, et quand il put enfin quitter le commissariat de la Sandgärdsgata pour rentrer à pied jusqu'à l'hôtel, il était déjà minuit passé, et l'on était donc dimanche. Et les piles sur son bureau étaient parfois même encore plus élevées que lorsqu'il avait commencé.

Dans le couloir de l'hôtel où il logeait, tout était silencieux et fermé. Lewin marcha doucement pour ne pas déranger ses collègues endormis. Il s'arrêta devant la porte d'Eva Svanström. Pendant un instant, il pensa frapper – un coup léger, très léger seulement – juste pour voir si elle était encore éveillée et souhaitait de la compagnie. *Pas cette nuit, il y en aura bien une autre plus appropriée.*

Puis il se glissa dans sa chambre et se lava au lavabo à l'aide d'un gant de toilette doux. Le visage, sous les bras et l'aine. Juste le minimum syndical, dans cet ordre, même s'il aurait peut-être eu plus besoin de prendre une douche et de laisser couler l'eau. *Ça sera pour demain matin de bonne heure. Pas à minuit et demi quand les autres dorment à poings fermés.*

Puis il se coucha et, comme toujours au début d'une nouvelle enquête, il eut du mal à s'endormir. Lorsqu'il y parvint enfin, il fut tourmenté par ses rêves. Cela lui était souvent arrivé, non seulement au début d'une nouvelle enquête, mais aussi pour toutes sortes de raisons mystérieuses, ou juste par anxiété. Des rêves qui prenaient racine dans la réalité, mais qui la déformaient et changeaient de signification. Et comme bien d'autres fois, le rêve de Jan Lewin le ramena à l'été de ses sept ans, lorsqu'il avait reçu son premier vrai vélo. Un Crescent Vaillant rouge.

À 5 h 30 du matin, il se réveilla pour la troisième fois et prit sa décision. Il enfila un short, un tee-shirt à manches courtes bleu avec l'emblème de la police sur la poitrine, laça ses chaussures de tennis, enfonça la carte magnétique de sa chambre d'hôtel dans sa poche, attrapa la carte touristique de Växjö et quitta sa chambre rapidement et en silence. *Autant s'en débarrasser*, se dit-il en attendant l'ascenseur. Il pensa à ce qui l'attendait sur son bureau et se dit que d'ici à ce qu'il puisse visiter la scène de crime pendant les heures de service, ça allait prendre longtemps. Or il aurait déjà dû y être passé.

Dehors, à seulement 6 h 15, le soleil brillait dans un ciel bleu pâle et il faisait déjà presque vingt degrés. Le

Stora Torget était vide et désert. Personne, pas même la moindre canette de bière seule et abandonnée pour témoigner d'une vie humaine. Une fois parvenu devant l'entrée de la boîte de nuit, il prit la direction de l'appartement de Linda en s'aidant de sa carte. Il consulta sa montre, puis se mit à marcher en essayant d'adopter le rythme qui aurait pu être celui de Linda, et en espérant ne pas se tromper de chemin.

Direction nord-est. Traverser le Stora Torget, passer devant le pignon ouest de la résidence du gouverneur du län[1], puis dans la Kronobergsgata tout droit vers le nord. Pour l'instant, le témoignage du portier se tenait.

Mais ensuite, quoi ? se demanda Lewin. Il s'arrêta, regarda à nouveau sa montre. *Le chemin le plus rapide pour rentrer. C'est bien ce qu'elle avait dit à sa copine quand elle avait quitté la boîte, qu'elle voulait rentrer se coucher ?* Faute de mieux, il prit la première rue transversale à droite et au bout de cent mètres à peine, arriva à la Linnégata. *Parfait.* La Linnégata droit vers le nord pendant quatre cents mètres, puis il tourna à nouveau à droite et se trouva sur le Pär Lagerkvists väg. Là, il s'arrêta pour s'orienter et résumer ses observations.

Environ six cents mètres depuis le Statt, cinq minutes de marche pour une jeune femme sportive et sobre qui avançait d'un bon pas dans un quartier qu'elle connaissait depuis son enfance. De grandes rues centrales calmes et bien éclairées. Seul un fou attaquerait dans ce genre d'endroit. Et à Växjö, en plus.

Un peu plus loin sur le Pär Lagerkvists väg, les conditions de la promenade nocturne étaient encore meilleures. Jusqu'à la porte de l'immeuble, il restait environ sept cents mètres d'une rue large et droite

1. Circonscription administrative.

bordée de petits immeubles de trois à quatre étages. Des façades crépies, des plaques HSB[1] qui témoignaient d'une classe moyenne d'âge moyen soigneuse, de vies bien rangées et de bons voisins. Pas un buisson, pas un recoin, pas même une simple ruelle où quelqu'un de malintentionné aurait pu penser se cacher en attendant une proie innocente.

Sa victime habitait un peu plus loin, dans un immeuble aussi propre que tous les autres. Ne lui manquait que la plaque HSB, puisque c'était une petite copropriété privée de résidents. *Donc c'est ici*, pensa Lewin en s'arrêtant devant les cordons bleus et blancs qui interdisaient toujours l'entrée. Un endroit totalement improbable pour un meurtre à connotation sexuelle.

La seule explication possible, conclut Lewin en rentrant à l'hôtel une demi-heure plus tard, *c'est que c'était là que Linda habitait.* Le tueur était allé la voir elle en particulier. Quelqu'un qu'elle connaissait, quelqu'un en qui elle avait confiance, quelqu'un qu'elle appréciait. Quelqu'un qui était comme elle. Puis il se déshabilla, alla directement sous la douche et laissa couler l'eau cinq minutes. Et pour la première fois depuis un jour et demi, il se sentit complètement calme et satisfait du travail qui l'attendait.

1. HSB est l'une des associations coopératives de copropriétaires les plus importantes de Suède.

12

À 6 h 30 le dimanche matin, pendant que Lewin prenait sa douche à l'hôtel, le portable de service du directeur de la police régionale sonna. Celui-ci dormait et éprouva quelque difficulté à mettre la main sur ses lunettes et son portable pour répondre. *Il a dû se passer quelque chose*, pensa-t-il après un rapide coup d'œil au réveil sur sa table de nuit.

– Nylander à l'appareil, dit la voix. Je suppose que je ne te réveille pas.

– Pas de problème, dit faiblement le directeur de la police régionale. Pas de problème. *Il a dû arriver quelque chose de terrible.*

– J'appelle juste pour prendre des nouvelles de la situation, dit Nylander sèchement. Comment ça va chez vous ?

– Ça suit son cours, répondit le directeur de la police régionale. *Comment pourrais-je savoir quoi que ce soit de nouveau maintenant, alors que j'ai dormi toute la nuit ?* Y a-t-il quelque chose qui t'inquiète plus spécifiquement, Nylander ?

Rien n'inquiétait Nylander – « Ce n'est pas mon genre. » Par contre, en tant que chef de la police nationale, il s'était livré à quelques « considérations stratégiques » en rapport avec leur affaire commune. Et en conclusion, il avait une offre d'« apports opérationnels ».

– À quoi penses-tu ? répondit le directeur de la police régionale. *Des considérations stratégiques, des apports opérationnels ? Mais de quoi parle-t-il ?*

– À mon avis, le risque est grand que vous ayez un véritable cinglé qui se balade librement dans les rues, commença Nylander. Il va probablement récidiver, voire pire.

– À quoi penses-tu ? répéta faiblement le directeur de la police régionale. Nylander lui suggéra alors quelques scénarios inspirés de sa riche expérience de plus haut responsable de la police nationale.

– Je pense par exemple au Samouraï de Malmö, qui a tué et mutilé un certain nombre de ses voisins. Au sous-lieutenant de Falun, qui a tué dix personnes en tout, des jeunes femmes pour la plupart, en leur tirant dessus. Ouiii… qu'est-ce qu'on a encore ? hésita le Grand Patron en ayant l'air de se gratter le menton. Tu as l'homme à la barre de fer, qui a pété les plombs sur un quai de métro il n'y a pas si longtemps. Trois morts et une demi-douzaine de blessés si je me souviens bien. Tu as le fou de Gamla Stan qui a fauché une centaine de piétons innocents avec sa voiture en pleine matinée. Pour ne citer que quelques exemples, conclut Nylander.

– Ah oui, je vois, dit le directeur de la police régionale. *Mon Dieu ! Ici chez moi ! À Växjö !*

– Je me suis déjà entretenu avec nos analystes, qui sont d'accord avec moi. Nous parlons d'un tueur en série qui va très probablement récidiver à outrance, voire massacrer ses victimes à plusieurs endroits différents. En gros, il se balade et sème la mort autour de lui.

– Tu as des suggestions ? dit le directeur de la police régionale. *Mon Dieu !*

Le chef de la police nationale avait trois propositions opérationnelles. Dont deux déjà lancées, et la troisième prête.

– Je crois que nous devons laisser mon groupe GAC jeter un bon coup d'œil sur ce fou dès maintenant. Et envoyer l'affaire à notre section VICLAS. Qui est prévenu est protégé, gronda Nylander.

– Le groupe GAC, la section VICLAS ? dit le directeur de la police régionale. *Mon Dieu, tous ces sigles.*

– Le groupe GAC, ou groupe d'analyse comportementale, pour avoir un profil, une image plus précise de sa personnalité. Et la section VICLAS[1], pour faire le lien avec d'autres crimes qu'il a pu commettre auparavant, résuma Nylander d'un ton coupant. *Typiquement civil*, pensa-t-il.

– Tu as aussi parlé d'une troisième proposition, dit le directeur de la police régionale, sur la défensive.

– Tout à fait. Au moment de l'arrêter, je crois que tu devrais laisser faire notre Force d'intervention nationale. Pour éviter tout bain de sang inutile. Je les ai déjà prévenus. Normalement, on peut être sur place chez toi dans les trois heures qui suivent l'émission de l'ordre. Un délai que nous nous efforçons de réduire, et pour peu que nous conservions les mêmes bonnes conditions de vol que nous avons eues tout l'été, alors le chef des opérations pense que nous n'aurons besoin que de deux heures. Nous avons déjà augmenté le niveau d'alerte de bleu à orange pour trois des groupes d'intervention.

– Mon Dieu ! dit le directeur de la police régionale. *Mon Dieu ! Et quand on parle de bain de sang, ça représente combien de personnes ?*

Un quart d'heure plus tard, le directeur de la police régionale appela, malgré l'heure matinale, le respon-

1. *Violent Crime Linkage Analysis System* : « Système d'analyse et de liaison sur les crimes violents ».

sable de l'enquête préliminaire, le commissaire Olsson. Il l'informa que lui et le chef de la police nationale, d'un commun accord et en concertation, avaient décidé d'apporter à l'enquête le renfort des experts du groupe GAC et de la section VICLAS, et qu'une arrestation éventuelle serait prise en charge par la Force d'intervention nationale. Curieusement, Olsson avait aussi pensé à tout ça et trouvait ces propositions remarquables.

– J'allais t'appeler plus tard dans la journée pour te le proposer. Si j'ai attendu, c'est seulement parce que je sais que tu apprécies tes vacances bien méritées.

Bäckström était stressé, fatigué et avait la gueule de bois. La veille au soir, lui et Rogersson avaient fait de leur mieux pour compenser l'abstinence prolongée à laquelle le service les contraignait. Bäckström s'était écroulé dans son lit juste avant minuit, avait trop dormi et avait été forcé d'avaler son petit déjeuner sans même d'avoir eu le temps de feuilleter les journaux du matin. Ils avaient en outre été obligés de s'arrêter dans une station-service en chemin pour acheter des pastilles au menthol et quelques bouteilles de boisson énergisante, afin de mettre de l'ordre dans leur haleine et leur niveau d'hydratation.

Il pressait le pas dans le couloir pour rejoindre la réunion du matin avec le groupe d'enquête lorsque cet imbécile d'Olsson se jeta sur lui et commença à pleurnicher sur différents scénarios de crise que lui et le directeur de la police régionale avaient jugé nécessaire d'anticiper sans en informer Bäckström.

– Qu'en penses-tu, Bäckström ? demanda Olsson. Du fait que nous sollicitions l'aide de tes collègues du GAC et de la VICLAS ?

– Ça me semble une excellente idée, dit Bäckström, qui n'avait pas la moindre intention de gaspiller son temps précieux à se faire faire la leçon au téléphone par son supérieur le plus haut placé, Sten « le Menton » Nylander.

Puis il se retrouva assis en bout de table. Certes sans chope de bière Höganäs pour ne pas mourir de soif, mais avec une grosse tasse de café et beaucoup de lait et de sucre, et le groupe d'enquête en place.

– Eh bien, dit Bäckström. Allons-y.

Pour commencer, l'inspectrice Sandberg parla des caméras de surveillance sur le chemin emprunté par la victime. Celle du distributeur automatique de la banque où elle avait retiré du liquide n'avait rien donné, probablement parce que la victime était en dehors du champ de vision de la caméra quand elle avait quitté le Stadshotel.

– La caméra ne couvre que le trottoir et un petit bout de la rue devant le distributeur, expliqua-t-elle. Par contre, nous avons trouvé beaucoup mieux, et c'est bien à toi qu'en revient le mérite, chef, sourit-elle à Bäckström.

– Je suis tout ouïe, dit Bäckström en lui rendant son sourire. *Là, tu es déjà à moitié dedans, mon gars.*

Sandberg et ses collègues avaient localisé une autre caméra mieux placée, et dont la demande d'autorisation n'avait pas été faite. Elle était installée au-dessus du comptoir d'un magasin de proximité au départ du Pär Lagerkvists väg, à seulement cinq minutes de l'immeuble de la victime, et de nuit elle couvrait même la rue devant la boutique. À 3 heures du matin moins quatre minutes, dans la nuit du jeudi au vendredi, Linda Wallin avait donc été filmée alors qu'elle rentrait chez elle. Mais ensuite, personne pendant une demi-heure. Il était donc très probable que personne ne l'ait suivie.

– La boutique est ouverte jusqu'à 23 heures. Normalement, la caméra surveille la porte et la caisse, mais avant que le propriétaire ne rentre chez lui juste avant minuit, il a pour habitude de changer l'angle, de façon à ce que ça enregistre aussi ce qu'il se passe dans la rue. Il fait ça parce que des gens ont jeté de l'eau dans l'entrée de sa boutique et tagué ses vitrines avec différentes épithètes racistes. Le propriétaire est originaire d'Iran, expliqua Sandberg.

– Et nous sommes tout à fait sûrs que c'est Linda ? demanda Bäckström, qui n'avait pas l'intention de laisser ce petit détail encourageant se noyer dans l'ample travail de l'enquête.

– Complètement sûrs, dit Sandberg. J'ai moi-même visionné la cassette avec les techniciens. Nous sommes plusieurs à la connaître… l'avoir connue.

Ensuite, tout s'enchaîna efficacement, comme d'habitude lorsqu'il était à la barre. *Dieu merci*, pensa Bäckström, *quand la moitié de la police n'a pas besoin de gaspiller son temps à se présenter à l'autre moitié.*

– Le porte-à-porte et les recherches dans le quartier, continua-t-il. Avons-nous découvert quelque chose d'intéressant depuis hier ?

Malheureusement non, selon le collègue responsable. La dernière trace qu'on avait trouvée de l'agresseur était toujours son sang et quelques fragments de peau sur le rebord de la fenêtre.

– Alors, élargissons la zone de recherches, dit Bäckström d'un ton bourru. Toutes les bizarreries qui se sont passées en ville ce jour-là. La totale, des fauteurs de troubles habituels, des cambriolages, des vandalismes, des vols de voitures, des amendes de stationnement jusqu'aux véhicules, événements et personnes un tant soit peu mystérieux. Je veux la liste de tout ça avant le déjeuner. *Quelle bande de flemmards, il faut tout faire soi-même !* Est-ce que quelqu'un se serait fait connaître et aurait quelque chose d'intéressant à raconter ? continua Bäckström en regardant son collègue Lewin. *Si tu as réussi à te détacher de la petite Svanström, espèce de sale bâtard obsédé.*

– Nous avons reçu des centaines de tuyaux, dit Lewin. Nous les avons reçus par téléphone, par mail, même par texto pour certains dont le numéro est bien connu des informateurs. Rien d'étonnant, puisque ces collègues qui reçoivent des tuyaux travaillent habituellement à la brigade d'intervention ou à celle des stups, et qu'ils ont tous leur propre indic à qui ils laissent leur numéro de portable. Et si quelqu'un nous a écrit une lettre, elle n'arrivera dans le meilleur des cas que demain. C'est ainsi avec la poste, de nos jours.

– Et qu'est-ce que ça donne ? demanda Bäckström. On a du croustillant à se mettre sous la dent ?

Malheureusement non, dit Lewin. Seulement les choses habituelles. Des citoyens indignés qui se plaignaient de la désintégration de la société en général et de la criminalité en particulier. Les je-sais-tout-mieux-que-tout-le-monde qui veulent tuyauter la police sur ce qu'ils devraient faire, et la manière dont ils devaient le faire, en s'inspirant probablement de toutes les séries policières télévisées qu'ils regardent. Sans oublier plusieurs médiums, diseurs de bonne aventure et autres voyantes qui désiraient partager leurs visions, présages, sensations, sentiments et vibrations.

– Donc rien de concret, rien à se mettre sous la dent, s'entêta Bäckström.

– Oh mais certains sont très concrets. Le problème, c'est plutôt qu'ils semblent tous s'être trompés.

– Donne-nous quelques exemples, demanda Bäckström.

– Bien sûr. (Lewin regarda dans ses papiers.) Nous avons une ancienne camarade de lycée de Linda. Elle est sûre à cent pour cent, ce sont ses propres mots, qu'elle a parlé à Linda à un concert à Borgholm, à Öland. Un groupe qui s'appelle Gyllene Tider y jouait à l'occasion de leur tournée d'été.

Borgholm, pensa Bäckström. *C'est au moins à cent cinquante kilomètres de Växjö ?*

– Le problème, c'est que le concert avait lieu le vendredi soir et que notre victime se trouvait déjà au centre de médecine légale de Lund, soupira Lewin. Ce témoin n'a donc même pas lu les tabloïds. Et puis nous en avons un autre ici, continua Lewin en feuilletant ses papiers devant lui. Un des jeunes génies du coin a contacté un des collègues de la sécurité à Växjö et lui a raconté qu'il avait vu Linda à cinq cents mètres à l'ouest du Stadshotel tôt le vendredi matin. Sur Norra Esplanaden, à la hauteur de la maison communale si j'ai bien compris.

– Et quel est son problème ? voulut savoir Bäckström.

– Son problème, résuma Lewin, à part celui de sa crédibilité, est que c'était censé se passer à 4 heures du matin, dans une rue complètement à l'opposé de son chemin et qu'elle aurait été en compagnie, et ce n'est pas moi qui le dis mais le témoin, d'un grand putain de nègre.

– Alors, je crois savoir qui est le témoin, lança l'un des collègues locaux à l'autre bout de la table. Il y a beaucoup de sales types à la peau foncée dans le monde de ce jeune homme.

– C'est ce que j'ai cru comprendre en lisant l'extrait de son casier judiciaire, ricana Lewin.

– Bon OK, dit Bäckström. Des questions ? Des idées ? Des suggestions ? *Pas un chat qui ait quelque chose d'intelligent à dire*, pensa-t-il en regardant toutes les têtes faire non autour de la table. Alors, on y va, continua-t-il en se levant d'un bond. Qu'est-ce que vous attendez ? Ne restez pas assis ici à glander, allez donc plutôt bosser un peu. Au plus tard au déjeuner, je veux le nom du coupable. Donnez-le-moi et je vous offre un gâteau pour le café.

Des mines réjouies autour de la table. *De vrais mômes*, pensa Bäckström. *Tu parles que je vais gaspiller de l'argent durement gagné en gâteaux.*

Lui-même s'équipa d'un papier et d'un crayon et chercha à s'isoler dans une salle d'interrogatoire vide pour réfléchir en paix. D'abord, il alluma la lumière rouge, puis il ferma la porte et lâcha l'énorme caisse qu'il avait difficilement retenue pendant toute la réunion. *Enfin seul*, pensa Bäckström en agitant la main pour dissiper les pires effluves de la veille.

Bon, alors, elle est rentrée à l'appartement juste après 3 heures. Il ne semble pas que quelqu'un l'ait suivie ou lui ait donné rendez-vous à l'appartement. Juste après, l'agresseur est malgré tout entré en action. Ça a dû dégénérer presque aussitôt. Vu à quoi ressemblait la scène de crime, et étant donné ce que Bäckström avait déjà compris, ce petit psychopathe avait dû s'amuser pendant au moins une heure et demie. *Alors, elle est probablement morte entre 4 h 30 et juste avant 5 heures.*

Puis il est allé dans la salle de bains pour se rincer un minimum. Le journal a ensuite été distribué vers 5 heures et il s'est imaginé que quelqu'un était en train d'entrer dans l'appartement. Alors, il a enfilé le strict nécessaire et a sauté par la fenêtre de la chambre, juste après 5 heures. Où est-ce que ça nous mène ? se demanda Bäckström. Il regarda sa montre et commença à compter à partir du vendredi matin jusqu'au dimanche matin. *Presque deux jours et demi depuis qu'il s'est tiré. Ce con pourrait aussi bien être sur la Lune maintenant*, pensa-t-il, de mauvaise humeur. Il rassembla ses papiers et décida de retourner secouer un peu ses collaborateurs.

D'un autre côté, se dit-il en sortant dans le couloir, *ce serait stupide de le faire avec l'estomac vide, et comme la cantine du personnel est ouverte même ce dimanche à cause des événements, autant aller avaler un morceau.*

Des gâteaux de pommes de terre au bacon du Småland, pensa-t-il avidement en étudiant le menu. *Ça sera parfait.* Et pour finir, une bonne tasse de café et un *mazarin* aux amandes, pendant qu'il lirait tranquillement les tabloïds qu'il avait piqués à l'hôtel sans avoir eu le temps de les regarder. *Rien de nouveau dans l'affaire*, pensa Bäckström en sirotant son café. Que des spéculations et du vent.

Dans un des journaux, ils avaient imaginé une variante à la piste suivie par la police.

L'agresseur était probablement un criminel violent qui détestait les flics. Il nourrissait « une haine disproportionnée envers la victime pour cette raison », expliquait l'un des membres du panel d'experts du journal, qui rassemblait en toute occasion une sélection des esprits confus les plus médiatiques du pays.

Ben ouais, c'est ça, pensa Bäckström en savourant son *mazarin*. *Ça doit être un conférencier qu'elle a eu à l'école de police à Växjö. Peut-être même cette tarée qui nous propose ses debriefings, et dans ce cas le sperme ne serait qu'un piège pour les mettre sur une fausse piste.*

Le journal concurrent, lui aussi avec ses experts attitrés, était d'une opinion différente. Il s'agissait d'un tueur en série souffrant d'une haine pathologique des femmes, avec un mode opératoire quasi rituel. *On dirait presque le collègue Olsson, mais putain, où vont-ils pêcher tout ça ?*

Les deux journaux étaient néanmoins d'accord sur certains points. Un fil certes très mince, mais présent. Un autre expert, l'un de ceux qui recommandaient la piste policière dans le premier journal, ne tenait pas pour incroyable qu'il puisse s'agir d'un type particulier de tueur en série qui orientait justement sa haine contre les policiers, mais se comportait normalement avec n'importe qui d'autre, car c'étaient les uniformes qui l'excitaient sexuellement. On parlait de « déclencheur spécial », selon le journal.

Ils ont peut-être créé un site Internet pour tarés, où ils peuvent trouver leur nourriture spirituelle d'idées stupides, pensa Bäckström, et il était sur le point de reposer le journal lorsqu'il aperçut un article qui le fit sursauter.

L'expert interviewé, un professeur adjoint en quelque chose qui avait pour nom la psychiatrie médico-légale, à l'hôpital psychiatrique de Sankt Sigfrid à Växjö, et avait une grande photo de lui dans le journal, décrivait de manière détaillée les blessures que la police avait constatées sur la victime. *Soit il a eu accès aux mêmes photos que celles dont mon groupe d'enquête restreint a pris connaissance hier soir. Soit l'un de ceux qui les ont vues les lui a décrites d'une façon particulièrement précise et complète.*

Le professeur, avec une étrange et remarquable perspicacité, approuvait également ce qui devait être considéré comme la piste principale. Il s'agissait d'un tueur en série. Compte tenu de la brutalité du crime, on pouvait tabler sur une récidive, et la probabilité qu'il recommence rapidement était élevée, pour ne pas dire presque certaine.

En même temps, ce n'était « pas le sadique sexuel habituel, avec des fantasmes très développés », auquel ses collègues criminologues moins expérimentés semblaient penser. Encore moins un homme excité par les femmes futures policières, avec ou sans uniforme. Là, il s'agissait d'un agresseur « au psychisme fortement perturbé », voire presque « chaotique », « d'origine immigrée et qui a été exposé pendant son enfance ou sa jeunesse à un traumatisme ». Il a pu, par exemple, être torturé ou victime d'une agression sexuelle. À ce stade de sa lecture, Bäckström finit son café, enfonça le journal dans sa poche et se mit à la recherche de l'attachée de presse de l'enquête.

– Est-ce que tu as vu ça ? lui demanda Bäckström cinq minutes plus tard, dans son bureau. Il lui tendit le journal ouvert à la page de l'article.

– Je sais, répondit-elle. Je l'ai lu ce matin et j'ai réagi comme toi. Cette péniche fuit comme une passoire. Essayons de voir ce qui est positif dans le fait que ça ait fui vers cet expert en particulier. Tu connais Sankt Sigfrid, bien sûr ? C'est le grand hôpital psychiatrique de la ville et un certain nombre des pires criminels sont en service de psychiatrie fermée. Notre ami le professeur est un conférencier qui intervient fréquemment à la fois à l'école de police et ici dans la maison. Je ne sais pas combien de fois je l'ai écouté.

– Vraiment, fit Bäckstrom. Est-ce qu'il vaut la peine d'être entendu ?

– Je pense que oui. Il s'avère qu'il a souvent raison.

On devrait peut-être parler à ce salopard, se dit Bäckström. *Ce truc d'un jeune agresseur étranger n'est pas si bête. De plus, la victime avait probable-*

ment un faible pour ce genre de types. Peut-être même un tel faible qu'elle lui aurait ouvert et l'aurait laissé entrer s'il avait sonné à sa porte.

Quand Bäckström retourna dans la grande salle où le groupe d'enquête était installé, il prit son air de commandant et dévisagea tout le monde.

– Eh bien, dit Bäckström. Qu'est-ce que vous attendez ? Je viens de manger et maintenant je veux un nom. Pour souligner le message et sans même y penser, il tapota son ventre rond.

– Des noms, je peux t'en donner. Nous venons d'établir une première liste à partir du porte-à-porte, dit Knutsson en agitant une liasse de feuilles imprimées.

– Est-ce qu'il y a du bon ? demanda-t-il en prenant la liste et s'installant à sa place habituelle.

– En tout cas, il y a une bonne quantité de noms, constata Knutsson en s'asseyant à côté de Bäckström. Soixante-dix-neuf pour être précis, et encore, on n'a retenu que les voisins, les connaissances de la victime et les suspects potentiels ici à Växjö.

– Raconte-moi, demanda Bäckström. Donne-moi quelque chose à me mettre sous la dent.

– Du calme, du calme, dit Knutsson. J'y viens.

13

Knutsson et ses collègues avaient d'abord passé en revue la famille, les amis et les connaissances de la victime, pour voir si l'un des fichiers de la police avait quelque chose d'intéressant à raconter sur l'un d'entre eux. Ça n'avait rien donné, bien sûr. Un tiers de la vingtaine de personnes qu'ils avaient recherchées était des camarades de Linda à l'école de police, où l'on ne pouvait pas entrer si l'on avait un casier.

– Aussi inattaquable que notre victime, constata Bäckström en s'adossant à son fauteuil, les mains croisées sur son ventre.

– Du point de vue des fichiers du moins, dit Knutsson judicieusement.

– Puisque nous aurons bientôt un peu de l'ADN de l'agresseur, je voudrais qu'ils soient tous testés. De leur plein gré et juste pour être rapidement mis hors de cause.

– Ça ne devrait pas poser de problème, dit Knutsson.

– Non, vraiment pas, acquiesça Bäckström. *Qu'est-ce qu'un honnête homme a à craindre de son propre ADN* ?

Pour la deuxième catégorie, c'était évidemment le contraire, puisque ceux qui s'y trouvaient avaient tous des casiers judiciaires éloquents. À l'aide de leurs ordinateurs, Knutsson et ses collègues avaient repêché une centaine de misogynes, de bagarreurs, de violeurs et fous en tous genres, tous ayant un lien avec Växjö et sa région. Puis ils avaient rayé ceux qui se trouvaient déjà au trou ou avaient un alibi solide. Il restait soixante-dix personnes en attente d'une vérification plus minutieuse. Une dizaine d'entre elles étaient particulièrement intéressantes, parce qu'elles étaient ou avaient été soignées à l'hôpital Sankt Sigfrid pour agressions sexuelles aggravées.

– Faites-leur des tests d'ADN. Qu'elles se fourrent toutes un petit coton-tige dans la bouche pour aider la gentille police. Bäckström hocha la tête avec satisfaction. *Voilà qui commence enfin à ressembler à quelque chose.*

– Bien sûr, bien sûr, soupira Knutsson, qui tout à coup ne semblait plus si réjoui. *Espérons que nous en ayons déjà testé certaines*, pensa-t-il.

Il restait les voisins du quartier. En tout, près d'un millier de personnes dont à peine la moitié s'étaient fait connaître de la police ou étaient chez elles quand on avait frappé à leur porte. Étant donné que c'était l'été et les vacances, et que cet endroit était principalement habité par des personnes âgées ou d'âge moyen de la classe moyenne, la forte proportion d'absents n'était pas surprenante.

– Peu importe s'ils étaient planqués tout l'été dans leur maison de campagne, et qu'ils n'aient que dalle à dire, je veux quand même qu'ils soient auditionnés et rayés, ordonna Bäckström.

– Sur ce point, on est d'accord, répondit Knutsson, mais je suppose que tu ne veux pas qu'on teste leur ADN, à eux aussi ?

– Il n'y a pas de mal à demander, rétorqua Bäckström en se redressant. D'ailleurs combien il en reste dans la liste finale ?

– Je croyais que je l'avais dit, fit Knutsson en jetant un œil à sa liste. Soixante-dix-neuf moins soixante-dix criminels, il en reste neuf du groupe des voisins.

– Qu'est-ce qu'ils ont fait ?

– Trois conducteurs ivres. L'un d'eux a comparu quatre fois en douze ans. Le collègue de Växjö le décrit comme un joyeux drille, et si l'on pense que le premier a cinquante ans, le deuxième cinquante-sept et le joyeux drille lui-même soixante-dix ans, alors... (Knutsson soupira à nouveau et haussa les épaules de manière évocatrice.) Puis nous en avons un qui a été pris les doigts dans la caisse au boulot. Condamnation avec sursis pour détournement de fonds. Un qui a battu sa femme il y a neuf ans et qui n'a pas répondu au porte-à-porte, il semblerait qu'il était en vacances, un fraudeur au fisc, plus deux jeunes de seize et dix-huit ans qui ont fait les trucs habituels, vols, graffitis, lancé un pavé dans une vitrine, bagarre avec d'autres morveux. Knutsson soupira à nouveau.

– Celui qui battait sa femme ? demanda Bäckström avec curiosité.

– Il serait à la campagne avec la femme en question. Heureux en ménage, selon les voisins interrogés pendant le porte-à-porte.

– Alors, il n'aura sûrement rien contre un test ADN volontaire. *Les gens heureux n'ont en général rien contre.*

– Il y en a bien un qui m'intéresse un peu plus, ajouta Knutsson. Il s'appelle Marian Gross et est originaire de Pologne. Il a quarante-six ans, est arrivé avec ses parents quand il était enfant, des réfugiés politiques. Il a la nationalité suédoise depuis 1975. Il a été accusé cet hiver de menaces, harcèlement sexuel, et un tas d'autres petites choses. Célibataire, sans enfant, travaille comme bibliothécaire à l'université d'ici.

– Attends une minute, Knutsson, dit Bäckström en levant les mains pour l'interrompre. C'est une tafiole, tu l'as bien entendu dans la description ? Marian. Putain, qui s'appelle Marian ? Bibliothécaire, célibataire, pas d'enfant, dit Bäckström en levant le petit doigt. Il n'y a qu'à parler au petit pédé qui a porté plainte.

– Je ne crois pas. La plaignante est une collègue de quinze ans plus jeune.

– Une autre bibliothécaire dit Bäckström. Mais qu'est-ce qu'il a bien pu lui faire ? Il lui a montré sa saucisse polonaise à la fête de Noël ou quoi ?

– Il a envoyé de nombreux mails anonymes et autres messages que personnellement, je trouve assez désagréables. Les saloperies habituelles, certes, mais avec quelque chose de menaçant, grimaça Knutsson.

– Les saloperies habituelles ? (Bäckström regarda Knutsson avec curiosité.) Tu ne peux pas être un peu plus… Il agita sa main droite de façon éloquente.

– Bien sûr, répondit Knutsson en soupirant profondément comme s'il prenait son élan. Voici quelques exemples. Nous avons le vieux classique du gode envoyé sur son lieu de travail. Le plus grand modèle, en noir, avec une lettre anonyme où l'expéditeur explique qu'il est modelé sur le sien.

– Je croyais que tu avais dit qu'il était polonais, grogna Bäckström. Il est peut-être daltonien le salaud ? Ou alors peut-être que sa saucisse est sur le point de tomber ! rit Bäckström, faisant tressauter son estomac.

– Les mails et les lettres habituels où il dit qu'il l'a vue en ville et à la bibliothèque, et exprime des opinions sur son choix de sous-vêtements. Est-ce que ça suffit ou non ? demanda Knutsson.

– Il m'a l'air d'un vieux salopard complètement normal, dit Bäckström. *Et qu'est-*ce *qui a soudain* *poussé petit Pam à dévoiler son côté le plus tendre ? Est-ce qu'il se serait par hasard éclipsé chez la thérapeute de crise ?*

– Non, ce n'est pas tout à fait cela qui a semé le doute dans mon esprit, fit Knutsson avec aigreur.

– Qu'est-ce que c'est alors ? Qu'il soit polonais ?

– Il habite dans le même immeuble que la victime. Dans l'appartement juste au-dessus si j'ai bien compris.

– À faire tester ! s'écria Bäckström, en se redressant et pointant un index potelé vers Knutsson. Tu aurais pu le dire tout de suite. Envoie quelqu'un prélever un échantillon de son ADN et s'il ne veut pas s'y prêter de son plein gré, on l'amène ici. *Voilà que ça commence enfin à ressembler à quelque chose.*

Ce ne fut qu'à la fin de l'après-midi que les premières conclusions de l'autopsie arrivèrent sur le fax de la brigade technique, adressées au technicien responsable, le commissaire Enoksson de la police régionale de Växjö. Dès qu'il l'eut parcouru, il alla trouver Bäckström pour en discuter.

– Selon le médecin légiste, elle est morte entre 3 et 7 heures du matin. Étouffée par strangulation, précisa le technicien.

– Pas besoin d'être en blouse blanche pour le deviner, fit Bäckström. Si tu veux mon avis, elle est morte entre 4 h 30 et au plus tard 5 heures, ajouta-t-il. *Médecin légiste typique. Putain de trouillard.*

– Je suis d'accord avec toi sur le timing, acquiesça Enoksson. Sinon, elle semble avoir été violée au moins deux fois. Des viols vaginal et anal, et probablement dans cet ordre. Peut-être plus que deux fois. L'agresseur a eu des orgasmes à chaque fois.

– Est-ce qu'il dit quelque chose qu'on n'aurait pas trouvé tout seuls ? demanda Bäckström. Ces coups de couteau sur son… bas du dos… alors ? *On n'ose même plus dire son petit cul. Où est-ce que j'ai atterri ?*

– Coups est peut-être un grand mot, objecta Enoksson. Plutôt des coupures, même si elle a beaucoup saigné. Oui, il les a mesurées pour nous. Ce genre de choses n'est pas de notre ressort. Par contre, nous avons été capables de les compter, et là nous sommes d'accord avec lui. Treize coupures réparties en un arc de cercle jusqu'à la taille et la ligne médiane du corps, et vraisemblablement faites de gauche à droite.

– Je suis tout ouïe, dit Bäckström.

– Une lame à un seul tranchant, probablement le cutter que nous avons retrouvé sur la scène de crime, entre deux et cinq millimètres de profondeur, au maximum à peine un centimètre. Il donne une impression de contrôle, d'autant plus qu'elle a dû résister, gigoter. Plus profond sur le côté droit que le gauche. Pour les liens, le bâillon et les traces de ce qui se trouvait sur son corps, il faut attendre les résultats du laboratoire de Linköping.

– Tout à fait d'accord, dit Bäckström. Quant à la contribution de ton docteur, elle ne nous apprend rien. *Du moins à moi.*

– Non, mais il viendra volontiers ici en parler avec nous si nous le désirons, dit le technicien. Je pensais que mieux vaudrait attendre que moi et mes collègues ayons fini ce que nous avons à faire et ayons quelques réponses à tous nos tests. Peut-être désire-t-il approfondir quelque chose devant nous ? Rien ne doit être négligé. Qu'en penses-tu ?

– Ça me semble bien, dit Bäckström. *Mais de préférence avant la fin de cet été.*

Bäckström prit ensuite la collègue Anna Sandberg à part pour examiner avec elle la personnalité de la victime, mais surtout pour reposer ses yeux fatigués.

– J'espère que tu ne me trouves pas trop pointilleux, Anna, dit Bäckström en souriant amicalement, mais tu comprends bien que les détails concernant la personnalité de la victime constituent peut-être la partie la plus importante de l'enquête. *Ah ! là, là, mais qu'est-ce qu'on ne ferait pas pour ces petites bêtes.*

– Je ne te trouve absolument pas pointilleux, répondit Anna. Au contraire, je suis contente de t'entendre. Il y a beaucoup trop de collègues dans cette maison qui ne prennent pas la personnalité de la victime au sérieux. Elle le regarda solennellement.

C'est agréable d'apprendre qu'il y a quelques collègues normaux même à Växjö, pensa Bäckström, une chose que naturellement il n'avait pas l'intention de dire à haute voix.

– Exactement, dit Bäckström. J'ai entendu que tu avais parlé au papa ? Le père de Linda.

– C'est beaucoup dire, objecta-t-elle. J'étais là quand on est allés lui annoncer la nouvelle chez lui. C'est surtout mon collègue plus âgé qui a parlé. Il était prêtre avant d'être policier, et travaille à la police de proximité ici depuis de nombreuses années. Il est très doué pour ce genre de choses. C'est terrible quand on y pense. Le père était en état de choc. Dès qu'on est retournés au commissariat, on a fait venir un médecin.

– Terrible, dit Bäckström. *Voilà qu'elle a à nouveau un drôle d'air, je ferais mieux de me dépêcher avant qu'elle ne se mette à chialer. Les gonzesses sont toutes pareilles, les gonzesses, les prêtres, les policiers de proximité. Des putains de bébés.* J'ai vu qu'elle habitait chez son père, alors je suppose qu'elle avait sa propre chambre ?

– Oh oui, répondit Anna. C'est une immense maison, un manoir. Un endroit vraiment fantastique.

– Quand vous avez fouillé sa chambre chez son père, avez-vous trouvé quelque chose d'intéressant ?

Des journaux intimes, des notes personnelles, des agendas, ce genre de trucs, des vieilles lettres, des photos, des vidéos de fêtes de famille. Oui tout ce tralala, tu sais bien. Tu vois ce que je veux dire.

– On n'en a jamais eu le temps, en fait. On n'est pas allés plus loin que l'entrée, avant de repartir. Son père était complètement bouleversé. Mais nous avons mis la main sur son agenda. Il était dans son sac, le même sac qu'elle avait avec elle quand elle était sortie vendredi.

– Y avait-il quelque chose d'intéressant dedans ?

– Non, répondit Anna en secouant la tête. Juste les trucs habituels. Des réunions, des cours à l'école, les copains qu'elle avait rencontrés. Ce genre-là. Si tu veux, tu peux regarder.

– On verra ça plus tard, dit Bäckström. Mais ensuite, vous y êtes bien retournés ?

– Non, dit Anna. J'en ai parlé à Bengt, oui le commissaire Olsson, dès vendredi, mais le père était déjà parti avec un docteur et quelques amis de la famille, et Bengt a dit d'attendre. Le laisser en paix, compte tenu des événements. Mais depuis, rien n'a bougé. Sauf que les collègues de la brigade technique nous l'ont rappelé.

– Donc, vous n'avez toujours pas fouillé sa chambre chez son père ? *Putain, mais où est-ce que j'ai atterri ?!*

– Non, pas que je sache. Les techniciens étaient occupés par la scène de crime, de toute façon. Mais je vois ce que tu veux dire.

– J'en parle à Olsson demain. *Comme ça, ça lui laisse encore une demi-journée pour foutre le bordel.*

Rogersson était assis derrière des portes closes, des écouteurs aux oreilles et un lecteur de cassettes sur la table quand Bäckström entra dans son bureau.

– Que puis-je faire pour toi, commissaire ? demanda Rogersson.

– Tu peux rentrer avec moi à l'hôtel, pour manger un morceau et boire une bière ou deux, dit Bäckström.

– Je crois que je suis en train de me choper de l'eczéma dans les conduits auditifs après un après-midi entier et la moitié de la soirée à écouter une grande quantité d'auditions sans intérêt. Jusqu'à ce que mon collègue Bäckström entre et que tout ce que j'entende se transforme en la mélodie la plus douce.

– Arrête les conneries, on y va. *Voilà qu'il commence à devenir sentimental, le bougre. Ça doit être l'alcool.*

– Aah, dit Rogersson en poussant un profond soupir de bien-être et en essuyant de la main gauche un peu de mousse au coin de sa bouche. Celui qui a inventé la bière devrait recevoir tous les prix Nobel qui existent. Du prix Nobel de la paix à celui de littérature. La totale.

– Tu n'es pas le seul à penser ça, dit Bäckström, et la seule chose encore meilleure qu'une bière fraîche, c'est bien une bière fraîche gratos. Alors pour ce que tu as déjà descendu, il aurait aussi dû recevoir le prix d'économie, espèce de sale radin.

Rogersson ignora l'insulte. Par contre, il changea subitement de sujet :

– Ce Polonais que Knutsson essaye de nous vendre.

– Celui qu'on pensait interroger avant de prélever son ADN demain matin à la première heure ? *Parlons plutôt de toutes les bières gratos que tu descends.*

– Je ne le sens pas. Il ne semble pas crédible.

– Vraiment ? Pourquoi ne te semble-t-il pas crédible ?

– J'ai lu les auditions, à la fois du livreur de journaux et du Polonais. J'ai même parlé au collègue Salo monson – un type tout à fait normal par ailleurs –, qui s'occupe de l'enquête sur cette affaire de harcèlement sexuel. Le Polonais ne me semble pas crédible. C'est tout, fit Rogersson en accompagnant ce qu'il venait de dire d'une bonne gorgée de bière gratos.

Selon Rogersson, trois raisons objectives disculpaient le voisin polonais de Linda, Marian Gross. La première était liée à l'audition du livreur de journaux qui, tous les matins à la même heure, livrait les journaux dans les boîtes aux lettres des abonnés de l'immeuble.

– Il aurait bien dû comprendre, dit Rogersson, que c'était le journal qui arrivait par la boîte aux lettres et pas quelqu'un qui rentrait ? Surtout qu'il recevait les mêmes journaux que la mère de la victime. *Smålandsposten* et *Svenska Dagbladet*.

– Peut-être qu'il dort quand le journal arrive, objecta Bäckström.

La deuxième raison tenait à l'audition réalisée par la police au cours du porte-à-porte du vendredi après-midi. Gross y déclarait avoir discuté avec la mère de Linda plus tôt dans la semaine et qu'elle lui avait raconté qu'elle partait à la campagne, mais que sa fille resterait dans l'appartement.

– Ça ne parle pas franchement en sa faveur, dit Bäckström. Il savait que la voie était libre.

– Dans ce cas, pourquoi sauter par la fenêtre ? répéta Rogersson. Le plus simple aurait été de sortir simplement par la porte et de prendre l'escalier ou l'ascenseur jusqu'à son propre appartement, non ?

– Mais il y avait quelqu'un devant la porte, contra Bäckström.

– Le livreur de journaux, oui, insista Rogersson. Il n'y avait qu'à attendre qu'il s'en aille.

Soupir, pensa Bäckström en hochant la tête.

La troisième raison tenait aux aptitudes physiques de Gross et à la manière de fuir de l'agresseur. Selon l'enquête technique, le rebord de fenêtre se trouvait à près de quatre mètres au-dessus de la pelouse. Gross mesurait un mètre soixante-dix et pesait plus de quatre-vingt-dix kilos. Lourd.

– Selon Salomonson, c'est un putain de gros lard, de surcroît particulièrement désagréable. En plus, le collègue prétend qu'il n'est pas en bonne condition physique. Il souffle comme un phoque après avoir monté un demi-étage. Par la fenêtre, il se serait tué. À condition qu'il ait seulement réussi à grimper sur le rebord.

Un bâtard de petit gros, pensa Bäckström, qui était à peine plus grand et plus maigre, mais avait imaginé un agresseur plus athlétique. *C'est pas con.*

– C'est pas con ce que tu dis, acquiesça Bäckström. Mais ça ne devrait pas faire de mal de le tester quand même, non ?

– Bon courage, conclut Rogersson. D'après ce que j'ai compris, Gross semble être un personnage particulièrement difficile.

14

Växjö, lundi 7 juillet

Quatrième jour et toujours aucun coupable, pensa Bäckström en s'installant à la grande table de réunion. De plus, le commissaire Olsson avait visiblement décidé de jouer au responsable de l'enquête préliminaire et commencé à défendre ses couleurs. Et il était encore en train de résumer une situation qui jusqu'à présent n'avait pas avancé d'un pouce. *Olsson déblatère toujours, les lèche-culs habituels sont d'accord et le temps passe*, pensa-t-il en essayant de ne pas écouter tout en faisant semblant de lire ses papiers.

Ils décidèrent d'abord de renoncer à chercher davantage d'indices autour de la scène de crime, du trajet de retour de la victime et de l'hypothétique chemin de fuite de l'agresseur. Trois jours s'étaient déjà écoulés, et s'ils n'avaient rien découvert, ils n'allaient plus rien découvrir.

– Mieux vaut concentrer nos ressources dans une autre direction, suggéra Olsson au milieu des hochements de têtes approbateurs.

Par exemple, une petite perquisition chez petit papa. Mais Bäckström n'en dit rien, parce qu'il avait l'intention d'en parler à Olsson en privé.

– Enfin, je voudrais vraiment tous vous remercier, chers collègues, continua Olsson. Vous avez tous fait un fantastique boulot.

De rien, pensa Bäckström. *Pour ma part, j'ai trouvé une caméra de surveillance que les autres nouilles avaient ratée.*

Même le porte-à-porte s'épuisait. Les gens qu'ils n'avaient pas pu contacter avaient reçu des avis dans leurs boîtes aux lettres. Les plus intéressants – qui que ça puisse bien être –, ils pourraient au pire aller les chercher sur leurs lieux de villégiature.

– Ce qui présente l'avantage de libérer quelques collègues qui seront plus utiles ailleurs, constata un commissaire Olsson satisfait.

Pour faire par exemple une petite descente chez petit papa, pensa Bäckström, qui n'avait toujours pas l'intention d'en parler.

Puis il fut temps de passer en revue les indices qu'ils avaient malgré tout réussi à rassembler sur la scène de crime et les résultats envoyés par le centre de médecine légale à Lund.

– Pour moi, ça a l'air bien, dit Enoksson. Mais il faut patienter encore un jour ou deux. Nous attendons notamment un certain nombre de résultats d'analyses, mais nous promettons de revenir sur la question. Jusque-là, contentons-nous de ce qu'il y a dans les tabloïds, même s'il faut quand même s'en méfier.

Aïe, aïe, aïe, se dit Bäckström. *Nom de Dieu. Enoksson n'est pas très content.*

Olsson ne semblait pas avoir remarqué le commentaire et n'avait visiblement pas l'intention d'abandonner la scène de crime.

– Si je comprends bien, résuma Olsson, elle a été violée au moins deux fois et étranglée, et est morte juste avant 5 heures.

– Oui, répondit Enoksson. Entre 4 h 30 et 5 heures.

C'est bien mon garçon, il faut tenir, pensa Bäckström. *Si tu donnes ton petit doigt à un type pareil, il te prend tout le bras.*

– Les éléments de rituels dans le crime… qui ressemblent à de la torture… Pour le dire sans ambages, il l'a attachée, lui a mis un bâillon et l'a frappée avec un couteau un grand nombre de fois. On en est où sur ce point ?

– Frappée n'est pas tout à fait le mot exact, objecta Enoksson. Il l'a plutôt tailladée ou lacérée.

– Si j'ai bien compris, reprit Olsson, il s'agit de treize coups. Ou lacérations, donc, si tu préfères.

– Oui. Treize, et je ne crois pas qu'on en ait oublié. Elle a beaucoup saigné quand il l'a lacérée, même si les coupures n'étaient pas profondes, ce qui signifie qu'elle était vivante et se débattait, et c'était probablement ça le but, constata Enoksson, qui sembla tout à coup épuisé.

– Treize coups, dit Olsson avec l'air de quelqu'un qui aurait vu la vérité dans la lumière. Ça ne peut quand même pas être une coïncidence ?

– Je ne vois pas ce que tu veux dire, répondit Enoksson.

– Pourquoi justement treize, s'entêta Olsson. Treize, le chiffre porte-malheur. Si tu veux mon avis, ce n'est pas un hasard qu'il y en ait treize. Je suis tout à fait convaincu que l'agresseur voulait nous laisser un message.

– Moi je crois par contre que c'était un véritable hasard qu'il y en ait treize, et pas dix ou douze ou vingt, répliqua Enoksson sèchement.

– Nous allons y réfléchir, fit Olsson avec suffisance.

Maintenant ça suffit, pensa Bäckström. Il hocha la tête, affable, tout en se raclant la gorge suffisamment fort pour avoir l'attention de tous.

– J'aurais tendance à être d'accord avec toi, Bengt, dit Bäckström en souriant à Olsson presque gentiment. La date de sa mort n'est sûrement pas non plus un hasard. Mais je ne m'en suis rendu compte qu'en me souvenant de l'excellent exposé d'Anna, où elle a notamment souligné que la victime avait vécu quelques années aux États-Unis lorsqu'elle était petite. Le 4 juillet. Ça ne peut pas être une coïncidence, non ?

– Là, je ne te suis plus, fit Olsson.

Mais tous les autres, si, à en juger par leurs yeux exorbités et leurs cous tendus, pensa Bäckström. *C'est presque comme une ola.*

– La fête nationale des États-Unis, dit Bäckström. Vous ne croyez pas que ce pourrait être un de ces types d'Al-Qaïda ?

Ceux qui grimacent sont plus nombreux que ceux qui ont pouffé ou souri, mais au moins le message est passé, pensa Backstrom.

– Je comprends l'allusion, bien qu'elle soit subtile, répondit Olsson avec un sourire figé. Mais, pour avancer, j'ai entendu dire que nous avons aussi mis la main sur une personne particulièrement intéressante, continua-t-il en se tournant vers Knutsson.

Les rats espèrent quitter le navire, pensa Bäckström en regardant Knutsson soudain complètement absorbé par ses papiers.

– Oui, dit Knutsson. Il y a ce voisin polonais. Marian Gross, que beaucoup d'entre vous connaissent déjà.

Exactement, et pourquoi ne me l'avez-vous pas amené dès vendredi pour que je m'occupe de lui ? pensa Bäckström. *Ah oui, parce que les collègues de la sécurité qui faisaient le porte-à-porte ne savaient pas qui il était, et parce que l'enquêteur qui s'est occupé de lui cet hiver n'avait même pas réalisé qu'il habitait dans le même immeuble que la victime. C'est ce petit mutin de Pam, de la brigade criminelle nationale de Stockholm, qui le lui a appris après quelques recherches.*

Ils décrivirent le voisin polonais comme un maniaque sexuel, et pas seulement potentiel, voire carrément comme le véritable agresseur. La discussion tourna en rond pendant un bon quart d'heure. Bäckström essaya de penser à autre chose, du coup, lorsque Olsson lui posa une question directe, il ne savait plus de quoi on parlait. *Sinon que c'est en rapport avec le Polonais, bien sûr.*

– Qu'en penses-tu, Bäckström ? demanda Olsson.

– Je propose qu'on fasse ainsi, dit Bäckström. On va chez lui et on interroge ce bâtard. Et on s'arrange pour obtenir un échantillon de son ADN.

– J'ai bien peur que ça ne pose un problème, objecta Salomonson, assis un peu plus loin. Oui, c'est moi qui me suis occupé des accusations de harcèlement sexuel, si ça vous intéresse. Gross est quelqu'un de très difficile.

Alors, ça ne peut pas être pire que d'avoir à l'amener au poste, pensa Bäckström. *On lui met les menottes et on le fait passer par la grande porte sur Oxtorget pour que les journalistes puissent prendre de bonnes photos.*

– En tant que responsable à ce niveau, je décide qu'on l'amène dès maintenant ici pour l'interroger, dit Olsson en se redressant. Saisie au corps sans convocation préalable selon le Code de procédure judiciaire, chapitre 23, article sept, expliqua-t-il, très satisfait.

C'est ça, mon gars, vas-y, pensa Bäckström en hochant la tête comme tous les autres – sauf Rogersson, impassible.

Après la réunion, Bäckström mit la main sur Olsson avant qu'il ne réussisse à s'éclipser dans son bureau.

– Est-ce que tu as une minute ? demanda amicalement Bäckström.

– Ma porte t'est toujours ouverte, Bäckström, l'assura Olsson tout aussi amicalement.

– Il est grand temps de s'occuper de la fouille de la chambre de la victime chez son père. C'est quand même là qu'elle habitait la plupart du temps.

Olsson parut embarrassé, beaucoup moins énergique qu'à la fin de la réunion. Le père allait très mal. Quelques années plus tôt, il avait fait un infarctus et failli mourir. Son unique fille venait de lui être brutalement enlevée et, s'il allumait la télé, la radio, ou essayait de lire les journaux, on lui rappelait constamment la tragédie qui venait de le frapper. De plus, il semblait très peu probable qu'il ait quelque chose à voir avec la mort de sa fille. Il avait par exemple volontairement laissé ses empreintes pour les besoins de l'enquête, lorsqu'il était venu au commissariat.

– Je ne crois pas non plus qu'il ait tué sa fille, acquiesça Bäckström, qui regardait déjà dans une autre direction. *Pas plus que ce putain de Polonais, mais là n'est pas le sujet.*

– Que nous soyons d'accord me rassure, constata Olsson. Je propose que nous attendions encore quelques jours, que le père de Linda ait le temps de récupérer. À moins d'un coup de chance avec ce Polonais, auquel cas ce sera fini dès qu'on aura le résultat des tests ADN.

– C'est toi qui décides, répondit Bäckström, avant de tout simplement s'en aller.

Après le déjeuner, Bäckström reçut la nouvelle liste des suspects de Knutsson qui, Dieu sait pourquoi, arborait un air coupable.

– J'ai cru comprendre, d'après Rogersson, que tu ne crois pas au Polonais, dit piteusement Knutsson.

– Qu'est-ce que Rogge a dit ? demanda Bäckström.

– Oui, tu sais bien comment il est, quand il est de cette humeur.

– Qu'est-ce qu'il a dit précisément ? insista Bäckström en dévisageant Knutson. Exactement.

– Il a dit que je pouvais me mettre Gross au… oui… dans le derrière donc, dit Knutsson avec raideur.

– Voilà qui n'était pas très gentil. *Sauf que venant de Rogge, ça l'était plutôt, étant donné ce qu'il est capable d'envoyer quand il est de cette humeur.*

– Si ça t'intéresse, voici la liste, la version la plus récente, reprit Knutsson, pressé de changer de sujet.

– Ma porte est toujours ouverte, fit Bäckström en se calant sur son siège.

Selon Knutsson, le travail avait avancé depuis la veille. Lui et ses collègues avaient entre autres réussi à éliminer près d'une vingtaine des soixante-dix criminels violents les plus intéressants de Växjö et de sa région. On avait déjà l'ADN d'une autre dizaine d'entre eux, et il suffisait donc d'attendre les résultats du laboratoire de Linköping pour commencer les comparaisons.

– Ça me semble bien, constata Bäckström. Veille à ce qu'ils soient testés dès que possible.

– Il y a encore un petit problème, dit Knutsson.

– Je t'écoute.

Après avoir passé la liste en revue avec Thorén et les autres collègues qui travaillaient sur le même sujet, ils avaient décidé d'élargir leur groupe de suspects potentiels.

– Il y a beaucoup de cambrioleurs actifs en cette période, quand les gens partent en vacances, expliqua Knutsson. Nous avons donc choisi les plus doués d'entre eux, qu'ils soient connus ou non pour des faits de violence.

– Et on en a combien, maintenant ? Un millier ? dit Bäckström, apparemment content.

– Rien de si terrible, dit Knutsson. Nous arrivons pour le moment à quatre-vingt-deux individus de la région déjà condamnés.

– Tester, tester, tester, dit Bäckström en renvoyant Knutsson d'un geste. *Quel idiot ! Et en plus, il est peu fiable, à courir chez cette petite tapette d'Olsson plutôt que de parler à son véritable chef.*

Après le déjeuner, la section VICLAS de la police nationale téléphona à Bäckström pour lui faire part de ses conclusions.

– J'ai pas mal de choses à faire, alors je veux la version courte, prévint Bäckström, qui tenait ce collègue-là pour insupportablement laborieux. *Le Menton avait dû les faire chier dans leur froc, ces pauvres bâtards de bons à rien.*

Les enquêteurs de la VICLAS recherchaient un tueur en série en tentant d'établir des correspondances entre des crimes récents et d'autres plus anciens, plus particulièrement ceux dont le coupable était déjà connu. Ils avaient commencé par coder toutes les informations disponibles sur le meurtre de Linda, puis avaient comparé l'affaire Linda avec les affaires précédentes, ainsi qu'avec les criminels connus des ordinateurs de la section.

– Nous avons obtenu un résultat, annonça le collègue, fier comme un paon. Ton affaire ressemble beaucoup à celle pour laquelle un criminel a été condamné. Un type pas mal, dans son genre. D'ailleurs tu le connais, Bäckström, on peut difficilement faire pire que lui.

– Qui est-ce donc ? demanda Bäckström. *À t'entendre, on dirait presque que c'est ton fiston.*

– C'est ce taré de Polonais qui avait assassiné une esthéticienne à Högdalen. Le meurtre de Tanja. C'était comme ça que s'appelait la victime. Tu t'en souviens ? Leszek, Leszek Baranski. Leo comme il se surnomme. Celui qui avait violé tout un tas de bonnes femmes auparavant. Un très sale type, expliqua le collègue. Coutumier du grand jeu, avec les liens, le bâillon, la torture, les viols et l'étranglement. Plusieurs étranglements sur la même victime d'ailleurs. Il avait l'habitude de les étrangler un peu pour qu'elles perdent connaissance et puis il les réveillait en les lacérant avec un pic à glace jusqu'à ce qu'elles reviennent à elles et qu'il puisse recommencer. Un type vraiment sympa, insistait le collègue bouillonnant d'enthousiasme.

– Mais attends une minute, dit Bäckström en se souvenant de qui ils parlaient. Est-ce qu'il n'a pas écopé de perpète ? *Ce salopard serait déjà en train de se balader dehors ?*

– D'abord, il a été condamné à la prison à perpétuité, mais le jugement a été commué en appel en soins psychiatriques en service fermé avec période de mise à l'épreuve. Selon nos informations, il doit toujours être en hôpital psychiatrique, bien que ça fasse six ans qu'il a été jugé. Ça doit être notre nouveau record pour les soins psychiatriques.

– Pourquoi tu appelles alors ? demanda Bäckström. *On a déjà notre quota de Polonais.*

– Ah oui, j'allais oublier : il est à Sankt Sigfrid, à Växjö, ou devrait y être. Voyons, Bäckström, tu connais la musique. Tu sais très bien ce qu'il en est, avec les soins psychiatriques. Les psys ont peut-être pensé qu'il avait besoin de prendre un peu l'air et de bronzer son petit ventre, et ils ont oublié de nous le signaler.

– Tu veux dire qu'il aurait eu une permission. *Pas lui, même un psy ne serait pas si cinglé.*

– Aucune idée, fit le collègue. Appelle-les et pose la question. Je te faxe toutes les infos.

– Merci, dit Bäckström en raccrochant. La bonne personne au bon endroit : ce cinglé auquel il venait de parler irait sûrement jusqu'à travailler gratos s'il le fallait. *Putain, ils prennent n'importe qui dans la police, de nos jours.*

Bäckström se leva en haletant de son siège pour se diriger vers le fax. *Est-ce que je serais assez chanceux pour avoir mon coupable tout en enculant en prime le système psychiatrique ?*

Le premier Polonais de l'enquête, le licencié en philosophie et bibliothécaire Marian Gross, avait été contacté par la police le matin même. À travers la fente de la boîte à lettres, derrière sa porte fermée, il avait annoncé à l'inspecteur von Essen et son collègue l'adjoint Adolfsson, de la police de Växjö, qu'il n'était pas disponible de toute la journée, mais qu'il serait joignable par téléphone le lendemain. Ni von Essen ni Adolfsson n'étant d'humeur, surtout sur cette affaire et dans cet immeuble, Adolfsson lui avait hurlé de se bouger le cul s'il voulait éviter de se prendre sa propre putain de porte sur la tête. Il avait ensuite donné un petit coup de pied, pour voir s'il avait besoin d'aller chercher la masse qu'il gardait dans le coffre de la voiture de service. Pour des raisons qui ne furent jamais clarifiées – les informations présentées dans la plainte qui était arrivée dans la foulée à l'inspection générale de la police étant fortement contradictoires –, Gross avait aussitôt ouvert la porte.

– Ah, mais te voilà, Gross, avait dit Adolfsson avec un large sourire. Tu veux marcher ou tu préfères qu'on te porte ?

Un quart d'heure plus tard, von Essen et Adolfsson, encadrant Gross, se trouvaient dans les locaux du groupe d'enquête. Gross était venu de son plein gré, il n'était pas menotté et était arrivé dans la plus grande discrétion par le garage du poste de police.

– Un Polonais, comme demandé ! avait résumé Adolfsson en le laissant à Salomonson et Rogersson pour interrogatoire.

– J'ai bien entendu ce que tu as dit ! avait hurlé Gross, qui avait en permanence le visage écarlate, mais n'avait jusqu'à présent pas pipé mot du trajet. Ça sera une plainte pour discrimination. Espèce de sale fasciste !

– Si monsieur Gross veut bien se donner la peine de nous suivre, moi et mon collègue, nous pourrons immédiatement régler certains détails pratiques, avait déclaré Salomonson en faisant un geste poli d'invitation en direction de la salle d'interrogatoire.

L'audition de Marian Gross, le voisin de la victime, débuta juste après 11 heures. Le responsable de l'audition était l'inspecteur Nils Salomonson, de la police régionale de Växjö, et le témoin de l'audition était l'inspecteur Jan Rogersson, de la police de Stockholm. L'audition dura près de douze heures, avec une interruption pour le déjeuner, deux pauses-café et quelques pauses pour se dégourdir les jambes. Elle ne prit fin que vers 22 heures. Marian Gross refusa l'offre de se voir ramener chez lui en voiture et réclama un taxi. À 22 h 15, il quitta le commissariat et, étant donné les résultats, la police aurait pu s'épargner tout ce mal.

Gross voulait surtout parler de lui et des poursuites dont il avait fait l'objet depuis presque six mois à cause d'une accusation complètement absurde d'« une femme tarée à mon boulot dont j'ai refusé les avances sexuelles ». C'était cette accusation qui avait tout déclenché, et maintenant que la fille de sa voisine avait été assassinée, il était la proie de la police.

– Vous ne croyez quand même pas sérieusement qu'un type comme moi aurait pu faire un truc pareil, demanda Gross en regardant tour à tour Salomonson et Rogersson.

Il ne reçut bien évidemment pas de réponse. Salomonson changea de sujet, préférant évoquer ses empreintes prélevées lors de la première enquête pour harcèlement sexuel contre sa collègue, et qu'ils pourraient utiliser. Malheureusement, ils n'avaient pas pris d'échantillon de son ADN.

– Toi et la mère de Linda, Liselotte Ericson, vous êtes voisins depuis plusieurs années, constata Salomonson. Est-ce que vous vous connaissez bien ?

Des relations de voisinage habituelles, rien de plus et rien de moins, même si peut-être la mère de Linda n'aurait rien eu contre l'idée de les approfondir un peu, selon Gross. Il prit également soin de les corriger :

– Elle s'appelle Lotta, et c'est le nom qu'elle se donne, dit Gross avec une mystérieuse expression de satisfaction. Une femme très attirante. Au contraire de son anorexique de fille, qui ne tenait pas beaucoup d'elle. Lotta, elle, ressemble vraiment à une femme, résuma Gross.

Salomonson en resta là sur la description de la victime.

– Mais Lotta Ericson n'est pas ton genre non plus ? demanda Salomonson.

Un peu trop simple, peut-être aussi un peu trop vulgaire, et sûrement le genre collant qu'il ne supportait pas. Et beaucoup trop vieille, selon Gross.

– Je vois ici dans nos papiers, intervint Rogersson, qu'elle a un an de moins que toi. Elle a quarante-cinq ans, et toi quarante-six.

– Je préfère les femmes plus jeunes, dit Gross. Qu'est-ce que ça a à voir avec l'affaire ?

– As-tu déjà rendu visite à Lotta chez elle ? demanda Rogersson.

Oui, à plusieurs reprises, notamment en compagnie d'autres voisins pour discuter des affaires de la copropriété, et parfois seul. La dernière fois, c'était deux semaines auparavant.

– Elle s'obstinait à m'inviter malgré les signaux que j'essayais d'envoyer pour l'en dissuader, expliqua Gross. Comme je l'ai dit, elle était très envahissante.

Où était-il allé dans l'appartement ? L'entrée, la salle de séjour, la cuisine, là où on va quand on est invité à prendre un café. Les toilettes.

– Celles de la chambre à coucher ? demanda Salomonson.

– Je vois où vous voulez en venir, dit Gross. Juste pour éviter tout malentendu. Je n'ai jamais mis les pieds dans sa chambre à coucher. Il est possible que j'aie emprunté ses toilettes dans l'entrée et comme nous avons des appartements identiques, je les ai trouvées facilement. Alors si vous découvrez mes empreintes quelque part, ces mêmes empreintes que vous vous êtes procurées dans des circonstances purement criminelles, l'explication sera très simple.

Ce n'est pas un idiot de base, pensa Rogersson. On n'avait pas trouvé les empreintes de Gross chez la mère de Linda, et même si on en trouvait, vu ce qu'il venait de dire, elles seraient sans grande valeur. Par conséquent, ils changèrent de sujet et évoquèrent Linda.

– Je lui ai à peine parlé, dit Gross. Comment voulez-vous que j'aie une opinion sur elle ? Elle semblait aussi égoïste, gâtée et mal élevée que toutes les jeunes femmes de son âge.

– Égoïste, gâtée, mal élevée. Que veux-tu dire ? demanda Salomonson.

Qu'elle lui disait à peine bonjour les rares fois où ils se croisaient. Qu'elle évitait son regard, et lui avait fait le coup de la fille distante la seule fois où il se souvenait qu'ils s'étaient parlé. Et d'ailleurs, cette fois-là, c'était en présence de sa maman.

Vers 14 heures, ils s'interrompirent pour déjeuner. À la demande de Gross, probablement pour les embêter. Pendant que Salomonson s'occupait des détails pratiques, Rogersson visita les toilettes pour soulager la pression. En ressortant, il croisa Bäckström.

– Comment ça se passe avec notre vicelard polonais ? demanda Bäckström.

– Il fallait que je soulage la pression, dit Rogersson. J'y vais sans arrêt, désormais. Je suis fini pour les interrogatoires. Les seuls moments où je ne passe pas mon temps à courir aux chiottes, c'est quand je suis assis à boire des bières. Là, ça me sort de la tête. C'est quand même bizarre.

– Oui, ricana Bäckström. Moi-même je ne vais aux chiottes qu'au réveil et avant de dormir. Deux fois par jour, que j'en aie besoin ou pas.

– Pour répondre à ta question, ça se déroule comme prévu, dit Rogersson en ignorant la dernière remarque de Bäckström.

– Est-ce qu'il a donné un échantillon d'ADN ?

– On n'en est pas encore arrivés là, soupira Rogersson. On s'est amusés pendant un bon moment à écouter combien on l'avait maltraité, et si ça t'intéresse je peux déjà te dire comment ça va se terminer.

– Et comment ça va se terminer ?

– On va rester assis à supporter ses jérémiades pendant trois autres heures. Puis Olsson viendra et décidera qu'on doit encore l'écouter geindre pendant six nouvelles heures. Puis il refusera de donner volontairement son ADN et Olsson reviendra et sera forcé de capituler, parce qu'il n'aura pas les couilles de l'inculper. Il demandera alors à la procureure de le mettre au trou pour qu'on puisse lui prélever son ADN sans son accord. Puis Gross, le collègue et moi on rentrera chacun chez soi.

– Tu pourras au moins prendre quelques bières, lui rappela Bäckström pour le réconforter. Et tu n'auras plus à courir aux chiottes.

– Certes. Gross n'a pas assassiné Linda, il n'a rien vu, rien entendu, qu'est-ce qu'il fout ici ? Bref, ce n'est qu'une banale journée de perdue dans une vie d'enquêteur. Et tu fais quoi, toi, d'ailleurs ?

– Je pensais rendre visite à l'asile de fous, dit Bäckström.

15

Comme Bäckström n'aimait pas conduire, il avait demandé un chauffeur. Le jeune Adolfsson eut cet honneur et, dès leur descente au garage, ils avaient fini les présentations.

– C'est toi et ton collègue qui l'avez découverte, si j'ai bien compris, dit Bäckström.

– C'est exact, chef, répondit Adolfsson.

– Comment se fait-il alors que tu te retrouves dans le groupe d'enquête ? demanda Bäckström, même s'il connaissait déjà la réponse.

– Ce sont les vacances, ils n'ont pas assez de personnel.

– J'ai parlé à Enoksson. Il avait presque l'air de vouloir t'adopter.

– Oui, ça ne m'étonne pas. Enok est un type bien. Mon père et lui chassent ensemble.

– Les vacances, le nombre d'absents et Enoksson. Ça se passe comme ça, quoi que notre estimé commissaire Olsson puisse en penser, résuma Bäckström.

– Vous avez tout compris, chef.

– Ce n'est pas la première fois, dit Bäckström en se tortillant avec difficulté pour s'asseoir sur le siège passager. *Un môme sympa. J'ai l'impression de me voir à son âge.*

– Est-ce que je peux vous poser une question, chef ? demanda poliment Adofsson quand ils quittèrent le garage.

– Bien sûr, répondit Bäckström. *Poli et agréable, avec ça.*

– Qu'est-ce qui vaut à l'asile de fous l'honneur d'une visite de notre chef ?

– On va aller voir un vrai criminel taré. Et puis on ira voir celui qui s'en occupe. Avec un peu de chance, ça fera deux tarés dans le même après-midi.

– L'homme de Tanja et le professeur Brundin. Si je peux me permettre.

Un jeune garçon talentueux, pensa Bäckström. *Mais ce n'est pas surprenant.*

– Exact, dit Bäckström. As-tu rencontré l'un ou l'autre ?

– Les deux. J'ai écouté une conférence de Brundin pour la police. L'homme de Tanja a été agressé au couteau par un autre patient du service il y a quelques années, et il a dû être emmené à l'hôpital pour être recousu. Essen et moi étions de service pour son transport.

– Comment sont-ils ? Brundin et l'homme de Tanja.

– Ils sont tous les deux tarés.

– Lequel l'est le plus ? Bäckström regarda son nouveau jeune ami avec curiosité.

– C'est kif-kif bourricot, fit Adolfsson en secouant ses larges épaules. Ils sont tarés de façons différentes. Sauf que…

– Vas-y, tire, l'encouragea Bäckström.

– Si j'étais obligé de choisir avec lequel partager ma chambre, je préférerais l'homme de Tanja. Sans hésiter.

L'hôpital Sankt Sigfrid ne se trouvait qu'à quelques kilomètres du commissariat. Un mélange de bâtiments anciens et plus modernes, entourés par un grand parc en bordure d'un lac. C'était boisé et ombragé, avec des pelouses bien entretenues malgré la sécheresse de l'été, et Bäckström trouva que le tout ressemblait au Grand Hotel de Salsjöbaden où la police avait pour habitude de tenir ses conférences et donner ses fêtes du personnel. Le professeur Brundin siégeait dans un ancien bâtiment du dix-neuvième en pierres blanchies à la chaux, rénové avec soin. *Ici, nos fous criminels ne manquent de rien*, pensa Bäckström en sortant de la voiture avec Adolfsson.

– Je me demande combien tout ceci a coûté, dit Bäckström lorsqu'ils sonnèrent à l'interphone de la porte d'entrée. *Les tarés ont leurs propres courts de tennis, mini-golf et une putain de grande piscine. Qu'est-ce qu'il y aurait de mal à ajouter un peu de fil de fer barbelé ordinaire ?*

– Oui, dans ce pays les fous criminels ne manquent de rien, acquiesça Adolfsson.

Ce môme ira loin.

Le professeur Brundin évoquait Oscar Wilde jeune, sauf qu'à la différence de l'original, il avait des dents parfaites qu'il montrait volontiers quand il souriait. Confortablement appuyé contre le dossier de son grand fauteuil derrière son grand bureau, il semblait en totale harmonie avec lui-même et son environnement.

Putain, c'est dingue ce qu'il ressemble à cette pédale d'auteur anglais qui s'est retrouvé au trou, pensa Bäckström, qui avait pourtant oublié le nom à la fois du film et de son personnage principal. *Pas étonnant : c'était un putain de film merdique sans la moindre bonne scène de chevauchage de saucisse alors que le programme télé parlait de tapettes.*

– La police s'inquiète de savoir si j'ai lâché mon petit Leo dans les rues de la ville, lança le professeur en montrant toutes ses dents blanches.

– Oui, c'est déjà arrivé par le passé, malheureusement, dit Bäckström.

– Pas chez moi en tout cas, dit Brundin. Et si ces messieurs le souhaitent, je vais leur expliquer pourquoi.

– Nous sommes tout ouïe, dit Bäckström, le jeune Adolfsson ayant déjà sorti son petit carnet noir et un stylo.

Leo, Leszek Baranski, trente-neuf ans, était un homme très dangereux, et le joyau de la couronne de l'admirable collection de personnes dangereuses du professeur Brundin. Leo lui avait à lui tout seul inspiré plusieurs articles dans la presse spécialisée en psychiatrie médico-légale, et il avait été le sujet naturel d'un nombre incalculable de conférences de Brundin.

– Un exemple absolument unique de sadique sexuel aux fantasmes très développés, sourit Brundin. Nous en discutons plusieurs fois par semaine, lui et moi, et je n'ai jamais rien vu de pareil. On aurait pu le considérer comme surdoué – il possède un QI de plus de 140, suffisant pour entrer à la NASA comme astronaute – mais en matière de torture de jeunes femmes, son sadisme sexuel n'a aucune limite.

– Vous n'avez donc pas l'intention de le relâcher, dit Bäckström. *Ça a l'air d'être un type sympa*, pensa-t-il, sans être tout à fait sûr de savoir s'il pensait à Leo ou au docteur.

Brundin n'avait pas l'intention de relâcher Leo. Cette pensée ne l'avait même pas effleuré. Par contre, son chef, un collègue plus âgé qui était – certes – « une personne sympathique, mais malheureusement marquée par le libéralisme de sa génération en matière de soins, de tempérament assez léthargique et montrant parfois des traits de personnalité réfractaire », avait proposé différentes mesures pour qu'à long terme et selon son désir, Leo puisse quitter son aquarium et se réinsérer.

– Comment ça ? demanda Bäckström. *Pourquoi ne pas tout simplement le réduire en bouillie, ce salopard ?*

– Une castration volontaire, répondit Brundin avec un large sourire. Mon chef pense que si Baranski acceptait de se porter volontaire pour être castré, il pourrait peut-être, en douceur et au bout d'une longue période, être relâché pour, par exemple, une permission surveillée.

– La castration ? Vous faites encore ce genre de choses ? *Nom de Dieu !* se dit Bäckström en croisant inconsciemment sa jambe gauche sur la droite.

– Volontaire, naturellement. Volontaire, le rassura Brundin en se penchant en arrière confortablement et en formant une grande voûte avec ses longs doigts délicats.

– Et qu'en pense-t-il ? demanda Bäckström. *Il doit quand même bien y avoir des limites. Le réduire en bouillie me semble largement suffisant.*

– Il n'était pas tellement emballé, expliqua Brundin. Cela éteindrait complètement son désir sexuel – en temps normal, il se masturbe entre cinq et dix fois par jour. De plus, ces patients ont tendance à prendre énormément de poids, en particulier quand ils séjournent dans ce genre d'endroit. Tout naturellement, il a peur de perdre à la fois ses pulsions et son apparence, dont il est d'ailleurs très fier. Moi-même j'étais aussi fortement, pour ne pas dire catégoriquement, contre cette idée de castration.

– Pourquoi cela ? demanda Bäckström. *Probablement parce que ce salopard te ressemble.*

– Si l'on stoppe ses pulsions sexuelles, cela entravera aussi ses fantasmes sexuels. Il risque d'être complètement perdu pour la recherche en psychiatrie, expliqua Brundin sans l'ombre d'un sourire.

– Ah oui, je vois, dit Bäckström, qui pour une fois ne savait pas trop quoi penser.

– Je suppose que ces messieurs voudraient le voir.

– Pourquoi pas ? répondit Bäckström. *Ça fera toujours un sujet pour la pause-café au boulot.*

Adolfsson, le regard bleu profond plein d'attentes, s'était contenté de hocher la tête.

– Il se trouve en isolement depuis hier soir, dit Brundin. Nous avons été obligés de lui administrer des sédatifs et de lui mettre une camisole, alors malheureusement vous ne pouvez pas lui parler. Il a probablement entendu un membre du personnel évoquer le meurtre de Linda, et ça l'aura violemment excité.

Leszek « Leo » Baranski avait l'air de tout sauf d'être excité, bien qu'il fût l'illustration même des fantasmes qui occupaient habituellement son esprit, peut-être en ce moment même, alors qu'il semblait dormir profondément. Il était allongé dans une pièce de dix mètres carrés, en cellule d'isolement, dans la section fermée. Tout l'ameublement consistait en une couchette en acier fixée au sol. Leo était allongé dessus sur le dos, immobile et la tête de côté, appuyé contre sa joue droite. Petit et maigre, des cheveux noirs bouclés et souples, un visage aux traits presque féminins. La seule chose qu'il portait était un short court avec le logo de Sank Sigfrid imprimé sur la ceinture. Ses bras étaient attachés le long de son corps avec de larges sangles de cuir. Ses jambes étaient écartées, et des sangles autour de ses chevilles le maintenaient sur sa couchette.

– Il faudra encore au moins six heures avant qu'il ne revienne à lui, constata Brundin. Nous commençons par détacher son bras droit pour qu'il puisse se libérer tout seul de la plus grosse tension, sourit-il.

– Ça semble pratique, dit Bäckström. *Pendant que toi et tes petits camarades, vous le reluquez par ce hublot.*

Quand ils prirent congé du professeur Brundin, ce dernier leur souhaita bon courage et espéra qu'ils auraient bientôt l'occasion de se revoir. Il avait pour sa part commencé à esquisser un petit mémoire sur ce nouveau groupe si intéressant de jeunes gens d'origine étrangère qui commettaient des crimes sexuels parce qu'ils avaient eux-mêmes souffert de choses semblables dans leur enfance ou leur jeunesse. Des psychotiques fortement perturbés, en même temps capables de ne pas le montrer, mais à ne pas confondre un instant avec quelqu'un comme Leo.

– Je suis impatient de rencontrer le meurtrier de Linda. En particulier parce qu'il doit être très différent de Leo, sourit Brundin.

– Qui ne voudrait pas le rencontrer ? répondit Bäckström avec conviction.

– Est-ce que vous me permettez une petite réflexion personnelle, chef ? demanda Adolfsson quand ils repassèrent les grilles de l'hôpital.

– Vas-y, grommela Bäckström.

– Ce Brundin me semble être un drôle de zigoto, dit Adolfsson. La bonne personne au bon endroit, comme on dit.

Tu iras loin mon gars, pensa Bäckström, qui acquiesça d'un autre grognement.

16

De retour au boulot, Bäckström demanda au jeune Adolfsson de rédiger le compte rendu de leur visite à Sankt Sigfrid pendant que lui-même s'attaquait aux différentes piles qui s'étaient entassées sur son bureau. Rien d'excitant, et personne non plus dans la pièce qui semblait avoir besoin de se faire botter les fesses. *Il est grand temps de retourner à l'hôtel se prendre une petite bière*, décida Bäckström après un rapide coup d'œil à sa montre. Mais ce fut bien sûr cet instant que son portable choisit pour sonner. C'était l'intarissable collègue de la section VICLAS qui voulait savoir comment ça s'était passé avec Leo.

– Je viens de le rencontrer, et Brundin aussi, répondit Bäckström.

– Est-ce Brundin qui s'occupe de lui ?

– Oui, dit Bäckström en louchant à nouveau vers sa montre. Il m'a d'ailleurs demandé de te saluer.

– Très bien, assura le collègue. Brundin est le seul psy tout à fait normal. Et comment se portait Leo ?

– Comme un poisson dans l'eau, un coq en pâte, il te donne le bonjour lui aussi, dit Bäckström avant de couper son portable.

En sortant, il passa par la salle d'interrogatoire de Rogersson pour voir si lui aussi avait fini sa journée, mais la lampe rouge était toujours allumée. *Six heures, et encore six de plus*, pensa Bäckström. *Bah, au pire il prendra un taxi. Qui a le courage de marcher par cette chaleur ?* Il attrapa son portable dans sa poche, mais avant qu'il ait eu le temps de le rallumer, la thérapeute du groupe d'enquête apparut et se jeta presque sur lui. Elle était maigre comme un club de golf, mais un peu plus grande.

– Je voulais te voir, commissaire, dit-elle en lui souriant amicalement, la tête penchée. As-tu quelques minutes à me consacrer ?

En quoi puis-je t'aider, Lo ? demanda Bäckström en lui retournant son sourire amical. *Autant se débarrasser de cette bonne femme, pendant que j'y suis.*

Une fois dans son bureau, plusieurs minutes s'écoulèrent encore avant que Lo n'en vienne au fait. Mais puisque Bäckström savait parfaitement ce qu'elle avait l'intention de dire, ce fut un pur plaisir que de la voir mettre son cou décharné dans le nœud coulant qu'il lui tendait. Il se cala confortablement contre le dossier de son fauteuil, noua ses mains sur son ventre rond, sourit à nouveau et l'encouragea d'un signe de tête.

– Tu es presque le seul avec qui je n'ai pas encore discuté, constata Lo.

– Tu te doutes bien, Lo, que j'ai eu pas mal de choses à faire, dit Bäckström, les yeux doux et l'air pensif. *Alors je n'ai pas eu le temps de papoter avec une bonne femme aussi exceptionnellement chiante que toi.*

– Je comprends, acquiesça Lo, penchant encore la tête de quelques centimètres, ce qui lui fit un sourire presque vertical.

J'en suis heureux, dit placidement Bäckström.

Selon Lilian Olsson, Bäckström avait dû, au cours de sa longue carrière d'enquêteur, être confronté à plus de malheurs que quasiment n'importe qui dans la police.

– Comment as-tu réussi à gérer tout ceci ? demanda Lo. Ces expériences terribles ont dû te marquer ?

– Comment ça ? contra Bäckström. *Ne jamais leur concéder un millimètre, sinon tu es baisé.*

Toute la misère qu'on croise dans ce boulot ? Beaucoup de policiers, pour ne pas dire la plupart, voire presque tous, souffrent d'un *burn-out* lié à leur travail. Avançant en rangs serrés droit dans le mur, essayant de survivre jusqu'à la prochaine garde à coups d'alcool et de sexe.

– Probablement la pire des façons qui existent de gérer des problèmes psychologiques, dit Lo.

Sauf que c'est sacrément marrant, pensa Bäckström.

– Tragique, acquiesça-t-il tristement. Tragique... *Je devrais peut-être lui glisser l'info sur le collègue Lewin et la petite Svanström.*

– J'ai aussi rencontré des jeunes policiers qui avaient développé des formes graves de troubles alimentaires dès l'école de police, continua Lo.

– Oui, c'est tragique, répéta Bäckström. Les jeunes gens aussi. Tragique. Il soupira profondément. *Mais en pensant à la bouffe qu'ils servent ici, ça reste un grand mystère que quiconque mange quoi que ce soit.*

Lo était intimement convaincue, après toutes ces années de psychologue dans la police, qu'il fallait incriminer la culture de la police elle-même, son esprit de « machisme, déni, dissimulation, et sa manie des expériences destructrices », qui domine depuis beaucoup trop longtemps ce milieu et paralyse les gens qui sont forcés d'y travailler. Elle sentait bien elle-même tout cela suinter vers elle, du sol, des murs et du plafond dès qu'elle mettait un pied au commissariat.

– Comment gères-tu toutes ces expériences traumatiques, Bäckström ? répéta-t-elle en s'efforçant de l'encourager.

– Avec l'aide de Notre-Seigneur, dit Bäckström en levant son doux regard vers le luminaire au plafond de son bureau. *Suce-moi ça, ma petite mère.*

– Pardon, mais je crains ne pas te suivre, fit Lo, hésitante.

– Notre-Seigneur, répéta Bäckström d'une voix ferme. Seigneur Dieu Tout-Puissant, Maître du Ciel et de la Terre, mais aussi Guide et Réconfort dans mon propre cheminement ici-bas. *Que je sois pendu si c'est pas à ça qu'on ressemble quand on se fait fermer son clapet ?*

– Je ne savais pas que tu étais croyant, Bäckström, balbutia Lo en le dévisageant, toute pâle.

– Ce n'est pas quelque chose qu'on s'amuse à clamer sur les toits, la tança Bäckström. C'est entre moi et Notre-Seigneur.

– Je le comprends bien. Mais l'un n'empêche pas l'autre, continua-t-elle. Tu n'as jamais pensé à des alternatives… oui, essayer d'autres voies pour atteindre la paix de l'esprit ?

– À quoi cela me servirait-il ? fit Bäckström sombrement, sourcils froncés, regard noir de flic. *Il est temps d'enfoncer le clou.*

– Oui, différentes formes de thérapie, un débriefing peut aider par exemple, dit Lo en lui souriant avec raideur. Ma porte est toujours ouverte, et j'ai d'ailleurs beaucoup de croyants ordinaires…

– Tu n'auras point d'autre Dieu que moi ! tonna Bäckström en pointant le doigt sur elle tout en bondissant de sa chaise. Quelle présomption toi et tes collègues montrez quand vous insinuez que vous pourriez remplacer Notre-Seigneur ! Es-tu consciente que tu bafoues le Premier Commandement ? *Ou est-ce le deuxième ? Ah merde, c'est pareil !*

– Ce n'était vraiment pas mon intention de te choquer, je ne voulais vraiment pas…

– "Les actes des hommes ne sont que fragments", l'interrompit Bäckström. L'Écclésiaste, chapitre douze, verset quatorze, continua-t-il en la regardant fixement. *À tout hasard. Certes un peu risqué dans un coin aussi bigot que le Småland, mais elle ne semble pas trop du type religieux.*

– Eh bien, je m'excuse vraiment si je t'ai blessé, fit Lo avec un pâle sourire.

– Ma porte est toujours ouverte, déclara Bäckström tout en ouvrant la sienne pour souligner ce qu'il venait de dire. Ne perds jamais de vue une chose, Lilian. Nous les hommes… nous proposons… mais c'est Notre-Seigneur qui dispose.

Et il est grand temps d'aller m'enfermer aux chiottes pour rigoler un bon coup, se dit Bäckström en refermant la porte derrière lui.

Sitôt rentré dans sa chambre d'hôtel, il se versa une bière bien fraîche. Il devait y avoir un truc qui ne tournait pas rond dans la tête de ceux qui buvaient directement à la canette. *Putain de lémuriens*, pensa Bäckström en s'envoyant de grosses gorgées et léchant goulument la mousse sur sa lèvre supérieure. Puis il se jeta sur son lit, alluma la télé et commença à feuilleter les messages téléphoniques qu'il avait récupérés dans son casier à la réception. Ils venaient principalement de la petite Carin, de la radio locale. Dans celui qu'elle avait envoyé quelques heures plus tôt à peine, elle avait même assuré que « nous n'avons pas besoin de parler boulot » et, pour montrer sa bonne volonté, lui avait donné son numéro personnel. « Et si nous mangions un morceau dans un endroit discret ? » *Une femme en détresse*, pensa Bäckström en attrapant le téléphone sur sa table de nuit. *Elle semble complètement désespérée.*

L'endroit discret était une petite taverne avec terrasse et vue sur un lac du Småland. C'était assez loin en dehors de la ville, mais comme Bäckström ferait une note de frais pour le taxi, ça ne lui posait pas de problème. *Pas un putain de journaliste à l'horizon*, pensa-t-il en tirant la chaise pour sa compagne de la soirée.

– Enfin seuls, commissaire. Clin d'œil, clin d'œil, fit Carin en souriant. Que voulez-vous manger ? C'est moi qui invite.

– Il n'en est pas question, dit Bäckström qui, dans le taxi, avait résolu de compter ça en heures supplémentaires avec un informateur secret – bien entendu, il aurait besoin de la note comme preuve.

– Je voudrais quelque chose de bon, continua-t-il tout en louchant vers les jambes et les bras bronzés de sa compagne. Elle portait une robe d'été toute légère et avait dû oublier de fermer les trois boutons du haut. *Peut-être un peu trop facile*, pensa Bäckström.

Vraiment très agréable, se dit-il trois heures plus tard en la déposant devant chez elle. Il avait stoppé net toutes ses tentatives de le faire parler du meurtre de Linda. Pour entretenir la conversation et dans un effort subtil d'en dire quand même un peu sur lui-même, il lui avait servi les poncifs habituels de la police et finalement agité sous son nez une grasse promesse pour l'avenir.

– Sauf que tu dois bien deviner mon humeur, avait soupiré Carin en faisant tourner son verre de vin. Nous sommes assis ici, et toutes les informations arrivent en temps réel aux journaux de la capitale. C'est là qu'on apprend ce qu'il se passe. Alors que c'est notre meurtre. C'est quand même une fille d'ici qui a été assassinée. Une des nôtres.

– La majorité de ce qu'on y lit n'est que conneries, si ça peut te réconforter, l'avait rassurée Bäckström. *Qu'est-ce qu'on ne ferait pas pour ces petites créatures ?*

– C'est ce que tu dis, avait-elle répondu, une lueur d'espoir dans les yeux.

– On va faire comme ça, avait proposé Bäckström, en se penchant en avant et touchant son bras au passage. Quand j'attraperai ce salaud et que je saurai que c'est vraiment lui, alors je promets que tu seras la première à l'apprendre. Juste toi. Personne d'autre.

– Tu le promets ? Tu en es sûr ? avait-elle minaudé.

– Absolument certain, avait menti Bäckström en posant sa main sur son bras. Toi et seulement toi. *Non, c'est beaucoup trop facile.*

Dès qu'il fut rentré à l'hôtel, il prit la direction du bar. Trois misérables bières pour tout un repas, il avait soif comme un chameau en pèlerinage de Jérusalem à La Mecque. Au fond du bar se trouvait Rogersson en compagnie d'une pinte. Il semblait d'humeur plus sombre que jamais, alors qu'il y avait beaucoup de tables libres autour de lui. La vingtaine de journalistes et autres civils qui se trouvaient dans la pièce avaient, curieusement, choisi de s'installer aussi loin que possible.

– J'ai dit au premier vautour qui a essayé de s'asseoir que j'allais lui casser le bras, alors j'ai la paix, expliqua Rogersson. Qu'est-ce que tu prends, d'ailleurs ? C'est ma tournée.

– Une pinte de forte, répondit Bäckström en faisant signe au serveur qui, allez savoir pourquoi, semblait hésitant. *Tu es toujours tellement diplomate, Rogge.*

– Quoi de neuf de ton côté ? demanda Rogersson une fois le pire de la soif de Bäckström étanché.

– J'ai eu une longue conversation avec notre thérapeute, ricana Bäckström. Puis j'ai été forcé d'aller aux chiottes. Alors, aujourd'hui, j'y serai allé trois fois, au lieu de mes deux habituelles.

– Et moi qui te croyais normal. Putain, pourquoi es-tu allé parler avec une bonne femme pareille ? soupira Rogersson en secouant la tête.

– Écoute ça plutôt, dit Bäckström en se penchant sur la table. Et il lui raconta toute l'histoire. Rogersson se dérida considérablement, puis ils s'en descendirent tranquillement quelques-unes, que Bäckström fit mettre sur sa note de frais avec le reste.

Quand il fut temps d'aller se coucher, la pièce était à peu près vide. Rogersson était beaucoup plus heureux et avait même souhaité bonne nuit à la poignée de reporters encore présents, visiblement décidés à boire jusqu'à l'inconscience.

– *Rentrez chez vous, espèces d'enculés débiles*, lança Rogersson.

17

Växjö, mardi 8 juillet

Tous les journalistes n'avaient apparemment pas suivi le conseil de Rogersson la veille, parce que dès le petit déjeuner, Bäckström et ses collègues purent apprendre dans le principal tabloïd le dernier scoop en date : « IL A ESSAYÉ D'ASSASSINER LA VOISINE DE LINDA », hurlait la manchette pendant que l'article, pages 6, 7 et 8, racontait toute l'histoire. « L'assassin de la policière a essayé de me tuer moi aussi. Margareta, la voisine de Linda, raconte. »

– Qu'est-ce que c'est que ce merdier, putain ? fit Bäckström à un Rogersson silencieux, qui conduisait leur voiture de service pour faire les quatre cents mètres entre l'hôtel et le commissariat.

– « Vers 3 heures du matin, j'ai été réveillée par quelqu'un qui essayait de pénétrer dans mon appartement », lut Bäckström à voix haute. « Mais mes deux chiens se sont mis à aboyer violemment, alors il s'est enfui. Je l'ai entendu descendre les escaliers en courant. » Putain mais qu'est-ce que c'est que ce merdier ? répéta-t-il. Pourquoi n'a-t-elle rien dit plus tôt ? On l'a pourtant bien auditionnée au moins deux fois ?

– Elle a été auditionnée trois fois, corrigea Rogersson d'un ton de comptable. J'ai lu toutes les auditions. D'abord, elle a parlé à la première patrouille parvenue sur place. Puis les collègues de la police régionale l'ont longuement auditionnée et en cette occasion, elle a aussi été informée de son obligation de silence. Enfin, elle a été auditionnée une troisième fois lors du porte-à-porte.

– Et pas un mot sur quelqu'un qui aurait essayé de pénétrer chez elle ?

– Pas un pet, confirma Rogersson en secouant la tête.

– Va chez elle et auditionne-la à nouveau, ordonna Bäckström. Immédiatement. Et prends avec toi ce petit mignon de Salomonson.

– D'accord.

Est-ce que ça peut réellement être aussi simple que ça ? pensa Bäckström. *Que le même timbré sonne chez Linda et qu'elle ait été assez stupide pour le laisser entrer ?*

La réunion du matin se déroula de manière détendue, bien que dirigée par Bäckström. La plupart des collègues semblaient attendre les rapports des techniciens venus sur la scène de crime, en particulier les conclusions du laboratoire de Linköping sur le profil ADN de l'agresseur. La plus grande partie de la réunion tourna autour de ce qu'ils avaient lu dans le journal le matin même, et qui perturbait tant Bäckström : les médias avaient soudain pris l'initiative dans sa propre enquête !

Comme si souvent, les opinions divergeaient.

– Je crois qu'elle n'a tout simplement pas osé nous le raconter quand nous l'avons auditionnée. Par peur, expliqua le premier à s'exprimer.

– Ou alors, elle a tout inventé pour se rendre intéressante, ou alors le journaliste a brodé, contra le suivant.

– La vérité se situe probablement entre les deux, proposa un troisième. Que ses chiens se sont effectivement mis à aboyer au milieu de la nuit, mais que ce n'avait rien à voir avec une tentative d'effraction. Peut-être une voiture ou un ivrogne dans la rue ?

Ça continua de cette façon un bon moment, jusqu'à ce que Bäckström se redresse, lève la main et interrompe le débat :

– Ça va s'arranger, assura-t-il en se tournant vers Enoksson, qui n'avait encore rien dit. Est-il nécessaire de t'envoyer, toi et tes camarades, relever les empreintes sur sa porte ?

– Ils sont déjà en route.

Enfin, pensa Bäckström. *Un vrai flic.*

Après la réunion, Bäckström prit la collègue Sandberg à part, pour reposer une fois de plus ses yeux fatigués, tout en évaluant comment avançait le recensement des personnes ayant un lien avec la victime.

– Comment ça va, Anna ? Est-ce qu'on commence à avoir un bon aperçu de qui était dans la boîte de nuit jeudi soir ? demanda Bäckström en lui souriant amicalement.

Selon l'inspectrice Sandberg, entre le moment où Linda était arrivée après 23 heures et le temps qu'elle était restée dans la boîte, il y avait eu environ deux cents personnes. Ils en avaient déjà auditionné près d'une centaine. Un certain nombre s'étaient fait connaître d'ellesmêmes, juste après l'appel à témoin de la police dans les médias locaux. Dans ce groupe se trouvaient aussi six des copines de Linda de l'école de police, son amie employée au commissariat ainsi que quatre autres policières, dont l'inspectrice Anna Sandberg en personne.

– Et tu n'as aucun soupçon envers des collègues ou futures collègues ? constata Bäckström, affable.

– Non, dit Anna, apparemment pas amusée. Du moins, je n'ai rien trouvé. La réponse est non.

– Qu'en est-il des autres, alors ? continua Bäckström. Des délinquants étaient-ils présents dans la boîte ? Tous les types bizarres qui ne se sont pas manifestés ? Que savons-nous sur eux ? *Il n'y a donc aucune gonzesse qui a le sens de l'humour ?*

Rien de particulier. Une partie des voyous locaux, mais rien d'anormal au vu du lieu et de l'heure. Ils avaient d'ailleurs réussi à parler à la plupart d'entre eux, et ils étaient autant bouleversés que les autres. Rien de bizarre, selon Anna.

– Alors, il reste au moins cinquante personnes dont nous ne connaissons pas l'identité, constata Bäckström. *Anna Blomkvist, l'As des détectives*[1].

– Oui, dit Anna. Au pire, et si on ne parle que des hommes. Personnellement, je pense que c'est moins que ça.

– Comment va-t-on les retrouver ? s'entêta Bäckström.

Anna admettait que ça risquait de prendre du temps. En partie à cause des vacances d'été, en partie aussi parce que bon nombre d'entre eux ne voudraient pas avouer qu'ils étaient en boîte, et encore moins qu'ils avaient rencontré la victime ou lui avaient parlé. De plus, la collègue Sandberg avait une théorie personnelle qu'elle hésitait à exposer :

– J'y ai beaucoup réfléchi et honnêtement, je me demande si ça en vaut la peine.

– Pourquoi pas ? *Et en plus, elle est flemmarde*.

1. Référence au héros Kalle Blomkvist du roman pour la jeunesse *L'As des détectives*, d'Astrid Lindgren.

Plusieurs raisons, selon Anna. Ça représentait beaucoup de travail et, quels que soient leurs efforts, ils n'arriveraient pas à retrouver tout le monde.

– Y a-t-il autre chose ? *Soupir*, pensa-t-il.

– Est-ce vraiment intéressant, en fait ? dit Anna. Tout semble indiquer que personne ne l'a suivie ni dans la boîte ni après. Ni qu'elle avait rendez-vous plus tard avec quelqu'un qu'elle aurait rencontré là. Si l'on en croit ce que la voisine raconte dans les journaux, elle aurait juste croisé un fou ? Je pencherais plutôt pour cette thèse, en fait.

– En fait, nous n'en savons rien, dit Bäckström sèchement. Ni toi ni moi. *Et surtout pas toi.*

– Alors, on continue le boulot, dit Anna.

– Exactement, dit Bäckström. Je veux que toutes les personnes ayant été présentes dans la boîte soient identifiées et interrogées, et on s'arrête si on retrouve l'agresseur entre-temps. Je ne suis pas si bête que ça, quand même.

– Compris, dit Anna.

– Encore une chose. Tu m'avais proposé de jeter un œil à son agenda.

– Bien sûr. Sauf que j'ai peur qu'il ne contienne rien d'intéressant non plus. Du moins, je n'y ai rien trouvé.

– Est-ce que les techniciens en ont terminé avec ? demanda Bäckström. *J'imagine que oui.*

– Bien sûr. Uniquement les empreintes de Linda. Personne d'autre.

– Parfait, ricana Bäckström.

– Comment ça ? Anna le regarda avec méfiance.

– Comme ça je n'aurai pas à mettre ces putains de gants en latex.

– Effectivement, dit Anna sèchement. On a fini, sinon ?

– Bien sûr, confirma Bäckström en haussant les épaules. *Comment une gonzesse avec de si chouettes nichons peut-elle être si aigrie ?*

18

Un étrange été. Le plus étrange à la fois de mémoire d'homme et de gens ordinaires, à condition qu'ils soient assez vieux bien sûr. Il avait commencé dès le mois de mai et semblait ne jamais vouloir prendre fin, jour après jour un soleil brûlant, avec des records de température partout dans le pays.

Le mardi 8 juillet était aussi le jour d'un nouveau record national. L'ancien avait été établi justement dans le Småland presque soixante ans auparavant. Le 29 juin 1947, on avait noté 38 degrés au milieu de la journée à Målilla, et si c'était Notre-Seigneur qui s'occupait aussi du temps, alors il semblait faire attention aux siens. Comment expliquer sinon que le mardi 8 juillet à Väckelsång, à une vingtaine de kilomètres au sud de Växjö, à 15 heures, on ait relevé une température de 38,3 degrés ? À l'ombre, bien sûr.

À Växjö, il faisait relativement frais. Quand Lewin et Eva Svanström quittèrent le commissariat juste après 13 heures pour un déjeuner tardif en ville, tout Oxtorget tremblotait dans la brume de chaleur même s'il ne faisait qu'un modeste 32 degrés à l'extérieur.

Sans savoir pourquoi, Lewin éprouva son sentiment de malaise familier. De plus, il avait passé une grande partie de la journée dans son bureau du commissariat, avec l'air conditionné, alors il n'était pas vraiment préparé.

– On devrait peut-être rester à l'intérieur, proposa-t-il à Eva Svanström, hésitant. *Qu'est-ce qu'il se passe ? En Suède, au milieu de l'été ?*

– Je pense que c'est formidable, répondit Eva, qui sourit, heureuse, et étendit les deux mains dans un geste très peu suédois. Allez, viens, Janne, on sort. Je te promets que tu pourras t'asseoir à l'ombre.

Les nouvelles du soir et du lendemain matin avaient aussi joué leur rôle et les médias locaux, apporté une bonne dose de ce patriotisme local. L'endroit le plus chaud de notre bon sol suédois est toujours dans le Småland de Notre-Seigneur. Sur certaines affiches du *Barometern*, ils avaient même osé surnommer le Småland la nouvelle Côte d'Azur de l'Europe du Nord, pendant que le *Smålandsposten*, comme souvent, faisait preuve de plus de retenue, tout véritable habitant du Småland connaissant bien les dangers de la vantardise.

Exactement comme dans les grands quotidiens, ils avaient laissé la parole à divers experts, ceux qui mettaient en garde contre l'effet de serre et ceux qui le rejetaient en renvoyant aux variations de température historiques de long terme, démontrées par le fait qu'on ait cultivé du raisin tout là-haut dans le Norrland à l'âge du bronze. Ils s'étaient par ailleurs appliqués à donner différents conseils médicaux à leurs lecteurs.

Il était important de rester à l'ombre, d'éviter tout effort physique inutile, de boire beaucoup et de se protéger la tête avec une casquette ou un chapeau. En particulier pour les personnes âgées ou les très jeunes enfants, et les gens souffrant d'hypertension ou de problèmes cardiaques. Et bien sûr, on ne devait en aucun cas, même pour un court instant, laisser les chiens et les enfants dans des voitures garées et verrouillées.

Dans les tabloïds, tout se déroulait comme d'habitude. Après avoir fait leurs devoirs et s'être débarrassés des considérations météorologiques, ils s'étaient concentrés sur des choses essentielles comme la relation entre la chaleur insupportable et l'augmentation de la criminalité cet été. Sans oublier le meurtre de Linda.

Un des experts interrogés dans le plus grand tabloïd avait même démontré une corrélation évidente entre la fréquence des meurtres de tueurs en série et la température ambiante. Selon ses propres recherches, leur probabilité augmentait avec la chaleur. Les six mois d'été étaient donc plus critiques que les six mois d'hiver, et ceci qu'on soit esquimau ou hottentot. Et ce n'était pas un hasard si la plupart des tueurs en série célèbres, par exemple aux États-Unis, préféraient sévir dans les États du Sud comme la Californie ou la Floride plutôt que le Midwest ou les États du Nord. La chaleur déclenche la violence, en particulier chez les malades mentaux et les criminels instables, concluait-il.

19

La vie est belle, pensa Bäckström. *D'abord, j'ai dû me coltiner une gonzesse aigrie avant le déjeuner et maintenant, je suis obligé de manger avec deux vrais crétins, puisque Rogersson est manifestement encore en train de parler à une autre bonne femme. Et comme si ça ne suffisait pas, ils servent des pâtes trop cuites, accompagnées d'une putain de sauce au poisson. Qu'est-ce qu'il y a de mal à proposer un simple ragoût de bœuf avec des betteraves ? Nom de Dieu, comparé à ce foutu trou bouseux, même la Scanie paraît presque préférable.*

Knutsson et Thorén étaient visiblement plus enjoués. Le plus heureux était Knutsson, qui avait émis l'idée du cambrioleur avant même que la voisine ne se manifeste et n'en parle dans le grand journal du matin.

– Très perspicace de ta part, Erik, le félicita Thorén. Quand j'ai lu ses propos, j'étais convaincu que c'était vrai. Je crois que tu as tout à fait raison.

– Explique-toi, dit Bäckström. *Bande d'idiots !*

Selon Thorén, c'était très simple :

– Comportement typique d'un cambrioleur. D'abord, ils se glissent au dernier étage, là où ils ne risquent pas de croiser un voisin du dessus.

À 3 heures du matin en pleines vacances d'été, ce risque doit effectivement être colossal, pensa ironiquement Bäckström en hochant la tête pour l'encourager.

– Oui, ensuite il a sonné à la porte pour voir s'il y avait quelqu'un et les chiens se sont mis à aboyer, continua Thorén.

– Ou alors il a regardé par la boîte aux lettres, abonda Knutsson.

– Et c'est à ce moment-là qu'il s'est enfui. Les voleurs détestent les chiens, expliqua Thorén.

Et je vois que tu n'as jamais travaillé à la brigade des stups, pensa Bäckström, hochant toujours la tête.

– Et pourquoi ne pas essayer l'étage du dessous ? Il n'y avait pas un chat, dit Bäckström.

– Beaucoup trop près, étant donné qu'il venait de réveiller la voisine du dessus, rétorqua Knutsson, inébranlable.

– L'étage d'après alors ? demanda Bäckström.

– Le Polonais était chez lui, objecta Thorén. Mais il a très bien pu essayer là aussi.

– Sauf que je pencherais pour l'idée qu'il se soit précipité au rez-de-chaussée, insista Knutsson. Pour être tout à fait sûr, je veux dire.

– Alors, c'est là qu'il a sonné à la porte de Linda ? demanda Bäckström. *De mieux en mieux.*

– Oui, dit Knutsson. Il a regardé par la boîte aux lettres, comme ils le font d'habitude. C'est leur mode opératoire normal.

– Et alors Linda vient lui ouvrir, dit Bäckström.

– Oui, confirma Knutsson. Même si ça paraît bizarre. Elle peut aussi avoir oublié de fermer la porte, mais d'après les techniciens, cette probabilité semble faible.

– C'est ce qui a dû se passer, parce qu'il n'y avait pas de signe d'effraction sur la porte, rappela Thorén. La porte laissée ouverte.

– Attendez un peu, fit Bäckström en levant les mains pour les arrêter. Juste pour que je suive votre raisonnement, messieurs. À 3 heures du matin, un cambrioleur standard, une de ces épaves droguées avec les traces de piqûres fraîches et de la bave aux coins de la bouche, sonne à la porte de chez Linda pour voir si cette Ericson qui se trouve sur la plaque de la porte est chez elle ou avec un peu de chance en vacances. Cela pendant que les clébards de la voisine du quatrième aboient comme des fous. Alors notre petit voleur sonne à la porte, dring, dring, dring. Puis par sécurité, il jette un œil dans la boîte aux lettres. Linda, qui a quitté la boîte de nuit, est rentrée chez elle et dort, et d'après ce que j'ai compris, elle qui a l'intention de devenir flic, va à la porte, regarde par l'œilleton et que voit-elle ? Un voleur de base. Youpi ! Il faut que je le fasse entrer. Et voilà, ici il y a plein de choses à piquer. À condition qu'il promette de retirer ses chaussures et de les poser dans l'étagère à chaussures pour ne pas salir inutilement. C'est ça ?

Ni Thorén ni Knutsson ne pipèrent mot. Bäckström se leva, déposa son plateau sur le comptoir, partit se chercher un café avec beaucoup de lait et de sucre, et l'emporta dans son bureau tout en jurant silencieusement.

Quand Rogersson et le collègue Salomonson sonnèrent à porte de la voisine, Margareta Eriksson, elle était déjà occupée. Elle avait invité à entrer un reporter et un photographe du deuxième plus grand tabloïd, qui avaient raté le scoop, mais pas abandonné l'espoir d'un nouvel angle. Ils étaient tous assis dans la cuisine en train de boire du café.

– Alors ça m'arrangerait si vous pouviez revenir un peu plus tard dans la journée, expliqua-t-elle.

– Madame Eriksson, vous préféreriez peut-être que nous parlions de tout ceci au poste, demanda

Rogersson d'une voix impassible, le regard absent. Nous pouvons envoyer une voiture de patrouille venir vous chercher. Dites-nous simplement pour quelle heure.

À la réflexion, c'était finalement le bon moment et, à peine quelques minutes plus tard, Mme Eriksson était assise avec Rogersson et Salomonson à la table de cuisine que les journalistes venaient de libérer.

– Ces messieurs veulent peut-être une tasse de café ? demanda leur hôtesse, visiblement soucieuse de redémarrer sur de bonnes bases.

– Oui, avec plaisir, répondit Salomonson obséquieusement, avant que Rogersson n'ait eu le temps de refuser l'offre.

– Je comprends que vous vous posiez des questions à propos de cet article dans le journal, commença Mme Eriksson qui, à en juger par son expression, ne semblait pas tout à fait à l'aise. Pourquoi je n'en ai pas parlé à vos collègues.

Rogersson se contenta d'un hochement de tête dans sa direction, pendant que Salomonson remuait d'un air concentré son café.

– Bon, il ne faut pas croire tout ce qu'écrivent les journaux, rappela Mme Eriksson en souriant nerveusement. Vraiment pas, parce que je n'ai rien dit de tout ça. J'ai seulement dit que je m'étais réveillée au milieu de la nuit parce que mes chiens avaient aboyé. Mais tout le reste, qu'on avait essayé de s'introduire chez moi et que je l'ai entendu descendre les escaliers en courant… je ne l'ai pas dit. S'il était arrivé quelque chose comme ça, j'aurais aussitôt appelé la police.

– Est-ce que vos chiens aboient souvent quand quelqu'un vient, Mme Eriksson ? demanda Salomonson.

Bien sûr que cela arrivait. Ils pouvaient aboyer quand un de ses voisins rentrait chez lui, en particulier s'ils rentraient tard, et parfois même quand quelqu'un faisait du bruit dans la rue. « Cet affreux Polonais » qu'elle avait malheureusement comme voisin s'était même plaint à l'association des copropriétaires à ce propos. Sans succès, selon la maîtresse des chiens et présidente de l'association. Mais bien sûr, Peppe en particulier était un très bon chien de garde.

– Il a un aboiement très bruyant, dit Mme Eriksson avec fierté en caressant le grand labrador, qui avait posé sa tête sur ses genoux. Et puis mon petit Pigge a l'habitude de s'en mêler pour aider son grand frère.

– Qu'avez-vous fait, madame Eriksson, quand les chiens ont commencé à aboyer ? demanda Rogersson.

Comme elle dormait, et qu'elle avait été réveillée par leurs aboiements, elle était d'abord restée allongée dans son lit à écouter. Puis elle leur avait dit d'arrêter d'aboyer et une fois qu'ils se furent arrêtés, elle avait compris qu'il n'y avait aucun danger.

– S'il y avait eu quelqu'un sur le palier, même silencieux comme une souris, ils auraient continué à aboyer, expliqua Mme Eriksson.

– Les chiens ont cessé d'aboyer, constata Rogersson. Qu'avez-vous fait alors, madame Eriksson ?

Elle était d'abord allée sur la pointe des pieds dans l'entrée pour regarder par le judas, mais elle n'avait rien vu ni entendu. Alors elle était retournée se recoucher et avait fini par se rendormir. C'était tout, et elle regrettait de ne pas y avoir pensé lorsqu'elle avait parlé à la police. Elle ne comprenait pas pourquoi les journalistes avaient écrit ce qu'ils avaient écrit, « en toute franchise ».

Parce que tu leur as parlé et que tu as essayé de faire l'intéressante, pensa Rogersson, mais il garda cela pour lui. Ils mirent fin à l'audition, remercièrent pour le café et partirent. Rogersson n'avait même pas évoqué l'obligation de silence. Tout véritable policier savait que ce n'était qu'une mauvaise blague.

En descendant l'escalier, ils croisèrent deux techniciens, en route pour relever des empreintes sur la porte de Mme Eriksson et éventuellement à d'autres endroits intéressants.

– Si vous vous dépêchez, vous aurez du café, dit Salomonson, pendant que Rogersson se contentait de saluer en grognant.

Puisqu'ils passaient devant, ils sonnèrent chez Gross pour lui demander si lui aussi avait eu de la visite dans la nuit du vendredi. Gross refusa d'ouvrir. Par la boîte aux lettres, il leur dit d'arrêter de le harceler.

– J'ai des journalistes chez moi. Des témoins. Je vous préviens, messieurs, déclara Gross. Dégagez immédiatement.

– Voilà, c'était à peu près tout, soupira Rogersson.

– Qu'est-ce que tu en penses, toi ? demanda Bäckström.

– Que la vieille bique s'est réveillée au milieu de la nuit à cause de l'aboiement de ses chiens, dit Rogersson. Quand exactement, elle ne le sait pas. Probablement que ses cabots aboient constamment. Ils ont aboyé comme des fous quand nous avons sonné à la porte.

– Pourquoi est-elle allée regarder par le judas alors ? demanda Bäckström, malin. Est-ce qu'elle le fait à chaque fois que ses cabots aboient ?

– Pas selon ses dires, en tout cas. Tu veux savoir ce que j'en pense ? (Rogersson soupira de fatigue :) C'était le milieu de la nuit, c'est l'été, elle a lu dans tous les journaux des histoires de cambrioleurs qui font des ravages, en gros tous ses voisins sont partis en vacances. Voilà pourquoi elle a regardé justement cette fois-là.

– Mais pourquoi les cabots ont-ils aboyé ? s'entêta Bäckström.

– C'est pas à moi qu'il faut demander question chiens, plutôt à un collègue de la brigade canine. Il sera sûrement ravi. Leurs cabots, c'est bien la seule chose qu'ils ont dans leurs petits crânes.

– Mais pourquoi les cabots ont-ils aboyé ? répéta Bäckström.

– L'explication la plus simple est qu'ils ont commencé à aboyer parce qu'ils ont entendu Linda rentrer chez elle. Ils ont apparemment l'oreille très fine, à en croire leur maîtresse. On se voit à l'hôtel.

– N'oublie pas de passer au *Systembolag*, lui rappela Bäckström. Tu n'as pas besoin d'en acheter pour moi. Remplace juste toutes les bières que tu m'as descendues.

Avant que Bäckström ne quitte le commissariat, il appela Enoksson, de la brigade technique, pour demander comment s'était passé l'examen de la porte de Mme Eriksson.

– On a tout inspecté à l'ultraviolet et relevé les empreintes, dit Enoksson. La porte, la poignée, la boîte à lettres, les surfaces d'appui intéressantes sur le mur à côté, la rampe d'escalier jusqu'au rez-de-chaussée. On avait déjà vérifié l'ascenseur si tu t'en souviens.

– Et ?

– Rien, dit Enoksson. Juste les siennes. Elle doit être bien seule la vieille, et elle voulait avoir quelqu'un à qui parler. Elle a peut-être essayé de se rendre intéressante, non ?

Quand Bäckström retourna à l'hôtel, il découvrit que son linge lui avait été restitué. Les piles soigneusement pliées et repassées occupaient pratiquement tous les espaces libres de sa chambre. De plus, on avait inscrit sur sa facture les termes « frais de nettoyage de tenue professionnelle », conformément à ses instructions. Puis le collègue Rogersson était apparu avec la caisse pleine de bières fortes qu'il lui devait. *C'est Noël*, pensa Bäckström, et la pensée d'appeler et de gazouiller avec la petite Carin lui était aussitôt sortie de l'esprit.

– Il y en a des fraîches dans le minibar, dit Bäckström. Je propose qu'on leur règle leur compte avant d'aller bouffer.

20

Växjö, mercredi 9 juillet

La journée avait commencé de façon inhabituellement prometteuse. Le deuxième plus important tabloïd avait refusé d'abandonner le combat. Ils cherchaient à se venger et avaient réussi à tirer de l'histoire de Marian Gross le meilleur parti, au-delà de toute exigence de leur rédacteur en chef. Toute une double page avec une grande photo du héros de l'histoire, le bibliothécaire Marian Gross, trente-neuf ans, et la manchette : « IL A FAIT FUIR LE TUEUR EN SÉRIE ». *Comment diable le photographe s'est-il débrouillé ?* se demanda Bäckström. *Le petit gros ferait presque peur. Ils l'ont peut-être pris juste par en dessous.*

– Écoutez ça, dit Bäckström en se mettant à lire l'article à voix haute.

– Attends une minute, l'interrompit Thorén, pédant. Il a bien quarante-six ans, pas trente-neuf ?

– On s'en fout, dit Bäckström. Écoutez plutôt ça. « Marian s'est réveillé au milieu de la nuit parce que quelqu'un tentait de s'introduire dans son appartement. Alors, il a couru dans l'entrée. Par le judas, il a vu qu'il s'agissait d'un jeune homme d'une vingtaine d'années tentant de crocheter la serrure. »

– Laquelle d'entre elles ? demanda Rogersson aigrement. Il en avait trois différentes sur sa porte quand j'y étais hier.

– Ne t'accroche pas à ce genre de détails, fit Bäckström en poursuivant sa lecture. « Alors j'ai demandé ce qu'il fabriquait, raconte Marian, mais avant que j'aie eu le temps d'ouvrir et de l'attraper, il s'était enfui dans les escaliers et avait disparu. »

– Est-ce qu'il donne un signalement ? demanda Knutsson.

– Un très bon, en fait. Bien que le visage de l'agresseur ait été masqué par une casquette de base-ball, notre ami polonais a vu qu'il avait les cheveux courts, presque le crâne rasé et qu'il avait l'air d'un Suédois bon teint. Genre supporter de foot, ou en tout cas un fasciste. Grand et fort. Environ un mètre quatre-vingts, dans les vingt ans. Portant une veste de camouflage brun-vert, un pantalon noir en matière brillante rentré dans des bottes hautes.

– Intéressant, dit Lewin en prenant une gorgée de son café pendant que, discrètement sous la table, il caressait de son orteil droit la cheville gauche et le mollet bronzé d'Eva Svanström.

– Il y a quelque chose ici qui ne va pas, fit Knutsson, dubitatif.

– Explique-toi, dit Bäckström, en reposant le journal et en se penchant en avant pour ne pas en manquer un mot.

– Est-ce que l'agresseur aurait descendu en courant un étage pour aller sonner chez Linda ? proposa Thorén.

– Il venait peut-être d'en finir avec Linda, suggéra Bäckström serviablement. Et il pensait continuer le boulot dans les étages.

– Pourquoi n'a-t-il pas appelé la police ? insista Knutsson. Ce Gross, là.

– On lui a déjà posé cette question, dit Bäckström en ricanant. Comme la plupart des autres citoyens de ce pays, Gross n'a absolument pas confiance en la police.

– Dieu merci, fit Thorén. Quand on pense à tout ce qu'il a fait.

– Je ne crois pas à cette histoire, dit Knutsson en secouant la tête. Je crois qu'il a tout inventé. Même si quelqu'un peut avoir sonné à sa porte, bien sûr. Comme chez la voisine.

– Je ne crois pas qu'on ira plus loin, soupira Rogersson en se levant de table. Veux-tu que j'aille aussi l'interroger à nouveau ?

– Est-ce que le pape a un turban ? Est-ce que le commissaire Bäckström travaille à la police de proximité ? Est-ce que Dolly Parton dort sur le ventre ? répondit Bäckström en se levant à son tour.

21

Le même matin, le groupe d'enquête reçut enfin les résultats ADN tant attendus, et tout le monde était présent à la réunion. Lorsqu'il s'avéra que l'ADN que le chef de la brigade technique présenta était de premier ordre, l'atmosphère se densifia. Si l'on mettait la main sur le propriétaire de cet ADN, le meurtre de Linda serait élucidé sans autre forme de procès. En tant que preuve technique, elle était si accablante que toute autre considération, en cas d'arrestation, devenait superflue.

Son ADN avait été retrouvé à huit endroits différents. Dans le sperme prélevé sur le sofa de la salle de séjour. Dans les différentes sécrétions corporelles sur le caleçon bleu foncé et froissé de taille S qui était sous ce même sofa. Dans le sperme prélevé dans le vagin et le rectum de la victime et sur les murs de la cabine de douche dans la salle de bains. Dans le sang et les fragments de peau sur le rebord de la fenêtre. Enfin, à un endroit dont les techniciens n'avaient pas encore du tout parlé. Dans l'entrée, ils avaient retrouvé une paire de chaussures de tennis blanches de taille 42 et de la marque Reebok. L'ADN que le laboratoire de Linköping avait réussi à y prélever était le même.

– Nous étions un peu hésitants au début, expliqua Enoksson. C'est pour cela qu'on n'avait d'abord rien dit. Mais, selon la mère de Linda, elle ne les avait jamais vues auparavant, alors on les a envoyées à Linköping.

Un caleçon et une paire de Reebok. Portées par des milliers d'hommes, vendues à des millions d'exemplaires. Impensable d'essayer de retrouver leur propriétaire. Il faudrait compter sur d'autres pistes. Selon Enoksson et ses collègues, les traces qu'ils avaient relevées donnaient aussi une bonne idée du déroulement des événements.

L'agresseur est entré dans l'appartement par la porte. Tout laissait penser que Linda lui avait ouvert. Il retire ses chaussures et les range sur l'étagère à chaussures, dans l'entrée.

Lui et sa victime se retrouvent ensuite sur le sofa de la salle de séjour. L'agresseur enlève son pantalon et son caleçon et éjacule sur le sofa.

Puis l'action se déplace vers la chambre à coucher. L'agresseur noue les mains de Linda dans son dos, lui met un bâillon, enchaîne ses chevilles à la tête de lit, le tout probablement dans cet ordre. Il la viole deux fois, d'abord dans le vagin puis dans le rectum, et il éjacule les deux fois. C'est aussi lors du dernier viol qu'il lui taillade le bas du dos. Pendant ou après la dernière agression, il l'étrangle.

Il va ensuite se doucher, se masturbe pendant sa douche et éjacule encore.

– Pour finir, il s'est enfui par la fenêtre de la chambre, dit Enoksson. Il sort à reculons, la poitrine et le ventre appuyés contre le rebord de fenêtre pour diminuer la hauteur de la chute, continua Enoksson. En lâchant le cadre de la fenêtre, il s'érafle contre l'arête du rebord à la fois rouillée et tranchante.

Les vêtements que Linda portait la nuit où elle a été assassinée avaient aussi aidé les techniciens à préciser la séquence des événements.

– D'après les témoins qui l'ont vue à la boîte de nuit, elle était habillée de la façon suivante, dit Enoksson. Des sandales en cuir avec des talons mi-hauts et des lanières de cuir qui s'attachaient sur les chevilles. Un pantalon long taille basse assez large en toile bleu foncé. Une chemise en lin, de la même couleur, sans col et avec cinq boutons. Sur la chemise, une veste en velours noir avec des broderies noires, des perles et des strass bleus. Elle avait un petit sac à dos en velours bleu avec des bretelles et des renforts en daim bleu qui pouvait aussi servir de sac à main si l'on déplaçait les bretelles, expliqua Enoksson.

Il se gratta la tête.

– Bon, où est-ce que j'en étais… Ah oui. En dessous, elle portait une culotte et un soutien-gorge noirs. Donc une paire de chaussures, un sac à dos, et au total cinq vêtements différents. Maintenant, j'en arrive à ce que je voulais dire.

Linda avait apparemment enlevé ses chaussures et son sac sitôt franchi le seuil. Les chaussures avaient été balancées à côté du paillasson et son sac était contre le mur à cinquante centimètres de là. La veste en velours, le pantalon de toile et la chemise se trouvaient dans la salle de séjour. Soigneusement pliés, placés sur le bras d'un fauteuil. La veste en dessous, ensuite son pantalon et sa chemise par-dessus.

Sa culotte et son soutien-gorge, par contre, étaient sur le sol de la chambre. La culotte était intacte, l'intérieur à moitié retourné, du côté du lit le plus proche du séjour. Son soutien-gorge se trouvait de l'autre côté du lit. Encore agrafé, mais les deux bretelles étaient déchirées.

– L'agresseur l'a probablement enlevé après lui avoir attaché les mains derrière le dos, dit Enoksson.

Ensuite, Enoksson évoqua la montre et les bijoux de Linda. Selon les témoins interrogés par la police, à part sa montre à son poignet gauche, elle portait aussi un fin bracelet d'or autour du même poignet, trois bagues différentes à la main gauche et une au petit doigt de la main droite.

– La montre plus cinq bijoux font un total de six, dit Enoksson. Les six objets étaient tous dans le grand bol en céramique posé sur la table basse dans la salle de séjour, continua-t-il tout en faisant apparaître sur le grand écran une photo de la table basse et du bol en céramique. Nous en concluons qu'elle a retiré elle-même sa montre et ses bijoux. Exactement comme elle a dû retirer elle-même sa veste, son pantalon et sa chemise. Si vous regardez de plus près dans ce bol, continua Enoksson en cliquant pour faire apparaître un agrandissement sur l'écran, vous apercevrez aussi son téléphone portable. Ce qui nous amène naturellement au point suivant, à savoir le contenu de son sac.

Dans le sac à main de Linda, ils avaient trouvé tout ce qu'on trouve habituellement dans ce genre de sac. Un total de cent sept objets différents. Il y avait son agenda, un portefeuille en cuir avec sa carte d'identité de l'école de police, son permis de conduire, quatre petites photos représentant son père, sa mère et deux amies, sa propre carte de visite, quatre avec d'autres noms, une carte de retrait et diverses autres cartes en plastique : cartes de membre, carte de réduction, carte de VIP du Grace, la boîte de nuit du Stadshotel à Växjö, ainsi qu'une autre du Café Opera, à Stockholm.

Dans le portefeuille, il y avait aussi de l'argent : six cents couronnes en billets suédois, trente-deux couronnes et cinquante öre en pièces ainsi que soixante-cinq euros, le tout correspondant à environ mille deux cents couronnes. De plus, un petit étui contenant un rouge à lèvres, du fard à paupières, et autres petits articles de maquillage, une boîte de pastilles à la menthe pour la gorge, un baume pour les lèvres, un sac plastique avec du fil dentaire, un cure-dents dans un étui en plastique, une petite boîte avec en tout douze allumettes, divers tickets de caisse et reçus de carte de crédit qui correspondaient à des dépenses de restaurant, achats de vêtements et autres choses du même ordre. Sans compter bien sûr toutes les pluches et autres fragments qu'un technicien de la criminelle trouve toujours au fond d'un sac, si méticuleux que soit son propriétaire.

– À propos du maquillage, dit Enoksson. Elle ne s'était pas démaquillée, ce qui peut être intéressant pour le déroulement des événements. Elle était toujours maquillée quand elle a été retrouvée le matin. Du rouge à lèvres, du fard à paupières et quelque chose dont j'ai oublié le nom. Ce dont j'ai oublié le nom se trouve dans le rapport. Rien d'inhabituel.

Enfin, il y avait aussi un porte-clés avec plusieurs clés, celles de la porte d'entrée de l'immeuble ainsi que de diverses serrures du manoir de son père. La clé d'une Volvo S40 de deux ans que son père lui avait offerte pour son bac. Bien garée dans la place de parking privée juste devant l'immeuble. À présent, elle était dans la cour du commissariat de police, et l'enquête technique n'avait rien donné.

– Oui, dit Enoksson. Quelqu'un s'interroge peut-être sur la clé de l'appartement de la maman ? Eh bien, elle aussi se trouvait dans le bol, sur la table basse.

Enoksson montra un nouveau gros plan du bol en céramique, où il avait inséré une petite flèche rouge qui indiquait une clé commune avec un porte-clés en métal blanc. Une explication simple, selon Enoksson, serait qu'elle gardait la clé de l'appartement de sa mère dans sa poche, alors que le trousseau plus lourd pour la maison de son père était dans son sac.

– Pour en finir avec le sac, dit Enoksson, il ne semble pas qu'il y manque quoi que ce soit. Il ne semble pas non plus que quelqu'un ait fouillé dans ses affaires. Le mobile n'était donc pas un simple cambriolage. L'argent dans le portefeuille, les bijoux dans le bol en céramique et ne serait-ce que sa montre, une de ces Rolex en or et acier cadeau de son père pour ses dix-huit ans, tout ça doit faire dans les soixante mille.

Après en avoir terminé avec le contenu du sac de Linda, Enoksson passa en revue les différents outils utilisés par l'agresseur pour violer, torturer et assassiner sa victime. Il s'agissait d'un cutter et de cinq cravates. Tous ces accessoires furent montrés à l'écran. L'agresseur n'avait eu aucun mal à s'en servir, puisqu'ils se trouvaient déjà dans l'appartement à son arrivée.

Les techniciens avaient découvert le cutter sur le sol de la chambre, mais avant qu'il atterrisse là, il était dans un seau en plastique rouge avec différents outils de bricolage sur le plan de travail de la cuisine. Un cutter ordinaire, qu'on utilisait par exemple pour découper le papier peint, les textiles ou les moquettes. Une lame à un seul tranchant en biseau, pointue, et réglable jusqu'à environ un centimètre.

– C'est avec ça qu'il l'a tailladée, dit Enoksson. Son sang se trouve à la fois sur la lame et le manche, mais aucune trace d'empreintes. Il semble qu'il l'ait essuyé sur le drap avec lequel il l'a recouverte.

Les cinq cravates étaient sur le dessus d'un carton dans l'entrée. La mère de Linda s'apprêtait à se débarrasser de divers vieux draps, serviettes de bain et vêtements.

Parmi eux, ces cinq cravates d'un modèle un peu ancien et un peu étroit, à l'origine achetées par le père de la victime mais qui avaient atterri chez la mère après le déménagement, et allaient être jetées lorsque l'agresseur les avait utilisées pour attacher et étrangler leur fille.

Trois d'entre elles se trouvaient encore sur le corps de Linda lorsqu'elle avait été retrouvée. La première était nouée très serrée autour de son cou, avec le nœud dans le cou pour faciliter la tâche à l'agresseur, probablement à califourchon sur ses cuisses quand il l'avait étranglée. La deuxième avait servi à attacher ses poignets dans son dos. La troisième était nouée autour de sa cheville droite. La quatrième était jetée par terre en boule. Sur celle-ci se trouvaient des traces de la salive de Linda et de ses dents. C'est celle qu'il avait utilisée comme bâillon, et l'avait probablement retirée lui-même après l'avoir étranglée. La cinquième cravate était attachée à la barre transversale la plus haute du pied du lit et, à en juger par différentes marques, elle avait maintenu la cheville gauche de Linda.

– Une histoire très triste, résuma Enoksson en éteignant son projecteur.

– Où en sommes-nous avec les autres pistes ? demanda Bäckström. Les cheveux, les empreintes de doigts et autres, les fibres et toutes ces petites choses que les gens comme toi trouvent toujours dans ce genre d'endroits ?

Il y en avait pas mal, selon Enoksson. Ils avaient relevé une dizaine d'échantillons de cheveux et de poils, qu'ils avaient envoyés à Linköping. Des cheveux, des poils de corps et des poils pubiens.

– Il est certain qu'une bonne partie d'entre eux proviennent de notre agresseur, dit Enoksson. Mais ils n'ont pas encore fini de les analyser. Nous avons commencé par le plus facile.

Pareil pour les empreintes digitales, les autres empreintes et les traces de fibres. Si on retrouvait le coupable, une bonne partie de tout ça pourrait certainement lui être attribué.

– Compte tenu de tout ce que nous avons déjà, c'est quasiment superflu, soupira Enoksson. Mais mieux vaut trop que pas assez. Sauf que parfois, on fait vraiment la course aux preuves dans ce pays. Sans doute à cause de tous ces films que les gens voient à la télé.

Tu es un véritable philosophe en herbe, toi, Enok, pensa Bäckström.

– As-tu quelque chose d'autre à nous apprendre ? demanda-t-il.

Enoksson eut l'air d'hésiter et secoua la tête.

– Ne reste pas là à tourner autour du pot. Crache le morceau, Enok, soulage ton cœur, aide tes collègues qui peinent à la mine.

– Bon, d'accord, dit Enoksson. Sur cette affaire, moi et les collègues de la brigade technique, on a fait notre boulot. Mais quand j'ai parlé de l'ADN à notre collègue de Linköping… c'est loin d'être une conclusion absolue, dans ce domaine nous n'en sommes encore qu'au début… et le risque d'erreur est important, mais…

– Enoksson, exhorta Bäckström. Qu'a dit ton collègue de Linköping ?

– C'est une collègue, précisa Enoksson. Selon elle, plusieurs indices laissaient penser que notre ADN n'était pas typiquement scandinave. Autrement dit, l'agresseur aurait eu d'autres origines.

Quelle surprise ! pensa Bäckström, qui se contenta de hocher la tête.

Après la pause-café pour se dégourdir les jambes – l'exposé d'Enoksson avait duré près de deux heures –, le médecin légiste prit la parole. Aucune des informations qu'il donna n'allait à l'encontre de ce que la police avait déjà déduit par elle-même. Néanmoins, il s'agissait de conclusions préliminaires, et pour les conclusions définitives il faudrait attendre une quinzaine de jours. Quand toutes les analyses seraient terminées et que ses réflexions sur les résultats auraient abouti.

– Ce que je peux dire à ce stade, déclara pompeusement le médecin légiste en farfouillant dans ses papiers, c'est que la victime est morte par asphyxie suite à une forme de strangulation. Que les observations de l'autopsie indiquent qu'elle a bien été étranglée par cette cravate et que la mort a eu lieu entre 3 heures et 7 heures le vendredi matin.

Soupir, pensa Bäckström.

– Que les entailles sur ses fesses gauche et droite correspondent selon l'autopsie au cutter en question…

Soupir et gémissement, pensa Bäckström.

– Que dans ce genre de crime, ce type de blessures est devenu de plus en plus courant ces dernières années. L'expression populaire « blessures par torture » n'est pas totalement trompeuse même si dans ma profession, on devrait se garder d'interpréter tout mobile de l'agresseur. Il y a plusieurs précédents connus où l'agresseur a recouru au couteau, à d'autres armes tranchantes ou à des brûlures de cigarettes. Nous avons aussi deux cas suédois où un Taser a été utilisé…

Mais on s'en fout ! pensa Bäckström.

– Que la survenue d'un saignement relativement abondant, au vu des blessures je veux dire, indique

que la victime était encore en vie et qu'elle s'est probablement débattue violemment. Le corps pompe de l'adrénaline, la pression artérielle augmente considérablement…

C'est toujours quelque chose, pensa Bäckström. *Notre agresseur n'est pas assez fou pour torturer un cadavre*.

– Que les blessures autour de ses chevilles et ses poignets correspondent aux cravates qu'on a retrouvées lors de l'enquête technique…

Tu m'en diras tant, pensa Bäckström en jetant un œil à sa montre.

– Eh bien, dit Bäckström un quart d'heure plus tard, balayant ses troupes d'un regard de commandant. Vous faites quoi à rester assis là ? Allez donc me dénicher ce salopard.

22

Ce soir-là, après le dîner à l'hôtel, Bäckström rassembla le noyau dur de ses troupes dans sa chambre pour faire le point sur leur mission en toute tranquillité, sans que tout un tas de shérifs bouseux n'essayent d'imposer leurs opinions farfelues.

– Si nous reprenions dans l'ordre, tu veux bien prendre des notes, Eva, dit Bäckström en se tournant vers la seule femme de l'assemblée. *À quoi ça sert d'avoir des bonnes femmes maigres ?*

– Je suis prête, chef, acquiesça Svanström en levant son carnet et son stylo.

– Reprenons les choses depuis le début, dit Bäckström. Comment est-il entré ? *Et en plus, elle est obséquieuse.*

– Elle l'a fait entrer, soupira Rogersson, qui semblait avoir l'esprit ailleurs. À peine revenue chez elle, il a sonné à sa porte et elle l'a fait entrer. Ce n'est pas uniquement quelqu'un qu'elle connaît, c'est aussi quelqu'un qu'elle aime bien.

– Ou en qui elle a confiance en tout cas, dit Thorén. Ou qu'elle n'a pas peur de faire entrer.

– Qui a très bien pu la duper, suggéra Knutsson.

Es-tu complètement stupide, Erik ? fit Rogersson en fixant Knutsson. Ça vaut pour toi aussi, Thorén, dit-il en lui lançant le même regard. Elle était sur le point de se coucher. Il est 3 heures du matin. La première chose qu'il fait est d'enlever ses pompes et de les placer sur l'étagère à chaussures. Je ne crois pas que c'était notre cher petit Gross qui passait par là pour emprunter deux cuillères à soupe de Nescafé.

– Autre chose, fit Bäckström, qui fut frappé par la même pensée qui harcelait probablement ce bon vieux Rogersson. Que diriez-vous d'une petite bière du soir ? *Au pire, on pourra toujours la mettre sur la note de frais.*

Pour une fois, tout le monde fut d'accord. Et le temps des miracles ne devait pas être révolu, car Thorén et Knutsson proposèrent même d'apporter leur stock conservé dans leurs chambres.

– On en a acheté toute une caisse vendredi, mais on n'a même pas eu le temps d'y goûter, expliqua Thorén.

Ces deux-là sont fous à lier, pensa Bäckström.

– OK, déclara Bäckström cinq minutes plus tard en léchant la mousse sur sa lèvre supérieure. Qu'en dis-tu, Lewin ? Bäckström hocha la tête attentivement en direction de Lewin, qui semblait lui aussi être ailleurs. *Secoue-toi, espèce de foutu obsédé !*

– Je pense comme Rogersson, dit Lewin. C'était quelqu'un qu'elle connaissait et appréciait. Je ne crois pas non plus qu'ils avaient prévu de se voir. Il est juste arrivé à l'improviste.

– Je suis d'accord avec Janne, dit Svanström. Quelqu'un qu'elle aimait vraiment bien est arrivé à l'improviste.

Putain, mais qui t'a sonnée, toi ? pensa Bäckström.

– Comment savait-il qu'elle était chez elle alors ? objecta Thorén.

– Sa voiture était garée dans la rue, il a peut-être vu de la lumière dans l'appartement ou il a juste tenté sa chance en espérant qu'elle serait chez elle. Lewin haussa les épaules.

– OK alors, concéda Thorén, qui semblait être prêt à négocier sur la question. Mais je crois quand même qu'il l'a dupée.

– Vu la façon dont ça s'est terminé, dit Rogersson, plus ironique qu'agressif, je suis complètement d'accord avec toi. Je ne crois pas que Linda s'attendait à ce qui lui est arrivé.

– Que s'est-il passé dans la salle de séjour ? continua Bäckström. *De vrais gamins. Toujours à se chamailler.*

– Elle retire ses vêtements, il retire les siens. Puis ça commence, dit Rogersson. De façon tout à fait consentie, si tu veux mon avis. Elle a dû attaquer par une simple branlette. Il a éjaculé sur le sofa, et ils ne semblent pas avoir retrouvé de sa salive à elle.

– Attends une minute, dit Thorén en levant ses mains pour l'interrompre. On n'en sait rien. Elle voulait peut-être simplement parler un peu.

– Exactement, dit Knutsson. Il s'est glissé dans la cuisine pour prendre un truc, il prétexte qu'il doit boire un verre d'eau, il aperçoit le cutter. Il revient et lui déclare que pour sa part, il n'a plus rien à dire.

– Putain que c'est compliqué ! soupira Rogersson. Qu'est-ce qu'il y a de mal à avoir une relation sexuelle consentie ?

– Je suis à nouveau enclin à être d'accord avec Rogersson, dit Lewin. Des vêtements soigneusement pliés, après avoir probablement sorti la clé de l'appartement de la poche de la veste ou de son pantalon, et avant de les replier sur le bras du fauteuil. Ce n'est pas comme ça qu'un violeur aurait fait, ou qu'elle aurait fait avec un couteau sous la gorge.

– Je suis de ton avis, Janne, acquiesça Svanström.

– Il semble en tout cas avoir été plus pressé qu'elle, dit Knutsson. Là au moins on est d'accord, non ? Il arrache son pantalon, jette son caleçon par terre. Alors que la fille, Linda, est beaucoup plus calme.

– Elle veut peut-être l'exciter un peu, dit Rogersson en haussant les épaules. Compte tenu de ce qu'il s'est passé quand ils sont arrivés dans le lit de sa mère, elle semble avoir réussi au-delà de ses attentes.

Personne n'y trouva à redire. Knutsson et Thorén restaient sceptiques. Lewin paraissait plus intéressé par le plafond de la chambre de Bäckström, et Svanström prenait des notes avec assiduité.

– Tu veux dire qu'elle était aussi volontaire pour ça, demanda Bäckström. Que ça devait être un jeu sexuel qui aurait mal tourné ? *Alors qu'elle avait l'air si collet monté.*

– Dans la chambre, ça peut très bien avoir commencé par une relation sexuelle normale, dit Rogersson. Selon notre bon docteur, elle n'avait aucune blessure particulière dans le vagin ou autour. Il a très bien pu ruser pour la persuader de se laisser attacher. Soit là, soit plus tard.

– Plus tard alors, dit Bäckström. *Rogge est très perspicace. Bien qu'il picole comme s'il travaillait chez les collègues de Tallin.*

– Ensuite je crois que ça a totalement dérapé, continua Rogersson. Quand il a voulu la prendre par-derrière. Sauf que là c'était un peu trop tard pour elle. Proprement attachée, bâillonnée de sorte qu'elle ne pouvait pas crier et menacée avec le cutter pour qu'elle fasse ses quatre volontés. C'est à ce moment-là qu'elle a subi toutes les blessures que notre cher docteur a décrites dans son bel exposé. Les abrasions dans l'orifice anal, autour du cou, au haut des bras, les poignets et les chevilles. Quand il a commencé à la lacérer et qu'elle s'est débattue pour se libérer.

– Un fusible a dû sauter dans la tête de notre agresseur, expliqua Bäckström.

– C'est tout le putain de placard à fusibles qui a sauté chez ce salaud, asséna Rogersson. Est-ce qu'il reste de la bière, d'ailleurs ?

– Qui est-ce, alors ? répéta Bäckström. Qui est-ce qu'on recherche ?

– L'agresseur est probablement un homme, dit Thorén avec sérieux. Oui, je plaisante bien sûr. J'étais en train de penser aux collègues du groupe GAC. Est-ce qu'ils n'ont pas l'habitude d'écrire ce genre de trucs dans leurs profils ? L'agresseur est probablement un homme. Il connaissait vraisemblablement la victime, mais on ne peut quand même pas exclure le contraire, et qu'il l'ait rencontrée à l'occasion du crime, continua-t-il, pince-sans-rire.

– Tu réfléchis à changer de boulot ? dit Bäckström. Un jeune homme qui connaissait déjà Linda, poursuivit-il, encourageant.

– Jeune ? Peter n'a pas dit jeune, objecta Knutsson.

– Quel âge a-t-il alors ? demanda Bäckström. *Putain, de vrais mômes en pleine phase d'opposition.*

– Eh bien, dit Knutsson, entre vingt et vingt-cinq ans environ, un peu plus âgé que Linda.

– Eh bien oui, acquiesça Bäckström. Je croyais que c'était ce que j'avais dit ? *Idiots.* À quel point il la connaissait bien ?

– Voici ce que je pense, déclara Lewin en ayant l'air d'avoir réfléchi à l'affaire. Eva et moi en avons discuté juste avant de manger.

– J'écoute, dit Bäckström. *Alors, ça vous arrive aussi de parler, tous les deux ?*

– Un jeune homme d'environ vingt cinq, trente ans. Qui connaît bien Linda sans qu'ils se fréquentent forcément beaucoup. Qu'elle aime toujours, même si ça fait peut-être un moment qu'ils ne se sont pas vus. Avec lequel elle a déjà eu une relation sexuelle auparavant. Probablement une relation sexuelle simple, parce que j'ai l'impression que c'était ce qu'elle préférait. Je ne crois pas qu'elle était particulièrement expérimentée sexuellement parlant. J'ai interrogé notre médecin légiste à ce propos après la réunion, et selon lui rien n'indique qu'elle s'était déjà adonnée auparavant au sexe anal ou à diverses variantes sadomasochistes violentes. Pas de vieilles lésions cutanées ou de cicatrices, ou autres choses de ce style. De plus, je crois qu'elle lui faisait confiance. Et qu'ils ne s'étaient pas vus depuis un bon moment. Et puis il est réapparu d'un coup. Au milieu de la nuit.

– Elle est encore suffisamment attirée par lui pour le faire entrer, dit Svanström. Je ne crois pas qu'il soit forcément très jeune non plus. Il peut très bien être un peu plus âgé.

Je ne pensais pas Lewin capable de ça, se dit Bäckström. *Qu'il soit encore dans le coup*.

– Il a quand même éjaculé quatre fois en une heure, objecta-t-il.

– Oui, ça fait un moment, renchérit Rogersson en ayant l'air de penser à voix haute.

– J'ai l'impression qu'il était défoncé, dit Lewin. Qu'il avait avalé des amphétamines ou un truc comme ça.

– Oui, ou alors un homme un peu plus âgé qui a mis les doigts dans le pot de Viagra, ricana Thorén.

– Un camé, dit Rogersson dubitatif. Ça ne correspond pas vraiment à notre victime. Surtout si on part du principe qu'elle lui fait confiance. Je crois qu'elle lui faisait totalement confiance. Est-ce qu'elle ferait vraiment confiance à un camé ?

– Pas à un toxico, dit Lewin. Ça ne tiendrait pas debout. Quelqu'un qui a essayé une fois ou deux. Qui utilise justement la drogue pour le sexe.

– Que Linda connaîtrait et en qui elle aurait confiance, fit Bäckström en secouant la tête. Où habite-t-il, dans ce cas ? *Autant changer de sujet.*

– Ici, en ville, proposa Knutsson. À Växjö.

– Ou dans la région, Växjö et ses environs, précisa Thorén.

– Un homme d'à peu près vingt-cinq ans ou peut-être plus, qu'elle connaît depuis un moment, qu'elle apprécie et en qui elle a totalement confiance. Qui habite en ville ou pas loin. Qui n'est pas un toxico, mais qui parfois se prend des amphétamines en connaissance de cause, pour se relâcher complètement et avoir la gaule, résuma Bäckström. Ça ne peut quand même pas être merdique au point qu'on serait à la recherche d'un collègue ? Un putain de taré qui a réussi à ne jamais craquer, sauf une fois ?

– J'ai cette idée en tête depuis que je suis arrivé ici, dit Rogersson. Tous ces putains de collègues cinglés qu'on rencontre dans la police. Toutes les histoires qu'on entend. Tout ça n'est malheureusement pas inventé.

Lewin fit non de la tête.

– Il est certes arrivé les pires choses dans la police, dit-il lentement. Ça m'a aussi traversé l'esprit, mais je ne peux quand même pas y croire.

– Pourquoi pas ? demanda Bäckström. *Parce qu'il n'est pas comme toi ?*

– Il semble un peu trop désinhibé à mon goût, expliqua Lewin. Toutes ces traces qu'il a laissées derrière lui. Est-ce qu'un collègue n'aurait pas fait le ménage ?

– Il a essuyé le cutter, dit Bäckström. Il n'a peut être pas eu le temps de ranger. Il a cru que quelqu'un rentrait dans l'appartement.

– Mon intuition me dit que quelque chose ne va pas. Mais bien sûr, je peux me tromper.

– Autre chose ? demanda Bäckström. *Ou est-ce qu'on va enfin pouvoir se jeter sous la couette et se prendre un petit verre avec le marchand de sable ?*

– Je crois qu'il est beau gosse, dit soudain Svanström. Notre agresseur. Linda était vraiment belle, continua-t-elle, et elle semblait prendre soin de son apparence et de ses vêtements. Est-ce que vous avez une idée du prix de ces vêtements ? Ceux qu'elle portait. Je crois qu'il est pareil. Qui se ressemble s'assemble. C'est bien ce qu'on dit.

Bien sûr, et toi et Lewin vous êtes tout aussi maigres l'un que l'autre, putain, pensa Bäckström.

Avant que Bäckström ne s'endorme, il appela sa propre petite journaliste à la radio locale. Pour au moins la garder sur le feu.

– J'ai compris que vous avez reçu les résultats de vos tests ADN, dit Carin. Il n'y a rien que tu veuilles me raconter ?

– Je ne sais pas de quoi tu parles, répondit Bäckström d'une voix imperturbable. Tu es bien rentrée hier soir ?

Apparemment oui, sans donner de détails. Elle proposa qu'ils se revoient bientôt. Et ils ne seraient toujours pas obligés de parler boulot.

– Bien sûr, dit Bäckström. C'est très tentant. Mais pour le moment j'ai plein de travail, sans doute pour plusieurs jours. *Beaucoup trop facile.*

– Est-ce que je peux interpréter cette déclaration comme l'image d'un étau qui commence à se resserrer ? fit Carin, tout à coup exaltée.

– *You will be the first to know*[1], dit Bäckström dans son meilleur américain de télévision.

---

1. « Tu seras la première au courant », en anglais dans le texte.

23

Växjö, jeudi 10 juillet

Le jeudi, Lewin décida qu'il arrêterait de lire les tabloïds. Sa décision était ferme et définitive et s'appliquait à *Aftonbladet*, *Expressen* et aux deux petits frères de ce dernier, encore plus abominables, *Göteborgs-Tidningen* et *Kvällsposten*.

Le grand article qui avait plus particulièrement suscité son dégoût se trouvait dans le *Kvällsposten* du jour, mais comparé à tout ce qui avait été écrit sur le meurtre de Linda dans les tabloïds du pays, il paraissait presque inoffensif.

Micke de *Robinson*[1] s'y manifestait pour révéler : « J'ai rencontré Linda la nuit où elle a été assassinée. »

Micke de *Robinson* avait des liens avec la région et, en sa qualité de star de la téléréalité, avait accepté un petit boulot au Stadshotel le jeudi 3 juillet au soir. Le soir même où Linda s'était rendue à la boîte de nuit de l'hôtel, quelques heures avant d'être assassinée. Il était accompagné de deux collègues dans la même branche – Frasse de *Farmen*[2] et

1. Émission de téléréalité correspondant à *Koh Lanta*.

2. « La Ferme », Émission de téléréalité correspondant à *La Ferme des célébrités*, à la différence que les candidats ne sont pas des célébrités.

Nina de *Big Brother*[1] – et leur boulot était d'aider au bar, de se fondre parmi les invités et en gros de contribuer à améliorer l'ambiance de la soirée.

Vers 22 heures, environ une heure avant l'arrivée de Linda, Micke, particulièrement ivre, pieds et torse nus, dansait sur le comptoir, mais il en tomba et cassa une grande quantité de verres sur lesquels il avait ensuite rampé. À 22 h 15, il était parti en ambulance aux urgences de Växjö pour être recousu. Son camarade Frasse l'accompagnait et, dans l'ambulance, il avait appelé un journaliste qu'il connaissait. L'interview de Micke et Frasse s'était déroulée dans la salle d'attente des urgences, et le lendemain matin, ce même matin où Linda avait été retrouvée morte mais avant que la nouvelle du meurtre ne parvienne aux journaux, *Kvällsposten* avait fait la meilleure une avec un grand reportage sur Micke de *Robinson*, connu pour sa participation à *Baren*[2], au *Robinson* ordinaire et en vertu de cette double qualification, également au *Robinson spécial célébrités*, qui avait été agressé la veille au soir au Stadshotel de Växjö, alors que né et élevé sur place, il était pourtant l'un des citoyens les plus célèbres de la ville.

Ce qui était arrivé ensuite, pendant la soirée et la nuit du jeudi au vendredi, avait aussi été soigneusement établi par la police de Växjö à cause du meurtre de Linda.

Une fois l'interview terminée, et après une nouvelle heure passée à attendre qu'un médecin s'occupe de son camarade, Frasse de *Farmen* en avait eu marre et était retourné au Stadshotel. Où le videur avait refusé de le laisser entrer, une bagarre s'était déclenchée. La

1. Émission de téléréalité correspondant à *Secret Story*.

2. « Le Bar », émission de téléréalité où les candidats doivent gérer un bar et sont éliminés par le vote des téléspectateurs.

police avait été appelée, et Frasse de *Farmen* avait juste avant minuit fini par atterrir dans la cellule de dégrisement de la police de Växjö, au commissariat de la Sandgärdsgata.

Quelques heures plus tard, il avait été rejoint par Micke de *Robinson*, qui avait commencé à mettre un bazar de tous les diables aux urgences, avait été récupéré par la police et s'était retrouvé dans une autre cellule de dégrisement du commissariat. Vers 6 heures du matin, tous deux avaient reçu l'autorisation de quitter le poste et avec l'aide de son camarade Frasse, un Micke boitant fortement s'était éloigné discrètement sur Oxtorget, perdant tout intérêt pour la police. On ne savait pas ce qu'ils avaient fait ensuite.

Compte tenu de cela, ce qu'il raconta dans le journal une semaine après le meurtre – « j'ai rencontré Linda la nuit même où elle a été assassinée » – était un pur mensonge du début à la fin. Micke de *Robinson* ne pouvait pas avoir parlé à Linda le soir du meurtre, et elle n'avait pas « fait la confidence qu'elle se sentait souvent menacée ces derniers temps, à cause de son boulot à la police de Växjö ».

Puisque Frasse de *Farmen* était dans la même situation que Micke de *Robinson*, et se trouvait en outre dans le même couloir de cellules de dégrisement, lui non plus n'aurait pas pu rencontrer Linda le soir du meurtre. Il restait la troisième du groupe, Nina, de *Big Brother*, qui au moins était restée à la boîte de nuit jusqu'à sa fermeture, à 4 heures du matin.

Nina avait été entendue par la police dès le vendredi après-midi, le jour même du meurtre. Il lui avait fallu un bon moment pour comprendre que la police ne l'interrogeait pas à propos de la prétendue agression sur son camarade Micke. Sur le meurtre de Linda, elle n'avait rien à dire. Elle ne la connaissait pas. Elle ne l'avait jamais rencontrée et ne lui avait donc jamais parlé, que ce soit avant ou au cours de la nuit du meurtre.

Le journaliste auteur des deux articles ne pouvait pas avoir été aussi ignorant, mais le pire, ce qui avait bouleversé le si paisible Lewin, c'était qu'il avait eu le mauvais goût de l'impliquer dans ce tissu de mensonges. La veille de la parution du deuxième article, il avait appelé Lewin pour lui donner l'occasion de répondre aux critiques acerbes adressées à la police par Micke, de *Robinson*. Qu'avait-on fait pour enquêter sur les menaces dont Linda avait parlé à Micke, de *Robinson*, et que Micke avait aussitôt communiquées à la police de Växjö ?

Lewin avait refusé de commenter et dirigé le journaliste vers l'attachée de presse de la police de Växjö. Il ne savait pas s'il lui avait parlé. Dans son article, il apparaissait simplement que le journal avait été en contact avec le responsable de l'enquête, le commissaire Jan Lewin de la police nationale, mais qu'il « avait refusé de répondre aux vives critiques sur son travail et celui de ses collègues ».

À la suite de quoi, Jan Lewin prit la décision de ne plus jamais lire un tabloïd suédois du reste de sa vie.

24

À la réunion du matin du même jour, Enoksson présenta les premiers résultats concrets de l'enquête.

Grâce à l'ADN de l'agresseur, une dizaine de personnes avaient déjà pu être mises hors de cause. Premier entré, premier sorti, l'ex-petit copain de Linda, rejoint par les camarades d'école de Linda qu'elle avait retrouvées en boîte cette nuit-là, ainsi qu'une demi-douzaine de délinquants sexuels dont le profil ADN se trouvait enregistré dans les bases de données de la police. Leo Branski était l'un d'eux.

– C'est comme d'arriver à la campagne avec une faux très aiguisée à la main, dit Enoksson, amusé. On donne un bon coup et on est débarrassé de tout ce qui n'a pas lieu d'être là.

– OK, lança Bäckström. Vous avez entendu ce que vient de dire Enok. Maintenant on va balancer la faux. Tester, tester, tester. Celui qui a la conscience tranquille n'a rien à craindre et tous ces honnêtes gens veulent aider la police, alors ils vont tous se porter volontaires.

– Et si certains refusent quand même ? objecta un jeune génie local à l'autre bout de la table.

– Alors, ce sera intéressant, dit Bäckström en souriant aussi affablement que le grand méchant loup des trois petits cochons. *Putain, ils prennent n'importe qui dans la police de nos jours*, pensa-t-il.

Dans la matinée de cette même journée, le directeur de la police nationale, DPN Sten Nylander, atterrit à Växjö. Nylander était venu en hélicoptère avec son chef d'état-major et son chef d'état-major adjoint. Les membres moins gradés de la Force d'intervention, chargés des détails pratiques, étaient partis avant dans deux des grandes jeeps militaires américaines Hummer dont la Force disposait également.

Quand Nylander atterrit à l'aéroport du Småland, à une petite dizaine de kilomètres de Växjö, le comité d'accueil était déjà en place, et la Force d'intervention nationale avait vérifié que la zone était sécurisée, empêchant tout accès non autorisé.

Le directeur de la police régionale avait fait la route depuis sa maison de vacances, et même troqué short et chemise hawaïenne contre costume gris et cravate bien qu'il fît presque 30 degrés à l'extérieur. À ses côtés se trouvait le commissaire Bengt Olsson en uniforme pimpant, et tous deux suaient déjà abondamment.

Nylander était par contre habillé de façon irréprochable et sans la moindre trace de sueur. En dépit du temps, il portait les mêmes vêtements que lors de sa rencontre avec Bäckström la semaine précédente, avec en plus une casquette d'uniforme hardiment aplatie qu'il mit à l'instant où il descendit de l'hélicoptère. Le tout complété par une paire de lunettes de soleil sombre sans cadre à verres réfléchissants et une cravache. Cette dernière avait causé un certain émoi dans les rangs, puisque personne n'avait vu la moindre trace de Brandklipparen.

Ils avaient d'abord effectué en jeep « une reconnaissance du cadre de l'opération en cours », Växjö et ses environs, avant l'arrestation imminente. En partie pour « ressentir » la zone, en partie pour identifier des périmètres d'atterrissage potentiels où ils pourraient « débarquer » leurs forces, en partie enfin pour décider de « l'endroit optimal » pour l'arrestation en elle-même.

– Mais est-ce que vous pouvez réellement le savoir à l'avance, objecta le directeur de la police régionale, qui était coincé à l'arrière de la jeep, entouré d'une demi-douzaine de silhouettes silencieuses en tenue de camouflage. Je veux dire… Nous ne savons pas nous-mêmes de qui il s'agit. Pas encore, ajouta-t-il en s'excusant.

– La réponse est oui, fit Nylander depuis son siège avant sans même tourner la tête. Simple question de planification.

Deux heures plus tard, tout était fini. Nylander avait refusé de rencontrer le directeur de la police régionale dans son bureau, le déjeuner prévu et autres formalités. Il devait continuer son vol vers Göteborg pour une affaire similaire et à Växjö, ses collaborateurs pouvaient parfaitement gérer les détails pratiques avec Olsson.

– Par contre, je voudrais saluer les miens, dit le Grand Patron. Et un quart d'heure plus tard, il pénétrait dans les locaux de l'enquête.

Putain, c'est quoi ce bordel ? pensa Bäckström en entendant le vacarme dans le couloir et en apercevant la première silhouette en tenue de camouflage. *C'est la guerre ou quoi ?*

Nylander s'était placé contre le cadre de la porte et hochait la tête en direction de tous, tel un supertanker qui forcerait un creux de vagues. Puis il avait pris Bäckström à part et lui avait même tapé sur l'épaule.

– Je te fais confiance, Åström, déclara le Grand Patron. Assure-toi qu'on l'arrête bientôt.

– Bien sûr, chef, répondit Bäckström en hochant la tête à son propre reflet dans les lunettes de son chef le plus gradé. *Je te remercie humblement,* le Menton.

– Sens-toi libre de l'arrêter dès ce week-end, dit Nylander au directeur de la police régionale une fois de retour à l'aéroport. Les gars qui devront faire le boulot sont déjà à la caserne, expliqua-t-il.

– J'ai bien peur que ça ne prenne un peu plus longtemps que ça, cria le directeur de la police régionale puisque l'hélicoptère chauffait déjà et qu'ils pouvaient à peine s'entendre. *Pourquoi habitent-ils dans des casernes ? Ils n'ont plus de maisons à eux, désormais ?*

– Vous avez son ADN. Qu'est-ce que vous attendez ?

Le directeur de la police régionale s'était contenté de hocher la tête puisque de toute façon, personne n'entendait rien, voire ne se souciait de ce qu'il avait à dire. *Qu'est-ce qui est en train de se passer* ? pensa-t-il. *Ici, à Växjö ? Chez moi.*

Après le déjeuner, Bäckström prit le chemin du bureau d'Olsson, puisqu'il était grand temps que quelqu'un implante un peu de bon sens dans le crâne de ce petit sot. La lampe rouge était allumée, mais Bäckström n'était pas d'humeur, alors il frappa et entra.

Olsson était en compagnie de trois collègues de la Force d'intervention nationale, mais ne semblait pas tout à fait à l'aise avec ses nouveaux amis. Ils portaient des tenues de camouflage et se ressemblaient comme des clones, même si deux d'entre eux avaient le crâne complètement rasé alors que le troisième avait conservé quelques cheveux coupés presque à la racine. Aucun d'eux ne bougea d'un pouce quand Bäckström entra.

– Eh mais c'est toi, Bäckström, s'exclama Olsson en se levant rapidement. Excusez-nous un instant, dit-il en tirant Bäckström dans le couloir.

– C'est quoi, ce qu'ils nous ont envoyé ? gémit Olsson en secouant la tête nerveusement dès qu'il eut refermé la porte derrière lui. Qu'est-ce qui arrive à la police suédoise ?

– La fouille de la maison, le provoqua Bäckström. Il est grand temps de fouiller la demeure de son petit papa.

– Bien sûr, dit Olsson avec un sourire pâle. Je n'ai tout simplement pas eu le temps, tu t'en doutes, mais si tu peux demander à Enoksson de passer me voir immédiatement, on s'occupera de ce détail.

– Et puis j'aimerais qu'on interroge à nouveau sa mère et son père, ajouta Bäckström, qui ne laissait jamais filer une bonne occasion.

– Bien sûr, dit Olsson. Ils doivent s'être remis du choc maintenant. Oui, maintenant ça en vaut la peine. Tu as complètement abandonné l'idée qu'elle soit tombée par hasard sur un fou ?

– Elle est tombée sur quelqu'un qu'elle connaissait, répliqua Bäckström sèchement. Dans quelle mesure il est taré, ça reste encore à déterminer.

Olsson hocha la tête.

– Demande à Enoksson de descendre me voir aussi vite que possible, répéta-t-il d'une voix presque implorante.

Enoksson était vêtu d'une blouse et de gants en caoutchouc quand Bäckström entra dans la brigade technique, mais dès qu'il aperçut Bäckström, il retira ses gants et les posa sur la grande paillasse de laboratoire tout en tirant une chaise pour son visiteur.

– Bienvenue dans notre humble demeure, déclara Enoksson amicalement. Veux-tu une tasse de café ?

– Je viens d'en boire, mais merci quand même.

– Que puis-je pour toi ?

– La drogue. *Histoire qu'Olsson reste assis à mariner dans son jus encore un moment.*

Puis il lui expliqua ce dont ils avaient discuté la veille au soir.

– Mon collègue Lewin est d'avis qu'il aura pu être sous influence, dit Bäckström. Comment le vérifier ?

Selon Enoksson, ce devait être possible. Le sang relevé sur le rebord de la fenêtre pourrait suffire. Par contre, pour le sperme, honnêtement il n'en savait rien, mais il allait bien entendu y jeter un œil. Ainsi qu'aux cheveux qu'ils avaient retrouvés.

– S'il s'agit des cheveux de l'agresseur, le laboratoire de Linköping devrait pouvoir nous dire s'il était accro par exemple au cannabis. Au moins s'il l'a été pendant un certain temps.

– Et en supposant qu'il en ait pris uniquement avant d'agresser Linda ?

– Peu probable, dit Enoksson en secouant la tête. À quelle drogue pensais-tu ?

– Amphétamine, ou dans ce genre.

– Ah oui, d'accord. On est plusieurs à avoir été frappé par ce détail, ajouta Enoksson sans préciser sa pensée. Je te promets d'étudier la question. À propos de Linda, nous avons reçu un message ce matin du labo, continua-t-il en feuilletant une pile de papiers posée devant lui sur le grand banc de laboratoire. Le voici.

– J'écoute, dit Bäckström.

– Zéro virgule dix pour mille dans le sang et zéro virgule vingt dans son urine, ce qui en suédois ordinaire veut dire qu'elle était légèrement alcoolisée quand elle était en boîte, mais en gros sobre quand elle est morte.

– Rien d'autre ? *Avec un peu de chance, ils ont pris un truc ensemble.*

– Rien, confirma Enoksson en secouant la tête. Le dépistage de prétendus médicaments s'est révélé négatif dans le sang et ni cannabis, ni amphétamines, ni opiacés, ni cocaïne n'ont été détectés dans l'urine, lut Enoksson, lunettes sur le bout de son nez. Linda semble avoir été totalement *clean*, pour s'exprimer comme les collègues des stups.

On ne peut pas tout avoir, pensa Bäckström.

– Une dernière chose, demanda Bäckström. Si tu as le temps…

– Bien sûr.

– C'était qui ? *Prends tout ton temps, Olsson est très bien là où il est.*

– Je croyais que c'était ton boulot, Bäckström, fit Enoksson, évasif. Tu penses à l'étagère à chaussures et tout ça. Que ça doit être quelqu'un qu'elle connaissait ?

– Ouaip.

– Je comprends, mais il semble bien taré, aussi. Est-ce que Linda aurait fréquenté quelqu'un comme ça ?

– Tu peux réfléchir à la question, proposa Bäckstöm généreusement. *Non, décidément, ils n'apprennent jamais.*

– Oui, dit Enoksson, soudain très préoccupé. Une histoire vraiment terrible. J'en suis profondément impressionné, même si je croyais avoir tout vu.

– Oui, dit Bäckström. Notre connaissance commune, Lo, a du pain sur la planche.

– Oui, et c'est mauvais, constata Enoksson. Je commence à me faire vieux, mais si l'on ne parvient même pas à regarder les photos d'une scène de crime, inutile de postuler à la brigade technique. Il n'y aura jamais de photo anodine, et c'est quand même nous qui sommes supposés les prendre.

– Je vois ce que tu veux dire. *Putain, mais qui a envie de travailler comme technicien ?*

– Et seule une poignée d'entre nous a le privilège de trouver le réconfort en Notre-Seigneur, ajouta Enoksson en souriant très doucement.

– Alors, tu as entendu, rit Bäckström. Merci pour le tuyau.

– Oui c'est mauvais, soupira Enoksson. Qu'est-il arrivé au secret de la confession ?! « Les actes des hommes ne sont que fragments » n'est d'ailleurs pas une citation directe de la Bible, mais ça s'inspire du treizième chapitre de la Première Épître de saint Paul aux Corinthiens, chose qu'aucun Smålandais de souche n'ignore, mais est-ce bien nécessaire que nous, policiers, tenions tous ces fragments face au public ? Suis-moi, tu vas comprendre.

Enoksson se leva, alla jusqu'à son ordinateur et se mit à taper dessus aussi rapidement qu'un geek de quarante ans de moins.

– Ceci est l'un de nos journaux numériques les plus courants, dit Enoksson en montrant l'écran. Ici tu peux lire toutes les horreurs que même nos tabloïds n'osent pas publier. D'ailleurs, c'est pratique, ils semblent avoir les mêmes propriétaires. « Étranglée avec la cravate de papa », lut Enoksson. Là c'est le titre, et dans l'article tu peux voir en gros tout ce que nous avons traité lors de notre réunion d'hier. Y compris les chaussures. Sauf qu'ils semblent avoir oublié l'étagère à chaussures. Ce n'était peut-être pas suffisamment intéressant, soupira à nouveau Enoksson en éteignant son ordinateur.

Tu es vraiment un petit philosophe en herbe, Enok, pensa Bäckström.

– Si, il y avait une dernière chose, dit Bäckström. Olsson voudrait te parler. Il s'agit de perquisitionner au domicile du père de la victime.

Tout ça marche comme sur des roulettes, pensa Bäckström en descendant directement chez son camarade Rogge pour lui dire qu'il était grand temps d'interroger les parents de Linda, et qu'on allait procéder de la façon habituelle.

– Alors, il vaudrait mieux que je m'en charge, suggéra Rogersson.

– Ensuite, il faut aussi qu'on s'occupe de son entourage. Dénicher la moindre gueule qu'elle a saluée et fourrer à tout le monde un coton-tige dans la bouche. Comme ça on n'aura pas à prélever des échantillons d'ADN à toute la ville, expliqua Bäckström. La maman, le papa, les copains, les camarades d'école, les amis et les connaissances de la famille, les voisins, les professeurs à l'école de police, les gens qui travaillent dans la maison ici, tous les bâtards en pantalon qui étaient en boîte la nuit du jeudi au vendredi. Y compris ceux qui préfèrent les robes, même s'ils ont un truc qui dépasse. Tu me suis, dit Bäckström en reprenant son souffle.

– Je te suis, sauf que sa mère on s'en fout. Pour l'échantillon d'ADN, je veux dire. Et tu auras bien besoin d'envoyer un peu de renforts à la collègue Sandberg.

– Des suggestions ? demanda Bäckström sur un ton de chef.

– Knutsson, Thorén, ou les deux. Aucun d'eux n'est franchement un futur prix Nobel, mais au moins ils sont très minutieux.

On fait avec ce qu'on a, pensa Bäckström. *N'était-ce pas ce que Jésus a dit quand il a partagé les poissons et le pain avec ses potes ?*

– Est-ce que tu as une seconde ? demanda un quart d'heure plus tard Anna Sandberg à Bäckström, qui trônait derrière une pile de paperasses sur son bureau d'emprunt.

Bien sûr, répondit généreusement Bäckström en indiquant la seule chaise libre de la pièce. *Qui dit non à une belle paire de nichons ?*

– J'ai cru comprendre que j'aurais du renfort, déclara Anna avec le même air que son collègue et chef, le commissaire Olsson.

– Tout à fait, acquiesça Bäckström. *Alors, je pourrais peut-être avoir un petit sourire ?*

– Mais tu trouves toujours que je dois continuer à établir le profil de la personnalité de Linda et de ses proches, poursuivit-elle. Tu n'avais pas pensé me remplacer ?

– Bien sûr que non, répondit Bäckström. Tu peux prendre Thorén et Knutsson. Des gars très bien. Tiens-les en laisse et s'ils te donnent du fil à retordre, tu n'as qu'à me le dire et je leur tirerai les oreilles. *Visiblement, l'heure a sonné d'un débat sur l'égalité.*

– Alors, je suis satisfaite, fit Anna en se levant. Tu as complètement laissé de côté l'idée qu'elle soit tombée sur un taré ordinaire par hasard, ajouta-t-elle.

– Laissé de côté, c'est beaucoup dire, fit évasivement Bäckström. Une dernière chose. Cet agenda que tu m'as promis. Tu ne l'as pas oublié ?

– Un instant, dit Anna en partant le chercher.

Putain, mais pourquoi elle fait la gueule maintenant ? pensa Bäckström.

Un agenda noir ordinaire dans un étui en cuir rouge un peu moins commun, portant le nom de sa propriétaire, Linda Wallin, en lettres dorées dans le coin en bas à droite. *Un cadeau de papa*, pensa Bäckström en se mettant à le feuilleter à la recherche de noms masculins.

Une demi-heure plus tard, il avait terminé. Dans l'agenda se trouvait tout ce qui devait s'y trouver. Des petites notes sur les réunions, les leçons, les conférences et les exercices à l'école. À plusieurs reprises, elle parlait de son remplacement d'été à la police, qui avait débuté après le week-end de la Saint-Jean. Les visites répétées de sa mère en ville. Des notes brèves sur une semaine de voyage à Rome avec une amie et camarade de classe, « Kajsa », début juin. Rien de très privé, certainement rien de révélateur, et l'homme qui revenait davantage que tous les autres réunis était son père, « petit papounet » ou simplement « papounet ». Après le voyage à Rome, il était appelé « papa », mais à peine quinze jours plus tard il était redevenu « papounet ». Sinon, ses camarades et plus proches amies étaient « Jenny », « Kajsa », « Ankan » et « Lotta ».

L'avant-dernière entrée datait du jeudi 3 juillet, soit d'une semaine. Linda y avait écrit qu'elle allait travailler entre 9 et 17 heures, et qu'elle et « Jenny » avaient visiblement des projets pour la soirée. « Fiesta ? » Les dernières notes qui, à en juger par l'écriture et le style, avaient été écrites probablement en même temps que celles du jeudi, indiquaient ses heures de travail du vendredi, « 13 h-22 h ». Un trait barrant le samedi et le dimanche montrait qu'elle serait libre.

Si rien d'autre ne s'était passé entre-temps, pensa Bäckström, qui s'assombrit inexplicablement. *Allons, ressaisis-toi, mon gars*, se dit-il en se redressant sur sa chaise.

En janvier, il y avait au total quatre entrées sur quelqu'un appelé « Noppe », mais comme Bäckström savait que c'était le surnom de l'ex-petit copain, déjà mis hors de cause sur la foi de son ADN, il n'avait accordé que peu d'attention au fait que ce même Noppe se soit apparemment attiré les foudres de Linda au point de mériter ses seuls commentaires négatifs de tout l'agenda. « Noppe a toujours été une petite merde ! », constatait son ex-petite amie le jour de la Saint-Knut, le lundi 13 janvier.

Oui, je vois, pensa Bäckström. Et en fait, il ne se demandait qu'une seule chose. Pas particulièrement excitante, mais autant s'en débarrasser avant de finir sa journée et de retourner à l'hôtel. *Autant la faire venir à moi. Après tout, je suis le chef*, pensa-t-il en allongeant le bras vers son téléphone.

– Merci pour le prêt, dit Bäckström en rendant l'agenda à sa collègue Sandberg.

– As-tu trouvé quelque chose d'intéressant ? demanda-t-elle. Quelque chose que j'aurais laissé passer ?

Mais c'est quoi son problème ? Toujours aussi aigrie, pensa Bäckström.

– Il n'y a qu'une seule chose qui m'intrigue.

– Qu'est-ce que c'est ? demanda Anna.

– Le samedi 17 mai. La fête nationale des Norvégiens, expliqua Bäckström.

– Oui, hésita Anna en feuilletant jusqu'à la bonne date. « Ronaldo, Ronaldo, Ronaldo, nom magique », lut Anna.

– Ronaldo, point d'exclamation, Ronaldo, point d'exclamation, Ronaldo, point d'exclamation. Nom magique point d'interrogation, corrigea Bäckström. Qui est Ronaldo ?

– Ah oui, maintenant je comprends, dit Anna en souriant soudain. Ça doit être ce joueur de football. Ce Brésilien si doué. Il jouait un match de Coupe d'Europe ce jour-là. Je suis sûre que les collègues du service technique l'ont contrôlé. Il aurait mis trois buts si je me souviens bien. Je crois que j'ai mentionné, lors de ma première présentation, que Linda était l'une des meilleures joueuses de foot de l'école de police. Le match était retransmis à la télé. Elle l'a sûrement regardé. Tout simplement.

– Hum, marmonna Bäckström. *Nom de Dieu, que tu es bavarde tout d'un coup*, se dit-il, soudain frappé par une pensée qui, malheureusement, avait couru plus vite que son esprit. Et si c'était une gouine ? *Et merde*, pensa-t-il, mais il était déjà trop tard.

– Pardon, s'exclama Anna en le regardant avec de grands yeux. Elle était quoi ? Comment est-ce que tu l'as appelée ?

– Une jolie fille, pas de copain, passionnée par le foot, plein de copines. Elle était peut-être tout simplement gouine, ou lesbienne, donc, expliqua Bäckström. *Ou putain, comment elles s'appellent elles-mêmes ?*

– Là, tu vas trop loin, Bäckström, dit Anna avec véhémence, oubliant visiblement la hiérarchie. Moi-même je joue au foot. Et j'ai aussi un mari et deux enfants. Qu'est-ce que ça à voir avec l'affaire ?

– Dans ce genre de situation, les tendances sexuelles de la victime ont toujours à voir avec l'affaire, dit Bäckström, mais dès qu'il vit qu'elle n'allait pas laisser tomber, il leva la main en signe de reddition. Oublie ça, Anna, oublie ça.

– Oui, espérons vraiment que nous le pourrons, fit Anna avec aigreur. Elle prit l'agenda et partit.

Il y a quelque chose qui ne va pas, pensa Bäckström, qui attrapa un papier et un crayon. « Ronaldo ! Ronaldo ! Ronaldo ! » et juste en dessous « Nom magique ? ».

Mais quoi ? se demanda Bäckström en fixant ce qu'il venait d'écrire. *De toute façon, il est grand temps de se rentrer à l'hôtel, de se détendre avant le dîner et peut-être de se prendre une bière ou deux.*

– J'ai trouvé ça dans son agenda, dit Bäckström en tendant son papier à Rogersson, quelques heures et quelques bières plus tard. Du 17 mai de cette année.

– « Ronaldo ! Ronaldo ! Ronaldo ! Nom magique ? » lut Rogersson. Ça doit bien être ce footballeur ? Un match qu'elle a dû regarder à la télé. Elle était passionnée de foot. Pourquoi tu poses la question ?

– Pour rien, dit Bäckström en secouant la tête. *Pour rien.*

25

Växjö, vendredi 11 juillet-dimanche 13 juillet

La réunion du vendredi matin tourna autour d'un vieux concept policier qui, chaque fois, se révélait plus juste que la thèse plus ancienne encore du meurtrier qui assistait aux funérailles de sa victime. Compte tenu de tout ce que l'agresseur avait fait au moment de tuer Linda, il pouvait aussi avoir commis d'autres crimes liés. Des crimes annexes intéressants, proches dans le temps et dans l'espace et qui au mieux auraient eu lieu alors qu'il se rendait chez Linda, ou au moment de sa fuite.

Les inspecteurs Knutsson et Thorén avaient extrait de la base de données de la police toutes les plaintes, les rapports d'arrestations et même les simples amendes de stationnement connus entre le mercredi 2 juillet et le mardi 8 juillet inclus. Le résultat était maigre, même pour ce qui était des amendes de stationnement. De nombreux automobilistes étaient partis en vacances, emportant leur voiture avec eux. Beaucoup de contractuelles aussi étaient en vacances. Rien d'étonnant à cela. Dans le quartier de la mère de

Linda, pas la moindre amende de stationnement n'avait été infligée de toute la semaine en question. Ce qui aurait de toute façon été difficile, étant donné que la plupart des résidents possédaient leur place de parking privée.

Un total de cent deux plaintes pour crime avait été déposé à la police de Växjö durant cette semaine : treize vols de vélos, vingt-cinq vols ou vols à l'étalage dans les supermarchés ou les boutiques, dix cambriolages dans des appartements, villas, bureaux et locaux commerciaux, dix effractions de voitures, cinq actes de vandalisme sur des voitures, deux vols de voitures, quatre cas de fraudes, un cas de malversation, deux cas d'abus de confiance déposés par la même plaignante, trois cas de fraude fiscale, dix infractions au code de la route aggravées dont cinq étaient dues à l'alcool au volant, et en tout dix-sept cas de violences.

Dont huit de mauvais traitements, sept de menaces ou de violences domestiques, et un cas de violence contre un agent de la fonction publique. La moitié d'entre eux étaient des conflits conjugaux ou familiaux, un quart opposait des gens qui se connaissaient et le quart restant avait un lien direct avec la boîte de nuit. Et puis un meurtre bien sûr, le meurtre de Linda Wallin, élève à l'école de police de Växjö, le vendredi 4 juillet au matin.

On est vraiment à Chicago, là, soupira Bäckström.

– Quelque chose d'intéressant ? demanda Bäckström en essayant d'avoir l'air intéressé.

– L'infraction la plus proche de notre scène de crime, géographiquement parlant, est l'un des vols de voiture. Une vieille épave de Saab volée sur une place de parking sur le Hötorpsväg à Högtorp, du côté sud du bois qui se situe à l'est de la scène de crime. À environ deux kilomètres au sud-est plus précisément.

Près de la route 25 en direction de Kalmar, expliqua Knutsson.

– Les voitures les plus couramment volées du pays, dit Thorén. Les vieilles Saab.

Le problème avec celle-ci, c'est qu'elle n'a été signalée volée que lundi, à savoir trois jours après le meurtre.

– Peut-être que le bâtard a campé dans ce bois quelques jours, prenant soin de se dorer la pilule et de se baigner un peu pendant qu'il y était, proposa Bäckström, certain de pouvoir compter sur au moins quelques ricanements joyeux parmi ses collaborateurs.

– Nous avons naturellement vérifié si la date du dépôt de la plainte correspond à la date du vol. Erik a appelé le propriétaire, dit Thorén en faisant un signe de tête en direction de Knutsson.

– Selon lui, elle était bien là tout le week-end. Il a parlé à un voisin qui l'a vue, expliqua Knutsson. C'est un commandant de bord à la retraite. Le propriétaire, pas le voisin. Lui-même était à la campagne et c'était sa vieille voiture. Elle restait surtout sur sa place de parking. Lui-même conduit désormais une Merco. Mais qu'est-ce que ça a à voir avec l'affaire ? En soi ?

Oui, pensa Bäckström. *Qu'est-ce que ça a à voir avec l'affaire, putain ?*

– Et c'est tout ? demanda Bäckström. *Soupir*.

– Oui, dit Thorén.

– Si tu veux, on peut aller plus loin, proposa obligeamment Knutsson.

– Peu importe. *On a mieux à faire*. Pourquoi est-ce que vous restez assis là ? continua-t-il en regardant ses enquêteurs. La réunion est terminée. J'ai oublié de le dire ? Allez faire quelque chose d'utile, et si vous n'avez rien de mieux pour vous occuper, vous pouvez toujours vous amuser à retrouver certains des zouaves de la liste pour prélever leur échantillon d'ADN, conclut Bäckström en se levant. *Complètement inutile. Et il fait chaud en plus. Insupportablement chaud et il reste encore huit heures avant la prochaine bière bien fraîche de la journée.*

Ce même matin, Enoksson et ses collègues perquisitionnèrent la chambre de Linda au manoir de son père, en dehors de Växjö. Même leur chef, le commissaire Olsson, s'était joint à eux, bien qu'Enoksson eût tenté de l'en empêcher – mais sans se montrer trop agressif.

– On a davantage besoin de toi ici, dit Enoksson. Et tu n'as pas à t'inquiéter, Bengt. Je m'en occupe avec les collègues.

– Je crois quand même qu'il vaut mieux que je vous accompagne, avait décidé Olsson. Je le connais depuis longtemps, et je peux me charger de lui parler et de voir comment il va.

Je me verrais bien vivre ici, pensa Enoksson lorsqu'ils entrèrent dans le grand hall du manoir où Linda habitait avec son père. *Ou du moins avait habité. Quand elle n'était pas en ville à dormir chez sa mère parce qu'elle étudiait tard ou travaillait, ou simplement voulait sortir et s'amuser à Växjö.*

– Henning Wallin, se présenta le père de Linda en les recevant. Il leur adressa un simple signe de tête et ne sembla même pas voir la main tendue d'Olsson. Je suis le père de Linda, dit-il. Mais ça, vous le savez déjà, bien entendu.

Elle ressemblait beaucoup plus à son père, pensa Enoksson. Grand, maigre, blond, faisant beaucoup plus jeune que ses soixante-cinq ans malgré ses traits fermés.

– Merci de nous permettre de venir, déclara Olsson.

– Honnêtement, je ne comprends pas ce que vous venez faire ici, rétorqua Henning Wallin.

– Pure routine, tu t'en doutes, expliqua Olsson.

– Oui, bien sûr, dit Henning Wallin. J'ai compris, et si je veux en savoir davantage, je n'aurai qu'à lire les tabloïds. Vous vouliez regarder la chambre de Linda ? Voici la clé, continua-t-il en la donnant à Enoksson. La dernière porte du côté du lac dans ce couloir-ci. Refermez quand vous partez, et je veux récupérer la clé.

– Tu n'as pas..., commença Olsson.

– Si vous avez besoin de moi, je suis dans mon bureau, fit Henning Wallin sèchement.

– C'est exactement ce que j'allais te demander, se dépêcha d'ajouter Olsson. Tu n'as pas deux minutes ?

– Deux minutes, dit Wallin, qui regarda sa montre et se mit à monter les escaliers sans se retourner, avec Olsson sur ses talons, deux marches derrière lui.

La porte de la chambre de Linda était fermée à clé. Très probablement par son père. Les rideaux étaient tirés aux deux fenêtres qui donnaient sur le lac et la pénombre régnait.

– Que dirais-tu d'ouvrir ces rideaux ? proposa le collègue d'Enoksson.

– Allons-y, comme ça on n'aura pas à s'embêter avec l'électricité, décida Enoksson. *De toute façon, quelqu'un est déjà venu nettoyer ici.*

– Linda avait plus d'espace que tous mes gamins réunis, constata le collègue quand il eut tiré les rideaux et que la lumière inonda la grande pièce. Elle semblait aussi rangée et ordonnée, ajouta-t-il. La chambre de mon aînée n'est pas comme ça.

– Oui, dit Enoksson. Le papa aurait une vieille gouvernante, alors il faudra lui parler. *Pas seulement bien rangée*, pensa-t-il. Le large lit aurait très bien pu avoir été fraîchement changé, avec des draps propres, le bureau de Linda était presque trop impeccable. Les coussins sur le sofa étaient arrangés comme pour une photo de déco intérieure. *Ce n'est plus la chambre de Linda*, pensa Enoksson. *C'est un mausolée à sa mémoire.*

– Alors, avez-vous trouvé quelque chose d'intéressant ? demanda Olsson quand, deux heures plus tard, ils se furent installés dans la voiture pour rentrer au poste de police.

– Que veux-tu dire ? dit Enoksson.

– Oui, des affaires personnelles, fit Olsson, évasivement. Selon son père, elle ne semblait pas avoir de journal intime. Dont il aurait connu l'existence, du moins.

– Non, pas à sa connaissance, confirma Enoksson. J'ai bien compris.

– Et j'ai beaucoup de mal à croire qu'il mentirait sur ce sujet, dit Olsson. Elle n'avait probablement pas de journal intime. J'ai moi-même deux enfants, et aucun d'eux ne tient de journal intime. Avez-vous regardé son ordinateur ?

Dire qu'il ose poser la question, pensa Enoksson.

– Oui, dit son collègue, puisque Enoksson ne semblait pas avoir entendu. Nous avons regardé son ordinateur. Nous avons cherché des empreintes et exploré le disque dur, oui, c'est fait.

– Avez-vous trouvé quelque chose d'intéressant ? s'entêta Olsson.

– Dans l'ordinateur, tu veux dire, chef ? demanda le collègue d'Enoksson, avec un sourire narquois qu'Olsson, attaché sur le siège arrière de la voiture, ne pouvait voir.

– Oui, je veux dire dans son ordinateur, répéta Olsson.

– Non, répondit Enoksson. Rien d'intéressant là non plus. Excuse-moi un moment, Bengt, dit-il en prenant son portable pour appeler sa femme, mais surtout pour faire taire son chef.

– Alors, Enok, demanda Bäckström, encourageant. Tu as trouvé son journal intime ?

– Nooon, répondit Enoksson en souriant vaguement.

– Et son père ne croyait même pas qu'elle en ait eu un, supposa Bäckström.

– Ce sont ses propres paroles, acquiesça Enoksson. Il a proposé qu'on demande à la mère de Linda. Lui-même ne le ferait pas. Il l'avait à peine saluée depuis leur divorce dix ans plus tôt et avant ça, ils s'étaient surtout disputés.

– Oui, dit Bäckström avec force. Les gonzesses peuvent être particulièrement difficiles.

– Pas ma femme, rétorqua Enoksson. Alors, parle pour toi, Bäckström.

Oui, qui d'autre le ferait sinon, pensa Bäckström.

L'après-midi, Stockholm, appela Bäckström. Étant donné que c'était le week-end, ils voulaient alerter le service des Ressources Humaines, à Bäckström et Rogersson sur le fait qu'ils avaient presque épuisé leur quota d'heures supplémentaires autorisées.

– Juste un petit conseil avant le week-end, expliqua la fille. Pour que vous ne risquiez pas de travailler pour rien si tout devait se précipiter.

– Figure-toi qu'ici, on arrête des gens que ce soit le week-end ou non, dit Bäckström. *Contrairement à toi et tes autres branleurs de bureaucrates.*

– Mais il ne doit pas se passer grand-chose, le week-end ? C'est l'été et le soleil brille, s'entêta la fille des Ressources Humaines. Alors prends un peu de temps libre, Bäckström. Va donc te baigner par exemple.

– Merci du conseil, dit Bäckström en raccrochant. *Me baigner ! Putain je ne sais même pas nager !*

Rogersson n'eut par contre aucune objection.

– J'avais de toute façon pensé prendre un peu de temps libre, expliqua-t-il. Je voulais monter à Stockholm avec la voiture de service. Viens avec moi si tu veux, et on se fera une virée en ville. Je trouve que les bières ont bien meilleur goût à Stockholm que dans ce trou à rats.

C'est probablement parce qu'elles ne sont plus gratos, pensa Bäckström.

– Je crois que je vais rester, dit Bäckström. Par contre, tu pourrais me rendre un service.

– Quel service ? fit Rogersson avec suspicion.

– Voici les clés de mon appart, dit Bäckström en les tendant avant que Rogersson n'ait réussi à regimber pour de bon. Si tu pouvais passer jeter un œil sur Egon. Lui donner un peu à manger. Tout est écrit sur la boîte, sauf que c'est important que tu suives les instructions, souligna-t-il.

– Y a-t-il autre chose ? Est-ce que je dois lui dire bonjour de la part de son petit maître, m'asseoir avec lui et lui parler, l'emmener faire un tour pour prendre l'air ?

– Juste un peu à manger, ça suffira.

Une fois Bäckström rentré à son hôtel et son équilibre hydrique rétabli, il appela Carin. Curieusement, elle ne répondit pas, alors qu'elle avait essayé de le joindre plusieurs fois plus tôt dans la journée. Lui-même n'était pas le genre à laisser des messages sur les répondeurs des gens. Il se prit plutôt deux autres bières et les agrémenta de quelques alcools forts pour mieux réfléchir à la situation, puis se résigna à se traîner au restaurant. Même ses collègues brillaient par leur absence. Pam et Poum étaient probablement installés dans l'une ou l'autre de leurs chambres à parler de l'enquête pendant que la petite Svanström était certainement allongée, les jambes croisées autour de la taille du collègue Lewin en pensant à tout autre chose. *C'est tout ce qu'ils ont dans leurs petites têtes*, se dit Bäckström en se commandant un grand cognac avec son café pour pouvoir réfléchir encore mieux.

Pendant que Bäckström essayait de faciliter ses réflexions à l'aide de levure et de raisins distillés, une commémoration se tenait à la mémoire de Linda Wallin. Une semaine après son assassinat, le jour de ses vingt et un ans si elle avait encore été en vie. Environ deux cents habitants de Växjö marchèrent entre le Stadshotel et l'immeuble où elle avait été assassinée, le chemin qu'elle avait emprunté lors de sa dernière promenade sur terre. Ce n'était pas la saison des torches, mais ils créèrent un cercle de lumière devant son porche avec des bougies allumées, au cœur duquel ils placèrent des fleurs et un grand portrait de la victime. Le gouverneur du län avait prononcé un petit discours. Ses parents étaient bien trop choqués pour être présents, mais plusieurs policiers du groupe d'enquête prirent part au cortège funèbre et d'autres veillèrent à ce que ni eux ni les autres personnes endeuillées ne soient dérangés. Bäckström et ses collègues avaient refusé de s'y rendre, par principe. Le personnel de la brigade criminelle nationale doit exclusivement se concentrer sur les motivations propres à son service ou ses missions. Et, à peu près au moment où la courte cérémonie se terminait, Bäckström quitta le bar de l'hôtel.

Puisque la situation semblait dans une impasse, il retourna à sa chambre, rappela une fois encore la petite Carin et tomba à nouveau sur son répondeur. Mais à l'instant où il raccrochait, il eut au moins la première idée constructive de la soirée. *Ce sera un simple porno, mais putain comment je vais me débrouiller pour rester le plus discret possible, et que ça n'apparaisse pas sur ma note d'hôtel ?*

Il ne lui avait fallu que quatre secondes pour trouver la solution. *Ça doit être le cognac*, se dit Bäckström. Il descendit à la réception, emprunta la clé de la chambre de Rogersson, se jeta sur son lit fraîchement refait et composa le numéro de celle des deux chaînes pour adultes qui semblait la plus prometteuse selon le guide des programmes. Puis il but le reste des bières et la dernière goutte de la bouteille de vodka balte qu'il avait apportées, plus deux demi-bouteilles de vin rouge qui, pour une raison complètement inexplicable, se trouvaient toutes seules dans le minibar de la chambre de Rogersson. *Ça, c'est la belle vie*, pensa Bäckström, à présent tellement ivre qu'il était obligé de se cacher un œil pour pouvoir admirer les fesses en pleine action de l'héroïne à l'écran. À un moment donné, il dut tout simplement perdre connaissance, car lorsqu'il se réveilla, un soleil impitoyable dardait directement sur son ventre. Il avait oublié de tirer les rideaux, il était près de 10 heures du matin et la télé montrait le même derrière ballottant que lorsqu'il s'était endormi.

Après avoir pris une douche rapide et enfilé des vêtements propres, il descendit au restaurant pour petit-déjeuner. Là c'était pratiquement vide. Les seuls assis tout au fond, toujours dans le même coin, étaient son collègue Lewin et la petite Svanström. *Putain, où sont passés tous les vautours ?* se dit Bäckström en remplissant son assiette d'une bonne portion d'œufs brouillés et de saucisses, qu'il compléta, en pensant à la veille, avec quelques filets d'anchois et une poignée de cachets d'aspirine que le restaurateur, obligeant, avait placés à côté des morceaux de harengs salés.

– Est-ce que c'est libre ici ? demanda Bäckström en s'asseyant. C'est moi ou bien quelqu'un a mis de la mort-aux-rats dans cette baraque ? ajouta-t-il en montrant toutes les tables vides.

– Si tu parles des journalistes, alors je suppose que tu n'as pas regardé le télétexte de la télé, dit Lewin.

– Raconte-moi, ordonna Bäckström en enfilant deux filets d'anchois sur sa fourchette et les faisant suivre de trois cachets. Il rinça le tout de quelques bonnes gorgées de jus d'orange, avec un grand bruit de satisfaction.

– Tard hier soir, il y a apparemment eu une grande fête de mariage à Dalby, près de Lund, et au moment de la première danse des mariés, l'ex-petit ami de la nouvelle épouse est apparu à la réception. Il avait apporté un Ak-4 et a vidé tout un chargeur, expliqua Lewin.

– Qu'est-ce qui s'est passé ? demanda Bäckström. *Ils ont des saucisses phénoménales, ici.* Dès qu'il mettait le couteau dedans, des perles de graisse lui sautaient à la bouche.

– Comme d'habitude, dit Lewin. J'ai appelé les collègues à Malmö et selon eux, la mariée, le marié et la mère de la mariée sont décédés, et une vingtaine d'invités ont atterri à l'hôpital pour être rafistolés. Des balles perdues, des fragments de balles et autres ricochets.

– Des Tziganes, fit Bäckström, et c'était davantage une constatation qu'une question.

– Désolé de te décevoir, dit Lewin, qui eut soudain l'air très fatigué. En gros, tout le monde semblait originaire du coin. Même le tireur, qui est chef de section dans la réserve, et toujours en fuite d'ailleurs.

On ne peut pas tout avoir, mais putain qu'est-il arrivé à ce bon vieil humour populaire suédois ? pensa Bäckström.

– Y a-t-il autre chose que tu voulais savoir ? ajouta Lewin.

– Où sont Pam et Poum ?

– Probablement au commissariat, répondit Lewin en se levant et se débarrassant de sa serviette. Puisque Eva et moi sommes libres aujourd'hui, nous avions pensé aller à la mer pour nous baigner.

– Bon voyage. À tous les deux, dit Bäckström. *N'oubliez pas de saluer vos femme, mari et enfants.*

Faute de mieux, Bäckström passa au boulot après le déjeuner. L'atmosphère était détendue – à quoi d'autre aurait-on pu s'attendre en son absence ? –, mais Knutsson et Thorén étaient à leurs places derrière leurs ordinateurs. *Tapotant avec empressement comme deux pics-verts en chaleur*, pensa Bäckström.

– Comment ça va, les gars ? demanda Bäckström. *C'est quand même moi le chef, après tout.*

– Ça roule, merci, dit Knutsson.

D'après Knutsson, les choses étaient calmes puisque c'était le week-end, mais les tests d'ADN se déroulaient selon le plan. Au total, on avait pour le moment prélevé les échantillons d'une cinquantaine de personnes. Toutes s'étaient proposées volontairement, aucune n'avait commencé à protester, et la moitié d'entre elles était déjà éliminée. À Linköping, ils travaillaient sous haute pression et le meurtre de Linda était au sommet de la pile des affaires prioritaires.

– On aura la réponse pour le reste dans la semaine qui vient, dit Thorén. Mais on en reçoit des nouveaux tout le temps. On va l'attraper, ce type, surtout si tu as raison, Bäckström.

Ben voyons ! Bien sûr que j'ai raison ! Quel est le problème ?

– Vous aviez pensé faire quoi ce soir ? demanda Bäckström. *Putain, j'ai quoi comme choix ?*

– Manger un morceau, répondit Thorén.

– Dans un endroit calme, précisa Knutsson.

– Puis on pourrait aller au cinéma, dit Thorén.

– Ils passent une très bonne reprise au ciné d'ici, expliqua Knutsson.

– Bertolucci, *1900*, précisa Thorén.

– Première partie, ajouta Knutsson. C'est clairement la meilleure. La seconde est un peu longue parfois. Qu'est-ce que tu en penses, Peter ?

Ils doivent être homos. Quoi qu'eux-mêmes et tous les collègues disent sur toutes les gonzesses avec lesquelles ils sont censés avoir couché, ils doivent être homos. Qui d'autre sinon vient à Växjö pour aller au cinéma ?

Quand Bäckström fut rentré à l'hôtel, après un bref arrêt sur une terrasse sur la Storgata et deux grandes bières fortes, il appela Rogersson sur son portable.

– Comment ça va ? demanda Bäckström.

– C'est la belle vie si tu veux mon avis, dit Rogersson. Sauf que petit Egon ne semble pas en grande forme, ajouta-t-il. Tu veux la version courte ou la version longue ? demanda-t-il.

– La courte, dit Bäckström. *Putain, qu'est-ce qu'il raconte ?*

– Dans ce cas, il a ramené les avirons, fini de pagayer si on peut dire ça, constata Rogersson.

– Putain, qu'est-ce que tu me racontes ? fit Bäckström, bouleversé. *Egon !*

– Il avait le ventre en l'air et quand je l'ai touché il n'a pas bougé d'une nageoire.

– Putain, qu'est-ce que tu me racontes ? Qu'est-ce que tu as fait alors ?

– Je l'ai jeté aux chiottes et j'ai tiré la chasse. Qu'est-ce que tu aurais fait, toi ? Tu l'aurais envoyé chez le légiste ?

– Mais putain, de quoi il a bien pu mourir ? *Il avait de la nourriture en rab.*

– Il était peut-être déprimé, gloussa Rogersson.

Le samedi soir, Bäckström but en guise de veillée funéraire à la mémoire d'Egon et le dimanche il passa le petit déjeuner à dormir et mit toutes ses forces restantes dans un déjeuner tardif. Le pire de la douleur s'était atténué et l'après-midi, il fit une autre tentative pour joindre Carin, mais il tomba sur la même voix enjouée du répondeur.

Putain, qu'est-ce qu'il se passe ? pensa Bäckström en ouvrant une nouvelle canette de ses bières fortes qu'il avait emportées. *C'est comme si les gens se foutaient de tout, et personne à coup sûr pour s'inquiéter d'un simple flic. En plus, c'était la dernière canette.*

26

Tôt le lundi matin du 14 juillet, jour de fête nationale en France, le directeur de la police nationale appela le directeur de la police régionale de Växjö et se montra désagréable.

Le directeur de la police régionale s'était levé de bonne heure, avait pris son petit déjeuner et profitait depuis d'un agréable ombrage à l'arrière de sa belle maison de campagne. Il s'était installé dans une chaise longue confortable contre les fondations en pierre et lisait en toute tranquillité son journal du matin, en sirotant un verre de jus de framboise fait maison avec beaucoup de glaçons. En bas sur le ponton, sa femme était allongée, aussi plate qu'une limande, et se bronzait le dos. *Elles ne sont pas comme nous*, pensa le directeur de la police régionale avec amour à l'instant même où son portable sonna.

– C'est Nylander, dit Nylander sèchement. Est-ce que vous l'avez enfin trouvé ?

– L'enquête tourne à plein régime, répondit le directeur de la police régionale. Mais la dernière fois que j'ai parlé à mes collègues, ils ne l'avaient pas trouvé, non.

– Il y a un cinglé qui court en Scanie armé d'une arme automatique. J'y ai envoyé toute la Force pour l'appréhender. Sans crier gare, nous voilà en mode alerte rouge, et comme toi et tes soi-disant collègues ne semblez pas vous bouger le cul, je vais devoir les redéployer, quand vous aurez besoin d'eux à Växjö.

– Oui, je comprends, mais pour le moment il faut…

– Est-ce qu'au moins vous vous êtes donné la peine de vérifier qu'il ne s'agit pas du même homme, l'interrompit le Grand Patron.

– Là, je ne comprends pas de quoi tu parles.

– Comme si c'était si sacrément difficile à comprendre, grogna Nyander. Växjö n'est quand même pas loin de Lund, et dans le monde où je vis ça fait une bien étrange coïncidence.

– Je suis convaincu que l'un d'entre nous a vérifié s'il y a un lien. Et si tu…

– Est-ce qu'Åström est là ? demanda tout à coup le Grand Patron.

– Ici ? *Ça doit être de Bäckström qu'il parle*, se dit le directeur de la police régionale. *Qu'est-ce qu'il viendrait faire dans ma maison de vacances ?* Non, Bäckström n'est pas là. Je suis à la campagne. Je n'ai que mon portable avec moi.

– À la campagne, dit le Grand Patron. Tu es à la campagne ?

– Oui, dit le directeur de la police régionale, mais avant qu'il ait le temps de prononcer un mot de plus, Nylander avait raccroché.

Knutsson et Thorén n'avaient apparemment pas passé tout le week-end au cinéma. Après la réunion du lundi matin, ils étaient entrés dans le bureau de Bäckström pour lui faire part de leurs dernières théories.

– Nous avons pensé à ce que tu as dit, Bäckström. Que c'est peut-être un collègue qu'on recherche, expliqua Knutsson.

– Oui, ou un futur collègue, ajouta Thorén.

– Où voulez-vous en venir ? demanda Bäckström. *Quels crétins !*

L'idée n'était pas absurde, selon Knutsson et Thorén. Certains tueurs en série américains avaient trompé leur victime en se faisant passer pour des policiers. Le plus connu de l'histoire criminelle contemporaine était sans doute Ted Bundy.

– Il faut avoir une tactique sans faille pour gagner la confiance de la fille, dit Knutsson.

– Prétendre qu'on est de la police, expliqua Thorén.

– Oui, dit Bäckström, mais on va commencer avec les vrais policiers, comme ça on n'aura pas à envisager l'infiltration d'un faux collègue chez une future collègue en pleine nuit, ajouta-t-il aigrement. *Mais quels idiots de première !*

Même parmi les véritables policiers, il y avait déjà des morceaux de choix. Si l'on se donnait la peine de remonter le temps, on trouvait par exemple « l'homme d'Hurva », connu dans tout le royaume : un ancien collègue du nom de Tore Hedin, qui avait assassiné onze personnes. Dans son cas, tout avait commencé parce qu'il avait été relevé de ses fonctions pour avoir passé les menottes à sa petite amie.

– Tu dois t'en souvenir d'ailleurs, Bäckström. C'était de ton temps, en 1952, souligna innocemment Knutsson.

– Et si nous commencions avec Växjö au présent, répondit Bäckström, acide.

– Dans ce cas, nous avons dix noms de collègues ou futurs collègues, dit Thorén en lui tendant une liste imprimée.

– Six d'entre eux étaient dans la même boîte de nuit que Linda la nuit où elle a été assassinée, dit Knutsson.

Trois collègues et trois élèves gardiens de la paix dont deux se sont fait connaître d'eux-mêmes, ont donné un échantillon de leur ADN et ont été mis hors de cause.

– Ils ont une encoche dans la marge, expliqua Thorén.

– On les a quand même placés sur la liste pour être exhaustifs, dit Knutsson.

– On s'en fout, fit Bäckström. Et les autres alors, pourquoi est-ce qu'on n'a pas leurs échantillons ?

Selon Knutsson et Thorén, ce n'était pas très clair. L'explication la plus probable, d'après le rapport de la brève audition de chacun d'eux par la collègue Sandberg, c'était qu'ils étaient restés dans la boîte de nuit après 3 heures du matin, alors que l'agresseur de Linda était déjà chez elle. L'élève gardien de la paix du groupe avait, selon ses propres dires, quitté l'endroit juste avant 4 heures. Il était seul et était rentré directement chez lui à pied. Évidemment sobre et en pleine forme. Les trois collègues étaient par contre restés jusqu'à la fermeture de la boîte. Ils s'étaient dit au revoir devant la sortie et étaient tous rentrés chez eux. Leur état d'ébriété et d'éventuels autres détails étaient mal établis, mais il était déjà sûrement plus près de 5 heures que de 4.

– Putain de merde ! s'exclama Bäckström. Ce sont tous des tapettes ou quoi ?

– Comment ça, Bäckström ? demanda Thorén.

– Ce sont leurs déclarations, dit Knutsson. C'est ce qu'ils prétendent.

– Quatre collègues qui rentrent seuls d'une boîte de nuit ? Vous êtes cons ou quoi ?

– L'un d'eux, celui qui est parti le premier, est seulement un futur collègue, expliqua Thorén. Mais je vois ce que tu veux dire.

– Oui, ça ne m'est jamais arrivé, souligna Knutsson. Mais ici c'est Växjö, bien sûr.

– Je veux bien le croire, dit Bäckström. Autre chose, ajouta-t-il. Vous n'avez pas montré cette liste à Sandberg ?

À en juger par leur mouvement de tête concomitant, non. Principalement à cause des quatre noms restant sur la liste.

– Qu'est-ce qu'ils ont fait, ceux-là ? demanda Bäckström en jetant un rapide coup d'œil. *Personne que je connais.*

Un petit mélange des genres, selon Knutsson. Le premier des quatre travaillait à la sécurité publique dans une commune voisine, mais avait aussi été affecté en tant qu'instructeur de tir à l'école de police de Växjö. Quelques années plus tôt, l'une de ses élèves avait porté plainte contre lui pour harcèlement sexuel : des lettres et des coups de fil avec les propositions habituelles. La plainte avait été retirée au bout d'à peine un mois et l'élève avait quitté l'école. Quand l'enquêteur l'avait contactée, elle avait refusé de coopérer et la plainte contre l'instructeur de tir avait été classée. L'instructeur, lui, était toujours là, et en mai il était sur le stand de tir avec Linda et ses camarades.

– Il semble très apprécié à la fois de ses collègues et des instructeurs. Mais on ne peut rien affirmer, dit Knutsson en haussant les épaules.

La plainte contre le collègue numéro deux était encore plus ancienne. En plein divorce, cinq bonnes années plus tôt, son épouse d'alors l'avait accusé de voies de fait. Mais cette plainte avait elle aussi été retirée et l'affaire finalement classée.

– Sauf qu'il a été suspendu pendant un mois, dit Thorén. Pour la durée de l'enquête. Puis il a reçu des dommages et intérêts, avec l'aide du syndicat. Ils sont divorcés, depuis. Lui et son ex-femme, ajouta Thorén.

– Où en est-il, maintenant ? demanda Bäckström. *Toutes les gonzesses sont bien pareilles.*

– Il a été réintégré, bien sûr, dit Knutsson étonné.

– Suivant, fit Bäckström. *Bonne nouvelle.*

Le troisième des collègues était, sur son temps libre, entraîneur de football, hockey, handball et floorball pour jeunes. Dans sa jeunesse, il avait été un athlète de premier plan, jouant au foot dans le Championnat de Suède et au hockey sur glace en deuxième division. Il entraînait notamment une équipe de football féminin dont les membres avaient entre treize et quinze ans. Les parents de l'une des filles avaient porté plainte pour exhibitionnisme. Dans les vestiaires, à l'occasion de divers entraînements, et quand ils étaient partis, avec plusieurs parents, en camp pour une semaine.

On avait beaucoup parlé de cette histoire, qui avait même fait les gros titres des tabloïds, mais la plainte n'avait pas donné grand-chose sur le plan judiciaire et avait finalement été classée. La fille qui l'avait dénoncé ne jouait plus au football, elle et sa famille avaient déménagé. Le collègue incriminé avait cessé son activité d'entraîneur en dépit d'un soutien massif de la plupart des jeunes et de leurs parents, puis il avait pris un congé maladie de six mois avant de retourner au boulot. À présent, il occupe un poste purement administratif à la police de Växjö.

– Ça a l'air vraiment triste, dit Thorén. On lui a retiré son arme de service de peur qu'il se suicide lorsque sa femme a pris ses enfants et s'est tirée.

– Le dernier alors, dit Bäckström. *Ah, c'est comme ça que ça s'est passé, la femme a pris les enfants et s'est tirée.*

– Ça a l'air d'une histoire plus simple, expliqua Knutsson, apparemment presque amusé. Pour résumer, il y a deux ans, sa fiancée d'alors a porté plainte contre lui. Elle travaillait dans un salon de coiffure, à Alvesta, à une vingtaine de kilomètres d'ici, et elle avait de la concurrence, paraît-il. Les collègues le surnommaient d'ailleurs Karlsson Chaud Lapin.

– Il s'appelle Karl Karlsson, ce collègue, expliqua Thorén.

– Et de quoi se plaignait-elle ? demanda Bäckström. *Il a l'air d'un type plutôt cool.*

– Selon la plainte, le Karlsson avait pour habitude de lui mettre les menottes quand ils faisaient l'amour, et il fallait en plus que ce soit ses menottes de service, précisa Knutsson.

– Voilà qui est terrible, rigola Bäckström. Il n'en avait pas à lui ?

Selon Knutsson et Thorén, cette précision n'apparaissait pas dans l'affaire dont ils avaient pris connaissance, par ailleurs classée elle aussi, qui se limitait aux menottes de service. La coiffeuse avait déménagé pour Göteborg, où elle avait trouvé un nouveau salon et un nouveau fiancé. Mais le plus étrange, c'était que le collègue Karlsson l'avait suivie six mois plus tard et travaillait à présent à la police de Mölndal, à Göteborg.

– J'ai parlé à un autre collègue que je connais à Göteborg, il savait très bien qui était Karlsson Chaud Lapin. Il est patrouilleur en voiture et se fait toujours appeler Karlsson Chaud Lapin. Il ne s'est apparemment pas calmé, conclut Thorén.

– Qu'a-t-il fait cet été ? À part coucher un peu partout, demanda Bäckström.

– Il est en congé depuis la Saint-Jean, dit Thorén.

– Échantillon d'ADN, trancha Bäckström. Ça n'a pas l'air de ressembler à Linda, mais mieux vaut en faire trop que pas assez. Plus les quatre qui étaient en boîte, ajouta-t-il. Plus les trois autres, cet instructeur de tir, les violences conjugales et l'exhibitionniste. Récupérez-moi l'échantillon d'ADN de tout ce petit monde. Quant aux opinions de notre petite Sandberg, je m'en contrefous complètement. Et une dernière chose, dit Bäckström avant qu'ils n'aient eu le temps de réussir à s'éclipser de son bureau, assurez-vous de récupérer un échantillon de ce petit gros polonais aussi.

– Le collègue Lewin est en train d'y travailler, expliqua Thorén. Je crois qu'il veut en parler à la procureure.

Lewin, pensa Bäckström. *Ça doit être la petite Svanström qui l'excite.*

Après sa désagréable conversation avec le directeur de la police nationale, le directeur de la police régionale resta un long moment assis, plongé dans ses pensées. *Le bon Nylander semble avoir complètement perdu les pédales*, pensa-t-il. Tout en ruminant cette question, il descendit sur le ponton regarder sa femme.

– Tu ne vas pas t'endormir au soleil, ma chérie ? dit-il pensivement. Tu as bien mis de la crème ?

Sa femme le renvoya d'un simple geste.

Elle semble complètement épuisée, la pauvre, pensa le directeur de la police régionale.

Il appela ensuite son collaborateur Olsson pour s'assurer qu'on vérifiait bien s'il pouvait exister des liens entre la tragédie qui avait frappé la Scanie et ses propres atrocités à Växjö. Olsson y voyait effectivement une drôle de coïncidence, et était sur le point d'appeler son chef pour lui dire qu'il avait, très tôt ce matin, pris contact avec les collègues de Scanie pour examiner justement cette éventualité. Ils en sauraient davantage plus tard dans la journée.

– C'est bon à savoir. *Olsson est un véritable roc*, pensa le directeur de la police régionale en raccrochant. *Comme un de ces raukar*[1] *de l'île de Gotland, bien qu'il soit du Småland. Toujours là, quelles que soient les intempéries*, se dit-il en se sentant une âme de poète.

Bäckström fit venir la collègue Sandberg, bien qu'il commençât à en avoir sacrément marre d'elle.

– Je t'en prie, assieds-toi, dit Bäckström en indiquant la chaise libre. Je veux que nous prélevions des échantillons d'ADN des collègues qui étaient en boîte, et aussi de l'élève gardien de la paix.

Sandberg avait naturellement protesté. *Toutes les mêmes*, pensa Bäckström. *En y regardant de plus près, cet exemplaire-là commençait d'ailleurs à avoir l'air un peu avachi.*

– Aucun d'eux n'est parti avant au moins 3 h 30, dit Sandberg. Si tu lis mon rapport d'auditions. De plus, j'y étais moi-même et leur ai tous parlé pendant la soirée. Plusieurs fois. Et quand je suis partie à 4 heures, les trois collègues étaient encore là et notre élève gardien de la paix avait à peine quitté les lieux. Il était d'ailleurs venu nous dire au revoir.

– Oui, oui, bien sûr, dit Bäckström en acquiesçant lourdement. Mais quel rapport ?

– D'après ce qu'on a dit aux réunions, toi et Enoksson sembliez être sur la même longueur d'onde quant au fait que l'agresseur serait arrivé chez Linda dès 3 heures du matin, constata Sandberg.

1. Piliers calcaires sculptés par la mer.

– Sauf que nous n'en sommes pas absolument certains. Puisque tout ce que ce bon docteur peut dire, c'est qu'elle a dû mourir entre 3 et 7 heures du matin.

– Mais s'il est parti vers 5 heures, quand le journal est arrivé ? s'entêta Sandberg. En tenant compte de tout ce qu'il a fait. Comment y serait-il parvenu ?

– Nous n'en savons rien non plus, dit Bäckström. Nous ne faisons que le supposer. Assure-toi qu'ils donnent tous leur échantillon. De leur plein gré bien entendu, et le plus rapidement possible.

– J'ai compris, Bäckström, dit Sandberg, mécontente.

– Parfait, dit Bäckström. Et puis il y en a trois autres dont on veut l'ADN. *Quant au chaud lapin de Göteborg, les collègues de là-bas peuvent s'en charger.*

– Qui donc ? demanda Sandberg, méfiante.

– Andersson, Hellström et Claesson. Est-ce que ces noms te disent quelque chose ?

– Ça me semble poser problème. Tu es bien conscient que Claesson risque de se suicider si tu l'impliques dans cette histoire ?

– C'est précisément pour cela qu'il vaut bien mieux lui donner sa chance de prouver son innocence aussitôt que possible, dit Bäckström. Ça lui évitera d'entendre tout un tas de conneries dans les couloirs.

Après un déjeuner léger composé de salade, poisson, tomates séchées et accompagné d'une bouteille d'eau minérale, le directeur de la police régionale mit fin à ses réflexions et appela une vieille connaissance qui travaillait à la Säpo.

– C'est une affaire un peu délicate, commença-t-il. Et dix minutes plus tard, il avait raconté toute l'histoire. Nylander semblait avoir complètement perdu les pédales, résuma le directeur de la police régionale.

Selon son ami, il avait bien fait d'appeler ; car il s'agissait là d'un cas intéressant, pertinent pour les services secrets et c'était par ailleurs justifié sur le plan professionnel.

– Le mieux serait que tu écrives quelques lignes sur ce que tu viens de me dire, suggéra la connaissance du directeur de la police régionale. Nous allons y appliquer le plus haut degré de confidentialité, donc tu n'as pas d'inquiétude à avoir.

– Je ne préférerais pas, dit le directeur de la police régional, hésitant. Comme nous nous connaissons, j'ai choisi de t'appeler, et j'espérais que cette conversation suffirait.

– Je le comprends bien, dit sa connaissance, apparemment presque sincère. N'en parlons plus. Notre petite conversation informelle suffira donc.

– Oui, acquiesça le directeur de la police régionale. Bien entendu, si la situation devait se préciser, je ne me défilerais pas.

– Bien sûr, bien sûr, je n'en attends pas moins de toi, dit la connaissance, apparemment encore plus sincère, si c'était possible.

Après avoir pris congé, le directeur de la police régionale descendit sur le ponton pour s'assurer une nouvelle fois que sa femme ne s'était pas endormie au soleil. Ce n'était pas le cas, mais elle s'était retournée. Sa connaissance de la police secrète éteignit l'enregistreur relié à son téléphone, sortit la disquette, la donna à sa secrétaire et lui demanda d'en faire immédiatement un procès-verbal certifié.

27

Le lendemain, ils réussirent enfin à prélever un échantillon d'ADN sur le voisin de Linda, le bibliothécaire Marian Gross. Personne parmi les enquêteurs ne le soupçonnait sérieusement, mais c'était une question de principe et pour la bonne cause. Personne, et quelqu'un comme Gross encore moins, ne devait être en mesure d'échapper à la police en refusant simplement d'obtempérer. Le commissaire Jan Lewin avait parlé à la procureure, qui s'était occupée des anciennes accusations contre Gross. Celles-ci leur offraient de nouvelles opportunités juridiques. Elle n'avait pas été difficile à convaincre. Au contraire, elle avait exprimé sa surprise que ce détail ne soit pas déjà réglé. Il n'y avait plus qu'à aller le chercher, et s'il ne voulait pas donner un échantillon d'ADN de son plein gré, on le lui prélèverait quand même.

Von Essen et Adolfsson s'étaient vu assigner cette tâche, et après le premier coup de pied de semonce habituel, Gross avait ouvert, enfilé ses chaussures et les avait suivis au poste. Sans prononcer le moindre mot, comme la fois précédente.

– Eh bien, monsieur Gross, dit Lewin amicalement, la procureure a décidé que nous prélèverions un échantillon de votre ADN. Nous pouvons le faire de deux façons. Soit vous vous mettez vous-même ce petit bâtonnet couvert de coton dans la bouche et vous le frottez doucement à l'intérieur de votre joue, soit nous appelons un docteur qui vous fera une piqûre dans le bras sous supervision des collègues.

Pour toute réponse, Gross s'était contenté d'un regard assassin.

– J'interprète votre silence comme le choix d'appeler un médecin, dit Lewin, toujours aussi sympathique. Les gars, vous pouvez emmener monsieur Gross au trou, en attendant le médecin.

– J'exige de pouvoir le faire moi-même ! s'écria Gross en tendant la main vers le bâtonnet de test qui se trouvait sur le bureau de Lewin. Quand ce fut terminé, il refusa l'offre de Lewin de le faire ramener chez lui et quitta rapidement le commissariat.

Quelques heures plus tard, il se manifesta à travers la plainte pour abus de pouvoir qu'un coursier déposa à la réception, à l'encontre de la procureure, du commissaire Olsson, du commissaire Lewin, de l'inspecteur von Essen et de l'adjoint Adolfsson. La réceptionniste la transmit au service des enquêtes internes, et tout reprit son cours normal au commissariat de police de Växjö.

Dans l'ensemble, leur travail de prélèvement d'ADN avait dépassé leurs attentes. Un jeune enquêteur intéressé par les statistiques avait collé une grande feuille sur leur tableau d'affichage, où on pouvait suivre sous forme de graphique l'avancement des opérations. La colonne du nombre des personnes testées à Växjö et ses environs avait déjà dépassé la centaine. La moitié d'entre elles avait été vérifiée par le laboratoire de Linköping et toutes avaient pu être mises hors de cause. Personne d'autre que Gross n'avait posé de problème. Quelques voyous locaux s'étaient même manifestés d'eux-mêmes.

Le seul nuage dans le ciel de la brigade technique criminelle venait plutôt des collègues.

Les trois collègues à avoir été en boîte avaient d'abord refusé. Après entretien, deux d'entre eux avaient cédé, pendant que le troisième avait contacté son syndicat et continuait à s'y opposer, envisageant même de porter plainte auprès de l'*ombudsman* parlementaire contre au minimum Bäckström et tous ses soi-disant collègues de la brigade criminelle, histoire de leur inculquer quelques notions juridiques de base. Avec l'élève gardien de la paix, c'était encore plus simple. Malgré des appels répétés sur son fixe et son portable, il demeurait injoignable. Ils avaient laissé plusieurs messages, pour l'instant sans résultat.

Olsson était inquiet, notamment à cause des trois collègues que Bäckström voulait faire tester en raison de leurs anciens faits d'armes. À titre privé, puisque Olsson en parlait avec Bäckström, les cas du collègue qui avait maltraité sa femme et celui de l'instructeur de tir ne lui posaient aucun problème de conscience.

– Entre nous, j'aimerais bien qu'ils soient virés tous les deux, expliqua Olsson.

Putain, mais qu'est-ce que tu crois que ça peut me foutre ? pensa Bäckström, qui se contenta de hocher la tête

Par contre, pour l'ancien entraîneur de football, c'était très différent. D'abord parce qu'il le connaissait personnellement et pouvait se porter garant de lui. Il était innocent, et avait déjà été victime d'une grande injustice. Mais aussi parce qu'il ne voulait pas endosser la responsabilité de lui demander de laisser un échantillon de son ADN volontairement.

– Je ne tiens pas à avoir sa vie sur ma conscience, expliqua Olsson. Il est encore profondément déprimé, tu comprends.

– Bien sûr, qui ne le serait pas ? dit Bäckström. Mais je croyais que les enfants ne mentaient jamais concernant les abus sexuels ?

Olsson était bien le premier à être d'accord à ce sujet. Dans son cas à lui, c'étaient plutôt les parents qui étaient derrière toute l'histoire. Et cette accusation contre son collègue et bon ami innocent, des fois que la fillette ait quand même tout inventé, c'était l'exception qui confirmait la règle.

– J'espère que tu comprends, Bäckström ? demanda Olsson.

– Bien sûr, dit Bäckström. Nous espérons tous choper un coupable qui nous conviendrait à tout le monde. Autre chose ? *Je me demande si on ne devrait pas te prélever ton ADN, à toi aussi.*

Olsson avait une dernière chose sur le cœur. Le cinglé de Dalby était toujours en fuite, bien que la Force d'intervention nationale eût verrouillé le secteur et en fouillât systématiquement chaque mètre carré.

– Tu ne crois pas que ça pourrait être notre homme ? demanda Olsson avec espoir.

– J'ai vu que nos chers tabloïds étaient de cet avis, dit Bäckström. Ils se référaient d'ailleurs à une source haut placée dans la maison, mais si c'était une question que tu posais, ce n'est pas moi qui les ai renseignés.

– Bien sûr que non, Bäckström, protesta Olsson. Mais que penses-tu de l'hypothèse en elle-même ?

Je crois que cette source haut placée dans la maison est aussi tarée que son pote journaliste.

Le soir, Carin appela et demanda pourquoi il ne l'avait pas contactée. Elle était partie le week-end voir sa vieille maman, et Bäckström aurait pu laisser un message sur son répondeur.

– Il s'est passé beaucoup de choses récemment, dit Bäckström, évasif. *Comment ça, rendre visite à sa vieille maman ? Nom de Dieu !*

– Est-ce quelque chose dont tu peux me parler ? demanda-t-elle de sa voix habituelle quand elle posait cette question.

– Moui, dit Bäckström. C'est de nature plutôt privée en fait. Mon animal de compagnie est mort. J'avais demandé à un ami de s'en occuper pendant que j'étais parti en mission, mais ça ne s'est apparemment pas bien passé.

– Oh mon Dieu, c'est terrible, dit Carin, apparemment bouleversée. C'était un chien ou un chat ?

Putain, pour qui elle me prend ? pensa Bäckström. *Il n'y a que les gonzesses et les tapettes qui ont des chats.*

– C'était un cabot, mentit Bäckström. Un petit bâtard. Très malin. Il s'appelait Egon.

– Mon Dieu, comme c'est triste, dit Carin qui, à en juger par sa voix, était à la fois une amie des animaux et une personne profondément compatissante. Un petit toutou, au nom si mignon. Comme je comprends que tu sois contrarié. Es-tu capable d'en parler ? Comment est-ce arrivé ?

– Il s'est noyé, expliqua Bäckström. Et tu m'excuseras, mais…

– Je comprends, tu n'arrives pas à en parler, dit-elle.

– On se rappelle demain, proposa Bäckström. Appelle-moi si ça te dit de manger un morceau. *Ah, ces tarées de bonnes femmes !*

Bäckström évita Rogersson, car tout indiquait qu'il avait assassiné le petit Egon. Rogersson quant à lui ne semblait même pas avoir remarqué que Bäckström l'évitait. Il était exactement comme à son habitude.

C'est justement comme ça qu'ils sont, les véritables psychopathes. Ils ne pensent qu'à eux-mêmes. Mais Rogersson devait être un meurtrier encore plus complexe, puisqu'il vint frapper à la porte de Bäckström. *Il frappe très prudemment, ce qui trahit sa mauvaise conscience.* En une sorte d'offrande de réconciliation, il avait aussi apporté une caisse de bières bien fraîches et une bouteille de whisky à demi entamée.

– C'est là que tu te caches pour faire la gueule, constata Rogersson, et comme Bäckström n'était pas du genre rancunier, ils avaient rapidement réussi à normaliser leur relation et à revenir à leur ancienne camaraderie.

– À la mémoire d'Egon, dit Rogersson.

– À la tienne, mon frère, dit Bäckström. À la mémoire d'Egon, ajouta-t-il cérémonieusement. Il se mit debout et leva son verre.

Le lendemain matin de la veillée funèbre que lui et Rogersson avaient observée à la mémoire d'Egon, il trouva enfin une graine de suspect qui en vaille la peine. *C'est presque un coup à devenir religieux*, pensa Bäckström à l'instant où il ressentit les fameuses vibrations.

28

Avant même la réunion du matin, Thorén avait contacté sa connaissance à la police de Göteborg et lui avait demandé de l'aider à prélever un échantillon d'ADN de son collègue Karlsson Chaud Lapin. Sa connaissance lui promit au moins d'essayer, puis de le rappeler.

Ce dernier appela sur-le-champ sur son portable Karlsson Chaud Lapin, qui avait aussitôt répondu. Malgré l'heure matinale, Karlsson Chaud Lapin était déjà installé en terrasse à Marstrand en train de reluquer les filles. Comment se passait l'été ? avait demandé la connaissance de Thorén, qui tenait à toujours commencer en douceur, quel que soit le sujet à traiter. Fantastiquement, selon Karlsson Chaud Lapin. Il avait fait le tour de la côte ouest pendant toutes ses vacances. Il avait commencé à Strömstad au nord et était descendu par Lysekil, Smögen et quelques endroits plus petits dont il avait déjà oublié le nom. Là, il était assis sur le quai à Marstrand, à une vingtaine de kilomètres au nord de Göteborg.

– C'est incroyable, dit Karlsson Chaud Lapin, heureux. Il y a des filles à volonté. Et quel soleil en plus, ça permet de gagner un temps fou !

Karlsson Chaud Lapin n'avait absolument aucune objection à se soumettre volontairement à un test ADN. Il l'avait déjà fait plusieurs fois à l'occasion de recherches de paternité en Suède et dans le monde, et s'en était toujours bien tiré.

– C'est fantastique, dit Karlsson Chaud Lapin, encore plus heureux. Je n'ai pas foiré une seule fois. C'est comme si j'étais totalement immunisé contre cette merde.

Pour gagner du temps, ils tombèrent d'accord pour que Karlsson Chaud Lapin – dès qu'il aurait un instant dans son programme très chargé – passe par le poste de police de proximité à Marstrand et laisse l'échantillon promis.

Je me demande bien à quoi ça servira, pensa la connaissance de Thorén en raccrochant.

Adolfsson et von Essen, assignés à la patrouille spéciale des échantillons d'ADN, ne participèrent pas à la réunion du matin mais commencèrent eux aussi leur journée d'une façon fructueuse. D'abord, ils réussirent à obtenir l'échantillon de l'instructeur de tir, une vieille connaissance d'Adolfsson qui appartenait au même club de chasse que lui. Encouragés par ce succès, ils rendirent visite au collègue de la boîte de nuit qui refusait. Il était chez lui, en train de peaufiner sa plainte auprès de l'*ombudsman* parlementaire, mais après discussion, il avait fini par se montrer raisonnable.

– Qu'est-ce qu'on fait maintenant ? demanda Adolfsson. *C'est quand même Gustaf le chef, après tout.*

– Maintenant, on s'occupe de l'élève gardien de la paix qui à l'évidence refuse de répondre au téléphone, dit von Essen. Comme ça, on en aura fini avec tous ceux qui étaient en boîte avec Linda.

À la réunion du matin, ils firent rapidement le point habituel sur la situation, puis ils parlèrent surtout des tests ADN. Pour une fois, presque tout le monde semblait d'accord. À ce rythme, le meurtrier serait tôt ou tard pris dans les mailles de leur filet ADN. Seul Lewin émit un doute.

– Tout ça est risqué, dit Lewin, songeur, en indiquant de la tête le nombre d'échantillons prélevés sur leur tableau d'affichage.

– Que veux-tu dire ? demanda Olsson.

– Il y a un risque de perdre le contrôle de l'enquête, expliqua Lewin. Il est déjà arrivé, et il arrivera encore qu'on ne retrouve jamais un assassin alors qu'on a son ADN. Je peux vous donner une demi-douzaine d'exemples.

Parle pour toi, espèce de sale rebelle ! Moi je compte bien prélever des échantillons de toute la planète si besoin, pensa Bäckström.

– Qu'en dis-tu, Bäckström ? demanda Olsson en se tournant vers lui.

– J'ai déjà entendu ça, fit Bäckström sèchement. Et curieusement de la même personne, ajouta-t-il en suscitant un certain nombre de sourires. Pour le moment, nous cherchons à éliminer tous ceux qui n'ont rien à voir avec l'affaire. Le plus rapidement possible. Et il n'y a pas de meilleur moyen de garder le contrôle d'une enquête, si tu veux mon avis. *Et si tu t'occupes de ce qui te regarde, je m'occupe du reste*, pensa Bäckström en lorgnant vers Lewin.

Tout le monde hocha la tête et Lewin haussa les épaules. Puis ils abandonnèrent le sujet pour parler de la prime que le papa de Linda voulait proposer.

– Il a appelé le directeur de la police régionale et moi-même, précisa Olsson en s'étirant. Pour ma part, j'ai peur que ça n'envoie les mauvais signaux… si on le fait trop tôt… parce que ça ne fait pas deux semaines… de proposer une récompense.

Putain de conneries, pensa Bäckström, *si je ne veux pas rester coincé ici la moitié de la journée, autant m'en occuper moi-même.*

– Voici ce qu'il en est, dit Bäckström. Si c'est quelqu'un qu'elle connaît, on va le trouver de toute façon, quoi qu'il ait raconté à quelqu'un d'autre, et qui pourrait nous le rapporter dans l'espoir de récupérer quelques couronnes. Et si c'est un véritable cinglé, ce que certains semblent croire, alors il ne va probablement rien dire à personne, et donc une récompense ne nous avancera pas. Si c'était un voyou de base, alors tous ses camarades seraient déjà au courant et ça pourrait accélérer les choses, mais de toute façon tôt ou tard nous en entendrions parler.

– Puis-je comprendre qu'au moins, tu penses que ça ne nuira pas à notre enquête ? demanda Olsson prudemment.

– De combien d'argent parlons-nous ? *Comprends ça comme tu veux, putain, espèce de crétin.*

– Le papa a proposé un million. Pour commencer, dit Olsson, et le silence se fit.

– Qu'est-ce que c'est que cette connerie ? fit Bäckström. Son père doit être complètement fou. *Donnez-moi l'argent à moi, plutôt.*

– Combien coûte un fixe ici en ville ? demanda Rogersson à un collègue de Växjö prêté par la brigade des stups.

– Ça dépend de ce que tu veux. Comme à la capitale, je pense. À partir de cinq cents, tu peux avoir de l'héroïne. Les amphétamines, c'est deux cents. La fumette est presque gratuite si tu te balades vers Copenhague.

– Qu'est-ce que ces gens-là feraient d'un million ? dit Bäckström. On risque d'être noyés par une foule de drogués cinglés qui essaieront de nous vendre une flopée d'histoires folles. Pas de récompense, décréta Bäckström en se levant. Et si vous n'avez rien à ajouter, je suggère qu'on travaille un peu.

Après le déjeuner, Bäckström s'enferma dans son bureau après avoir allumé la lampe rouge pour être en paix avec ses pensées. *Je devrais vraiment me faire installer un lit ici*. Il ne dormait plus sur son bureau depuis des années et n'avait même pas un bon oreiller dans la pièce. *Je devrais peut-être m'organiser un endroit en ville plus proche que l'hôtel*, pensa-t-il à l'instant même où le fil de ses pensées optimistes fut interrompu par un coup discret à la porte.

– Entrez, cria Bäckström. *Que je puisse te donner une putain de leçon, espèce de daltonien de mes deux.*

– Ce n'est pas que je sois daltonien, s'excusa Adolfsson. Mon collègue non plus d'ailleurs, dit-il à l'intention de von Essen, qui se trouvait juste derrière. Mais nous avons quelque chose dont nous aimerions parler, chef. Ça n'a pas l'air inintéressant.

Ce gamin ira loin, pensa Bäckström en montrant affablement son unique chaise de visiteur.

– Assieds-toi, gamin. Tu peux aller te chercher une chaise dans le couloir, dit-il à von Essen. *Si tu ne veux pas t'asseoir par terre, espèce de bâtard de poseur.*

– Vas-y, l'encouragea Bäckström.

– Nous avons été frappés, expliqua Adolfsson, par ce que cette bonne femme du laboratoire de Linköping a dit à Enoksson et qu'il a raconté au cours d'une réunion. Que notre agresseur n'avait pas un ADN typiquement nordique. Que nous recherchons un bougnoul, tout simplement.

– Les pensées d'Adolf partent souvent dans cette direction, précisa von Essen, accommodant, tout en étudiant ses ongles.

– J'écoute, dit Bäckström en lançant un regard mauvais à von Essen. *Et toi, tu la fermes.*

– Il s'agit de son camarade de classe de l'école de police. Il s'appelle Erik Roland Löfgren. C'était lui qui était en boîte avec Linda et que nous n'avons pas réussi à recontacter pour le tester.

– Erik Roland Löfgren ? demanda Bäckström. Ça fait sacrément exotique.

– Il n'en demeure pas moins qu'il habite ici en ville, et que nous avons essayé de lui rendre visite pour lui offrir un petit coton-tige, mais il n'était pas là, constata von Essen, apparemment indifférent aux regards mauvais.

– Ferme-la maintenant, Essen, lança Bäckström à sa manière la plus polie. Continue, dit-il à Adolfsson.

– Voilà, poursuivit Adolfsson en tendant une photo à Bäckström, sa photo d'identité de l'école de police. Et ce n'est pas le négatif, je précise, ajouta-t-il très satisfait.

Noir comme l'encre, pensa Bäckström en regardant la photo. Et au même moment, il sentit les vieux picotements qu'il connaissait bien.

– Que savons-nous sur lui ? demanda Bäckström en s'appuyant sur le dossier de sa chaise.

Camarade de classe de Linda à l'école de police, vingt-cinq ans, Enfant adopté venu d'Afrique francophone à l'âge de six ans, il avait atterri chez des parents suédois distingués, avec des frères et sœurs suédois plus âgés en prime.

– Le père adoptif est médecin-chef à l'hôpital de Kalmar, la mère est directrice d'un lycée, également à

Kalmar. Des gens très bien, pas de simples péquenots, dit Adolfsson, lui-même fils d'un des plus grands agriculteurs du coin et qui avait grandi à la propriété familiale près d'Älmhult.

– Que savons-nous d'autre ? demanda Bäckström. *Six ans quand il est arrivé ici venant de l'Afrique la plus noire, et ce qu'il a pu en ramener, seul quelqu'un comme Brundin pourrait en avoir une idée. Voilà qui est de mieux en mieux.*

– De bonnes notes, pas les meilleures, mais assez pour que quelqu'un comme lui puisse entrer à l'école. Si tu vois ce que je veux dire, chef, ajouta Adolfsson.

– Qu'a-t-il comme centres d'intérêt ? demanda Bäckström en lançant un regard d'avertissement à von Essen, qui levait les yeux au ciel.

– Un faible pour ces dames, et c'est apparemment un crack au football, dit Adolfsson.

– Il joue dans l'équipe de l'école, expliqua von Essen. Ce serait même leur meilleur joueur. Il s'appelle donc Erik Roland Löfgren, son nom d'usage semble être Roland, mais tout le monde le surnomme Ronaldo. D'après ce joueur de foot brésilien, j'imagine, constata von Essen, qui donna l'impression de privilégier des activités plus culturelles.

– Tout le monde l'appelle Ronaldo, répéta Bäckström lentement, et comme l'agenda avait déjà fait tilt dans sa tête, tout à coup ce fut l'ensemble de la pièce qui se mit à vibrer.

– Voici comment on va faire, les gars, déclara Bäckström en se penchant sur son bureau et les regardant droit dans les yeux chacun leur tour pour souligner ses propos. Premièrement, fit Bäckström en levant un index potelé, pas un mot de ceci à quiconque d'autre que moi. Cette baraque fuit comme une putain de passoire. Deuxièmement, je veux que vous trouviez tout ce que vous pouvez sur lui et ses contacts avec Linda. Toujours sans que personne n'en sache rien.

Bäckström leva alors son majeur droit, pour qu'il tienne compagnie à son index.

– Troisièmement. Ne faites rien qui puisse le rendre nerveux. Laissez-le tranquille. N'essayez pas de le suivre, parce qu'en cas de besoin on le trouvera de toute façon. *Quand il sera temps.*

– Compris, chef, dit Adolfsson.

– D'accord, fit von Essen.

Dès qu'Adolfsson et von Essen furent partis, il appela Knutsson et Thorén, il leur expliqua de quoi il s'agissait et comment s'organiser.

– Pas de problème pour moi, dit Knutsson.

– Ça sera agréable de ne pas avoir à lire dans les journaux tout ce qu'on fait, acquiesça Thorén.

– Alors, on y va. *Enfin, il se passe quelque chose.*

– Tu ne crois pas qu'il se soit déjà enfui ? demanda Knutsson. Si c'est bien lui.

– Étant donné qu'il n'est pas chez lui et ne répond pas au téléphone, on ne peut pas vraiment l'exclure.

– C'est justement pour cela que je voulais que nous commencions par son portable, précisa Bäckström. *Putains d'idiots.*

Un bon chef doit savoir déléguer, pensa Bäckström en posant ses pieds sur son bureau dès qu'il fut seul dans la pièce. *Il doit aussi savoir décider. Par exemple, d'enregistrer sur le répondeur qu'il s'est absenté pour raison de service, puis s'esquiver dans sa chambre d'hôtel pour boire une bière bien fraîche et se prendre quelques bonnes heures avec le marchand de sable.* Dans le pire des cas, si c'était urgent, ses fidèles collaborateurs l'appelleraient. C'était lui le chef, après tout.

29

Après la réunion du jeudi matin, un Bäckström satisfait et soulagé retourna dans son bureau pour réfléchir en toute tranquillité à son affaire.

Tout semblait très prometteur. Le travail de prélèvement d'échantillons d'ADN à Växjö et alentours continuait de se développer au-delà des attentes. Ils approchaient des trois cents échantillons fournis volontairement, et avaient déjà pu en éliminer la moitié. Même l'enquête sur le camarade de classe de Linda, Erik « Ronaldo » Löfgren, avait atteint sa vitesse de croisière. Adolfsson avait déjà appelé Bäckström pour lui annoncer que lui et son collègue von Essen avaient trouvé pas mal d'éléments utiles, dont ils viendraient discuter plus tard dans la journée. Même Pam et Poum semblaient avoir accompli un certain nombre de choses.

– Cette histoire de match de foot, je crois que nous l'avons résolue, dit Knutsson.

– Pas avec quelqu'un de cette maison, j'espère, répondit Bäckström.

– Absolument pas, fit Thorén presque choqué.

– Ça serait stupide. Non, on s'en est occupés avec un de nos propres experts, expliqua Knutsson. Avec un collègue que nous connaissons tous les deux et en qui nous avons confiance.

Selon cet analyste, la légende vivante d'à peine vingt-huit ans « Ronaldo » s'était couvert de gloire, comme toujours, le samedi 17 mai, quand lui et ses coéquipiers du Real Madrid avaient joué un match de *Liga* contre leur ennemi juré, le FC Barcelone. Il n'avait pas mis trois buts, mais un quand même, et fait une passe décisive. Après le match, les téléspectateurs du monde entier l'avaient, comme si souvent, élu homme du match.

– Sauf que le problème n'est pas là, dit Knutsson.

– Les collègues d'ici ont compris de travers qu'il avait marqué trois buts, expliqua Thorén.

– Où est le problème alors ? demanda Bäckström.

D'après l'analyste qui avait étudié le message, l'interprétation probable de l'expression « Nom magique ? » était que celle qui avait écrit le message (d'une part) avait posé une question, mais que cette question devait probablement (d'autre part) être prise de façon rhétorique.

– Et putain, qu'est-ce que ça veut dire en suédois normal ? demanda Bäckström.

– Une question dans laquelle la réponse est incluse, expliqua Knutsson.

– Par exemple ce vieux classique, tu sais, Bäckström, continua Thorén. Celle sur le pape. Est-ce que le pape a un chapeau ridicule ?

– Je comprends tout à fait, dit Bäckström. *Pam et Poum sont-ils donc complètement idiots ?*

La question rhétorique ne s'appliquait pas uniquement à la personne qu'était « Ronaldo » pour tout le monde, ou du moins pour la partie de ce monde qui s'intéressait au football, mais aussi au collectif de personnes portant le même prénom.

– Putain, mais qu'est-ce qu'il veut dire par là ? s'exclama Bäckström en levant les mains. *Ces putains d'universitaires tueront la police, aucun doute !*

– Qu'il y en a au moins deux qui s'appellent Ronaldo, expliqua Knutsson. Le joueur de football Ronaldo qui est le héros du match, et puis un autre Ronaldo, probablement lié au match en question, et qui aura fait une prestation de qualité équivalente.

– Ah, mais je comprends tout maintenant ! s'exclama Bäckström. Pourquoi ne l'avez-vous pas dit directement ? Linda était assise à regarder son match à la télé avec le Ronaldo de tous les cinglés de foot, pendant que son propre petit Ronaldo s'occupait d'elle dans le sofa. Il l'a fait trois fois, ou je me trompe ?

– On peut l'interpréter de cette manière, dit Thorén avec réserve.

– Selon l'analyste que nous avons consulté, c'est l'alternative la plus probable, oui, expliqua Knutsson. Même s'il ne l'a peut-être pas formulé de cette façon.

– Envoyez ce bâtard suivre un cours pour apprendre à s'exprimer comme tout le monde. Et d'ailleurs, comment avance l'enquête sur les communications du portable ?

– Ça avance, dit Thorén. Ça avance.

– Sauf que ce genre de choses prend toujours du temps, bien sûr, expliqua Knutsson.

– Quand ? demanda Bäckström.

– Ce week-end, répondit Thorén.

– Dans le meilleur des cas demain, au pire dimanche, précisa Knutsson.

– On se tient au courant, dit Bäckström en montrant la porte.

Lorsque Bäckström s'installa à la cantine pour déjeuner, la collègue Sandberg s'approcha et lui demanda si elle pouvait s'asseoir.

– Bien sûr, dit Bäckström en montrant une chaise libre. *Bientôt, elle aura l'air presque aussi flasque que toutes les autres gonzesses.*

– Est-ce qu'on peut se parler franchement ? demanda Sandberg.

– Je parle toujours franchement, dit Bäckström en haussant les épaules.

– OK alors, fit Sandberg en ayant l'air de prendre son élan.

– Je suis tout ouïe. Mais je n'entends rien.

– Je ne crois pas à cette façon de prélever des échantillons de tout un tas de collègues, déclara Sandberg.

– Et moi je pense que tout va très bien. Ces deux jeunes collègues qui nous ont été prêtés par la sécurité publique sont très efficaces, dit Bäckström.

– Je n'imaginais pas qu'on puisse en arriver là quand je suis devenue flic. J'osais l'espérer, en tout cas. Je m'étais malheureusement trompée. (Sandberg regarda Bäckström avec le plus grand sérieux.) Pour moi…

– On ne devient pas flic, l'interrompit Bäckström. On est flic. Adolfsson et cet Essen sont flics. Ce n'est pas plus compliqué que ça. Est-ce qu'il y a un collègue en particulier pour lequel tu t'inquiètes ? continua-t-il. *Voilà qui commence à être très drôle.*

– Tous les collègues dont nous avons reçu le résultat du test ont pu être éliminés.

– Oui, ça doit être très agréable pour eux, dit Bäckström en se mettant à rire.

– Compte tenu de son état de santé, je ne peux tout simplement pas aller voir le collègue Claesson et lui demander un échantillon de son ADN. Pas après ce qu'il a enduré, protesta Sandberg.

– Y avait-il autre chose ? demanda Bäckström en regardant ostensiblement sa montre.

– Oui, qu'en dis-tu, toi ?

– Que tout finira bien par s'arranger. Je vais demander à Adolfsson, ou à quelqu'un d'autre, ajouta Bäckström en se levant de table. *Prends ça dans les dents espèce de petite truie*, pensa-t-il en posant son plateau sur le chariot à vaisselle.

– Putain, comment as-tu réussi à convaincre le vieux de se soumettre à une audition ? demanda Bäckström deux heures plus tard, alors qu'il était en voiture avec Rogersson, en route pour le domicile du père de Linda.

– J'ai appelé et demandé si on pouvait venir lui parler, dit Rogersson.

– Et ça n'a pas posé de problème ?

– Non, pas le moindre.

L'audition du père de Linda dura deux bonnes heures, dans son bureau à l'étage du manoir. Bäckström resta plutôt silencieux, laissant Rogersson mener la conversation. Il se borna à poser quelques questions par-ci, par-là. Ils évoquèrent les centres d'intérêt de Linda, son entourage, ses camarades, et s'il y avait quelque chose ou quelqu'un que son père jugeait utile de leur signaler. Ils évitèrent soigneusement deux sujets. Le premier, son éventuel journal intime et autres notes privées, le second, comment le père supportait le choc.

Au bout d'une bonne heure, il leur demanda s'il pouvait leur offrir un café, ou autre chose ?

– Si je n'avais pas été en service, je vous aurais demandé une bière bien fraîche, dit Bäckström en souriant faiblement. Rogersson doit se contenter d'un soda puisqu'il nous ramène.

– Ça peut s'arranger, constata le père de Linda, qui se leva de son sofa et ouvrit un vieux meuble rustique, dans un coin de son bureau. Les apparences sont parfois trompeuses, ajouta-t-il devant la mine étonnée de Bäckström.

Dans le placard se trouvaient un grand nombre de bouteilles et de verres de toutes sortes, un petit frigo avec des glaçons, de l'eau minérale, des sodas et de la bière.

– Je pensais me prendre une bière, dit Henning Wallin. Je propose que ces messieurs me tiennent compagnie. Au pire, vous rentrerez à Växjö à pied. Sinon je peux demander au chauffeur de vous ramener.

– Ça m'a l'air parfait, dit Bäckström. *Toi, tu vas surmonter tout ça*, pensa-t-il. *Bien que tu ressembles à un trognon de pomme rabougri passé par les intestins de quelqu'un. Et bien que tu te sois raboté la moitié du visage en essayant de te raser ce matin.*

– Est-ce que vous reconnaissez cet homme ? demanda Bäckström en tendant la photo d'Erik Roland Löfgren au père de Linda. *Il est grand temps de passer aux choses sérieuses.*

Le père regarda attentivement la photo et acquiesça.

– C'est ce camarade de l'école, surnommé Ronaldo, je crois.

– Linda le connaissait bien ? demanda Rogersson.

– Non, je ne crois pas. Elle me l'aurait dit. Pour ma part, je ne l'ai rencontré qu'une seule fois.

Rogersson l'encouragea à poursuivre d'un signe de tête.

– Il est venu ici une fois au printemps, dit Henning Wallin. Je me souviens de l'avoir salué. Moi-même j'étais invité à un dîner en ville. Je crois qu'ils devaient regarder un match de football. Linda a… avait… tout un tas de chaînes sur sa télé.

– Mais vous vous souvenez de lui, insista Rogersson.

– Oui, dit Henning Wallin. C'est le genre de personne dont on se souvient. Surtout quand on est un père comme moi, ajouta-t-il Dieu sait pourquoi. Mais je comprends ce que vous recherchez, et je suis tout à fait sûr que Linda n'avait pas de relations avec lui. Le reste, je ne m'en mêle pas.

– Vous ne l'avez pas trouvé désagréable, ou menaçant ? demanda Rogersson.

– Plutôt un peu obséquieux. Pas quelqu'un que j'aurais aimé avoir comme gendre, dit-il en secouant soudain la tête et pressant ses pouces et ses index contre ses yeux.

– Je n'ai pas l'intention de vous demander comment vous allez, dit Bäckström. J'ai moi-même perdu une... personne très proche... qui est partie de la même façon que Linda. Alors, je sais ce que vous éprouvez.

– Ah bon ? Vous avez vécu ça ? s'étonna le père de Linda.

– Oui, dit gravement Bäckström. C'est pour cela que je n'insiste pas pour vous demander comment vous allez. Est-ce que vous vous sentez capable de continuer ?

– Oui, dit Henning Wallin. Tout va bien maintenant. Et avant que j'oublie, j'ai proposé d'offrir une récompense. Est-ce que ça vous semble utile ?

– Non, décréta Bäckström en secouant la tête.

– Pourquoi donc ? demanda le père de Linda.

– Parce que je sais que nous allons l'attraper de toute façon, dit Bäckström en lui envoyant son regard de flic.

– Bien, dit Henning Wallin. Si d'aventure vous changez d'avis, vous n'aurez qu'à m'appeler.

– J'ai une liste de noms ici, de personnes que Linda connaissait ou avait rencontrées, dit Rogersson. Y en a-t-il que vous connaissez ?

Henning Wallin passa rapidement en revue la liste et n'eut rien de nouveau à ajouter, ne faisant qu'un commentaire sur l'un des voisins, Marian Gross.

– C'est ce voisin, dit Henning Wallin. Lui, je me souviens que Linda en avait parlé. Elle l'avait décrit comme un type particulièrement dégoûtant. Il a dû emménager après mon époque.

– Vous avez vous-même habité dans l'immeuble ? Là où ça s'est passé, je veux dire, demanda Rogersson.

– J'en étais le propriétaire, répondit Henning Wallin. Je l'ai laissé à la mère de Linda au moment du divorce. Puis elle en a fait cette copropriété. Elle a toujours été intéressée par l'argent.

– Mais vous n'y avez jamais vécu vous-même ? répéta Rogersson.

– Non. Une de mes sociétés y avait ses bureaux pendant une période, mais je n'ai presque jamais mis les pieds dans l'immeuble à part le jour où je l'ai acheté. Vous ne croyez pas que ça peut être lui ? Ce Gross ?

Rogersson haussa les épaules.

– Nous vérifions tout ce que nous avons des raisons de vérifier, dit-il.

– Nous n'éliminons personne avant d'être complètement sûrs, souligna Bäckström. Celui qui restera, nous le mettrons au trou. À vie.

– Quand cela arrivera-t-il ? demanda Henning Wallin.

– Bientôt, dit Bäckström. Est-ce que je pourrais emprunter vos chio… vos toilettes avant qu'on y aille ? Prendre une bière en plein après-midi, c'est manifestement trop pour un vieux flic, mentit-il.

– Vous pouvez utiliser ma salle de bains. La première porte à gauche.

Je crois qu'on est prêts à partir, dit Rogersson quand Bäckström disparut pour soulager la pression. Il n'y a rien que nous aurions oublié ? Quelque chose que vous voudriez ajouter ?

– Contentez-vous d'attraper ce malade, dit Henning Wallin. Le reste, je m'en occupe moi-même.

– On y travaille, l'assura Rogersson.

– Tu n'es pas trop ivre pour conduire ? demanda Bäckström un quart d'heure plus tard sur la route de Växjö.

– Non, dit Rogersson. Normalement pas avec une seule bière. Autre chose : je ne savais pas que tu avais eu une fille qui avait été étranglée ?

– Ce n'est pas ce que j'ai dit, objecta Bäckström. J'ai dit une personne très proche.

– Si c'est à Egon que tu penses, en tout cas ce n'est pas moi qui l'ai étranglé. Il avait l'air de s'être noyé. De plus, je croyais que c'était un poisson rouge.

– Je pensais à Gunilla, dit Bäckström. *Putain, je suis convaincu qu'il a fait quelque chose à Egon. Sinon, pourquoi est-ce qu'il parlerait de lui tout le temps ?*

– Quelle putain de Gunilla ? s'énerva Rogersson.

– Tu sais bien, Gunilla. Du meurtre de Gunilla, expliqua Bäckström. Elle a bien été étranglée.

– Mais putain… c'était une prostituée ! s'exclama Rogersson.

– Mais quand même une fille très sympa. Je l'ai croisée plusieurs fois dans la rue pendant qu'elle tapinait et qu'elle était encore en un seul morceau. Et puis ça a marché. Tu n'as pas remarqué comment le père de Linda s'est animé quand il a entendu parler d'un compagnon de deuil ? Est-ce qu'on a des sacs à indices dans la voiture d'ailleurs ?

– Il y a absolument tout dans cette foutue bagnole, dit Rogersson. Dans la boîte à gants.

– Abracadabra ! s'écria Bäckström, qui avait déjà sorti un sac en plastique et, avec une certaine difficulté, retira un mouchoir ensanglanté de sa poche.

– Ah, c'est pour cela que tu devais aller aux chiottes, constata Rogersson.

– Oui, pas parce que j'avais besoin de relâcher la pression, dit Bäckström, amusé. Petit papa l'avait jeté dans la poubelle de sa salle de bains.

– Tu sais quoi, Bäckström. Tu es fou. Un jour, le diable viendra te chercher. Te chercher en personne, insista Rogersson.

30

Adolfsson et von Essen attendaient Bäckström dans son bureau lorsqu'il arriva au commissariat. Adolfsson avait même volé de son siège dès que Bäckström était entré. Son camarade s'était, lui, contenté d'un mouvement poli du corps et de la tête pour marquer ses intentions amicales.

– J'espère que vous nous excuserez d'être rentrés nous asseoir, chef, expliqua Adolfsson. On ne voulait pas rester dans le couloir à attirer l'attention.

– Assieds-toi, Adolf, assieds-toi, pas de problème, dit Bäckström aimablement pendant que lui-même s'asseyait, soufflait bruyamment et posait les pieds sur son bureau. *Ce gamin ira vraiment très loin.*

Erik Roland Löfgren avait été auditionné dès le vendredi soir, le jour même du meurtre. L'audition avait été menée par téléphone par l'inspectrice Anna Sandberg. Selon le rapport, elle avait duré une bonne vingtaine de minutes. Trois points avaient été abordés, et comme le rapport était un résumé de ce qui s'était dit, il faisait à peine deux pages.

« Löfgren déclare que lui et Linda étaient camarades de classe à l'école de police de Växjö mais qu'ils ne se voyaient pas en privé. En dehors de l'école, ils pouvaient se croiser à l'occasion d'activités sociales diverses, en rapport avec l'école ou par hasard, au restaurant ou dans d'autres lieux de divertissement à Växjö… »

« Löfgren déclare aussi qu'il ne connaissait pas très bien Linda, mais qu'il la considérait comme une fille heureuse et agréable, sympa et enjouée, sportive, et une bonne camarade appréciée de tous. À sa connaissance, elle n'était avec personne. Selon Löfgren, elle semblait surtout sortir avec ses amies… »

« Sur la soirée au Stadshotel, Löfgren déclare qu'il est arrivé sur les lieux vers 22 heures le jeudi soir avec deux camarades de l'école de police, et qu'il en est reparti vers 3 h 45 le vendredi matin. Ensuite, il était rentré directement chez lui à pied et s'était couché, puisqu'il avait promis à ses parents de leur rendre visite dans leur maison de campagne sur l'île d'Öland pendant le week-end et qu'il avait besoin de dormir pour pouvoir conduire. Pendant son passage au Stadshotel, il avait aperçu Linda, mais ils s'étaient juste salués puisqu'il était en compagnie d'amis. Il y avait beaucoup de monde dans la boîte, mais Löfgren dit ne pas avoir remarqué quoi que ce soit de spécial durant la soirée. Il se déclarait très choqué de ce qui était arrivé à sa camarade de classe. »

– Oui, voilà en gros ce qu'il a déclaré, dit von Essen en hochant la tête vers Bäckström.

– Il y a aussi une annexe au rapport, ajouta Adolfsson.

– J'y arrive, le rassura von Essen, j'y arrive. La collègue Sandberg qui l'a auditionné a donc rajouté une annexe au rapport. Elle écrit ceci… je cite… « la soussignée se trouvait elle-même dans la boîte de nuit du Stadshotel au même moment… ce dont j'ai informé verbalement le responsable de l'enquête préliminaire, le commissaire Bengt Olsson, à 13 h 15 aujourd'hui… atteste que Löfgren est venu me voir, moi et mes amies pendant la soirée, et qu'un peu avant 4 heures du matin il nous a dit au revoir, expliquant qu'il rentrait chez lui pour dormir parce qu'il devait se lever tôt le lendemain pour rendre visite à ses parents dans leur maison de campagne familiale pendant le week-end. J'avais déjà rencontré Löfgren en diverses occasions, quand j'ai donné une conférence sur les violences familiales à l'école de police… En service… l'inspectrice Anna Sandberg. »

– Que pense-t-on de tout ça alors ? demanda Bäckström en les regardant d'un air malin.

– Oui, qu'il prétende ne la connaître qu'à peine est un mensonge, malheureusement, constata Adolfsson.

– Mon pauvre ami, dit von Essen en lui tapotant légèrement le bras. On ne peut pas toutes les avoir. Une de perdue, dix de retrouvées. Adolf en pinçait un petit peu pour notre victime, expliqua von Essen. Il flirtait avec elle à l'occasion, quand elle était à la réception.

– Ah oui, oui, gloussa Bäckström. On devrait peut-être te prélever un échantillon d'ADN à toi aussi, Adolf ?

– J'ai déjà réglé ce détail avec Enoksson, dit Adolfsson en prenant pour une fois l'air vexé.

– Pourquoi donc ? demanda Bäckström, curieux. *Pourquoi donc, en effet ?*

– Parce que c'est moi qui l'ai trouvée. Je suis allé sur la scène de crime et j'en ai fait le tour. Non pas que j'étais en train de baver sur elle, mais je l'ai touchée pour vérifier si elle était morte, dit Adolfsson. J'ai donc suggéré à Enoksson de me mettre le coton dans la bouche. Volontairement.

– Et il a fait ce que tu lui as dit, sourit Bäckström.

– Oui.

– Un type intelligent, constata Bäckström. Mais pour revenir à notre sujet, à quel point notre petit Ronaldo connaissait-il la victime ?

– D'après ce qu'il a lui-même dit à ses copains, il aurait couché avec elle, expliqua Adolfsson. Malheureusement, c'est sans doute vrai. Est-ce que vous voulez des détails, chef ?

– Je vois. On se fout des détails. Les gonzesses ne sont pas malignes. À propos de gonzesses : cette collègue Sandberg, comment est-elle ?

– Pas une de mes préférées, dit Adolfsson. Ce n'est d'ailleurs pas directement ma collègue, chef. Elle est mariée à un flic et je préfère ne pas parler de lui. Il travaille à la police de proximité à Kalmar, alors on peut craindre le pire.

– Notre réserve au sujet de la collègue Sandberg vient probablement du fait qu'elle a porté plainte contre nous deux pour abus de pouvoir pendant le service, dit von Essen. Nous aurions battu une de ses petites protégées lors d'une arrestation. C'était au printemps.

– Qu'est-ce qu'elle a fait ?

– Elle a essayé de mordre le baron à la gorge quand on a voulu la faire entrer dans la voiture et comme elle est séropositive, j'ai pensé qu'il valait mieux la menotter et la bâillonner, dit Adolfsson.

– Je ne savais pas qu'on avait des bâillons dans les voitures. Ça a l'air pratique.

– J'ai enlevé ma veste et je l'ai nouée autour de sa tête, dit Adolfsson. Même ces traîtres des enquêtes internes n'ont pas eu d'objections.

– Maintenant, voilà comment on va faire, et pas un mot à quiconque en dehors de cette pièce, déclara Bäckström. Il enleva les pieds de son bureau et se pencha en avant pour souligner ce qu'il était sur le point de dire.

31

Scanie, samedi 19 juillet-dimanche 20 juillet

Dès le début de la semaine, le directeur de la police nationale s'était envolé pour la Scanie pour pouvoir mener en personne la chasse au plus dangereux criminel du pays. Le fou de Dalby, tueur de masses et – dans le monde où les gens comme Nylander étaient contraints de vivre – très probablement aussi tueur en série. Pour demeurer à proximité de la zone de recherche, Dalby et ses environs, où sa fidèle équipe de la Force d'intervention nationale s'était installée, il avait pris ses quartiers au Grand Hotel de Lund.

Là, ils avaient d'abord eu le mauvais goût de lui proposer la suite Fritiof Nilsson Piraten[1]. Mais après une explication claire des raisons de son séjour, ils avaient changé la suite pour une chambre double avec salle de bains ordinaire. *Ces maudits civils qui ne connaissent rien aux situations d'urgence*, pensa Nylander.

Tard le samedi soir se produisit malheureusement un petit incident dans sa chambre d'hôtel.

Après avoir passé plus de quinze heures sur le terrain, Nylander était fatigué. La chaleur avait été

1. Écrivain local.

pénible et il y avait eu quelques difficultés de ravitaillement. Alors qu'il était sur le point de se coucher, et qu'il était en train de retirer les cartouches de son arme de service – ou peut-être en remettait-il, les circonstances exactes ne furent jamais complètement établies –, un coup de feu partit malencontreusement et toucha le miroir de la salle de bains. Puisque aucun autre dégât ne semblait visible, Nylander se brossa les dents, mit son pistolet sous son oreiller comme à son habitude quand il dormait loin de chez lui en service. Puis il se glissa dans son lit. Il était sur le point de s'endormir profondément lorsqu'il fut réveillé par quelqu'un qui tambourinait à sa porte.

Malheureusement, la balle perdue avait atterri dans la télévision de la chambre voisine. Son occupant, hystérique et simplement vêtu d'un caleçon à motifs de Donald Duck, s'était précipité à la réception en hurlant. Le personnel de l'hôtel avait aussitôt appelé la police, racontant notamment « que ça canardait frénétiquement dans la chambre du directeur de la police nationale ». Deux minutes plus tard, la première voiture de patrouille de la police de Lund arriva sur les lieux et, par mesure de précaution, l'équipe d'intervention de Malmö était aussi en route.

Puis la situation dérailla complètement. Nylander eut beau expliquer fort calmement et de façon précise ce qui s'était effectivement passé et recommander à chacun de retourner vaquer à ses occupations, personne ne l'entendit de cette oreille. Les collègues locaux ne firent absolument pas preuve de professionnalisme dans la gestion de cette situation, mais lui prirent son arme de service et le traînèrent au poste de Lund pour un interrogatoire alors qu'on était en pleine nuit. Après l'interrogatoire, ils l'avaient finalement reconduit à l'hôtel.

– Je serai contraint de rédiger un rapport, dit Nylander en foudroyant du regard l'équipe d'intervention de Malmö lorsqu'ils le relâchèrent devant l'entrée de l'hôtel.

– C'est ça, fais donc, Nylander, acquiesça le commandant de l'équipe d'intervention avec un accent de Scanie très prononcé. Tant que tu promets de garder tes mains au-dessus des couvertures.

Dès le lendemain matin, le cinglé fugitif fut retrouvé, gisant dans une simple cabane de pêcheur aux abords d'Åhus. Si ce fut le propriétaire de la cabane qui le trouva, et non la Force d'intervention, c'est sans doute qu'elle se situait en dehors de la zone de recherche. À en juger par l'odeur et la quantité d'asticots, il devait être là depuis plusieurs jours.

– Le bâtard semble avoir mis le canon dans sa bouche et tiré, résuma le chef de la Force d'intervention de Nylander.

– Assure-toi qu'on lui prélève son ADN et que les collègues de Växjö soient tenus au courant, dit Nylander. *Bouseux de flics*, pensa-t-il. *Il faut tout faire soi-même.*

32

Växjö, dimanche 20 juillet

Tard le dimanche soir, Knutsson et Thorén frappèrent à la porte de la chambre de Bäckström à l'hôtel. Les collègues de Stockholm avaient fini de vérifier le portable de l'élève gardien de la paix Erik Roland Löfgren.

– Ils y ont travaillé le week-end ? demanda Bäckström, étonné.

– Ils ont sûrement des heures supplémentaires, comme tout le monde, répondit Knutsson.

– Alors, est-il encore là ou s'est-il tiré ? *J'espère que le bâtard s'est tiré*, pensa-t-il en ressentant soudain les fameuses vibrations.

– Si l'on en croit les communications téléphoniques, il se trouve sur Öland depuis le milieu de la semaine, dit Thorén. Avant, il semble avoir été à Växjö.

– Les dernières recherches sur son portable aboutissent à une antenne de télécommunications à Mörbylånga, expliqua Knutsson. Ses parents possèdent une maison dans les environs, c'est probablement là qu'il est, en train de se dorer au soleil.

– Avez-vous trouvé quelque chose d'intéressant ? demanda Bäckström. *Quels imbéciles : un type comme Löfgren n'a pas besoin de se dorer au soleil !*

– Je pense que oui, dit Thorén, l'air ravi.

– On dirait, renchérit Knutsson, tout sourire.

– Oui, alors quoi ? demanda Bäckström. C'est secret ou quoi ?

– La collègue Sandberg semble avoir essayé de le joindre à de nombreuses reprises, constata Thorén. La première fois le jour même du meurtre de Linda.

– Oui, soupira Bäckström, puisque c'est à ce moment-là qu'elle l'a auditionné au téléphone. *Triples idiots.*

– C'est ce que nous avons d'abord pensé nous aussi, dit Thorén.

– Jusqu'à ce qu'on creuse un peu le sujet, expliqua Knutsson.

– Sans blague, railla Bäckström. *Putain, mais pour qui ils se prennent ?*

Selon le rapport de la collègue Sandberg, elle aurait auditionné l'élève gardien de la paix Roland Löfgren par téléphone le 4 juillet entre 19 h 15 et 19 h 35.

– Elle a appelé son portable. Probablement depuis son propre téléphone au poste à Växjö, puisque la conversation est passée par le standard, dit Thorén.

– Je ne suis pas stupide à ce point. Quel est le problème ?

– La communication est un peu courte, expliqua Knutsson en regardant Bäckström d'un air malin. Elle s'est finie au bout de quatre minutes. À 19 h 17.

– Oui et alors ? dit Bäckström. Il lui a tout simplement demandé de le rappeler sur son fixe. Mauvaise réception, la batterie à recharger peut-être. Qu'est-ce que j'en sais ? *À quel point peut-on être stupide ?* Avez-vous vérifié son téléphone fixe ? ajouta-t-il.

– C'est en cours, dit Thorén. Il a un abonnement Telia classique dans sa chambre d'étudiant, qui se trouve dans une grande villa de la Doktorsgata, au centre de Växjö, appartenant à un médecin. Probablement un ancien collègue de son père. Comme ce n'est pas le nom du fiston qui figure sur l'abonnement, mais celui de son père, c'est un peu plus délicat d'obtenir les autorisations.

– Eh bien, ils vont résoudre ce problème-ci, dit Bäckström. Quel est l'autre ?

– Pour faire court, dit Knutsson…

Pour faire court, le problème était le suivant : dès 19 h 20, quelqu'un avait à nouveau essayé d'appeler Löfgren sur son portable, mais sans qu'il réponde. Ensuite, il y avait eu cinq autres appels venant du même numéro, et chaque fois, à en juger par leur longueur, ils avaient abouti sur la messagerie vocale. Le dernier ayant été passé juste après minuit. Pendant les quinze jours suivants, le portable de Löfgren avait reçu dix autres communications du standard du poste de police. Toutes restées sans réponse.

Comme si ça ne suffisait pas, la collègue Sandberg l'avait même appelé cinq fois de son portable de service et là non plus, il n'avait pas décroché. Finalement, elle l'avait aussi appelé une fois depuis son portable privé.

– C'était jeudi après-midi, juste après le déjeuner, dit Knutsson. Là, ils se sont parlé. La communication a duré neuf minutes.

– Ça paraît effectivement bizarre, constata Bäckström. *Putain, à quoi elle joue ? Est-ce que ce n'est pas ce jour-là qu'elle est venue me trouver à la cantine ?*

– Oui, tout cela est un peu étrange, acquiesça Thorén.

– Un peu mystérieux si tu veux mon avis, dit Knutsson.

– On va y réfléchir, la nuit porte conseil, décida Bäckström. *Putain, qu'est-ce qu'il se passe ?* Et une dernière chose, dit Bäckström avant qu'ils aient le temps de disparaître : pas un mot de ceci à quiconque.

– Bien sûr que non, l'assura Knutsson.

– *Very hush hush,* abonda Thorén en clignant de l'œil droit tout en plaçant son index droit devant sa bouche.

– Comment ça ? fit Bäckström. *Est-ce que ce sont des putains de francs-maçons en plus ?*

– *Very hush hush,* archi-secret, traduisit Knutsson. Comme dans ce film sur les collègues de Los Angeles dans les années 1950. *L.A. Confidential.*

– Là il y en a un qui dit ça, *very hush hush*, expliqua Thorén. Un film fort. D'après un roman de James Ellroy. Tu devrais vraiment le voir, Bäckström.

Il n'y a pas d'autre explication. Ils doivent être homos, pensa Bäckström juste avant de s'endormir. *Depuis que le reste de l'humanité a la télé et la vidéo, il n'y a que les homos qui vont au cinéma. Les homos et les gonzesses, bien sûr. Même les jeunes ne vont plus au cinéma.* Juste à cet instant, le marchand de sable avait dû passer, parce que lorsqu'il rouvrit les yeux il faisait déjà jour dehors et le même soleil implacable avait commencé à se frayer un chemin entre les fentes des rideaux de sa chambre.

Aujourd'hui, je vais réduire ce bâtard en bouillie, se dit Bäckström sous la douche, alors qu'il laissait l'eau froide le requinquer avant d'attaquer une nouvelle journée de sa vie d'enquêteur.

33

Växjö, lundi 21 juillet-dimanche 27 juillet

Le commissaire Jan Lewin s'était mis à lire le *Smålandsposten*. Il était bien obligé de lire un journal quelconque pour se tenir informé de la marche du monde selon les médias en général, et de l'enquête sur le meurtre de Linda Wallin en particulier.

Bien entendu, c'était le meurtre de Linda Wallin qui dominait l'actualité, même dans ce grand journal régional. Mais là il s'agissait de considérations beaucoup plus nuancées et respectueuses que dans la plupart des autres médias, et non de spéculations. Étant liés à Växjö et ses environs, et aux gens qui y vivaient, ces journalistes-là auraient pu, à juste titre, être plus touchés par la tragédie que les journaux de la capitale.

En plus, il leur restait de la place pour d'autres sujets. Petite consolation dans cet océan de misère humaine, ce lundi matin, un article sur la plus grosse fraise du monde partageait la page de titre avec les dernières informations sur le meurtre de Linda.

Il y avait une photo de la fraise dans le journal, à côté de la classique boîte d'allumettes pour comparer, et la fraise semblait grande comme au moins une petite tête de chou-fleur ou un très gros poing d'homme. À l'intérieur du journal se trouvaient une longue interview de Svante Forslund, soixante-douze ans, l'homme qui se trouvait derrière cette fête horticole, et une beaucoup plus courte de sa femme, Vera, soixante et onze ans.

Svante Forslund avait été professeur de biologie et de chimie au lycée de Växjö, mais il avait pris sa retraite depuis bientôt dix ans. Avec sa femme, il vivait à présent toute l'année dans ce qui avait été la maison de vacances familiale près d'Alvesta. La plus grande passion du couple Forslund était le jardinage. Leur lopin de terre faisait presque un arpent et contenait la plupart des choses cultivables et propres à réjouir et nourrir les hommes. Il y avait des fleurs, des herbes, des plantes médicinales, des fruits et tous les légumes possibles, des pommes de terre et toutes sortes de tubercules et autres plantes utiles. Et aussi, bien sûr, des ruches pour garantir la survie de ce paradis privé. Enfin, et surtout, il y avait plusieurs variétés de *Fragaria ananassa* car les fraises étaient la grande passion de la vie de Svante Forslund.

La fraise en question était issue d'un croisement américain récent, *Fragaria monstrum americanum*, la fraise géante américaine. Forslund avait remarqué ce spécimen la semaine suivant la Saint-Jean, alors qu'elle était déjà beaucoup plus grosse que les autres dans la même rangée.

Forslund avait aussitôt décidé de mettre en place un programme de développement spécial. Il avait cueilli les autres fraises du même plant pour éviter toute concurrence directe, et des mesures particulières en termes d'arrosage et de fertilisation avaient été prises. Le plant où elle poussait avait été protégé avec un grand soin contre les attaques d'insectes, de larves, d'oiseaux, de lièvres et de rongeurs. Quinze jours plus tard, quand Forslund avait jugé que sa fraise avait atteint sa taille optimale, elle avait été cueillie, photographiée, et s'était retrouvée dans le journal.

En dehors de la pure dimension horticole, Svante Forslund avait également décelé l'énorme potentiel économique de sa fraise géante. La Suède comptait pour l'instant 2 350 hectares de culture de fraises et, selon Forslund, il suffirait de quelques années d'utilisation systématique de ses fraises géantes des États-Unis pour augmenter le volume de la production de près de quarante pour cent. Sur la même surface et pour un coût d'irrigation et de fertilisation à peine supérieur.

Sa femme Vera y avait également été de sa déclaration, et elle était beaucoup moins enthousiaste. Pour résumer, elle trouvait les fraises géantes de son mari pleines d'eau et sans goût, et pour le dire simplement, elle n'en voudrait pas pour son usage personnel. Dans le monde de Vera Forslund, une véritable fraise devait avoir le goût de son enfance. Sa préférée était une variété locale qui donnait une toute petite baie rouge foncé à chair ferme, très sucrée et avec un goût très prononcé de fraise des bois. Elle avait hérité des plants de ses grands-parents et, bien que son mari se révélât un vrai Linné sur le tard, il avait été contraint d'abandonner leur classification plus précise. Quoi qu'il en soit, ces fraises constituaient l'ingrédient de base de son célèbre gâteau aux fraises qu'elle offrait l'été à ses enfants, petits-enfants et proches.

Un simple gâteau aux fraises suédois, dont le lecteur de *Smålandsposten* pouvait avoir la recette. Une fine base de génoise, quelques giclées de sa liqueur de fraise maison, une grande quantité de confiture des mêmes fraises, beaucoup de crème fouettée, garnie de fines tranches de fraises sur les côtés et un spécimen de fraise entière particulièrement beau au sommet du gâteau pour couronner sa création.

Voilà qui a l'air à la fois simple et bon. Comme les gâteaux que maman me faisait quand j'étais enfant, pensa Lewin en décidant de découper l'article et de l'ajouter à ses autres notes de voyage sur Växjö.

34

Les opérations de prélèvements volontaires d'ADN à Växjö et dans ses environs semblaient être un franc succès. On arriva rapidement à quatre cents échantillons. Le laboratoire de Linköping avait débloqué des moyens supplémentaires pour l'affaire, et près de la moitié de ceux qui avaient fourni un échantillon avaient déjà pu être mis hors de cause.

– Comment ça se passe avec les collègues et futurs collègues ? demanda Olsson.

– Parfaitement bien, dit Knutsson en regardant ses papiers. Nous avons obtenu huit échantillons. Tous volontaires. Nous avons déjà pu éliminer les quatre premiers prélèvements. Il n'en manque plus que deux.

– Oui, et j'ai promis de m'occuper de l'un des deux, alors ça ne devrait pas tarder, l'interrompit Olsson. Il n'y a pas à s'inquiéter, je m'en occupe en personne.

– Oui, mais il manque le prélèvement d'un élève gardien de la paix, dit Knutsson en faisant mine de lire ses papiers. Il était dans la même classe que Linda et se serait trouvé dans la même discothèque la nuit en question. Erik Roland Löfgren, selon le matricule de l'école.

– Lui, j'ai essayé de le joindre par téléphone. À plusieurs reprises, dit Sandberg.

– Et qu'est-ce que ça a donné ? demanda Bäckström. *Raconte-nous donc à quoi tu joues.*

– C'est l'été et les vacances, donc inutile d'aller chercher très loin, mais j'ai finalement réussi à le contacter à la fin de la semaine dernière, dit Sandberg. Il était chez ses parents dans leur maison sur l'île d'Öland, mais il a promis de passer dès son retour à Växjö.

– Voilà qui est sacrément généreux de sa part, grommela Bäckström. Et quand aurons-nous le plaisir de le rencontrer ? À l'automne, quand l'école recommencera ? Le plus simple serait peut-être de demander aux collègues de Kalmar d'aller sur Öland prélever son échantillon.

– Je promets de le recontacter, dit Sandberg. Promis. N'oublions pas que le prélèvement doit être volontaire. Nous n'avons aucun élément contre lui.

– Assure-toi que ce soit fait, trancha Bäckström. Explique à notre petit élève flic de quoi il retourne. Sinon j'irai personnellement le chercher et alors nous ne parlerons plus coton-tige, mais prise de sang.

– Ça se réglera sûrement, dit Olsson. Tout va s'arranger. Ne nous énervons pas pour un détail pareil.

– Je ne suis pas du tout énervé. Explique-lui simplement que s'il a l'intention de devenir flic, il faut qu'il arrête de se comporter comme un voyou ordinaire soupçonné pour une merde quelconque. C'est un conseil d'ami et si vous n'avez rien à ajouter, j'ai moi-même pas mal de choses à faire, dit Bäckström en se levant.

L'après-midi, Olsson demanda à voir Bäckström.

– Je ne pourrais pas te parler cinq minutes, Bäckström ? J'ai besoin d'un bon conseil de la part d'un collègue expérimenté.

L'exhibitionniste, pensa Bäckström. *Tu lui as demandé de donner son ADN, il s'est pendu dans son grenier et tu viens pleurer chez tonton Bäckström.*

Le problème s'avéra tout autre. Il régnait à Växjö une forte inquiétude après le meurtre de Linda, en particulier parmi les jeunes femmes, et la vie sociale de pas mal de monde s'en ressentait.

– Au point qu'on ose à peine sortir pour s'amuser de peur d'être attaqué, résuma Olsson.

– Question intéressante. *C'est encore mieux que ce que j'espérais.*

– Voilà de nombreuses années que nous, la police, ne pouvons plus garantir la tranquillité, dit Olsson. Nos ressources ne sont plus suffisantes, même pour le minimum vital.

Et c'est quoi, le minimum vital, chez les ploucs ? pensa Bäckström. *Infractions de stationnement et chiens perdus ?*

– Oui, c'est terrible, soupira Bäckström.

– Quelques-uns d'entre nous réfléchissent à des solutions alternatives, et Lo a eu une idée.

– Je suis tout ouïe, dit Bäckström avec grand sérieux. *Notre petite poule pondeuse à nous, je meurs d'impatience.*

– Les Hommes de Växjö contre les Violences faites aux Femmes, dit Olsson. Des hommes gentils, normaux, des congénères, voire des « Co-hommes » pour ainsi dire. Le terme de Co-homme a justement été proposé pour désigner les participants au projet… Un groupe d'hommes qui se promènent dans la ville en soirée et de nuit, et qui par leur seule présence dans l'environnement urbain apportent la sécurité. Ils peuvent par exemple offrir d'escorter les femmes qui rentrent seules chez elles depuis un lieu de divertissement, expliqua Olsson.

Putain, quelle incroyable technique de drague ! pensa Bäckström. *Même petite Lo pourra sûrement trouver un Co-homme suffisamment faible, qu'elle pourra séduire dans sa chambre, puis lui filer un mauvais numéro.*

– Qu'en penses-tu, Bäckström ? répéta Olsson.

– Ça m'a l'air d'une idée fantastique. *À quel point peut-on être stupide ? À quel point ?*

– Tu ne crois pas qu'on risque de considérer ça comme une forme de milice ? demanda Olsson, soudain un peu inquiet. Ou, pire encore, des individus peu scrupuleux pourraient détourner le projet à leur profit ?

– Je ne crois pas que ce risque soit si grand, dit Bäckström. À condition de bien vérifier qui participe. *Et assure-toi de ne pas recruter des types du genre du collègue Karlsson Chaud Lapin ou de l'Agiteur de bite.*

– Vraiment, dit Olsson, apparemment soulagé et heureux. Tu ne pourrais pas développer ton point de vue lorsque notre petit groupe tiendra sa prochaine réunion ?

– Bien sûr que je donnerai mon opinion. Il ne manquerait plus que ça, dit Bäckström. Si vous croyez que je peux contribuer, ajouta-t-il modestement. *J'en meurs d'impatience.*

L'enquête d'Adolfsson et de von Essen sur l'élève Löfgren avait visiblement continué sans relâche pendant le week-end. Nombre de circonstances embarrassantes commençaient à s'accumuler autour de Löfgren. Selon ses propres déclarations à plusieurs de ses camarades masculins, il aurait eu des relations sexuelles avec Linda durant tout le printemps et jusqu'à la fin du trimestre, à la mi-juin.

Mais comme il tenait à sa liberté, il avait malgré tout décidé de mettre un terme à leur relation secrète. Selon Löfgren, Linda était devenue un peu trop collante et exigeante à son goût. Rien de très dramatique, absolument pas, toujours selon la même source. Il lui avait simplement expliqué que, par la suite, elle devrait prendre place dans la longue file des jeunes femmes intéressées. On ne sait pas comment elle avait réagi. Elle n'en avait apparemment pas parlé à ses amies, et ne semblait pas non plus avoir eu de nouveau petit copain ou amant, si c'est bien ce qu'il avait été.

– Donc, il ment à Sandberg, souligna Bäckström.

– Oui, dit Adolfsson. Mais ce n'est pas non plus de la pure vantardise. Le garçon a l'air d'un tombeur de ces dames. Nous avons parlé à plusieurs d'entre elles, et il semble avoir couché avec la moitié du Småland, soupira Adolfsson.

– Son dernier partenaire sexuel connu, rappela von Essen. Est-ce que dans ce genre d'affaires, ça ne donne pas en général une bonne idée du coupable ?

– Parfait ! s'exclama Bäckström. C'est du lourd. *Cette tafiole noble de mes deux n'est peut-être pas complètement con, après tout.* Bon travail, les garçons. Avec un peu de chance, ce n'est pas plus compliqué que ça. Que disent les gonzesses, alors ? Est-ce qu'il a l'habitude de se bagarrer avec elles ?

– L'odeur du cuir, du latex et des chaînes, constata von Essen, bien que lui aussi fût né et eût été élevé dans un petit village du Småland. Non, on ne parle pas de ça en ville. Il ne semble d'ailleurs pas emporter l'équipement adéquat quand il sort s'amuser. Si je puis dire.

Löfgren était jeune, beau, sportif, charmant et présentait vraiment bien. Malgré ses vingt-cinq ans, il paraissait aussi posséder, dans le domaine sexuel, une grande expérience pratique et un talent enviable. Selon l'une de leurs informatrices, il était aussi bien équipé que le suggérait la légende sur les hommes noirs. Le cauchemar des hommes blancs.

– Ronaldo est une véritable bête de sexe, avait-elle dit en souriant de plaisir. Si tu veux vraiment baiser à fond, alors tu ne peux pas trouver mieux. Il en a une grande. Et très très grosse.

C'est comme un bon tir de fusil, avait pensé Adolfsson. *Ça nécessitait de l'entraînement, du talent et une arme bien chargée.*

– À peu près comme toi, Patrick, avait ajouté l'informatrice tout à coup. Sauf que le problème avec toi, c'est qu'on s'attache un peu. Tu te rappelles la fois où tu devais me montrer cette tour de chasse où tu étais assis quand tu as tiré ton premier élan ?

– Si on pouvait s'en tenir au sujet, avait dit Adolfsson. *De préférence à quelque chose que je peux écrire.*

Du sexe original ? Déviant ? Pervers ? Sadomaso ?

– Pas avec moi en tout cas, dit leur informatrice en haussant les épaules. Moi j'étais curieuse, toutes mes copines en parlaient tellement ! Je n'avais pas l'intention de me marier avec lui, seulement de coucher. Il était sacrément doué. Mais si j'avais demandé ce genre de choses, avait-elle ajouté, je suis convaincue qu'il aurait été partant. Il ne se serait certainement pas débiné. Je ne crois même pas que j'aurais eu à lui demander, d'ailleurs. Il l'aurait compris. Il est juste doué pour ça.

Mais ça n'était pas allé plus loin.

– Je parie que c'est un vicieux malade pervers, dit Bäckström avidement. *Qu'est-ce qu'on va apprendre en fouillant sa garde-robe ?* pensa-t-il, et ces bonnes vieilles vibrations familières revenaient de plus belle.

Bäckström commençait à se sentir chez lui dans son nouvel environnement, au Stadshotel de Växjö. Le pire du deuil d'Egon était passé incroyablement vite, au point que ces derniers jours il ne lui avait pas accordé une pensée. Sa chambre d'hôtel était nettoyée et son lit refait quand il rentrait de sa dure journée au commissariat. Il devait juste ne pas oublier, lorsqu'il partait le matin, de jeter les serviettes de la veille en tas sur le sol de la salle de bains pour que les extrémistes écolos du personnel ne les raccrochent pas, mais s'assurent qu'il en ait de nouvelles toutes propres. Il était par ailleurs grand temps de remettre son linge sale à laver et repasser. Tout cela de façon parfaitement réglementaire cette fois, puisqu'il y avait sué pendant son service.

Très rapidement, il s'était créé une routine. Il commençait par une bière bien fraîche dès qu'il passait la porte. Puis une petite sieste, encore une bière dans sa chambre et ensuite un morceau à manger. Avant d'aller au lit rencontrer le marchand de sable, une conversation constructive avec son collègue Rogersson, encore quelques bières, éventuellement un discret petit alcool fort. Pour pimenter son quotidien, les conversations à présent récurrentes avec sa journaliste de la radio locale. Pour qu'elle puisse se plaindre qu'il ne semblait jamais avoir le temps de la rencontrer, bien qu'elle eût promis juré tous les cieux qu'ils ne parleraient pas boulot.

Comme ce soir par exemple.

– Je suis très occupé en ce moment, dit Bäckström.

– Tu ne fais que promettre, Bäckström, soupira Carin.

Elle a dû entendre des rumeurs sur mon supersalami pour avoir l'air si sacrément impatiente, pensa Bäckström au moment où retentissait un coup familier à la porte.

– Je dois y aller. Un truc à régler. À bientôt.

Rogersson apportait un pack entier de six bières bien fraîches et semblait d'anormalement bonne humeur.

– Je viens de parler aux collègues de Stockholm, dit Rogersson en souriant de tout son maigre visage grêlé. Ils m'ont raconté une histoire complètement incroyable sur le Menton, que devrait particulièrement apprécier mon collègue le commissaire Åström.

– J'écoute, dit Bäckström. *Fais attention à toi, boit-sans-soif.*

L'histoire que Rogersson raconta comportait tous les embellissements habituels de ce genre d'histoire dès lors qu'elle passe de bouche à oreille. Et celle-ci était passée par plusieurs bouches entre le miroir de la salle de bains du Grand Hotel et les oreilles intéressées de Rogersson.

– Un vrai massacre, il paraît qu'il a tiré sur la moitié de l'hôtel, termina cinq minutes plus tard un Rogersson ravi.

– Il s'est sûrement coincé le menton dans le pontet quand il a voulu nettoyer son arme, suggéra Bäckström. Si ça avait été toi ou moi, on aurait atterri au trou chez les collègues de Malmö à cette heure.

– La vie n'est pas juste, dit Rogersson en versant les dernières gouttes de la première canette dans son verre.

– Est-ce que Dolly Parton dort sur le ventre ? acquiesça Bäckström.

– C'est curieux qu'il n'y en ait pas une ligne dans les journaux.

– Ça peut sûrement s'arranger, dit Bäckström. Je vais en parler au collègue Åström, qu'il rapporte ça à quelques-unes de nos obligeantes vermines habituelles.

35

Le lendemain matin, le journal *Smålandsposten* présentait un long article sur une grandiose polémique culturelle qui avait éclaté en ville. Jan Lewin décida aussitôt de le découper et de le joindre à ses notes de voyage.

Le procureur général, également député chrétien-démocrate au Riksdag Ulf G. Grimtorp, était parti en guerre contre l'attitude populiste et, à long terme, pernicieuse, qui selon lui orientait la politique culturelle de la commune de Växjö.

Il était particulièrement mécontent du projet vélo-natation à destination des jeunes femmes immigrées habitant la commune. Ce projet proposait de leur apprendre à faire du vélo et à nager. La commune avait organisé un stage d'été de trois semaines en juin, dans un cadre champêtre et paisible, avec un lac, des formateurs, des vélos et des gilets de sauvetage. Les quatorze participantes avaient appris à la fois à faire du vélo et à nager, et avaient toutes passé l'examen final avec brio.

Trois d'entre elles, interviewées dans le journal, témoignaient en chœur que leurs nouvelles aptitudes physiques les aidaient également sur le plan intellectuel. Se libérer des chaînes patriarcales qui les entravaient, elles et leurs consœurs. Gagner en force, en liberté et en estime de soi permettait d'atteindre la condition nécessaire pour accéder aux valeurs culturelles suédoises traditionnelles.

Le fonctionnaire communal chargé des affaires culturelles, Bengt A. Månsson, qui s'occupait de ce projet ainsi que d'autres dits « spéciaux », confirmait que le projet vélo-natation était un succès sans précédent.

– Si vous considérez que ça n'a rien à voir avec la culture, c'est que vous n'avez tout simplement pas compris sur quoi repose la culture, constatait Månsson. Et pour l'hiver, ils prévoyaient d'ailleurs une suite à cette expérience : apprendre aux femmes à faire du ski et du patin à glace, avec le projet ski-patin.

Le député Grimtorp considérait cela comme pure foutaise. Une excuse risible et prévisible pour permettre à quelques intellos snobinards de la gauche radicale de se bronzer en compagnie de jeunes femmes, tout ça grâce à l'argent durement gagné par les contribuables.

– Deux cent mille couronnes ! tonnait Grimtorp. Quel rapport avec la culture ?

De l'argent qui, selon Grimtorp, aurait dû être affecté au théâtre de la ville de Växjö, à l'orchestre de chambre local, à la bibliothèque et ses diverses activités. Sans oublier que le nombre de bourses d'études destinées aux jeunes artistes souffleurs de verre, peintres et sculpteurs de Växjö était aussi menacé.

Ce Grimtorp m'a tout l'air d'un casse-pieds, pensa Jan Lewin, en se remémorant cet été, presque cinquante ans auparavant, où il avait reçu son premier vrai vélo. Un Crescent Vaillant rouge. Sûrement le même Vaillant que dans la bande dessinée du Prince Vaillant. Il avait demandé à son père de lui raconter l'histoire du noble prince et chevalier Vaillant.

Le prince Vaillant vivait il y a bien longtemps. À une époque où les vélos n'existaient pas. À la place,

Vaillant avait un cheval. Un puissant étalon rouge, aussi indomptable que le premier vélo de Jan Lewin. Le cheval s'appelait Arvak, avait raconté le père de Jan, en référence à un autre cheval baptisé Arvakr, qui tirait le soleil dans la mythologie islandaise, et qui avait dû être très occupé cet été-là, il y a presque cinquante ans, quand Jan Lewin avait appris à faire du vélo.

La bande dessinée sur le Prince Vaillant, dans l'hebdomadaire *Allers Veckotidning*, permettait d'apprendre tout ça et bien davantage. Jan Lewin et son père avaient donc passé toute une soirée à fouiller dans tout un tas de cartons et de boîtes du grenier de la vieille grange de la maison de vacances. Ils avaient trouvé plus d'une centaine d'hebdomadaires qui parlaient du noble chevalier Prince Vaillant, et avant que Jan Lewin ne s'endorme, son père et lui lisaient une, et parfois deux, de ses histoires passionnantes.

C'était quand même étrange, pensa Jan. Lui-même avait un vélo qui s'appelait Crescent Vaillant, d'après le nom du Prince Vaillant selon son père. Par contre, le Prince Vaillant avait eu un étalon rouge qui s'appelait Arvak, parce qu'il n'existait pas de vélo à son époque. Comment se faisait-il alors que son vélo rouge ne s'appelait pas Arvak Vaillant, plutôt que Crescent Vaillant ? Et qui était Crescent ?

Crescent était sûrement son prénom, pensa Jan Lewin. Prince Crescent Vaillant. Le lendemain, il avait voulu poser la question à son père, qui savait tout sur tout. Mais il s'était endormi et, d'après ses souvenirs presque cinquante ans plus tard, il n'avait jamais eu l'occasion de poser cette question. Mais il y avait quand même beaucoup réfléchi, parce que la réponse n'était pas si évidente, bien qu'il connût déjà, à sept ans, le sens du mot mythologie.

36

Le même matin où le débat culturel faisait rage dans le *Smålandsposten*, le groupe GAC envoya par mail son analyse du meurtre de Linda Wallin, accompagnée du profil du coupable. Le chef du groupe, le commissaire Per Jönsson, annonçait en outre que lui et l'un de ses collaborateurs allaient atterrir à Växjö cet après-midi, juste après le déjeuner, afin de discuter de leurs conclusions directement avec les enquêteurs.

Bäckström passa donc la matinée à soupirer et à gémir en lisant leur rapport de vingt pages. *Concernant ce crime, ils semblent être arrivés à la conclusion de tout policier doté d'un minimum de jugeote*, pensa Bäckström.

Que le coupable n'était pas entré par effraction dans l'appartement, mais qu'il connaissait la victime, que la visite avait commencé dans le calme si l'on comparait avec la suite. Qu'au début, la victime et le coupable avaient eu un rapport sexuel sur le sofa du salon, mais qu'on ne savait pas si c'était un rapport consenti ou non. Qu'ils avaient ensuite continué dans la chambre, où les pratiques sexuelles étaient devenues bien plus violentes et plus intenses, que l'agresseur l'avait étranglée pendant ou après la pénétration anale finale, qu'il avait pris une douche où il s'était masturbé, et qu'il avait finalement quitté la scène de crime par la fenêtre de la chambre à coucher.

Ensuite venaient les habituelles réserves, dont aucun enquêteur digne de ce nom ne tirait quoi que ce soit de concret, mais qui leur faisaient faire des cauchemars. Ils ne pouvaient donc pas exclure que Linda eût oublié de fermer la porte, que l'agresseur se fût glissé dans l'appartement ou qu'il l'eût persuadée par ruse de lui ouvrir. Qu'il l'eût menacée dès le départ d'un couteau appliqué contre sa gorge – par exemple le cutter qu'on avait retrouvé sur la scène de crime –, l'obligeant à retirer ses bijoux, sa montre et ses vêtements, la forçant sous la menace à se plier à diverses pratiques sexuelles, depuis le sofa du séjour jusqu'au lit où elle a été étranglée. Et que donc, au pire, elle n'avait jamais rencontré son agresseur auparavant.

Compte tenu du profil joint, et de l'identité de la victime, cette première explication semblait la plus probable. Selon le profil, l'agresseur était un homme entre vingt et trente ans, qui habitait près de la scène de crime depuis longtemps ou avait en tout cas un lien quelconque avec cet endroit. Il vivait sans doute seul, avec des troubles de la sociabilité, marginalisé par son entourage, sans amitiés ni contacts vraiment suivis. Il était au chômage ou, à l'occasion, faisait de petits boulots.

Il était fortement perturbé sur le plan psychique, avec une personnalité manifestement chaotique à tendance irrationnelle. Il avait de gros problèmes relationnels avec les femmes que, suite à des traumatismes d'enfance, il haïssait tout simplement sans que ni lui ni son entourage n'en soient forcément conscients. Mais ce n'était certainement pas un sadique sexuel ordinaire aux fantasmes particulièrement développés.

De tempérament emporté, il pouvait complètement perdre le contrôle de lui-même à la moindre contrariété et devenir très violent. Violence qui s'était très certainement déjà exprimée dans différents contextes, ce qui incitait à penser qu'il apparaissait déjà dans les registres de la police, pour faits de violence mais aussi pour avoir touché à la drogue. Enfin et surtout, il était en bonne santé, suffisamment fort pour maîtriser et étrangler une femme de vingt ans qui était quand même élève à l'école de la police, plus entraînée que pratiquement n'importe qui et qui parvenait à soulever vingt kilos de plus que son propre poids quand elle faisait de la musculation. En même temps, il était assez souple pour sauter par la fenêtre, à quatre mètres au-dessus du sol.

Et puis il dépose aussi ses chaussures sur l'étagère à chaussures dans l'entrée. Soigneusement, l'une à côté de l'autre, et pas le moindre con ne l'avait apparemment remarqué lorsqu'il s'était tiré pieds nus, pensa Bäckström en soupirant profondément.

Le commissaire Per Jönsson avait malgré tout fait forte impression sur la majorité qualifiée de son public quand, au bout d'une bonne heure, il conclut sa présentation en demandant s'il y avait des questions.

– Je suppose que vous vous posez beaucoup de questions, dit Jönsson en souriant aimablement à l'assemblée. Alors, je vous en prie, posez-les toutes.

Super, pensa Bäckström. *Alors peut-être que tu pourrais commencer par nous expliquer pourquoi tous les vrais flics des homicides te surnomment Pelle Jöns*[1].

– Si personne n'a rien à dire, je peux peut-être commencer, suggéra Olsson après un rapide coup d'œil autour de la table.

Bravo, Olsson, pensa Bäckström. *Commence par demander à ce bâtard comment ça se fait que les col-*

1. Ver de terre héros d'une comptine suédoise, dont le nom exprime le ridicule. Pelle est aussi le diminutif du prénom Per.

lègues de la criminelle surnomment le groupe GAC les X-Files.

– Je voulais commencer par te remercier d'avoir pris le temps de venir jusqu'ici, déclara Olsson. Mais surtout pour ton exposé particulièrement intéressant. Tous, autour de cette table, nous sommes convaincus que vos analyses seront cruciales pour notre travail d'enquête.

Mais pas pour nous, les vrais flics, hein, pensa Bäckström. *Parce que la situation n'est pas compromise au point que nous ayons besoin de nous en remettre à Pelle Jöns et ses petites réflexions.*

– Une chose me frappe dans ce rapport, continua Olsson. Sur la description de l'agresseur. Je ne peux pas m'empêcher d'imaginer l'un de ces jeunes criminels marginaux.

– Oui, beaucoup d'indices montrent que c'est précisément ce genre de personne que nous recherchons, acquiesça Jönsson. Sauf qu'en même temps c'est loin d'être évident, ajouta-t-il rapidement.

– Parce que ce pourrait être Linda qui lui aurait ouvert et l'aurait fait entrer ? fit Enoksson.

– Oui, sauf qu'il arrive que les gens oublient de verrouiller derrière eux quand ils rentrent chez eux, dit Jönsson. Ou que la victime est tellement crédule qu'elle laisse entrer quelqu'un, tout en sachant qu'elle ne devrait pas.

– Comment en être sûrs ? fit Enoksson comme s'il pensait à voix haute.

– J'ai aussi une question, si vous permettez, fit soudain Adolfsson à l'autre bout de la pièce.

– Oui ? dit Jönsson avec un sourire avenant.

– Je m'interroge sur les conclusions du laboratoire de Linköping. Que l'ADN de l'agresseur suggérait un extérieur, dit Adolfsson.

– Un extérieur ? fit Jönsson, interrogateur.

– Oui, pas quelqu'un du Småland, expliqua Adolfsson. Une personne étrangère, en somme.

– Je vois, répondit Jönsson, soudain l'air très réservé. Il faut rester très prudents avec ce genre d'hypothèses. Nous n'en sommes qu'au début des recherches.

– Sauf que ce profil correspond très bien à beaucoup d'immigrés de cette ville, s'entêta le jeune Adolfsson. Vraiment très bien, même. Vous pouvez me croire, moi qui travaille à la sécurité publique.

– Je pense que nous n'insisterons pas sur ce point. Mais personnellement, je serais, comme je l'ai dit, très prudent avec ce genre de conclusions. D'autres questions ?

Il y en eut un certain nombre, et ça prit trois bonnes heures. *Trois heures de plus parties en fumée*, pensa Bäckström quand tout fut enfin terminé.

– Bon vol, Pelle, dit Bäckström avec son sourire le plus jovial lorsque Jönsson prit congé. Et n'oublie pas de saluer tes camarades aux archives.

– Merci, Bäckström, répondit Jönsson, qui ne semblait pas aussi jovial.

Le soir après le dîner, Bäckström rassembla une nouvelle fois ses fidèles dans sa chambre d'hôtel. Il avait déjà informé Rogersson et, exactement comme Bäckström, celui-ci avait ressenti les mêmes vibrations familières dès qu'il avait appris ce que Bäckström avait à lui raconter. Adolfsson et von Essen étaient aussi invités, puisqu'ils avaient fait une grande partie du travail et qu'il valait toujours mieux avoir des informations de première main. En fait, il s'agissait seulement de mettre Lewin et la petite Svanström au courant, bien qu'il sût par avance ce que Lewin penserait de l'affaire.

Et qui c'est qui avait raison ? se dit Bäckström quand Lewin frappa à la porte dix minutes avant l'heure convenue pour avoir le temps d'échanger quelques mots en privé avec Bäckström.

– En quoi puis-je t'aider, Lewin ? demanda aimablement Bäckström.

– Je ne suis pas sûr que tu puisses, Bäckström. Je l'ai déjà dit et je le redis, ça ne se fait absolument pas de mener sa propre enquête au sein d'une enquête, et d'en exclure la plupart des collègues.

– Tu préfères continuer à lire les journaux, lança Bäckström.

– C'est quoi, ces conneries ? demanda Lewin. Tu sais bien que ce n'est pas moi. Pas plus que toi ou les autres. Mais tu vois, personnellement, je préférerais essayer de vivre avec ce risque de fuite plutôt que continuer à subir ton petit jeu d'enquêter en douce.

– Tu sais quoi ? dit Bäckström, toujours tout sourire, je propose que tu écoutes ce qu'Adolfsson et son camarade, et les collègues Knutsson et Thorén, ont à raconter avant de te décider.

– Pour ce que ça changera, fit Lewin en haussant les épaules.

– Après, je te laisserai décider de la suite.

– Vraiment ?

– Mais oui, absolument. *Tiens, suce-moi ça.*

D'abord, von Essen et Adolfsson présentèrent le résultat de leurs recherches.

– C'est le dernier partenaire sexuel connu de Linda, et dans son audition il ment sur le sujet, constata von Essen. Selon lui et d'autres, il aurait quitté l'hôtel seul entre 3 h 30 et 4 heures. En marchant vite, il aurait pu être chez Linda en cinq minutes, et il n'a pas donné d'alibi pour la nuit.

– Les chaussures, le caleçon, demanda Lewin. Est-ce que ses partenaires féminines ont fait un commentaire à ce sujet ?

– Étant donné que ces détails n'ont pas été rendus publics par les responsables de l'enquête, nous n'avons pas posé la question, dit Adolfsson. En plus, le Suédois lambda porte ça de nos jours.

Lewin se contenta d'acquiescer.

Knutsson et Thorén présentèrent ensuite leurs résultats, et même Lewin sembla s'inquiéter lorsqu'ils mentionnèrent la première conversation téléphonique entre la collègue Sandberg et l'élève Löfgren.

– Étant donné le contenu du rapport, je ne comprends pas comment elle a fait pour poser toutes ces questions en moins de quatre minutes, dit Knutsson.

– Une femme très efficace, souligna Thorén, amusé.

– Mais nous ne pouvons pas exclure qu'elle l'ait appelé sur son téléphone fixe, rappela Lewin.

– Non, répondit Thorén.

– Pas encore, précisa Knutsson. Ils résistent chez Telia parce que le téléphone de l'habitation est au nom de son père. Notre contact habituel a des scrupules.

– Alors, qu'en dis-tu ? demanda Bäckström en regardant Lewin sournoisement. Comment crois-tu que nous devons procéder ?

– C'est indéniablement un peu spécieux. Il y a quelque chose qui ne colle pas. Je pensais proposer d'en parler à la procureure demain matin de bonne heure. Elle semble à la fois compétente et efficace. Je suis convaincu qu'elle va nous accorder le droit de le saisir au corps sans convocation préalable. Et s'il s'avère qu'il continue à faire obstruction, elle le mettra certainement en garde à vue pour que nous puissions prélever son ADN quoi qu'il en pense.

– Voilà qui me semble une excellente proposition, sourit Bäckström. Alors tu t'occupes de la procureure et moi, je m'arrange pour que les gars d'ici fassent bien les courses, que nous puissions fêter la mise au trou de cette petite merde.

37

Dès que Rogersson lui eut raconté le massacre au Grand Hotel de Lund, le commissaire « Åström » chuchota l'histoire aux oreilles de trois journalistes différents. Malgré cela, pas une ligne ne parut dans les journaux sur cet événement scandaleux. *Ces putains de vautours ne s'occupent même plus du nettoyage*, pensa un commissaire Bäckström contrarié.

Les tabloïds et les journaux ordinaires préféraient parler des choses habituelles. Le meurtrier de Dalby, une fois les conversations larmoyantes avec les proches éplorés passées en revue, était maintenant relégué aux entrefilets. Le meurtre de Linda était revenu au premier plan, et l'affluence autour du buffet du petit déjeuner au Stadshotel de Växjö avait considérablement augmenté.

Au moment de la réunion du matin, les quatre cents prélèvements avaient été dépassés et ils étaient bien partis pour battre le record de Suède. Une cinquantaine de donneurs volontaires avait aussi pu être mise hors de cause, leur ADN ne correspondant pas. Parmi eux, le voisin de Linda, Marian Gross, que personne n'allait pleurer et regretter. Surtout pas Bäckström, qui avait un bien meilleur candidat en ligne de mire. En plus, le commissaire Olsson avait eu une idée prometteuse.

En partant du profil établi par le groupe GAC, Olsson avait effectué quelques calculs démographiques et était arrivé à la conclusion que prélever l'ADN de plus de cinq cents personnes à Växjö et dans ses environs n'était pas nécessaire pour identifier les gens qui correspondaient au profil. Et après sa conversation avec un statisticien de la commune, il avait même compris que c'était encore mieux.

– Il m'a expliqué une notion appelée « l'espérance de X », précisa Olsson. C'est une sorte de charabia mathématique, mais si j'ai bien compris, en procédant réellement au hasard, nous ne devrions avoir besoin de tester qu'environ la moitié des cinq cents personnes.

Putain, mais de quoi il cause ? pensa Bäckström après la réunion. Dans ses tablettes, il suffisait maintenant de tester une seule personne.

– Si tu veux un honnête conseil de vieux flic, je propose que tu te cantonnes aux fameux extérieurs.

– Ne t'inquiète pas, mon cher Bäckström, dit Olsson d'exceptionnellement bonne humeur. Même moi j'ai été dans le coup, à une époque. *Ich kenne auch meine Pappenheimer*[1], ajouta-t-il fièrement dans son meilleur allemand scolaire des cours du soir de l'université, qu'il avait commencé à fréquenter avec sa femme après un voyage sur la route des vins dans la vallée du Rhin l'été précédent. N'oublie pas que tu as promis de participer à notre réunion, lui rappela-t-il.

– Pas de problème. *Putain, qu'est-ce que Papphammar*[2] *a à voir avec l'affaire ?*

---

1. « Je connais aussi mes Pappenheimer », expression allemande pour exprimer une marque de confiance.

2. Personnage comique d'une série télévisée suédoise.

Après la réunion du matin, le commissaire Jan Lewin parla à la procureure et au commissaire Olsson, responsable de l'enquête préliminaire. Bäckström avait par contre brillé par son absence, ce qui convenait parfaitement à Lewin.

– Donc, il y a quelque chose de bizarre avec ce jeune homme, conclut Lewin après avoir présenté l'affaire.

– Suffisant pour qu'on l'appréhende sans convocation préalable ? demanda la procureure.

– Oui. Et je voudrais pouvoir prélever son ADN même s'il persiste à refuser. Ne serait-ce que pour l'éliminer de la liste des suspects.

– S'il continue à mentir et à se comporter de cette façon enfantine, je le mets en détention provisoire et pendant qu'il sera au trou à réfléchir à sa situation, on pourra prendre à la fois ses empreintes et son sang, dit la procureure. C'est une affaire d'homicide et son petit cirque ne m'amuse pas du tout.

– Mais est-ce vraiment nécessaire ? objecta Olsson en se tortillant, réticent. Je veux dire, c'est quand même un de nos élèves, et il ne correspond pas le moins du monde au profil décrit par le groupe GAC. Je ne voudrais pas…

– Alors autant que ce soit moi qui prenne la décision, l'interrompit la procureure. Le groupe GAC ! ricana-t-elle. D'habitude c'est de la pure fantaisie. Pour autant que je sache, ils n'ont jamais résolu une seule affaire. Pas pour moi du moins.

L'après-midi, Bäckström tint sa promesse et participa à la réunion inaugurale du bureau de l'association nouvellement constituée Les Hommes de Växjö contre les Violences faites aux Femmes. Bäckström fut servi en café, gâteau à la carotte et biscuits, et la présidente de l'association, la psychologue et psychothérapeute Lilian Olsson, commença par lui souhaiter chaleureusement la bienvenue.

– Voyons voir, moi-même et ton collègue Bengt Olsson, tu nous connais déjà, dit Lo. Bengt a d'ailleurs promis de faire office de suppléant. Comme tu es notre invité, je pensais que tu pourrais commencer par te présenter aux membres du bureau que tu ne connais pas encore : Moa Hjärten ; notre deuxième Bengt, Bengt Karlsson, dit-elle en souriant à une grande perche blonde qui lui rendit son sourire d'un air tout aussi bienheureux, et puis notre troisième Bengt, Bengt Axel Månsson, continua-t-elle avec un hochement de tête amical en direction d'une petite silhouette sombre et maigre à l'autre bout de la table.

– Merci, Lo, de m'avoir invité, dit Bäckström, en nouant ses mains sur son ventre et souriant béatement. *Trois tapettes en pantalon et une dans une sorte de blouse rose. Et c'est sacrément pratique en plus, puisque toutes les tapettes, ici, semblent répondre au nom de Bengt.* Voyons voir, continua Bäckström d'un ton pédant. Je m'appelle donc Evert Bäckström… sauf que tous mes amis m'appellent simplement Ev', mentit Bäckström, qui n'avait jamais eu un seul véritable ami de toute sa vie et qu'on appelait Bäckström depuis l'école primaire. Que puis-je dire d'autre ? Voyons voir… je suis donc commissaire à la brigade criminelle de la police nationale… et comme si souvent dans ma vie, ce sont des circonstances tragiques qui m'ont amené ici, soupira Bäckström en hochant sombrement la tête. *Un peu de miel à sucer pour tous ces imbéciles.*

– Merci, Ev', fit Lo avec chaleur. Voyons voir… peut-être pourrions-nous poursuivre avec nos Cohommes. Vas-y, Bengt, continua Lo en faisant un signe de tête vers la petite silhouette maigre et aux cheveux foncés, tapie derrière sa tasse de café et son gâteau aux carottes à l'autre bout de la table.

– Merci, Lo, dit Bengt en se grattant la gorge nerveusement. Heu… je m'appelle donc Bengt Månsson, et je travaille au service culturel de la commune où je suis responsable de ce que nous appelons les projets spéciaux, parmi lesquels notre nouvelle association trouvera naturellement sa place.

Un vrai petit enfant de chœur, qui ressemble énormément à ce lutin qui s'occupe de l'égalité des droits au gouvernement. Celui dont la mère avait dû s'envoyer en l'air avec son cheval, putain comment il s'appelait ? pensa Bäckström, qui évitait de surcharger sa mémoire avec d'autres noms que ceux de voyous, bandits et simples collègues.

– Oui, ça ne doit pas être une tâche facile. Tous ces projets, acquiesça Bäckström.

– Non, dit Bengt Månsson, soudain plus enjoué. Nous en avons beaucoup, et personnellement j'essaye de contrôler leur coût pour ne pas que…

– Alors peut-être que je vais passer la parole à notre autre Bengt, l'interrompit Lo, qui semblait peu désireuse de s'attarder sur ce sujet et regarda en direction du Bengt blond aux yeux bleus, deux fois plus grand que le petit Bengt et qui, bizarrement, parvenait à être à la fois affalé sur la table et sa chaise tout en rayonnant de chaleur et d'humanité.

– Oui, je m'appelle donc Bengt Karlsson et je suis le directeur du Centre d'aide aux hommes de cette ville, dit le grand Bengt. Nous conseillons, soutenons et offrons même des séances de thérapie comportementale aux hommes violents, ici à Växjö, continua-t-il. Violents, pas maltraités, expliqua-t-il, et je ne chôme pas, comme vous l'imaginez.

Tout à fait, il y a tellement de gonzesses cinglées, pensa Bäckström. *De plus, tu es toi-même une ancienne brute, parce que ce genre de diagnostic, c'est digne d'un médecin de campagne capable de différencier les oreillons d'une irritation des amygdales.*

– Oui, alors il ne reste plus que moi, la petite, gazouilla la femme en blouse rose.

Putain, t'es pas si petite que ça ! pensa Bäckström. *Tu es trois fois plus grande que petite Lo, si ça peut te consoler.*

– Et je m'appelle donc Moa, Moa Hjärtén. Et que fait quelqu'un comme moi, tu dois sûrement te le demander, Ev'.

Présidente du refuge pour femmes battues, du groupe de soutien aux victimes et de toutes les autres putains d'associations de protection de cœurs brisés qui existent, se dit Bäckström en acquiesçant pour l'encourager à poursuivre.

– Oui, eh bien, je suis donc présidente du refuge pour femmes battues, présidente du groupe de soutien aux victimes… et que suis-je encore…

Et qui c'est qui avait raison ?

– Voyons voir, continua Moa. Je gère aussi un foyer, à titre privé, qui offre le gîte aux femmes violées et maltraitées. Mais je n'arrive pas à en faire davantage.

Félicitations, pensa Bäckström. *Si tu le gères à titre privé, c'est que tu n'es pas totalement stupide.*

Puis l'association nouvellement formée eut l'opportunité de profiter de l'expertise du commissaire Bäckström, l'un des meilleurs spécialistes du pays dans le domaine de la violence criminelle. Comme son collègue Olsson l'avait dit plus tôt, deux choses surtout les inquiétaient. Qu'on puisse les considérer comme une milice et le risque d'attirer des hommes peu sérieux, pas clairs, voire des criminels.

Bäckström les rassura de son mieux :

– En résumé, je ne crois pas que vous ayez à vous inquiéter de la première chose, conclut Bäckström qui, en dépit de sa nature d'Homme Spirituel, commençait peut-être à devenir un peu pompeux. Quant à la deuxième, je me rends compte que vous possédez une connaissance de la nature humaine suffisante pour séparer le bon grain de l'ivraie. *Et toi mon petit gars, je vais personnellement m'assurer qu'on t'examine de plus près*, pensa-t-il en adressant un sourire à Bengt Karlsson.

Après la réunion, le bureau de l'association rencontra les représentants des médias, mais Bäckström refusa d'apparaître en raison de la politique de la police nationale sur ce genre de questions.

– Peu importe mon envie de participer, je ne le peux pas, dit Bäckström en souriant du même sourire pieux que deux heures plus tôt, quand tout avait commencé.

Lo et ses camarades comprirent parfaitement et Bäckström retourna dans la salle de l'enquête pour y apporter sa petite contribution.

– Est-ce que tu peux me vérifier ce type ? demanda Bäckström en tendant un papier avec le nom et la description de Bengt Karlsson.

– Oui, bien sûr, dit Thorén étonné. Excuse-moi de poser la question, mais pourquoi veux-tu le tester ? Est-ce que ce n'est pas…

– *Very hush hush*, ricana Bäckström en posant son index droit sur sa bouche.

Après avoir reçu le feu vert de la procureure, Lewin avait envoyé von Essen et Adolfsson sur l'île d'Öland pour récupérer l'élève Löfgren. Selon les dernières conversations de son téléphone portable, il se trouvait probablement en vacances chez ses parents près de Mörbylånga. Comme c'était Adolfsson qui devait aller le chercher, Bäckström leur avait prêté sa voiture de service, sans oublier de leur donner quelques conseils pour la route.

– Si vous entrez l'adresse dans l'ordinateur de bord, cette putain de voiture la trouvera toute seule, dit Bäckström. Et si vous avez besoin de fouetter le bâtard, faites-le à l'extérieur de la voiture pour qu'il ne mette pas de son sang partout sur les sièges.

– Nouveau record, constata Adolfsson une heure et demie et cent soixante-dix kilomètres plus tard, en garant la voiture devant l'entrée de la maison de vacances de la famille Löfgren. Une imposante maison en bois peinte en jaune, avec des allées en gravier crissant, à l'ombre des arbres et avec une vue imprenable sur le détroit de Kalmar. Sur la pelouse devant la maison se tenait la personne qu'ils étaient venus chercher. En baskets, short, tee-shirt sans manches, et en train d'étirer ses longues jambes musclées.

– En quoi puis-je vous aider, messieurs ? demanda amicalement l'élève gardien de la paix.

– Nous voudrions te parler, dit Adolfsson, non moins amical.

– Alors ça devra attendre demain, parce que maintenant c'est l'heure de mon entraînement, dit Löfgren tout en saluant de la main et partant d'une foulée rapide dans la direction opposée à Växjö.

Par réflexe, von Essen s'élança après lui, et l'on peut dire à son crédit d'avoir gardé à l'œil l'élève Löfgren pendant plusieurs centaines de mètres, avant que celui-ci ne fût englouti par la campagne et que son poursuivant ne s'arrêtât, plié en deux en tentant de reprendre son souffle.

– Vingt-cinq degrés à l'ombre, mais il faut quand même que tu poursuives les Noirs, dit Adolfsson, confortablement assis dans une chaise de jardin quand son collègue regagna enfin la maison.

– As-tu parlé aux parents ? demanda von Essen.

– Il semble n'y avoir personne à la maison, dit Adolfsson.

– On appelle Lewin, décida von Essen.

– Comment ça, échappé ? fit Lewin au téléphone cinq minutes plus tard.

– Comment ça, échappé ? répéta Olsson encore dix minutes plus tard.

– Échappé. Il s'est tout simplement échappé ? demanda, encore un quart d'heure plus tard, la procureure sur son téléphone portable.

– Il s'est tout simplement échappé, expliqua Lewin. Qu'est-ce qu'on fait maintenant ?

– Qu'est-ce qu'on fait maintenant ? répéta Olsson quand Lewin l'appela pour la deuxième fois en une demi-heure.

– La procureure a décidé d'attendre demain, et si on ne le retrouve pas, elle donnera un mandat d'amener, dit Lewin.

– Putain, mais pourquoi vous n'avez pas pourchassé ce bâtard pour le descendre ? beugla Bäckström, le visage aussi rouge que celui de von Essen quelques heures plus tôt alors que lui ne s'était pas levé de son siège de tout l'après-midi.

– On n'en a pas eu la possibilité, chef, dit Adolfsson.

– On ne voulait pas compromettre l'interrogatoire à venir en lui tirant dessus, acquiesça von Essen de ce ton conciliant typique de la noblesse du personnage.

Fais attention, putain d'imbécile, pensa Bäckström en lançant un regard sournois à son collègue baron. *Moi, je n'aurais pas hésité une seconde à ameuter les chiens et les hélicoptères et à fermer ce putain de pont entre Öland et le continent.*

38

Au petit déjeuner du lendemain, Bäckström lut le *Smålandsposten* pour la première fois de sa vie. Le grand journal local avait consacré une bonne partie de son espace à la nouvelle association les Hommes contre les Violences faites aux Femmes, et la photo du bureau de l'association, sur une demi-page, attira son attention. Au milieu se tenait la présidente, Lo Olsson, à sa droite Moa Hjärtén et à sa gauche, le commissaire Bengt Olsson. Sur les côtés, le petit Bengt Månsson et le deux fois plus grand Bengt Karlsson. Tous regardaient sérieusement l'appareil photo en se serrant les mains.

Quelle superbe bande de crétins ! pensa Bäckström avec ravissement.

Le journal ne partageait pas l'opinion de Bäckström. L'association était décrite en termes très positifs. Au point de sacrifier une partie de l'éditorial, où le rédacteur en chef en personne, dans un article inhabituellement poétique, comparait en introduction la police à « une clôture à claire-voie très insuffisante et mal entretenue, rempart dérisoire contre une criminalité galopante ». Selon lui, ce genre d'initiative privée en matière de prévention de la criminalité était non seulement nécessaire, mais devait enfin être prise au sérieux. « Même nous, qui vivons dans notre Växjö normalement si paisible, nous devons nous rendre compte que la lutte contre la criminalité galopante est en soi de Notre Responsabilité à Tous », conclut-il.

Putain, d'où est-ce qu'ils sortent toute cette merde ? pensa Bäckström en fourrant le journal dans sa poche pour pouvoir en toute tranquillité rigoler à s'en faire gerber dès qu'il se serait enfermé dans son bureau.

Lewin avait, comme si souvent, passé la nuit dans le lit d'Eva Svanström, mais quand elle s'était endormie, lui était resté éveillé une heure de plus à ruminer ce que le jeune Löfgren pouvait bien fabriquer. Dès son retour au boulot, il reprit différents rapports d'enquêtes, les lut soigneusement et au bout d'un moment, pensa avoir compris dans les grandes lignes comment tout devait s'imbriquer. Comme il lui était déjà arrivé de se tromper, il appela von Essen et Adolfsson pour leur demander de lui vérifier une information.

– J'ai un vieux tuyau que j'aimerais que vous suiviez pour moi. Je l'ai mentionné lors de notre réunion matinale du dimanche 7 juillet, et ça n'a rien d'excitant, mais je voudrais quand même que vous réinterrogiez cet informateur pour moi. Il s'appelle Göran Bengtsson. Vous avez toutes les informations ici, dit Lewin en tendant la pile de notes à von Essen.

– Jaune et Bleu, oui, on le connaît, constata von Essen.

– Pardon, fit Lewin. Comment est-ce que tu l'as appelé ?

– Jaune et Bleu, c'est comme ça qu'on l'appelle ici, expliqua Adolfsson. En partie parce qu'il est un peu politiquement teinté comme on dit si joliment, continua Adolfsson, en partie…

– … à cause des couleurs brunes de sa palette politique, si l'on peut dire, l'interrompit von Essen.

– … en partie parce qu'il en a reçu plein la figure quand lui et ses camarades devaient fêter le jour de la Fête nationale ici à Växjö il y a deux ans, continua Adolfsson. Tout un tas de brutes de l'AFA[1] et autres associations de ce genre étaient venues pour l'occasion et Jaune et Bleu et ses camarades ont été tabassés dans les règles. Avant qu'on ait pu contrôler la situation, il était aussi jaune et bleu que son drapeau bien-aimé.

– Il prétend avoir vu Linda avec un putain de grand nè…, en compagnie d'un grand homme noir, se corrigea Lewin. Vers 4 heures du matin la nuit du meurtre.

– Oui, mais de sa part ça n'a rien d'insolite, et l'élève Löfgren est loin d'être le seul homme noir ici à Pimentville[2], dit von Essen. Plus maintenant, en tout cas.

– Je voudrais quand même que vous alliez chez lui l'interroger. Et lui présenter quelques photos aussi, en commençant par Löfgren, dit Lewin en tendant une pochette en plastique transparent avec la photo de neuf jeunes hommes noirs, dont Löfgren.

– Puis vous prendrez Linda, et c'est important de le faire dans cet ordre, souligna Lewin en leur donnant une autre pochette en plastique avec neuf photos de jeunes femmes blondes, dont Linda Wallin.

À l'instant où von Essen et Adolfsson sonnaient à la porte du sordide studio de Jaune et Bleu à Araby, dans le centre de Växjö, l'élève gardien de la paix Erik Roland Löfgren se dirigeait vers la réception du commissariat de la Sandgärdsgata. Il était accompagné

1. Association antifasciste.

2. Allusion à un roman norvégien pour enfants, *Gens et brigands de Pimentville*, de Thorbjørn Egner, Pimentville étant la petite ville scandinave idyllique par excellence.

d'un avocat de Kalmar, vieil ami de la famille, et arrivait juste au bon moment parce que la procureure venait de décider de lancer un mandat d'amener contre lui.

Jaune et Bleu était assis à son ordinateur, en train de jouer à un jeu téléchargé sur le site de l'organisation américaine White Aryan Resistance. Certains des geeks de WAR avaient créé une variante à orientation un peu plus ethnique du classique *Desert Storm I-III*, et Jaune et Bleu était d'excellente humeur à l'arrivée de von Essen et Adolfsson.

– Un nouveau record ! s'écria Jaune et Bleu, les joues rouges d'enthousiasme. Putain, j'ai buté trois cent quatre-vingt-neuf youpins en seulement une demi-heure !

– Tu aurais un peu de temps à nous consacrer ? demanda Adolfsson.

– Bien sûr que je vais aider les flics. C'est le devoir de tout citoyen suédois. On est en guerre. On doit serrer les rangs si on ne veut pas que les métèques gagnent.

Löfgren n'était pas aussi enthousiaste lorsqu'il fut installé face à Rogersson, responsable de l'interrogatoire, et Lewin, témoin. Au début, il se montra aussi formel que son avocat deux fois plus âgé que lui.

– Pourquoi penses-tu que nous souhaitons te parler, Löfgren ? commença Rogersson après avoir prononcé toutes les formalités d'usage pour l'enregistrement.

– J'espérais que vous me l'expliqueriez, déclara Löfgren en hochant la tête poliment.

– Tu n'as pas réussi à le déduire tout seul ? demanda Rogersson.

– Non, dit Löfgren.

– Alors je vais te l'expliquer. J'imagine que ça pique ta curiosité.

Löfgren se contenta d'acquiescer, soudain plus méfiant que curieux.

– Putain j'ai appelé plusieurs fois pour demander ce que vous foutiez avec mon tuyau, bordel. Bien sûr que c'est le nègre qui a fait le coup, dit Jaune et Bleu. C'est un de vos collègues qui le protège. Ça grouille de nègres chez les flics. Vérifiez et vous aurez votre meurtrier.

– Qu'est-ce que tu as fait quand tu les as vus ? demanda von Essen.

– J'ai salué cette Linda. Elle, je la reconnaissais. Je l'ai vue plusieurs fois au bloc.

– Qu'est-ce que tu as dit, précisément ? s'entêta von Essen.

– J'ai demandé si elle n'avait rien de mieux à faire que de sucer un bâton de réglisse, raconta Jaune et Bleu, ravi. Et j'ai aussi dit quelque chose sur le risque de sida. Ces putains de réglisses sont des bombes biologiques à pattes, quand tu penses à toutes les merdes qu'ils portent avec eux.

– Qu'est-il arrivé ? intervint Adolfsson.

– Le nègre est devenu fou et a perdu les pédales, il était complètement bleu de rage et moi j'ai pensé qu'il valait mieux pas toucher ce bâtard pour pas mourir d'herpès. Voire de bien pire. Alors, je me suis tiré.

– Il était environ 4 heures et tout ceci a eu lieu sur la Norra Esplanaden à environ cinq cents mètres du Stadshotel, résuma von Essen.

– La réponse est oui, acquiesça Jaune et Bleu. Environ 4 heures quelque chose, juste devant le rond-point du centre de soins.

– On a apporté des photos qu'on voudrait que tu regardes, continua von Essen. Est-ce que tu reconnais quelqu'un ? demanda-t-il en posant les photos de Löfgren et des huit autres.

– Lors d'une audition avec une de mes collègues, tu nies catégoriquement avoir eu une relation sexuelle avec Linda, dit Rogersson. Que tu décris comme ayant été une simple camarade d'école.

– Nous étions dans la même classe. Mais vous le savez déjà.

– Oui, dit Rogersson. Nous le savons. Nous savons aussi que tu as eu des rapports sexuels avec Linda. Pourquoi ne l'as-tu pas dit ?

– Je ne sais pas de quoi vous parlez, se renfrogna Löfgren. Je n'ai pas eu de relations avec elle.

– Une question simple, soupira Rogersson. As-tu couché avec Linda ? Oui ou non.

– Je ne comprends pas ce que ça a à voir avec l'affaire, et je ne parle pas de ces choses-là. Ce n'est pas mon genre.

– Selon tes camarades, si, c'est justement ton genre. Nous avons parlé à plusieurs d'entre eux et d'après ce qu'ils disent, tu te serais vanté pendant des mois de toutes les fois où tu as couché avec Linda ces derniers temps.

– Conneries, dit Löfgren. Je ne parle jamais de ça, alors ce sont des conneries.

– Des conneries, tu dis. Mais si tu n'as pas couché avec elle, tu n'as qu'à répondre non.

– Vous ne semblez pas du tout comprendre ce que je dis.

– Je comprends exactement ce que tu dis. Je sais déjà que tu as menti pendant un interrogatoire de police, et maintenant je peux entendre de mes propres oreilles la façon dont tu évites une simple question directe.

– Qui n'a que dalle à voir avec ce qui vous occupe. Je n'ai pas tué Linda. Vous êtes tarés si vous pensez ça.

– Étant donné que tu es innocent, tu ne verras certainement pas d'inconvénient à ce que nous fassions un prélèvement ADN pour te mettre hors de cause, proposa Rogersson en montrant non sans pédagogie le petit tube à essai avec le coton-tige qui se trouvait à côté du magnétophone.

– Même pas en rêve. Puisque je suis innocent et que vous n'avez pas l'ombre d'un soupçon. Ce dont il s'agit, parce que c'est exactement de ça qu'il s'agit, c'est que vous essayez de vous débarrasser d'un futur collègue noir, dit Löfgren visiblement furieux. C'est exactement de ça qu'il s'agit. Tout le reste, ce ne sont que des conneries.

– Et moi je dis que tu mens, et que le fait que tu mentes à la police dans une enquête sur un homicide, perpétré en plus sur une de tes camarades d'école, me rend moi et mes collègues suspicieux à ton égard. Pour nous, il ne s'agit que de cela.

– Vous ne le voyez pas alors, dit Löfgren âprement. Vous n'écoutez même pas…

– Pas seulement nous, l'interrompit Rogersson. La procureure est aussi curieuse que nous.

– Excusez-moi de vous interrompre, intervint l'avocat, mais il serait intéressant d'entendre le point de vue de la procureure à ce sujet.

– Il est très simple, expliqua Rogersson. Si Löfgren continue de mentir et de refuser de dire ce qu'il en est réellement, alors elle pense qu'il est raisonnable de le soupçonner et qu'on peut le placer en détention provisoire. Rogersson échangea un regard avec Lewin, qui acquiesça.

– Alors, je veux qu'il soit inscrit dans le compte rendu que je ne partage pas son point de vue, déclara l'avocat.

– C'est noté. Et je suppose que vous savez, monsieur l'avocat, que ce n'est pas à la police qu'il faut se plaindre de cette décision. Une dernière question pour toi, Roland, avant que tu sois placé en dé…

– J'ai un alibi, l'interrompit Löfgren. Est-ce que c'est quelque chose que les flics de votre génération ont appris ? La signification du mot alibi, je veux dire ?

– C'était lui, fit Jaune et Bleu avec un sourire triomphant en levant la photo d'Erik Roland Löfgren.

– On n'est pas pressés, dit von Essen. Prends ton temps.

– Pour moi ils se ressemblent tous, l'interrompit Adolfsson. Comment peux-tu être si sûr ?

– Vous parlez à un expert, dit Jaune et Bleu, satisfait. Je suis aussi doué en nègres que ces putains d'Esquimaux en neige, ou qu'un putain de Lapon en rennes. Prends celui-ci par exemple, dit-il en agitant la photo de Löfgren. Un « nègre-bleu » typique. D'Afrique, si tu veux mon avis. Mais pas n'importe quelle putain d'Afrique, parce qu'on ne parle pas de l'Érythrée ou du Soudan ou de la Namibie ou du Zimbabwe, et on ne parle absolument pas de Bochimans ou de Massaï. On ne parle même pas de Kikuyu ou d'Uhuru ou de Watutsi ou de Wambesi ou de Zoulous non plus…

– Du calme, du calme, dit Adolfsson en levant les mains pour l'arrêter. De quelle partie d'Afrique parle-t-on ? On s'en fout des nègres dont on ne parle pas.

– À mon avis, on parle d'Afrique de l'Ouest, du style la Côte d'Ivoire, du style la vieille Afrique Occidentale française, les nègres des mangeurs de grenouilles, suggéra Jaune et Bleu en hochant la tête comme quelqu'un qui savait de quoi il parlait.

– Merci pour ton aide, dit von Essen. Il ne nous reste plus qu'une question. Tu veux bien jeter aussi un œil sur nos photos de filles ?

– Arrête, le Comte. Essaye d'écouter ce que je te dis. J'ai parlé à la fille quand j'étais au trou, je te dis. C'était elle. J'en suis sûr à cent dix pour cent.

– Laquelle de celles-ci est-ce alors ? demanda Adolfsson en montrant les photos de Linda et des huit autres jeunes femmes.

– Raconte, demanda Rogersson. Explique-moi ton alibi.
– J'avais de la compagnie quand j'ai quitté l'hôtel. J'étais avec quelqu'un et on est allés chez moi, raconta Löfgren. Je suis resté avec cette personne jusqu'à environ 10 heures du matin.
– Dans l'audition, tu as dit que tu étais parti seul, constata Rogersson. Alors ça aussi c'était un mensonge ? Quel est le nom de cette personne ? Comment s'appelle-t-elle ?
– Je l'ai déjà dit, je ne donne aucun nom.
– Ce n'est pas vraiment un alibi, soupira Rogersson. Pas selon la définition que j'ai apprise en tout cas. Le peu que je sais, c'est justement que les professeurs insistaient beaucoup sur le fait qu'il fallait absolument connaître l'identité de la personne qui assurait l'alibi.
– Je ne donne aucun nom, répéta Löfgren. C'est si difficile à comprendre ?

– Alors qu'est-ce que vous en dites, les gars ? demanda Jaune et Bleu en tendant la photo qu'il avait choisie.
– Tu es vraiment sûr que c'est elle ? insista von Essen en échangeant un regard avec Adolfsson.
– Comment ça, vraiment sûr ? J'en suis sûr à cent dix pour cent, je te dis. Je lui ai parlé plusieurs fois quand j'étais dans votre taule. C'est une putain de salope.
– Il y a quelque chose de drôle dans ce que tu dis, souligna Rogersson.
– Je ne vois pas ce qu'il y a de drôle. Je ne vois rien de drôle dans tout ceci.

– Tes copains disent que tu t'es vanté auprès d'eux de toutes les fois où tu as baisé Linda. Ce sont tes propres mots. Baisé Linda, ainsi qu'une bonne quantité d'autres, et avec des expressions encore pires que je pensais vous épargner à toi et ton avocat.

– Ce sont leurs propos. Moi je n'ai rien dit.

– Après le Stadshotel par contre, tu leur aurais dit que tu rentrais seul chez toi. Il y a en plus quelqu'un qui t'a vu partir seul. Tu voulais rentrer dormir, as-tu dit.

– Oui, et alors ? Je n'ai pas besoin d'être ici pour répondre aux suggestions des autres. Et il y a apparemment quelqu'un qui veut vous parler, constata Löfgren en indiquant la porte, entrouverte après un coup discret.

– Est-ce que tu as deux minutes, Lewin ? demanda von Essen.

– Ce truc est vieux comme le monde, expliqua Löfgren à son avocat. Un de nos profs à l'école nous a raconté…

– Deux minutes, dit Lewin, qui se leva, sortit de la pièce et referma soigneusement derrière lui.

– Je crois que nous avons un petit problème, dit von Essen à Lewin.

– Je le savais depuis ce matin, soupira Lewin.

– Qu'est-ce que je disais ? s'exclama Löfgren triomphalement en tapant sur le bras de son avocat. Cinq minutes, pas deux. Qu'est-ce que je disais ?

– Excusez-moi de vous interrompre, messieurs, fit Lewin en regardant Rogersson. Si j'ai bien compris, tu refuses de nous donner le nom de la personne dont tu prétends qu'elle pourrait confirmer ton alibi, continua Lewin.

– Ravi de voir que vous avez enfin pigé. C'est tout à fait ça. Car ce n'est pas mon boulot, mais le vôtre.

– Voir que nous sommes au moins d'accord sur un point me remplit d'aise. Je vais donc te faire savoir, et nous sommes à présent le vendredi 18 juillet à 14 h 05, que la procureure a décidé que tu étais en état d'arrestation. L'interrogatoire est donc suspendu et reprendra ultérieurement. La procureure a également décidé que nous devions prendre tes empreintes digitales et faire un prélèvement d'ADN.

– Attendez une minute, dit l'avocat, ne vaudrait-il pas mieux que je parle avec mon client en toute tranquillité, que nous trouvions une solution plus pratique au problème ?

– Je propose que vous posiez la question directement à la procureure, dit Lewin.

– Putain, c'est quoi l'urgence, Lewin ? fit Rogersson en colère lorsqu'ils se retrouvèrent seuls dans la pièce cinq minutes plus tard.

– Tu en aurais fait autant, l'assura Lewin.

– Pourquoi donc ? demanda Rogersson. Si tu m'avais laissé une heure, je lui aurais extorqué à la fois le nom de son soi-disant alibi, s'il existe, et je lui aurais fait mettre son coton-tige dans la bouche.

– C'est bien ça qui m'inquiétait. Que nous aurions une tonne de paperasse à régler.

– Je ne comprends pas de quoi tu parles.

– J'allais te l'expliquer.

– Je suis tout ouïe, dit Rogersson avec un sourire en coin, en s'adossant confortablement sur sa chaise.

Nom de Dieu ! ricana Rogersson cinq minutes plus tard. Quand avais-tu l'intention de l'annoncer à Bäckström ?

– Maintenant, dit Lewin. Dès que je mets la main dessus.

– Alors je viens avec toi, décida Rogersson. Comme ça, je pourrai t'aider à retenir le petit gros quand il pètera les plombs.

Ça va être un grand jour, pensa Bäckström. À peine dix minutes plus tôt, il avait vu Adolfsson et von Essen dans le couloir, emmenant un Löfgren déconfit au trou. En prime, Thorén surgit dans son bureau pour lui rendre compte du résultat de ses recherches sur Bengt Karlsson, membre du bureau de l'association les Hommes de Växjö contre les Violences faites aux Femmes.

– Ce Karlsson semble avoir été un vrai salopard. Pas gentil du tout, déclara Thorén.

– Comment ça ? demanda Bäckström. *Qu'est-ce que je vais faire de lui, puisque le nègre est déjà au trou ?*

– Son casier judiciaire compte onze entrées, résuma Thorén. Sa spécialité semble avoir été de maltraiter ses compagnes.

– L'homme de la situation, constata Bäckström amusé. *Tout à fait l'homme qu'il faut pour fouetter la petite Lo et cet imbécile d'Olsson.*

– Seul problème, l'entrée la plus récente remonte à neuf ans.

– Il a appris de ses erreurs. Il a dû commencer à utiliser une serviette. Déterre toute la merde que tu peux trouver, conclut-il en apercevant Lewin et Rogersson dans l'embrasure de la porte, les bras ballants, comme deux poules incapables de pondre.

– Entrez les garçons, entrez. Le jeune Thorén était sur le point de partir.

– Alors, racontez-moi, dit avidement Bäckström sitôt la porte refermée derrière Thorén. Est-ce que vous avez réussi à faire parler le nègre ? J'ai vu Adolfsson et ce coincé d'imbécile de noble qu'il traîne partout le conduire au trou.

– Désolé de te décevoir, Bäckström, dit Lewin. Mais Rogersson et moi-même sommes absolument convaincus que ce n'est pas Löfgren que nous recherchons.

– Elle est bien bonne, dit Bäckström en gloussant de plaisir. Pourquoi allait-il au trou dans ce cas ?

– Je vais y venir, mais tu devrais commencer à te faire à l'idée qu'il est innocent.

– Pourquoi ça ? demanda Bäckström en se redressant contre le dossier de sa chaise.

– Il a un alibi, dit Rogersson.

– Alibi, pouffa Bäckström. Putain, qui pourrait lui servir d'alibi ? Martin Luther King peut-être ?

– Il ne veut pas le dire, continua Lewin. Alors on l'a mis au trou pour qu'il change d'avis.

– Mais Lewin l'a découvert quand même, se réjouit Rogersson.

– De qui parlons-nous ? demanda Bäckström en se penchant en avant, les fusillant de ses yeux étrécis.

– Voici ce que nous pensons, raconta Lewin. Le jeune Löfgren a quitté le Stadshotel vers 3 h 45 du matin. Il fait tout un sketch comme quoi il doit rentrer seul pour se coucher et dormir. Puis il se poste à quelques pâtés de maisons de là et attend la femme avec qui il a pris rendez-vous en boîte dans le plus grand secret. Elle arrive juste après 4 heures, ils rentrent à pied chez Löfgren et s'adonnent très probablement à ce qu'on imagine, soupira Lewin.

– Et c'est qui ? demanda Bäckström, bien qu'il eût déjà deviné la réponse.

– La collègue Anna Sandberg, selon un témoin que nous avons interrogé, dit Lewin.

– Je vais tuer cette petite salope ! hurla Bäckström en se levant d'un coup de sa chaise. Je vais me la…

– Tu ne feras rien de tel, fit Rogersson. Reste assis ici calmement avant d'avoir un AVC ou pire.

Qu'est-ce qui pourrait être pire ? pensa Bäckström en retombant sur sa chaise. *Elle doit mourir*.

L'élève gardien de la paix Löfgren put quitter la maison d'arrêt du commissariat de Växjö avant même que la porte de sa cellule n'ait eu le temps de se refermer sur lui. Une bonne heure plus tard, il était en voiture avec son avocat, en route pour la maison de vacances de ses parents sur Öland. Il avait promis solennellement à la procureure qu'il y resterait ces prochains jours, et qu'il répondrait au téléphone si la police de Växjö avait besoin de lui parler. La procureure lui avait également donné quelques conseils, lui suggérant, sans entrer dans les détails, de réfléchir tranquillement au choix de sa future carrière. Löfgren avait laissé ses empreintes digitales, un coton-tige d'ADN et, en prime, quelques échantillons de cheveux. Toutes choses qui n'auraient très probablement plus la moindre valeur pour l'enquête en cours.

Pendant que les collègues de Växjö responsables des prélèvements réglaient pour lui les détails pratiques concernant les empreintes digitales et l'ADN de Löfgren, Lewin fit le ménage derrière lui et ses camarades, en exigeant pour commencer des collègues impliqués dans les opérations secrètes de Bäckström le secret absolu, puis il eut avec l'inspectrice Sandberg un entretien sérieux.

Bäckström finit par se calmer. Le pire de la colère était passé, bien qu'il chancelât encore de voir la résolution prochaine de son enquête anéantie par ses collègues incompétents, voire carrément criminels. Bäckström se sentait particulièrement abattu, injustement maltraité et entouré d'idiots. *Il est grand temps de passer à quelque chose de mieux*, pensa-t-il cinq minutes plus tard en sortant du commissariat dans la chaleur frémissante du dehors, afin d'aller retrouver son lit moelleux dans sa chambre climatisée, via le *Systembolag* le plus proche.

Bäckström commença par avaler les deux bières bien fraîches qui se trouvaient déjà dans son minibar, surtout pour faire de la place à celles qu'il venait d'acheter, sans que son esprit ni son corps ne ressentissent l'agréable torpeur habituelle. *Dans le pire des cas, cette petite salope de Sandberg a non seulement saboté mon enquête, mais aussi ma vie spirituelle*, pensa Bäckström. Faute de mieux, il alluma la télévision, s'allongea et regarda vaguement un programme censé traiter du meurtre de Linda Wallin, mais où en réalité des imbéciles de service se jetaient leur venin à la figure.

Micke de *Robinson*, connu à la fois pour sa participation à *Robinson* et à *Robinson spécial célébrités*, et par ailleurs élève en deuxième année à l'Institut dramatique de Malmö, avait déposé une demande de financement pour un projet de docufiction sur le meurtre de Linda. Il avait apparemment essuyé un refus la part du service culturel de la commune de Växjö, mais avait déniché un investisseur privé intéressé. Le scénario était à peu près terminé et le rôle de Linda devait être joué par une jeune femme qui s'appelait Carina Lundberg, mais que le public suédois connaissait surtout comme Nina de *Big Brother*. Elle avait aussi suivi les cours d'une école de théâtre pendant une période, et pouvait donc tenter le grand saut vers les programmes culturels de la télévision publique. Elle et Micke se connaissaient depuis longtemps et elle faisait une confiance aveugle à son futur metteur en scène, même si le rôle de victime était loin d'être facile. Mais elle appréhendait surtout les scènes lesbiennes, surtout celles que ses partenaires et elle devraient tourner en uniforme de police.

Putain, qu'est-ce qu'elle raconte ? pensa Bäckström en haussant le son et se dressant sur son lit.

– Oui, un très grand nombre de jeunes femmes policières sont lesbiennes, expliqua Nina. Presque toutes, en fait. C'est une amie flic qui me l'a raconté.

– J'ai construit mon scénario comme un triangle classique, raconta Micke. Tu as Linda, la femme qu'elle aime, qui est aussi flic, et qui s'appelle Paula, et puis tu as l'homme, l'agresseur, le meurtrier avec toute sa haine, sa jalousie, sa frustration. Sa peur de la castration. C'est Strindberg, c'est Norén, c'est… un drame masculin classique, tout simplement.

– Oui, c'est bien ça, acquiesça le présentateur avec enthousiasme. C'est exactement ça. Encore un homme castré.

Il ne suffit pas de réduire en bouillie ces putains d'abrutis, c'est beaucoup trop miséricordieux, pensa Bäckström en éteignant la télé. En plus, son téléphone se mit à sonner, alors qu'il avait dit à l'andouille de la réception qu'il ne prendrait aucun appel.

– Oui, grogna Bäckström.

Putain de merde ! pensa-t-il en raccrochant.

Bengt Karlsson, le membre du bureau de l'association les Hommes de Växjö contres les Violences faites aux femmes, avait suscité l'intérêt de l'inspecteur Peter Thorén à un tel point que, bien qu'il eût promis à Bäckström de ne rien dire, il se sentit obligé de mettre Knutsson au parfum. *Même si ça n'est plus guère utile, vu ce que Bäckis a trouvé sur ce pauvre élève gardien de la paix*, pensa Thorén.

Bengt Karlsson avait quarante-deux ans. Entre vingt ans et trente-trois ans, il avait collectionné un total de onze condamnations pour violence contre sept femmes différentes, qui avaient entre treize et quarante-sept ans au moment des faits. Les juges l'avaient reconnu coupable de voies de fait aggravées, de voies de fait, de menaces, de pressions, d'agressions sexuelles, d'abus sexuels et de harcèlement sexuel, entraînant sept condamnations différentes à de la prison pour un total de quatre ans et six mois, dont il effectua près de la moitié.

– Un type intéressant, acquiesça Knutsson, qui avait parcouru rapidement le rapport constitué par Thorén à partir de tous les fichiers et documents informatisés à disposition de l'enquêteur d'aujourd'hui.

– Mais pourquoi s'arrête-t-il ? demanda Thorén. Le dernier jugement date de neuf ans. Ensuite, plus rien…

– Il a changé de mode opératoire, suggéra Knutsson. Tu te souviens de ce voleur qui s'était reconverti dans l'explosion de distributeurs automatiques ? Il a réussi à en faire sauter une douzaine avant qu'on le démasque. Et lui, il se baladait dans les écoles pour donner des conférences sur la manière dont il avait réussi à rompre avec son ancienne vie criminelle.

– Est-ce qu'il peut être passé de femmes qu'il connaît très bien à des femmes qu'il ne connaît pas ? pensa Thorén à voix haute.

– Très possible, dit Knutsson. Et même très probable. Mais autre chose m'a aussi frappé. Tu te souviens de cette conférence au printemps, que ce type du FBI a donnée à l'école de police ?

– Je m'en souviens, dit Thorén. On y parlait surtout des maniaques sexuels. C'était la thèse du type, si je me souviens bien. Il ne parlait que de ça. D'obsédés sexuels.

– Alors, tu te souviens peut être de ce qu'il a dit sur ce genre de tueur en série qui joue au chat et à la souris avec les enquêteurs ? Que la proximité de leurs poursuivants excite particulièrement.

– Je m'en souviens parfaitement, dit Thorén. *Serait-il possible que ce soit aussi simple ?* pensa-t-il à l'instant même où il ressentait ces fameuses vibrations que son collègue plus âgé, le commissaire Bäckström, avait ressenties à propos de l'élève gardien de la paix Erik Roland Löfgren.

– Il nous faut son ADN, dit Knutsson. Cet homme doit absolument être testé. Comment peut-on le faire sans que les autres membres du bureau, y compris Olsson, ne deviennent fous ?

– C'est déjà fait, dit Thorén avec une certaine fierté. Il s'avère qu'il existe un ancien test d'ADN de Karlsson chez les collègues à Malmö. Il y était allé pour un test de routine lié au meurtre de Jeanette, il y a cinq, six ans. Qui n'est toujours pas résolu, donc il devait être innocent.

– Mais pourquoi n'ont-ils pas jeté son ADN à l'époque ? demanda Knutsson.

– On ne le jette pas comme ça, s'indigna Thorén. Le laboratoire de Linköping l'a fait parce qu'il y est obligé, mais les collègues de Malmö avaient une copie du résultat de l'analyse dans le rapport d'enquête. Je l'ai déjà reçu et transféré à Linköping.

Bäckström resta allongé dans son lit, se contentant de caler quelques oreillers supplémentaires, et il ressemblait à s'y méprendre à un simple malade du cœur en surpoids. *Elle ne mérite pas mieux, la petite salope*, pensa-t-il en avançant sa main grasse et sans force vers le minibar.

– Si tu veux une bière bien fraîche, Anna, il y a le minibar là, dit Bäckström. *Suce-moi ça, ma petite salope.*

– Tu n'as rien de plus fort ? demanda Anna Sandberg. J'ai fini ma journée et je peux dormir en ville. J'aurais vraiment besoin d'un truc fort.

– Whisky, soda, sont sur cette étagère. *Putain, qu'est-ce qu'il lui prend ?*

– Merci, dit Anna Sandberg en se versant une dose presque rogerssonnienne. Tu n'en prends pas un toi-même ? demanda-t-elle en agitant, curieuse, la propre bouteille de whisky de Bäckström.

Putain, mais qu'est-ce qu'il se passe ? D'abord, elle me sabote mon enquête, ensuite elle se précipite dans ma chambre et une minute plus tard elle m'offre mon propre whisky !

– Juste un petit alors, dit Bäckström.

L'inspectrice Anna Sandberg était venue s'excuser auprès de Bäckström. Elle avait tout foutu en l'air – c'était ses propres mots – et Bäckström était sa première étape sur son chemin de pénitence. La seule chose qu'elle avait à dire pour sa défense, c'était que Löfgren lui avait promis au téléphone qu'il viendrait en gentleman tout régler et donner un échantillon de son ADN. Volontairement et inutilement, mais étant donné ce qu'il s'était passé, la solution la plus simple pour eux deux.

Elle n'avait pas joué cartes sur table avec Bäckström parce que Löfgren, en dépit de sa promesse, avait refusé de donner son échantillon, ce qui était encore une expression de la faiblesse humaine. Elle avait espéré que Löfgren finirait par entendre raison, ou du moins qu'il l'aiderait à se tirer d'une situation pour le moins embarrassante. Et puis elle ne connaissait pas les intentions de Bäckström et de ses collègues. Même si, après sa conversation avec Lewin, elle avait parfaitement compris ce que Bäckström et ses collègues avaient fait.

– J'ai pas mal de gens à voir. Toi, Bäckström, Olsson et mon mari. Surtout mon mari, dit Sandberg en prenant une bonne gorgée de son verre.

De quoi parle-t-elle, putain ? Ces gonzesses n'ont décidément pas toute leur tête.

– Es-tu complètement stupide ? Tu n'as quand même pas l'intention de parler de ça à Olsson ?

Apparemment si. Autant prendre le taureau par les cornes, serrer les dents de honte et, au pire, elle mettrait fin à sa carrière de flic et se reconvertirait.

– Je ne veux pas me mêler de ça. Mais je ne comprends pas pourquoi tu veux en parler à Olsson.

– Avant qu'il s'en rende compte par lui-même, dit résolument Sandberg. Je n'ai pas l'intention de lui offrir ce plaisir. À personne d'autre, d'ailleurs.

– Corrige-moi si je me trompe, mais on parle bien du commissaire Bengt Olsson. Celui qui enquête sur les meurtres rituels des forêts profondes du Småland, et qui se perd en conjectures chaque fois qu'il se lève des chiottes et découvre qu'il est debout avec du papier dans la main.

– Tu ne crois donc pas que je devrais en parler à Olsson ? demanda Sandberg, soudain toute contente.

– Non, dit Bäckström en secouant la tête. Et à personne d'autre non plus, parce que Lewin et Rogersson ont déjà parlé à ceux qui sont au courant. Oublie ça. *Décidément, les gonzesses sont cinglées.*

– Et mon mari alors ? C'est aussi un collègue, comme tu le sais.

– Est-ce que ça l'excite, ce genre d'infos ? demanda Bäckström en prenant l'air légèrement dégoûté. *Étant donné qu'il travaille à la police de proximité, on peut bien craindre le pire.*

– J'aurais du mal à le croire.

– Eh bien alors, dit Bäckström en haussant les épaules. Ce qu'on ne sait pas ne nous fait pas de mal.

Anna Sandberg acquiesça pensivement.

– Est-ce que je peux en reprendre un ? demanda-t-elle en montrant son verre vide.

– Bien sûr, dit généreusement Bäckström en tendant le sien. Donne-m'en aussi. Un petit.

Quel dommage que Lo ne soit pas là, elle aurait pu apprendre une chose ou deux sur la véritable thérapie à l'ancienne, pensa Bäckström. *La collègue Sandberg a, par exemple, déjà l'air de quelqu'un qui va mieux. Même ses nichons semblent s'être redressés et ont commencé à reprendre leur bonne vieille forme. Après juste deux verres et quelques paroles sensées.*

– Laisse tomber, Sandberg, dit Bäckström en levant son verre. Flic, ce n'est pas quelque chose qu'on devient. C'est quelque chose qu'on est, et un vrai flic ne dénonce jamais un collègue. *Même si c'est une gonzesse, qui n'aurait jamais dû être autorisée à devenir flic.*

Le soir, après le désormais obligatoire dîner à l'hôtel, Bäckström et Rogersson retournèrent dans la chambre de Bäckström pour, dans un contexte calme et apaisant, passer en revue leurs petites affaires et réfléchir à la meilleure façon de poursuivre, maintenant que l'enquête technique sur le jeune Löfgren était cuite. Au bout d'un moment, une fois les bières et les alcools forts épuisés, Bäckström se sentit tellement fatigué qu'il n'eut pas le courage de suivre Rogersson au bar pour terminer la soirée. Il consacra son samedi à dormir et naturellement, le personnel de l'hôtel, paresseux et non fiable comme il l'était, avait profité de son décalage pour ne pas nettoyer sa chambre ni changer ses serviettes sales.

39

Dans la nuit du samedi au dimanche, pendant que Bäckström dormait dans son lit non refait au Stadshotel, une nouvelle agression sur une femme eut lieu, en plein centre de Växjö, à quelques centaines de mètres de l'hôtel. La victime était une jeune femme de dix-neuf ans qui rentrait seule d'une soirée. Quand, vers 3 heures du matin, elle ouvrit la porte de son immeuble de la Norrgata, un inconnu se jeta sur elle par-derrière, la poussa dans l'entrée, la fit tomber par terre et essaya de la violer. La victime se mit à crier et à se débattre. Quelques voisins furent réveillés par le bruit et l'agresseur prit la fuite.

En moins de quinze minutes, toute la police se déploya et la victime était conduite à l'hôpital. La scène de crime était bouclée et les enquêteurs et les techniciens de la permanence criminelle étaient sur place pour interroger les témoins et rechercher des indices. Un total de trois patrouilles de la police de la sécurité publique faisaient des rondes à la recherche du suspect, les renforts étaient en route et les téléphones des enquêteurs qui travaillaient sur le meurtre de Linda commencèrent à sonner. Le commissaire Olsson, combiné plaqué à l'oreille dans sa maison de campagne, essayait d'enfiler son pantalon de sa main libre tout en s'efforçant de se rappeler où il avait mis ses clés de voiture. Le commissaire Bäckström continuait tranquillement à dormir à poings fermés. Ayant appris de certaines de ses expériences passées, il avait éteint son portable et débranché le téléphone de sa chambre.

Quand il descendit pour le petit déjeuner, et que Rogersson lui raconta ce qu'il s'était passé, tout était terminé et rien n'était clair.

– J'ai parlé à Sandberg il y a un moment, ajouta Rogersson.

– Qu'a-t-elle donc dit ? demanda Bäckström.

– Qu'il y a quelque chose de louche dans le témoignage de la plaignante. Sandberg croit qu'elle affabule.

La petite Sandberg, nom de Dieu ! pensa Bäckström *C'est fou ce qu'il ne faut pas entendre !*

Le soir, Bäckström appela sa propre journaliste de radio, mais, comme le week-end précédent, il ne réussit qu'à joindre son répondeur. *Comment ça, petite maman ?* pensa Bäckström, et faute de mieux il se commanda un repas et des bières dans sa chambre, se coucha et zappa sur la télé la moitié de la nuit avant de s'endormir enfin.

Jan Lewin avait recommencé à rêver.

Suède, milieu des années 1950. L'été où Jan Lewin eut sept ans, juste avant de commencer l'école, et où il reçut son premier vrai vélo. Un Crescent Vaillant rouge.

La maison de vacances de grand-père et grand-mère, sur l'île de Blidö, dans l'archipel de Stockholm. Maman, papa et lui-même. Le soleil brille jour après jour dans un ciel sans nuages. Un vrai été indien, dit son papa et justement, cet été-là, les vacances de papa ne semblent pas vouloir prendre fin.

Pourquoi ça s'appelle l'été indien, papa ? demande Jan Lewin.

On a l'habitude de dire ça, répond papa, quand c'est un été très chaud et très long.

Mais qu'est-ce que ça a à voir avec les Indiens ? s'entête Jan. Pourquoi on dit que c'est un été indien ?

Leur climat est sûrement meilleur que le nôtre, répond papa avant d'éclater de rire et d'ébouriffer ses cheveux. Ça suffirait, comme réponse. L'été où son papa lui avait appris à faire du vélo.

Des chemins de gravier, des orties dans les bosquets et les fossés. L'odeur de goudron. Papa qui court derrière lui et qui tient le porte-bagage du vélo, pendant que lui-même serre le guidon de ses petites mains moites et pédale tout ce qu'il peut avec ses jambes minces et bronzées.

Maintenant je lâche, crie papa, et bien qu'il sache qu'il doit à la fois piloter et pédaler, ça ne marche tout simplement pas. Soit il pédale, soit il pilote, et parfois papa n'a pas le temps de le rattraper. Des genoux égratignés, des ecchymoses sur les jambes, les orties qui brûlent, les chardons et les épines qui piquent.

On fait une nouvelle tentative, Jan, dit papa en lui ébouriffant les cheveux, et il est à nouveau assis sur son vélo.

Pilote et pédale, pilote et pédale, pilote et pédale, et papa le lâche et cette fois encore il n'arrive pas à temps pour empêcher la chute.

Et quand il se tourne, ce n'est pas son papa qui l'aide à se relever et lui ébouriffe les cheveux, mais son collègue Bäckström qui se tient là à ricaner.

– Comme tu peux être stupide, Lewin. Enfin, tu ne peux pas t'arrêter de pédaler tout simplement parce que je ne te pousse plus.

Puis il se réveilla, se glissa dans la salle de bains et se massa les yeux et les tempes sous l'eau froide.

40

Växjö, lundi 28 juillet-lundi 4 août

À la première réunion du matin de la semaine, le commissaire Olsson, responsable de l'enquête préliminaire, eut le plaisir d'annoncer au groupe d'enquête qu'ils avaient établi un nouveau record suédois. Les prélèvements d'ADN à Växjö et ses environs continuaient à pleine puissance et, dès le week-end, ils avaient dépassé les cinq cents prélèvements volontaires. Sans oublier quelques échantillons dont les résultats à l'analyse étaient plus incertains, parce qu'ils avaient été effectués sur un sachet de *snus*[1], un mouchoir ensanglanté et un trognon de pomme, sans parler d'un rapport d'analyse précédent de Linköping dont le numéro de registre était masqué.

Le futur collègue, l'élève gardien de la paix Löfgren, avait été mis hors de cause grâce à un coton-tige ordinaire, de même que leur collègue aux problèmes psychiatriques, grâce à ses habitudes alimentaires et sans qu'il ait été nécessaire de l'avertir. Lewin profita de ce moment pour raconter dans quelles circonstances avait

1. Tabac à priser que l'on coince contre sa gencive.

été établi ce vieux record qu'on venait de battre. Lui et la brigade criminelle nationale avaient justement travaillé sur cette affaire à l'époque. Un assassinat de femme en Dalécarlie, le meurtre de Petra, qui n'avait entraîné qu'à peine cinq cents tests, bien que l'affaire datât à présent de quelques années, qu'elle fût toujours non résolue et pratiquement abandonnée. Malheureusement, Lewin fit ensuite une digression bien trop longue.

– Je me souviens de ma première enquête sur le meurtre d'une jeune femme, dit Lewin, qui avait l'air de parler tout seul. Ça fait presque trente ans, beaucoup parmi vous n'étiez même pas nés à cette époque. Le meurtre de Kataryna, comme l'appelaient les journaux. À cette époque, on ne parlait pas d'ADN et nous savions tous que, pour élucider une affaire, il fallait procéder à l'ancienne, sans l'aide de tout un tas de techniques criminalistiques et autres méthodes scientifiques. La criminalistique, ça se faisait au tribunal, quand nous autres flics ordinaires avions trouvé le coupable.

– Excuse-moi, Lewin, l'interrompit Bäckström en brandissant sa montre. Pourrais-tu en arriver au fait avant le déjeuner ? Nous autres avons du travail, figure-toi.

– J'y viens, répondit Lewin, imperturbable. À cette époque, nous avions un taux de résolution des meurtres qui était de plus de soixante-dix pour cent. Aujourd'hui, on est à bien moins de la moitié. Malgré toutes les nouvelles technologies et toutes les nouvelles méthodes. Or, personnellement, j'ai du mal à croire que nos affaires d'aujourd'hui soient beaucoup plus compliquées qu'à l'époque.

– Ça vient de quoi, alors ? demanda soudain la collègue Sandberg. Tu as dû y réfléchir.

– Effectivement, j'y ai beaucoup réfléchi, dit Lewin. Prenez cette histoire d'ADN par exemple.

Quand ça marche, ça aide évidemment beaucoup. Si c'est un bon échantillon d'ADN, comme dans notre enquête actuelle, et à condition que nous en retrouvions le propriétaire.

– Et donc, quel est le problème ? insista Sandberg.

– Si c'est un bon échantillon d'ADN, on risque de négliger tout le reste et de perdre le contrôle de l'enquête, soupira Lewin. Ce bon vieux travail méthodique de flic.

– Si on veut trouver ce qu'on cherche, il ne faut pas courir plusieurs lièvres à la fois, résuma la collègue Sandberg.

– Oui, on peut aussi l'exprimer comme ça, dit Lewin en se raclant légèrement la gorge.

Ultime point au programme de la réunion du matin, Sandberg fit un compte rendu de ce qu'on savait pour l'instant de l'agression dans la nuit de samedi à dimanche.

– Il y a tellement de choses qui demeurent floues que je me demande si elle n'a pas tout inventé, expliqua Sandberg.

– Mais pourquoi aurait-elle fait cela ? intervint Olsson. On n'invente quand même pas un truc pareil ?

– Je vais y venir, dit Sandberg en prenant la même expression que son aîné de vingt ans, le commissaire Jan Lewin.

Aucun témoin n'avait assisté à l'agression dans l'entrée de l'immeuble ni même aperçu l'agresseur. Pas l'ombre d'une preuve technique, alors qu'Enoksson et ses collègues avaient littéralement « aspiré » la scène de crime supposée et ses environs. Tout ce qu'ils avaient, c'était l'histoire de la victime, qui aurait réussi à échapper à une attaque en opposant une forte résistance, au cours de laquelle elle aurait notamment mordu et griffé son agresseur, ainsi que la description de ce dernier.

– Il n'y a rien qui cloche avec ce signalement, s'entêta Olsson. Je pense que c'est un très bon signalement. Voyons, qu'est-ce qu'elle dit, déjà ? Un seul agresseur, dans les vingt ans, costaud, sportif, environ un mètre quatre-vingts, une casquette de base-ball noire, un tee-shirt noir, un jogging ample noir, des baskets blanches, de plus il a des tatouages sur les deux bras. Des sortes de serpents ou de dragons qui descendent sur les bras et se terminent aux poignets. Il l'avait menacée en anglais mais avec un accent si grossier qu'elle est convaincue qu'il n'est ni anglais ni américain. Probablement yougoslave ou quelque chose du genre. Ce n'est pas un secret, en tout cas pour nous, que c'est malheureusement souvent à cela qu'ils ressemblent. Ça commence d'ailleurs à poser un vrai problème, conclut Olsson.

– Oui, c'est un très bon signalement, acquiesça Sandberg. Mais étant donné ce qu'elle prétend avoir subi, elle n'a vraiment pas les yeux dans sa poche.

– Je suis d'accord avec toi, Olsson, sourit Bäckström. Cette fille paraît intelligente et vive. La description de son agresseur correspond parfaitement au profil que nous avons reçu pour celui de Linda. De plus, elle a réussi à contacter les deux tabloïds et la télé pour raconter son calvaire. Bientôt, elle fera la météo sur TV3 ou montrera ses nichons dans cette ferme de téléréalité.

– Merci, Bäckström, dit Sandberg. C'est bien ça qui m'a frappée. Normalement, les filles qui ont été soumises à ce genre de choses ne parviennent pas à se regarder dans le miroir. Elles n'arrivent même pas à en parler à leurs proches. Elles veulent qu'on les laisse en paix.

Bäckström, qui s'était relevé des cendres de Löfgren et était déjà à l'affût de sa prochaine proie, se précipita à nouveau dans la mêlée. Aussitôt après la réunion, il prit le jeune Thorén à part pour avoir des nouvelles du membre du bureau Karlsson.

– Tu avais tout à fait raison, Bäckström. Monsieur Karlsson ne semble pas être une personne très agréable, constata Thorén, après quoi il lui résuma rapidement le résultat de ses recherches.

– On a besoin d'un échantillon d'ADN de ce salopard, dit Bäckström avidement.

– C'est déjà fait, répondit Thorén, qui avec la même vivacité parla des collègues de Malmö.

– Nom de Dieu, pourquoi tu ne m'en as pas informé ? râla Bäckström. C'est secret ou quoi ?

– Je n'ai pas eu le temps, dit platement Thorén. Je le fais donc maintenant.

Un pur idiot, complètement incompétent, pensa Bäckström. *Incapable de savoir où donner de la tête.*

– Assieds-toi, Lewin, assieds-toi, offrit chaleureusement Bäckström en indiquant la chaise devant son bureau. Tu t'en sors, avec tes petites théories ? Tu commences à t'y retrouver ?

– Ça va sûrement s'arranger, dit Lewin d'un ton neutre.

Lewin avait également deux propositions concrètes qui devraient constituer un pas dans la bonne direction. D'abord, ils devraient réinterroger la mère de Linda. Les deux auditions n'avaient pas été assez approfondies, selon lui. Pour faire preuve d'un peu d'esprit critique, elles n'apportaient en gros rien qu'on n'aurait pu déduire tout seuls. Ensuite, il voulait retenter sa chance avec l'élève gardien de la paix Löfgren.

– Tu sais que je t'écoute toujours, dit Bäckström, affable. *Bien que tu sois en train d'emmerder la moitié de la police avec ce putain de nègre.*

– Je propose qu'on laisse Rogersson interroger la mère de Linda. Rogersson est un homme incroyablement méticuleux pour ce genre de choses.

– Certes, c'est étrange, acquiesça Bäckström. Bien qu'il boive comme un putain de Russe et qu'il se précipite aux chiottes constamment.

– Je n'en avais aucune idée, fit Lewin sèchement. Mais peut-être que tu es mieux informé que moi sur ce point, Bäckström.

– Il y a beaucoup de bruits de couloir, ricana Bäckström. Le nègre alors ? Qui va s'en occuper ?

– Si c'est de Löfgren dont tu parles, je pensais m'en charger moi-même. J'ai l'impression qu'il sera peut-être plus loquace maintenant qu'il a été mis hors de cause.

– Certainement. Comme sur des roulettes cette fois, acquiesça Bäckström. *Et toi, Lewin, tu auras le prix Nobel un de ces jours.*

41

La mère de Linda se trouvait dans sa maison de campagne sur l'île de Sirkön, au milieu du lac Åsenen, à une vingtaine de kilomètres au sud de Växjö. Elle y était en compagnie d'une amie et, d'après celle-ci, la maman parvenait à peine à vivre au jour le jour, mais comprenait que la police veuille lui parler. Aussi allait-elle essayer de s'y préparer de son mieux.

– Saluez-la et remerciez-la, dit Rogersson. Moi et mon collègue serons là dans une heure environ.

– Vous trouverez le chemin ? demanda l'amie.

– Ça devrait aller. Au pire, on rappellera. Remerciez-la vraiment d'accepter de nous parler.

Bäckström décida de tenir compagnie à Rogersson. Il avait envie de sortir, de bouger un peu. Si possible dans une confortable voiture de service avec air conditionné, pendant que lui et Rogersson pourraient tranquillement dénigrer tous les idiots absents qui assombrissaient son existence. Et puis il était aussi un peu curieux de voir à quoi ressemblait la mère de Linda.

– Là-bas à gauche on voit le lac, dit Rogersson une demi-heure plus tard en indiquant l'eau bleue qui scintillait entre les bouleaux dans la brume de chaleur. Il ne reste plus que dix kilomètres jusqu'à Sirkön. Un lieu de pèlerinage pour des gens comme nous, Bäckström.

– Je croyais que toute l'eau-de-vie était fabriquée en Scanie ? fit Bäckström, qui se sentait déjà beaucoup plus alerte malgré les coups non mérités pris ces derniers jours.

– Histoire criminelle suédoise, expliqua Rogersson. Une de nos disparitions les plus retentissantes de ces cent dernières années, du niveau de l'affaire Viola Widegren de 1948. C'est ici que le petit Alvar Larsson a disparu, par un froid matin venteux d'avril 1967, du domicile familial, dit Rogersson d'une voix presque solennelle. J'ai lu un article intéressant là-dessus dans les *Chroniques criminelles nordiques* il y a quelques années. Ça n'avait pas l'air d'un meurtre. Il est sûrement tombé dans le lac alors qu'il était en train de jouer, et s'est noyé.

– Je n'y crois pas une seconde. Évidemment qu'il s'est fait assassiner. Par un de ces tarés de pédophiles. Ils grouillent sûrement par ici. Ils se planquent dans leurs petits chalets rouges et téléchargent du porno pédophile sur Internet.

– Pas vraiment en 1967. Le Net, je veux dire.

– Alors, ils étaient sûrement occupés à faire d'autres cochonneries. Assis dans leurs chiottes extérieures à se masturber sur une pile de vieux magazines de scouts à poil. Qu'est-ce que j'en sais, putain ?

– Tu sembles savoir tout sur tout, Bäckström. Sauf que c'est surtout ton humanité que j'apprécie. Tu es vraiment quelqu'un de chaleureux, comme on dit.

Putain, mais qu'est-ce qui est arrivé à Rogersson ? Il semble avoir une vraie gueule de bois. Reste plus qu'à espérer que la petite maman de Linda soit aussi généreuse que son papa sur les bières.

Un petit chalet rouge avec des montants blancs, un vieil arbre protecteur qui ombrageait la petite étendue de gravier devant la maison où ils garèrent leur voiture, le mât du drapeau, la tonnelle de lilas, la petite dépendance pour les toilettes extérieures au coin, le ponton, le hangar à bateaux avec le sauna, et le petit bout de plage privée au bord du lac. Des allées méticuleusement ratissées sur le grand terrain, où des pierres soigneusement choisies sur la plage marquaient les bordures de pelouses impeccables.

La quintessence de la maison de campagne suédoise et, bien entendu, ils s'installèrent à l'extérieur autour de la table sous la tonnelle. Évidemment pas de bière, mais non moins évidemment, un grand pichet de jus de cassis fait maison avec beaucoup de glaçons, de hauts verres à pied, très certainement produits par l'une des verreries à proximité et au prix de plusieurs caisses de bière forte. *Et si toi et tes yeux n'étiez pas complètement à l'ouest, alors tu aurais été un sacré beau brin de gonzesse*, pensa Bäckström devant la mère de Linda. Lotta Ericson. *Quarante-cinq ans, mais dans des circonstances normales, tu dois sûrement avoir l'air beaucoup plus jeune que ça.*

– Prévenez-nous si ça devient trop pénible pour vous, proposa Bäckström de sa voix la plus douce.

– Ça ne devrait pas poser de problème, répondit la mère de Linda et si ses yeux ne l'avaient pas trahie, sa voix aurait semblé presque joyeuse.

Je me demande combien de Valium tu as pris depuis ton réveil, ma petite mère, pensa Bäckström.

Pendant les trois heures suivantes, l'inspecteur Jan Rogersson démontra d'une façon particulièrement convaincante à quel point il était minutieux, comme l'avait mentionné son collègue le commissaire Lewin.

Il l'interrogea d'abord sur Linda. Son enfance et sa jeunesse. Les années aux États-Unis, le divorce et leur retour toutes les deux en Suède.

« Une petite fille joyeuse et vive, qui aimait tout le monde et que tout le monde aimait, et ça a toujours été ainsi avec Linda même en grandissant… »

« Une période de notre vie difficile… », « s'adapter à un nouvel environnement… », « Linda s'est fait de nouveaux camarades, a intégré une nouvelle école… », « moi-même j'ai commencé un nouveau boulot comme professeur tout en continuant mes études… », « quand j'ai rencontré mon mari, j'étais secrétaire… c'est comme ça que nous nous sommes rencontrés… », « ensuite, quand on s'est mariés, que j'ai eu Linda et que nous habitions aux États-Unis, j'étais surtout une femme au foyer de luxe… », « je m'ennuyais au plus haut point, alors qu'Henning était comme un poisson dans l'eau, et il était bien la personne que Linda et moi voyions le moins… », « nous en voyions à peine l'ombre… ».

« Sauf que c'est clair. D'un point de vue économique, j'étais privilégiée. Nous avions certes un contrat de mariage, mais la première chose qu'il a faite avant que Linda et moi retournions en Suède, ce fut de me donner l'immeuble où… où tout est arrivé… et où nous avons habité jusqu'à ce que Linda soudain… elle allait déjà au lycée… elle a décidé que maintenant que son père avait daigné rentrer à la maison, elle devait habiter chez lui à la campagne… mais lorsqu'elle était en ville, elle habitait quand même chez moi… »

Des petits copains ?

« Le premier devait être un petit gamin de couleur qui était dans la même classe que Linda quand nous habitions aux États-Unis… Linda et lui n'avaient que sept ans… Il s'appelait Leroy et était mignon à croquer… Ce fut le premier véritable grand amour de Linda… »

Après cela ? Les petits copains avec lesquels elle a eu des relations sexuelles ?

Pas beaucoup, selon sa maman, et étant entendu que Linda s'était toujours montrée très discrète sur ce genre de choses. La relation la plus longue de Linda avait duré environ un an et s'était terminée six mois plus tôt.

Le fils de connaissances de la famille. Une des rares familles que j'ai continué à voir après mon divorce. Aussi un garçon très mignon, surnommé Noppe, sauf qu'il s'appelle Carl-Fredrik, mais je crois que Linda s'est tout simplement fatiguée de lui, il y a eu trop de changements lorsqu'elle est entrée à l'école de police.

Est-ce que Linda pouvait se montrer difficile, ou coléreuse, est-ce qu'elle avait des ennemis, au point que quelqu'un aurait pu vouloir lui faire du mal ?

Pas dans le monde de sa maman. Pas quand il s'agissait de sa fille adorée, parce que même dans les pires moments de l'adolescence, Linda s'était rarement conduite comme les filles du même âge de ses amies. Des mauvais côtés ? Linda pouvait être très têtue. Et un peu naïve. Un peu trop honnête, elle faisait un peu trop confiance.

Au cours de ses vingt années dans la police, Rogersson avait mené des centaines d'auditions de parents de personnes assassinées. C'est pour cela que ses questions concernant la mère de Linda elle-même étaient en dernier sur sa liste, et ce ne fut pas un hasard si elle réagit exactement comme toutes les autres avant elle. Pourquoi voulait-il qu'elle parle d'elle ? Elle n'avait rien à voir avec le meurtre. Elle-même était une victime. Quelqu'un lui avait enlevé sa fille unique, pendant qu'elle continuerait à vivre avec le chagrin comme seul compagnon.

Rogersson lui avait donné les réponses habituelles. Qu'il s'agissait de retrouver le meurtrier. Qu'il n'avait pas pensé un instant que la mère de Linda pouvait avoir quelque chose à voir avec le crime, mais que par ses questions, il découvrait parfois des choses que la maman d'une fille assassinée ne voyait pas, précisément parce que son chagrin l'aveuglait. Elle l'avait mieux pris que la plupart.

Avait-elle eu d'autres hommes après le divorce ? L'un d'eux avait-il montré un intérêt pour sa fille ? Avait-elle rencontré des gens susceptibles de vouloir lui faire du mal en s'en prenant à sa fille ?

Bien sûr qu'elle avait rencontré des hommes après son divorce. Plusieurs d'ailleurs, mais surtout des relations courtes, voire occasionnelles, et la dernière remontait à plusieurs années. Un de ses camarades de boulot, un camarade de boulot d'une de ses amies, encore quelqu'un qu'elle avait rencontré par l'intermédiaire de son travail, y compris le père divorcé de l'un de ses ex-élèves. S'ajoutaient plusieurs rencontres sans lendemain avec d'autres hommes, principalement lors de ses vacances à l'étranger. Elle était tombée amoureuse de l'un d'eux et avait gardé le contact un moment, mais ça n'avait quand même rien donné, c'en était resté au stade de conversations téléphoniques, de mails de plus en plus espacés, et puis juste le silence.

Ça devait être un pédé, pensa Bäckström. *Un pédé aveugle.*

Elle ne croyait pas un instant que l'un de ces hommes ait pu assassiner sa fille. Pour la simple raison qu'ils n'avaient rien à faire dans ce contexte, que ce n'était pas ce genre d'hommes, que la plupart d'entre eux n'avaient même pas rencontré Linda et qu'au moins deux d'entre eux ne savaient même pas qu'elle avait une fille.

– Elle a dû tomber sur un véritable fou, conclut la mère de Linda. Je l'ai déjà dit, Linda croyait que tous les gens étaient bons. Au point de parfois se montrer très naïve.

– Putain, qu'est-ce qu'on est venus foutre ici, demanda Bäckström une fois réinstallés dans la voiture et en route pour le commissariat de police. Pour moi, ça n'a rien donné du tout. *Suce-moi ça, espèce de bâtard méticuleux.*

– Le jus n'était pas mauvais pour du jus, objecta Rogersson. Pendant un moment, j'ai quand même eu l'impression qu'elle cachait quelque chose, ou qu'elle était sur le point de comprendre quelque chose. Un truc qui lui serait passé par la tête.

– Putain, mais quoi ? *Rogge n'est plus seulement un alcoolo, voilà qu'il lit dans les pensées en plus.*

– Pas la moindre idée, répondit Rogersson. C'était surtout une impression que j'ai eue. Je peux me tromper. (Rogersson, lui aussi confus, haussa les épaules.) Je me demande combien de calmants ils lui avaient fait avaler.

– Si tu veux mon avis, elle était complètement stone. *Comme la plupart des gonzesses, mais beaucoup plus belle.*

– C'est justement pour ça qu'il y a peut-être une raison de revenir lui parler.

– Dans tous les cas, c'était un putain de canon, constata Bäckström. Dès qu'elle sera à nouveau normale, je veux dire. Comme une gonzesse. Dis-moi quand tu voudras y retourner et je t'accompagnerai.

42

Même si l'élève gardien de la paix Löfgren avait changé son fusil d'épaule et était devenu presque aimable, même si l'audition avait pu être bouclée en une bonne heure et qu'il paraissait avoir dit la vérité, Lewin pensait malgré tout qu'il avait été plus à son avantage la première fois, lorsqu'il les avait accablés d'injures.

Une fois mis hors de cause, Erik « Ronaldo » Löfgren était sorti de sa réserve de gentleman pour expliquer sa relation sexuelle avec Linda. La première fois, c'était à la mi-mai, chez Linda, dans le manoir de son père à la campagne. Ils étaient convenus de regarder un match de football à la télévision ensemble, mais les choses avaient été plus loin. Ensuite, ça avait duré un mois, jusqu'à la fin du semestre à l'école de police, et là ils avaient arrêté. Ils s'étaient vus seuls quatre, cinq fois et, à part la première fois, c'était chez Löfgren à Växjö. Une fois, ils étaient allés au cinéma, une autre fois, ils avaient pris un café, mais ils avaient surtout regardé la télé ou des vidéos, passé ensemble des moments détendus ou eu des relations sexuelles.

– Lequel d'entre vous a rompu ? demanda Lewin.

Pas facile de répondre, selon le jeune Löfgren. Ça s'était arrêté tout seul, mais s'il fallait trouver quelqu'un qui ait pris l'initiative, alors c'était sans doute lui.

– Ça ne marchait pas vraiment, constata Löfgren en haussant les épaules. Linda était une fille bien et sympa, très mignonne aussi, et c'était pas mal sexuellement, mais pas inoubliable non plus. Je ne peux pas dire que je ne pensais qu'à elle quand elle n'était pas là. Alors, j'ai proposé de rembobiner le film, de redevenir de simples bons amis. Même pas des copains de baise, d'ailleurs.

Quelles avaient été leurs pratiques sexuelles ? Lesquelles Linda préférait-elle ? Et s'il y avait eu quelque chose de particulier dans leur relation, ça avait été à l'initiative de qui ?

Du sexe simple, normal, ni trop ni trop peu, selon Löfgren, et bien sûr c'était lui qui s'assurait qu'il se passait quelque chose.

– Elle était sportive, elle jouissait et tout, du moment que c'était moi qui m'en occupais. C'était moi qui conduisais et elle qui suivait si je peux dire. Ce n'était pas mal, mais pas inoubliable non plus. Je sais qu'on ne devrait pas parler d'elle comme ça puisqu'elle est morte, mais si c'est important pour vous… Peut-être un six, six et demi éventuellement, sur une échelle de dix, mais en partie parce qu'elle était super canon. D'abord, elle n'avait pas beaucoup d'expérience et puis… et je sais que ça peut sembler dur mais… elle n'avait pas l'étincelle.

– J'ai cru comprendre que toi, tu avais de l'expérience, et c'est justement pour cela que je te pose cette question, dit pensivement Lewin, qui aurait bien voulu écraser sa chaise sur le crâne de Löfgren. Tu n'as pas eu l'impression que Linda aurait voulu du sexe un peu plus hard ? Pour l'exciter pour de bon ?

– Non, s'étonna Löfgren. Je l'aurais remarqué si ça avait été le cas. Et je l'aurais fait, évidemment, mais je suis certain que c'était le programme standard normal qu'elle voulait, et c'est donc ce qu'elle a eu.

Les petits copains précédents de Linda, ses relations avec ses parents, amis, amies, ses copains, garçons ou filles ?

Ils n'en avaient pas beaucoup parlé, même si elle avait mentionné son ex. Un amant catastrophique, d'après Linda. Pour le reste, ils avaient surtout parlé des copines de Linda, ce qui était assez logique puisqu'il en connaissait plusieurs, et avait même couché avec deux d'entre elles.

– Est-ce que Linda était au courant ? demanda Lewin.

– Non, bien sûr que non. Personne ne le savait. C'est le b. a.-ba. Ne jamais raconter ce genre de choses aux filles. C'est un truc de nanas, il n'y a qu'elles qui se racontent ce genre de trucs. Si je couchais avec l'une des petites copines d'un de mes copains, je ne serais pas assez taré pour le lui dire. Ça équivaudrait à réclamer de nouvelles rotules.

– Linda peut très bien avoir su que tu avais couché avec deux de ses amies, constata Lewin.

– Elle n'en a rien dit en tout cas, dit Löfgren avec aigreur. Mais oui, bien sûr. (Il haussa les épaules.) Les filles ont la langue tellement bien pendue.

Selon Löfgren, une personne semblait beaucoup plus importante pour Linda que toutes les autres réunies : son père.

– Tu parles d'une fille à papa, dit Löfgren. Tout tournait autour de son putain de paternel. En partie, parce qu'elle obtenait de lui tout ce qu'elle voulait.

Elle n'avait même pas besoin de demander. C'était du pur Beverly Hills. Je ne sais pas si tu l'as rencontré, mais ils sont… ou étaient plutôt… très semblables aussi. S'ils avaient eu le même âge, on aurait pu croire qu'ils étaient jumeaux. Il l'appelait tout le temps, genre tous les quarts d'heure. Un soir où elle était chez moi, il l'a appelée trois fois sur son portable. Et puis ils se parlaient même s'ils n'avaient rien à se dire. Re-coucou, ma petite puce, re-coucou papa, j'avais oublié de te dire une chose, ma puce. Tout ce bazar… Löfgren l'imitait en faisant semblant de tenir un combiné de téléphone à son oreille.

– Tu n'aimais pas le père de Linda, constata Lewin.

– Ce n'était pas moi le problème, s'esclaffa Löfgren. C'était plutôt lui.

– Je croyais que tu ne l'avais rencontré qu'une fois ?

– Cette fois a été plus que suffisante. J'ai tout de suite compris ce qu'il pensait de moi. Des gens comme moi, je veux dire.

– Que veux-tu dire ?

– Les types de couleur. Dans son petit monde, ça éclipsait tout le reste. Quelqu'un comme moi était cuit dès le départ. Il n'a sûrement pas habité longtemps aux États-Unis par hasard. Le père de Linda était un vrai raciste.

– Mais Linda elle-même ne l'était pas, intervint Lewin.

– Non, elle elle pensait qu'il fallait aimer les gens comme moi. Je suis sûr à cent pour cent qu'elle le pensait vraiment. Qu'elle aimait vraiment les gens comme moi parce qu'ils sont comme ça. Tu trouves ça drôle ?

– As-tu parlé de ça avec Linda ? *Auquel cas, ça n'aura pas dû être très agréable.*

Une fois, Löfgren lui avait dit qu'il pensait que son père était raciste.

– Elle s'est mise en colère, expliqua Löfgren. Elle était d'accord avec moi, mais son seul argument était que ce n'était pas la faute de son paternel. Que c'était une question de génération, qu'il était le plus gentil du monde et que pour lui, il s'agissait simplement d'individus séparés et ce genre de conneries.

– Et sa mère alors ? demanda Lewin. Que pensait-elle de sa mère ?

– Pas grand-chose à mon avis, dit Erik Roland en souriant ironiquement. Elles se chamaillaient comme des idiotes, je les ai même entendues une fois se disputer au téléphone. Un vrai combat de chats.

– Je croyais que Linda habitait très souvent chez sa mère ?

– Quand elle était en ville, oui, et quand elle savait que sa mère n'était pas à la maison. Sinon, elle rentrait chez son petit papa. Parfois elle prenait même un taxi du restau jusqu'à chez son petit papa, bien que ça doive coûter au moins cinq cents couronnes.

– Pourquoi était-elle si en colère contre sa mère ? demanda Lewin.

– Je crois que c'est à cause de son père, parce qu'elle l'idolâtrait, dit Roland. Je sais qu'elle racontait que c'était sa mère qui avait quitté son père, qu'elle ne s'était intéressée qu'à son argent, tout ça. Que sa mère avait trahi son petit papa, que c'était la faute de sa mère s'il avait eu une crise cardiaque et tout le tralala.

– As-tu rencontré la mère de Linda ?

– Une fois, sourit Löfgren. Je l'ai rencontrée en ville une fois où Linda et moi et un tas de copains de l'école étions sortis nous amuser un peu. C'était au printemps. Avant qu'on couche ensemble. Sauf que je l'ai juste saluée. Sa mère.

– Elle t'a fait quelle impression ?

– Elle semblait super sympa. Elle doit bosser comme prof.

– Quelque chose d'autre t'a frappé ? demanda Lewin. *Toi, tu me caches un truc*.

– OK, oui, rigola le jeune Löfgren. Elle était sacrément canon. Elle devait avoir au moins quarante, à mon avis, mais…

– Explique à un vieil homme.

– Là, on peut parler de l'étincelle. Je crois que la mère de Linda est un dix, facile. Si elle me le demandait, je ne dirais pas non.

– Je vois.

– C'était ça qui était fou. La mère de Linda et Linda. Elles ne se ressemblaient pas du tout. Linda était une fille mignonne et sympa, une bonne copine. Mais sa mère par contre… une putain de super nana. Du genre à te faire voyager dans des endroits inconnus.

– Ah, vraiment, dit Lewin en acquiesçant pensivement. *Vraiment*.

43

L'association des Hommes de Växjö contre les Violences faites aux Femmes avait reçu un accueil très positif dans les médias locaux, et bien que ce fût l'été et les vacances, une cinquantaine d'hommes avaient déclaré qu'ils voulaient y participer. Ce qui faisait beaucoup plus que nécessaire. La vie nocturne à Växjö, en particulier l'été, n'était pas spécialement mouvementée, c'est le moins qu'on puisse dire, et pour équilibrer l'offre avec la demande, les volontaires furent répartis sur différents jours de la semaine. Ils décidèrent même que les Co-hommes de l'association patrouilleraient les rues et les places de la ville par équipe de deux. Outre les avantages en termes de planning horaire, les Co-hommes pouvaient ainsi mieux s'assurer qu'aucune personne indésirable ne passe à travers les mailles du filet de l'association.

Ils s'étaient aussi adaptés à la météo et avaient fait imprimer des tee-shirts avec CO-HOMME en majuscules rouges sur la poitrine et le dos. Une façon simple d'augmenter une visibilité capitale pour la prévention du crime, mais aussi un signal de reconnaissance positif pour celles qu'ils voulaient protéger et aider. Et certificat de légitimité qu'ils n'avaient même pas besoin de sortir de leur poche en cas de problème.

Les moyens de communication avaient été organisés de la façon la plus simple possible : les Co-hommes en patrouille entraient les numéros de téléphone portable des autres patrouilles avant de partir en ville, ainsi qu'un numéro de la police en cas de situation d'urgence. Enfin, ils avaient été prévoyants. Sans attendre l'arrivée de l'automne et la baisse des températures, ils avaient passé commande à une entreprise de confection de la région de coupe-vents à doublure amovible portant leur logo. Et l'intérêt des sponsors avait été tel, dans le pingre Småland, qu'ils auraient eu besoin de véritables combinaisons pour les exhiber tous.

Dans ce contexte, l'incident qui survint dès la première semaine de travail, et qui aurait pu se terminer tragiquement, était bien regrettable. La nuit de mercredi, deux des membres du bureau de l'association, qui patrouillaient ensemble avec deux autres équipes dans le secteur délimité par le cimetière Tegnérkyrkogård, le centre de soins, la caserne des pompiers et la cathédrale, essayèrent de servir de médiateurs entre une demi-douzaine de jeunes qui se disputaient devant le McDonald's au croisement de la Storgata et de la Liedbergsgata.

Tous les participants étaient d'origine immigrée et tous, à part les deux qui avaient entamé la dispute, étaient des garçons ou de jeunes hommes. Le membre du bureau Bengt Karlsson essaya d'abord de calmer les susceptibilités en discutant avec eux, ce qui correspondait à la première phase du modèle à trois niveaux de la résolution des conflits DII – dialogue, intervention, immobilisation – qu'ils avaient choisi d'appliquer.

Malgré cela, deux d'entre eux commencèrent à se battre, vivement encouragés par les autres, garçons et filles. Karlsson et son collègue furent donc contraints de sauter directement à la troisième phase de leur modèle DII, et tentèrent de séparer les combattants. L'effet de leur intervention fut immédiat. Les deux combattants se réconcilièrent aussitôt et, joignant leurs forces à celles de leurs supporters, ils se jetèrent comme un seul homme sur les deux Co-hommes, et si le collègue de Karlsson n'avait pas donné l'alerte sur son portable dès la phase une, ça aurait pu très mal se terminer.

En l'espace de quelques minutes, une autre équipe de Co-hommes arriva en courant de la gare et tenta de les aider de son mieux en recourant à la technique d'attaque recommandée. À peu près en même temps, une voiture de patrouille arriva, avec von Essen et Adolfsson qui, faute de personnel suffisant, avaient dû remettre l'uniforme et accepter quelques patrouilles nocturnes supplémentaires. L'adjoint Adolfsson jaillit de la voiture et, s'il est difficile de reconstituer exactement l'intervention, son collègue et lui avaient séparé tout le monde en une demi-minute et les deux bagarreurs étaient allongés au sol.

– Arrêtez de chouiner, dit Adolfsson et vous autres, arrêtez de bouger, que le collègue ici puisse vous compter.

Après un quart d'heure de tractations et avoir noté les noms des six jeunes immigrés et des quatre Co-hommes, Adolfsson fit un geste de la main pour dissoudre le groupe.

– Vous, vous allez par ici, ordonna Adolfsson aux jeunes en indiquant, vers le nord, la direction de Dalbo, le quartier difficile de Växjö et donc leur destination la plus probable.

– Et vous, vous allez dans l'autre sens, intima von Essen aux Co-hommes de Växjö, en indiquant la direction de l'hôpital.

– Mais nous devons patrouiller au centre, protesta l'un des Co-hommes, qu'est-ce qu'on irait faire vers le sud ?

– Je propose que vous fassiez une boucle, suggéra diplomatiquement von Essen. Comment va ce nez, d'ailleurs ?

Les dommages physiques visibles se limitaient heureusement à un nez de Co-homme en sang suite à un coup porté par l'un des deux jeunes qu'il avait essayé d'aider. Malheureusement, il avait aussi rencontré le poing d'Adolfsson dans la bataille et atterri à plat dos, et souffrait du cou et du dos.

– Si vous voulez, on peut vous conduire aux urgences, ou chez vous si vous préférez, dit Adolfsson. Sinon, nous avons une trousse de premiers secours dans la voiture. Vous n'avez qu'à pencher la tête en arrière et respirer calmement.

– Ce n'est pas si simple, comme vous avez pu le constater, dit un von Essen conciliant en tendant une compresse au Co-homme blessé, de séparer dans le feu de l'action le bon grain de l'ivraie, si vous voyez ce que je veux dire.

Le Co-homme touché comprenait parfaitement, et n'envisageait pas la moindre plainte contre personne. Jamais de la vie il ne porterait plainte contre l'adolescent qui l'avait frappé par erreur sur le nez ni contre l'adjoint Adolfsson qui avait essayé de l'aider.

– Un petit saignement de nez n'est pas la fin du monde, dit le Co-homme en souriant bravement. Juste un malheureux malentendu.

44

Le travail du groupe d'enquête avançait comme prévu. Les prélèvements d'ADN en particulier paraissaient si prometteurs que Bäckström supportait de vivre avec un peu d'adversité. Le sachet de *snus* et le mouchoir ensanglanté avaient pu être éliminés, de sorte que ne restait que le rapport d'analyse de Bengt Karlsson avec son nom masqué pour assombrir quelque peu cette euphorie médico-légale. Il était revenu par retour de fax du laboratoire de Linköping, où, plein d'aigreur, un technicien surchargé de travail avait joint un commentaire que les enquêteurs ne supportaient plus de lire en entier : « Comme il est apparu dans les messages précédents, le profil ADN de cet échantillon ne correspond pas au profil ADN qui est en cours d'investigation. »

Malheureusement, Olsson se trouvait près du fax au moment où le message arriva et ce fut lui qui le donna à Adolfsson en lui disant de l'enregistrer dans le fichier, avec les autres messages.

– Je vois que le nom est masqué. As-tu une idée de qui il s'agit ? demanda Olsson avec curiosité, ayant encore en mémoire sa propre contribution secrète avec le trognon de pomme de Claesson.

– Ça doit être ce misérable Bengt Karlsson. Celui de l'association, répondit Adolfsson.

– Mais qui au nom du ciel a demandé qu'on le teste ? s'exclama Olsson, indigné.

– Demande à Bäckström. Il le sait sûrement, dit Adolfsson en haussant les épaules. Je le range par ordre alphabétique, à K comme Karlsson, expliqua Adolfsson.

Olsson alla directement voir Bäckström et lui posa la question. Comment au nom du ciel quelqu'un pouvait-il imaginer de tester l'ADN de Bengt Karlsson ? Selon Bäckström, la réponse était très simple. Il suffisait d'un rapide coup d'œil dans leurs propres registres pour que même un civil de base comprenne que ne pas contrôler quelqu'un comme Karlsson serait une faute professionnelle. Bäckström se sentait d'humeur particulièrement diplomate, aussi évita-t-il soigneusement d'utiliser devant ce policier bouseux l'expression un peu sensible de bouseux. Bien que même un bouseux de policier comme Olsson dût se rendre compte que les civils ordinaires, au contraire des policiers bouseux, n'interféraient heureusement pas dans les affaires des vrais policiers.

Olsson essaya lui aussi de faire preuve d'une certaine patience. Le cas de Karlsson était selon lui très trompeur. Après le dernier jugement, Bengt Karlsson avait volontairement et de sa propre initiative participé à un programme à l'hôpital de jour de Sankt Sigfrid. Là, à l'aide de la toute dernière technique scientifique de thérapie comportementale, ils avaient essayé de casser le réflexe criminel chez les agresseurs de femmes récidivistes, et Karlsson était leur plus grande réussite. À tout point de vue, il était à présent un autre homme, passé du poing fermé aux bras ouverts et des plus actifs depuis de nombreuses années dans le combat pour aider les hommes violents à retrouver une vie normale.

– Je conçois ta difficulté à le comprendre, Bäckström, mais Bengt Karlsson est devenu la personne la plus gentille qui soit. Tout ce qu'il veut, c'est embrasser tout le monde, conclut Olsson.

– Je vois ce que tu veux dire, Olsson. *Sauf qu'il a dû oublier Linda.*

– Je veux savoir ce que tu en penses toi-même, Bäckström, ajouta Olsson sérieusement. Qu'en penses-tu, au plus profond de toi ?

– Chassez le naturel, il revient au galop, ricana Bäckström.

Malheureusement, même le collègue Lewin s'était mis à se comporter de plus en plus bizarrement. Pourtant, travaillant aux homicides, il n'aurait pas dû être si bête. Lewin avait commencé à poser des questions à ses collègues. *Voilà qui montre clairement le danger de donner libre cours à ses élucubrations*, pensa Bäckström.

Lewin avait d'abord eu une longue conversation avec Rogersson, au sujet de la mère de Linda plus que sur Linda elle-même. Une conversation qui abordait des détails étranges, comme l'endroit exact où la mère et la fille avaient habité à leur retour des États-Unis après le divorce, une bonne dizaine d'années plus tôt.

– Selon ses déclarations, elle n'a jamais changé d'adresse, lui avait répondu Rogersson.

Qu'y avait-il d'étrange à cela ?

– Je vais vérifier avec Svanström, avait dit Lewin, qui était très discret sur sa vie privée et ne l'aurait donc jamais, même en son absence et même en rêve, appelée Eva devant un autre homme.

– Va-y donc, Lewin, avait ricané Rogersson. Vois avec la petite Svanström. Autre chose ? avait-il ajouté en regardant ostensiblement sa montre.

Une dernière chose, oui. Si Rogersson pouvait avoir la gentillesse d'appeler la mère de Linda pour lui poser une question supplémentaire.

– Je crois que ce serait mieux que ce soit toi, Rogersson. Puisque tu l'as déjà rencontrée, avait expliqué Lewin.

– Quelle question ? Qu'est-ce que tu veux savoir ?

– Demande-lui si elle a jamais eu un chien.

– Un chien, avait répété Rogersson. Si elle a jamais eu un chien ? Tu penses à une race de chiens particulière, ou à n'importe quel type de chien ?

– C'est juste une idée, avait dit Lewin, évasif. Appelle-la et demande-lui simplement si elle a eu un chien.

– Je me demande pourquoi il se posait la question, fit Bäckström quand lui et son camarade furent installés dans sa chambre d'hôtel, sur le point de s'attaquer aux préparatifs habituels du week-end. Tu ne crois pas qu'il a simplement perdu les pédales ? Lewin a toujours été un putain de drôle de gars. Pendant toutes ces années, je ne l'ai quasiment jamais vu avec une vraie bière à la main. *Il y avait pourtant quelque chose avec cette histoire de clébard*, pensa Bäckström. *Bah, on s'en fout.*

– Il a dû se cogner contre la tête de lit en sautant la petite Svanström, ricana Rogersson.

– Et elle a eu un chien, alors ? demanda Bäckström qui venait d'y réfléchir. La mère de Linda, bien sûr.

– Non, dit Rogersson. Elle n'a jamais eu de chien. Elle n'aime pas les chiens. Ni les chats, d'ailleurs. Linda avait un cheval, mais au manoir de son père et pas dans l'appartement, et elle n'en savait pas plus.

Malgré les policiers bouseux tels que Bengt Olsson, qui se mêlaient constamment de tout, malgré le collègue Jan Lewin, et malgré le fait que depuis neuf ans

Bengt Karlsson, agresseur notoire de femmes, avait très simplement réussi à tromper les gens comme Olsson, Bäckström fut d'excellente humeur tout le week-end. Et sous la douche le lundi matin, il poussa même la chansonnette.

– Tester, tester, tester, je vais tester tout leur ADN, fredonna Bäckström pendant que l'eau froide coulait le long de ses membres gras, et il se savonna très soigneusement sous les bras et dans d'autres coins et recoins pour éviter les mauvaises odeurs plus tard dans la journée.

Le policier de l'année, pensa Bäckström amusé en inspectant le résultat final dans le miroir de la salle de bains. Mesdames, vous ne perdez rien pour attendre…

45

Stockholm, lundi 4 août

Le lundi matin, la Force d'intervention nationale mena un exercice majeur au QG de la police à Kronoberg, Kungsholme, Stockholm. Ils avaient bouclé le voisinage immédiat, mais « pour des raisons pratiques et par respect pour les habitants alentour », ils n'avaient quand même pas évacué le quartier. Il y avait donc beaucoup de spectateurs sur place et, en quelques minutes, les premières caméras de télévision étaient sur les lieux.

Quatre membres de la Force d'intervention, vêtus de combinaisons noires, de masques noirs et de leur armement habituel descendirent du toit le long de la façade, sur la rue. À hauteur du neuvième étage, ils placèrent – à en juger les explosions sourdes – de petites charges autour des fenêtres, les firent sauter et pénétrèrent dans le bâtiment. Les téléphones du standard de la direction générale de la police nationale étaient saturés. Un attaché de presse se trouvait déjà sur place, et tous les représentants des médias apprirent qu'il s'agissait d'un exercice d'assaut prévu dans le cadre du Projet 11-septembre.

La Force d'intervention nationale se préparait en cas d'attaque contre la direction de la police suédoise. Ils ne pouvaient pas leur donner d'informations plus détaillées, puisque bien évidemment ce serait contraire à la nature même du projet.

Les médias semblèrent se contenter de cela. Toutes les chaînes de télévision montrèrent des images de l'exercice, surtout parce que c'étaient de bonnes images et une période creuse en terme d'information. Un représentant de la Force d'intervention nationale avait été interviewé et il décrivit, en termes généraux, pourquoi ils se préparaient.

– Nous nous entraînons tout le temps, expliqua-t-il. Inévitablement, certains de nos exercices concernent des personnes ou lieux que la Force d'intervention ne peut pas cacher au grand public. Bien sûr, nous nous excusons pour les frayeurs que nous aurions pu causer. Nous avions envisagé de faire évacuer les habitants des alentours, mais comme il s'agit d'une autre sorte d'exercice, qui repose principalement sur le travail de la police régulière, nous y avons renoncé.

Sur ces mots, l'affaire fut close. Les services techniques de la ville, supervisés par la police ordinaire, nettoyèrent les débris et les éclats de verre sur la pelouse et dans la rue devant le siège. La police ordinaire enleva les cordons de sécurité sans l'aide des services techniques de la ville, et tout retourna à la normale. Et le temps ne variait pas, en cet étrange été. Entre vingt et trente degrés à l'ombre, depuis tôt le matin jusqu'à tard le soir.

46

Växjö, lundi 4 août

Pour le groupe d'enquête, la nouvelle semaine commença tranquillement et dans une atmosphère presque studieuse. À la réunion du matin, Enoksson présenta les derniers résultats des analyses scientifiques qu'ils avaient reçus du laboratoire de Linköping et des autres experts vers lesquels ils s'étaient tournés.

Ils avaient analysé les empreintes digitales prélevées sur la scène de crime. Cinq d'entre elles venaient de personnes non encore identifiées. L'une de ces empreintes devait très probablement appartenir à l'agresseur, et ils avaient une idée de laquelle, mais sans en avoir la preuve. Ils avaient interrogé tous les registres d'empreintes digitales de la police, sans résultat. Au pire, les registres de la police pouvaient aussi avoir recensé les empreintes de l'agresseur, sans que ce dernier n'en ait laissé autour de Linda.

Par ailleurs, ils avaient aussi reçu des résultats concernant des poils et des fibres également retrouvés. Une dizaine de poils pubiens, deux poils de corps et plusieurs cheveux appartenaient à l'agresseur. L'échantillon d'ADN avait donné des résultats clairs sur ce point, aucun doute n'était possible. Les analyses chimiques des poils, des cheveux, du sang et du sperme avaient précisé l'image de l'assassin.

– L'idée qu'il devait avoir ingéré quelque chose n'était pas mauvaise, dit Enoksson en regardant Bäckström au lieu de Lewin.

Ils avaient trouvé des traces de cannabis dans ses cheveux. Il ne s'était, semblait-il, pas coupé les cheveux depuis deux ou trois mois – des cheveux mi-longs blond foncé, sans trace de gris, d'une coupe des plus courantes pour les hommes pas trop âgés du coin, aussi pouvaient-ils commenter certaines de ses habitudes.

– Ce n'est sans doute pas un gros consommateur, plutôt un occasionnel, selon le gars de Linköping. Peut-être une fois par mois, ou tous les quinze jours. Absolument pas un gros consommateur, dit Enoksson en haussant les épaules, apparemment très content. De plus, continua-t-il, il doit avoir plusieurs cordes à son arc, puisque les analyses chimiques ont révélé des traces de stimulants dans le sang qu'il a laissé derrière lui. Bien qu'il n'y en eût pas beaucoup. Donc, tout ça n'est pas mal.

– Une personne qui fume un peu de hasch de temps en temps, et qui a en plus avalé des amphétamines. J'ai bien compris ? demanda Lewin.

– Oui, dit Enoksson. Sauf que consommer est un meilleur terme. Il existe d'autres moyens que de fumer du hasch ou d'avaler des amphétamines. Pour administrer la dose comme un médecin, disons, expliqua-t-il. Nous avons donc quelqu'un qui, une fois par mois ou peut-être par semaine, consomme du cannabis, probablement en fumant du hasch et… ou de la marijuana. C'est le modèle de consommation le plus courant, en particulier chez ces occasionnels, mais on peut aussi faire autrement, comme bon nombre d'entre vous le savent.

– Et les amphétamines, alors ? demanda Lewin.

– Mêmes réserves, dit Enoksson. Des amphétamines ou un autre médicament stimulant. Il existe plusieurs produits similaires sur le marché. Il se l'est probablement injecté, ou il l'a mangé ou bu. Selon nos amis de Linköping, il ne semble pas non plus en avoir été un gros consommateur. Pour eux, il en consomme à peu près de la même manière que le cannabis. De temps en temps, et la plupart des consommateurs de ce type avalent le produit, ou le dissolvent pour le boire.

– Ça n'a pas l'air d'être un junkie professionnel, s'amusa Bäckström. Il n'a pas eu à laisser ses empreintes digitales à la police, il ne se drogue que de temps en temps et se coupe les cheveux comme les gens ordinaires.

– Tout à fait, Bäckström, tout à fait, dit Enoksson. D'un autre côté, il semble consommer à la fois du cannabis et un stimulant. Quant à ses empreintes, nous ne pouvons pas exclure d'être passés à côté, même si je ne le crois pas. Et puis il nous reste ce gros problème : ce qu'il a fait à Linda. Je ne crois donc pas qu'il soit si ordinaire que ça.

– Viande ou poisson, telle est la question, fit Olsson en prenant l'air perspicace.

– Ni l'un ni l'autre, si tu veux mon avis, rétorqua Enoksson sèchement. J'ai gardé le plus intéressant pour la fin. Eh oui, dit Enoksson, particulièrement réjoui de la réaction de son public. Vous allez avoir quelque chose à vous mettre sous la dent.

Sur le rebord et le cadre de la fenêtre, ils avaient prélevé des traces de fibres. Une fibre de textile bleu clair qui, selon l'expert en textile de Linköping, venait probablement d'un polo. La structure de la fibre, son épaisseur et ses propriétés générales indiquaient qu'il s'agissait d'un polo suffisamment fin pour qu'on puisse le porter le soir sans avoir à craindre un coup de chaud, étant donné le climat qui sévissait actuellement à Växjö comme dans une grande partie de la Suède. Et cette fibre était loin d'être ordinaire.

– Ce n'est pas un polo commun, dit Enoksson. La fibre en question contient un mélange de cinquante pour cent de cachemire et cinquante pour cent d'une autre laine de très haute qualité. Selon le laboratoire de Linköping, nous parlons d'un polo qui coûte plusieurs milliers de couronnes. Voire davantage, si c'est une grande marque.

– On dirait presque un cadeau que Linda aurait pu recevoir de son père, fit Sandberg, dubitative. Ce n'est pas de cette façon qu'elles auraient pu arriver là, vos fibres ?

– Un polo qu'elle aurait étendu pour le faire sécher ou l'aérer ? dit Enoksson.

– Exactement ce à quoi je pensais. Une idée typique de femme. Y aviez-vous pensé, les gars ? demanda-t-elle en regardant ses collègues autour de la table.

– En tout cas, le polo ne se trouvait pas dans l'appartement, précisa Enoksson, et il y a des traces de sang sur quelques-unes de ces fibres retrouvées sur le bord de fenêtre. Reste à établir si l'agresseur a emprunté le polo à Linda ou à sa mère, et dans ce cas ce qu'il aurait fait de son propre polo, s'il ne s'est pas promené torse nu depuis le début. Élémentaire, mon cher Watson, constata Enoksson en hochant la tête en direction d'Olsson.

– On va bien réussir à le découvrir, décréta Bäckström. Et si c'est son polo, il devait être possible de le retrouver.

– S'il l'a bien acheté, dit Olsson, dubitatif. Si nous parlons de la personne décrite par vos collègues du groupe GAC, il peut l'avoir volé.

– Tout à fait, Olsson, dit Bäckström. Je suis tout à fait d'accord avec toi. S'il ne l'a pas volé ou simplement arraché à une corde à linge, il l'a sûrement trouvé sur une plage en vacances en Thaïlande. Quand on enquête sur un meurtre, il faut vraiment envisager toutes les options.

– Je comprends, Bäckström. Je retire ce que j'ai dit.

Et te voilà humble par-dessus le marché, espèce de petite tapette, pensa Bäckström.

La recherche du polo débuta par téléphone. Rogersson appela d'abord la mère de Linda pour lui poser la question, et elle était absolument certaine de n'avoir jamais possédé de polo pareil. Le bleu clair ne lui allait pas, tout simplement.

Et sa fille ? Linda avait-elle possédé un polo bleu clair en cachemire ? Sa mère ne s'en souvenait pas, même si Linda avait beaucoup de vêtements. Mais pour s'en assurer, Rogersson devrait le demander au père de Linda. C'était peut-être un cadeau, et dans ce cas, ce serait sûrement de la part de son père.

– Un polo bleu clair en cachemire, dit Henning Wallin. Non, je ne lui en ai pas offert. Pas que je m'en souvienne, en tout cas. Le bleu lui allait bien, mais peut-être pas le bleu clair.

Pour clore la conversation, Henning Wallin suggéra qu'il en parle à sa gouvernante. Elle devrait pouvoir répondre, et quelle que soit cette réponse, il la leur communiquerait aussitôt.

– Est-ce important pour vous ? demanda Henning Wallin.

– Ça peut l'être, répondit Rogersson. À ce stade, presque tout est important.

– Ce polo, dit Rogersson, une heure plus tard à Bäckström.

– J'écoute. *Alors qu'on devrait être tranquillement assis avec une bière bien fraîche, et lui qui me cause de polo, par cette chaleur, putain !*

– Il ne semble pas avoir appartenu à Linda. J'ai parlé au père, qui a parlé à la gouvernante, qui m'a appelé pour pleurnicher qu'elle avait tout cousu, raccommodé, lavé, repassé, plié, accroché dans la penderie, brossé et frotté pour Linda et son père ces dix dernières années.

– Et ? demanda Bäckström.

– Elle ne se rappelle pas un polo en cachemire bleu clair qui lui aurait compliqué la vie, dit Rogersson. Mais elle a dû voir passer beaucoup de vêtements.

– Et sa mère ? demanda Bäckström.

– La mauvaise couleur. Totalement certaine, pas l'ombre d'un doute, dit Rogersson. On peut l'oublier.

Comment ça, la mauvaise couleur ? pensa Bäckström. *Décidément, les gonzesses sont tarées.* Lui-même avait un polo favori à rayures bleues, rouges et vertes, trouvé au cours d'une enquête sur un meurtre à Östersund quelques années auparavant. Un riche négligent l'avait oublié dans le restaurant de l'hôtel, et Bäckström avait eu pitié de lui. En plus, il faisait froid comme dans le cul d'un Esquimau, même si on était alors début août.

Le commissaire Lewin n'accorda pas une pensée au polo probablement bleu clair. Il était trop vieux pour courir après ce genre de choses. Tous ceux qui connaissaient leur sujet savaient qu'il fallait séparer l'important du futile, le petit du grand et que, pour cela, il fallait être très observateur. Tout ce qui concernait le lieu d'habitation de la mère de Linda par exemple. Et il pouvait compter sur la meilleure aide qui soit, pour les recherches.

– Je vois ce que tu veux dire, Janne, dit Eva Svanström. Je ne comprends pas pourquoi Bäckström et compagnie semblent présumer qu'il s'agissait de Linda. C'est ce que je pense depuis le début. C'était peut-être sa mère qu'il devait voir ? J'ai recherché sa photo d'identité par pure curiosité et si elle ressemble à sa photo, j'ai du mal à croire qu'elle manque d'hommes dans sa vie.

– Ne nous emballons pas maintenant... Eva, objecta Lewin puisqu'ils étaient seuls, même si lui-même aurait préféré qu'elle ne l'ait pas appelé Janne, mais Jan, qu'ils soient seuls ou en compagnie.

La plupart des indices pointaient quand même en direction de Linda, selon Lewin. C'était Linda la victime et, indépendamment de toutes les atrocités qu'elle avait subies, l'agression avait été commise contre elle, une agression très personnelle et très privée. Qu'il l'ait recouverte d'un drap après coup, qu'il ait pris soin de couvrir son visage et son corps, était l'expression d'une forte culpabilité, d'une anxiété : il ne supportait plus de la voir.

Dans le monde où vivait Lewin, ça, c'était un indice solide, une chose que les simples maniaques sexuels qu'il avait pourchassés ne faisaient jamais. Pour eux, il s'agissait au contraire d'exposer la victime d'une façon sexuellement provocatrice et aussi longtemps que possible. Pour la violer encore après sa mort, pour choquer ceux qui la retrouveraient et ceux qui allaient le rechercher, lui. Mais surtout pour nourrir ses propres fantasmes au moment de l'agression, et pour en garder le souvenir pour l'avenir. Ça ne correspondait pas plus aux maris, ex-maris, et toutes les catégories possibles de petits copains, fous de jalousie, d'alcool et ou de folie ordinaire, qui les frappaient et les battaient à mort et transformaient la scène de crime en abattoir.

Sans oublier d'autres détails. Petits, mais pas inintéressants, et qui pointaient eux aussi davantage en direction de Linda que de sa mère. La mère n'avait pas habité son appartement ce dernier mois. Dès les vacances d'été, elle avait emménagé dans sa maison de campagne. Elle n'était revenue en ville qu'en de rares occasions, parce qu'elle avait des choses à régler. Par contre, Linda avait habité seule chez elle. En gros trois semaines d'affilée, ce qui laissait tout loisir de nouer des contacts et faire des rencontres.

– Tu veux juste t'assurer définitivement que la mère n'a rien à voir avec l'affaire, dit Eva Svanström qui, bizarrement, lui sourit de la même manière que sa mère lui souriait quand, petit garçon, il avait besoin d'être consolé.

– Oui. Ce serait bien, en effet.

– OK, dit Eva. Voilà ce que j'ai trouvé pour le moment.

Un peu plus de dix ans auparavant, après le divorce des parents, Linda et sa mère avaient quitté les États-Unis pour s'installer à Växjö. La mère de Linda était née et avait grandi à Växjö et, à l'exception des quatre ans passés aux États-Unis, elle y avait habité toute sa vie. Même chose pour sa fille. Née à la maternité de Växjö. À l'âge de six ans, elle avait déménagé avec ses parents aux États-Unis. Quatre ans plus tard, à la rentrée des classes à l'automne, elle était revenue à Växjö avec sa mère pour emménager dans l'immeuble du Pär Lagerkvists väg obtenu par sa mère au moment du divorce.

C'était à cette adresse que la mère de Linda avait été enregistrée depuis. Rien n'indiquait qu'elle aurait habité ailleurs, en dehors bien sûr de ses séjours dans sa maison de campagne sur Sirkön, qu'elle avait achetée l'année suivant son retour en Suède et où elle passait ses vacances d'été, ses week-ends et autres congés.

Linda avait aussi été enregistrée à cette adresse jusqu'à ses dix-sept ans, et son entrée au lycée du centre de Växjö. À cette époque-là, son père était revenu à son tour, avait acheté un grand manoir au sud de Växjö et au bout de quelques mois, sa fille unique l'y avait rejoint. Pendant la première année, Linda avait semble-t-il mené une existence nomade, entre sa chambre chez sa mère en ville et le manoir de son père à la campagne, où elle fut finalement enregistrée. Après son bac, son permis de conduire et une voiture offerte par son père, elle paraissait avoir préféré la campagne à la ville et dormi de moins en moins souvent chez sa mère.

Svanström n'avait pas non plus trouvé de traces d'« hommes » liés à cette adresse, pas dans le sens d'une inscription à la sécurité sociale du moins. Il n'y avait eu que Linda et sa mère.

– Ah oui, soupira Lewin.

– Tu ne sembles toujours pas content, constata Svanström. Tu veux bien me dire pourquoi ? Ce serait plus simple pour moi. Si je savais ce que je cherche.

– Je n'en sais rien. Qu'en est-il des autres résidents de l'immeuble ?

Selon Svanström, ils semblaient tous, à une exception, avoir habité là depuis aussi longtemps que la mère de Linda. Le seul nouvel occupant qui ait emménagé ces dix dernières années était apparemment le bibliothécaire Marian Gross, qui avait acheté son appartement lorsque l'immeuble avait été transformé en copropriété quelques années plus tôt.

– Sauf que vous avez déjà suivi cette piste, dit Eva Svanström. Et comme son ADN ne correspondait pas, il a forcément été éliminé de la liste des suspects, si j'ai bien compris.

– Si Gross a acheté son appartement, quelqu'un d'autre a dû le lui vendre et déménager.

– Pas cette fois-là. Crois-moi ou pas, mais je l'ai vérifié, même si ça m'a pris un moment. Il l'a acheté à une autre copropriétaire, qui habitait là où Linda et sa mère ont emménagé et qui y habite toujours, et donc qui possédait deux appartements. J'ai vu qu'elle s'occupait d'un cabinet de comptabilité aussi, alors probablement utilisait-elle l'appartement que Gross a acheté comme bureau. C'est un peu déconcertant d'un point de vue juridique d'utiliser un appartement comme bureau. En particulier dans les petites copropriétés. Elle en a sûrement obtenu un bon paquet, en plus.

– Margareta Eriksson, fit soudain Lewin.

– C'est ça. Tu en sais des choses, Janne. Je me demande vraiment pourquoi tu as besoin de moi ? C'est la même Margareta Eriksson qui s'était manifestée dans les journaux, d'ailleurs. Cette histoire d'agresseur qui aurait essayé de pénétrer chez elle la nuit du meurtre.

– En effet, en effet, c'est elle, dit Lewin, qui sentait enfin qu'il commençait à mettre de l'ordre dans ses pensées, un peu de structure dans tout ça.

– Sauf que je ne comprends toujours pas ce que tu cherches, constata Svanström.

– Moi non plus, honnêtement. Tu sais quoi, Eva ? Appelle Margareta Eriksson et interroge-la.

– Mais tu ne sais toujours pas pourquoi tu veux que je le fasse.

– Un pur coup à l'aveugle, dit Lewin en souriant faiblement. Un coup à l'aveugle contre une cible inconnue, ajouta-t-il.

– Si ça peut te faire plaisir, dit Eva en haussant les épaules.

47

Juste après le déjeuner, la paix fut soudain brisée. La routine de la recherche d'éléments logiques et d'un polo bleu clair se transforma en quelque chose de complètement différent. Des voix fortes, des courses dans les couloirs, des portes qui claquent. Von Essen et Adolfsson surgirent dans les locaux de l'enquête, équipés de leur holster et de leur arme de service, et la mine sombre. Ils emmenèrent avec eux Sandberg et Salomonson, prirent une voiture banalisée au garage, posèrent le gyrophare sur le toit dès qu'ils furent dans la rue et partirent pour Kalmar sur les chapeaux de roues.

Deux heures plus tôt, un viol avait été commis à Björnö, à dix kilomètres au nord de Kalmar, et à la différence de leur propre tentative de viol de la semaine précédente, il n'y avait pas le moindre doute cette fois qu'il s'agissait d'une agression réelle. La victime, une fille de quatorze ans, était allée à la plage juste après le déjeuner pour se baigner, bronzer, s'amuser avec sa sœur de deux ans plus âgée et l'amie de sa sœur, du même âge.

Au bout d'une heure sur la plage, la victime était partie acheter des glaces et des sodas dans un kiosque à proximité. Rien d'étonnant à cela, puisqu'elle était la plus jeune. Quand elle avait traversé le bois le long de la plage, l'agresseur s'était tout à coup jeté sur elle par-derrière, l'avait traînée dans les buissons, l'avait frappée au point de l'assommer à moitié et l'avait violée. Comme au bout d'une demi-heure elle n'était toujours pas revenue, sa grande sœur et son amie, inquiètes, étaient parties à sa recherche. Rien d'étonnant à cela non plus, après le meurtre de Linda et les reportages dans les médias. Elles l'avaient retrouvée cent mètres plus loin, l'agresseur assis à califourchon sur elle. Elles avaient hurlé et l'agresseur s'était enfui.

Une demi-heure plus tard, la victime était en route pour l'hôpital de Kalmar, la police était sur les lieux, avait bouclé la scène de crime et commencé à interroger les premiers témoins. Une patrouille canine était en route et arriva un quart d'heure plus tard. Pour résumer, c'était le branle-bas de combat et la police, qui avait un excellent signalement, fouillait les environs. Selon la sœur aînée et son amie, l'agresseur ressemblait beaucoup à celui que la victime de la tentative de viol à Växjö avait décrit une bonne semaine plus tôt. Elles avaient remarqué en particulier ses tatouages. Des grosses spirales bleues qui pouvaient représenter des serpents, ou peut-être des dragons, sur les deux bras, des épaules jusqu'aux mains.

– J'ai un mauvais pressentiment, dit Anna Sandberg en pénétrant avec ses collègues dans le poste de police de Kalmar. Elle pensait à sa propre affaire à Växjö que, le matin même, elle avait décidé de clore pour faux témoignage.

– Tu penses aux tatouages ? demanda Salomonson.

– Oui. J'ai un mauvais pressentiment.

– Ne t'en fais pas, dit Adolfsson, réconfortant. Chaque putain de voyou qui se respecte a un tatouage de nos jours. Leurs corps ressemblent à de vieux tapis chinois.

– Voilà, j'ai fini, tu peux te détendre, Janne, déclara Svanström en secouant, encourageante, une liasse de papiers en direction de Lewin, affalé dans son siège derrière son bureau où s'empilaient d'autres papiers.

– Je t'écoute avec attention, dit Lewin en s'adossant à sa chaise.

– Ce n'est pas aussi simple que je le croyais, constata Eva Svanström. Mais voici comment ça s'est passé. Selon Margareta Eriksson, à qui j'ai parlé et qui semble avoir toute sa tête. D'ailleurs, c'est la présidente de la copropriété.

Un peu plus de trois ans auparavant, à l'époque de la transformation de l'immeuble en copropriété, Margareta Eriksson avait vendu son appartement du premier étage à Marian Gross, qui y avait emménagé. En même temps, elle avait acheté l'appartement au dernier étage, celui où elle habitait actuellement, à sa voisine Lotta Ericson, la mère de Linda. Finalement, cette dernière avait emménagé au rez-de-chaussée dans l'appartement qu'elle occupait depuis, et où sa fille avait été assassinée à peine un mois plus tôt. L'appartement avait auparavant fait office de bureau, puis avait été sous-loué, et finalement était resté vide pendant le transfert en copropriété. Et il appartenait à la mère de Linda.

– Margareta Eriksson voulait apparemment quelque chose de plus grand, bien qu'elle soit seule, dit Svanström. En partie parce qu'elle avait besoin d'une pièce pour le cabinet de comptabilité, en partie parce qu'elle avait vendu sa maison de campagne et qu'elle avait pas mal de vieux meubles à conserver qui lui prenaient de la place.

– Pendant que Lotta Ericson se contentait d'un plus petit appartement, puisque sa fille avait quitté le domicile, intervint Lewin.

– Exactement, dit Svantström. Et à quoi ça va te servir ? ajouta-t-elle en souriant.

– Il y a encore une ou deux choses.

– Je m'en serais presque doutée. Si on reprend au début, et que tu te demandes si Margareta Eriksson avec un *k* et deux *s* et Lotta Ericson avec un *c* et un *s* sont de la même famille, alors la réponse est non.

– Tu avais deviné.

– Ce n'était pas difficile. Je l'ai compris dès que j'ai vu comment elles avaient déménagé. Margareta Eriksson orthographie Eriksson avec un *k* et deux *s*. L'orthographe ordinaire, ou du moins la plus courante, et elle s'appelle ainsi depuis son mariage. Lotta Ericson par contre s'appelait au début Liselott Eriksson avec un *k* et deux *s*. Son nom complet étant Liselott Jeanette Eriksson. Quand elle s'est mariée, elle s'est appelée Liselott Wallin Eriksson et quand elle a déménagé pour les États-Unis, elle a changé l'orthographe en Ericson avec un *c* et un *s*. Elle a toujours été appelée Lotta. Depuis son enfance. Après son divorce et son retour au pays, elle s'est d'abord débarrassée du Wallin et quelques années plus tard elle a fait une demande de changement de nom. Depuis huit ans, elle s'appelle, selon le registre de l'état civil, Lotta Liselott Jeanette Ericson.

– Tiens donc, fit Lewin.

– Tu crois que l'agresseur a d'abord sonné à la mauvaise porte ? dit Svanström.

– Oui. Ça m'a traversé l'esprit. C'est ce que Margareta Eriksson a dit aux journaux, et le fait qu'elle et la mère de Linda ont le même nom de famille. Sauf que c'est à toi qu'en revient le mérite. Quand tu as dit qu'il pourrait s'agir d'un ancien amant qui serait tout à coup réapparu.

– Pour revoir Linda. Qui s'est trompé et a sonné à la porte de leur ancien appartement. En es-tu sûr ? Elle n'avait qu'à peine dix-huit ans à cette époque-là. Quand sa mère habitait au dernier étage.

– Pour voir Linda, ou sa mère, ou les deux. Je n'en sais plus rien, avoua Lewin en se tortillant. Sauf que c'est une éventualité intéressante.

– Si je devais réapparaître chez un ancien amant… au milieu de la nuit, trois ans plus tard… je crois quand même que j'aurais d'abord essayé d'appeler.

– Tu penses au téléphone. C'était la prochaine mission que j'allais te confier, fit Lewin avec un petit sourire. Je crois que nous allons regarder si Lotta Ericson a changé de numéro.

– Puisque nous avons commencé…, continua Svanström.

– Exactement. Exactement. *Qu'y a-t-il de mal à tirer un autre coup à l'aveugle ?*

– Qu'en penses-tu, Rogersson, de ce viol à Kalmar ? demanda Bäckström en pointant son nez dans le bureau de Rogersson.

– Une putain de sombre histoire, décréta Rogersson.

– Est-ce que ça a quelque chose à voir avec nous, avec Linda je veux dire ?

– Absolument pas.

– Alors, tu penses exactement comme moi.

– Je vais essayer de vivre avec ça, ricana Rogersson.

– J'ai demandé à Pam et Poum aussi. Ne serait-ce que par mesure de précaution.

– Et ?

– Pam ne le croit pas, mais pense quand même que ça a l'air intéressant. Il suggère qu'on en parle avec les collègues de la section VICLAS.

– Et qu'en pense Poum ? demanda Rogersson.

– Qu'il ne le croyait pas, mais que ça avait quand même l'air intéressant, et qu'on devrait peut-être échanger quelques mots avec les collègues de la VICLAS.

– Impressionnant. Où est-ce qu'ils vont chercher tout ça ?

– Après, j'ai aussi demandé à Lewin.

– Et qu'en pensait-il, lui ?

– Est-ce que tu veux une citation mot à mot ?

– Bien sûr.

– Certes, Lewin n'a eu la description du cas de Kalmar que par téléphone de la collègue Sandberg, mais il tient pour très improbable qu'il s'agisse de l'agresseur de Linda.

– Ça ressemble bien à Lewin. Pour changer de sujet, que dirais-tu de laisser tomber cette merde et de rentrer peinard à l'hôtel pour te descendre une ou deux bières bien fraîches avant le dîner ?

– Que je suis tout à fait pour.

– Mets les infos sur la 4, dit Rogersson quand ils furent assis dans la chambre de Bäckström deux heures et deux bières bien fraîches plus tard.

– Pourquoi ça ? demanda Bäckström, surpris, en tendant la main vers la télécommande.

– Je voudrais vérifier si mon bureau est toujours debout.

– Quelle putain d'histoire ! fit Bäckström cinq minutes plus tard en éteignant la télé. C'était la fenêtre du central d'opération du Menton que ces putains de tarés ont fait sauter. Si c'est le Menton qui a organisé un tel exercice, il doit être complètement timbré.

– J'ai parlé aux gars au boulot cet après-midi, dit Rogersson. Ils pensaient exactement comme toi. Que c'était là que le bât blessait.

– Ah, oui ? fit Bäckström.

– Quelle putain d'histoire ! constata encore Bäckström cinq minutes plus tard.

– Ça m'a l'air d'avoir été du pur Grand Hotel de Lund, décréta Rogersson. On dirait qu'il a pris goût aux miroirs de salle de bains.

– Ou qu'il lui est resté coincé en travers de la gorge. Il essayait peut-être tout simplement de se suicider. Avec ce putain de menton, ça ne doit pas être facile. Sauf qu'il n'y est pas parvenu.

– Que veux-tu dire ?

– Chaque fois qu'il se regarde dans le miroir, il se tire une balle dans la tête, mais dans le miroir.

48

Les rêves revenaient plus souvent à présent. Des rêves de cet été, presque cinquante ans plus tôt, où il avait eu son premier vrai vélo et où son papa lui avait appris à en faire. Sauf que cette nuit, il n'avait pas rêvé de son Crescent Vaillant rouge, mais de son père et de sa mère.

Un drôle d'été, où les vacances de papa ne semblent jamais vouloir se terminer. Il finit par lui poser la question : tu es en vacances pour combien de temps, papa ?

D'abord, papa a l'air un peu bizarre, puis il rit et lui ébouriffe les cheveux, et tout est exactement comme d'habitude. Aussi longtemps que j'aurai besoin de t'apprendre à faire du vélo, répond papa. Ça prendra le temps que ça prendra, et le boulot ne va pas s'enfuir. Puis il lui ébouriffe les cheveux, une fois de plus.

C'est un véritable été indien, et son papa ressemble de plus en plus à un Indien chaque jour qui passe. Maigre, bronzé et la peau qui se resserre sur son visage. Tu as l'air d'un vrai Indien, papa, lui dit-il.

Ce n'est pas étonnant, répond papa. Avec tout ce beau temps que nous avons eu.

Une nuit, il se réveille. Il a dû entendre du bruit. Il descend l'escalier du grenier sur la pointe des pieds, en silence, et quand il arrive dans le vestibule, il voit que son père et sa mère sont assis sur une chaise dans la cuisine. Maman est assise sur les genoux de papa, le dos tourné, ses bras autour de son cou, sa tête pressée contre sa poitrine. Son papa a posé un bras autour de sa taille tout en lui caressant doucement les cheveux de sa main libre.

Ça va s'arranger, murmure papa. Ça va s'arranger.

Aucun des deux ne l'a vu. Il retourne dans sa chambre au grenier et finit par se rendormir.

Au petit déjeuner le lendemain matin, tout est à nouveau comme d'habitude. Es-tu prêt ? demande papa en posant sa tasse de café. On va faire un tour sur le Vaillant ?

Toujours prêt, papa, répond Jan.

Et puis il se réveilla.

49

Växjö, mardi 5 août

La jeune fille de quatorze ans violée à Kalmar avait survécu. Son état était critique, mais stable, et en reconstituant les faits, il apparaissait qu'elle serait morte si sa sœur et son amie n'avaient pas, à la dernière seconde, effrayé son agresseur. Elle était également la confirmation de ce que les médias avaient deviné dès le début : qu'un tueur en série qui violait les jeunes femmes sévissait dans le Småland. En plein cœur de l'idyllique été suédois.

D'abord, il avait assassiné Linda. Quelques semaines plus tard, il avait agressé une autre jeune femme mais avait échoué, ce qui, pour les experts des journaux, expliquait vraisemblablement qu'il ne s'en soit pris à sa troisième victime qu'une semaine plus tard. La pression dans ses entrailles était à nouveau si forte que le risque d'être capturé ne le préoccupait plus.

Un professeur en psychologie criminelle de l'université de Stockholm, décrit comme l'expert ès tueurs en série du pays, donnait également plusieurs exemples de l'incapacité de la police à établir suffisamment tôt des liens entre plusieurs crimes. La police manquait de vue d'ensemble, se polarisait sur des cas individuels, les flics ne parvenaient pas à communiquer entre eux. Une main ne « voyait pas » ce que faisait l'autre. Il leur manquait le cadre global, le mobile récurrent et ce qu'il y a de plus évident.

– Ils ne voient tout simplement pas que l'empereur est nu, déplora le professeur sur le sofa du programme du matin de la chaîne TV4.

– Comment ça ? demanda le journaliste.

– Eh bien, il est nu, expliqua le professeur.

Pour la première fois de l'été, les médias critiquèrent ouvertement la police, et en particulier la police de Växjö. Malgré tous leurs indices, ils n'avaient toujours pas réussi à élucider le meurtre de Linda Wallin. Pire encore, selon plusieurs sources anonymes de la police, ils n'avaient pas réussi à obtenir le moindre résultat. Bien qu'il se fût écoulé un mois depuis le meurtre, l'enquête était toujours au point mort.

La femme de dix-neuf ans que l'agresseur avait essayé de violer à peine une semaine plus tôt était aussi réapparue. La police avait tout simplement refusé de croire en son histoire. Au lieu de pourchasser l'agresseur, ils avaient harcelé sa victime et la victime suivante avait payé le prix de leur incompétence. Les éditoriaux des journaux parlaient tous sans exception d'un scandale judiciaire, et le groupe d'enquête travaillant sur le meurtre de Linda dut soudain passer son temps à gérer des problèmes que la majorité des policiers considéraient comme pure fantaisie.

La veille, le directeur de la police régionale de Kalmar avait contacté son homologue de Växjö pour lancer l'idée de former un commando spécial. Un meurtre et deux viols en l'espace d'un mois, et ce dernier viol démontrant malheureusement que l'agresseur avait l'intention de récidiver. Le directeur de la police régionale de Växjö, dubitatif, avait promis d'évoquer la question avec son collègue responsable de l'enquête préliminaire, puis de revenir vers lui.

Le commissaire Olsson mit la question au premier point de l'ordre du jour de la réunion du mardi matin, et lui-même était bien entendu ouvert à toutes les alternatives.

– Qu'en pensez-vous ? demanda Olsson à l'assemblée. Personnellement, je suis convaincu qu'il s'agit du même homme dans nos deux cas de viol, puisque le signalement donné par les témoins est identique dans les moindres détails.

– Qu'en est-il du meurtre de Linda ? demanda aigrement Bäckström. Est-ce que c'est aussi le même homme ?

– Le problème, c'est que nous n'avons pas de signalement, constata Olsson avec prudence.

– Oui, mais c'est à peu près la seule chose qu'il nous manque, dit Bäckström. Parce que cet assassin, nous allons bientôt le retrouver. Que tous ceux qui, dans cette pièce, croient sérieusement que Linda aurait fait entrer ce tatoué à 3 heures du matin lèvent la main, s'il vous plaît.

– Désolé de t'interrompre, fit Lewin en se raclant doucement la gorge. Mais qu'en est-il de la dernière victime ? Ont-ils réussi à prélever un échantillon de sperme sur elle ?

– Oui, dit Sandberg.

– Nous allons donc être fixés très vite sur le lien avec Linda, constata Lewin.

– Oui, probablement, acquiesça Sandberg, un peu plus enjouée.

– À propos du viol, je ne comprends pas en quoi nous pourrions aider les collègues de Kalmar. À part passer à leurs témoins les photos que nous avons montrées à notre propre plaignante. S'ils ne l'ont pas déjà fait, dit Lewin en se raclant à nouveau la gorge.

– C'est déjà fait, répondit Sandberg, encore plus heureuse.

– Je vois. Parfait. Un vrai cas d'école de collaboration entre les différentes forces de la police.

– Mais qu'en penses-tu toi-même, Lewin ? insista Olsson. D'un lien éventuel, je veux dire ?

– Difficile de se prononcer catégoriquement, mais puisque tu me le demandes, je crois que l'homme qui a assassiné Linda n'est pas celui qui a violé la pauvre fille de Kalmar, et qu'on en aura la preuve dès que les collègues de Kalmar auront les résultats de l'analyse de sperme. Je ne crois donc pas que nous aurons à creuser davantage cette question.

Et sans qu'on sache bien pourquoi, il hocha la tête vers Anna Sandberg en prononçant ces mots.

– Espérons-le de tout cœur, dit Olsson avec inquiétude. J'espère sincèrement que tu as raison.

Dernier point de la réunion, Olsson détacha Sandberg, Salomonson, von Essen, Adolfsson ainsi que deux autres policiers du groupe d'enquête pour tenter d'établir, en collaboration avec les collègues de Växjö, d'éventuelles corrélations entre le meurtre de Linda, la tentative de viol de Växjö et le viol de Kalmar. Enfin, il contacta lui-même la section VICLAS et le groupe GAC de la police nationale pour s'assurer qu'ils ne négligeaient pas l'aspect analytique.

Dès que Bäckstrom retrouva un peu de calme autour de lui, une fois les pleureurs partis à la chasse aux liens, il rassembla ses troupes restantes.

– Eh bien, dit Bäckström. Où en est-on avec notre chère liste de prélèvements d'ADN ? Est-ce qu'on a assez de cotons-tiges ?

Lewin retourna à son bureau, où Eva Svanström le rejoignit presque aussitôt.

– Cette histoire, avec le téléphone de la mère, ça va prendre quelques jours. J'ai eu Telia et leurs registres actuels ne couvrent que les deux dernières années, dit Svanström.

– Mais les renseignements se trouvent bien quelque part ? demanda Lewin, qui ressentit aussitôt cette anxiété familière.

– Absolument. Sauf que la personne à qui j'ai parlé m'a dit qu'il faudrait plusieurs jours pour les déterrer.

– D'accord. *Quelques jours, ce n'est pas la fin du monde, d'autant plus que ça n'aura probablement aucun intérêt*, pensa-t-il. *Comme la plupart des coups à l'aveugle.*

50

Alnö, près de Sundvall, mardi 5 août

Lars Martin Johansson en était à la dernière semaine des vacances les plus longues de sa vie.

Depuis bientôt deux ans, il était détaché de son poste de responsable des opérations à la Säpo[1] pour diriger l'une des enquêtes les plus secrètes de l'histoire de la Suède. Mais cette mission touchait également à sa fin. Ce qu'il restait à faire pouvait être pris en charge par son secrétariat et, dès la semaine précédant la Saint-Jean, Johansson avait emmené sa femme faire un tour d'Europe. Sa femme aimait voyager – nouvelles personnes, nouveaux endroits, nouvelles impressions – alors que Johansson préférait un bon livre, un téléphone muet et de bons repas.

Indépendamment de leurs motivations différentes, ils étaient tous les deux rentrés ravis. Respectant une vieille promesse devenue une tradition, ils passaient à présent la dernière semaine de leurs vacances chez le frère aîné de Johansson, dans sa ferme sur l'île d'Alnö, près de Sundsvall. Encore plus au calme, une bonne nourriture et de bonnes boissons, des hôtes simples et

1. Abréviation de *Säkerhetspolisen*, la police secrète.

généreux chez qui ils pouvaient vraiment se sentir comme chez eux. *Et, le plus important de tout*, pensa Johansson, *existait-il quoi que ce soit sur cette terre qui pouvait réellement se comparer à la Suède ? Rien, rien nulle part*, soupira-t-il de bien-être en s'assoupissant aussitôt sur sa chaise longue.

Johansson possédait à présent trois téléphones portables. Un privé, un pour son travail ordinaire et un si secret qu'il s'en était à peine servi. Par mesure de sécurité, il était aussi rouge et Johansson en avait lui-même programmé la sonnerie, qui, à part son volume, ressemblait au signal des véhicules d'intervention d'urgence de la police. Et il en était fier comme un coq. Après l'avoir programmé, il en avait fait la démonstration à sa femme en l'appelant pour qu'elle puisse bien profiter de ses compétences techniques. La première fois qu'elle l'entendit sonner pour de vrai, son propriétaire ronflait calmement dans la chaise où il était allongé.

Les Allemands viennent probablement de présenter une offre cash pour tout le Småland, pensa Pia, l'épouse de Johansson, qui travaillait à la banque en tant que conseillère financière. Elle posa le livre qu'elle essayait de lire pour répondre au téléphone.

– Allôôô, dit Pia. *Je n'ose même pas dire mon nom de peur d'atterrir en prison.*

– Enchanté, répondit une voix traînante à l'autre bout. Je suppose que tu es bien celle que je crois que tu es, continua la voix, et même si je serais ravi de pouvoir poursuivre cette conversation, je souhaiterais parler à ton cher mari.

– De la part de qui ? demanda Pia. Car tu dois bien avoir un nom.

– Pas de nom, malheureusement, constata la voix traînante. Dis simplement à ton cher mari que le vieux collaborateur de *Pilgrim* aimerait lui parler.

– Et si je demande de quoi il s'agit, je me retrouve en prison ? demanda Pia.

– Si je réponds, c'est moi qui me retrouve en prison, corrigea l'ancien collaborateur de *Pilgrim* un peu offensé.

– Je vais le réveiller, dit Pia. *Ce sont de vrais gosses.*

– Qui était-ce ? demanda Pia dix minutes plus tard, curieuse, une fois que son mari eut terminé sa conversation qui l'avait emmené à l'autre bout de la grande terrasse, qu'il eut éteint le téléphone rouge et se fut assis en soupirant dans sa chaise.

– Une vieille connaissance, répondit Johansson évasivement.

– Un de ces petits agents secrets. Sans nom, dit Pia.

– De ce genre-là, fit Johansson en haussant les épaules. Il travaille à la chancellerie comme expert, il aide le Premier ministre sur divers sujets et son patronyme, c'est Nilsson.

– Aaah ! Notre Éminence grise à nous. L'équivalent suédois du cardinal de Richelieu.

– À peu près ça. C'est quelque chose dans ce style, dans ce domaine, expliqua Johansson.

– Et qu'est-ce qu'il voulait ? demanda Pia.

– Rien de particulier, juste me parler, dit Johansson.

– Donc tu repars à Stockholm, conclut Pia, qui avait déjà vécu ça.

– Sauf que je serai de retour demain. Si ça ne te gêne pas.

– Ça m'a l'air d'une excellente idée. Comme ça, tu pourras passer par la maison et rapporter quelques petites choses dont j'aurai besoin pour qu'on fasse la fête ce week-end.

– Bien sûr, dit Johansson. Bien sûr, ajouta-t-il, l'esprit déjà ailleurs et peu soucieux de discuter inutilement.

– Pendant un moment, j'ai cru qu'il était saoul. Il en avait l'air.

– Il était simplement de bonne humeur, dit Johansson conciliant. Il n'est que midi, alors il n'a sûrement pas encore eu le temps de déjeuner.

– Oui, peut-être était-il juste content. Un petit garçon tout content, suggéra Pia.

– J'ai du mal à l'imaginer, dit Johansson en secouant la tête fermement. Qu'en penses-tu d'ailleurs ? demanda-t-il en regardant sa montre. De déjeuner, je veux dire ?

51

Stockholm, mardi 5 août

Avant de quitter Alnö, Johansson se changea pour un costume en toile et une chemise en toile bleu foncé, enfonça sa cravate dans la poche de sa poitrine en attendant et prit un taxi pour l'aéroport. Puis l'avion de l'après-midi de Sundsvall pour Arlanda. Là, son chauffeur de la Säpo l'attendait et le conduisit directement à la table du dîner déjà dressée dans la villa fastueuse de l'expert, à Djursholm.

– Bienvenue dans ma modeste demeure, l'accueillit l'expert dès que Johansson franchit le seuil. J'espère que tu n'as rien contre le fait qu'on s'installe dans la salle à manger.

– Le plus frais sera le mieux, acquiesça Johansson, pourtant amateur de sauna. *Alors, c'est ici que tu habites*, pensa-t-il en laissant son regard discrètement glisser entre le parquet aux motifs à damier complexes, les hauts panneaux de lambris sombres, les plafonds en stuc, sans oublier le tapis persan, la peinture à huile hollandaise, la lampe vénitienne ni le lustre en cristal.

Ils s'assirent d'abord dans la bibliothèque, afin de régler les détails pratiques avant de dîner tranquillement. Le tout fut expédié en moins de dix minutes.

– Quand peux-tu commencer ? demanda l'expert.

– Lundi, dit Johansson.

– Voilà qui est parfait ! s'exclama l'expert, sa figure ronde s'illuminant comme un soleil. Nous pouvons enfin nous consacrer à l'essentiel. Je n'ai rien mangé depuis le déjeuner, continua-t-il.

– Tu habites une très belle maison, nota Johansson en rejoignant la salle à manger. Appartenait-elle à tes parents ?

– Tu es fou, Johansson. Je suis un homme aux origines extrêmement modestes, dit l'expert. Un ancien gars de Söder, né et élevé sur les hauteurs de Södermalm. J'ai acheté tout le tralala à un pauvre gars pour qui les choses n'allaient pas trop fort, expliqua-t-il.

– Sauf que pour toi les choses ont l'air de bien aller, dit Johansson.

– Extrêmement bien, acquiesça l'expert amusé. Et c'est complètement mérité, à mon avis.

Étant donné qu'on était en milieu de semaine, l'expert espérait que son invité admettrait de ne se voir offrir qu'un repas un peu plus simple. Pour être objectif, tous deux gagnaient leur pain quotidien sous un gouvernement travailliste et les habitudes simples étaient pour ainsi dire dans la nature des choses. Indépendamment du fait qu'ils avaient de fortes raisons de célébrer la nomination imminente de Johansson, et peut-être encore plus pour son employeur de se féliciter de son choix judicieux.

– Il faut que tu prennes les choses comme moi, soupira l'expert. Prendre les choses comme elles sont, tout simplement. N'est-ce pas ce que vous les flics avez l'habitude de dire ?

Dans le monde où l'expert avait vécu en gros toute sa vie d'adulte, le plus important était de savoir trouver le bon compromis. Et que les deux parties en soient aussi satisfaites et heureuses l'une que l'autre. À partir de ce credo existentiel, l'hôte de Johansson pensait avoir trouvé une solution qui, dans le meilleur des cas, serait appréciée par son invité et, dans le pire, le satisferait.

– J'ai entendu dire que tu venais d'une vieille famille d'exploitants forestiers du Norrland, alors commencer avec une variante de la table d'alcools suédois semble approprié, constata l'expert en montrant un coin de la salle à manger où une vieille gouvernante en habit strict noir et tablier blanc était déjà postée, une carafe d'eau-de-vie à la main.

– Eh bien, plutôt des châtelains, du côté de ma mère. Du côté de mon père…

– Oui, oui, cher Lars Martin, l'interrompit l'expert. Ne laissons pas une fausse modestie ombrer nos regards et assombrir notre esprit par ailleurs si clair. Gagnons plutôt d'un pas vif le buffet, prenons quelques bons schnaps et laissons nos âmes tourmentées s'enrouler dans un manteau de soie et de velours bien mérité.

– Ça m'a l'air d'être une bonne idée.

– Différentes sortes d'esturgeons, expliqua l'expert quand, après le schnaps apéritif pris debout, ils s'assirent enfin à la table couverte d'assiettes et de verres pleins. De l'esturgeon poché, de l'esturgeon braisé froid, de l'esturgeon frit, de l'esturgeon fumé, de l'esturgeon mariné, de l'esturgeon salé, des œufs d'esturgeon avec des blinis de pomme de terre, expliqua avec pédagogie et à l'aide de sa fourchette l'hôte de Johansson.

– Il n'y a que les revendeurs de voitures d'occasion qui se gavent de caviar russe, constata-t-il en s'envoyant une énorme cuillère d'œufs d'esturgeon dans le gosier. Les gens normaux mangent des œufs d'esturgeon.

– La vodka est vraiment excellente, acquiesça Johansson en connaisseur, tout en faisant tourner le verre en cristal dans sa main droite. *Mais tu te trompes à propos de mon frère, qui est un vieux vendeur de voitures : il préfère les œufs de lavaret.*

– N'est-ce pas qu'elle est phénoménale, soupira de plaisir son hôte. J'en ai piqué quelques bouteilles quand j'étais chez Poutine la semaine dernière.

Le dîner continua sous le signe de la simplicité. L'expert et son invité avaient tout simplement pris les choses comme elles étaient, bien que l'étoile froide de la pénurie brillât dans le lustre en cristal, bien haut au-dessus de leurs têtes penchées.

Pour commencer, ils dégustèrent chacun leur caille farcie avec une timbale tiède de tubercules. Ils poursuivirent avec une simple tranche de chèvre de Camargue et terminèrent avec un sorbet au citron vert pour se rafraîchir et se remettre les papilles en place avant le café, le cognac et les truffes au chocolat. Le tout accompagné de vins que l'expert alla lui-même chercher dans sa profonde cave voûtée. D'abord un bourgogne rouge de la bonne année 1985, puis un vin rouge fort de la Loire, mais sans année.

– Le vin est une boisson qui se doit d'être fabriquée en France, constata le conseiller, satisfait, humant le verre profond de son long nez.

– Personnellement, ma femme et moi-même buvons du vin italien, dit Johansson.

L'expert se tourna vers lui.

– Si tu veux un bon conseil, Lars, tu devrais éviter de prendre de tels risques. Je pense à ta santé, dit l'expert.

– Comment va Nylander, d'ailleurs ? demanda Johansson en retournant à la bibliothèque terminer le repas par un double expresso et un petit peu du Frapin 1900 de l'expert.

– Mieux, depuis peu. Une chambre particulière, trois repas préparés par jour, des petites pilules rouges, vertes et bleues, et quelqu'un à qui parler.

– Est-ce qu'il est dans un établissement privé ? demanda prudemment Johansson.

– Un établissement privé, ricana l'expert. Il y a des limites tout de même. D'abord, il a essayé de transformer la police de notre monarchie bananière relativement décente en quelque chose qu'on trouve difficilement dans une république bananière ordinaire. Puis il s'est enfermé dans son bureau et a refusé d'en sortir au point que ce pauvre joueur de football de notre gouvernement aux abois s'est vu contraint de demander à sa petite armée privée de faire sauter la moitié de la façade afin de pouvoir l'interner en hôpital psychiatrique. Tout ça n'est assurément pas gratuit, grinça-t-il.

– L'hôpital d'Ulleråker ? suggéra Johansson.

– Exactement, dit l'expert avec emphase. Et il était temps, si tu veux mon avis.

– Que s'est-il passé ? demanda Johansson, curieux.

– Ce n'est pas très clair. Il semble que cela ait commencé quand il a tiré dans le miroir de sa salle de bains de ses toilettes privées.

– Quand on pense à toutes ces conneries que les gens peuvent trouver à faire, soupira Johansson avec son flegme du Norrland.

– Il s'est peut-être coincé le menton dans ce truc rond qui se trouve autour de la détente en voulant nettoyer son arme, spécula l'expert.

– Tu veux parler de la gâchette ? dit Johansson.

– *Whatever*, fit l'expert avec un mouvement de la main nonchalant. J'essayais simplement de lui laisser le bénéfice du doute.

Après encore une heure de bavardages et quelques verres du cognac absolument remarquable de l'expert, l'hôte de Johansson avait proposé qu'ils fassent une partie de billard. Lui-même pensait, après ces activités plus sportives, terminer la soirée par un petit souper léger. Comme Johansson avait entendu des histoires horribles à ce propos, il avait décliné l'offre.

– Je ne joue pas au billard, dit Johansson en secouant la tête avec regret.

– Si tu veux, je peux t'apprendre, dit l'expert avec espoir.

– Volontiers, mais une autre fois. Je dois vraiment y aller, expliqua-t-il.

Puis Johansson remercia pour l'excellent repas. Il commanda un taxi et rentra chez lui, dans son appartement vide pour l'été de la Wollmar Yxkullsgata. Il s'endormit presque aussitôt après s'être couché.

En voilà encore un qui ne doit pas non plus avoir tous ses esprits, pensa Johansson avant que les bras de Morphée ne s'enroulent doucement autour de ses épaules.

52

Växjö, mercredi 6 août-dimanche 10 août

Alors que le groupe d'enquête dédié au meurtre de Linda assistait à sa réunion matinale habituelle, le commissaire Olsson entra et annonça que leurs collègues de Kalmar avaient arrêté le violeur. Grâce à la description diffusée par la radio locale, le directeur d'un camp de réfugiés près de Nybro avait reconnu l'un de ses demandeurs d'asile. Il avait aussitôt appelé la police de Kalmar qui était sur le point de faire de même : ils avaient reçu les résultats de l'analyse du laboratoire de Linköping une heure auparavant et, pour une fois, avaient eu de la chance : leur fugitif faisait partie des 0,05 % des hommes en Suède qui se trouvaient dans leur base de données ADN.

Un demandeur d'asile de dix-sept ans, originaire de Moldavie, arrivé en Suède un mois auparavant. On lui avait prélevé son ADN dans l'éventualité où il ferait des bêtises durant les mois nécessaires pour statuer sur son sort. Pour le moment, il était au trou au commissariat de Kalmar. Il niait tout, selon l'interprète, mais il allait quand même devoir rester en Suède plus longtemps que les autres. Par contre, il était innocent du meurtre de Linda. Son profil ADN ne correspondait pas.

– Sauf que nous nous en doutions tous, constata Olsson. Mais je suis toujours persuadé qu'il est responsable de notre tentative de viol, conclut-il en hochant la tête en direction d'Anna Sandberg.

Les six collègues détachés pour collaborer avec la police de Kalmar sur l'affaire du viol furent rattachés au groupe d'enquête. Sandberg pouvait gérer le reste toute seule grâce au téléphone, à l'intranet de la police et au fax. Ils avaient des choses plus importantes à traiter.

– On continue avec notre travail de grande envergure et sans parti pris, dit Olsson. D'ailleurs, où en est-on avec nos prélèvements d'ADN ?

Mieux que prévu, selon les collaborateurs d'Olsson. Ils avaient dépassé les six cents prélèvements volontaires, pulvérisant l'ancien record. Quatre cents avaient été analysés et écartés.

– Nous travaillons sur deux fronts, expliqua Knutsson avec un regard timide en direction du collègue Lewin. Nous testons les habitants du quartier de la scène de crime et recherchons aussi pour test systématique tout individu correspondant au profil du groupe GAC.

– En fait, il n'est pas question de travailler au hasard, expliqua Thorén.

– Oui, tôt ou tard nous l'attraperons dans nos filets, constata Olsson, convaincu.

Pour l'habituelle bière du soir à l'hôtel, Rogersson l'omniscient put raconter à Bäckström comment leur ancien chef avait trouvé une nouvelle résidence.

– Huddinge, l'hôpital psychiatrique de Huddinge ? suggéra Bäckström, qui s'y était rendu en service plusieurs fois au cours des années.

– Ulleråker, répondit Rogersson. Il est apparemment originaire de la région, alors c'est pratique, il s'est rapproché de sa femme et de ses enfants. Il a aussi eu son diplôme de droit à Uppsala.

– Et comment va-t-il ? demanda Bäckström, curieux.

Selon les informateurs de Rogersson, il allait parfaitement bien. Dès le deuxième jour, Nylander avait été chargé de certaines tâches de confiance, et il se promenait à présent avec le chariot de livres à travers les différents services.

– Il semble se plaire comme un poisson dans l'eau, constata Rogersson.

Bäckström s'était contenté de hocher la tête. *Je me demande qui s'occupe de Brandklipparen. Mais pourquoi est-ce que je pense à ça ? Putain, on s'en fout !*

– À la tienne, mon frère, déclara-t-il en levant son verre. Et à la tienne, le Menton, ajouta-t-il. *C'était un gars très amusant, au fond, et il faut quand même bien porter un toast.*

Le *Dagens Nyheter* de jeudi contenait un long article, écrit par le bibliothécaire de l'université Marian Gross, et que le journal publiait à la fois comme éditorial et dans les pages information. Un article pourtant refusé, Dieu seul savait pourquoi, quelques jours plus tôt par le *Smålandsposten* de Växjö. Gross était indigné. En partie par l'incompétence de la police dans la gestion de l'enquête sur le meurtre de Linda. Et en partie pour des raisons purement personnelles, à cause des graves abus de pouvoir auxquels il avait été soumis.

Sans penser à lui même et aux risques qu'il encourait, il s'était porté volontaire pour témoigner et apporter son aide à la police. Ça avait été naturel pour Gross, comme ça devrait l'être pour n'importe quel être humain normal vivant dans une démocratie et un

État de droit. Lui-même étant réfugié de Pologne, du temps de l'Union soviétique, il pouvait témoigner de ce que c'était que de vivre sous une dictature. En outre, il avait personnellement connu à la fois la victime et sa mère. Des gens charmants et les meilleures voisines qu'on pouvait souhaiter, selon Gross. Comme il était vraisemblablement le seul à avoir vu le meurtrier de Linda et à pouvoir le décrire, la façon dont la police l'avait traité était incompréhensible et profondément blessante.

À deux reprises, ils avaient pénétré avec violence chez lui pour l'emmener au poste, faisant des remarques racistes écœurantes, le soumettant à un interrogatoire pendant une journée entière et le forçant à donner un échantillon de son ADN, même s'ils n'avaient pas l'ombre d'une preuve contre lui. Pour ensuite avoir le culot de prétendre qu'il était volontaire et qu'ils avaient agi à sa propre demande.

Quand le résultat de ce test était arrivé, il leur avait fallu, à lui et à son avocat, plusieurs coups de téléphone et courriers avant que la police ne daigne l'informer qu'il avait été mis hors de cause. C'est-à-dire qu'il était innocent et n'avait absolument rien à voir avec le meurtre de Linda. Une évidence pour lui-même et tout être humain intelligent, mais pas pour la police de Växjö et les sbires de la police de Stockholm.

Gross n'était pas le seul à avoir été maltraité. L'article d'information, en double page, faisait référence à une source policière bien placée qui confirmait qu'en liaison avec l'enquête sur Linda, ils avaient prélevé des échantillons d'ADN sur près d'un millier de personnes à Växjö et ses environs, pour l'essentiel d'honnêtes citoyens qui travaillaient dur. Tous les résultats de ces analyses démontraient évidemment qu'ils étaient innocents.

Trois d'entre eux étaient interviewés dans le journal et curieusement, l'un de ces donneurs d'ADN volontaires était une femme. Tous se plaignaient, notamment, que le volontariat dont parlait la police n'était qu'une vue de l'esprit. Ils n'avaient pas eu l'impression d'avoir le choix, tout simplement, et avaient suivi les suggestions de la police pour ne pas risquer d'ennuis. Mais appeler cela du volontariat relevait de la mauvaise blague.

La plus mécontente était la femme. Elle n'avait d'ailleurs même pas compris de quoi il avait été question. Tout le monde savait pertinemment que celui qui avait assassiné Linda était un homme, alors pourquoi la police voulait-elle un échantillon de son ADN ? C'était un pur mystère. Du moins pour elle.

La question avait bien sûr été transmise à l'attachée de presse de la police de Växjö, mais elle avait refusé tout commentaire. Les responsables de l'enquête ne commentaient pas les décisions en rapport avec l'enquête. Globalement, c'était contraire à la nature de leur travail et pouvait même, au pire, risquer de tout compromettre.

L'expert vers qui le journal s'était tourné ne s'embarrassait pas de ces règles professionnelles de la police. Selon lui, il n'y avait qu'une seule explication envisageable : la femme testée volontairement avait probablement un fils dont l'ADN intéressait la police, mais qu'ils n'avaient pas réussi à obtenir. La femme admettait qu'elle avait un fils, mais qu'il puisse aider la police à élucider le meurtre de Linda lui semblait encore plus incompréhensible. Selon elle, il n'avait jamais fait de mal à une mouche de toute sa vie et habitait en Thaïlande depuis deux ans.

– Je crois tout simplement que la police ne sait plus ce qu'elle fait, concluait-elle à la fin de la longue interview. Une opinion apparemment partagée. L'éditorialiste de *Dagens Nyheter* avait quant à lui reconnu non seulement la douce odeur de la corruption de la justice, mais aussi la confusion et le désarroi qui avaient caractérisé la chasse au meurtrier d'Olof Palme vingt ans plus tôt. Ce qui n'était d'ailleurs peut-être pas si étrange, puisque plusieurs des policiers envoyés enquêter sur le meurtre de Linda avaient aussi participé à l'enquête à l'époque.

Même le journal *Barometern* de Kalmar parlait du meurtre de Linda dans son éditorial, mais sous un angle différent de celui de son grand collègue de la capitale. Selon le *Barometern*, il s'agissait principalement d'un conflit entre deux cultures policières. D'un côté la police de Växjö avec sa connaissance des lieux et des personnes, qui « connaissait ses *Pappenheimare* », et préférait travailler à petite échelle et plus en profondeur. De l'autre, leurs collègues de la police nationale, qui vivaient dans le monde des ordinateurs, étaient habitués à des ressources illimitées et préféraient attaquer les problèmes sur un front aussi large que possible.

Le *Barometern* semblait aussi disposer de sources policières. Selon l'une d'elles, il était très tôt apparu des désaccords parmi les responsables de l'enquête, et ce n'était naturellement pas dans l'intérêt du travail, indépendamment des torts des uns ou des autres. Pour finir, l'inquiétude grandissait, même s'il était trop tôt pour jeter l'éponge. On espérait encore retrouver l'assassin, bien qu'un mois se fût déjà écoulé depuis le meurtre de Linda.

Ce matin-là, la réunion du groupe d'enquête dura jusqu'au déjeuner. Ils évoquèrent essentiellement tout ce qui était paru dans les journaux du jour. Le commissaire Olsson avait même posé une question relative à l'enquête sur Olof Palme. Par pure curiosité personnelle, et pas du tout dans une intention polémique. Mais quand même.

– Oui, toi, Bäckström, tu y as participé, n'est-ce pas ? demanda Olsson.

– Oui, répondit Bäckström avec le poids d'un homme qui a travaillé sur des meurtres toute sa vie de policier. Le problème, c'est qu'aucun des responsables ne m'a écouté.

– Moi, j'ai mené quelques interrogatoires, déclara Rogersson en haussant les épaules. Et si ces messieurs veulent bien m'excuser, j'en ai justement d'autres qui m'attendent. Puis il salua brièvement et sortit.

– Moi aussi, j'y ai participé, dit Lewin. Comme à peu près tous ceux qui travaillaient à la criminelle à Stockholm à cette époque. Personne ne m'a écouté non plus, au cas où quelqu'un se poserait la question.

Sur ce, il s'excusa également et sortit.

Mais Bäckström n'avait pas eu le choix. Il était resté assis, à devoir supporter qu'une matinée supplémentaire de son précieux temps fût gaspillée avant qu'il puisse enfin en finir avec ces absurdités et se trouver quelque chose à se mettre dans l'estomac.

Rogersson n'avait pas seulement fait passer un interrogatoire. Il était à la cantine lorsqu'un Bäckström de mauvaise humeur posa son plat du jour et sa bière légère, à défaut d'une vraie bière, à sa table.

– Tu es bien assis ? demanda Rogersson dès que Bäckström se fut installé.

– Oui, dit Bäckström.

– C'est le bordel à Stockholm, se délecta Rogersson en se penchant par-dessus la table, baissant la voix et hochant la tête vers Bäckström, tout excité.

– Est-ce que le Menton est apparu avec son petit chariot à livres chez le Grand Patron au onzième ? demanda Bäckström en étalant une bonne dose de beurre sur son pain blanc sec.

– J'ai parlé avec un des gars au boulot. Sais-tu qui va remplacer le Menton ?

– Non, comment je pourrais le savoir, putain ?

– Johansson. Lars Martin Johansson. Tu sais, celui que les collègues de la sécurité surnomment le Boucher d'Ådalen.

– Tu veux dire l'enfoiré de Lapon ? Putain, c'est pas possible ! s'exclama Bäckström.

– De source sûre, dit Rogersson.

Une source bizarre d'ailleurs, puisque la réunion du gouvernement où ils avaient nommé l'adjoint au chef de la Säpo, Lars Martin Johansson, au poste de chef de la police nationale était encore en cours, et pas même le journaliste le mieux informé n'avait la moindre idée de cette promotion, qui ne serait rendue publique que deux heures plus tard par communiqué de presse du ministère de la Justice.

Le vendredi soir, Bäckström rassembla ses fidèles pour un dîner à l'hôtel. Ils commencèrent dans sa chambre pour pouvoir tranquillement discuter de leur affaire et, une fois n'est pas coutume, Lewin, Knutsson et Thorén avaient tous accepté son offre de boire une bière. La petite Svanström ne buvait pas de bière, mais ce n'était pas une mauvaise fille puisqu'elle était allée chercher dans sa chambre un verre de vin de la bouteille qu'elle y conservait apparemment.

– Comme ça, je peux vous tenir compagnie.

Bäckström était furieux. Lui-même n'était pas du genre à accepter la merde et autres conneries d'un tas de policiers bouseux qui, en plus, étaient trop lâches pour le lui dire en face. Plusieurs fois dans la journée, il avait songé aller directement voir le directeur de la police régionale pour taper du poing sur la table.

– Avec tout le respect, Bäckström, je ne crois pas que ce soit très constructif, intervint Lewin.

– Vraiment ? *Espèce de sale petit traître.*

– Je suis enclin à être d'accord avec Lewin, dit Rogersson bien que ce fût la bière de Bäckström qu'il était en train de siroter. Dès que nous mettrons ce salopard au trou, tout sera terminé.

Encore un, pensa Bäckström.

– C'était quelqu'un qu'elle connaissait, dit Lewin. Quelqu'un qu'elle a laissé entrer volontairement parce qu'elle l'aimait bien, et je suis aussi presque sûr qu'elle a eu une relation sexuelle consentie pour commencer. Après, ça a déraillé.

– Où est-ce qu'on le trouve alors ? demanda Bäckström. *Dans une de tes putains d'élucubrations ?*

– Nous allons le trouver, dit Lewin. Il ne doit pas y avoir tant de choix que ça ? Tôt ou tard nous le trouverons.

Puis ils descendirent dîner, et comme Bäckström commençait à se dérider, il réussit même à les convaincre de prendre un peu de hareng avec le repas.

– C'est moi qui offre le schnaps, déclara Bäckström, qui avait déjà décidé de la façon dont il allait régler ce petit problème sans avoir à se priver de son bien durement acquis.

Ensuite il y en avait eu quelques autres. Surtout pour lui et Rogersson, bien sûr, mais même Lewin céda et s'en prit un petit. Pam et Poum picolèrent pas mal avant de disparaître en ville et cette fois, visiblement pas pour une séance du cinéma de Växjö.

Bäckström s'installa au bar avec Rogersson, et quand ils finirent par retourner dans leurs chambres en chancelant pour une nuit de sommeil bien méritée, ils étaient tous deux épuisés. Bäckström eut des problèmes avec sa carte magnétique en plastique, mais Rogersson l'aida et s'assura qu'il entrait sans encombre.

– Un dernier ? demanda Bäckström en faisant un geste en direction du minibar.

– Je crois que j'en ai eu assez pour ce soir. Ah oui, il y a une chose que j'ai oublié de te dire.

– Je t'écoute, fit Bäckström en envoyant valser ses chaussures d'un coup de pied et en s'allongeant sur le côté pour gagner du temps avant de s'endormir.

– Il y a un de ces putains de journaliste qui a appelé en rabâchant qu'on aurait regardé des pornos toute la nuit. Ça te dit quelque chose, Bäckström ?

– Absolument pas, marmonna Bäckström. *Putain, de quoi il parle ? Des pornos, à cette heure ?*

– Moi non plus, dit Rogersson.

– Qu'est-ce que tu lui as dit alors ?

– Je lui ai dit d'aller se faire voir, bien sûr. Qu'est-ce que tu aurais fait ?

– Je lui aurais dit d'aller se faire voir, naturellement. Que dirais-tu de dormir maintenant ?

Le dimanche 10 août, la famille enterra Linda Wallin en présence de ses parents, de ses deux demi-frères du premier mariage de son père ainsi que d'une vingtaine d'autres membres de la famille et amis proches. Par contre, aucun journaliste ni policier. Le commissaire Olsson, qui avait appelé pour offrir ses services, avait été envoyé sur les roses par le père de Linda. Il avait déjà organisé les choses d'une autre façon. Les funérailles se déroulèrent dans l'église où Linda avait fait sa confirmation sept ans plus tôt. Elle fut enterrée dans le cimetière attenant, dans le caveau que son père avait acheté à son retour en Suède pour lui-même et les générations futures. Son propre deuil était déjà sans limites, sans début ni fin, aussi le fait que sa fille unique fût arrivée là avant lui ne pouvait plus rien aggraver.

53

Stockholm, lundi 11 août

Lars Martin Johansson arriva sur son nouveau lieu de travail dès 7 heures le lundi matin. Son bureau était couvert de piles de dossiers bien rangées. Sur l'une d'elles, un post-it de sa secrétaire : « à traiter immédiatement ? »

Sur le haut de la pile se trouvaient une lettre du chancelier de la justice[1] et une autre de l'*ombudsman* parlementaire, quasiment identiques, toutes deux adressées au directeur de la police régionale du län de Kronoberg et avec copie au directeur de la police nationale pour commentaires éventuels. Ces lettres étaient la conséquence des informations publiées par le journal *Dagens Nyheter* le jeudi 7 août, qui, pour résumer, critiquaient les méthodes utilisées dans l'enquête préliminaire sur le meurtre de Linda Wallin, en particulier les analyses d'ADN prétendument volontaires orchestrées par la police. Enfin et surtout, ces deux lettres étaient des initiatives politiques, ce qui signifiait, étant donné leurs auteurs, qu'il s'agissait de la dernière étape avant une catastrophe.

1. Fonctionnaire exerçant un contrôle sur les tribunaux en vue de protéger les intérêts de l'État.

Pourquoi ont-elles atterri sur mon bureau ? Pourquoi ne les ont-ils pas directement envoyées à Ulleråker ? se renfrogna Johansson en écrivant sur un post-it qu'il voulait immédiatement rencontrer l'avocat qui s'occupait de cela. Sauf qu'en réalité, tout semblait parfaitement immuable dans sa longue vie de promotions. *Des papiers, des papiers, et encore des papiers.*

54

Växjö, le même jour

Lorsque le groupe d'enquête de Växjö prit place autour de la grande table le premier matin de la semaine, personne n'avait idée des nuages noirs qui s'amoncelaient. Au contraire, tout le monde semblaient penser que le généreux soleil commençait enfin à briller pour eux aussi. Une minute avant de commencer, Enoksson avait surgi et demandé à Bäckström d'ouvrir la séance. Il avait pas mal de choses intéressantes à exposer et, comme c'était Enoksson et pas Olsson – dont l'absence réjouissait Bäckström –, ce dernier avait soudain ressenti la présence des fameuses vibrations.

– J'ai pas mal de choses à raconter, si ça vous intéresse, commença Enoksson, et à apparemment ils étaient tous intéressés. Les collègues de Kalmar ont trouvé une correspondance avec l'ADN de la scène du meurtre de Linda. Ils ne peuvent malheureusement pas nous donner d'identité, mais ça m'a quand même l'air prometteur, continua Enoksson. *Est-ce ainsi que l'on captive son auditoire ?*

Méticuleux et pédagogue, Enoksson s'était efforcé de clarifier le résumé de ce qu'il devait raconter en le présentant sous forme de points. Par précaution, il distribua un petit mémo sur l'affaire, que tout le monde puisse suivre pendant qu'il parlait. Le premier point évoquait le meurtre de Linda. Le dernier, le résultat de l'analyse reçu du laboratoire de Linköping moins d'une heure plus tôt.

Linda avait été assassinée entre 4 et 5 heures du matin le 4 juillet, dans l'appartement de sa mère du Pär Lagerkvists väg à Växjö. L'après-midi du lundi 7 juillet, la police de Växjö avait reçu une plainte pour le vol d'une Saab de plus de dix ans, qui aurait disparu à quelques kilomètres de la scène de crime le matin même du dépôt de plainte. La même voiture était apparue dans leur enquête le vendredi 11 juillet alors qu'ils s'intéressaient aux « crimes annexes » susceptibles d'être liés au meurtre de Linda. Jugée peu prometteuse, la piste avait été écartée. Il était temps de s'y intéresser à nouveau.

– Si je me souviens bien, nous pensions alors que si elle n'avait été volée que trois jours plus tard, ça n'avait sans doute rien à voir avec le meurtre de Linda, dit Enoksson.

En tout état de cause, ayant été retrouvée dès le dimanche, elle n'avait finalement pas pu être volée le lundi. Elle était dissimulée dans la forêt, sur une petite route secondaire partant de la route 25 entre Växjö et Kalmar, à une bonne dizaine de kilomètres à l'ouest de Kalmar. Le propriétaire de la forêt l'avait découverte tôt le matin, en inspectant son domaine. La plaque minéralogique de la voiture avait été dévissée, et apparemment quelqu'un avait essayé de la brûler sans conviction. Étant donné l'état dans lequel elle se trouvait, on pouvait penser que le propriétaire de la voiture avait voulu s'en débarrasser en faisant l'économie du dernier voyage chez le ferrailleur, et ça n'aurait pas été la première fois que le propriétaire tombait sur ce genre de choses. En résumé, il n'était pas content du tout.

Cet après-midi-là, il avait appelé la police de Kalmar, mais, faute de personnel, une patrouille de la police de proximité de Nybro ne put se déplacer sur les lieux que le mercredi 9 juillet. Après avoir regardé la voiture et fouillé un peu aux alentours, ils avaient retrouvé les deux plaques d'immatriculation jetées dans un fossé à environ cinquante mètres du véhicule, dans la direction de la route 25. Ils avaient utilisé leur radio pour vérifier qu'elles correspondaient bien à la voiture, et c'était là que ça devenait intéressant.

Le service de la prévention de la délinquance de la police régionale de Kalmar avait pris à cœur les propos du ministre de la Justice sur la nécessité de réprimer sévèrement la petite délinquance, au point de participer à un projet expérimental national qui visait à mobiliser les techniques criminalistiques les plus modernes pour améliorer le taux de résolution des vols de voitures.

Un certain nombre d'éléments indiquaient que ce véhicule en particulier avait été volé. La voiture avait par exemple été démarrée à l'aide d'un tournevis inséré et tourné dans le contact, et le volant avait été forcé de la manière la plus simple qui soit, en tirant fortement dessus une fois les roues bloquées.

Dans le cendrier entre les sièges avant, les collègues de Växjö avaient trouvé une cigarette roulée à la main fleurant bon le *cannabis sativa*. Ils avaient placé le mégot dans un sac à indices et l'avaient envoyé à Linköping pour une analyse d'ADN. Enfin, ils firent remorquer la voiture jusqu'au commissariat de Kalmar, afin de pouvoir mener d'éventuelles analyses techniques dans le cadre du projet expérimental d'échelon national.

Puis la voiture et le mégot s'étaient tous les deux égarés dans le monde virtuel de la police. La police de Kalmar n'imaginait pas que cette modeste voiture découverte en pleine campagne constituait une priorité dans une enquête sur un homicide. Ils s'étaient contentés d'envoyer une lettre au propriétaire de la voiture, l'informant qu'ils l'avaient retrouvée, mais celui-ci ne s'était pas manifesté et personne d'autre n'y accordait d'importance.

Au laboratoire de Linköping, le mégot de marijuana avait atterri tout en bas d'une pile toujours plus haute d'analyses d'ADN à effectuer. Tout à fait indépendamment de la démarche politique du ministre de la Justice, indépendamment des priorités du service de prévention de la délinquance de la police régionale de Kalmar, et sans tenir compte non plus du projet expérimental d'échelon national, il était resté là, à attendre son tour, ce qui prit un mois.

Tard l'après-midi du vendredi 18 août, l'analyse terminée, ils en comparèrent les résultats par informatique, et les voyants rouges se mirent à clignoter. Malheureusement, tous les policiers de la police régionale de Växjö et de Kalmar susceptibles de s'y intéresser semblaient déjà rentrés chez eux, et pour diverses raisons de confidentialité, il avait fallu attendre le lundi matin pour qu'Enoksson et ses collègues reçoivent la bonne nouvelle par téléphone directement du responsable du laboratoire de Linköping.

– Eh bien voilà, c'était tout, constata Enoksson. Des collègues sont partis la chercher à Kalmar. Nous pensions que ce serait le plus simple. Quoi d'autre ? Ah oui, j'ai aussi un message de la part des collègues de Kalmar.

– Qu'est-ce qu'ils veulent ? demanda Bäckström, bien qu'il connût déjà la réponse.

– Comme d'habitude, dit Enoksson. Nous proposer leur aide pour élucider le meurtre de Linda.

– Ça ne sera pas nécessaire, dit Bäckström. OK, camarades, continua-t-il : Maintenant nous avons quelque chose à nous mettre sous la dent, et s'il y a jamais eu un voleur de voiture plus recherché dans le royaume de Suède que le sera celui-là, alors je promets de jeter l'éponge. *Vous pouvez toujours courir, espèces de zombies !*

55

Dans le bureau du directeur de la police régionale, un étage au-dessus, personne n'avait la moindre idée de l'enthousiasme qui déferlait sur les locaux de l'équipe du groupe d'enquête, un étage en dessous. Au contraire, le directeur de la police régionale était particulièrement inquiet et, comme si souvent, il partageait ses appréhensions avec son fidèle et judicieux collaborateur, le commissaire Olsson.

Tôt ce matin, sa secrétaire l'avait appelé à sa maison de campagne, alors qu'il était en vacances, uniquement pour lui annoncer qu'il venait de recevoir une lettre du chancelier de la justice, et une autre de l'*ombudsman* parlementaire. Événement qu'on lui avait jusqu'à présent complètement épargné, malgré ses vingt-cinq années dans la police et le nombre croissant de collaborateurs qu'il avait eu à gérer. N'ayant pas le choix, il avait aussitôt pris sa voiture pour faire les cent kilomètres jusqu'au commissariat de police de Växjö. Après avoir quand même contemplé un instant sa femme bien-aimée, comme d'habitude allongée sur le ponton en train de bronzer et qui, comme d'habitude, l'avait congédié d'un geste lorsqu'il lui avait rappelé de mettre de la crème.

Depuis la voiture, il avait appelé son fidèle compagnon d'armes Olsson. Compte tenu du caractère un peu délicat et sensible de l'affaire, il avait prudemment souligné l'importance d'une discussion privée préliminaire, l'information éventuelle des collègues de la police nationale pouvant attendre.

– Je suis complètement d'accord avec toi, chef, acquiesça Olsson, qui promit immédiatement de demander à Bäckström de diriger la réunion du matin en son absence, mais sans divulguer la cause de son absence.

Après avoir discuté de la situation en toute tranquillité autour d'une tasse de café, il apparut qu'ils étaient largement sur la même longueur d'onde. Les informations contenues dans l'article du journal étaient, comme toujours, partiales et exagérées, néanmoins il était vrai qu'Olsson avait à plusieurs reprises essayé de réfréner ses collègues de la brigade criminelle.

– C'est parce qu'ils ont une culture policière totalement différente de la nôtre, constata Olsson. Et pour les frais, ils ne comptent pas. C'est davantage « allez hop, on y va », ajouta-t-il.

Quant à la réponse à faire à l'*ombudsman* et au chancelier, il promit de revenir le plus tôt possible après l'avoir étudiée en détail, pour que son chef n'ait pas à s'en soucier.

– Au pire, je les réprimanderai moi-même, dit Olsson en se redressant.

Olsson est un roc, pensa le directeur de la police régionale, et si ça avait été possible, il lui aurait aussi demandé d'appeler le directeur de la police nationale fraîchement nommé. Une conversation dont il devrait se débarrasser au plus vite, et qu'il redoutait depuis le début de la matinée. *Comment est-ce qu'ils le surnomment ? Le Boucher d'Ådalen ?*

Lui-même ne l'avait rencontré qu'en de rares occasions, mais suffisamment pour qu'il comprenne la raison de ce surnom. Un grand Norrlandais rude et peu bavard, mais qui regardait les gens d'une manière qui ne contribuait certainement pas à instaurer la sérénité. *Une sorte de parvenu primitif, sans aucune éducation ni même l'ombre d'une formation juridique*, pensa le directeur de la police régionale en frissonnant.

Il vaut quand même mieux que je l'appelle moi-même. Et sans y penser, il avait composé le même numéro de téléphone portable que son ancien camarade une semaine plus tôt.

– Johansson, répondit la voix sèche à l'autre bout de la ligne.

Le Grand Patron Lars Martin Johansson n'était pas le seul à recevoir un coup de fil. À peu près au même moment, le chef du groupe GAC, le commissaire Per Jönsson, appelait son collègue Bäckström à Växjö pour lui proposer ses services après la découverte d'ADN dans la voiture volée dont il venait juste d'entendre parler. *Une excellente occasion de me venger sans coup férir des insolences que ce même Bäckström m'a infligées la dernière fois que je l'ai rencontré*, pensa Jönsson.

– Je ne comprends pas vraiment le problème, interrompit Johansson après s'être forcé beaucoup trop longtemps à écouter la tirade du directeur de la police régionale. Ce ne sont pas tes gars qui dirigent l'enquête ? Je croyais que Bäckström et les autres collègues de chez nous n'étaient là que pour vous aider ? *Ce qui est certes le comble, avec un Bäckström, mais je m'occuperai de ce détail plus tard.*

– Si, bien sûr. L'un de mes plus fidèles collaborateurs, un collègue très expérimenté de la criminelle régionale, est le responsable de l'enquête préliminaire.

– C'est bon à savoir. Alors tu peux dire à mes gars qu'ils ont intérêt à bien se comporter, sinon ça va barder, et si tu veux que je les renvoie à la maison, je peux le faire par écrit.

– Non, absolument pas, absolument pas, ils font un excellent travail, assura le directeur de la police régionale qui, malgré la chaleur, avait les paumes couvertes de sueur froide.

– Bien, trancha Johansson.

Quel homme incroyablement primitif ! pensa le directeur de la police régionale.

– Corrige-moi si je me trompe, Pelle, dit Bäckström, apparemment d'excellente humeur. Tu m'appelles pour me demander si toi et tes petits camarades de jeux des archives pouvez m'aider, moi et mes collègues, sur quelque chose que nous n'arrivons pas à comprendre tout seuls.

– C'est ton interprétation, Bäckström, répondit Jönsson froidement. J'appelle afin de te proposer notre expertise pour analyser l'ADN découvert dans la voiture.

– Alors, j'avais parfaitement saisi, dit Bäckström. Tu appelles pour demander si tu peux nous aider sur quelque chose que nous n'avons pas encore compris tout seuls.

– Oui, si tu préfères t'exprimer ainsi.

– La réponse est non. Je répète, non, dit Bäckström à haute et intelligible voix, avant de couper son téléphone puisqu'il avait appris depuis longtemps qu'il n'existait pas de meilleur moyen de mettre fin à une conversation, en particulier avec quelqu'un comme Jönsson. *Et voilà, petit Pelle Jöns a eu une bonne petite chose à sucer.*

56

Le lendemain, le plus important des tabloïds publia un reportage sur l'enterrement de Linda – « ÉMOTION AUX OBSÈQUES DE LINDA » – et à en juger à la fois par le texte et les photos, ils avaient dû obtenir leurs informations de fond par d'autres sources que sa famille. Le texte s'en tenait aux généralités, bien sûr très compatissant, mais dans l'ensemble il aurait pu se rapporter à n'importe quel enterrement. Il était illustré par des photos granuleuses de cimetière prises de loin, et qui auraient pu représenter n'importe quels proches endeuillés. Ni le journaliste ni le photographe ne faisait partie des collaborateurs habituels du journal. Tous deux avaient des noms insignifiants, et aucune photo de signature n'accompagnait l'article, ce qui était fort étrange puisque le reportage occupait une pleine page de l'espace d'informations.

Le plus grand scoop se trouvait sur la page opposée et était surmonté du plus gros titre de la page – « LES ENQUÊTEURS ONT REGARDÉ DES PORNOS TOUTE LA NUIT » – et, sans que ce fût écrit précisément dans l'article, ni même qu'il faille lire le texte, le lecteur lambda pouvait se faire une idée précise des faits. Pendant que la famille de Linda et ses amis les plus proches, paralysés par la douleur, l'accompagnaient à sa dernière demeure, les policiers de la brigade criminelle, dont on attendait toujours qu'ils arrêtent son meurtrier, étaient bien installés à l'hôtel à se mater des pornos.

Je n'y comprends rien, grommela Rogersson lorsqu'ils s'assirent dans la voiture de service pour faire le demi-kilomètre entre l'hôtel et le commissariat. Je n'ai pas regardé de film porno, putain.

– On s'en fout, dit Bäckström, conciliant. Personne ne se soucie de ce que ces putains d'épandeurs de fumier peuvent trouver.

La mémoire de Bäckström s'était considérablement clarifiée depuis que Rogersson l'avait interrogé sur la question, et maintenant il s'agissait de faire bonne figure. Comme c'était un domaine dans lequel Bäckström excellait, il n'était pas trop inquiet. Donner l'impression de penser à autre chose, secouer la tête si l'on pose des questions, au besoin avoir l'air indigné de toutes les conneries que les gens peuvent inventer…

Par contre, Lars Martin Johansson était, lui, manifestement inquiet. Dès la pause-café du matin au boulot, il avait emporté le tabloïd dans son bureau, l'avait lu entre les lignes et en avait vite déduit de quoi il s'agissait réellement. Allez savoir pourquoi, c'était aussi à Bäckström qu'il pensait lorsqu'il convoqua le commissaire principal de Bäckström et de ses collègues.

– Assieds-toi, ordonna Johansson en hochant la tête en direction à la fois du commissaire principal et de sa chaise pour les visiteurs. Une question. Qui a envoyé Bäckström à Växjö ?

Ce n'était pas bien clair, mais le commissaire principal était sûr d'une chose : ce n'était pas lui. Il était en vacances, et si tel n'avait pas été le cas, Bäckström aurait été le dernier envoyé pour diriger l'enquête sur le meurtre de Linda. Au contraire, il avait essayé de prévenir ce genre d'éventualité avant de partir en congés.

– Il était censé passer en revue un tas de vieilles affaires demeurées non élucidées. De très vieilles affaires.

Johansson ne dit rien. Il se contenta de regarder son interlocuteur, d'un regard très semblable à celui que le directeur de la police régionale avait imaginé la veille.

– Si tu veux mon avis, chef, je suis presque sûr que c'est une décision de Nylander en personne, ajouta le commissaire principal en se raclant la gorge nerveusement.

– Du papier et un stylo, ordonna Johansson à sa victime. Je veux savoir ce qui suit...

57

Dès le lundi après-midi, la voiture volée se trouva en lieu sûr au garage du commissariat de police. Enoksson et ses collègues se mirent aussitôt au travail et dès le mardi, ils purent rapporter au groupe d'enquête leurs premiers résultats. Ils avaient relevé dans la voiture plusieurs empreintes digitales. Deux d'entre elles semblaient correspondre à la plus probable des cinq empreintes d'origine inconnue relevées sur la scène de crime. Ils avaient aussi retrouvé des fibres bleues sur le dossier du siège conducteur. Elles avaient été envoyées à Linköping, mais selon leur premier examen – parce qu'ils avaient aussi des microscopes à la brigade technique de la police de Växjö – il s'agissait très probablement de la même fibre de cachemire que celle découverte sur la scène de crime.

Puis ils avaient trouvé tout le reste ; tout ce qu'on trouvait toujours en inspectant méticuleusement un véhicule suspect. Du sable, du gravier, de la poussière et des pluches sur le sol, des quantités de cheveux et de fibres de textile sur les tapis de sol et les sièges, des vieux tickets de caisse et autres papiers plein la boîte à gants et un peu partout ailleurs. Dans le coffre se trouvaient un cric et les outils habituels, une combinaison d'hiver rouge pour enfant et une vieille chaise haute. À l'extérieur de la voiture, jeté à quelques mètres à peine, les collègues de la police de Nybro avaient retrouvé un bidon d'essence de dix litres vide, mais ni trace de sang, de sperme ou d'un quelconque fluide corporel intéressant.

Le *modus operandi* de l'agresseur parlait de lui-même. Le tournevis enfoncé dans le contact, le volant forcé de manière classique, le mégot de marijuana roulé à la main dans le cendrier, la tentative de mettre le feu au véhicule pour éliminer toute trace. La somme de tous ces détails indiquait un banal vol.

Un toxicomane avec un casier judiciaire long comme le bras, bien connu des services de la police et de la justice. Même son incapacité à mettre le feu à la voiture, faute de suffisamment d'essence, confirmait l'ensemble. Confus, incohérent, et bien entendu défoncé.

Dans le monde où vivait Enokson, deux éléments posaient malgré tout un problème, même s'il aurait pu s'accommoder du premier. Les fibres bleues du polo luxueux, ça pouvait s'expliquer si l'agresseur l'avait également volé, mais que ses empreintes n'apparaissent pas dans le registre de la police semblait beaucoup plus difficile à comprendre. S'il était bien celui que tous ces indices esquissaient, elles auraient dû s'y trouver, et s'il constituait la fameuse exception qui confirme la règle, alors Enoksson avait dû attendre trente ans dans la police avant de la rencontrer.

– Tu ne crois pas qu'il pourrait s'agir d'une fausse piste ? spécula Olsson. Je veux dire qu'à part ces fichues empreintes qui manquent, il correspond presque exactement au profil que nous recherchons.

Qu'est-ce qu'il raconte ? se demanda Enoksson, perplexe.

– Bien sûr que les empreintes de l'agresseur sont essentielles, lança Enoksson. C'est quoi cette blague de fausse piste ? Ni moi ni personne ne comprend comment il aurait pu passer au travers des mailles du filet, mais tout le reste confirme le profil établi par les collègues de Stockholm.

– Et si tout simplement il venait d'ailleurs ? S'il vient d'arriver, qu'il n'a pas encore réussi à apparaître dans nos fichiers ? suggéra Olsson. Un peu comme notre violeur.

– C'est une possibilité, dit Enoksson, dubitatif. Mais pourquoi est-ce que Linda aurait fait entrer un type pareil en plein milieu de la nuit ?

– Si elle l'a réellement fait entrer, dit Olsson, soudain très satisfait de lui-même. N'oublions pas qu'au fond, nous n'en savons rien.

– J'ai pensé à une chose, dit sombrement Lewin.

– Ouiii, fit Olsson en se penchant en avant.

– Non finalement, se ravisa Lewin. Oubliez ça, dit-il en secouant la tête. J'y reviendrai. C'était juste une idée.

Les auditions du propriétaire de la voiture et autres personnes susceptibles de faire avancer l'enquête apportèrent malheureusement leur lot de questions et d'ambiguïtés habituelles. Le commandant de bord à la retraite propriétaire de la voiture – Bengt Borg, soixante-sept ans, encore un Bengt à apparaître dans l'enquête sur le meurtre de Linda – ne l'avait pas utilisée depuis qu'il l'avait ramenée de la campagne, environ deux ans auparavant. Il en conduisait une autre, beaucoup plus récente. Une fois en retraite, lui et sa femme avaient emménagé dans leur maison de campagne en dehors de Växjö, pour ne plus habiter que rarement leur appartement en ville. La vieille Saab était restée garée sur le parking de l'appartement ces deux dernières années.

Une de ses filles l'avait utilisée autrefois, mais elle aussi avait eu sa propre voiture depuis. Sa fille avait d'ailleurs trente-cinq ans, travaillait comme hôtesse au sol à l'aéroport de Växjö et avait elle-même une fille âgée de sept ans, qui devait commencer l'école à l'automne. C'était sa combinaison et sa chaise haute qu'ils avaient trouvées dans le coffre, et si le grand-père de l'enfant pouvait émettre une hypothèse, il lui semblait que ces affaires donnaient une bonne idée de la période où sa mère avait utilisé pour la dernière fois la voiture volée. La chaise haute était de petit modèle et l'étiquette de la combinaison indiquait : jusqu'à trois ans. Quatre ans auparavant, donc, ce qui correspondait très bien à ses souvenirs.

Le plus simple serait bien sûr de demander à sa fille, mais elle, son mari et la petite-fille de sept ans étaient partis en Australie, explorer ce passionnant continent pendant deux mois. Un choix judicieux selon le papa commandant de bord, étant donné que l'Australie se trouvait dans l'hémisphère sud et que l'hiver qui y régnait à cette époque de l'année était préférable à cette chaleur presque tropicale qui le tourmentait, lui et les autres Smålandais, depuis deux mois.

– Mais si c'est très important pour vous, je peux essayer de la contacter, proposa-t-il volontairement. Sinon, elle rentre à la maison dans une semaine. Ma petite-fille doit commencer l'école à l'automne.

L'inspecteur Salomonson le remercia, mais il ne pensait pas que ce serait nécessaire.

– Il n'y a personne d'autre à qui vous l'auriez prêtée ? demanda Salomonson.

Non. Il avait certes une autre fille, mais elle ne conduisait jamais et n'avait même pas le permis. Elle était avocate à Kristianstad depuis plusieurs années, et rendait rarement visite à ses parents. À entendre son père, Salomonson comprit que la fille préférée, c'était l'hôtesse et pas l'avocate.

– Et je n'ai pas d'autres enfants ni petits-enfants, constata le commandant de bord. Pas que je sache en tout cas, ajouta-t-il content de lui.

Comment était-il certain que sa voiture avait été volée le matin du 7 juillet ? voulut savoir Salomonson.

En fait, il n'en était pas du tout certain. D'abord, il ne s'était même pas aperçu qu'elle n'était plus à sa place habituelle à Högstorp, même s'il avait garé sa propre voiture sur la place d'à côté. Quand il s'était rendu compte que les deux trousseaux de clés de la voiture se trouvaient à leur crochet dans l'armoire à clés dans leur entrée, il avait commencé à se poser des questions. Il était ensuite retourné au parking afin de bien vérifier s'il ne l'aurait pas garée à un autre endroit avant de l'oublier. En chemin, il avait croisé son voisin et ils en avaient discuté. Son voisin se souvenait très bien d'avoir vu la voiture garée là pendant le week-end, ce qu'il répéta à la police une fois la plainte déposée.

Le plus simple, selon le commandant de bord à la retraite, aurait peut-être été de parler directement au voisin, mais ce dernier s'efforçait d'échapper à la chaleur du Småland en arpentant à pied les montagnes de Laponie et, d'après ce qu'il lui avait dit, il ne devait rentrer que dans quinze jours.

– Je ne comprends pas bien une chose, fit le commandant de bord en regardant Salomonson avec curiosité. Pourquoi le vol de cette vieille épave vous intéresse-t-il autant ?

– C'est une nouvelle campagne que nous menons à Växjö, répondit Salomonson en essayant de se montrer aussi convaincant que possible. Nous nous concentrons davantage sur ce qu'on appelle la petite délinquance, expliqua-t-il.

– Je croyais que vous aviez des choses plus importantes à faire, dit le commandant de bord en secouant la tête. C'est du moins l'impression qu'on a en lisant les journaux. On se demande vraiment où on va dans ce pays, ajouta-t-il.

Finalement, et faute de mieux, ils consacrèrent deux jours à faire du porte-à-porte dans le quartier. Ils commencèrent par les riverains ayant vue sur le parking pour continuer ensuite dans le reste du quartier. La moitié des gens chez qui ils sonnèrent n'ouvrit pas. Ils glissèrent un avis dans leur boîte aux lettres, et certains d'entre eux recontactèrent la police. Visiblement, quelques-uns ne contactèrent pas que la police, étant donné que plusieurs journalistes appelèrent le commissariat et apparurent même dans le quartier pour mener leur propre enquête. La nouvelle que la police s'intéressait à une voiture volée liée au meurtre de Linda parvint à la plupart des médias en l'espace de quelques heures.

Une seule femme, parmi les voisins, eut quelque chose à dire, mais étant donné ce qu'elle racontait, ils se seraient mieux débrouillés sans elle. En passant en revue les auditions sur son bureau, Rogersson la mit de côté avec un post-it. « Vieille dame confuse. À laisser sans suite. J.R. »

Ce fut Anna Sandberg qui l'interrogea. Mme Brita Rudberg, quatre-vingt-douze ans, une femme seule à la retraite, habitait l'immeuble le plus proche du parking. Son appartement, situé au premier étage, comportait un balcon avec une excellente vue sur ledit parking. C'était depuis ce balcon qu'elle avait vu quelque chose en rapport avec la Saab volée. Chaque matin de cet été, elle avait pris l'habitude de s'asseoir un moment sur son balcon avant qu'il ne fasse trop chaud, et justement ce matin-là elle s'en souvenait bien. C'était vers 6 heures du matin le vendredi 4 juillet, heure à laquelle elle se levait souvent en été. Quand il faisait sombre dehors, elle dormait plus longtemps, mais même en plein hiver, elle ne se réveillait jamais après 6 h 30.

Sandberg pensa, du moins au début, que la vieille dame était charmante et qu'elle avait toute sa tête malgré ses quatre-vingt-douze ans. Par ailleurs, elle semblait ne rien savoir du meurtre du mois précédent, ni que la voiture qui intéressait la police avait été volée. Était-elle bien certaine qu'il s'agissait justement du vendredi 4 juillet ?

– Mais oui, expliqua le témoin de Sandberg en lui souriant. C'était le jour de mon anniversaire, quatre-vingt-douze ans. J'avais acheté une part de *prinsesstårta* à la pâtisserie en ville la veille pour le fêter, et je m'étais assise là pour la manger avec mon café. Je lui ai même dit bonjour, expliqua-t-elle. Il était en train de bricoler la voiture, et je me souviens avoir pensé qu'il devait se rendre à la campagne pour être debout si tôt.

– Vous pouvez me décrire l'homme qui était en train de bricoler la voiture ? Celui que vous avez salué ? demanda Sandberg qui, sans le savoir, ressentit tout à coup ces mêmes vibrations tellement familières à Bäckström, bien qu'il fût presque toujours à côté de la plaque.

– J'ai eu l'impression qu'il s'agissait du fils, dit le témoin. Sinon, c'était quelqu'un qui lui ressemblait beaucoup. Il avait l'air très bien, un peu comme les jeunes de ma jeunesse, expliqua-t-elle.

– Le fils ? demanda Sandberg.

– Oui, lui, le fils du commandant de bord, l'ancien pilote propriétaire de la voiture, précisa le témoin. Il a un fils qui ressemble beaucoup à celui que j'ai salué. Sombre, élégant, sportif aussi.

– Est-ce qu'il vous a rendu votre salut ? demanda Sandberg.

Là, le témoin hésita. Il a peut-être hoché la tête, mais elle n'en était pas sûre. Par contre, elle était absolument certaine qu'il l'avait regardée. Plusieurs fois.

Se souvenait-elle de ses vêtements ? Même si elle n'en était pas sûre. Probablement était-il habillé comme tous les jeunes hommes de son âge quand il faisait chaud dehors et qu'ils devaient se rendre à la campagne.

– Un pantalon et une chemise décontractés, dit-elle, apparemment plus sûre d'elle du tout.

– Un pantalon court ou long ? s'entêta Sandberg, s'obligeant à garder une voix calme et amicale pour ne pas forcer les réponses.

Court ou long ? Le témoin ne savait plus vraiment, sans doute court vu la chaleur. Elle n'était pas sûre non plus des couleurs. Ni du pantalon court ou éventuellement long, ni de la chemise. Elle se souvenait juste que le pantalon et la chemise étaient sombres. En tout cas pas blancs, ça l'aurait frappée.

Ses chaussures ? Les avait-elle remarquées ? Encore plus hésitante. Les chaussures, ce n'est pas quelque chose qu'on remarque ? Elle les aurait remarquées si elles avaient été bizarres. C'était probablement ce genre de « baskets » que tous les jeunes portaient de nos jours.

Pieds nus ? Il ne pouvait pas avoir été pieds nus ? Non, vraiment pas. Parce que ça, elle l'aurait remarqué. En outre, elle n'avait certes jamais passé le permis de conduire, mais savait qu'une voiture ne se conduisait pas pieds nus.

– Des baskets, répéta Mme Rudberg en hochant la tête. Du genre que les jeunes portent de nos jours.

Elle était par contre certaine de deux choses. D'abord, que c'était le jour de son anniversaire, le jour de ses quatre-vingt-douze ans, le vendredi 4 juillet vers 6 heures du matin. Ensuite, qu'il avait bricolé la voiture pendant une dizaine de minutes, s'était assis dedans et était parti, et d'après ses vêtements et l'heure, il partait à la campagne rejoindre sa femme et ses enfants. Elle était presque certaine de son troisième point : si ce n'était pas le fils du commandant de bord, alors c'était quelqu'un qui lui ressemblait énormément. Sombre, élégant, sportif, beau à la manière des garçons d'autrefois.

Est-ce qu'elle se souvenait d'autre chose de ce matin-là ? demanda Sandberg en espérant entendre parler de l'averse orageuse qui était tombée sur Växjö entre 7 heures et 8 heures.

– Nooon. De quoi ? Mme Rudberg la regardait d'un air dubitatif.

– Un événement particulier dans cette journée-là, la pressa Sandberg.

Rien, selon le témoin. Elle ne lisait pas les journaux, regardait rarement la télévision, n'écoutait pas radio et jamais les informations. Elle n'avait plus de connaissances proches depuis de nombreuses années et malheureusement, tous les jours de sa vie à présent se ressemblaient désormais.

Après trois autres tentatives, Sandberg parla des trente millimètres de pluie qui étaient tombés pendant à peine une heure, et qui avaient représenté l'ensemble des précipitations de ce dernier mois à Växjö.

Mme Rudberg n'avait aucun souvenir d'averse. Probablement parce qu'elle avait déjà quitté le balcon pour se reposer un peu dans son lit quand il avait dû commencer à pleuvoir.

– Oui, sinon je m'en serais souvenue. Il a fait tellement sec cet été, ajouta-t-elle.

58

– Si vous voulez mon avis, la vieille est complètement toquée, dit Rogersson quand, le lendemain, le groupe d'enquête discuta de son témoignage et de ceux d'autres riverains.

– Qu'est-ce qui te fait croire ça ? demanda Olsson qui, depuis quelques jours, se trouvait à sa place en bout de table.

– D'abord, le commandant de bord n'a pas de fils, il n'en a jamais eu, ne va pas en avoir et n'a même pas envie d'en reconnaître un. La seule chose qu'il a, c'est un gendre. Qui est copilote chez SAS, est parti en Australie avec la plus jeune fille du commandant de bord, avec laquelle il est marié depuis de nombreuses années. Ils ont quitté la Suède le mercredi 18 juin, deux semaines et demie avant le meurtre de Linda. Ils sont censés rentrer à la maison dans une semaine, quand la petite doit commencer l'école. Du coup, il s'est mis en colère lorsque je l'ai appelé pour lui parler de son fils prodigue. Il se demandait à quoi on jouait. Il avait déjà expliqué à l'un de mes collègues qu'il avait deux filles, une petite-fille, un gendre, mais pas de fils, conclut Rogersson en fusillant Salomonson du regard sans raison apparente.

– Cette autre fille, intervint Lewin. Comment est-ce que…

– Merci Lewin, l'interrompit Rogersson. Elle a trente-sept ans, travaille comme avocate à Kristianstad et vit en couple depuis quinze ans avec quelqu'un rencontré pendant ses études de droit à Lund.

– Que sait-on de lui ? demanda Lewin.

– Entre autres, que c'est une fille. La fille vit en couple avec une autre femme avocate, et je suis persuadé que tu ne souhaites pas entendre ce que son père a dit quand j'ai commencé à l'interroger sur sa partenaire ou compagne, ou je ne sais plus comment il faut les appeler.

– Sauf que cette histoire d'anniversaire est tout de même très frappante, s'entêta Lewin.

– C'est aussi ce que j'ai pensé, et Anna, qui l'a interrogée, également, acquiesça Rogersson. Jusqu'à ce qu'on découvre que la bonne femme est née le 4 juin, et pas le 4 juillet. Du moins à en croire son numéro d'identité.

– C'était peut-être un anniversaire d'anniversaire, qu'elle célébrait. Qui sait, elle utilise peut-être toutes les occasions pour se gaver de *prinsesstårta*. La bonne femme est sûrement une de ces addicts au sucre, lança Bäckström en riant à en faire tressauter son ventre.

Je vois ce que tu veux dire, soupira Lewin. Et le signalement ?

– Celui du fils qui n'existe pas ?

– Oui, dit Lewin en souriant à peine.

– Comme je n'avais rien de mieux à faire, j'ai vérifié avec l'opticien de la vieille. Il n'était pas très enthousiaste, si je peux me permettre, mais j'ai quand même compris qu'elle était complètement miro. En plus, il m'a demandé de lui rappeler qu'il était grand temps qu'elle vienne pour un contrôle. Le dernier remonte à sept ans.

– Je ne crois pas que ça vaille la peine de poursuivre. Qu'en penses-tu Lewin ? ricana Bäckström.

Après la réunion du matin, Eva Svanström entra dans le bureau de Lewin pour le réconforter.

– Ne t'occupe pas de ces deux-là. Bäckström n'a jamais été très malin et Rogersson boit comme une éponge, alors il devait simplement avoir sa gueule de bois habituelle. Je te l'ai dit je ne sais pas combien de fois.

– Tu es venue pour me réconforter, sourit Lewin.

– Qu'y a-t-il de mal à ça ? demanda Svanström. Mais pas uniquement, en fait. J'ai deux ou trois choses à te dire aussi.

Y a-t-il du mal à recevoir juste un peu de réconfort ? pensa Lewin.

Trois ans plus tôt, à peu près à l'époque où elle avait changé d'appartement dans l'immeuble qu'elle habitait, lorsque sa fille avait emménagé chez son père, la mère de Linda avait aussi changé de numéro de téléphone. Normalement, elle aurait pu conserver son ancien numéro, mais Lotta Ericson en avait, pour une raison ou une autre, obtenu un nouveau. Et sur liste rouge, en plus. Alors qu'auparavant, elle était dans l'annuaire comme tout le monde.

L'ancien numéro était retourné à Telia et, après le délai habituel de quelques années, la compagnie l'avait réattribué à une nouvelle abonnée. Une anesthésiste venue de la clinique universitaire de Linköping, qui avait obtenu une promotion à l'hôpital de Växjö et avait donc choisi d'y emménager. Elle s'appelait Helena Wahlberg, quarante-trois ans, célibataire, et habitait le Gamla Norrväg à un demi-kilomètre au nord de la scène de crime, dans un quartier qui portait simplement le nom de Norr.

Le numéro réattribué était lui aussi passé sur liste rouge, ce qui n'était pas surprenant étant donné le travail de la nouvelle abonnée. Svanström avait même essayé de la joindre à l'hôpital, mais elle était en vacances depuis un mois. Elle revenait lundi, et la seule chose notable là-dedans – et ce n'était probablement qu'une bête coïncidence – était que ses vacances avaient commencé le vendredi 4 juillet, le jour du meurtre de Linda.

– Veux-tu que je réclame la liste de ses appels téléphoniques ? demanda Svanström.

– Je crois qu'on peut attendre, dit Lewin. Le plus simple est que je l'appelle et que je lui parle d'abord. Et je voulais te demander encore une chose, ajouta-t-il.

Bien que leur témoin de quatre-vingt-douze ans se fût visiblement trompé d'un mois entier sur sa propre date d'anniversaire, Lewin avait quand même du mal à la laisser de côté. Cela s'expliquait par son histoire familiale personnelle, comme souvent chez les policiers. Et probablement aussi par sa propre personnalité, mais il ne pensa pas un instant à cette possibilité.

– C'est à cause de ma vieille grand-mère maternelle, qui est décédée maintenant, mais qui, si elle avait vécu, aurait eu presque cent ans, expliqua Lewin. Selon le registre d'état civil, elle était censée être née le 20 février 1907, mais nous fêtions toujours son anniversaire le 23 février.

– Pourquoi ? demanda Svanström.

– D'après l'histoire familiale, le prêtre aurait été saoul quand il l'a inscrite dans le registre paroissial et aurait tout simplement noté une mauvaise date. Certes, il ne s'agit que de quelques jours et pas d'un mois, mais c'est cette histoire de juin et juillet qui me turlupine.

– Facile de se mélanger, acquiesça Svantröm.

– C'est d'ailleurs pour cela que beaucoup de vieux avocats disaient « juillette ». Pour éviter les confusions avec juin, dit Lewin. Je me souviens avoir été très surpris la première fois que j'ai entendu ça. Nous avions un conférencier à moitié fou en droit pénal, à l'école de police, que nous surnommions justement professeur Juillette. C'est en gros la seule chose que nous avions apprise. Combien il était important que les avocats disent « juillette » au lieu de « juillet ». Pour le reste, ça avait surtout été les bêtises habituelles sur l'importance de bien tenir son sabre quand on attaque un voyou. Que la police ait arrêté depuis de nombreuses années d'utiliser les sabres lui avait manifestement échappé. Une fois, il a fait un cours entier sur les conséquences juridiques d'un coup asséné avec le tranchant plutôt qu'avec le plat du sabre, jusqu'à ce que l'un de nous lui dise que désormais on utilisait des bâtons.

– Comment a-t-il réagi ?

– Il s'est mis en colère.

– Le plus simple serait que tu lui poses la question. Au témoin.

– Peut-être, soupira Lewin. *Peut-être que je devrais également parler à son opticien*, pensa-t-il. Le problème avec les collègues comme Rogersson, c'est qu'ils voient la réalité en noir et blanc. *Bien que Rogersson soit un brave type, au fond.*

Quand Eva se leva pour partir, il fut à nouveau frappé par la même pensée qu'il avait eue quelques heures plus tôt.

– Une dernière chose, dit Lewin. J'y ai pensé pendant la réunion. D'après Enoksson, quelqu'un qui vole une voiture de cette façon connaît son sujet.

Lewin ne tenait naturellement pas pour obligé qu'il s'agisse d'un voleur de voiture ordinaire. Il suffisait de posséder quelques connaissances techniques. Un mécanicien, ou une personne intéressée par la technique, un bricoleur. Ou qui aurait été instruit par quelqu'un d'autre. Gardien de prison, éducateur spécialisé ou autre…

– Ou policier, dit Svanström.

– Peut-être, acquiesça Lewin. Même si je suis flic depuis trente ans et n'ai aucune idée de comment on fait.

– Quelqu'un qui sait comment on fait, mais qui n'a pas eu à se retrouver dans nos fichiers lorsqu'il a appris, résuma Svanström.

– Exactement, dit Lewin.

– L'inverse complet de cet horrible bibliothécaire Gross, dit Svanström. Quelqu'un qui n'est pas très cultivé, comme on dit.

– Exactement, dit Lewin. *Absolument pas quelqu'un comme Gross.*

Une fois Svanström partie, il ne put bien entendu pas s'en empêcher : sans savoir qu'il confirmait les idées qu'Eva Svantröm avait sur lui, il composa le numéro de l'anesthésiste. C'était son numéro personnel, mais les gens pouvaient rentrer avant la fin de leurs vacances, sans nécessairement attendre le dernier jour. Du moins, lui le faisait.

– Je ne peux pas répondre pour le moment, mais laissez votre nom et votre numéro et je promets de vous rappeler dès que possible, répondit la voix sur le répondeur.

Elle est peut-être sortie, pensa Lewin, mais il ne laissa pas de message et se contenta de raccrocher. *Ça devait être sa voix sur le répondeur*. Elle avait exactement la voix d'une anesthésiste de quarante ans. Policée, sympathique, alerte. Célibataire, selon le registre d'état civil, et médecin en chef adjoint à l'hôpital de Växjö selon la déclaration d'impôts que la méticuleuse Eva Svanström avait retrouvée.

59

Une bonne semaine plus tôt, Bäckström avait détaché deux jeunes collègues de la police de Växjö qui faisaient partie du groupe d'enquête pour essayer de remonter la piste des fibres de cachemire bleues, rebaptisée, pour simplifier, la piste textile. Le fait qu'il s'agissait de deux femmes n'était pas dû au hasard. Ça allait avec la nature de la tâche, et Bäckström trouvait très positif que ces petites créatures aient de quoi s'occuper de leur côté, et qu'elles ne troublent pas le travail des vrais flics.

Quoi qu'il en soit, elles semblaient avoir pris leur mission très à cœur. Selon le laboratoire de Linköping, il s'agissait probablement d'un polo bleu clair fin, et elles avaient interrogé toute personne qui, du point de vue professionnel, était susceptible de contribuer à le retrouver. Elles avaient donc parlé à des créateurs de mode, des journalistes de mode, des photographes de mode et des experts de la mode au sens large, ainsi qu'à des fabricants, grossistes et représentants d'un grand nombre de boutiques de luxe. L'une d'elles avait même commencé à interroger sa tante, qui était presque obsédée par ce qu'elle portait.

Outre le fait qu'il s'agissait d'un polo d'homme, il existait une dizaine de modèles possibles. Le plus probable, un polo à col en V avec des manches longues de fabrication anglaise, irlandaise, américaine, italienne, allemande ou française, et à un prix compris entre deux et douze mille couronnes en fonction de la marque. S'il avait été acheté au rabais, dans le cadre de soldes ou ailleurs que dans une boutique, le prix pouvait être plus bas. Mais sûrement pas en dessous de mille couronnes, ou alors c'était l'affaire du siècle, selon les personnes interrogées.

En tout cas, il ne semblait pas être passé par Växjö ou ses environs. Aucun des magasins n'avait eu un tel polo en modèle masculin ces dernières années. Tout ce qu'il y avait, ou ce qu'il y avait eu, c'étaient des modèles pour femmes, mais aucun d'eux ne semblait avoir été de la bonne couleur, si l'on en croyait les bons de commande et les registres des entrepôts. Il restait une vingtaine de boutiques et d'entrepôts en Suède, tous situés à Stockholm, Göteborg ou Malmö. À moins qu'il n'ait été acheté à l'étranger. Où il était aussi courant, et sûrement moins cher. L'offre comme la demande étaient beaucoup plus importantes à l'étranger qu'en Suède, avaient-elles conclu.

Restait la possibilité qu'il ait été volé. Grâce à l'informatique, elles avaient sorti la liste de tous les vols de vêtements de luxe qui avaient frappé les importateurs, les grossistes, les entrepôts et les boutiques du sud de la Suède ces dernières années. Ensuite, elles avaient passé en revue tous les cambriolages ordinaires, les vols et les déclarations de perte des ménages et personnes privées enregistrés dans les fichiers des biens volés, oubliés ou perdus. Pas de polo d'homme en cachemire bleu.

– Malheureusement, nous n'irons pas plus loin, résuma l'une des deux enquêtrices de la piste textile au moment du rapport à Bäckström.

– Ce n'est pas la fin du monde, sourit Bäckström. Le principal, c'est que vous les filles vous vous soyez un peu amusées.

Ces gonzesses manquent totalement de sens de l'humour, une paire de vraies petites gouines d'assaut, pensa Bäckström quand elles quittèrent son bureau à peine une minute plus tard. *Grand temps pour la première bière du week-end*, se dit-il en regardant les 15 heures approcher, même si on était vendredi et que le moment était venu de passer à autre chose. Mais surtout pas d'écouter cette petite tapette d'Olsson qui, soudain apparu à sa porte, voulait lui parler.

– Aurais-tu quelques minutes, Bäckström ? demanda Olsson.

– Bien sûr, dit Bäckström avec amabilité. On est encore loin de la fin de la journée.

Olsson espérait visiblement passer la moitié de la nuit à discuter de leurs prélèvements d'ADN, aussi Bäckström allait-il devoir y mettre le holà. Olsson était inquiet, et même le directeur de la police régionale partageait son inquiétude. Pour le calmer, il avait donc décidé d'entendre les différents avis de ses collaborateurs sur la question.

– Nous approchons des sept cents prélèvements volontaires à ce jour, dit Olsson, à qui Thorén venait de communiquer le chiffre exact.

– Oui, ça marche comme sur des roulettes, s'enflamma Bäckström. Bientôt, le salopard sera devant nous. Bientôt on va le choper. *Suce-moi ça, espèce de sale petit lâche*.

– En soi, tu as sûrement raison, dit Olsson, qui en même temps ne semblait pas apprécier la réponse. Le problème, c'est plutôt que l'*ombudsman* parlementaire et le chancelier de la justice sont tous les deux après nous. Ce que disent les journaux, je ne m'en inquiète pas tellement, mais j'ai quand même essayé de prendre les critiques pour moi.

– Oui, après tout, c'est toi le responsable de l'enquête préliminaire, souligna avec satisfaction Bäckström.

– Que veux-tu dire ? s'inquiéta Olsson.

– Eh bien, c'est toi qui seras dans la merde jusqu'au cou s'ils se mettent en tête de s'en prendre à quelqu'un, et ça ne doit pas être drôle, expliqua Bäckström, tout sourire.

– Oui, enfin ce n'est pas ça qui m'a convaincu de changer de direction, du moins pour le moment, objecta Olsson nerveusement.

– Qu'en est-il du travail de grande envergure et sans parti pris ? s'interrogea innocemment Bäckström.

– J'y pense, évidemment, Bäckström, mais j'ai en même temps le sentiment que l'enquête commence à prendre une direction plus claire, expliqua Olsson.

– Alors, tu as lâché l'idée de prélever l'ADN de toute la ville, dit Bäckström avec bonhomie. Je peux bien…

– Je pensais plutôt à la piste de la voiture, l'interrompit Olsson. Que nous suspendions jusqu'à nouvel ordre nos prélèvements et essayions de la suivre jusqu'au bout.

– Tu veux parler de cette vieille bonne femme de cent ans et plus qui a oublié sa date de naissance ?

– Quatre-vingt-douze. Peut-être pas particulièrement elle, mais nous sommes loin d'en avoir fini avec le porte-à-porte à Högstorp, et Enoksson et ses camarades de la brigade technique découvrent souvent tout un tas de petits indices. Qu'en penses-tu, Bäckström ?

– Je pense que nous devrions envoyer la bande de Sala à la bonne femme, ricana Bäckström.

– La bande de Sala. Là, j'ai peur de ne pas comprendre…

– De vrais petits trésors, qui vivaient dans le Bergslagen dans les années 1930, dit Bäckström, qui tenait son savoir académique des annales de la police criminelle.

Le seul livre qu'il lisait, surtout pour s'assurer qu'il était présenté en termes élogieux dans les descriptions de cas que certains de ses collègues à moitié débiles s'entêtaient à partager avec un public plus large. Des livres gratuits en plus, puisqu'il les volait au boulot.

– Oui, je le sais, mais qu'est-ce que la bande de Sala a à voir avec notre témoin ? hésita Olsson.

– Rien, malheureusement, dit Bäckström. Et ils doivent être morts à présent, mais dans les années 1930, ils ont gazé une vieille bonne femme qu'ils avaient cambriolée. Ils ont chouré les six couronnes et trente öre qu'elle avait cachés sous son matelas. Beaucoup d'argent à l'époque, Olsson.

– Tu plaisantes ?

– Ne dis pas ça, fit Bäckström. Ne dis pas ça. *Peut-être que je devrais lâcher Rogersson sur la vieille.*

60

Le plus haut supérieur de Bäckström, Lars Martin Johansson, n'accorda pas la moindre pensée à l'heure bien qu'il fût déjà plus de 15 heures un vendredi, et bien qu'un commissaire principal nerveux attendît dehors près de sa secrétaire à suer depuis une bonne demi-heure. Il n'avait même pas lu l'éditorial de *Svenska Dagbladet*, tout occupé qu'il avait été ces dernières heures à éplucher le rapport des activités de Bäckström et de ses collègues à Växjö depuis un bon mois.

– Tu peux le faire entrer, annonça Johansson dans son interphone. Était-ce à cause de la proximité du week end s'il fallut moins de dix secondes au commissaire principal pour prendre place sur la chaise visiteur, de l'autre côté de son grand bureau ?

– J'ai lu les rapports que tu m'as donnés, déclara Johansson.

– Je t'écoute, chef, dit le commissaire principal.

– Je veux que quelqu'un du service financier les passe au crible. J'ai annoté les endroits les plus importants d'un point d'interrogation rouge, expliqua Johansson en indiquant de la tête le classeur qui se trouvait sur le bureau, entre eux.

– Pour quand veux-tu ça, chef ?

– Lundi matin, ça ira. C'est quand même le week-end, concéda Johansson généreusement.

– Alors, il vaut mieux que je leur parle immédiatement. Avant qu'ils ne partent, expliqua le commissaire principal nerveusement, tout en faisant mine de se lever.

– Une dernière chose. Je veux aussi consulter les rapports d'enquête. Si j'ai bien compris l'affaire, les collègues du groupe GAC ont reçu des copies de la plupart des dossiers.

– Quand les veux-tu, chef ? demanda le commissaire principal, un peu trop empressé.

– Un quart d'heure, ça ira.

– Je crains qu'ils ne soient déjà rentrés chez eux, dit le commissaire principal en jetant un coup d'œil toujours nerveux à sa montre.

– J'ai du mal à le croire. Il n'est pas encore 15 h 30.

– Je vais m'assurer que tu les aies dans un quart d'heure, chef.

– Parfait, trancha Johansson. Tu les donneras à ma secrétaire.

61

Une semaine après la fête de la reine Silvia, le vendredi 15 août, la foudre tomba sur la tête du commissaire Evert Bäckström, de la brigade criminelle de la police nationale. Du moins, ce fut ainsi qu'il décrivit à son ami le plus proche, l'inspecteur Jan Rogersson, le cauchemar insensé qu'une gonzesse cinglée lui avait fait subir.

– C'était comme si la foudre s'était abattue sur ma tête, expliqua Bäckström.

– Il faut toujours que tu exagères, Bäckström, objecta Rogersson. Dis-le franco, tu étais tout simplement bourré, n'est-ce pas ?

Tout avait commencé comme d'habitude, et de façon très prometteuse étant donné que c'était le week-end et que les règles concernant les heures supplémentaires l'empêchaient de mettre ne serait-ce qu'un pied au boulot avant lundi matin. Sitôt débarrassé de cette petite tapette d'Olsson, il avait discrètement quitté le commissariat de Växjö pour se promener tranquillement en direction de l'hôtel. Une fois dans sa chambre, il avait enlevé ses vêtements, enfilé une robe de chambre propre et fraîchement repassée, et ouvert la première bière bien fraîche du week-end. Quand Rogersson était arrivé essoufflé, le visage rouge comme un dindon prêt à être abattu, Bäckström en était déjà à sa troisième.

– Enfin vendredi, avait dit Rogersson en buvant directement à la canette. Tu as des projets particuliers pour le week-end, Bäckström ?

– Ce soir, tu devras te débrouiller seul, jeune homme, avait répondu Bäckström, qui avait consacré les minutes vacantes entre la deuxième et la troisième bière à appeler la petite Carin et l'inviter à dîner.

– Quelque chose de prévu avec une dame, avait compris Rogersson, qui n'était quand même pas un si mauvais flic.

– D'abord, nous irons manger un morceau en ville, et ensuite je pense aérer mon super-salami, conclut Bäckström en soulignant son propos d'une bonne gorgée supplémentaire.

Tout s'était d'abord déroulé comme prévu. Bäckström et sa dame du soir avaient dégusté un dîner très agréable dans un restaurant proche sur la Storgata, et il avait même réussi à boire quelques verres bien qu'il eût essayé de se retenir en vue de la fin de la soirée et pour le bien de son salami.

Ce qui était sûr, c'était qu'ils avaient fini dans sa chambre d'hôtel, car même si Carin, allez savoir pourquoi, proposait de descendre s'installer au bar, elle avait quand même accepté de prendre un petit verre dans la chambre. Le détail des événements qui avaient suivi demeurait à ce jour assez peu clair. En tout cas, pas au point d'en parler avec ses soi-disant collègues dépourvus d'humour de la police des polices.

– Je voudrais te montrer quelque chose, avait dit Bäckström en envoyant son plus charmant sourire avant de disparaître dans la salle de bains.

– Tant que ça ne traîne pas, avait grogné Carin de l'autre côté de la porte, en sirotant son verre, tout à coup très distante.

Plus rapide que Superman dans sa cabine téléphonique, Bäckström avait exécuté la manœuvre opposée dans la salle de bains. Après avoir enroulé une serviette autour de son ventre, il était revenu paré de toute sa gloire, et avait laissé tomber le voile.

– Que penses-tu de ça, ma petite chérie ? avait demandé Bäckström en rentrant le ventre et bombant la poitrine. *De façon tout à fait inutile certes, mais parfois il faut savoir s'offrir.*

– Es-tu complètement fou ? Enlève-moi tout de suite cet horrible petit Manneken-Pis, s'était écriée Carin en se levant du sofa. Puis elle avait tout bonnement raflé son sac et sa veste, était sortie de la chambre à grands pas et avait claqué la porte derrière elle.

Les gonzesses sont tarées ! Quel petit Manneken-Pis ? De quoi parle-t-elle ?

Il s'était rhabillé puis était descendu au bar, mais il n'y avait que Rogersson qui rigolait dans un coin. Faute de mieux, il était quand même resté s'en envoyer quelques-uns. Quand il finit par revenir dans sa chambre, il l'appela pour lui souhaiter bonne nuit et montrer qu'il n'était pas du genre rancunier, mais avant même qu'il n'ait eu le temps d'ouvrir la bouche, elle avait raccroché. Apparemment, elle avait aussi débranché, car ni elle ni le répondeur ne donnèrent plus signe de vie lorsqu'il essaya de rappeler. *Exactement comme cette gonzesse cinglée qui m'avait refilé le petit Egon.*

62

Le samedi matin, Lewin emmena Eva Svanström prendre un train pour Copenhague. Une petite surprise qu'il avait préparée dans le plus grand secret et qui l'excitait comme une gamine.

– Pourquoi tu n'as rien dit ? demanda Eva.

– Parce que sinon ça n'aurait pas été une surprise, répondit Lewin.

– Ça va être super passionnant ! Je ne suis jamais allée à Copenhague !

Ils se rendirent d'abord à Tivoli et dans les manèges et les grands huit, avant de se promener tranquillement le long de la rue piétonne Strøget. Ils trouvèrent un bon restaurant à Nyhavn et mangèrent un vrai déjeuner danois avec du hareng, des tartines de *smørrebrød* et leur habituel accompagnement. Le soleil brillait comme dans le Småland mais ici, la chaleur était supportable et Lewin ne s'était pas senti aussi bien depuis très longtemps. Il se sentait même si bien qu'il eut la force d'exprimer les pensées qui le tourmentaient.

– Nous devrions peut-être faire quelque chose de bien de nos vies, Eva, suggéra Lewin en serrant sa main.

– Je vais bien, dit Eva. Je ne me suis jamais sentie aussi bien que maintenant.

– On va y réfléchir, décida Lewin, et puis le moment passa, mais ce n'était pas plus mal. Même s'il n'oserait plus jamais en reparler avec elle.

– Que penses-tu de notre nouveau chef ? demanda Eva, qui préférait changer de sujet sans en faire tout un plat. Ce Lars Martin Johansson.

– Je l'ai déjà rencontré, dit Lewin. Nous avons travaillé ensemble sur une enquête au temps où il était simple flic. Ça fait peut-être trente ans. Avant ton époque. Le meurtre de Maria. Une femme retrouvée étranglée et violée chez elle, à Enskede.

– Raconte-moi, demanda Eva en nouant ses doigts aux siens. Comment est-il, en tant que personne ? Johansson.

– En tant que flic, il n'était pas mauvais. Les collègues ricanaient en disant qu'il voyait derrière les coins. Il avait une incroyable capacité à comprendre et relier les faits.

– Le flic qui voyait derrière les coins, répéta Eva Svanström, ravie. Ça a presque l'air d'une série télé. Mais comment était-il comme personne, alors ? continua-t-elle.

– Comment était-il comme personne ? répéta Lewin. Comme personne, c'était le genre à pouvoir enjamber un corps sans même penser où il mettait les pieds.

– Beurk, ça n'a pas l'air très agréable.

– Je peux me tromper. Nous ne nous ressemblons pas beaucoup, lui et moi. Peut-être était-ce juste parce que je ne le comprenais pas.

– Il m'a l'air assez particulier en tout cas, constata Svanström.

– La combinaison de cette capacité à voir les choses avec cette indifférence complète aux conséquences m'effrayait peut-être, dit Lewin. Ça doit être ça, un superflic ? Tout voir, tout comprendre, et ne pas accorder une pensée au fait qu'il s'agit avant tout de personnes.

– Dans le pire des cas, on déménage, dit Eva. On cherche ailleurs. Je sais qu'à Stockholm, ils ont besoin de monde. Mon ancien chef m'a même demandée.

– Ça vaut la peine d'y réfléchir, dit Lewin qui, penché en avant, avait senti ses cheveux, humé doucement entre son oreille droite et sa joue. *Ce serait le pire des cas, et ça n'ira jamais mieux que maintenant.*

63

La nuit de leur retour de Copenhague, Lewin rêva de cet été, presque cinquante ans auparavant, où il avait reçu son premier vrai vélo. Un Crescent Vaillant rouge. Et de son papa qui avait pris un congé quasiment tout l'été pour lui apprendre à en faire.

Avant d'arriver à la maison, le plus difficile c'est le chemin de gravier de devant, les vingt derniers mètres entre la porte du jardin blanche et le porche rouge.

Maintenant je lâche, crie papa, et Lewin serre le guidon et pédale et pédale et tombe dans le gravier. Et cette fois-là, il s'est vraiment fait mal. Il s'est égratigné les coudes et les genoux, et apprendre à faire du vélo lui apparaît soudain à la fois inutile et sans espoir.

Relève-toi, Jan, dit papa, qui le relève et ébouriffe ses cheveux. On va boire du chocolat, manger un sandwich au fromage et trouver des pansements.

Et tout redevient normal.

64

Johansson passa son dimanche allongé sur son sofa dans la salle de séjour de son appartement de la Wollmar Yxkullsgata, à Södermalm, Stockholm. Il s'était préparé un vrai gin-tonic avec beaucoup de glaçons, et lut tranquillement le rapport d'enquête sur le meurtre de Linda. Ça l'occupa tout l'après-midi, mais comme sa femme était sortie avec une amie, il avait amplement le temps et rien de mieux à faire. *De plus, étant donné mon rang désormais, c'est la seule façon qu'il me reste d'approcher une véritable enquête sur un homicide. Peut-être devrais-je postuler pour entrer dans ce groupe GAC ? Ils semblent avoir besoin d'aide pour tout*, pensa-t-il en jetant un rapide coup d'œil au profil de l'agresseur.

Mais qu'est-ce qu'ils fabriquent là-bas, enfin ? se demanda Lars Martin Johansson quatre heures plus tard, après avoir fini de lire et reposé le rapport. *Un vrai policier aurait bouclé cette enquête dès la première semaine.*

65

Växjö – Stockholm, lundi 18 août-dimanche 24 août

Ce lundi, alors que la chasse au meurtrier de Linda entrait dans sa huitième semaine, Bäckström commençait à se sentir un peu fatigué de toute cette histoire. Ils ne pouvaient plus faire de prélèvements d'ADN, bien que même une tapette comme Olsson finirait par comprendre qu'ils l'attraperaient de cette façon – et puis tant pis si ça en dérangeait certains. Il n'y avait pas de friandises à croquer non plus. Pas de grassouillets résultats d'enquête, ni de voyou prometteur à se mettre sous la dent. Tout ce qu'il y avait, c'était une vieille folle de cent ans qui ne se rappelait plus sa date de naissance et pensait que l'agresseur ressemblait à quelqu'un qui n'existait pas. Plus tous les soi-disant témoins qui n'avaient ni vu, ni entendu, ni compris quoi que ce soit, mais qui avaient quand même réussi à tout comprendre de travers. Et enfin les habituels tarés et autres illuminés, avec leurs mises en garde et leurs vibrations de l'autre monde. *Putain, mais qu'est-ce que je fous ici, en fait ? C'est un très mauvais plan pour un vrai flic, il est grand temps de plier bagage et de rentrer à Stockholm*, pensa Bäckström.

En plus, c'était une putain de ville. Sans parler des gonzesses cinglées qui y habitaient. Et pour couronner le tout, tous les journaux, les chaînes de télévision et les stations de radio qui semblaient s'être donné le mot pour leur dire, à lui et ses collègues, comment faire leur boulot. Et les chefs, qui brillaient par leur absence dès qu'il s'agissait de défendre l'infanterie. Comme le dernier en date, ce putain de Lapon, sur lequel le plus important des tabloïds n'avait toujours pas réussi à mettre la main pour un simple commentaire. *C'est ce qu'ils disent, mais cette fois je suis prêt à les croire*, pensa Bäckström.

Comme si ça ne suffisait pas, la collègue Sandberg venait d'apparaître dans son bureau. Elle ferma la porte et murmura quelques mots.

– Une plainte a été déposée contre toi ce matin, dit Anna Sandberg.

– Qu'est-ce que j'ai fait, cette fois ? demanda Bäckström. À part mon boulot ? *Je suppose que j'ai dépassé le budget de la brigade criminelle pour l'achat de cotons-tiges.*

Tentative de viol, selon la personne qui avait déposé la plainte. Harcèlement sexuel, selon le collègue qui l'avait enregistrée, et qui par sécurité l'avait mise dans une pile à part.

– Tu plaisantes ? fit Bäckström en comprenant de quoi il s'agissait. *De toutes les putains de gonzesses cinglées de la planète !*

Malheureusement non, d'après Anna Sandberg. Selon la plainte, dans la soirée du 15 août, dans sa chambre du Stadshotel de Växjö, Bäckström aurait fait ce qu'il avait effectivement fait, mais aussi tout un tas de choses qu'il n'avait pas faites. La victime était une femme journaliste à la radio locale de Växjö nommée Carin Ågren, âgée de quarante-deux ans. Celle qui avait déposé la plainte était une amie proche, présidente du refuge des femmes battues de la ville et qui s'appelait Moa Hjärtén. Seul point positif : la victime, Ågren, n'était pas joignable, et comme si souvent dans ce genre de plainte, il n'y avait aucun témoin.

– Je ne sais pas de quoi tu parles, dit Bäckström. Je n'ai jamais touché cette femme. *Ce qui est complètement vrai.*

– Ce n'est pas mon affaire, dit Sandberg en secouant la tête. J'ai juste pensé que ce serait mieux pour toi d'être au courant.

– Je crois que cette Hjärtén me dit quelque chose, dit Bäckström. Ce n'est pas cette grosse bonne femme qui se promène dans une espèce de blouse rose ? Je l'ai rencontrée ici au commissariat. C'était une des amies d'Olsson si je me souviens bien.

– En tout cas, je te l'ai dit, répéta Sandberg.

– Sympa de ta part, Anna, sourit Bäckström, détendu. Dans ce boulot, on se prend beaucoup de merde, soupira-t-il, fatigué. *Et il n'y a pas de témoin, en plus.*

La femme anesthésiste n'avait pas été facile à joindre. Sitôt retournée à son travail, ses services avaient été requis dans la salle d'opération, et elle ne pourrait voir Lewin que l'après-midi. À condition que ce soit suffisamment important. À condition que ça ne remette pas en cause son secret professionnel, et à condition qu'il vienne la voir et pas le contraire, puisqu'il ne voulait pas lui dire de quoi il s'agissait au téléphone.

Mais quand il s'installa dans son bureau à l'hôpital, tout se passa sans douleur, bien mieux que prévu. En blouse blanche et le stéthoscope dans la poche. Des cheveux blonds coupés courts, mince et sportive, des yeux bleu vif et un regard montrant à la fois de la vivacité, de la perspicacité et de l'humour. *Une belle femme*, pensa Lewin. *Même si ça n'a rien à voir avec ce qui nous occupe.*

Sans entrer dans les détails de l'affaire, Lewin expliqua brièvement ce qu'il voulait savoir. Avait-elle eu une conversation téléphonique étrange ? Particulièrement une conversation qui aurait eu lieu le soir avant son départ en vacances, la nuit ou tôt le matin de son départ.

– Autour du 4 juillet, dit Lewin.

– Il s'agit du meurtre de cette jeune élève de la police, n'est-ce pas ? Elle le regarda avec curiosité et une vivacité évidente dans ses yeux bleus.

– Ce n'est pas moi qui l'ai dit, sourit Lewin. *Presque un peu trop attirante.*

Il ne l'avait certes pas dit, mais elle avait pu le déduire. Vingt-quatre heures plus tôt, au retour de ses vacances à l'étranger, elle ignorait tout du meurtre de Linda. Après avoir parcouru ses vieux journaux et réussi à faire deux pauses-café dans la salle de repos de l'hôpital, elle en savait à présent autant que les autres.

– Je n'avais encore jamais rencontré un véritable enquêteur de toute ma vie. Encore moins de la police nationale, précisa-t-elle.

– Ça doit être agréable, constata Lewin.

– Alors maintenant que je vous vois, je suis presque contente.

– Merci. *Mais dans quelle direction va cette conversation ?*

– Vous semblez être de la bonne trempe. Ce n'est pas comme ça que vous les gars, vous dites ? La bonne trempe, expliqua-t-elle. Et je vais peut-être pouvoir vous aider. Pas que je comprenne comment, mais voici ce qu'il en est.

Elle recevait rarement des coups de téléphone de gens qu'elle ne connaissait pas. Presque tous ses appels étaient liés à son travail. Elle avait bien eu un ou deux mauvais numéros, mais elle oubliait ça aussitôt. Et elle n'avait jamais eu à subir de conversation désagréable pendant ces presque deux années à Växjö.

– Personne à la respiration louche. J'espère que c'est parce que je suis sur liste rouge, pas parce que je commence à me faire trop vieille, expliqua-t-elle en souriant.

Telle était la première raison pour laquelle elle se souvenait de cette conversation-là. L'autre raison, c'était qu'elle devait partir en vacances à l'étranger le vendredi 4 juillet. Elle devait prendre le train pour Copenhague, puis l'avion pour New York tard le soir, et pour cela elle devait quitter Växjö au plus tard à 16 heures. Seule une urgence à l'hôpital aurait été susceptible de compromettre ses projets, car elle avait été obligée, à la dernière minute, de prendre l'astreinte du vendredi matin. Un collègue dont le père avait fait un infarctus.

– J'étais chez moi en train de dormir quand le téléphone a sonné en pleine nuit, alors j'ai pensé, voilà mes vacances qui partent en fumée.

En pleine nuit, souligna Lewin. Quelle heure, plus précisément ?

– Selon mon réveil, à côté de mon lit, il était 2 h 15, dit elle en souriant à l'étonnement de Lewin. J'imagine que ça vous étonne que je le sache.

Oui, dit Lewin en lui rendant son sourire. *Dans le pire des cas, je peux toujours essayer de te demander ta date de naissance.*

L'heure est une chose importante dans la vie d'un anesthésiste. En particulier quand il s'agissait d'un coup de téléphone en pleine nuit, qu'elle pensait venir de son boulot. Elle avait en outre une excellente mémoire des chiffres et, opportunément, du papier et un stylo près du téléphone. D'abord, elle avait noté l'heure de l'appel, puis soulevé le combiné et répondu.

– Comme j'étais persuadée que c'était le boulot qui appelait, c'était un pur réflexe, expliqua-t-elle. Et pour qu'ils comprennent bien qu'ils venaient de saboter mes vacances et mon sommeil réparateur, j'ai essayé de parler comme si je dormais encore.

– Vous n'avez pas répondu en disant votre nom, supposa Lewin.

– Non, dit-elle. Tout ce qu'ils eurent fut un allô ensommeillé et étiré. Même si j'étais parfaitement réveillée. Je pensais que ça leur servirait de leçon, en quelque sorte.

– Qu'a dit la personne qui appelait ? demanda Lewin. Est-ce que vous vous en souvenez ?

C'était un homme. Il avait semblé content, agréable, sobre et, à en juger par la voix, de son âge.

– Il a d'abord dit quelque chose en anglais. « *Long time no see* »[1] ou quelque chose du style, et qu'il espérait qu'il ne me réveillait pas. Je croyais encore que c'était quelqu'un du boulot qui voulait montrer son sens de l'humour, puisque je devais partir aux États-Unis pour mes vacances. Mais soudain j'ai eu un doute.

– Pourquoi cela ? demanda Lewin.

– Étant donné que mes vacances venaient de partir en fumée, j'ai été un peu sèche. J'ai demandé combien il y en avait et ce qu'ils avaient fait cette fois. Quand

1. « Ça fait longtemps qu'on ne s'est pas vus. »

ça sonne à cette heure-là, il s'agit presque toujours d'un accident de la route, expliqua-t-elle.

– Qu'a-t-il répondu ?

– Il a semblé à son tour très étonné. Il a dû comprendre qu'il s'était trompé de numéro. Il a demandé à qui il parlait, j'ai demandé à qui il voulait parler, et là j'ai compris que ce n'était pas quelqu'un du boulot, mais seulement un mauvais numéro en pleine nuit.

– A-t-il dit autre chose ?

– Oui. D'abord, il a demandé s'il était bien chez Eriksson. Je m'en souviens très bien, parce que j'ai trouvé que c'était une façon très étrange de s'exprimer. Je me souviens aussi que j'ai pensé à cette compagnie de téléphone en me demandant si c'était peut-être quelqu'un qui appelait pour se moquer de moi. Mais là j'étais très en colère, et je lui ai dit qu'il avait peut-être fait un mauvais numéro. Alors il m'a demandé pardon, etc., une bonne centaine de fois, apparemment très sincère, et moi j'étais contente pour mes vacances. Finalement, j'ai dit que c'était OK s'il promettait de ne plus jamais recommencer.

– Et ce fut tout.

– Non. L'anesthésiste secoua la tête. Il a dit quelque chose d'autre, et comme il l'a dit d'une manière tout à fait charmante, je m'en souviens.

– Essayez d'être aussi précise que possible, demanda Lewin en vérifiant que son petit magnétophone tournait correctement.

– OK. Il a dit à peu près ceci : Que ce n'était pas le bon moment pour lui proposer une *blind date*. Oui, ce n'est pas le bon moment pour lui proposer une *blind date*, a-t-il dit. Ou quelque chose du style, mais avant que j'aie réussi à répondre quoi que ce soit, il avait raccroché. Un peu dommage en fait, parce qu'il avait l'air à la fois charmant et agréable, dit-elle en souriant à Lewin.

– Joyeux, sobre, agréable, charmant, résuma Lewin.

– Exactement. S'il n'avait pas appelé au milieu de la nuit, qui sait comment ça aurait pu se terminer, dit le témoin en souriant encore plus largement. Je me souviens que j'ai eu du mal à me rendormir. J'étais allongée à fantasmer sur le fait qu'il était sûrement aussi agréable, charmant et mignon qu'il en avait l'air.

– Vous espériez qu'il allait rappeler ? dit Lewin en souriant lui aussi.

– Eh bien, je ne suis peut-être pas si désespérée que ça. Pas encore du moins.

– Il n'a pas repris contact ?

– Il n'a pas laissé de message sur mon répondeur pendant mes vacances, dit-elle en haussant les épaules. Il n'y avait que les appels casse-pieds habituels. Mais pourquoi aurait-il rappelé, après tout ? ajouta-t-elle.

Il y a peut-être eu autre chose pour l'occuper, pensa Lewin. *Sinon, il l'aurait sûrement fait, s'il est comme je crois qu'il est.*

– Si vous vous souvenez d'autre chose, j'espère que vous me contacterez, dit Lewin en lui donnant sa carte de visite.

– Bien sûr, répondit-elle, en regardant la carte avant de la glisser dans la poche de poitrine de sa blouse blanche. Et si vous voulez que je vous fasse visiter notre belle Växjö, vous pouvez m'appeler. Vous avez déjà mon numéro.

Sitôt revenu au poste, Lewin contacta un vieil ami et ancien collègue devenu commissaire à la Säpo, et qui lui devait une faveur ou deux. Après l'échange des banalités et politesses de rigueur, Lewin énonça sa requête.

Rien de relatif à la sécurité, mais à un crime sérieux quand même. Il s'agissait de tracer une conversation téléphonique, et pour une fois ce ne serait pas trop compliqué car il connaissait l'heure exacte de l'appel et le numéro appelé. Ce qu'il voulait savoir, c'était le numéro du téléphone appelant, qui possédait l'abonnement et – là, il faisait une prière silencieuse – qui avait appelé.

– La raison pour laquelle je t'embête avec ça, c'est que je sais que toi et tes collègues êtes les meilleurs pour ce genre de choses, le flatta Lewin.

– Absolument, acquiesça son vieil ami. Je devine qu'il s'agit du meurtre de cette future collègue ? Étant donné que c'est toi qui appelle, et que tu te poses des questions sur un numéro de Växjö.

– Tout à fait. De combien de temps tu crois que vous aurez besoin ?

À condition que les informations de Lewin se révèlent exactes, que l'appel ait bien été passé à 2 h 15 du matin le 4 juillet au numéro donné, il pourrait avoir l'information très rapidement.

– Je te recontacte au plus tard demain matin, répondit le collègue. Il n'y a qu'à croiser les doigts. Malheureusement, tu sais aussi bien que moi que ce genre de type appelle le plus souvent depuis un portable à carte prépayée, ce qui fait qu'il est presque toujours impossible de le retrouver.

– J'ai le pressentiment qu'il ne s'agit pas de ce genre de téléphone, dit Lewin. *Pas cette fois*.

66

Dans l'immense quartier général de la police du Kungsholme à Stockholm, à quatre cents kilomètres au nord de Växjö, le chef de la police nationale sentait sa tension augmenter – alors qu'il n'était pas confronté à la plus grave des affaires de sa carrière. *C'est le cirque Bäckström qui est arrivé à Växjö*, pensa Lars Martin Johansson.

Il vit d'abord une charmante jeune femme du service financier, qui avait passé le week-end à essayer d'expliquer tous les points d'interrogation rouges notés un peu partout par Johansson. Sans grand succès. Il restait toutes sortes de factures étranges, allant de dépenses de vêtements et matériel de conférence aux habituelles invitations au restaurant des informateurs anonymes. Tout ça certifié par le commissaire Bäckström, pour un total de presque vingt mille couronnes. Sans compter un certain nombre de retraits en liquide non justifiés. Dus à ce même Bäckström, et pour près de douze mille couronnes. Plus d'autres factures inhérentes à ce genre de mission, dont les coûts hors salaires et charges sociales dépassaient déjà trois mille couronnes.

– Qu'est-ce que ça signifie ? l'encouragea Johansson. De toi à moi.

– Que quelqu'un ou quelques-uns se sont servis dans la caisse, et de toi à moi, je pense que ce n'est pas la première fois. Je reconnais le nom du signataire.

– Tu as déjà vu pire que ça ? s'enthousiasma Johansson.

– Bien pire, acquiesça-t-elle. J'en ai vu passer, des factures étranges.

– Quelle était la plus bizarre de toutes ? demanda Johansson, curieux.

– Pour cette dernière année budgétaire ? Celle pour deux tonnes de foin. C'était en hiver, et ce n'était pas trop cher. Quelques milliers de couronnes, si je me souviens bien.

– Je crois savoir qui a validé cette facture-là, grommela Johansson.

– La Force d'intervention nationale en avait certainement besoin pour un exercice. Ils sautent depuis tout un tas d'endroits et devaient souhaiter atterrir sur quelque chose d'un peu plus mou ? Mais la note de blanchisserie du commissaire Bäckström à Växjö n'est pas mal non plus, alors j'ai demandé le détail de la facture. Toujours de toi à moi, j'ai un mari et trois enfants qui sont de vrais cochons, mais ce n'est rien comparés à Bäckström.

– Raconte-moi, dit Johansson avec gourmandise.

Le jour même de l'arrivée de Bäckström à Växjö, l'un de ses collaborateurs avait déposé pour lui des vêtements à laver à l'hôtel, dûment rapportés quelques jours plus tard. La facture jointe, signée par Bäckström, portait une note manuscrite : « frais de nettoyage de tenue professionnelle ». Selon le descriptif exigé par la comptable – qui, curieusement, ne figurait pas sur la facture originelle – il s'agissait très concrètement d'un nettoyage à sec de « vingt-sept paires de caleçons courts pour homme, deux paires de caleçons longs pour homme, trente et un tricots de corps d'homme, quatorze paires de chaussettes, neuf cravates, quatre polos à manches longues, quatorze chemises, trois pantalons longs, deux pantalons courts, une veste et une veste de costume avec pantalon et veston ».

– « Et veston », répéta Johansson en souriant comme un enfant. C'est vraiment écrit ça ? « Et veston » ?

– Et veston, confirma-t-elle, presque aussi amusée que son chef. Qu'il me semble avoir déjà vu. C'est une sorte de chose brune avec un motif à chevrons, et Bäckström n'est pas connu pour changer de vêtements tous les jours.

– Phénoménal, dit Johansson, apparemment sincère. Bon, on va faire comme ça…

Johansson rencontra le commissaire principal responsable direct de Bäckström d'excellente humeur. Le commissaire principal n'ayant pas la moindre idée de la cause de cette bonne humeur, lui qui cauchemardait sur Johansson depuis trois nuits et redoutait chaque minute de leur réunion, comprit que ça allait être son tour d'être mis à mort.

– Voyons voir, dit l'aveugle, se réjouit Johansson en feuilletant une pile de papiers. Un petit café ? proposa-t-il à son invité.

– Non merci, non, ça va comme ça. *Ce type doit être un véritable sadique*, pensa-t-il. *Est-ce une variante* low cost *du dernier repas du condamné ? Une tasse de café et un* mazarin *?*

Johansson s'interrogeait sur trois points. Pourquoi le commissaire principal avait-il envoyé ces six collaborateurs-là ? Pourquoi avait-il désigné Bäckström comme chef ? Et qui, ou lesquels d'entre eux, avaient passé au moins une longue nuit d'hôtel devant la chaîne porno ? Quand même la plus élémentaire des nombreuses choses à ne pas faire quand on était en mission, et que c'était la police nationale qui payait.

Le commissaire principal plaida que tout ça n'était pas si simple. D'abord, il n'avait lui-même envoyé personne à Växjö. Comme il l'avait dit, et avec tout le respect dû à son chef, il était alors en vacances et la décision avait été prise par le prédécesseur de Johansson, Nylander. Le choix de Nylander ne relevait que de son jugement personnel. Quant aux pornos, l'affaire était encore en cours d'investigation.

– Oui, oui, l'interrompit Johansson, mais tu dois bien avoir une idée sur la question. Jan Lewin est là-bas, pourquoi n'est-ce pas lui le responsable ? Je l'ai côtoyé, il est très compétent.

– Il ne veut pas être responsable, répondit le commissaire principal. D'après ce que j'ai compris, voici ce qui s'est passé : Nylander a demandé à sa secrétaire de convoquer Bäckström. Pourquoi lui, personne ne le sait, mais il a été désigné et c'est lui qui a constitué l'équipe à partir des collègues disponibles à ce moment-là. En dehors de Bäckström, un choix certes un peu étrange, les autres sont bien. Lewin, par exemple, est très expérimenté. Peut-être l'un des meilleurs enquêteurs du pays.

Ah oui ? dit Johansson. *J'ai quand même vu mieux*. Et ce Rogersson ? continua-t-il. La facture de porno correspond à son numéro de chambre.

– Mais lui-même était à Stockholm. Il a laissé sa voiture de service vendredi soir ici au garage et l'a reprise dimanche au déjeuner, alors ça ne peut pas être lui.

– Découvre qui c'était, ordonna Johansson en reprenant son air habituel.

– Je te promets que je m'en occupe.

– Découvre juste qui c'est, dit Johansson. Pour que je sache qui je peux virer ou muter.

67

Le lendemain matin, Lewin lisait le *Smålandsposten* tranquillement dans sa chambre avant de descendre prendre son petit déjeuner. La photo du directeur d'achats d'une entreprise locale, Roy Edvardsson, quarante-huit ans, avait atterri en une. Il s'agissait d'un homme assez gros, dans la fleur de l'âge, habillé en vêtements d'été suédois classiques pour la saison ; des sandales avec des chaussettes, un short descendant aux genoux, une chemise à rayures à manches courtes et une casquette légère à carreaux. Edvardsson, confortablement adossé à sa Mercedes, irradiait confiance en lui et succès matériel. Il était né, avait été élevé et travaillait à Växjö.

Son apparition dans le *Smålandsposten* s'expliquait par un long reportage sur un rapport de l'Agence nationale suédoise de l'alimentation. Une grande enquête qui démontrait que les habitants du Småland étaient moins enclins que les autres Suédois à consommer bio. Malgré les remarquables efforts de la Smålandaise la plus célèbre au monde, l'écrivain Astrid Lindgren, pour libérer les poules de leurs cages et laisser les cochons vivre heureux jusqu'à Noël.

La journaliste s'était donc rendue en ville mener sa propre petite enquête, et interroger les gens sur la nourriture et les produits bio. La majorité des réponses confirmait les résultats de l'Agence nationale suédoise de l'alimentation, et ceci toujours pour la même raison : la nourriture bio était plus chère, mais n'avait pas meilleur goût.

Roy Edvardsson par contre, en dépit de sa profession, avait été complètement dérouté par la question.

– Ce n'est pas à moi qu'il faut demander ça, disait Edvardsson. Je ne fais jamais les courses : je suis marié depuis de nombreuses années.

Tiens, ça existe encore, pensa Lewin, étonné. Et il attrapa ses ciseaux afin de compléter ses souvenirs de voyage de Växjö.

68

Après son petit déjeuner, Lewin suivit les traces de ses collègues et, comme il ne le leur avait pas dit, chaque pas lui donnait mauvaise conscience. Il rendit d'abord visite à l'opticien de la femme de quatre-vingt-douze ans, afin de vérifier ses capacités visuelles une fois pour toutes.

C'était un homme d'une soixantaine d'années, propriétaire du magasin, qu'il avait repris de son père et qui avait durant ces trente dernières années vendu en tout et pour tout deux paires de lunettes au témoin, et réalisé dessus quelques réparations mineures. Il ne s'agissait donc pas d'une grosse cliente. Sa dernière visite remontait à six ans. L'examen réalisé à l'époque confirmait que ses lunettes, achetées cinq ans plus tôt juste après son quatre-vingtième anniversaire, lui convenaient parfaitement, mais qu'elle avait besoin d'une nouvelle monture.

Le témoin était myope, mais d'une myopie congénitale qui ne s'était guère aggravée avec les années. En supposant qu'elle portait ses lunettes et que sa myopie n'avait pas beaucoup varié depuis sa dernière visite, sa vue devait être normale et elle pouvait donc très bien avoir reconnu quelqu'un à vingt mètres. Par contre, sans ses lunettes, c'était totalement exclu. À cette distance sans lunettes, elle pouvait percevoir les mouvements et différencier une personne d'un chien, mais à peine un chien d'un chat.

Un autre problème de vue se posait pour les personnes âgées, distinct de l'aspect purement optique mais que tout professionnel scrupuleux se devait de prendre en compte.

– La vision des personnes âgées est également affectée par leur condition physique et psychique. Ils ont très souvent des vertiges, voient double, sont plus sensibles aux conditions d'éclairage. Ce qui peut les rendre ponctuellement plus confus, et puis ça passe et ils voient à nouveau normalement. Ils viennent ici essayer de nouvelles lunettes, déchiffrent jusqu'aux lignes les plus petites, et puis lorsqu'ils reviennent et chaussent leurs nouvelles lunettes, ils ne parviennent même plus à lire la première ligne parce qu'ils ont mal dormi ou se sont disputés avec leurs enfants…

– Donc, si elle était dans son état normal et portait ses lunettes, elle était en mesure de reconnaître une personne, surtout quelqu'un qu'elle connaissait, résuma Lewin.

– Oui, c'est ça, acquiesça l'opticien, mais n'oublions pas la dimension psychologique. Elle peut avoir confondu avec quelqu'un qu'elle connaissait, à cause d'une ressemblance extérieure, elle peut aussi avoir décrit quelqu'un qu'elle connaît mais qui n'est pas la personne qu'elle a vue. Je ne suis pas médecin, mais j'ai vu et entendu de nombreux exemples comme ça au fil des années.

Toute médaille a son revers, soupira Lewin en sonnant à la porte de leur témoin. Eva Svanström l'avait prévenue, ce qui expliquait sans doute – du moins il fallait l'espérer – qu'elle n'ait même pas vérifié par le judas avant de lui ouvrir.

– Jan Lewin, commissaire de la police nationale, dit Lewin en lui tendant sa carte et lui souriant de son sourire le plus digne de confiance. *La vieille dame semble à la fois en forme et contente.*

– Entrez, entrez donc, dit-elle en lui montrant le chemin avec sa canne à embout en caoutchouc.

– Merci. *Et la tête claire*, pensa-t-il plein d'espoir.

– C'est moi qui devrais vous remercier, dit Mme Rudberg. Un commissaire. Ce n'est pas de la crotte de chat. La dernière fois, ce n'était qu'une simple policière, dit le témoin en regardant son invité avec curiosité.

Ils parlèrent d'abord de son anniversaire, et il s'avéra que le témoin avait eu le même genre de prêtre que sa vieille grand-mère. Il s'était en outre écoulé plusieurs années avant que ses parents ne découvrent l'erreur de date et la lui racontent.

– Mon père s'est aperçu que le prêtre s'était trompé en m'inscrivant dans les registres paroissiaux lorsque j'ai commencé l'école, expliqua-t-elle. Mais entre-temps le prêtre avait changé, et le nouveau n'a pas voulu corriger.

Cette erreur, être inscrite au mauvais mois sur le registre d'état civil, l'avait agacée un temps, mais avec l'âge cela avait perdu de son importance et quand le premier versement de sa pension de retraite était arrivé, elle s'en était même félicitée.

– J'ai reçu ma pension un mois plus tôt, constata-t-elle en souriant à Lewin. Alors autant s'en réjouir.

Cette erreur de date d'anniversaire ne lui avait jamais non plus causé de problème pratique. C'était le 4 juillet qu'elle fêtait son anniversaire depuis toujours, et elle n'en avait pas parlé à la femme policière parce qu'elle n'y avait même pas pensé. La policière ne lui avait d'ailleurs posé aucune question à ce sujet, alors elle avait dû s'imaginer qu'elle était déjà au courant. Un simple malentendu. Et c'était bien le 4 juillet à 6 heures du matin qu'elle était assise à son balcon. Comme presque tous les autres jours de cet été, et pour fêter ce jour particulier, elle avait ajouté une part de *prinsesstårta* à son café du matin.

– J'avais même préparé un plateau pour ne pas avoir à faire des allers et retours. À cause de ma canne, expliqua-t-elle.

Reste un problème, mais comment lui demander ça ?

– Je suppose, commissaire, que vous vous demandez si je portais mes lunettes, le regarda le témoin en plissant les yeux par-dessus sa monture.

– Oui, dit Lewin amicalement. Où en êtes-vous avec vos lunettes, madame Rudberg ?

Aucun problème, selon elle. La dernière chose qu'elle faisait quand elle se couchait le soir était d'enlever ses lunettes et de les poser sur sa table de nuit à côté de son lit, bien accessibles. La première chose qu'elle faisait chaque matin était de les remettre.

– Qu'est-ce que j'irais faire sur le balcon sans mes lunettes ? J'aurais à peine été capable de trouver mon chemin jusque-là, expliqua-t-elle.

Ne reste que l'homme qu'elle a vu en train de bricoler la voiture sur le parking, et c'est réglé, pensa Lewin.

Assez trapu, cheveux foncés, et apparemment en forme. Sportif, comme on dit de nos jours. Un bel homme, comme les hommes l'étaient quand elle-même était jeune.

– Sauf qu'à l'époque, on n'avait pas besoin de faire du sport pour avoir un corps musclé, dit le témoin.

Quel âge avait-il ? demanda Lewin.

Comme elle à l'époque où les hommes avaient cet air-là et qu'elle les regardait de cette façon, avec bien entendu quelques années de plus que ce qu'elle aurait eu, puisque les hommes avaient toujours quelques années de plus que les femmes qui les admiraient.

– Il devait donc bien avoir autour des vingt-cinq, trente ans, dit-elle. Sauf que maintenant, presque tout le monde a l'air jeune, alors il était peut-être un peu plus âgé, soupira-t-elle.

– Madame Rudberg, vous pensiez que c'était quelqu'un que vous connaissiez, lui rappela prudemment Lewin.

– Oui, sauf que là je me suis complètement trompée, répondit-elle en riant.

– Que voulez-vous dire ? demanda Lewin.

– Eh bien, j'ai dû le confondre avec quelqu'un d'autre.

– Ah oui, que voulez-vous…

– Oui, j'ai parlé au gardien l'autre jour. Il était venu jeter un coup d'œil à mon frigo, parce qu'il grince tellement que je peux à peine dormir la nuit, et nous avons discuté de cette voiture volée. Ils en avaient parlé à la radio, et donc je lui ai raconté ce que j'avais dit à la policière, que je croyais qu'il s'agissait du fils qui partait à la campagne.

– Ouiii, l'encouragea Lewin.

– Mais là j'ai dû me tromper, répéta-t-elle.

– Comment ça ? demanda patiemment Lewin.

– Il n'a pas de fils, répondit le témoin. J'ai donc dû me tromper complètement. Et j'ai jeté mon bonnet par-dessus les moulins, comme mon vieux père aurait dit.

– Il vous rappelait quelqu'un, probablement.

– Oui, sans doute, acquiesça-t-elle, vieille et fatiguée. S'il n'a pas de fils, il n'a pas de fils.

– Votre gardien savait que votre voisin, le commandant de bord à qui appartenait la voiture, n'avait pas de fils.

– Si quelqu'un le sait, alors c'est lui, dit le témoin avec aplomb. Il sait tout sur tous les habitants du quartier. Absolument. Ce commandant de bord a deux filles. Je le savais en fait, et là nous étions d'accord. Mais ce n'est pas l'une de ces filles que j'ai vue. Je ne suis pas sénile à ce point. Pas encore.

– Je comprends que vous y ayez beaucoup réfléchi, insista Lewin. Vous n'auriez pas pensé à quelqu'un d'autre qui habite ici ou que vous connaissez, madame Rudberg ? Ou quelqu'un que vous auriez déjà croisé et qui ressemblait à la personne que vous avez vue ?

– Non, dit catégoriquement le témoin. J'y ai beaucoup réfléchi, et dans ce cas je ne verrais que cet acteur d'*Autant en emporte le vent*. Ce Clark Gable, mais sans moustache bien sûr.

– Clark Gable, mais sans moustache, dit Lewin en hochant la tête. *De mieux en mieux*.

– Sauf que ce n'était pas lui, soupira le témoin.

– Non, ça semble peu probable.

– Non, ça ne semble pas très probable, renchérit le témoin. Parce qu'il doit être aussi vieux que moi, voire mort, non ?

– Oui, il me semble qu'il est mort il y a quelques années.

– Alors non, ce n'était pas lui.

En rentrant à pied au commissariat, sa vieille dépression se rappela à son souvenir. Le petit appartement surmeublé, les portraits des membres de la famille, des parents et amis qui avaient partagé sa vie et qui étaient tous morts. L'odeur particulière qui se trouvait toujours dans les maisons des personnes âgées, même les mieux apprêtées et même s'il leur restait encore vingt ans à vivre. Une femme de quatre-vingt-dix ans, en forme pour son âge, toujours capable de vivre chez elle, se préparait son propre café et parvenait même à porter un plateau d'une main. Pas de chaise roulante, pas de déambulateur, capable de parvenir jusqu'à son balcon à l'aide d'une simple canne à embout en caoutchouc.

Pas du tout dans l'antichambre de la mort, comme tant de personnes âgées moins chanceuses et souvent beaucoup plus jeunes. Le sol en linoléum, une télévision toujours allumée où personne n'essaye plus de changer de chaine, du poisson bouilli et de la soupe de fruits, être nourri à la cuillère, un lit pour la nuit avec un matelas spécial dos voûté et poumons fatigués. Et pour seule liberté, celle de juste attendre la fin. Si même la personne était encore consciente qu'elle était juste là à attendre patiemment, quel qu'ait été son passé.

– Il ressemblait à Clark Gable ? demanda Sandberg une heure plus tard.

– Mais sans moustache, répondit Lewin avec un petit sourire.

– J'ai imprimé une photo récente du gendre du commandant de bord. Il s'appelle Henrik Johansson, trente-huit ans. C'est le copilote marié avec la fille la plus jeune, dit Sandberg.

– À quoi ressemble-t-il ? demanda Lewin.

– Absolument pas à Clark Gable, et tu parles à une femme qui a vu et revu *Autant en emporte le vent* en vidéo de nombreuses fois, répondit Sandberg. Que penserais-tu d'un portrait-robot ? Faute de mieux.

– Dieu nous en préserve, dit Lewin en secouant la tête. De Clark Gable ? *Il suffirait de lui effacer sa moustache,* pensa-t-il en commençant à se sentir un peu mieux.

Olsson demanda une entrevue à Bäckström, qui savait déjà depuis la veille, grâce à la collègue Sandberg, de quoi il voulait l'entretenir.

– Oui, j'en ai entendu parler, dit Bäckström, affable. C'est cette cinglée en blouse rose que j'ai rencontrée à la réunion où tu m'avais invité. C'est la seule fois où je l'ai rencontrée et ça restera la seule. Êtes-vous des amis proches ?

– Ne te méprends pas, Bäckström, fit Olsson en levant les mains dans la position défensive qu'il affectionnait. Je veux juste te tenir au courant de ce qu'on dit. Au cas où tu entendrais des rumeurs malveillantes.

– Il faut malheureusement s'habituer à ce genre de choses. Sais-tu d'ailleurs, Olsson, combien de collègues dans ce pays font actuellement l'objet d'une ou de plusieurs plaintes de la part de tous les voyous et cinglés que nous essayons de remettre dans le droit chemin ?

– Beaucoup, d'après ce que j'ai compris, malheureusement, acquiesça Olsson.

– Deux mille, s'enflamma Bäckström. Cinquante pour cent de tout l'effectif, en gros tous ceux qui s'escriment à faire leur boulot.

– Oui, c'est terrible, acquiesça Olsson sans préciser ce que ce « terrible » recouvrait.

– Sais-tu combien de ces collègues seront jugés ? continua Bäckström, qui n'avait pas l'intention de lâcher l'affaire maintenant qu'il était lancé.

– Pas tant que ça.

– Tu es marrant, Olsson. Un à deux par an. Moins d'un pour mille de tous les collègues qui font de leur mieux pour que la merde reste tout en bas.

– Oui, ce n'est vraiment pas agréable, acquiesça Olsson en faisant mine de se lever.

– En fait, je devrais en parler avec le syndicat et m'assurer que nous portions plainte pour dénonciation calomnieuse.

– Contre la victime ?

– Non, contre cette tarée en blouse rose. Je ne croyais même pas que vous aviez une victime. Mais tu n'as qu'à y réfléchir, proposa généreusement Bäckström.

– Réfléchir à quoi ? fit Olsson nerveusement.

– Réfléchir à porter plainte contre elle, expliqua Bäckström. Celle en blouse rose, quoi. *Suce ça, espèce de petite tapette.*

– Ça ne sera probablement pas nécessaire, dit Olsson en se levant.

– Qu'a répondu Bäckström ? Avait-il quelque chose à dire pour sa défense ? demanda le directeur de la police régionale cinq minutes plus tard.

– Il semble s'en foutre, soupira Olsson. Il pense que nous devrions porter plainte contre Moa Hjärtén pour dénonciation calomnieuse. Il parle aussi d'aller voir le syndicat.

– Est-ce vraiment nécessaire ? gémit le directeur de la police régionale. As-tu parlé à la victime, d'ailleurs ?

– Juste au téléphone.

– Qu'a-t-elle dit ?

– Elle ne voulait surtout pas revenir là-dessus et ne pensait pas porter plainte. Mais bon sang, je parie qu'il y a anguille sous roche.

– Oui, oui, bien sûr, comme presque toujours, mais en même temps il s'agit d'un collègue et si la victime refuse de porter plainte, je ne sais pas comment nous pourrions régler cette affaire. Corrige-moi si je me trompe, mais ce n'est quand même pas cette femme, Hjärtén, que Bäckström a entreprise ?

– Tu devrais peut-être en discuter avec le nouveau chef de Bäckström, proposa Olsson. Ce Johansson.

– Tu veux dire Lars Martin Johansson, notre nouveau Grand Patron ?

– Oui, exactement, il l'apprendra bien tôt ou tard.

– Je promets d'y réfléchir, dit le directeur de la police régionale. *Mais qu'est-il donc arrivé à Olsson ? Me serais-je totalement fourvoyé à son propos ?*

Juste avant de rentrer à l'hôtel dans l'après-midi, la connaissance de Lewin à la Säpo l'appela pour lui faire son rapport.

– Tu avais complètement raison, Jan. C'est un téléphone portable ordinaire, l'abonnement est au nom de la commune de Växjö et si tu me donnes un jour de plus, je peux t'identifier son utilisateur. Il faut choisir parmi une centaine, expliqua-t-il.

– Si tu le veux bien, je t'en serais reconnaissant. Tant que ça ne te pose pas de problème, dit Lewin.

Absolument aucun problème. À la Säpo, ils avaient un excellent contact stratégiquement placé à la commune de Växjö. Une seule journée supplémentaire suffirait.

– Eh bien, on fait comme ça alors. Merci beaucoup.

– De rien. Je te rappelle demain pour te donner le nom de ce zozo qui téléphone aux gens en pleine nuit. Ensuite, je sais qu'on a d'autres petits trucs sympathiques, mais on verra ça quand on en saura davantage.

– Je te remercie vraiment beaucoup, dit Lewin. *Peut-être, oui, ou peut-être pas finalement, mais peut-être quand même*, pensa-t-il et, sans raison, sa vieille dépression familière ressurgit. Comme chaque fois qu'il se rendait compte qu'il venait de comprendre quelque chose qui aurait bientôt des conséquences sur des personnes de chair et de sang.

69

Dans ses rêves, ça empirait généralement. Pas la dépression, mais l'angoisse nue qui faisait se balancer, se tordre et s'affaler son corps, obligeant ses jambes à repousser les draps en une boule pleine de sueur au milieu du lit. Il était sans défense contre ce rêve, sans la possibilité de penser à autre chose comme il le faisait quand il était éveillé.

Mais pas cette nuit-là.

Un autre été indien, il y a presque cinquante ans. Jan Lewin a reçu son premier vrai vélo. Un Crescent Vaillant rouge. Nommé d'après le noble chevalier le Prince Vaillant, qui vivait il y a si longtemps, avant que les vélos n'existent, à l'époque des chevaux.

Il ne se souvient plus combien de fois d'affilée son papa a couru derrière lui en tenant le porte-bagages et en l'encourageant.

Il serre le guidon, pédale de toutes ses jambes et au moins, il ne ferme plus les yeux juste avant de tomber et s'égratigner les genoux.

Là, il ne reste plus que le pire. L'allée de gravier entre le portail blanc et le porche rouge de la maison, où maman est sûrement en train de préparer des crêpes comme tous les jeudis.

Ne t'inquiète pas, Jan, crie papa dans son dos. Je te tiens. Ne t'inquiète pas. Je te tiens.

Jan pédale et conduit et ça se passe mieux que d'habitude, parce que papa le tient, et devant la maison il freine doucement, pose son pied gauche à terre et descend.

Et quand il se retourne, il voit que son papa est resté près du portail blanc et que son visage bronzé lui sourit, et que c'est beaucoup trop loin pour que papa puisse lui ébouriffer les cheveux, mais ce ne sera plus la peine…

70

Le directeur de la police régionale n'eut jamais à appeler le directeur de la police nationale, car Lars Martin Johansson prit l'initiative dès mercredi après-midi.

– Je vais être bref, dit Johansson. Il s'agit de Bäckström. S'il ne t'est pas indispensable, je voudrais qu'il rentre à Stockholm. Je peux t'envoyer quelqu'un d'autre pour le remplacer.

– Oui, oui, dit le directeur de la police régionale. Je suis ravi de tous les moyens mis à notre disposition, mais si tu as besoin de Bäckström pour des missions plus importantes, je vais évidemment m'y résigner.

– Des missions plus importantes ! ricana Johansson. Je veux le convoquer pour lui faire la leçon, et quand j'en aurai fini, je ne suis pas sûr qu'il espérera encore avoir la moindre mission à l'avenir.

– Si c'est cette plainte qui t'inquiète, je crois que nous devrions faire preuve de prudence avant de juger ce bon Bäckström, intervint le directeur de la police régionale en s'efforçant de conserver une voix calme et unie.

– Je ne sais pas de quoi tu parles. Quelle plainte ?

Le directeur de la police régionale n'eut donc d'autre choix que d'évoquer la plainte déposée contre le commissaire Evert Bäckström deux jours plus tôt.

– Cette plainte m'a l'air très étrange, dit Johansson cinq minutes plus tard, son collègue enfin arrivé au bout de sa tirade verbeuse. Corrige-moi si je me trompe, continua-t-il : Tu as une plainte déposée par la présidente du refuge des femmes battues à Växjö comme quoi Bäckström aurait soumis une journaliste qu'elle connaît à quelque chose qui, dans mon exemplaire du code pénal, s'appelle du harcèlement sexuel. Mais cette journaliste, pour des raisons inconnues, refuse d'en parler et d'autant plus de porter plainte.

– Oui, c'est tout à fait ça, acquiesça le directeur de la police régionale. Et puis nous avons aussi cette attestation apportée hier par la présidente du refuge.

– J'y viens, dit Johansson. Après avoir à nouveau contacté la victime, qui refuse toujours de porter plainte, la personne ayant déposé la plainte a apporté une sorte d'attestation par laquelle elle et un témoin de sa connaissance reconstituaient un compte rendu de mémoire de leur conversation avec la victime. Une question simple : qui est cet autre témoin ?

– C'est le président du centre d'aide pour les hommes, Bengt Karlsson. Et la présidente du refuge pour les femmes s'appelle Moa Hjärtén et…

– Je n'y comprends plus rien, l'interrompit Johanson. Je croyais que tu avais dit que la victime avait seulement parlé à Hjärtén. Qu'est-ce que ce Karlsson peut attester ?

– Oui, c'est peu clair, acquiesça le directeur de la police régionale.

– Au contraire, dit Johansson, c'est clair. Chez moi, ça s'appelle une fausse attestation.

– Oui, ce n'est pas bien. Vraiment pas, souligna le directeur de la police régionale.

– Je n'ai pas à te donner de conseils, mais si j'étais toi, je m'assurerais de gérer cette plainte ou de la classer avant que ce bon Bäckström n'ait le temps d'en parler à ses camarades du syndicat.

– Vraiment ?

– Cet homme peut être particulièrement difficile. Il faut une centaine de procéduriers pour un Bäckström. Juste pour que tu comprennes bien le problème, dit Johansson.

– Je te suis sincèrement reconnaissant de ton aide, l'assura le directeur de la police régionale.

– Je vais demander au chef de Bäckström de contacter ton responsable d'enquête préliminaire pour qu'ils règlent les détails pratiques du retour de Bäckström, dit Johansson.

Curieusement, le supérieur direct de Bäckström ne fit pas la moindre objection. Il faut dire que le rapport du service financier était particulièrement embarrassant. Mais, comme il l'avait dit, lui-même se trouvait alors en vacances.

– J'ai cru comprendre qu'une plainte aurait été déposée contre Bäckström parce qu'il se serait exhibé devant une journaliste, fit le commissaire principal en rougissant.

– Oui, on aura tout entendu ! soupira Johansson.

– Quand est-ce que tu veux qu'il rentre, chef ?

– Dès que possible, dit Johansson. Au plus tard lundi matin, parce que j'ai un petit trou dans mon agenda où je pensais le caser. *Et lui savonner les oreilles.*

– Tu penses à quelqu'un en particulier, pour prendre sa relève à Växjö ? demanda le commissaire principal.

– Anna Holt et cette petite blonde, comment est-ce qu'elle s'appelle déjà ? Lisa Mattei, dit Johansson. Bien mieux que ce qu'ils méritent là-bas, mais il est grand temps de défendre nos couleurs et d'envoyer l'équipe A sur la glace, ajouta-t-il en tirant sur la boucle de ses bretelles bleues.

– Je crains qu'il n'y ait un problème, objecta nerveusement le commissaire principal.

– Il n'y a aucun problème. Dans notre monde, il n'y a que des défis.

– Aucune d'elles ne travaille chez moi. Anna Holt est commissaire principale par intérim au Bureau national de liaison, et Mattei est à la brigade d'analyse, commissaire remplaçante pour les vacances.

– Encore mieux : elles auront d'autant plus besoin de bouger un peu. Assure-toi juste que ça se fasse. Prompto ! Une dernière chose, d'ailleurs, à laquelle tu devrais réfléchir si tu as l'intention de continuer à travailler avec moi.

– Oui, chef ?

– Je n'émets jamais aucun souhait quand je suis en service. Je te donne un ordre, ce n'est pas plus compliqué que ça.

Une heure plus tard, le commissaire principal retourna voir son supérieur et lui annonça, planté devant le bureau, le succès de sa mission.

– Selon les ordres, conclut le commissaire principal, tout en se reprochant de ne pas avoir eu le courage de claquer les talons en le disant.

– Merci, dit amicalement Johansson. C'est parfait.

– Est-ce que tu veux leur parler, chef ? Je peux les convoquer si tu le souhaites, dit innocemment le commissaire principal.

– Bien. Envoie-les-moi immédiatement.

Holt et Mattei ne semblaient pas aussi ravies que leur chef, même si Johansson les avait invitées et avait laissé sa secrétaire servir café, viennoiseries et petits gâteaux. Holt, très occupée par son nouveau boulot, n'était pas franchement heureuse à l'idée de faire le ménage derrière le collègue Bäckström. Mattei, elle, était comme d'habitude agréable et contente, tout ça semblait passionnant, mais il y avait quand même quelques problèmes : elle était en congé à partir du 1er septembre pour terminer ses études universitaires, et elle était déjà en remplacement.

– Ça laisse presque quinze jours. Une banale affaire d'homicide. Vous allez m'élucider ça en une semaine les filles, les pressa Johansson en prenant une autre viennoiserie, auxquelles ses invitées ne touchaient pas. Et puis ça va être sympa pour vous de sortir vous amuser un peu, ajouta-t-il. Coller l'oreille contre le rail, additionner un et un et se retrouver avec deux, découvrir que c'est bien ça la solution, se rendre chez le suspect tard le soir, il vient de se mettre à pleuvoir et vous remontez le col de votre manteau en sortant de la voiture, vous le voyez assis devant sa télé, il ne se doute de rien, il a déjà commencé à s'habituer à l'idée qu'il allait s'en tirer, puis vous sonnez à sa porte, vous l'entendez venir ouvrir… Police. Nous voudrions vous parler, déclama Johansson, en proie à une profonde nostalgie.

– C'est bien beau, Lars, mais ce n'est pas de nous qu'il s'agit, en fait, dit gentiment Holt.

– Et de qui alors ? demanda Johansson.

– Eh bien, c'est toi qui as envie d'y aller, Lars, expliqua Holt en ayant l'air de s'adresser à un enfant têtu. Mais comme tu ne le peux pas, tu es obligé de nous envoyer à ta place.

– Tu es une véritable psychologue, Anna, ironisa Johansson. Je ne m'attendais pas à une *standing ovation*, mais un petit « bonne idée » discret aurait été quand même approprié.

– Bien sûr, dit Holt. Applaudir, ne pas faire de vagues inutilement, éviter les coïncidences malheureuses. Les trois règles d'or de Lars Martin Johansson sur toute affaire d'homicide, et Lisa et moi sommes quasiment déjà arrivées à Växjö.

– Exactement, dit Johansson. Sauf que dans ce cas précis, et étant donné que c'est derrière Bäckström que vous devez faire le ménage, il existe une quatrième règle.

– Je suis tout ouïe, chef, dit Lisa Mattei, ressemblant à une première de la classe qui n'a même plus besoin de lever la main.

– Méfiez-vous de l'eau-de-vie, les filles. Conseil d'ancien qui a de la bouteille, précisa Johansson en engloutissant encore un petit gâteau de son grand plat.

71

Stockholm, mercredi 20 août-dimanche 24 août

Holt et Mattei consacrèrent les deux jours suivants à préparer leur voyage à Växjö. Avec l'aide du chef de Bäckström, Holt régla les détails pratiques en une demi-heure. Lire le rapport d'enquête leur prit vingt bonnes heures, et jusque-là tout allait très bien. Seule chose étrange : leur chef brillait par son absence, jusqu'à ce qu'il apparaisse soudain, le vendredi après-midi, à la porte de leur bureau.

– J'espère que je ne dérange pas, dit Johansson en s'asseyant. Alors, qu'en pensez-vous ?

– Qu'en penses-tu toi-même ? contra Holt, qui connaissait Johansson depuis des années et l'avait déjà vu à l'œuvre.

– Puisque tu me le demandes, dit Johansson, qui bien entendu connaissait lui aussi Holt depuis des années, mais qui en avait vu bien davantage, tout cela m'a l'air très simple et évident. C'est quelqu'un qu'elle connaissait. Probablement quelqu'un que sa mère connaissait aussi, ou du moins avait déjà rencontré. Elle l'a fait entrer de son plein gré, tout a commencé normalement, et puis ça a dérapé et il l'a tué.

– Lisa et moi sommes du même avis, acquiesça Holt.

– Ça fait plaisir à entendre, constata Johansson. Comme nous parlons de Växjö et que la victime comme sa mère me semblent toutes les deux des personnes gentilles, ordinaires et normales, il n'y a pas trente-six solutions. Descendez à Växjö et arrêtez-moi ce salopard. Un type comme ça ne doit pas courir les rues, il ne devrait pas être très compliqué à trouver.

– Pourquoi ne l'ont-ils pas encore trouvé, dans ce cas ? demanda Mattei avec curiosité. Ils ont vérifié un grand nombre de choses.

– Bäckström, probablement, dit Johansson en soupirant profondément.

– Et Lewin alors ? intervint Holt. Il y est aussi. Et les autres collègues. Ils sont très bien, pour autant que je sache.

– Ils n'ont probablement pas encore pensé à lui, dit Johansson en soupirant à nouveau. Parce que c'est l'une de ces personnes gentilles, agréables, normales, auxquelles on ne pense pas dans un tel contexte. Ou alors, ils n'ont pas eu le temps parce qu'ils ont trop couru partout avec leurs putains de cotons-tiges, ajouta-t-il en haussant les épaules.

– Étant donné ce qu'il a fait à sa victime, il semble aussi avoir d'autres côtés moins agréables, l'interrompit Holt.

– C'est bien ce que je dis, insista Johansson. Ses inhibitions ont disparu une fois, il a perdu les pédales et il est arrivé ce qui est arrivé. J'ai déjà connu un cas similaire, il y a longtemps : le meurtre de Maria, qui d'ailleurs était enseignante comme la mère de Linda. Est-ce que je vous en ai déjà parlé ?

– Noon, dit Holt. *On dirait un vrai gamin.*

– Raconte, chef, demanda Mattei en prenant l'air vraiment intéressée.

– OK, puisque vous insistez.

Et Lars Martin Johansson raconta l'histoire de Maria, trente-sept ans, qui habitait à Enskede, dans la banlieue de Stockholm, et était prof dans un lycée de Södermalm. Elle était célibataire, sympathique, normale, gentille, et appréciée de ses connaissances, de ses collègues, de ses élèves et de tous ceux que la police avait interrogés. Elle ne semblait pas avoir le moindre cadavre dans son placard, ni même de vibromasseur secret dans le tiroir de sa table de nuit. Elle avait pourtant été retrouvée violée et étranglée chez elle. Alors qu'on était en milieu de semaine, en plein l'hiver. Alors qu'elle n'était pas sortie au restaurant, mais restée à corriger des copies.

– D'abord, nous avons fait exactement comme d'habitude. Les hommes qu'elle avait fréquentés ; amis et connaissances, collègues, voisins, tous ceux qu'elle aurait pu voir peu avant le meurtre. Sans oublier les classiques de ce genre d'affaire : toute la clique des violeurs et jusqu'aux simples exhibitionnistes, en passant par quiconque serait passé dans le coin en ayant un casier.

– Qu'est-ce que ça a donné ? demanda Holt, qui connaissait déjà la réponse.

– Rien, dit Johansson. Mais l'un d'entre nous avait commencé à s'interroger sur une mystérieuse voiture qui avait été observée quelques jours auparavant. Et le lendemain, ça a fait tilt, dit Johansson très satisfait.

Je me demande qui pouvait bien être ce « l'un d'entre nous », pensa Anna Holt, sachant que même un enfant aurait pu le deviner.

La voiture était restée bêtement garée devant une entrée de garage, et la deuxième fois que c'était arrivé, le propriétaire du garage avait appelé la police pour porter plainte. Cette plainte s'était retrouvée au milieu de toute la paperasse relative à l'enquête, mais comme le propriétaire était une personne tout à fait ordinaire, normale, sans casier, d'une quarantaine d'années, on l'avait mise de côté.

Jusqu'à ce que « l'un d'entre nous » se mît à réfléchir sur les raisons de sa présence à cet endroit.

– La victime habitait un quartier résidentiel ordinaire. Le propriétaire de la voiture avait été sur les lieux tard le soir. Il était marié et avait deux enfants. Il était ingénieur à Råksta, dans ce qui était à l'époque les bureaux de Vattenfalls, et habitait lui-même dans un lotissement à Vällingby, de l'autre côté de la ville. Je me suis évidemment demandé ce qu'il fabriquait dans le coin à une heure pareille, dit Johansson, qui avait choisi de tomber le masque, ou juste de se laisser aller à ses souvenirs.

– Comment as-tu fait le lien ? demanda Holt bien qu'elle l'eût déjà deviné, surtout pour devancer sa jeune collègue qui retenait sa respiration.

Toujours la même triste histoire, selon Johansson. Sous une forme assez ordinaire.

– J'ai bien dit qu'il avait une femme, rappela Johansson. Nous nous sommes intéressés à elle, et il est apparu que c'était une collègue de la victime, ce qui faisait une étrange coïncidence. L'agresseur avait rencontré la victime en allant chercher sa femme après une fête du personnel au lycée. Lui et la victime avaient entamé une banale liaison secrète. La victime avait fini par se lasser de lui et de ses promesses jamais tenues, et avait rompu. Lui s'était mis à l'espionner, le soir et la nuit, afin de découvrir qui était son nouveau copain. Un soir, il est allé sonner chez elle et, malheureusement, elle l'a fait entrer et est arrivé ce qui est arrivé : il a perdu les pédales.

– Est-ce qu'elle avait un nouveau copain ? demanda Holt.

– Non, elle n'en avait pas, mais il avait visiblement décidé le contraire. Un travail de police banal, dit Johansson modestement. Pas de ces tours de passe-passe modernes, où il faut apparemment tout un laboratoire pour déceler la moindre piste pourtant évidente.

– Que nous conseilles-tu, à Växjö ? demanda Holt innocemment.

– Toi et Lisa n'avez pas besoin de conseils d'un vieux bonhomme comme moi, dit Johansson, faussement modeste.

– J'essayais simplement de me montrer polie, acquiesça Holt.

– Certes, fit Johansson, pas offensé le moins du monde. Mais puisque tu me l'as quand même demandé, alors je commencerais par parler à la mère de Linda.

– Les collègues l'ont déjà auditionnée trois fois, dit Holt en indiquant de la tête le classeur sur son bureau. L'une des auditions semble d'ailleurs particulièrement méticuleuse.

– Elle est sûrement toujours choquée, dit Johansson. Et puis elle peut aussi très bien résister de façon inconsciente. Tôt ou tard, je crois qu'elle va se rendre compte, si ce n'est pas déjà fait.

– Tu penses qu'on devrait l'interroger à nouveau ? demanda Mattei.

– Absolument, dit Johansson. Le contraire serait une faute professionnelle. Et de préférence avant qu'elle ne fasse quelque chose de stupide.

Johansson et sa femme passèrent le week-end chez des amis, dans leur maison de campagne du Sörmland. Ce fut agréable, et ils ne rentrèrent chez eux qu'après le déjeuner du dimanche, si bien que Johansson n'eut pas l'opportunité de tourmenter Anna Holt à propos du meurtre de Linda. Mais dès qu'il franchit la porte de la Wollmar Yxkullsgata, il l'appela sur son portable.

– Comment ça va ? demanda Johansson.

– Nous sommes dans le train pour Växjö. Et la réception est très mauvaise.

– Appelle-moi sur mon portable dès que tu seras arrivée.

– Bien sûr, dit Holt en raccrochant.

– Qui était-ce ? demanda Mattei, curieuse.

– D'après toi ?

– Cet homme est absolument fabuleux, soupira Mattei. Lars Martin Johansson. L'homme qui voit derrière les coins.

– Sauf que lui-même irait mieux s'il pouvait voir ses propres pieds, constata Holt. *Et je me demande où tu en es, avec ton propre petit papa.*

– Attention à ce que tu dis, Anna, fit Mattei, l'index sur la bouche.

– Tu as peur qu'il m'entende ? sourit Holt.

– Cet homme lit dans les pensées, expliqua Mattei.

– Corrige-moi si je me trompe, mais… tu me sembles presque un peu amoureuse de lui, nota Holt.

– Un peu amoureuse, pouffa Mattei. Je suis complètement folle de Lars Martin Johansson.

– Je trouve quand même qu'il devrait penser à son poids, dit Holt. *Essayer de perdre une cinquantaine de kilos.*

– Je trouve qu'il est très mignon tel quel. Sauf qu'évidemment, vingt ans et trente kilos de moins ne feraient pas de mal, dit Mattei.

Quand Holt et Mattei arrivèrent à Växjö le dimanche après-midi, elles eurent beaucoup à faire. Holt en oublia totalement d'appeler son chef pour échanger des banalités, et ce fut lui qui réussit à la joindre le premier.

– Tu n'as pas téléphoné, dit Johansson, presque vexé. *Alors qu'il est presque 21 heures.*

– J'ai eu pas mal à faire, répondit Holt. *Et comment je m'y prends maintenant, pour éviter qu'il n'ait un infarctus, un AVC ou tout à la fois* ?

– Ce n'est pas grave, dit Johansson, qui n'était pas du genre rancunier à moins d'en avoir envie. Comment ça se passe ?

– Extrêmement bien. C'est déjà fini.

– Comment ça, fini ?

– Bäckström et ses collègues ont appréhendé l'agresseur ce matin. La procureure l'a inculpé et demain, elle va vraisemblablement le mettre en détention provisoire.

– Bäckström ? Tu me fais marcher, dit Johansson sombrement. *Qu'est-ce qu'elle raconte ?*

– Bäckström et les collègues, expliqua Holt.

– Bäckström n'a jamais élucidé un seul crime de toute sa vie, ricana Johansson.

– Si tu me promets de t'asseoir et de ne pas m'interrompre tout le temps, je te raconte.

– Je suis déjà assis, dit Johansson, qui l'avait appelée allongé dans son sofa et s'était à présent redressé. *Bäckström.*

– Parfait. Tout s'est déroulé dans la journée et pour résumer…

– Je suis tout ouïe, dit Johansson. *C'est de la folie !*

– J'ai bien compris, dit Holt, mais si tu pouvais arrêter de m'interrompre tout le temps.

Dès la fin de sa conversation avec Johansson, elle prit Lewin à part.

– Je t'ai déjà félicité, dit Holt. Maintenant, tu veux bien rembobiner le film pour moi et Lisa ? Raconte. Il a dû se passer pas mal de choses depuis la dernière fois qu'on s'est parlé.

– Merci, dit Jan Lewin. Alors voilà, dans les grandes lignes. Tu sais combien, quand on commence à comprendre, tout peut aller très vite. On n'a pas cherché à vous dissimuler quoi que ce soit.

– Raconte, ordonna Anna Holt.

72

Le meurtre de Linda Wallin prenait de moins en moins de place dans les colonnes du *Smålandsposten*. Cette dernière semaine, il s'était contenté de souligner que l'enquête n'avançait pas beaucoup. Pas de progrès particulier, aucune « percée », ce qui ne signifiait pourtant pas que l'enquête était au point mort. Plutôt que nous étions dans une « phase plus calme et plus systématique », où la police effectuait « un travail de grande envergure, sans parti pris », tout cela selon « des sources anonymes proches de l'enquête ».

Le mercredi, la criminalité locale avait regagné sa place à la une, avec un titre alléchant : « UNE DISPUTE SUR DES PANTOUFLES EN RAT MUSQUÉ TOURNE AU DRAME ».

L'événement proprement dit avait eu lieu en janvier, six mois avant le meurtre de Linda, mais l'enquête ayant été longue et compliquée, l'affaire venait juste d'être jugée au tribunal de Växjö : un homme de quarante-cinq ans avait été condamné la veille à cent jours-amende avec sursis pour avoir agressé sa compagne d'alors, âgée de quarante-deux ans.

Jan Lewin lut l'article avec grand intérêt. Il était à la fois passionnant et stimulant et, pour un professionnel qui savait lire entre les lignes, il s'était apparemment passé ce qui suit : quelque temps après le

Nouvel An, l'accusé et sa compagne avaient décidé de se séparer, et comme c'était son nom à elle qui figurait sur le bail de l'appartement, ce fut lui qui partit. Le *Smålandsposten* avait passé sous silence la raison de leur séparation, mais Lewin avait eu la nette impression qu'elle s'était lassée de lui et l'avait tout simplement mis à la porte.

Et donc elle aurait emballé ses affaires afin de pouvoir jouir pleinement de son propre appartement. Et quand son ex-compagnon les avait déballées dans son logement transitoire, chez une collègue de travail de trente-trois ans qui avait visiblement eu pitié de lui, il avait découvert qu'il manquait son bien le plus précieux : une paire de pantoufles en rat musqué de soixante ans, qu'il avait héritée de son père, qui l'avait lui-même héritée de son père – donc le grand-père paternel de l'accusé.

L'accusé s'était immédiatement rendu chez son ex-compagne pour lui demander des comptes. Où étaient les pantoufles en rat musqué ? Lorsqu'elle lui avait raconté qu'elle les avait jetées à la poubelle, il était devenu violent, lui avait pris le bras, l'avait fait tomber par terre, lui avait donné plusieurs claques au visage et même essayé les coups de pied. Les voisins avaient appelé la police, qui s'était interposée, avait emmené l'homme au poste et conduit la femme aux urgences pour qu'elle soit recousue et que ses blessures soient enregistrées. Puis tout avait suivi son cours, mais les témoignages des principaux intéressés partant dans des directions diamétralement opposées, les choses avaient traîné, d'autant qu'on ne disposait d'aucun autre témoin et que de nombreuses plaintes et contre-plaintes avaient été déposées au cours de l'enquête.

L'accusé était vendeur dans une concession automobile à Växjö, une profession qui elle aussi semblait avoir été léguée de génération en génération. Son propre père avait travaillé dans la même compagnie, du milieu des années 1950 jusqu'à sa retraite quarante ans plus tard, et son grand-père avait vendu des machines agricoles près de Hultsfred jusqu'à sa mort, juste après la fin de la guerre.

Outre leur intérêt pour les voitures et les tracteurs, l'accusé, son père et son grand-père partageaient aussi une passion, la chasse. Une partie significative des débats devant la cour avait donc été consacrée à écouter les deux témoins de moralité de la défense raconter la véritable signification de ces pantoufles en rat musqué pour leur ami et camarade de chasse. Il n'était vraiment pas question d'une simple paire de pantoufles.

Selon l'histoire familiale de l'accusé, son grand-père avait, pendant les dures années de la guerre, tué une bonne douzaine de rats musqués dans les cours d'eau et les zones humides des environs de Hultsfred. Il avait lui-même dépecé ses proies et préparé les peaux, dont un cordonnier local avait fait une paire de confortables pantoufles bien chaudes – très appréciées de son propriétaire, et d'une valeur presque inestimable pendant les hivers froids de la fin de la Seconde Guerre mondiale.

Le rat musqué, *Ondatra zibethicus*, était un gibier très rare dans les champs autour de Hultsfred. Farouche, pas plus gros qu'un petit lapin, il était fort difficile à chasser. Le grand-père avait mis plusieurs années à en attraper suffisamment pour se fabriquer sa paire de pantoufles. Après sa mort, son fils aîné en avait hérité, et son fils après lui. L'histoire de l'origine des pantoufles avait été racontée en un nombre incalculable d'occasions pendant plus d'un demi-siècle, devant des feux de cheminée flamboyants dans les huttes de chasse sous la neige, et dans une ambiance masculine. L'histoire s'était d'ailleurs étoffée avec le temps, et elle faisait partie de nos jours des traditions orales de la chasse dans le Småland. C'était même une partie de notre héritage culturel local, avait résumé l'avocat de la défense, qui avait d'ailleurs terminé son interrogatoire de la partie civile justement en exposant la véritable signification des pantoufles en rat musqué, celà afin de témoigner de la bonne santé mentale de son client.

– Mais vous osez prétendre devant cette cour qu'il ne s'agissait que d'une vieille paire de pantoufles ! constata l'avocat indigné, foudroyant la partie civile.

C'était même pire que ça, selon le compte rendu incroyablement détaillé du procès, que la journaliste d'investigation du *Smålansdposten* avait choisi de partager avec les lecteurs du journal. La partie civile n'était pas seulement l'ancienne compagne de l'accusé, elle était aussi assistante vétérinaire depuis de nombreuses années. Et bien qu'elle ne fût jamais entrée en contact professionnellement avec un représentant d'*Ondatra zibethicus* – heureusement –, elle semblait posséder d'assez grandes connaissances en rats musqués.

Toute cette histoire était un canular typiquement masculin, avait-elle expliqué à la cour et à son président. Et si le grand-père avait réellement raconté cette histoire, qu'elle avait été forcée d'entendre pendant les nombreuses années qu'elle avait passées avec son petit-fils, il s'avérait qu'il était un aussi grand menteur que son ancêtre chasseur.

Le rat musqué n'avait envahi la Suède et le Norrland à partir de la Finlande qu'après 1944, à savoir deux ans après que le grand-père de son ex-compagnon les eût prétendument tués pour une paire de pantoufles mille trois cents kilomètres plus au sud, ce qui montrait bien que toute cette histoire était un mensonge, une sacrée invention. Pendant de nombreuses années et pour la paix du ménage, elle avait choisi de se taire, mais il lui semblait bien plus probable que les pantoufles avaient été fabriquées à partir de rats ordinaires, et pas de rats musqués, lesquels ne se rencontraient dans le Småland que depuis quelques années.

En bref, selon la partie civile, une paire de pantoufles en peau de rat bien usée, vieille d'un demi-siècle. Imprégnée de trois générations de sueur de pieds masculins, pour maintenant laisser parler l'affect. Voilà sa vision des prétendues pantoufles en rat musqué de son ex-compagnon.

– Imaginez leur odeur, dit la partie civile en souriant à la cour.

Dommage qu'elle ne soit pas entrée dans la police, pensa Jan Lewin en sortant sa paire de ciseaux pour compléter ses notes de voyage de Växjö.

73

Växjö, mercredi 20 août-dimanche 24 août

Lewin arriva au travail dès 7 h 30 le mercredi matin. Eva Svanström avait une affaire d'ordre privé à régler et, pour éviter d'avoir à écouter les sages paroles de Bäckström dès le café du matin, il s'était dépêché de descendre prendre son petit déjeuner seul en toute tranquillité. En dépit de cela, sa collègue Sandberg avait réussi à arriver avant lui.

– Eh bien, que tu es matinale, Anna, nota Lewin avec un sourire. *Mais tu n'as pas l'air particulièrement en forme.*

– On en parlera une autre fois, dit Anna pour clore le sujet. Notre vieille dame a appelé pour corriger son témoignage.

– Ah oui ? Oui, c'est vrai qu'elle est très matinale, acquiesça Lewin.

– Elle voulait changer Clark Gable. C'était Errol Flynn auquel elle pensait. Pas Clark Gable dans *Autant en emporte le vent*. Il était trop large de visage. Celui qu'elle a vu avait le visage plus fin, davantage comme Errol Flynn. Mais toujours sans moustache.

– Heureusement qu'on n'a pas publié de portrait-robot, dit Lewin en souriant.

– Oui, hésita Anna, et puis elle a ajouté quelque chose. Je ne sais pas… mais puisque tu m'as confirmé qu'elle savait parfaitement avoir fêté son anniversaire le 4 juillet et pas le 4 juin comme nous le croyions d'abord, et que la plupart des collègues ici croient encore…

– Elle a donc dit autre chose ?

– Elle a demandé si nous étions vraiment certains que le commandant de bord n'avait pas de fils.

– Aucun que nous ayons pu retrouver en tout cas. A-t-elle ajouté autre chose ?

– Elle a promis de nous recontacter si elle se rappelait autre chose. Et puis elle m'a demandé de te saluer aussi. Tu sembles avoir fait grosse impression sur elle.

– Est-ce que je peux t'aider par ailleurs ? *Avec ce qui te soucie véritablement, par exemple.*

– C'est gentil de ta part, dit Anna Sandberg, mais je ne crois pas. Certaines choses doivent être réglées en personne. Mais merci quand même.

Elle a raconté à son mari ce qu'il s'est passé lors de sa sortie en boîte le mois précédent, et maintenant toute son existence est plongée dans le chaos, pensa Lewin. *Elle est plus courageuse que moi.*

À la réunion du matin, Bäckström fit preuve d'une inhabituelle retenue, malgré l'absence d'Olsson. Puisqu'un monde cruel avait soustrait les cotons-tiges à la police, il recherchait de nouvelles idées. Lewin avait profité de l'occasion pour rappeler de vieux principes.

– Au risque de rabâcher, je pense toujours que nous n'en savons pas assez sur notre victime, dit Lewin.

– Vraiment ? fit Bäckström avec son sourire en coin. Qu'as-tu sur le cœur, concrètement parlant, si je puis me permettre de te poser la question ?

Dans le monde de Lewin, il était toujours permis de poser la question. Concrètement, il s'agissait d'une nouvelle audition des parents de Linda, de ses amis et de ses camarades les plus proches. Ainsi que d'un examen de toutes ses notes personnelles, éventuellement ses journaux intimes, ses albums photo et tout ce qui lui manquait, et qui selon lui existait, car en fait ce genre de choses existait toujours.

Bäckström soupira profondément, promit de reposer cette éternelle question à Olsson et, si personne d'autre n'avait rien à proposer, pour sa part lui avait à faire.

– Sortez donc vous occuper utilement pour une fois, si vous voulez que je puisse vous offrir votre gâteau, ordonna Bäckström.

On dirait qu'ils ne veulent plus de gâteau, pensa Lewin en ramassant ses papiers et retournant à son bureau. *En définitive, on dirait que je vais devoir résoudre l'affaire tout seul.*

Juste après le déjeuner, Bäckström reçut sur son portable un appel de son chef et, pris par surprise, il répondit. *Comment ça, revenir à Stockholm ? Pour parler à un putain de Lapon ?* pensa Bäckström en écoutant d'une oreille le flot de paroles.

– Je t'entends très mal, fit Bäckström en tenant son portable à bout de bras. Tu m'entends ? Allô ? Allô ?... puis il éteignit cette saleté.

Mieux vaut l'attaque que la défense, pensa Bäckström, qui appela aussitôt son représentant syndical pour parler de la plainte dont il faisait l'objet. Il ne fut pas bien difficile de l'échauffer, puisqu'ils se ressemblaient comme deux gouttes d'eau et qu'en plus, ils étaient apparentés. Les policiers l'étaient souvent, heureusement.

– C'est du grand n'importe quoi, Bäckström ! constata le représentant syndical. Maintenant, que le diable m'emporte, il est plus que temps de passer à l'attaque et de faire un exemple !

Il consacra donc le reste de la journée à peaufiner sa plainte contre Moa Hjärtén et Bengt Karlsson. Dès qu'il fut prêt, il alla trouver Olsson et lui dit de s'assurer qu'elle fût enregistrée en bonne et due forme, et bien sûr traitée avec la plus grande célérité et tous les moyens nécessaires. C'était la moindre des choses qu'on pût exiger d'un responsable d'enquête préliminaire.

– Dénonciation calomnieuse, faux témoignage, utilisation de fausses informations, violences à policier en service, lut Olsson.

– Exactement, dit Bäckström. L'avocat du syndicat vous recontactera au cas où j'aurais oublié quelque chose, mais compléter la liste le cas échéant ne devrait poser aucun problème.

– Attends un peu, Bäckström, dit Olsson en levant les mains de son geste habituel. Tu ne penses pas que, peut-être…

– Excuse-moi si je me trompe, l'interrompit Bäckström en le foudroyant du regard, mais j'espère que tu n'essayes pas de refuser une plainte ?

– Absolument pas, absolument pas, dit Olsson. Je vais m'assurer qu'elle soit traitée immédiatement.

Et maintenant, qu'est-ce que je fais ? pensa Olsson dès que Bäckström eut disparu en refermant la porte derrière lui. *Et qu'est-ce que j'ai comme choix ?* se demanda-t-il en composant le numéro de Moa Hjärtén.

Voilà, cette petite tapette vient de se trouver un bon petit truc à sucer, pensa Bäckström dès qu'il eut refermé la porte. *Et pour ma part, il est grand temps que je me prenne une bière bien fraîche.*

Jan Lewin passa sa journée à compulser encore une fois les piles de papiers sur son bureau. Sans rien trouver d'intéressant. Son contact à la Säpo n'avait pas rappelé malgré sa promesse, et quand Lewin lui avait téléphoné, il était tombé sur son répondeur. *Il s'est sans doute passé quelque chose d'urgent*, pensa Lewin qui, d'un naturel peu patient, ressentit aussitôt un pincement de culpabilité.

Juste avant l'heure de rentrer, Eva Svanström vint lui dire qu'en poursuivant ses recherches autour de leur témoin de quatre-vingt-douze ans, elle avait fait une petite découverte probablement sans importance. Le copilote marié depuis cinq ans à la plus jeune fille du commandant de bord n'était pas le père biologique de son enfant. Le père était un autre homme, de trente-cinq ans, soit le même âge que la mère, mais pas quelqu'un qui fasse saliver un policier – ni d'ailleurs une employée civile comme elle.

– Il a habité en ville ces dix dernières années. Apparemment un petit bourgeois, sans casier judiciaire, qui n'apparaît nulle part non plus dans nos fichiers, résuma Svanström en tendant un document imprimé.

Aucun nom qui me dise quoi que ce soit, pensa Lewin. *D'ailleurs, pourquoi ça le devrait-il ? Et pourquoi est-ce que tout le monde dans cette enquête s'appelle Bengt ?* Bengt Olsson et Bengt Karlsson et le commandant de bord Bengt Borg. Plus au moins vingt ou trente autres témoins et volontaires à avoir été prélevés qui avaient en commun de se prénommer Bengt.

– Où travaille-t-il pour le moment ? demanda Lewin, surtout pour dire quelque chose.

– Il y a des problèmes informatiques, alors tu devras attendre jusqu'à demain. Quand sa fille est née, il travaillait au théâtre municipal de Malmö. Un petit bourgeois, comme je te l'ai dit.

– Ne t'inquiète pas, soupira Lewin, prêt, faute de candidat, à retenter sérieusement d'avoir une conversation avec les parents de Linda. *Théâtre, culture, petit bourgeois*, pensa-t-il dès qu'elle referma la porte. *Mais qu'est-ce que je cherche, en fait ?*

Le jeudi matin, la journaliste Carin Ågren se présenta au commissariat de police de Växjö, afin de déposer une plainte pour harcèlement sexuel contre le commissaire Evert Bäckström. Le policier de Växjö qui enregistra la plainte ayant été discrètement prévenu dès la veille par le commissaire Olsson, il se mit immédiatement à l'œuvre avec tout le soin et la précision que l'affaire demandait et auditionna longuement la plaignante.

Maintenant, ce sale petit gros de la capitale va devoir s'accrocher aux branches, pensa-t-il avec plaisir lorsqu'il relut la déposition à Ågren, qu'elle approuva et signa.

Le commissaire Bengt Olsson parvint aux mêmes conclusions lorsqu'il eut lu le rapport d'audition, une heure plus tard. Comme il était lui-même un homme de paix, et que le chef de Bäckström lui avait promis de résoudre définitivement le problème Bäckström au plus tard ce week-end, il décida de prendre quelques jours de congés supplémentaires dans sa maison de campagne. Il avait travaillé presque deux mois d'affilée, et il était grand temps de recharger ses batteries avant d'en remettre un coup la semaine prochaine, enfin débarrassé de l'influence destructrice de Bäckström. *Et si quelqu'un souhaite dire adieu à ce petit cauchemar ambulant de la capitale, grand bien lui fasse*, pensa Olsson avant de quitter la ville rejoindre sa chère femme et la paix relative de la campagne du Småland.

Le jeudi après-midi, le contact de Lewin à la Säpo fit enfin parler de lui. Après les premières excuses – plusieurs éléments inattendus avaient surgi entre-temps –, il déclara que Lewin ne lui en voudrait pas, étant donné ce qu'il avait à raconter.

Le propriétaire du portable était désormais identifié. Il travaillait au service culturel de la commune de Växjo, et c'était donc la commune qui possédait l'abonnement. Le lundi 7 juillet, le propriétaire avait signalé que son portable avait disparu entre le jeudi 3 juillet et le lundi 7 juillet. Le jeudi 3 juillet, le propriétaire était parti en congé et se souvenait de l'avoir laissé sur son bureau au travail. À son retour, impossible de le retrouver. Il en avait parlé à son collègue qui s'occupait des téléphones. Ils avaient aussitôt fait une déclaration de perte et s'étaient assurés que le téléphone était verrouillé.

On avait néanmoins eu le temps de l'utiliser pour passer deux coups de fil. D'une part, celui à l'anesthésiste qui avait intéressé Lewin, à 2 h 15 le matin le vendredi 4 juillet. L'autre, sept heures plus tard. Les deux appels avaient été retracés jusqu'à l'antenne-relais d'où ils avaient été émis. Le premier appel semblait provenir du centre de Växjö, et l'autre avait été composé près de Ljungbyholm, à peine à dix kilomètres au sud-ouest de Kalmar. Le deuxième appel avait été passé à un autre portable, malheureusement un numéro à carte prépayée, d'utilisateur inconnu. Ensuite, plus rien.

– Voilà, c'est tout, constata la vieille connaissance de Lewin. Je t'envoie un mail avec toutes les informations, et c'est à toi de prendre la relève à présent.

– Je te remercie vraiment beaucoup, dit Lewin, conscient de ce qui l'attendait. Autre chose, ajouta-t-il : Tu n'aurais pas par hasard le nom de notre propriétaire de portable ?

– Si, bien sûr, j'ai oublié de te le dire ? Comme c'est bizarre. Quelqu'un d'apparemment très ordinaire, là j'ai bien peur que tu n'aies rien. Je me suis amusé à vérifier, et il n'apparaît ni chez nous ni chez vous. Un banal citoyen honnête. Au-dessus de tout soupçon, sans parler des atrocités dont tu parais te repaître.

– Il a bien un nom quand même, dit Lewin, qui était déjà passé par là.

– Il s'appelle Bengt Månsson, Bengt Axel Månsson. Toutes les informations qui le concernent sont jointes dans le mail. Sa photo de passeport est d'ailleurs très récente. Moins d'un an, je crois.

Une fois ce n'est rien, mais deux fois, c'est deux fois de trop, pensa Lewin, qui détestait les coïncidences et venait d'entendre à nouveau le même nom que celui qu'Eva Svanström lui avait communiqué juste avant de partir la veille. Le père de la petite fille qui avait un grand-père commandant de bord

– Merci, dit Lewin. Je crois que c'est bon maintenant.

– Si tu le dis, alors je veux bien te croire, acquiesça son collègue, qui lui aussi était déjà passé par là, et connaissait Jan Lewin depuis qu'ils avaient fait l'école de police ensemble.

74

Dès qu'il raccrocha, Jan Lewin fit exactement ce qu'il avait toujours fait dans ce genre de situation. D'abord, il ferma sa porte et alluma la lampe rouge. Ensuite, il sortit papier et stylo, et essaya de mettre de l'ordre dans ses pensées. Ça devenait plus facile dès qu'il les couchait sur le papier. En plus, il avait pour une fois la chance de ne pas avoir à s'inquiéter ni d'Olsson ni de Bäckström. Olsson était parti en congé à la campagne, et Lewin avait encore vraiment trop peu pour le déranger. Bäckström brillait par son absence en général et avait, si cela se trouvait, fait contre mauvaise fortune bon cœur et bouclait ses valises pour rentrer à Stockholm.

Reste la question du meurtre en lui-même, pensa Lewin. *Qu'est-ce qui incrimine ce Bengt Månsson dans cette affaire ?* Bengt Axel Månsson, trente-cinq ans, responsable des projets dits spéciaux au service culturel à Växjö, père de la fille de la plus jeune fille du commandant de bord. Une personne qu'il n'avait jamais rencontrée, à qui il n'avait jamais parlé, qu'il n'avait même jamais vue, qui n'apparaissait pas dans l'enquête ni semblait-il dans aucun registre de la police… Qu'est-ce qui permettait d'imaginer qu'il aurait pu assassiner Linda Wallin ? Et où avait-il déjà vu ce nom ? Avant que d'abord Eva Svanström, puis son vieil ami de la Säpo ne le lui donnent ? Et là, il repensa soudain à son premier vrai vélo. Un Crescent Vaillant rouge. *Est-ce que ça pourrait être ça ?* pensa-t-il quand, au même instant, il se rappela l'article du *Smålandsposten* sur la polémique culturelle locale qui avait éclaté à Växjö quelques semaines après le meurtre et qui n'avait, a priori, rien à voir avec son enquête.

Commençons par le profil, et soyons pour une fois un peu professionnel, se dit Lewin en se concentrant. Prétendre que Månsson ne correspondait pas au profil était pour l'instant un gros euphémisme. La seule chose qui ne semblait pas complètement farfelue, c'était qu'il habitait Fröväg, à deux bons kilomètres au sud de la scène de crime. Dans un rayon où habitait la moitié de la population de la ville, donc de peu d'utilité pour un enquêteur. Bref, rien ne correspondait et, selon le profil du groupe GAC, il était impensable que Månsson fût l'agresseur.

L'utilisation de son portable pour le mystérieux appel à l'anesthésiste indiquait malgré tout qu'il pouvait avoir un lien avec le meurtre. Certes, il ne pouvait s'agir que d'un mauvais numéro, et jusque-là rien ne permettait de dire qu'il connaissait Linda ou sa mère. Mais cette découverte était quand même très étrange, surtout au vu du contenu de cette conversation.

Cette histoire de portable perdu ou volé était aussi un peu curieuse, étant donné le timing et les circonstances. Si quelqu'un l'avait volé, pourquoi aurait-il juste passé deux appels, dont l'un serait un prétendu faux appel à l'ancien numéro de la mère de Linda ? Les voleurs de téléphones n'avaient pas l'habitude de se restreindre ainsi. Et les présumés coupables étaient sacrément souvent victimes de voleurs qui, opportunément, les débarrassaient de possessions très compromettantes.

Et il y avait aussi la voiture volée, qui pouvait être directement reliée au meurtrier. Bengt Månsson n'avait a priori rien à voir avec la voiture, sauf qu'il était le père biologique de la petite-fille de son propriétaire. Et si ce témoin de quatre-vingt-douze ans avait vu ce qu'elle prétendait avoir vu, la suite logique de l'enquête serait d'organiser une séance d'identification photographique avec elle, et de glisser Bengt Månsson parmi les photos.

Le plus tôt sera le mieux, et avec un peu de chance elle ne se couche pas aussi tôt qu'elle se lève, pensa Lewin.

Il en discuta avec Eva Svanström, qui promit de s'occuper sur-le-champ des détails pratiques, puis il en parla à Anna Sandberg. D'abord parce que c'était elle qui avait trouvé leur témoin, mais aussi parce qu'elle semblait avoir besoin de se changer les idées. Et surtout parce que, concrètement, en l'absence d'Olsson et de Bäckström, c'était lui qui décidait.

– J'ai l'impression que tu as raison ! s'exclama Anna Sandberg qui, tout à coup, parut avoir oublié ses affaires de famille compliquées.

– Nous allons vite être fixés.

– Oui, bien sûr. C'est lui. Le fils. C'est ce que j'ai toujours dit, déclara une heure plus tard leur témoin de quatre-vingt-douze ans en posant le doigt sur la photo de Bengt Månsson alors qu'ils étaient assis à sa table de cuisine. Comme Errol Flynn, qui jouait dans tous ces films de pirates mais sans moustache, expliqua le témoin. N'est-ce pas qu'il lui ressemble beaucoup ? Mais pourquoi par tous les saints son père renierait-il son propre fils ? ajouta-t-elle soudain. Un fils illégitime, peut-être ?

Pas le fils, mais l'ex-beau-fils, expliqua Lewin avec pédagogie. *Et comment fait-on comprendre ça à une dame célibataire de quatre-vingt-douze ans ? Du Småland en plus*, pensa-t-il.

– Ah, mais ça explique tout, dit le témoin dès que Lewin eut fini. Je ne sais pas combien de fois je l'ai vu qui traînait l'enfant et cette poussette.

Ce qui démontre bien que c'était il y a quelques années, pensa Lewin. Mais qu'est-ce que quelques années, quand on a soi-même près de cent ans ?

– Le polo en cachemire bleu, fit soudain Anna Sandberg dans la voiture, sur la route du commissariat. C'est tout à fait le genre de polo que le commandant de bord a pu acheter au cours d'un voyage à l'étranger.

– Pas bête, acquiesça Lewin, qui avait eu la même idée avant que le témoin ne pointe Bengt Månsson du doigt, mais bien sûr il n'allait pas s'en vanter auprès de sa collègue Sandberg. *Ce serait à la fois désagréable et inutile.*

– Que dirais-tu d'aller le voir, de lui montrer quelques photos de nos différents polos et de lui demander s'il en a possédé ou offert un ? suggéra Sandberg, plus déterminée que jamais.

– Bien sûr, acquiesça Lewin. Mais d'abord, nous allons faire autre chose.

– Ne jamais réveiller le chat qui dort, dit Sandberg. Pas trop tôt en tout cas.

– Exactement, dit Lewin. D'abord, nous devons en découvrir un maximum sur Månsson sans éveiller les soupçons de personne.

75

Bäckström était manifestement décidé à se cramponner jusqu'au bout et, en de telles circonstances, Lewin pensa n'avoir pas le choix. Il devait le tenir informé, quoi qu'il pense de lui par ailleurs. Étant donné que leur témoin avait identifié Månsson, il ne s'agissait plus d'une lubie ni d'une coïncidence improbable. Et comme Lewin avait choisi de suivre les mêmes voies détournées que son collègue Bäckström, il avait également décidé de le prévenir en privé, avant le petit déjeuner du vendredi matin, et dans la chambre de celui-ci.

Bäckström, d'excellente humeur, sortait de la douche, rose comme un petit cochon, les yeux juste un peu rougis.

– Assieds-toi pendant que j'enfile mon pantalon, dit Bäckström. Si tu veux une petite bière matinale, c'est dans le minibar, ajouta-t-il généreusement.

Lewin refusa l'offre, préférant résumer la nouvelle situation. Bäckström partit au quart de tour, au point d'en oublier de mettre son pantalon.

– Nom de Dieu, Lewin ! s'exclama Bäckström. Je crois que nous avons gagné le gros lot !

Qui ça, nous ? pensa Lewin en soupirant intérieurement, avant que tout retourne à la normale.

Lewin proposa de contacter la procureure dès qu'ils auraient rédigé leur premier rapport sur Månsson et son éventuelle implication dans le meurtre. Ce serait vraisemblablement terminé dans l'après-midi, et peut-être pourraient-ils même aller appréhender Månsson sans convocation préalable dès que la procureure aurait pris sa décision. La voiture volée et son identification par leur témoin devraient suffire.

– Le plus simple, ce sera d'aller le cueillir à la sortie du boulot.

– Jamais de la vie ! s'exclama Bäckström en secouant la tête. Ce type est à moi, donc nous allons plutôt faire comme ça…

Je me demande comment ça se fait qu'il est à toi, pensa Lewin un peu plus tard, en descendant prendre son petit déjeuner.

Sitôt arrivé au poste, Bäckström appela ses fidèles dans son bureau et distribua les tâches. Lewin, Knutsson, Thorén et Svanström, avec l'appui de Sandberg, devaient constituer un dossier sur le meurtrier présumé Bengt Månsson. Tout devait être passé au peigne fin. Rogersson s'occuperait d'éclaircir divers points directement sous les ordres de Bäckström, pendant que Bäckström lui-même répartirait le travail tout en prodiguant conseils et encouragements. Bien sûr, ils eurent droit à quelques mots pour la route.

– Maintenant il s'agit de fermer sa gueule. Pas un mot en dehors de cette pièce, dit Bäckström. N'oubliez pas, je vous ai prévenus que le petit Olsson semble être le meilleur ami de Månsson. Je parie qu'Olsson est impliqué d'une manière ou d'une autre. À la moindre indiscrétion, il ira directement voir Månsson pour tout lui raconter, et je n'ose pas imaginer ce que ce salopard pourrait faire.

– J'avais cru comprendre que tu devais rentrer à Stockholm, Bäckström ? intervint Lewin. *Et quel vocabulaire distingué en plus.*

– Oublie ça, dit Bäckström. Personne ne quitte ce putain de navire avant qu'on l'ait ramené au port.

– Il serait quand même intéressant de savoir ce que tu penses découvrir, insista Lewin.

– Je vais organiser une petite surveillance discrète de notre suspect, dit Bäckström. Pour qu'il n'aille pas en dépecer d'autres. Dis à Adolfsson et à cette tapette de noble que je veux leur parler. Et de toute urgence, dit-il en foudroyant Lewin du regard.

– Bien sûr, Bäckström, dit Lewin. *Pas un mot en dehors de cette pièce.*

– Månsson, Bengt Axel, dit l'inspecteur provisoire et baron Gustaf von Essen devant Bäckström un peu plus tard, accompagné d'Adolfsson. Est-ce que ce n'est pas un de nos chers Co-hommes ?

– Exactement, acquiesça Bäckström. Une collection de putains d'obsédés sexuels tous autant qu'ils sont. *La tapette noble n'est pas complètement hors course.*

– Dans ce cas, c'est bien lui qui a saigné sur ton uniforme, Adolf. Je me souviens avoir relevé son nom parmi celui des autres, constata von Essen avec un bref hochement de tête.

– Tu as déjà tabassé ce petit chou ? dit Bäckström, ravi, en fixant Adolfsson. *Ce gamin ira vraiment très loin.*

– Pas tout à fait, rectifia Adolfsson, qui raconta à Bäckström son intervention, avec son collègue von Essen, devant le McDonald's de la Storgata trois semaines plus tôt.

– Putain qu'est-ce que tu as fait de l'uniforme ? siffla Bäckström en regardant Adolfsson avec des yeux anormalement plissés, même pour lui.

– J'ai essuyé le plus gros et je l'ai raccroché dans mon casier, dit Adolfsson. Je n'ai pas eu le temps de le donner à nettoyer. Il ne ressemblait pas à un drogué ordinaire, alors j'ai juste rangé l'uniforme dans mon casier, expliqua-t-il en haussant les épaules.

– Putain, mais qu'est-ce qu'on attend ! bondit Bäckström et, cinq minutes plus tard, il se trouvait en personne à la brigade technique d'Enoksson, serrant la veste d'uniforme d'Adolfsson dans ses bras.

Avant toute chose, il exigea le silence le plus total de la part d'Enoksson, puis le briefa. Interdiction d'en informer Olsson. Malheureusement, plusieurs éléments suspects laissaient penser qu'Olsson constituait, dans le meilleur des cas, un risque, voire pire.

– Avec tout le respect que je te dois, Bäckström, je n'ai pas l'impression que ce soit si terrible que ça, dit Enoksson en examinant la veste d'uniforme d'Adolfsson à la lumière de sa lampe forte.

– On s'en fout, Enoksson, l'interrompit Bäckström à sa manière si polie. Y a-t-il suffisamment de sang ?

À condition qu'il s'agisse bien du sang de Månsson et qu'il n'ait pas été contaminé par autre chose – mais il ne voudrait pas risquer de gâcher l'échantillon en soumettant la veste à des examens plus poussés – il y avait assez de sang, et même largement, pour analyser l'ADN et tout ce qu'on voudrait.

– Quand aura-t-on une réponse ? demanda Bäckström.

En début de semaine prochaine, et à condition qu'aucun obstacle juridique ne surgisse. Beaucoup trop tard, selon Bäckström, étant donné que d'après les collègues du groupe GAC, il s'agissait très proba blement d'un meurtrier en série, qu'ils n'avaient pas les moyens de surveiller indéfiniment.

– Oublie ça, dit Bäckström. Crois-tu que je vais risquer que ce salopard assassine la moitié de Växjö pendant ce temps ?

– Je vais voir ce que je peux faire, soupira Enoksson. D'un point de vue purement technique, ils peuvent obtenir un résultat préliminaire au bout d'une seule journée, à condition que l'échantillon ne pose pas de problème. N'oublions pas non plus que c'est le week-end. Et tu ne devais pas rentrer à Stockholm, d'ailleurs ?

– Week-end ? On ne parle pas de week-end, là, Enok, là on parle d'une chasse au meurtrier, souffla Bäckström. *Et je ne vais nulle part.*

– Je te recontacte dans une heure, soupira Enoksson.

À peine Bäckström avait-il arraché l'uniforme des mains d'Adolfsson pour l'apporter à Enoksson, que von Essen et Adolfsson avaient commencé la surveillance du suspect, Bengt Månsson. D'abord, ils avaient demandé à une jeune collègue de la brigade d'intervention de la criminelle régionale d'appeler Månsson sur son lieu de travail au service culturel afin de se renseigner sur d'éventuelles subventions pour un projet théâtral impliquant de jeunes femmes immigrées. Pendant cette conversation, ils avaient eux-mêmes garé leur voiture banalisée à bonne distance, avec vue sur l'entrée des locaux du service culturel. Au bout d'un quart d'heure, la collègue appela le portable de von Essen et fit son rapport. Pas uniquement pour dire que Månsson se trouvait bien sur place à son bureau. Il avait une voix qui semblait « super sympa » et avait paru « super intéressé » par le projet. Il avait même proposé qu'ils se rencontrent au plus vite, afin de discuter de l'affaire en privé.

– Quelle impression t'a-t-il faite ? demanda von Essen.

– Excité, constata la collègue. Super excité. Il voulait d'abord savoir si j'étais aussi belle que le son de ma voix le suggérait. N'hésitez pas à me rappeler si je peux vous aider en quoi que ce soit, pouffa-t-elle.

Tu m'étonnes, pensa von Essen.

– Qu'a dit notre petite Caijsa ? demanda Adolfsson dès que son collègue eut raccroché.

– Elle semble avoir un peu le béguin pour Månsson.

– Elle l'a pour tout le monde, grogna Adolfsson.

– Pas pour tout le monde, objecta innocemment von Essen, qui avait participé à la même fête du personnel qu'Adolfsson quelques mois plus tôt.

Enoksson fit de son mieux et finalement, l'une de ses vieilles connaissances au laboratoire de Linköping, obligée de travailler ce week-end, promit de se dévouer. Elle trouverait, avec un peu de chance, un moment pour le faire, mais qu'il n'espère pas obtenir le résultat en un jour. En supposant qu'elle reçoive l'échantillon d'ici à quelques heures, en supposant qu'il soit utilisable, et en supposant que rien d'inattendu ne l'accapare, il faudrait attendre au moins dimanche matin. Au plus tard dimanche après-midi.

À force de persuasion et de promesse d'heures supplémentaires et compensatoires, il mit aussi la main sur un jeune collègue qui accepta de faire le coursier jusqu'à Linköping, quatre cents kilomètres aller-retour, bien qu'on fût déjà vendredi après-midi. Quand enfin la veste d'Adolfsson fut en route pour le laboratoire de Linköping, Enoksson inspira profondément trois fois et appela Bäckström. *Espérons que ça puisse enfin nous débarrasser du petit gros*, pensa Enoksson, pourtant connu pour son caractère paisible.

– Dimanche après-midi, gémit Bäckström. Mais putain qu'est-ce qu'ils foutent là-haut ? Est-ce qu'il n'y a que moi qui travaille dans ce putain de pays ?

– Au plus tôt dimanche matin, précisa Enoksson.

– Je ne suis pas sourd, proféra Bäckström et, à en juger par la tonalité, il avait raccroché.

Qu'est-ce que ça coûte de dire merci ? pensa Enoksson tout en appelant le collègue Olsson pour l'informer des événements. Olsson était quand même responsable de l'enquête préliminaire, mais comme d'habitude, il dut se contenter de laisser un message sur son répondeur.

– Oui, bonjour Olsson. C'est Enoksson. Je n'avais rien à dire de particulier, mais tu peux toujours me joindre. Sinon, passe un bon week-end, conclut Enoksson qui, honnêtement, ne croyait pas plus à l'uniforme d'Adolfson qu'au reste des théories de Bäckström. Il était surtout impatient de retrouver sa chère femme et la tranquillité de son petit village du Småland.

76

Adolfsson et von Essen consacrèrent le reste du vendredi à surveiller Månsson, c'est-à-dire qu'ils restèrent surtout assis à attendre qu'il se passe quelque chose. Étant tous les deux des passionnés de chasse, ça leur allait très bien, la chasse consistant principalement à savoir attendre. Le fait que Månsson les ait rencontrés trois semaines plus tôt ne les inquiétait pas. L'idée était de voir sans être vus, mais ils jugeaient infime le risque que Månsson les découvre le premier. Tout cela n'ayant aucune espèce d'importance dans une ville comme Växjö, où la plupart des gens se croisaient tout le temps.

Vers 16 heures, Månsson sortit de son travail à la maison communale de Växjö, dans la Västergata, juste au-dessus de la salle de concert. Il était accompagné de plusieurs personnes qui, à en juger par leurs vêtements, leur apparence et leur comportement, devaient être ses collègues de travail. Adolfsson prit discrètement quelques photos à une distance respectueuse, et nota le lieu et l'heure dans leur rapport de surveillance. Leur sujet venait certes de se mettre en mouvement, mais rien ne trahissait pour l'instant le meurtrier en série contre lequel Bäckström les avait mis en garde.

Månsson et les autres s'installèrent à une terrasse de la Storgata, à quelques pâtés de maisons de leur lieu de travail. Ils y burent de la bière, mangèrent des ailes de poulet grillées et discutèrent. Puis leur groupe s'éparpilla, chacun partant apparemment de son côté. Månsson se dirigea vers l'est et son domicile du Fröväg. Comme celui-ci se trouvait à deux kilomètres et qu'il avait visiblement l'intention de s'y rendre à pied, Adolfsson et von Essen décidèrent de se séparer. Von Essen le suivrait à pied, pendant qu'Adolfsson rôderait en voiture dans les parages.

Månsson rentra chez lui à pied, ce qui faisait finalement plus de deux kilomètres de l'endroit où il aurait assassiné Linda un mois auparavant. À part ça, son domicile convenait parfaitement : dans l'immeuble d'en face logeait l'un de leurs collègues de la circulation. Månsson habitait au troisième étage et le collègue, au quatrième, en position idéale pour le surveiller quand il était chez lui. Ils avaient récupéré les clés de l'appartement du collègue avant même d'avoir quitté le commissariat, dès que Thorén leur avait communiqué les adresses du travail et du domicile de Månsson.

Le collègue en question devait participer à un grand rassemblement sur l'île d'Öland ce week-end, et avait donc accepté de prêter son appartement dès qu'ils lui eurent expliqué de quoi il s'agissait. Rien d'extraordinaire, juste un peu de paperasse supplémentaire, pendant le week-end, pour aider les gars des stups, avait résumé von Essen. Très bien, chopez ces voyous de drogués, avait dit le collègue en tendant ses clés. Lui et Adolfsson pouvaient faire comme chez eux : l'appartement ne réservait aucune surprise pour un célibataire de trente-neuf ans qui travaillait à la circulation à Kronoberg.

Quand Månsson entra dans son immeuble, Adolfsson était déjà en place dans l'appartement d'en face, et à peu près à l'instant où Adolfsson aperçut Månsson qui franchissait son propre seuil, von Essen l'avait rejoint.

– Il n'a pas de rideaux non plus, constata von Essen, ravi.

– Ce genre de petit-bourgeois n'a jamais de rideaux, expliqua Adolfsson en suivant Månsson à travers ses jumelles Zeiss qui grossissaient vingt fois.

À peu près au moment où von Essen et Adolfsson s'installaient dans leur nouveau repaire, Bäckström appela pour prendre des nouvelles. Le sujet était seul chez lui, et pour l'instant il regardait les informations de 19 h 30 à la télé, expliqua Adolfsson.

– Il ne fait pas de connerie ? demanda Bäckström.

– Rien d'autre que regarder les infos.

– Vous m'appelez aussitôt s'il se passe quelque chose.

– Bien sûr, chef.

– Je me demande ce qu'il fabrique, dit Bäckström à Rogersson, qui était sur le point de remplir leurs chopes de bière vides.

– Qu'est-ce qu'il fabrique, alors ? demanda Rogersson.

– Il regarde la télé. Putain, mais qui regarde la télé à cette heure-ci ?

– Il n'a peut-être rien de mieux à faire ? suggéra Rogersson.

– Je parie qu'il prépare un truc bien merdique, décréta Bäckström.

Selon le rapport de surveillance rédigé par Adolfsson et von Essen, Månsson passa son vendredi soir ainsi.

Jusqu'à 21 h 30 environ, il resta assis devant sa télé et plus le temps passait, plus il zappait souvent. Comme tout le monde, il semblait disposer d'une vingtaine de chaînes. Juste après 21 h 30, il discuta quelques minutes au téléphone. Ensuite, il disparut dans la cuisine. Il sortit des assiettes du placard au-dessus de l'évier, différents aliments du frigidaire, coupa une baguette en tranches et plaça le tout sur un plateau, qu'il emporta dans la salle de séjour sur la table basse devant le sofa. Puis il retourna à la cuisine.

– Voilà qui devient intéressant, dit Adolfsson à von Essen qui, allongé sur le sofa, regardait un film sur la télé de leur collègue.

– Est-ce qu'il a monté des poulies et des palans au lustre ? demanda von Essen en zappant sur TV4 pour ne pas rater le journal télévisé.

– Il ouvre une bouteille de vin, dit Adolfsson. Et il a également sorti deux verres.

– Aha, dit von Essen. Crois-moi, Adolf. Il y a de la dame au menu.

À 22 h 05, une femme blonde dans la trentaine gara une petite Renault dans la rue et entra dans l'immeuble de Månsson. Un grand sac à main pendait à son épaule et elle apportait aussi un sac du *Systembolag* qui semblait contenir une bonne cargaison de vin en brique. Deux minutes plus tard, elle arriva chez Månsson et à 22 h 10, ils se déshabillaient mutuellement sur le sofa de la salle de séjour. Cinq minutes plus tard, ils faisaient l'amour sur ce même sofa. Adolfsson compléta ses notes de plusieurs bonnes photos et eut tout le temps d'enregistrer la plaque d'immatriculation et la marque de la voiture de la visiteuse.

Leurs ébats amoureux sur le sofa durèrent jusqu'à minuit, entrecoupés de petites pauses pour manger et boire. Au bout d'une heure, Bäckström appela pour prendre des nouvelles et Adolfsson décrivit rapidement la situation.

– Il y a une fille chez lui. Ils sont en pleine action sur le sofa, sauf que là ils font une petite pause pour manger, expliqua Adolfsson.

– Est-ce qu'il l'a attachée ? demanda avidement Bäckström.

– Non, c'est juste le *Bolibompa*[1] habituel, dit Adolfsson.

– Comment ça *Bolibompa* ? Pas de cravates, pas de couteaux ?

– Du sexe standard. Jusque-là, ils n'ont rien fait que je n'aie pas fait moi-même. Sauf que Månsson semble à la fois en forme et vigoureux pour son âge, jugea Adolfsson, qui lui-même avait dix ans de moins.

Vers minuit et quart, la relation entra dans une phase plus calme. Månsson et son invitée avaient vidé le plat et bu tout le vin de la bouteille. L'invitée courut dans la cuisine et revint avec une brique de trois litres de vin, pendant que son hôte avait choisi un film sur l'une des chaînes de cinéma. Rien d'extraordinaire, une comédie romantique classique, constata Adolfsson après un rapide coup d'œil au programme télé de la soirée. À 2 h 30 du matin, ils disparurent de la salle de séjour pour la chambre, qui donnait de l'autre côté de l'immeuble.

Adolfsson réveilla von Essen, qui ronflait sur le lit du collègue. Von Essen se leva, jeta un coup d'œil discret, revint et confirma que le sujet était clairement allé se coucher. Il prit la relève d'Adolfsson, qui s'était jeté sur le même lit et aussitôt endormi. Tout était soi-

1. Émission télévisée pour les enfants.

gneusement documenté, et le nom et le numéro d'identité de la propriétaire de la voiture semblaient bien correspondre à l'invitée de Månsson. En prime, ils avaient plusieurs photos, en cas de difficultés à l'identifier.

Pour une fois, Bäckström eut du mal à dormir. D'abord, lui et Rogersson restèrent dans sa chambre à picoler, et quand il se débarrassa enfin de son parasite de collègue, il était déjà 2 heures du matin. Trois heures plus tard, il se réveilla, et ce ne fut qu'après un petit coup qu'il retrouva le calme et réussit à se rendormir. Dès 7 heures, il se réveilla à nouveau et, faute de mieux, se traîna jusqu'au restaurant pour un petit repas bien mérité après cette nuit difficile et fatigante.

Bäckström remplit comme à son habitude son assiette d'aspirines, de filets d'anchois, d'œufs brouillés et de petites saucisses. Après avoir accompagné la première bouchée de bonnes gorgées de jus d'orange, il commença enfin à se sentir mieux et se jeta sur les saucisses. Il grogna en direction de Lewin, qui avait poliment hoché la tête et même baissé un peu son journal, pendant que la petite Svanström était prise d'une violente crise de fou rire, qui empira jusqu'à ce que, les yeux rouges et larmoyants et la serviette devant la bouche, elle se levât pour se précipiter vers les toilettes des femmes.

Putain, qu'est-ce qu'il lui prend ? pensa Bäckström avec suspicion, tout en enfournant une nouvelle saucisse dans sa bouche.

– Putain, qu'est-ce qui lui arrive ? demanda-t-il en regardant Lewin, qui ne s'était même pas rendu compte que la gonzesse hystérique venait de les quitter.

– Aucune idée, mentit Lewin, même s'il avait compris dès la veille que Bäckström était probablement le seul de tout le commissariat à ne pas avoir lu le rapport d'audition le concernant. Mais qui était-il, lui, pour ruiner dès si tôt le matin la journée d'un collègue, indépendamment de ses défauts de caractère et autres imperfections humaines ? Sur quoi Lewin s'excusa et se leva de table pour aller s'assurer qu'Eva Svanström demeurât à bonne distance de Bäckström le reste de la journée.

77

Månsson et son invitée semblèrent bien dormir. Ce ne fut que vers 10 heures du matin que von Essen eut quelque chose de nouveau à noter sur le rapport de surveillance. Un Månsson nu apparut d'abord dans sa propre entrée, avant de disparaître immédiatement dans sa salle de bains. Quelques minutes plus tard, son invitée, aussi peu vêtue, le suivit. Ils étaient visiblement tous deux très attentifs à leur hygiène, car ils mirent une bonne heure avant d'aller prendre leur petit déjeuner dans la cuisine, une serviette autour de la taille – Månsson – et en peignoir – l'invitée.

Au même instant, Adolfsson, lui aussi sur pied et fraîchement douché, préparait du café et des œufs, du jus de fruit et beurrait des tartines, quand Bäckström appela pour prendre des nouvelles.

– Ça va ? Elle est en vie ? demanda Bäckström, inhabituellement bref.

– Au top de sa forme on dirait, jugea von Essen. Là, elle prend son petit déjeuner avec son hôte, un café latte, du yaourt avec des flocons d'avoine, et chacun leur tartine de pain croquant avec beaucoup de légumes et une tranche de fromage allégé, ajouta-t-il.

– Nom de Dieu, dit Bäckström avec dégoût. Ils doivent être malades. Faites-moi signe dès qu'il commence à lui attraper le cou.

Von Essen le lui promit. Ensuite, il prit lui-même une douche rapide pendant qu'Adolfsson s'emparait des jumelles et des notes. Les activités dans l'appartement d'en face laissaient penser que leur objet de surveillance s'apprêtait à quitter les lieux pour une destination inconnue.

Lewin et ses collaborateurs consacrèrent une journée et demie à essayer d'établir des liens entre Bengt Månsson d'une part et Linda et sa mère d'autre part. Sans succès. Bien qu'ils eussent passé au peigne fin tous les fichiers disponibles, utilisant toute leur ingéniosité accumulée au fil des années, ils n'avaient rien découvert.

La conclusion la plus plausible était décourageante : ils n'entretenaient tout simplement aucun lien, ni familial, ni professionnel, ni d'enfance, ni de scolarité, ni de voisinage. Pas non plus de réseau commun, d'intérêt, d'activités ordinaires, d'amis ou de connaissances qui auraient pu les mettre en rapport. Ne restait plus que les rencontres fortuites, et le réconfort de croiser des gens ordinaires, agréables et normaux dans une petite ville où tôt ou tard, ceux qui se ressemblaient se rencontraient.

Une consolation bien maigre, dans la mesure où Lewin ressentait une inquiétude grandissante le ronger de l'intérieur. Et si tout ce qu'il avait cru se révélait faux ? Où est-ce que quelqu'un comme Månsson aurait pu apprendre à voler une voiture ? Où est-ce que quelqu'un comme lui aurait-il rencontré des dealers ? Et pour en venir au cœur du problème, combien existait-il de gens ordinaires comme lui, capables de violer, torturer et étrangler une jeune femme de quinze ans leur cadette ? Son seul motif de réconfort jusqu'à présent provenait des rapports de von Essen et d'Adolfsson, qui faisaient état d'un appétit sexuel pour le moins vorace. Mais qu'il semblait assouvir dans le cadre d'un comportement sexuel conventionnel. Peut-être bien que oui, peut-être bien que non, pensa Lewin, surtout dans l'espoir de contrôler son angoisse.

Vers 17 heures, Bäckström recontacta Adolfsson et von Essen, et commença par leur demander pourquoi ils ne l'avaient pas appelé eux-mêmes. Von Essen répondit qu'il n'y avait rien eu de nouveau de suffisamment important pour le déranger. Préoccupé comme il devait l'être par des choses autrement cruciales.

– Arrête de dire des conneries, Essen, l'interrompit Bäckström. Raconte-moi ce que ce salopard est en train de fabriquer.

Leur petit déjeuner sitôt terminé, Månsson et son invitée s'étaient habillés et avaient emballé quelques affaires dans un sac indiquant qu'ils partaient en excursion, sûrement pour profiter de cet été fantastique. Mais dans l'entrée, quelque chose avait dû se produire entre eux parce qu'ils s'étaient soudain à nouveau déshabillés mutuellement et avaient recommencé leurs ébats amoureux sur le tapis. Les détails étaient cependant restés flous, étant donné qu'ils n'avaient pu observer que les pieds et les jambes nus des acteurs.

Cet interlude inattendu n'avait pas trop duré et, un quart d'heure plus tard, Månsson et son invitée étaient partis dans sa voiture à elle, apparemment d'excellente humeur. Adolfsson et von Essen avaient suivi à bonne distance et, au bout d'une vingtaine de kilomètres seulement, ils s'étaient arrêtés sur une plage au nord du Helgasjö. Ils y avaient passé tout l'après-midi allongés sur une couverture, à discuter, bronzer, se baigner et nager. Et profiter de leur pique-nique. Vingt-sept degrés dans l'air et vingt-quatre dans l'eau, et même von Essen et Adolfsson se rafraîchirent chacun leur tour comme ils le purent en plongeant discrètement, à bonne distance.

Ils étaient ensuite retournés chez Månsson après avoir fait quelques courses en route. Ils s'étaient dit au revoir dans la rue devant l'immeuble de Månsson. L'invitée était partie. Månsson était retourné chez lui, où il s'était d'abord débarrassé de ses vêtements pour disparaître dans la salle de bains, dont il n'était ressorti que presque une demi-heure plus tard, avec la même serviette bleue autour de la taille. Il s'était ensuite allongé dans le sofa de la salle de séjour et avait lu des tabloïds.

– D'abord *Aftonbladet* et après *Expressen*, précisa von Essen sur un ton neutre.

– Rien d'autre ? maugréa Bäckström. Pas de petit numéro de sexe en plein air sur la plage ?

– Rien de tel, selon von Essen, et naturellement sous réserve de ce que Månsson avait pu trouver à se faire lorsqu'il était dans la salle de bains.

Putain, à quoi il joue, ce salopard ! pensa Bäckström en regardant sa montre, mécontent. Déjà 18 heures et lui-même n'avait pas encore pris la moindre bière de la journée. *Au moins, c'est une chose à laquelle je peux remédier très rapidement*, pensa-t-il. Prévisible comme il l'était, il avait dès le matin envoyé Rogersson à un *Systembolag* ouvert le samedi pour remplir les réserves avant sa dernière et probablement très longue nuit à Växjö. *Et si ces espèces de flemmards du laboratoire de Linköping pouvaient respecter leur promesse, je n'aurais pas à y passer plus d'une nuit supplémentaire*, pensa Bäckström. Entouré d'imbéciles et d'incompétents comme il l'était, la moindre petite chose durait une putain d'éternité. Ce putain de Lapon, que les socialos lui avaient flanqué comme chef à lui et à ses compagnons d'infortune, pourrait toujours se consoler en se fourrant son programme du parti dans son gros trou du cul norrlandais. *Personne ne pourra dire que Bäckström est quelqu'un qui laisse les choses en plan*, pensa-t-il en se sentant déjà un peu mieux.

Bengt A. Månsson, A. pour Axel, semblait être un homme aux habitudes et routines bien ancrées. En même temps, un homme fondamentalement libéral, capable d'une grande flexibilité dans le choix de ses partenaires. Le samedi soir commença exactement comme la veille. Il s'allongea d'abord sur son sofa et regarda la télé pendant deux heures. Puis il passa deux coups de fil, après quoi il se rendit dans sa cuisine préparer son plateau habituel vers 20 h 30. Du pain et divers amuse-gueules, des assiettes et deux verres à vin, ainsi que le carton de trois litres de blanc que sa visiteuse de la veille avait visiblement laissé. *Un type intelligent, qui essayait de réduire les coûts. Je me demande qui lui avait donné cette bouteille qu'il a servie à la blonde,* pensa Patrick Adolfsson. En bon Smålandais.

Une demi-heure plus tard, une femme arriva devant chez lui. Au contraire de la blonde de la veille, elle était brune et beaucoup plus jeune, ce qui pouvait expliquer pourquoi elle était à pied. Quoi qu'il en soit, cinq minutes plus tard elle était assise dans le sofa de la salle de séjour avec son hôte, et tout se déroula comme on l'imagine.

– Quelque chose d'intéressant à raconter ? demanda von Essen, qui lisait *Svenska Dagbladet* installé à la table de la cuisine pendant qu'Adolfsson s'occupait de la surveillance.

– Brune, environ vingt ans, beaucoup plus de poitrine que la blonde, résuma Adolfsson. Et elle s'est visiblement rasé sa petite chatte, mais c'est peut-être à cause de la chaleur.

– Fais-moi voir, dit von Essen, qui se leva de table et s'empara des jumelles sans plus de manières. Elle semble être un peu moins sophistiquée, constata-t-il.

– Månsson en a peut-être marre de bouffer des poils ? suggéra Adolfsson.

– Tu es vraiment un incorrigible romantique, soupira von Essen. Sur ce, il lui rendit les jumelles et retourna lire les pages économiques de *Svenska Dagbladet*, dans l'espoir que son fonds d'investissement finirait par lui permettre de réparer toutes les fuites du toit qu'il avait hérité de ses parents.

– Comment ça se présente ? demanda Bäckström au téléphone une heure plus tard.

– Comme hier, résuma von Essen.

– La même dame ? *Et qu'avaient donné les recherches à son sujet, d'ailleurs ?* Il n'avait pas entendu le moindre pet de la part de Lewin et de ses soi-disant collaborateurs de toute la journée, bien qu'il leur eût demandé à la fois des photos et des informations de fond sur la dame en question.

– Nouvelle dame, brune, environ vingt ans, apparemment un peu moins sophistiquée, dit von Essen sans entrer dans des détails susceptibles d'exciter un type comme Bäckström.

– Combien de fois il l'a sautée ? demanda Bäckström.

– Trois fois en deux heures, dit von Essen après un rapide coup d'œil dans le rapport. Mais il y retourne, donc il y a encore de l'espoir.

– Putain quel malade ! gémit Bäckström. Avec cette putain de chaleur en plus !

Le reste de la nuit, von Essen et Adolfsson se relayèrent pour se reposer dans le lit de leur collègue. Vers 7 heures du matin, la dernière compagnie féminine de Månsson le quitta. En forme et apparemment pleine d'enthousiasme, et probablement parce que la pauvre devait être aide soignante ou quelque chose du style, pensa le baron von Essen, tout en le notant. Månsson, par contre, paraissait dormir du sommeil du juste, et n'avait même pas raccompagné son invitée à la porte. Von Essen lui-même commençait à se sentir un peu fatigué, et plus qu'un peu énervé par les ronflements venant de l'intérieur de l'appartement. *Il est grand temps qu'il se passe quelque chose*, pensa-t-il en regardant l'heure et bâillant fortement à l'instant même où leurs portables se mirent à sonner.

– Il y a du nouveau ? demanda von Essen.

78

Une demi-heure auparavant, le téléphone d'Enoksson avait sonné. Comme il était matinal, il avait déjà lu le journal et préparé le petit déjeuner qu'il s'apprêtait à servir à sa femme, loin d'être aussi matinale que lui.

– Enoksson, avait répondu Enoksson.

– Est-ce que tu es bien assis ? avait demandé sa connaissance au laboratoire de Linköping, et Enoksson avait instantanément deviné.

– Nom de Dieu ! avait-il constaté deux minutes plus tard en raccrochant. *Le temps des miracles n'est apparemment pas révolu*, bien qu'en fait de miracle on parlât d'un petit gros de la police de Stockholm.

– Il y a du nouveau ? demanda von Essen.

– Putain, on va pouvoir réduire le salopard en bouillie, siffla Bäckström à l'autre bout du fil, et von Essen comprit que son attente et celle de son collègue Adolfsson étaient finies. Pour cette fois, du moins.

Bäckström et Rogersson rejoignirent leur équipe de surveillance en moins d'une demi-heure, garèrent leur voiture derrière l'immeuble et se comportèrent avec la plus grande discrétion. Bäckström était vêtu d'un short, d'une chemise hawaïenne, de lunettes de soleil et de sandales avec des chaussettes et ressemblait à un privé de vieux film d'espionnage se déroulant dans les

Caraïbes. Rogersson paraissait par contre tout à fait ordinaire, mais comme ils étaient entrés dans l'immeuble à une minute d'intervalle, leur manège était passé complètement inaperçu.

Von Essen les mit rapidement au courant de la situation. Månsson semblait toujours être au lit, probablement à dormir. À moins qu'il n'ait sauté du balcon ou de l'une de ses deux fenêtres qui donnaient sur l'arrière de l'immeuble, où il restait encore une issue secondaire et la porte de la cave. Enfin, il y avait la porte principale de l'immeuble.

– Alors, on monte et on ramasse le bâtard, saliva Bäckström. Quelqu'un peut me prêter ses menottes ? J'ai perdu les miennes.

– Avec tout le respect que je te dois, chef, je me demande si c'est une bonne idée, intervint Adolfsson.

– Tu veux appeler la Force d'intervention nationale ? *Typique. Ceux qui se débinent à la dernière minute ne sont jamais ceux qu'on aurait crus. Alors que ce gars aurait pu aller super loin.*

Adolfsson ne pensait pas appeler la Force d'intervention, mais plutôt faire une suggestion personnelle sur la manière de procéder. Månsson connaissait probablement tous les membres du groupe à l'exception de Rogersson. Il reconnaîtrait sûrement Bäckström, puisqu'ils avaient passé près de deux heures dans la même pièce, et Rogersson ressemblait trop à un flic. De plus, s'ils sonnaient en espérant juste que Månsson ouvre, il aurait malheureusement le temps de regarder par le judas, se trancher l'artère carotide avec un couteau et sauter du troisième étage.

– J'ai déjà vu ça, acquiesça von Essen. C'était une expulsion. D'abord, il s'est ouvert la gorge, puis il a sauté du balcon. Il voulait être certain d'y rester. Une triste histoire. Ici, à Växjö.

– J'attends toujours une suggestion, dit Bäckström en scrutant son équipe avec colère.

– Il semble sacrément apprécier les filles, alors voilà comment on pourrait faire, proposa Adolfsson. Ça fonctionne toujours, avec les types de son espèce.

Pendant que Bäckström et ses camarades planifiaient l'aboutissement de leur enquête, Lewin, comme d'habitude, se chargeait de tout le reste. D'abord, il laissa un message sur le répondeur de leur responsable d'enquête préliminaire pour qu'il le rappelle le plus rapidement possible. Puis il appela la procureure, qui promit de le rejoindre dans une heure. Au plus tard.

Il demanda ensuite à Anna Sandberg d'emmener un collègue chez la mère de Linda, afin de s'assurer qu'elle n'apprenne pas la nouvelle par une autre voie ou, pire, par les médias. Et qu'elle ait quelqu'un chez elle, qui puisse l'aider et s'occuper d'elle. Même chose pour le père de Linda, qu'il confia à Knutsson : le plus simple serait qu'il le prévienne par téléphone, et qu'ils s'occupent des éventuelles questions particulières du papa.

Pendant que Lewin organisait d'une main de maître cette logistique policière et s'assurait que toutes les pièces du dispositif s'ajustent, Bäckström et les autres furent rejoints par la jeune collègue de la brigade d'intervention de la criminelle régionale, qui se présenta comme « Caljsa avec un C et à la fois un i et un j ». Deux jours auparavant, elle avait eu Månsson au téléphone et prétendu qu'elle s'appelait Houda Kassem, jeune femme immigrée d'Iran intéressée par le théâtre qui, avec quelques amies, espérait obtenir un petit financement pour leur projet. Aujourd'hui, elle pouvait jouer un autre rôle puisque Månsson n'avait aucune idée de ce à quoi elle ressemblait.

– J'ai pensé à un petit sondage : demander aux habitants s'ils se plaisent dans le quartier. Ça marche toujours avec les types comme lui, sourit Caijsa en adressant un clin d'œil à Adolfsson tout en sortant la carte d'identification d'un institut de sondage qu'elle portait autour du cou.

– Excellent, intervint Rogersson avant que Bäckström ne puisse ruiner cette idée simple et évidente pour tout policier normal.

– Il est debout et se déplace, constata von Essen depuis son poste à la fenêtre de la cuisine. Il est dans la cuisine, mais en caleçon, et il boit l'eau directement au robinet. Je crois qu'il faut se méfier de ces briques de vin blanc.

– OK, alors on y va, dit Bäckström avec autorité, ventre rentré, buste en avant, faisant faire des vagues à sa chemise hawaïenne. Et assurez-vous de lui mettre les menottes, qu'on n'ait pas de bagarre dans la rue, ajouta-t-il en foudroyant Adolfsson et von Essen du regard.

Caijsa avait eu tout à fait raison, et Månsson lui ouvrit avec le sourire aux lèvres. L'arrestation peu spectaculaire qui s'ensuivit dura quinze secondes. Entre le moment où von Essen apparut simplement à son côté en sortant sa carte de police et celui où Adolfsson lui mit rapidement les mains dans le dos pour lui passer presque délicatement les menottes.

– De quoi s'agit-il ? Il doit y avoir erreur, fit Månsson, à la fois effrayé et fort surpris.

– Le salopard est en route, dit Bäckström sèchement sur le portable de Lewin. Assure-toi de réveiller ces fainéants de la brigade technique, qu'ils viennent inspecter son appartement. Il y a déjà deux voitures de patrouille qui traînent dans la rue ici, alors les vautours ne vont pas tarder.

– Les collègues de la brigade technique sont déjà en route, dit Lewin. Tout s'est bien passé, sinon ? demanda-t-il en dissimulant son inquiétude.

– Là, il ne fait plus le fier, grogna Bäckström, satisfait.

Je me demande s'il l'a jamais fait, pensa Lewin.

79

Lewin consacra son après-midi à régler des détails pratiques, notamment tenir la procureure informée.

– Nous n'avons reçu le message du laboratoire de Linköping que ce matin, expliqua Lewin. Avant, nous ne disposions que d'hypothèses vagues, et je ne voulais pas risquer de vous déranger pour rien. C'est pourquoi je ne vous ai pas appelée plus tôt, s'excusa-t-il.

La procureure n'eut pas la moindre objection, bien au contraire. Elle ressentait un grand soulagement et, dès qu'elle recevrait la confirmation de Linköping qu'il s'agissait bien de l'ADN de Månsson, elle le placerait en détention provisoire. Jusque-là, il n'était qu'en garde à vue. Lewin, s'il le souhaitait, pouvait l'accompagner lorsqu'elle irait notifier sa décision. Car elle pensait y aller en personne. Växjö était une petite ville, elle se trouvait déjà sur place et, en plus, était un peu curieuse de le voir.

– Je ne l'ai jamais rencontré, dit-elle. Autre chose : où est passé Olsson ?

– Il est en congé ce week-end, expliqua Lewin. Nous avons essayé de le joindre par téléphone. Avec un peu de chance, il nous rappellera. Lewin haussa les épaules. *Qu'est-ce qu'on ferait de lui, de toute façon ?*

– J'ai bien peur qu'il ne soit pas très impressionnant, prévint Lewin lorsqu'ils entrèrent dans le couloir des cellules. Si l'on pense à ce qu'il a fait.

– Ce genre de personne ne l'est jamais, précisa la procureure. Pas ceux que j'ai rencontrés, en tout cas.

Mânsson n'avait rien d'impressionnant. Il était assis sur sa couchette dans sa cellule, et semblait presque absent. Exactement comme tous ceux qui, pour la première fois de leur vie, ont été dépouillés de leur identité comme on peut encore le faire dans une démocratie. Ils lui avaient d'abord enlevé ses menottes pour procéder à son inscription. Puis il avait dû enlever tous ses vêtements et enfiler le calcçon, les chaussettes, le pantalon et la chemise des détenus. Plus une paire de pantoufles en feutre, qu'il pouvait chausser s'il le souhaitait. Ensuite, il avait dû signer un reçu pour ses affaires personnelles.

Après un moment d'attente, deux techniciens étaient arrivés. Månsson avait été photographié, mesuré et pesé, ils avaient pris ses empreintes digitales et celles de ses deux paumes. Un médecin les avait rejoints, qui avait prélevé des échantillons de sang, de cheveux et de poils corporels et pubiens, et avait inspecté son corps. Tous les prélèvements avaient été placés dans des petits sacs, des bocaux et des tubes de plastique ou de verre, qu'ils avaient étiquetés, scellés et signés. Au moment d'être laissé seul, il avait pour la première fois posé une question :

– Est-ce qu'on peut savoir ce qu'il se passe ? avait-il demandé.

– La procureure arrive dans un instant, l'avait assuré un des techniciens. Elle va tout vous dire.

– Je ne me sens pas très bien, avait ajouté Månsson. Je prends pas mal de médicaments et je ne les ai pas emportés. Ils sont chez moi. Dans le placard de ma salle de bains. Contre l'asthme et ce genre de choses.

– Nous nous en occuperons quand nous nous reverrons un peu plus tard. Dès que nous en aurons fini avec eux, avait dit le médecin, amical, en désignant les deux techniciens.

– Il a l'air très bien, constata la procureure lorsqu'ils regagnèrent les locaux du groupe d'enquête. Tu es sûr qu'il n'a vraiment pas de casier ? Étant donné ce qu'il s'est passé ?

– Il ressemble à une ancienne star de cinéma, acquiesça Lewin. Non, pas de casier.

– Sauf qu'il n'a pas l'air en forme, dit-elle comme si elle pensait tout haut. Tu crois qu'il va avouer ?

– Je ne sais pas. On verra bien. *Quelle importance de toute façon, avec ce qu'on a !*

Pendant que tout le monde s'agitait dans tous les sens sans savoir où donner de la tête, Bäckström fit un tour au commissariat pour recevoir les félicitations tant méritées. Ils semblaient tous heureux comme des mômes. Même les deux enquêtrices spécialisées dans le textile, aigres comme le vinaigre la semaine précédente, rigolèrent et pouffèrent dès qu'elles le virent.

– Sympa de te voir, Bäckström, dit l'une d'elles. Félicitations, ajouta-t-elle, encore plus joyeuse.

– C'est vraiment dommage que tu doives repartir, renchérit l'autre. Sauf qu'on aura peut-être une nouvelle chance ? De mieux nous connaître, je veux dire.

Il y a quelque chose qui cloche, pensa Bäckström, mais comme il ne savait pas quoi, il se contenta de hocher la tête. Bref et viril.

– Oui, on y arrivera bien, dit Bäckström. *Putain de flics bouseux et de gonzesses cinglées. Il est grand temps de se prendre une bière bien fraîche.*

Assis à son bureau, Rogersson paraissait presque mélancolique.

– J'étais sur le point de rentrer, expliqua Bäckström.

– Je viens avec toi, dit Rogersson. Je dois rendre tous les classeurs et parler à Holt, mais ensuite je serai prêt à partir.

– Holt ! s'exclama Bäckström. Cette petite chatte aigrelette est déjà ici ?

– Je l'ai aperçue dans le couloir il y a un moment, confirma Rogersson. Elle et la petite blonde qui travaillait à la sécurité. Mattei, je crois. Lisa Mattei. Sa mère doit être commissaire principale dans la Säpo. Une vraie putain de mégère, si tu veux mon avis. Elles étaient en train de papoter avec notre petite procureure. Bientôt, les gonzesses prendront le contrôle de tout.

– On se retrouve au bar de l'hôtel, dit Bäckström en se levant rapidement. Essaye de rester sobre, que tu puisses conduire.

Puis il sortit, discrètement pour éviter de croiser Holt. *Et si j'appelais le père de la victime pour lui annoncer la bonne nouvelle ?* pensa Bäckström.

Bäckström, assis en toute tranquillité dans sa chambre d'hôtel, sirotait sa bière bien fraîche tant méritée lorsque son téléphone sonna. C'était le père de Linda. Visiblement, cette petite tapette de Knutsson l'avait déjà appelé pour essayer de lui voler la vedette.

– J'ai entendu dire que vous alliez rentrer chez vous, déclara Henning Wallin.

– Je suis effectivement très occupé en ce moment, confirma Bäckström sans entrer dans les détails. Mais j'ai personnellement mis le coupable au trou, alors vous n'avez plus à vous en inquiéter. On va réduire ce salopard en bouillie, pas de souci, l'assura Bäckström.

– J'aimerais bien vous voir quand même, s'entêta Henning Wallin. Ne serait-ce que pour vous remercier personnellement.

– Ça risque d'être un peu difficile. J'ai déjà pris une bière, expliqua-t-il.

– Je peux envoyer le chauffeur vous chercher.

– Oui, dit Bäckström, encore un peu hésitant.

– Je voudrais vous donner quelque chose, insista Wallin.

– OK alors. *Je me demande bien ce que ça peut être.*

Une heure plus tard, Bäckström était confortablement assis dans le sofa devant la cheminée, dans l'immense salle de séjour du manoir d'Henning Wallin. Par respect pour son hôte en deuil, il avait aussi changé sa chemise hawaïenne et son short pour quelque chose de plus approprié, issu de sa riche garde-robe. Son verre de whisky pur malt de la meilleure marque en main, il trouvait que l'existence n'avait pas que des mauvais côtés. Même Wallin paraissait beaucoup plus en forme que lors de leur première rencontre. Il semblait notamment avoir repris le contrôle de sa main droite quand il s'était rasé.

– Qui est-ce alors ? demanda Henning Wallin, en dévisageant Bäckström.

– Un type dont je me suis très vite méfié, dit Bäckström en sirotant pensivement la boisson dorée dans son verre. Une intuition, fit-il modestement en levant la main droite et frottant son pouce contre les autres doigts. Rien d'évident, mais ça fait un moment que je suis dans ce boulot et dès le début, il m'a fait tiquer, expliqua Bäckström avant de prendre une bonne gorgée pour souligner son propos.

– Quel est son nom ? demanda Wallin.

– Je ne peux pas le dire. À ce stade de l'enquête.
– Ça restera dans cette pièce.
– OK alors, fit Bäckström, qui se mit à tout déballer pendant que Wallin s'assurait que son verre restait plein.

– Il semble connaître la plupart des gens d'ici, conclut Bäckström. Malheureusement, c'est aussi le meilleur pote de ce pauvre Bengt Olsson, alors c'est un peu délicat pour ainsi…
– De plus, il a couché avec mon ex-femme, l'interrompit Wallin, dont le visage s'était tout à coup enflammé. Je voulais vous donner une chose, ajouta-t-il en se levant.

Au bout d'un moment, Henning Wallin revint avec l'un des nombreux albums photo où, au fil des années, il avait documenté toutes les fêtes et autres grandes occasions au manoir.
– Ici, dit Henning Wallin en sortant une photo de l'album. Il y en a plusieurs autres. Ça a été pris le soir de la Saint-Jean il y a trois ans, expliqua-t-il. Linda s'était entêtée à inviter sa mère, et celle-ci avait amené son petit ami de l'époque. Le plus récent d'une longue série, à mon avis.
– J'ai toujours soupçonné quelque chose de ce genre, acquiesça Bäckström.
– Vous pouvez la garder, dit Wallin. Assurez-vous juste de la choper, cette pute. C'est elle et son soi-disant petit ami qui m'ont pris ma fille unique.
– Ça devrait pouvoir s'arranger, dit généreusement Backstrom en rangeant la photo dans la poche intérieure de sa veste avant que son hôte ne se ravise.
– Je prends cela comme une promesse de la part de la seule personne en qui je peux visiblement avoir confiance.

– Pas de problème. Mais maintenant, je vais devoir rentrer.

– Le chauffeur vous ramène. Un petit dernier pour la route, dit Wallin en remplissant le verre de Bäckström.

Pendant que Bäckström buvait son whisky hors de prix, Rogersson avait remis ses dossiers et parlait à Holt.

– Je pensais rentrer avec Bäckström, expliqua Rogersson. Pour m'assurer que le petit gros arrive à bon port.

– Sinon, j'aurais eu besoin de toi ici, l'assura Holt. Du moins quelques jours.

– Problème d'heures supplémentaires, dit Rogersson en haussant les épaules avec regret.

– Je ne pense pas qu'il y aura besoin d'heures supplémentaires.

– Je me sens patraque. Je l'ai souvent été un peu, ces derniers temps.

– Conduis prudemment.

C'est tellement pratique avec un chauffeur, pensa Bäckström en prenant congé de Wallin dans l'entrée.

– Ceci est pour vous, dit Wallin en lui tendant un carton contenant une bouteille de la même marque que celle qu'il venait de boire.

– Normalement, je n'aurais pas le droit d'accepter, déclara Bäckström en prenant la bouteille.

– Je ne sais pas de quoi vous parlez, dit Wallin avec un sourire en coin. Et puis vous avez aussi laissé tomber ceci, ajouta-t-il tout en enfonçant une enveloppe brune dans la poche de la veste de Bäckström.

Ce ne sont sûrement pas des photos, dans cette enveloppe, pensa Bäckström une fois assis sur la banquette arrière de la grande Range Rover noire de Wallin, en tâtant l'enveloppe aussi discrètement que possible. *Une intuition : non, ce ne sont pas des photos.*

– Est-ce que tu peux t'arrêter au commissariat de police en route ? demanda Bäckström. Je dois juste récupérer quelques affaires que j'ai oubliées, expliqua-t-il.

Aucun problème pour le chauffeur. Selon son patron, il était à la disposition de Bäckström pour toute la soirée. Et même plus longtemps si nécessaire.

Bäckström laissa le carton avec le whisky sur le siège arrière et sortit faire une dernière apparition au boulot, dire quelques au revoir à ses collègues incompétents qui en étaient toujours à essayer de se déterminer s'ils avaient leur cul devant ou derrière eux.

Il avait aussi, dans sa poche intérieure, son exemplaire lu et relu du *Smålandsposten*, qu'il avait décidé, dès ce matin, de donner à Holt comme cadeau de départ. Faute de mieux, comme remerciement pour tout, et notamment pour le fait qu'elle avait presque réussi, quinze ans plus tôt, à saboter une de ses vieilles enquêtes sur un homicide. Il n'avait pas eu trop de toute son expérience, de ses sens aiguisés et de son intuition pour enfin réussir à y voir clair. *Anna Holt est une vraie petite salope, bien qu'elle soit si maigre*, pensa Bäckström.

D'abord, il s'occupa de cette petite tapette d'Olsson. Un simple échauffement.

– Salut Olsson, dit Bäckström en souriant largement. Je ne sais pas si tu as entendu, mais je t'ai attrapé ton coupable juste avant le déjeuner.

– Oui, je dois vraiment…

– On s'en fout, Olsson, l'interrompit Bäckström avec sa compassion habituelle. C'est une très triste histoire étant donné que c'était l'un de tes meilleurs amis, mais tu comprendras sans doute pourquoi je suis resté prudent. Au cas où tu serais impliqué, tu vois.

– Non, je ne vois vraiment pas ce que tu veux dire, se vexa Olsson, mais sans grande conviction. Si tu penses à Månsson, je tiens à préciser qu'il ne s'agissait que d'un contact professionnel, et que dans ces conditions…

– Appelle ça comme tu veux, Olsson, l'interrompit Bäckström en souriant encore plus chaleureusement. Mais si j'avais ton genre de relations, j'irais quand même en discuter avec ton chef. Pour qu'il n'ait pas à l'apprendre dans les journaux, expliqua Bäckström, toujours aussi concerné.

Grand temps de passer au prochain imbécile, pensa Bäckström en s'approchant de Lewin, comme d'habitude planqué derrière une pile de paperasses.

– Merci pour ton aide, Janne, déclama Bäckström d'une voix forte, bien conscient que Lewin détestait qu'on l'appelle Janne.

– De rien, répondit Lewin.

– Bien sûr. Ce n'était pas beaucoup, acquiesça Bäckström. Mais tu as quand même fait de ton mieux et je t'en remercie.

Le meilleur pour la fin. Anna Holt, qui avait eu le culot de s'asseoir à sa place alors qu'elle venait à peine d'arriver, et en plus avait choisi d'arriver quand lui-même s'était assuré que tout était fini.

– Tu as du mal à partir, Bäckström ? demanda Holt avec un sourire neutre.

– J'ai trimé comme un dingue, dit Bäckström. Je pensais simplement te donner un ou deux conseils pour la route. Il reste encore quelques détails à éclaircir.

– Et moi qui ne croyais même plus que tu étais encore en service.

– Ah, vraiment ? dit Bäckström en hochant la tête, affable.

– Je pensais que tu avais déjà commencé à faire la fête.

– On s'en fout. Mais si j'étais toi, je ferais très gaffe au soi-disant collègue Olsson, continua-t-il tout en lui donnant son exemplaire abîmé du *Smålands-posten*. Regarde la une, tu comprendras peut-être.

– Ça ne doit pas être si grave que ça, tempéra Holt en jetant un œil sur le journal. Mais merci quand même, je prends note de ton avertissement.

– Un dernier détail, dit Bäckström, qui avait gardé le meilleur pour la fin. Vous commencez à comprendre le lien entre la victime et son agresseur ?

– Lewin et les autres y travaillent, expliqua Holt. Donc, on va bien finir par comprendre.

– Sans aucun doute, mais j'ai déjà trouvé, dit Bäckström en lui tendant la photo que le père de la victime lui avait donnée. *Là, tu as quelque chose à sucer, espèce de petite chatte coincée*, pensa-t-il, ravi, lorsqu'il vit comment Holt s'en emparait.

– De quoi s'agit-il ? demanda Holt.

– Au milieu, c'est notre victime, expliqua Bäckström. À sa gauche, tu as sa petite maman, et à sa droite, notre petit meurtrier. La raison pour laquelle ils semblent tous joyeux et en pleine forme, c'est que cette photo a été prise quand ils célébraient la Saint-Jean au manoir du père de la victime il y a trois ans. À cette époque, le petit Månsson sautait la petite maman de la victime. On ne sait pas encore vraiment pourquoi il se tapait aussi la fille, mais si tu fais venir sa chère mère pour l'interroger, elle te donnera certainement des détails.

– C'est le père de Linda qui te l'a donnée, constata Holt.

– C'est une source anonyme qui me l'a donnée, dit Bäckström, l'air digne. Et si tu as d'autres questions ou besoin d'aide, tu n'as qu'à me faire signe.

– Merci, dit Holt. Je te promets de te contacter en cas de besoin.

Dès que Bäckström fut en sécurité derrière la porte fermée de sa chambre d'hôtel, il compta le contenu de l'enveloppe brune qu'il n'avait jamais reçue. Et pour être bien sûr, il recompta. Le même résultat à chaque fois, alors ça devait être juste. *Le bâtard doit nager dedans*, pensa-t-il.

Puis il emballa ses affaires et plaça ses trois dernières bouteilles de bière bien fraîche avec celle de whisky pur malt tout en haut dans son sac à dos, un peu pour la route du flic fatigué, éreinté par le travail. En rendant sa clé à la réception, il prit également soin de faire quelques petits commentaires sur le service.

– Faites attention avec le personnel chargé de la lessive, dit Bäckström. Faites aussi gaffe que le service soit un peu plus dynamique, et virez aussi ces putains d'aveugles qui travaillent à la cuisine.

Le portier promit de rectifier tout cela pour la prochaine fois, et leur souhaita à lui et à Rogersson un bon voyage.

80

Stockholm, lundi 25 août

Sur le chemin du retour, Backström s'affala sur la banquette arrière. Rogersson était au volant. Lui-même avait bu ses bières pendant qu'elles étaient encore à peu près fraîches, avant de s'attaquer à son bon whisky pur malt. De temps en temps, il mettait la main dans la poche de sa veste pour laisser le bout de ses doigts caresser le contenu de l'enveloppe brune. Et, soupirant profondément de bien-être, il rêvait aux manchettes de journaux annonçant : « L'homme qui a élucidé le meurtre de Linda ». Juste avant Nyköping, il se mit à rêver réellement et profita d'un repos bien mérité, jusqu'à ce que Rogersson s'arrêtât devant la porte de son immeuble, au Kungsholme, à Stockholm. Comme si souvent à la fin d'une mission, le commissaire Bäckström, de la brigade criminelle nationale, rentrait triomphalement à la base.

Voilà pourquoi il lui fallut un bon moment, le lendemain matin, pour comprendre que le bâtard de Lapon assis de l'autre côté du bureau n'était pas du tout dans le même état d'esprit que lui. Pas de fleurs, pas de gâteau, pas même une malheureuse tasse de café alors qu'il n'était que 8 heures et qu'il avait été obligé de se lever au milieu de la nuit pour avoir le temps de se doucher, se brosser les dents, acheter des cachets contre le mal de tête et préparer quelques réponses appropriées aux chaleureuses félicitations qu'il attendait de son plus haut supérieur hiérarchique. *Putain, mais qu'est-ce qu'il se passe ? Où allons-nous dans la police ?* pensa Bäckström.

Johansson montra un désintérêt total pour l'affaire, et pour la manière dont Bäckström, grâce à son expérience, son travail acharné, son intuition et sa perspicacité, avait, contre toute attente, remis toutes les pièces du puzzle en place. Au lieu de ça, il l'agressait avec un tas de factures mystérieuses, des retraits de liquide, du porno apparaissant sur la note de la chambre de Rogersson, d'excès d'heures supplémentaires et autres absurdités que les génies de son entourage avaient dénichées, comprises de travers et lui reprochaient.

– Tu verras tout ça directement avec le service financier, conclut sombrement Johansson. Vois avec ma secrétaire, elle t'a pris un rendez-vous pour que tu puisses y aller au plus tôt.

– Avec tout le respect que je te dois, chef, je suis un flic et pas un putain de nain de comptable, objecta Bäckström. Et pour tout le reste…

– J'allais justement y venir, interrompit Johansson en ouvrant un autre classeur sur son bureau. Il s'agit de cette plainte qui a été déposée contre toi la semaine dernière.

– Tu veux parler de la plainte sans plaignante, chef ? dit Bäckström sournoisement.

Je ne savais même pas qu'il y en avait plusieurs, constata Johansson sèchement. Celle que j'ai dans la main parle de harcèlement sexuel, et la plaignante s'appelle Carin Ågren. Elle a porté plainte en personne jeudi, et son audition a eu lieu le même jour.

– Comment se fait-il que je ne l'aie pas vue ? demanda Bäckström, indigné.

– Ils n'ont pas eu le temps, mais inutile de t'inquiéter, Bäckström. J'en ai parlé avec eux, et ils ont promis de te contacter dans la journée.

– Que dit-elle ? demanda Bäckström en foudroyant du regard Johansson et son papier.

– Selon elle, tu aurais agité ta petite saucisse à cocktail. Pour davantage de détails, tu régleras ça avec l'inspection générale de la police.

Putain, qu'est-ce qu'il raconte ? pensa Bäckström. *Quelle saucisse à cocktail ?*

À part ça, il n'y avait pas grand-chose à ajouter, selon Johansson. Le service financier allait discuter avec Bäckström des dépenses, leur avocat, du juridique, la plainte à son encontre serait gérée de la façon habituelle et le supérieur direct de Bäckström s'occupait des aspects pratiques. Quant à Bäckström, il ne lui restait plus qu'à savoir s'il préférait prendre des vacances, partir en congé maladie ou en simple congé pendant la durée de l'enquête.

– Comment ça, en congé maladie ? fit Bäckström, indigné. Je ne suis pas le moins du monde malade. Je ne me suis jamais senti aussi bien. J'en parlerai au syndicat !

– Bonne chance, dit Johansson.

81

Växjö, lundi 25 août-vendredi 12 septembre

Entre le lundi 25 août et le vendredi 12 septembre, la commissaire principale par intérim Anna Holt interrogea en tout douze fois, plus ou moins longuement, Bengt Månsson. La procureure en chef adjointe Katarina Wibom, la commissaire par intérim Lisa Mattei et l'inspectrice Anna Sandberg s'étaient relayées comme témoin d'interrogatoire.

Le premier fut le plus court. Là, Anna Holt était seule avec Månsson.

– Je m'appelle Anna Holt et je suis commissaire principale à la police nationale. *Et j'ai quarante-trois ans. Mère célibataire de Nicke, qui a vingt et un ans, tout à fait satisfaite de ma vie en général même s'il demeure quelques détails à améliorer, et l'avenir dira si j'ai raison d'y penser.*

– Vous pouvez m'expliquer pourquoi je suis ici ? demanda Månsson.

– Vous êtes soupçonné d'avoir assassiné Linda Wallin.

C'est ce que cette Wibom a déjà dit. C'est grotesque. Je n'ai aucune idée de quoi vous parlez.

– Vous ne vous en souvenez pas ? demanda Anna Holt.

– Je devrais m'en souvenir ? Si j'avais assassiné quelqu'un ? Ce n'est quand même pas une chose qu'on oublie comme ça ?

– C'est certainement déjà arrivé, dit Holt. Vous savez quoi, continua-t-elle, je propose que nous laissions ça de côté pour le moment.

– Pourquoi sommes-nous ici, alors ?

– Vous pourriez peut-être me raconter comment vous avez connu Linda, proposa Holt. Commencez par la première fois où vous l'avez rencontrée.

– Oui, bien sûr, répondit Månsson. Si ça peut vous être utile. Bien sûr que je peux raconter comment j'ai connu Linda. Ce n'est pas un secret.

L'interrogatoire se termina quarante trois minutes plus tard, selon le rapport. Une demi-heure plus tard à peine, une Katarina Wibom curieuse s'arrêta comme par hasard devant le bureau de Holt.

– Comment ça se passe ? demanda-t-elle.

– Exactement comme je l'avais prévu, et tout à fait comme je m'y attendais, dit Anna Holt. Les faits en eux-mêmes, il ne s'en souvient pas, et étant donné ce qu'il s'est passé, toute autre réaction m'aurait beaucoup surprise. Il m'a raconté comment il a rencontré Linda et sa mère. Il me parle. Il est même agréable et obligeant, compte tenu de la situation. Beaucoup plus que ce dont on a d'habitude, résuma Holt en souriant gentiment. Tu voudrais savoir ce qu'il a dit ?

– Si tu as le temps.

Månsson avait rencontré pour la première fois la mère de Linda dans un colloque, en mai, trois ans plus tôt. Ils avaient discuté des différents projets sociaux et culturels mis en place par la commune et destinés principalement aux jeunes d'origine immigrée. Lotta Ericson était là en tant que professeur de lycée ayant de nombreux élèves immigrés, et lui-même en tant que responsable de projet au service culturel. Ils avaient sympathisé dès la première pause-café. Ils étaient sortis dîner quelques jours plus tard et la soirée s'était terminée dans le lit de Månsson, chez lui sur le Fröväg. Ensuite ils avaient continué à se voir. Il avait rencontré Linda à une fête de la Saint-Jean au manoir de son père, en dehors de Växjö, un mois plus tard.

– Et que s'est-il passé ? demanda la procureure, curieuse.

– Je n'en sais rien, dit Anna Holt. J'ai proposé qu'on s'arrête là et qu'on continue demain, et il n'a pas eu d'objection, expliqua-t-elle.

– C'était audacieux.

– Je ne crois pas. J'ai eu la nette impression que ce qui l'attire vraiment, c'est le genre difficile à avoir. Alors j'essaye d'être un peu distante.

– Est-ce qu'il a tenté de te draguer ? demanda la procureure.

– Il a en tout cas essayé de se vendre, constata Holt. L'avenir dira si notre relation est appelée à se développer ou non, dit-elle en haussant les épaules.

– Ouh, comme c'est excitant, s'exclama la procureure en frémissant de plaisir.

– Oui, c'est toujours un peu excitant, acquiesça Anna Holt.

Le jour où Anna Holt commença à interroger Månsson se tint une conférence de presse, qui fut la plus populaire de l'histoire de la police de Växjö. Au milieu de l'estrade se tenaient les responsables de l'enquête préliminaire : la procureure en chef adjointe Katarina Wibom, entourée du commissaire Bengt Olsson et de l'attachée de presse de la police de Växjö. À l'extrême gauche, un Lewin réticent, à qui pas une seule question ne fut posée durant toute la conférence de presse, mais qui passa à la télé à cause de son langage corporel révélateur. Lewin avait en effet esquissé un mystérieux mouvement du cou de dégoût qui, curieusement, avait servi à illustrer la réponse du commissaire Olsson à la seule question directe qui lui avait été posée.

Il y eut d'abord un flot de questions sur l'agresseur. La procureure géra la plupart d'entre elles pendant que l'attachée de presse bataillait pour essayer de maintenir l'ordre parmi les journalistes et distribuer la parole de façon aussi juste que possible entre ceux qui criaient le plus fort. Sans entrer dans les détails, et au vu des éléments, la procureure comptait pouvoir demander sa mise en détention provisoire dès le lendemain et au plus tard mercredi. Ils attendaient plusieurs résultats d'analyses, et elle n'avait aucun commentaire à faire. Surtout pas sur la personne gardée à vue.

Après les questions habituelles sur le suspect et sa personnalité, les journalistes abandonnèrent rapidement. Tous connaissaient déjà son nom, son adresse et sa profession qui, en plus de sa photo, venaient d'être publiés sur Internet et par *Dagens Nyheter*. Nul doute que les quatre tabloïds allaient faire de même dès le lendemain. La battue était à présent en cours parmi les parents, les amis, les connaissances, les collègues, les voisins et tous ceux qui croyaient ou non à sa culpabilité.

Puis ils délaissèrent la procureure pour s'intéresser à la police et revenir sur son action. Ils demandèrent d'abord un commentaire à Bengt Olsson sur le travail d'enquête préliminaire, mais il répondit à côté. La question évoquait les critiques adressées par le chancelier de la justice et l'*ombudsman* parlementaire à l'enquête, pour avoir récolté les échantillons d'ADN de presque mille habitants de Växjö innocents. Selon Olsson, le fait que le groupe d'enquête avait été réduit d'une bonne trentaine à une douzaine montrait que tout cela était de l'histoire ancienne et qu'il fallait passer à autre chose.

Étaient-ce les tests qui avaient permis de démasquer l'agresseur ? demanda le journaliste de *Rapport*. Pas de commentaires non plus, mais Olsson pouvait dire que le recours à l'ADN avait joué un rôle essentiel dans la phase finale de l'enquête. Et ce fut à cet instant que Lewin et son cou décharné apparurent à la télé.

Dès que la conférence de presse fut terminée, Lewin retourna à son bureau pour essayer d'oublier ce qui venait de se passer et poursuivre ses recherches, pour l'instant infructueuses, du polo de luxe pour homme dont provenaient probablement leurs fibres bleues. L'idée de Sandberg d'interroger le commandant de bord se révéla maligne. Plusieurs années auparavant, il avait justement acheté ce genre de polo à l'aéroport de Hong Kong. En solde, à prix spécial. Hong Kong était le seul endroit au monde où l'on pouvait trouver les articles les plus luxueux presque gratuitement.

– Si je me souviens bien, le prix était baissé de 999 à 99 dollars, dit le commandant de bord avec satisfaction.

Il examina ensuite les photos de différents polos et s'arrêta aussitôt sur l'un d'eux, bleu clair, le col en V et les manches longues.

– C'en était un exactement comme celui-ci, une qualité fantastique. Frais l'été, chaud en hiver, mon polo préféré toute l'année, résuma le commandant de bord.

Que lui était-il arrivé ? Un jour, il l'avait perdu et ne l'avait jamais retrouvé.

Il n'aurait pas pu en avoir fait cadeau au compagnon de l'époque de sa plus jeune fille ? demanda Anna Sandberg. Absolument hors de question. La seule chose qu'il aurait aimé lui donner aurait été un bon coup de pied dans le derrière. S'il avait su ce qu'il savait aujourd'hui, il l'aurait certainement fait. Pour ce qui concernait le comportement de Bengt Månsson, il les renvoyait vers sa fille, même s'il apprécierait qu'ils la laissent en paix quelques jours, qu'elle puisse récupérer. À l'époque, il avait essayé de limiter ses propres relations avec Månsson au strict minimum permis par la politesse. Le grand mystère, d'après le commandant de bord, était que certaines femmes, peu importe qu'elles soient douées, belles et charmantes, comme sa plus jeune fille par exemple, ne semblaient strictement rien comprendre à certains hommes.

– Est-ce que Månsson aurait pu emprunter ou peut-être..., oui peut-être voler votre polo ? demanda Anna Sandberg, par ailleurs très impatiente de rencontrer la fille du commandant de bord pour parler longuement de l'homme arrêté. Ne serait-ce qu'une conversation entre femmes.

– Ça ne m'étonnerait pas, ricana le commandant de bord. Je l'ai toujours cru capable de ce genre de choses.

– Comment ça ? demanda Anna Sandberg.

Oui, mais pas de meurtre, bien sûr. Quand lui et sa famille avaient appris, tard la veille au soir, ils avaient tous été choqués et l'étaient encore. Sans même parler des problèmes pratiques soulevés pour leur petite-fille, qui allait commencer l'école. Mais pour sa part, il avait très tôt pris conscience de la véritable nature de Månsson.

– Pourriez-vous être un peu plus précis ? demanda Sandberg.

Il avait pour la première fois eu cette impression à l'époque où sa fille, habitant avec Månsson, était enceinte de sept mois. En compagnie d'un vieux collègue, il avait croisé Bengt Månsson avec une autre femme dans un restaurant de Växjö, qu'il avait eu le culot de venir lui présenter comme une collègue.

– Il n'avait même pas eu la décence d'aller au moins à Kalmar ou à Jönsköping, constata le commandant de bord.

Peu fiable, notoirement infidèle, menteur sur toute la ligne, pingre, incapable de faire la différence entre ce qui était à lui et ce qui appartenait aux autres… Il n'avait pas été capable non plus de s'occuper de son propre enfant, n'avait même pas montré la moindre volonté de le faire, préférant s'en servir comme excuse pour emprunter la vieille Saab du commandant de bord. Mais le grand mystère à ses yeux resterait toujours sa propre fille, qui avait eu besoin de deux ans pour se rendre compte qu'elle avait commis une erreur dès le premier jour.

– Bien sûr qu'il m'a volé mon polo. Je l'en ai toujours soupçonné. C'est bien l'une des choses les moins graves qu'il ait faites.

La fouille de l'appartement de Bengt Månsson ne permit pas de retrouver le polo. Si polo il y avait eu, il ne s'y trouvait plus. Ils ne découvrirent d'ailleurs pas grand chose d'intéressant. L'appartement de Månsson était étonnamment bien rangé. Les témoignages des voisins étaient unanimes : un flot de jeunes femmes avait défilé pendant les années où il avait habité ici, mais ces dernières n'avaient, curieusement, laissé que peu de traces. Le plus intéressant était ce qui manquait. Un mois plus tôt, Månsson s'était par exemple débarrassé de son vieux disque dur pour en acheter un nouveau.

– Le polo, il l'a probablement déjà jeté, dit Enoksson à Lewin. À mon avis, il l'a fait dans la foulée, après avoir abandonné la voiture.

Lewin écrivit ensuite une note sur son pense-bête informatique concernant le téléphone portable à carte que Månsson avait appelé le matin du meurtre de Linda. « À qui a été passé le dernier coup de téléphone ? »

82

– Parle-moi de ta deuxième rencontre avec Linda, dit Holt le lendemain pour démarrer le deuxième interrogatoire de Månsson. En posant la question, elle se pencha en avant, appuyant ses coudes contre la table, sourire intéressé, yeux curieux.

– Eh bien…, répondit Månsson en regardant Holt d'un air surpris, la première fois c'était à cette fête de la Saint-Jean chez son père et là j'étais…

– Je sais. Tu l'as raconté hier, l'interrompit Holt, presque un peu impatiente. Mais la deuxième fois ?

La deuxième fois avait été un pur hasard, selon Månsson. C'était un mois plus tard. Ils s'étaient croisés en ville. Rien d'inhabituel quand on habitait à Växjö. Ils s'étaient mis à discuter, dans un bar devant un café. Avant de se séparer, il avait donné son numéro de téléphone à Linda.

– De quoi aviez-vous parlé ? demanda Holt.

De tout ce dont on pouvait discuter quand on se croisait ainsi, après s'être rencontrés une seule fois auparavant. Une fille joyeuse et agréable, drôle aussi, avec un humour un peu particulier. Beaucoup de sous-entendus, beaucoup de bons mots, d'après Månsson, ce qu'il avait lui-même apprécié puisque selon son expérience c'était assez rare chez les femmes. Et puis, qu'il connût la mère de Linda avait bien sûr influencé le contenu de leur première conversation privée.

– Vous avez aussi parlé d'elle ? constata Holt, étonnée que Månsson lui eût offert l'ouverture qu'elle attendait.

Selon Månsson, c'était Linda qui avait abordé le sujet. Elle lui avait posé la question tout d'un coup, et il se souvenait même très bien de la façon dont elle l'avait formulée.

– Parle-moi de ma p'tite maman. Est-ce que c'est toujours la grande passion ou pas ?

À ce moment-là, Månsson avait choisi d'être aussi honnête que direct. Il avait expliqué à Linda que ce n'avait jamais été une histoire de passion. Qu'il aimait bien sûr beaucoup la mère de Linda, une belle femme pleine de qualités. Mais ce n'était certainement pas une histoire de passion. Ni d'un côté ni de l'autre. De plus, ils n'avaient pas grand-chose en commun. La mère de Linda était beaucoup plus âgée que lui et vivait une existence bien différente de la sienne, plus bourgeoise. Pour ne donner qu'un exemple : ils s'étaient tous deux rendu compte, sans même avoir eu besoin d'en discuter, qu'ils se voyaient plus rarement et ces derniers temps – après la Saint-Jean où il avait rencontré Linda – ils ne s'étaient parlé qu'au téléphone. La veille, avant que la mère de Linda ne parte à la campagne pour les vacances, il l'avait appelée pour lui souhaiter bon voyage. Elle l'avait expédié tellement vite qu'on pouvait penser que leur relation, si ça en avait été une, était à présent terminée. Du moins, telle avait été son impression.

– Comment a réagi Linda ? demanda une Anna Holt toujours aussi curieuse.

De sa façon si caractéristique, directe et bien formulée, ce qui explique sans doute pourquoi il se souvenait de sa réplique presque mot pour mot.

– Elle a dit quelque chose comme *Lucky you*. Ma chère maman est en fait une véritable petite *bitch*[1]. En anglais donc. Elle avait vécu plusieurs années aux États-Unis quand elle était enfant, expliqua-t-il.

Le même jour, deux des questions que Lewin se posait trouvèrent leurs réponses si facilement, pour un flic grisonnant raffiné comme lui, qu'il n'aurait pu rêver mieux. D'abord, une infirmière de vingt-sept ans de Kalmar avait contacté la police de Växjö parce qu'elle avait des choses à dire sur le meurtre de Linda Wallin, qu'elle venait de comprendre après avoir lu *Dagens Nyheter* au travail et découvert qui était l'agresseur de Linda. Après les transferts habituels par le standard, ce fut le collègue Thorén qui prit l'appel et dès la fin de celui-ci, il partit en voiture à Kalmar l'auditionner avec Knutsson.

Le vendredi 4 juillet au matin, Bengt Månsson l'avait appelée sur son portable. Il était à Kalmar et se demandait s'ils ne pouvaient pas se voir. Spontanément, étant donné qu'il avait prévu d'aller au concert de Gyllene Tider à Borgholm, sur l'île d'Öland, le soir même. Après quelques contretemps – elle avait notamment été obligée d'annuler un autre rendez-vous –, Månsson était apparu chez elle et à peine dix minutes plus tard, ils avaient eu une relation sexuelle. Ça avait duré tout l'après-midi, et ça s'était passé comme les trois fois précédentes où elle avait rencontré Månsson.

La première fois à la mi-mai, elle et ses collègues étaient allées au théâtre à Växjö et Månsson leur avait servi de guide. Après la représentation théâtrale, elle

1. « Tu en as de la chance », « salope ».

avait réussi à semer ses collègues, puis à peine arrivés chez Månsson ils avaient eu une relation sexuelle. Pour gagner du temps, ils avaient commencé les préliminaires dans le taxi.

Cette fois, les choses s'étaient moins bien passées. L'après-midi, lors d'une pause entre deux ébats, Månsson avait demandé à emprunter sa machine à laver pour laver un polo qu'il portait. Un polo de luxe bleu clair, qu'il avait malheureusement réussi à maculer de taches de rouille la veille. Il avait aidé un voisin à réparer sa voiture, et quand il s'était allongé pour passer en dessous, il avait sali son polo. Il s'était aussi éraflé le ventre, mais quand elle le lui avait fait remarquer, il lui avait signifié d'un geste que ce n'était qu'une petite égratignure.

Elle lui avait expliqué que ce polo devait se laver à la main, et dans de l'eau aussi froide que possible. En particulier s'il avait mis du sang dessus. Utiliser la machine à laver était hors de question, toutes les filles savaient ça, contrairement aux garçons. Ensuite, elle lui avait lavé son polo à la main et l'avait étendu sur son séchoir, puis elle était retournée à ce qu'elle faisait avant avec le propriétaire du polo. Le soir, ils étaient allés au concert. Le polo était toujours en train de sécher, mais comme Månsson avait emporté un sac de sport avec quelques vêtements propres, ça n'avait pas posé de problème. Surtout qu'il faisait bien vingt degrés dehors, ce soir-là.

Après le concert, elle avait croisé de vieilles connaissances originaires elles aussi de Västervik et, pendant qu'elle discutait avec eux, Månsson avait soudain disparu. Certes, il y avait du monde, mais il avait été comme aspiré par le sol. Elle avait passé une demi-heure à le chercher, jusqu'à ce qu'elle rencontre une amie et collègue qui, d'ailleurs, était là la fois où elle avait rencontré Månsson au théâtre à Växjö. L'amie aurait vu Månsson un quart d'heure plus tôt quitter le parc avec une autre jeune femme.

– Là, vous n'avez évidemment pas été très contente, constata l'inspecteur Thorén, compatissant.

Pas contente n'était pas le mot, ce n'était même pas ça qui l'avait rendue furieuse. Månsson n'était pas quelqu'un qu'elle avait imaginé épouser, mais en attendant le Bon, il remplissait parfaitement sa fonction. La réciproque était certainement vraie, et pour ça aucun d'eux n'avait eu à se plaindre. Ce qui l'avait vraiment rendue furieuse, « vraiment sacrément putain d'énervée », c'était qu'il avait eu le culot de lui faire laver son polo et de la laisser en plan.

La première chose qu'elle avait faite en rentrant chez elle cette nuit-là, ça avait été de prendre le polo, de le fourrer dans son sac resté là et de tout balancer à la poubelle. Les jours suivants, elle avait espéré qu'il l'appelle pour qu'au moins elle puisse le lui dire, mais il ne l'avait jamais fait. Et elle non plus.

– Vous avez tout mis à la poubelle ? demanda Thorén.

Le polo, quelques caleçons utilisés, probablement autre chose qu'elle avait oublié depuis, plus le sac avec les vêtements, tout avait atterri à la poubelle. Et comme les poubelles étaient ramassées une fois par semaine dans son immeuble, il n'y avait guère d'espoir de les retrouver.

– Le fait de nous en avoir parlé suffira sans doute, l'assura Knutsson, qui évitait autant que possible d'employer le mot « témoin ».

– Quand vous étiez avec lui cette fois-là, vous avez dit avoir remarqué qu'il s'était également éraflé le ventre, lui rappela Thorén. Vous souvenez-vous plus précisément à quoi ressemblait cette égratignure ?

Rien d'extraordinaire, selon le témoin. Une simple égratignure. À une dizaine de centimètres au-dessus du nombril.

Quelle profondeur ? Enflammée ? Infectée ? De quelle longueur ? Ancienne ou récente ?

Pas particulièrement profonde, ça avait l'air propre et beau, quinze centimètres de long, remontant à la veille, avait-il dit.

Il semblait s'être éraflé sur quelque chose de tranchant. Le plus simple serait que Thorén soulève sa chemise, qu'elle lui montre directement. Étant donné la nature de son travail, cela n'aurait rien de gênant, assura le témoin.

– Je vous remercie, sourit Thorén, mais si je faisais plutôt un petit dessin sur un papier pendant que vous me disiez ce que je dois dessiner ?

– C'est tout à fait ça, s'exclama le témoin cinq minutes plus tard devant le croquis de Thorén. Vous n'avez jamais pensé devenir artiste, plutôt que policier ?

– Eh bien non, fit Thorén, toujours souriant. Sauf que j'ai toujours aimé dessiner. Une éraflure horizontale de dix bons centimètres de long et à une dizaine de centimètres au-dessus du nombril, l'égratignure en direction de la poitrine. C'est bien à ça que ça ressemblait ?

Absolument, selon le témoin et, à condition que ça reste entre eux trois dans cette pièce, elle en était d'autant plus sûre qu'elle l'avait embrassée plusieurs fois. Un peu d'antiseptique et quelques baisers, avait-elle proposé. Månsson avait refusé le désinfectant, mais avait eu les baisers.

– C'est ce que j'appelle une belle femme, soupira Thorén de retour dans leur voiture.

– Alors pourquoi tu ne lui as pas montré ta planche à laver ? rétorqua Knutsson, qui sembla soudain en colère.

– J'avais peur que tu ne sois gêné, répondit Thorén en soupirant de satisfaction.

– Le petit Månsson semble en avoir eu des tas, dit Knutsson pour changer de sujet.

– Une chance pour lui qu'il n'ait pas vécu à l'époque de Zorn, constata Thorén qui, bien qu'il fût flic, nourrissait un véritable intérêt pour les arts.

– Malgré la petite calamité de la poubelle, je crois que nous pouvons nous estimer très satisfaits, acquiesça Lewin quelques heures plus tard. Mais je n'ai pas compris ton allusion à Zorn, ajouta-t-il en regardant Thorén.

L'intérêt de Månsson pour les femmes, expliqua Thorén. Il semblait avoir couché avec toutes les filles du Småland, ou presque. Comme Anders Zorn, qui selon la petite histoire aurait réussi à procréer cinquante-cinq enfants illégitimes connus pendant le temps qu'il n'avait pas passé à peindre.

– Cinquante-cinq, uniquement à Orsa et dans les environs de Gagnef. Une chance pour Månsson que les filles prennent la pilule de nos jours. Il semble qu'il ait réussi à ne faire qu'un seul enfant, expliqua Thorén.

83

– Votre troisième rencontre ? demanda Holt, toujours aussi curieuse, aussi sympathiquement intéressée que quand elle avait commencé l'interrogatoire plus d'une heure auparavant. Racontez-moi. Comment ça s'est passé ?

Selon Månsson, ce fut Linda qui l'avait appelé au numéro qu'il lui avait donné, et honnêtement ça l'avait surpris. C'était le lendemain de son anniversaire. Elle avait eu dix-huit ans la veille, et son père avait organisé une grande fête pour elle et tous ses amis au manoir. Et là, elle avait l'intention de continuer à le célébrer en tête à tête avec Bengt Månsson.

– Qu'en avez-vous pensé ? demanda Holt.

– Honnêtement, j'ai été très étonné, dit Månsson. Je n'avais même pas pensé à l'appeler, et qu'elle le fasse m'a vraiment surpris.

– Que vous a-t-elle dit ?

– C'était ça, le plus bizarre. Elle a demandé si elle pouvait m'inviter à dîner. Pour célébrer l'adulte et la femme majeure qu'elle était devenue.

– Comment l'avez-vous pris ?

– Eh bien, j'ai proposé qu'on partage la note, dit Månsson.

– Qu'a-t-elle répondu ?

– Que ce n'était pas la peine d'y penser, puisque je n'allais pas sortir avec sa mère. Elle était comme ça. Très directe.
– Vous avez été surpris, constata Holt.
– C'était un message pour le moins direct, acquiesça Månsson. Sauf que ce truc avec son père et tout son argent, j'étais au courant. La mère de… enfin Lotta, me l'avait raconté. Alors je le savais déjà. Et puis j'étais allé chez lui, donc j'aurais compris de toute façon.

Ils avaient dîné dans un restaurant à Växjö et passé un bon moment ensemble.
– Qui a payé la note ? insista Holt, à qui feindre la curiosité demandait de plus en plus d'efforts.
– Eh bien, elle, dit Månsson, l'air toujours surpris. J'ai proposé qu'on partage, mais elle avait déjà décidé. Elle en a fait tout un pataquès, du style, qu'elle était devenue une femme adulte indépendante et pouvait très bien inviter un type comme moi au restaurant si elle en avait envie. De plus, elle pensait avoir beaucoup plus d'argent que moi, et comme c'était vrai, j'ai finalement accepté. On parle d'une fille qui venait juste d'avoir dix-huit ans.
– Et ensuite, vous êtes allés chez vous et vous avez couché ensemble, dit Holt, qui n'allait pas manquer cette occasion en or.
– Oui. On est allés chez moi et on a fait l'amour.
– Racontez-moi cette première fois où vous avez couché ensemble.

Ils ont simplement fait l'amour. Pas juste du sexe ordinaire. Ils avaient fait l'amour. Puis Månsson lui avait offert du vin et ils avaient parlé et dormi ensemble et pris le petit déjeuner le lendemain. Ça s'est passé exactement comme ça, et la simple idée qu'il soit assis ici, dans un endroit pareil, obligé de le raconter de cette façon, le désespérait. Il se retrouvait dans une situation incompréhensible. Il n'avait jamais fait de mal à Linda, n'avait jamais imaginé lui en faire.

– Vous savez quoi ? dit Anna Holt en regardant sa montre. Je propose qu'on s'arrête maintenant, et qu'on continue demain.

– Il reconnaît avoir eu une relation sexuelle avec elle ? demanda la procureure, qui déjeunait avec Anna Holt.

– Il n'est pas bête, constata Holt.

– Et le trou de mémoire du vendredi 4 juillet ? Il n'a pas essayé d'y revenir ?

– Il a fait une tentative du bout des lèvres à la fin, mais j'ai réussi à l'arrêter.

– Tu voulais attendre ?

– Je veux attendre jusqu'à l'avoir replacé dans l'appartement du crime. Quand je saurai tout ce qu'il a fait le jour où il a étranglé Linda.

– Et là, ce sera le moment ?

– Ce sera le bon moment, et là à mon avis tu pourrais être présente.

– Est-ce que tu as une idée de la façon dont ça va se terminer ? demanda la procureure.

– Bien sûr. Je sais exactement comment ça va se terminer.

– Tu veux me le dire ?

– Je peux te l'écrire sur un papier si tu me promets de ne pas le lire avant que j'en aie fini avec lui.

– Il ne vaut mieux pas. Je n'y arriverais jamais. Je suis du genre à lire en douce tous les papiers qui traînent sur les bureaux des gens dès qu'ils sortent de la pièce.

– Je le fais aussi, dit Anna Holt. Tous les vrais flics le font. C'est sympa de rencontrer enfin une procureure qui fait pareil.

84

Le mercredi matin, Bengt Månsson fut placé en détention provisoire par la cour de Växjö, soupçonné d'être le meurtrier de Linda Wallin. Dès la veille, le laboratoire de Linköping avait confirmé que c'était bien son ADN qui avait été retrouvé sur les lieux du crime. Malgré cela, par l'intermédiaire de son avocat, Månsson niait catégoriquement l'avoir tuée et ne faisait que clamer son innocence et son incompréhension. Anna Holt s'était volontairement tenue à l'écart de l'audience. Pour elle, il s'agissait de ne pas détruire la confiance qu'elle avait essayé de construire. Inutile de croiser Månsson dans un contexte désagréable. Au contraire, il devrait être libre de penser qu'elle se tenait peut-être à l'écart parce qu'elle n'y croyait pas vraiment. Ce n'était pas plus difficile que ça.

– Il a demandé où tu étais, dit la procureure quand elle raconta à Anna Holt comment l'audience s'était passée.
– C'est bien, fit Holt. C'était ce que j'espérais.

Après le déjeuner, elle était elle-même montée le chercher dans sa cellule, et lui avait demandé si ça le dérangeait que sa jeune collègue assiste à l'interrogatoire.

– Mais si ça vous dérange, aucun problème, fit Holt dès qu'elle vit l'ombre d'une hésitation dans ses yeux.

– Non, ça va, dit Månsson en secouant la tête. Si c'est bon pour vous, c'est bon pour moi.

– Alors on fait comme ça.

L'interrogatoire dura trois heures, un laps de temps durant lequel Lisa Mattei ne prononça que cinq phrases. Au milieu de l'interrogatoire, Månsson lui posa brusquement une question :

Excusez-moi. Ça peut vous sembler curieux, mais êtes-vous vraiment flic ?

– Oui, dit Lisa Mattei en souriant encore plus amicalement que Holt. Mais vous n'êtes pas le premier à me le demander.

– Vous n'avez vraiment pas l'air d'un flic.

– Je sais. Je crois que c'est parce que je passe mes journées assise à lire de la paperasserie. Même si parfois, j'assiste aussi à des interrogatoires.

La relation de Linda Wallin et Bengt Månsson, de quatorze ans son aîné. Elle venait d'avoir dix-huit ans et lui en avait trente-deux et était divorcé, ce qu'Anna Holt n'avait même pas pensé à mentionner. Pas encore. La semaine prochaine, peut-être, si tout se passait comme elle l'espérait.

– Parlez-moi de votre relation avec Linda, commença Holt.

On ne pouvait sans doute pas parler de relation. Les différences entre eux étaient beaucoup trop grandes. Ils s'étaient simplement rencontrés. Peut-être une vingtaine de fois en trois ans. Plus souvent au début et plus rarement ces derniers temps. La dernière fois qu'il l'avait vue, c'était au début du printemps, quand elle l'avait appelé pour lui dire qu'elle venait de rompre avec son copain. Mais c'est sûr, il avait beaucoup aimé Linda. Vraiment beaucoup, au point même, pour être parfaitement honnête, d'en être tombé amoureux pendant une période. Au moins au début. Mais étant donné tout ce qui les séparait, il ne le lui avait jamais dit.

– J'ai quand même la ferme impression que Linda t'aimait beaucoup, elle aussi.

Oui, confirma Månsson, ce qui posait un problème supplémentaire dans ce contexte. Une fois, elle lui avait même dit qu'elle avait parlé de lui dans son journal intime. Et à l'instant où il mentionna le journal intime, Holt vit le même changement dans ses yeux que lorsqu'elle lui avait demandé si Lisa Mattei pouvait assister à l'interrogatoire.

– Je sais. Je sais qu'elle t'aimait beaucoup, répéta-t-elle sans préciser la manière dont elle l'avait appris. Autre chose, continua Holt pour dévier au plus vite la conversation du journal intime. J'avais l'intention d'en parler plus tôt, mais ce n'est pas grave, vous n'avez qu'à me répondre et puis on continuera.

– Oui, fit Månsson, soudain hésitant et sur ses gardes.

– Ce n'est pas un secret d'ailleurs, mais j'ai l'impression que vous avez une grande expérience des femmes. Très grande.

Månsson comprenait ce que Holt voulait dire, mais il n'aimait pas le mot. Expérience était un mot dur et cynique. Dans son vocabulaire, presque un synonyme de blasé. Månsson aimait les femmes. Il avait toujours eu des facilités à leur parler, à les fréquenter. En fait, il n'avait jamais eu d'amis masculins, et ça ne lui avait jamais manqué non plus. Mais il avait certes rencontré de nombreuses femmes au fil des années, si c'était le sens de la question de Holt. Il aimait les femmes, il se sentait bien avec elles. Les femmes le rendaient heureux, joyeux et le mettaient en confiance, tout simplement. Ce n'était pas plus compliqué que ça.

– Ce n'est pas compliqué le moins du monde, acquiesça Anna Holt. Je comprends ce que vous voulez dire, mais je m'interroge plutôt par rapport à Linda.

– Vous pensez qu'elle ne devait pas être très expérimentée sur le plan sexuel.

– Exactement. C'est le sexe qui m'intéresse, maintenant. Quand vous aviez une relation sexuelle tous les deux, vous et Linda.

Du sexe tout à fait normal, selon Månsson, et pas du tout compliqué. Étant donné ses sentiments pour elle et les siens pour lui.

– Des relations sexuelles ordinaires, résuma Holt.

– Quand nous étions ensemble, c'était comme quand tu es avec quelqu'un que tu aimes beaucoup et que tu respectes, expliqua Månsson. Mais OK. Des relations sexuelles ordinaires, si vous préférez cette expression.

Mais toutes les autres alors ? se demanda Holt. Toutes les autres avec lesquelles il avait couché, et qui étaient beaucoup plus expérimentées que Linda Wallin. C'étaient aussi des relations sexuelles ordinaires ?

Pas toujours, selon Månsson, mais tant qu'ils parlaient d'actes consentis entre adultes responsables, il n'y avait rien à y redire. Pas tant que ça restait voulu par les deux, et tant que ça ne faisait pas de mal à l'autre.

– Vous n'avez qu'à lire n'importe quel courrier de sexologue dans n'importe quel journal, et vous comprendrez mon point de vue, déclara Månsson.

– Je le comprends tout à fait. Mais ce n'est pas pour cela que vous êtes ici.

– Comment ça ?

– Ce que vous venez de dire, des pratiques consenties entre adultes responsables. Je suis complètement de votre avis. Est-ce que ça me regarde ? C'est votre vie privée. Vous savez quoi ? continua Holt en consultant sa montre. Je propose qu'on s'arrête maintenant, mais qu'on continue demain. Ça fait quand même plus de trois heures.

– Merci de m'avoir permis d'être là, dit Lisa Mattei en souriant à Bengt Månsson. C'était super intéressant. J'ai trouvé que ce que vous avez dit sur l'expérience et le fait d'être blasé, c'était très bien dit.

– Merci à vous, répondit Bengt Månsson.

– Alors ? Que penses-tu de mon petit Bengt Axel ? demanda Holt dès qu'elle et Mattei furent seules.

– Pas mon type, dit Lisa Mattei, mais je ne suis sûrement pas son type non plus.

– Quel est son type ? demanda Holt.

– Toutes, à l'en croire.

– Comment ça ?

– Personne, à part lui-même bien sûr, décréta Lisa Mattei. Si tu reprends l'interrogatoire et que tu changes le mot femme par nourriture par exemple, tu comprendras très bien. Un boulimique ordinaire. Voilà ce qu'il est.

– Autre chose ?

– Le journal intime. Celui que tout le monde croit que le papa de Linda a dissimulé.

– Et c'est grave si c'est vrai ? demanda Holt.

– C'est sûr que le père de Linda l'a caché. Nous ne mettrons jamais la main dessus, mais comme Månsson suspecte manifestement que tu l'as déjà lu, alors mieux vaut peut-être que nous ne l'ayons pas, répondit Mattei, ravie. Au pire, son avocat aurait pu vouloir y jeter un œil.

– Qu'est-ce qui l'inquiète ?

– Anna, voyons, soupira Mattei. Tu sais très bien ce qui l'inquiète.

– Que le journal intime de Linda ne parle pas que de relations sexuelles ordinaires.

– Tu vois. Bien que tu parles à quelqu'un qui n'a encore presque jamais eu de relation sexuelle ordinaire. Pourquoi as-tu besoin de moi en fait ?

85

Tout le monde connaissait à présent le nom du meurtrier de Linda. Bien des gens semblaient aussi le connaître personnellement. L'ensemble du grand public détective amateur travaillait en trois-huit et inondait le groupe d'enquête d'un flot de tuyaux sur Månsson.

Le dealer de Månsson se fit connaître auprès de son confesseur à la brigade des stups de la criminelle régionale. Il n'était certes pas du genre à dénoncer ses clients ordinaires, mais Månsson n'était plus un client ordinaire. Sans avoir jamais été un client particulièrement extraordinaire non plus, d'ailleurs. Il achetait plusieurs fois par an, surtout du cannabis. C'était aussi un mauvais payeur, et comme lui-même venait de ramasser une peine de deux ans et six mois de prison, pouvait-il espérer une petite faveur en échange de cette information ?

À peu près simultanément, Knutsson découvrit comment Månsson avait appris à voler les voitures. Un vieux camarade d'université de Lund avait appelé pour raconter que lui et Månsson avaient occupé un job d'été plusieurs années de suite dans un établissement d'éducation spécialisée en Scanie. Månsson était à la fois bon bricoleur et intéressé par la technique, bien que pour soigner son image, il n'en fît pas étalage, au contraire. Par ailleurs, ce en quoi il excellait vraiment le plus, c'était les femmes. Mais ils le savaient déjà, non ?

Presque tous les coups de fil émanaient d'ailleurs de jeunes femmes qui, dépassant les espérances des enquêteurs, voulaient raconter leurs expériences avec Månsson. D'autres encore appelaient pour rapporter ce que leurs amies leur avaient raconté. L'une d'elles était particulièrement intéressante : l'une de ses amies avait de la chance d'être encore en vie, car elle aurait été avec Månsson le jeudi 3 juillet au soir. Elle aurait compris que quelque chose de louche se tramait et était partie.

Deux heures plus tard, elle était interrogée par Knutsson et Sandberg, et comme cela arrive si souvent, elle raconta une histoire un peu différente – mais très intéressante à tous égards, surtout sur le plan policier. Et qui corroborait leurs autres informations.

Vers 22 heures le jeudi soir, elle était arrivée chez Månsson, à son appartement du Fröväg dans Öster. Elle s'y était déjà rendue plusieurs fois au cours de l'été, et ça avait commencé comme d'habitude. Dans le sofa de la salle de séjour. Et puis brusquement, elle avait dit non.

– Je ne sais vraiment pas pourquoi, avoua-t-elle en regardant Anna Sandberg. Tout à coup, je n'en avais plus envie.

– Qu'as-tu fait alors ? demanda Sandberg.

Il avait d'abord continué, mais elle avait résisté et il avait arrêté.

Est-il devenu violent ? A-t-il usé de violence envers elle ?

– Non, dit le témoin. Il s'est juste mis en colère. Exactement comme un gamin.

Et comme le témoin était autant en colère, elle avait rabaissé son polo, boutonné son pantalon, pris son sac et était partie.

– Dieu soit loué, dit le témoin. Si j'étais restée, il m'aurait sûrement étranglée moi aussi.

C'est probablement pire que ça, pensa Anna Sandberg. Si tu avais fait comme d'habitude, Linda Wallin serait encore en vie aujourd'hui. Puis elle l'avait interrogée sur les préférences sexuelles de Månsson, et elle avait répondu la même chose que les autres femmes.

Un trophée très convoité parmi toutes les filles. Il aimait avoir l'initiative pendant les rapports sexuels. Beau, fort, musclé, un séducteur, un étalon qui maîtrisait toutes les allures. Dur si nécessaire et, si elle le voulait, absolument ouvert à toute proposition. Mais pas violent, pas pour faire mal et surtout pas pour satisfaire des pulsions personnelles sadiques.

– C'est ça qui est bizarre, dit le témoin. Je ne l'ai jamais pris pour un sadique. Il n'a jamais été comme ça avec moi, constata-t-elle en secouant la tête.

Parce que tu as toujours fait ce qu'il voulait, parce qu'il n'a jamais été suffisamment frustré quand il était avec toi, pensa Sandberg.

Tu n'avais pas le bon profil, tout simplement, pensa Knutsson.

86

La présence de Lisa Mattei comme témoin au quatrième interrogatoire de Månsson ne devait rien au hasard. Anna Holt voulait commencer à tordre le bras de son agresseur, et elle avait besoin de Mattei pour soulager la douleur et la rendre moins évidente pour lui. La gentillesse de Mattei, sa douceur apparente, son abord innocent, en faisaient une jeune femme inintéressante pour Månsson, mais parfaite pour Holt.

– Hier, vous m'avez raconté que vous aviez des relations sexuelles normales avec Linda, commença Holt. Ensuite, vous avez mentionné qu'elle avait parlé de vous dans son journal intime.

– Oui, dit Månsson, vigilant.

– Chaque règle a ses exceptions. Je sais qu'effectivement vous et Linda avez surtout eu des relations sexuelles ordinaires. Mais les fois où ça ne l'était pas ? Les fois où vous vous êtes adonnés à des jeux sexuels, où vous avez fait des expériences ? Je veux que vous m'en parliez, ça ne devrait même pas être très difficile pour vous.

– Non, dit Månsson. Pourquoi est-ce que ce serait difficile ? Ça n'avait vraiment rien d'extraordinaire. C'était juste le genre de choses que font les gens normaux au moins une fois quand ils ont des rapports sexuels.

Il lui fallut quand même deux bonnes heures pour reconnaître qu'en certaines occasions, il avait attaché les mains de Linda pendant un rapport sexuel. À l'en croire, ça avait été un long chemin à parcourir, dans leur pratique commune.

Linda n'était pas particulièrement expérimentée. Avant d'être avec Bengt Månsson, elle avait eu quatre autres partenaires. La première fois, elle avait quatorze ans et n'était même pas ivre. Elle voulait juste en finir avec la virginité. Tous ses partenaires précédents avaient son âge. Elle n'avait jamais eu d'orgasme avec eux. Par contre, lorsqu'elle se masturbait, si. La première fois, elle avait seize ans, et elle avait soigneusement suivi les conseils que le sexologue le plus connu du pays donnait dans son courrier des lecteurs du supplément week-end, dans le plus grand des tabloïds. Tout cela, elle l'avait elle-même raconté à Bengt Månsson. Le premier véritable Amant de sa vie.

Avec Bengt Månsson, elle avait toujours eu un orgasme. Généralement plusieurs, chaque fois. Dès leur deuxième fois, elle avait eu un orgasme en ayant des rapports normaux, ce qui était souvent assez difficile pour la plupart des filles au début, et c'était aussi là qu'il avait fait cette découverte :

– J'ai remarqué qu'elle aimait que je la serre fort quand elle était sur le point de jouir, expliqua Månsson.

Les premières fois, ça en était resté là. Puis Linda elle-même l'avait suggéré, sans avoir besoin de dire quoi que ce soit. Elle était couchée sur le dos dans son lit à lui. Ils avaient déjà eu un rapport sexuel. Il était allongé et la caressait. Tout à coup, elle avait pris la ceinture de son peignoir et la lui avait tendue en tenant ses mains, les paumes l'une contre l'autre. Très doucement, il l'avait nouée autour de ses poignets, et l'avait attachée à la tête de lit, les mains au-dessus de la tête. Dans un silence total, dans une complète confiance de la part de Linda, et avec les deux mains de son amant Bengt Månsson, libres.

– C'est sûr que ça fait une différence, constata Månsson. Pour atteindre l'orgasme, il faut stimuler. Physiquement et psychologiquement.

Il l'avait attachée ? Absolument. Battue ? Jamais. Torturée ? Jamais. Pas même des insultes, selon Månsson. Linda n'aimait pas ça, c'était trop sensible pour elle. Ça lui gâchait tout. Elle voulait le faire en silence, dans une unité, une intimité secrète entre eux.

– Du sexe passif, sans complications, expliqua Månsson. Tu fais quelque chose que tu veux, mais dont tu n'oses pas parler, et ce n'est pas toi qui prends l'initiative.

– Vous ne l'avez jamais appelée « ma petite pute à moi » ? demanda Holt gratuitement.

Jamais, selon Månsson. Parfois il lui avait dit qu'elle était une méchante petite fille, ce genre de choses, mais ça avait toujours été pour plaisanter et avec le sourire, et Linda avait toujours compris que ce n'était que pour jouer.

– Juste pour faire semblant.

– Si vous préférez, dit Månsson, la voix brusquement figée.

– Qu'en penses-tu, Lisa ? demanda Holt après l'interrogatoire.

– Soupir, dit Mattei. Pourquoi poses-tu cette question à une demi-innocente comme moi ? Pourquoi crois-tu que tant de femmes parfaitement normales courent après des hommes dominateurs ? Et qu'elles aiment presque toujours atterrir dans le lit d'un type comme Månsson ? Månsson n'est pas un homme. Ce n'est même pas un être humain.

– C'est quoi, alors ? demanda Holt.

– Une sorte d'instrument sexuel, à mon avis. Quand même… Est-ce très amusant de savoir qu'il faut souvent une stimulation physique et sexuelle quand on a un rapport sexuel ? À quel point doit-on être inexpérimentée pour comprendre que c'est exactement ce qu'il fait ? Et à quel point es-tu excitée quand tu découvres ce qu'il fait ?

– Ça n'a pas l'air si drôle, acquiesça Holt.

– Le plus intéressant, ce qui justifie d'ailleurs que nous écoutions encore M. Månsson, c'est de savoir ce qui se passe dans sa tête lorsqu'il se retrouve dans la situation où il n'est presque jamais, puisque toutes les filles font toujours ce qu'il veut.

– Quelle situation ? demanda Holt.

– Celle-ci, dit Mattei : quand il est déjà frustré, dès le début. Quand il n'a qu'une idée en tête : se vider et oublier, comme beaucoup de mecs si romantiques le disent. Quand celle avec qui il est voit à travers son jeu et ose lui résister. Quand lui-même comprend en plus qu'elle a vu clair en lui. Quand il est ridicule.

– Dans ce genre de situation, Bengt Månsson n'est plus d'une compagnie si agréable, résuma Anna Holt.

– C'est dans cette situation qu'il étrangle Linda Wallin et ça, il ne le reconnaîtra jamais.

– Pas même face à lui-même ?

– Pas même face à toi ou moi.

– Qu'est-ce que tu proposes ? s'entêta Holt.

– Réduis-le en bouillie, dit Mattei en souriant doucement. Pas parce que ça le fera avouer, mais parce que j'apprécierais beaucoup que tu le fasses. Je crois que je n'ai jamais rencontré de meurtrier aussi égocentrique, ennuyeux et crétin que lui.

87

Travailleur, consciencieux et créatif, voilà qui caractérisait non seulement Lewin, mais aussi ses plus proches collaborateurs. Ce qui explique pourquoi ils eurent fini de rassembler tout ce qu'il y avait à savoir sur Bengt Månsson moins de cinq jours après l'avoir arrêté.

Trente-cinq ans. Né à l'hôpital général de Malmö un beau dimanche matin de mai, lorsque l'été pour la première fois de l'année était arrivé en Scanie pour rester. Le premier enfant d'une mère célibataire de trente ans et d'un père inconnu. De là, probablement, les vagues suppositions « ethniques » sur son profil ADN, qui leur avaient surtout fait perdre leur temps.

La mère ne semblait pas avoir eu de problème particulier. Elle était issue d'une famille d'agriculteurs de la région d'Ägelholm, et les membres de la famille avec lesquels ils avaient discuté la décrivaient comme belle et joyeuse, sérieuse et entreprenante. À l'âge de vingt ans, elle avait emménagé à Malmö et, à peine dix ans plus tard, c'était devenu une femme d'affaires prometteuse, possédant son propre salon de coiffure et de beauté dans le centre de Malmö, avec le meilleur emplacement et un nombre croissant d'employés. Selon sa sœur aînée, elle aurait rencontré ce père inconnu pendant des vacances aux îles Canaries, mais la tante de Bengt Månsson ne pouvait pas donner davantage de détails.

Par contre, elle avait montré des photos aux collègues de Malmö qui l'avaient interrogée. De Bengt Månsson quand il était un très petit et très adorable garçonnet, jusqu'à la traditionnelle photo avec la casquette de bachelier quelque dix-neuf ans plus tard, où il s'était transformé en un jeune homme très beau. Ressemblant à peu près aux héros des films d'autrefois, mais sans moustache. Pour la tante, tout ça était complètement incompréhensible, et elle ne trouvait de réconfort dans son malheur qu'en se persuadant que la police avait commis une terrible erreur.

Quand Bengt avait eu cinq ans, sa mère avait rencontré un autre homme, de quinze ans son aîné. Un homme d'affaires prospère et, curieusement, encore célibataire. Un an plus tard, la maman était mariée, Bengt avait un demi-frère et son nouveau père l'avait adopté. La famille avait emménagé dans une belle et luxueuse villa à Bellevue, dans la banlieue de Malmö. Sa maman avait vendu son salon un bon prix et était devenue femme au foyer, tout en travaillant à mi-temps à domicile pour une entreprise allemande qui vendait des produits de coiffure et des cosmétiques.

Des gens honnêtes, respectables et agréables, de la classe moyenne. Aucune remarque des voisins, de l'école, des services sociaux ou de la police. Ni à propos de Bengt ni d'un autre membre de la famille. Bengt avait eu de bonnes notes à l'école primaire et juste au-dessus de la moyenne en sortant du lycée. Il était bon en sport sans être particulièrement sportif, il était apprécié de ses camarades masculins sans avoir eu d'amis proches. Et dès le début de l'école primaire, toutes les filles lui couraient après.

Il n'avait pas eu besoin de faire son service militaire, et y avait échappé sans avoir présenté d'excuse médicale étrange. Après une année sabbatique, où il avait surtout fait la fête avec ses amis du même âge tout en gagnant un petit salaire mensuel comme gardien au bureau de son père, il avait déménagé pour Lund et était devenu étudiant. Au bout de quatre ans, il avait obtenu un diplôme, une licence des plus communes au contenu hétéroclite. Études théâtrales et cinématographiques, philosophie, littérature. Il avait travaillé activement au théâtre étudiant, dans la vie associative, et s'était consacré à différentes activités en rapport avec le côté plus léger de la vie d'étudiant à Lund. Et toutes les étudiantes qui s'étaient approchées de lui étaient tombées amoureuses au premier regard.

À l'automne de l'année de son diplôme, sa mère était décédée d'un cancer et, à la différence de la plupart des patients atteints de cancer, elle était morte un mois après le diagnostic. La veille de Noël de la même année, son père adoptif était brusquement tombé raide mort d'un infarctus, qui l'avait terrassé entre le douzième et le treizième trou encore sans neige du terrain de golf de Ljunghusen.

Lui et son demi-frère avaient vendu la villa et les divers biens. Ils avaient enterré leurs parents, payé leurs dettes et partagé ce qui restait, apparemment beaucoup moins que ce qu'ils semblaient espérer, ce qui expliquait peut-être pourquoi les deux demi-frères ne paraissaient plus avoir eu de contacts par la suite. Sitôt son diplôme d'économie en poche, le demi-frère de Bengt Månsson avait déménagé en Allemagne. Depuis cinq ans, il était contrôleur financier pour une filiale d'un groupe forestier suédois. Marié à une Allemande, habitant près de Stuttgart. Le frère avait refusé de parler à la police quand elle l'avait contacté pour lui poser des questions. Les autres membres de la famille de Bengt Månsson étaient ou morts, ou aux abonnés absents.

À l'âge de vingt-cinq ans, il avait trouvé un travail d'administrateur et d'assistant au responsable de projet au service culturel à Malmö. Pendant l'été, il avait rencontré la fille du commandant de bord, qui faisait un remplacement d'hôtesse au sol à l'aéroport de Sturup. Il avait postulé à un nouveau travail en tant que responsable de projet au service culturel de Växjö et, dès qu'il l'eut obtenu, il avait emménagé avec l'hôtesse dans un appartement que son futur beau-père leur avait trouvé. Un an plus tard, ils avaient eu une fille. L'année suivante, ils s'étaient séparés. Il s'était pris un nouvel appartement sur le Fröväg, où il habitait toujours.

Célibataire, il avait un droit de visite pour sa fille de sept ans, qu'il voyait de plus en plus rarement ces dernières années. Un salaire mensuel avant impôts de 25 000 couronnes. Un permis de conduire, mais pas de voiture. Pas de dettes ni d'impôts impayés. N'apparaissait nulle part dans les registres sociaux ou de la police. Pas même de contravention de stationnement. Et toutes les jeunes femmes qui l'avaient approché l'avaient aimé.

À trente-cinq ans et trois mois, il avait violé et étranglé Linda Wallin dans l'appartement de sa mère, au centre de Växjö. Ce qui avait donné l'occasion à la police de résumer sa vie jusqu'à son arrestation et de rédiger le mémo que les policiers de la génération de Jan Lewin appelaient la petite biographie du coupable.

Anna Sandberg auditionna la fille du commandant de bord, qui confirma l'appétit sexuel de Bengt Månsson. Mais seulement au début. Au début, il avait eu des rapports sexuels avec elle en gros à chaque minute où il était éveillé. À partir du moment où ils avaient emménagé ensemble et qu'elle était tombée enceinte, il ne l'avait plus guère touchée, préférant sauter sur tout ce qui bougeait. Dès qu'elle s'en rendit compte, elle rompit avec lui.

Non, il n'avait jamais été violent envers elle. En dehors de leur fréquence anormalement élevée, leurs rapports sexuels étaient normaux et ordinaires. Bengt Månsson était le « plus beau mec et le plus charmant flemmard » qu'elle avait rencontré de toute sa vie, et ce qu'il avait fait un mois auparavant la laissait juste abasourdie. Mais d'autres choses l'inquiétaient davantage, en particulier leur fille de sept ans. Ils avaient été obligés de repousser sa rentrée à l'école et pas plus tard qu'aujourd'hui, elle et son mari avaient décidé de quitter Växjö.

Les tabloïds lui avaient déjà offert de l'argent et la célébrité pour se présenter et raconter sa vie avec l'assassin, ce que cela faisait d'être la mère de son seul enfant, une petite fille de sept ans en plus. Le tueur sanguinaire de femme qui avait une petite fille. Ce n'étaient pourtant pas les mâles chasseurs de gros titres des tabloïds qui avaient fini par la décider à déménager, mais la femme éditrice de la page famille de *Dagens Nyheter*. Elle voulait faire un grand reportage approfondi sur la manière dont elle, son nouveau mari et sa fille étaient aussi devenus des victimes de la chasse médiatique. Sur le recul de la date de rentrée de sa fille, l'impact émotionnel de savoir que son « vrai papa » était un meurtrier, leurs projets de déménagement, peut-être même de changer de nom et de demander une identité secrète. Elle et son mari avaient aussitôt refusé l'interview et décidé de s'en aller.

Le vendredi, Anna Sandberg et une collègue de la police de Växjö auditionnèrent la mère de Linda dans sa maison de campagne près du lac Åsnen.

Une audition particulièrement importante. La mère de Linda était en état de choc. Le choc de l'assassinat de Linda s'était transformé au bout d'un mois en choc post-traumatique. Jusqu'au choc suivant, lorsque la police avait arrêté le meurtrier de sa fille et qu'elle avait compris son rôle. À présent, elle était en congé maladie, prenait de nombreux médicaments très forts, voyait son psychiatre quasiment tous les jours et était sous la surveillance constante de sa meilleure amie.

Elle ne remettrait jamais les pieds dans l'appartement de Växjö, mais n'avait pas réussi à décider quoi en faire. Il ne serait pas particulièrement facile à vendre, étant désormais connu dans tout le royaume comme « l'appartement du meurtre » pour tous ceux qui lisaient les journaux, écoutaient la radio ou regardaient la télé. Les riverains étaient partagés en deux camps. D'un côté, ceux qui essayaient de regarder par la fenêtre de l'appartement quand ils passaient devant. De l'autre, ceux qui faisaient un détour pour éviter l'immeuble. Elle avait déjà reçu une lettre anonyme d'un voisin qui s'inquiétait que le prix de son propre appartement allait s'effondrer et l'en blâmait, mais c'était bien le cadet de ses soucis.

Cela faisait plus de trois ans qu'elle n'avait pas parlé à Bengt Månsson. Ils n'avaient eu aucun contact depuis. Elle n'avait tout simplement plus voulu en avoir, et il n'avait pas fait la moindre tentative pour la revoir. Elle avait rompu lorsqu'elle avait compris qu'ils n'avaient pas grand-chose en commun, et qu'elle ne l'intéressait même pas particulièrement. D'ailleurs, elle leur raconta la même histoire que lui. Comment ils s'étaient rencontrés, combien de temps ils s'étaient vus, où ils s'étaient vus. Anna Sandberg n'eut même pas l'idée de poser des questions plus précises sur leurs relations sexuelles.

Linda lui avait elle-même raconté avoir aussi rencontré Bengt Månsson. Quelques années plus tard, pendant la période difficile de leur vie commune, quand elle avait emménagé chez son « papa adoré ». Linda lui avait balancé ça à l'occasion d'une de leurs disputes récurrentes. Pas qu'ils aient couché ensemble, ce qu'elle avait quand même soupçonné, mais uniquement qu'elle le voyait. Le lendemain, Linda avait appelé et demandé pardon. Ce genre de choses qu'on disait parce qu'on était en colère, sans le penser sérieusement, selon Linda.

Pour sa part, elle avait essayé de repousser cette idée. Aujourd'hui, elle regrettait profondément de ne pas être allée directement chez lui pour le tuer.

– C'est ma faute si c'est arrivé, fit-elle en fixant le vide devant elle.

Anna Sandberg se pencha par-dessus la table, attrapa son bras et le serra pour attirer son attention.

– Écoutez-moi, maintenant, Lotta, ordonna Anna Sandberg. Vous m'écoutez ?

– Oui.

– Bien, fit Anna Sandberg en ne lâchant pas son regard. Ce que vous venez de dire est aussi stupide que si vous aviez dit que c'était la faute de Linda s'il l'a tuée. Vous m'entendez ?

– Oui, je vous entends. Je vous entends, répéta-t-elle quand la poigne se resserra.

– C'est Bengt Månsson qui a assassiné Linda. Personne d'autre que lui. C'est sa faute. Entièrement, et à personne d'autre. Vous et Linda êtes ses victimes.

– Je vous entends, répéta Lotta Ericson.

– Bien, dit Anna Sandberg. Essayez de le comprendre, également. C'est vraiment la vérité. C'est ainsi que ça s'est passé, et c'est pour cela que c'est arrivé.

Anna Sandberg et sa collègue rentrèrent ensuite au poste de police, à Växjö. Ni l'une ni l'autre ne se sentait bien. Par comparaison avec celle qu'elles venaient de quitter, elles avaient des existences merveilleuses.

– J'aimerais bien tuer ce salopard, déclara Anna Sandberg en descendant dans le garage.

– Préviens-moi si tu as besoin d'aide, répondit sa collègue.

Knutsson et Thorén continuèrent leur chasse infructueuse au journal intime et autres sources d'informations du même ordre sur la personnalité de la victime. D'abord, ils retournèrent voir ses amies et collectèrent pas mal de renseignements de cette façon. Ensuite, ils rendirent visite à son père dans le grand manoir, une visite qui se passa aussi bien pour eux que pour leurs collègues qui les avaient précédés.

Henning Wallin ne savait rien d'un journal intime. Il avait beaucoup réfléchi à ce sujet – comment aurait-il pu s'en dispenser, avec la police qui en parlait tout le temps ? – et pouvait seulement proposer de partager ses propres réflexions à ce propos.

– Volontiers, dit Knutsson.

Dans le monde où vivait Henning Wallin, un journal intime était la chose la plus privée qui puisse exister. C'était d'autant plus vrai qu'il s'agissait d'une jeune personne et encore davantage s'il s'agissait d'une jeune femme. Comme sa fille, par exemple. Et si un journal intime avait existé, il aurait certainement livré le dialogue permanent de pensées et de sentiments que chacun peut avoir sur soi-même et son existence, ses sentiments, sa conscience. Ce qu'elle lui aurait confié aurait été de l'essence la plus privée, raison pour laquelle tout cela devrait rester entre elle-même et elle-même.

– Vous comprenez ? demanda Wallin en regardant Knutsson et Thorén tour à tour.

– Je comprends, dit Knutsson.

– Nous comprenons, ajouta Thorén.

– Bien. Et maintenant, si ces messieurs veulent bien m'excuser.

– Je me demande s'il l'a jeté ou s'il l'a caché, demanda Thorén près d'Oxtorget, sur la route du retour vers le commissariat.

– En tout cas il l'a lu, répliqua Knutsson.

– Pour vérifier qu'il ne contenait rien qui indiquait l'identité de l'agresseur.

– Et quand il n'a rien trouvé de tel, il l'a probablement jeté. Ou il l'a plutôt brûlé.

– Oui, il a pu le brûler, affirma Thorén. Ce n'est pas le genre à juste jeter les choses. Sauf que moi, je parie qu'il l'a dissimulé dans un endroit sûr.

– Pourquoi crois-tu cela ?

– Parce que ce n'est pas le genre à jeter les choses. Mais c'est certain…

– … qu'on ne peut pas en être sûr, acquiesça Knutsson.

88

Le cinquième interrogatoire de Bengt Månsson dura presque toute la journée, avec Lisa Mattei pour témoin, et comme la dernière fois, elle ouvrit à peine la bouche, se contentant d'écouter, avec son charmant sourire et ses yeux doux. Holt commença comme d'habitude par aborder un sujet que Månsson n'attendait pas, notamment parce que ce dont ils avaient parlé la veille avait perdu son caractère d'urgence. Au contraire, il aurait tout le week-end et toute sa solitude pour réfléchir à sa relation avec Linda Wallin.

– Parlez-moi de vous, Bengt, commença Holt en se penchant en avant, appuyée sur ses coudes, hochant la tête et souriant pour bien montrer son intérêt.

– De moi, fit Månsson surpris. Qu'est-ce que ça a à voir avec l'affaire ?

– Votre enfance ? expliqua Holt.

– Comment ça ?

– Commencez par le début, proposa Holt. Parlez-moi de votre tout premier souvenir.

Le premier souvenir d'enfance de Bengt Månsson remontait à ses sept ans, lorsqu'il avait commencé l'école. Avant cela, il ne se souvenait d'absolument rien. Sa mère et sa famille lui avaient raconté toutes sortes de choses, mais lui n'en avait gardé aucune trace.

– Je ne sais pas pourquoi, mais c'est comme ça, constata Månsson en haussant les épaules.

Ses souvenirs remontaient au début de l'école. Rien d'extraordinaire. De simples souvenirs quelconques, souvent bons, presque toujours sans intérêt. Parfois moins bons, dont il préférait ne pas parler. De toute manière, il ne comprenait pas la question. Quel était le rapport entre ses souvenirs d'enfance et sa situation actuelle ?

Il préférait ne pas parler de ses parents, décédés depuis de nombreuses années, et ne souhaitait pas évoquer ses relations avec eux. Par contre, il fallait souligner qu'il n'avait connu que sa mère, et n'avait aucune idée de la véritable identité de son père. Très tôt, il avait d'ailleurs compris l'absurdité d'interroger sa mère à ce sujet. Quant à son père adoptif, il ne voulait pas en parler, et s'efforçait même de l'effacer de sa mémoire.

– Vous ne vous rendez même pas sur leurs tombes ? demanda Holt.

– La tombe de ma mère, vous voulez dire, corrigea Månsson.

– La tombe de votre mère, acquiesça Holt.

– Jamais, répondit Månsson.

Et la tombe de son père adoptif ?

– Vous pensez que je devrais y aller pour relâcher la pression, demanda Månsson en souriant en coin.

– Comment ça ?

– Pour pisser sur sa pierre tombale, expliqua Månsson.

– Pourquoi feriez-vous une chose pareille ? Il était si terrible avec vous ?

Månsson n'avait pas l'intention d'en parler. Ni à Holt ni à personne d'autre.

– Ne dites pas ça, dit Holt. Je peux peut-être vous aider.

Comment Holt pourrait-elle aider Månsson au sujet de son père adoptif ? Il était mort. Que pouvait-elle y faire ? L'incarcérer, peut-être ? Lui, il avait bien compris qu'elle et ses collègues pouvaient le découper en morceaux, mais des gens décédés ?

Anna Holt fit trois tentatives. Abordant le sujet sous différents angles. Prenant son temps. Le résultat était toujours le même. Soit il n'avait aucun souvenir, soit il ne voulait pas en parler.

– J'ai malgré tout la nette impression que vous souhaitez me dire quelque chose sur vos parents, et en particulier votre père adoptif. Et si vous y réfléchissiez ? dit Holt.

– Qu'est-ce qu'on tire de tout ça ? demanda Holt à Mattei, après avoir renvoyé Månsson dans sa cellule.

– Il se sert de toi pour tester l'histoire qu'il va raconter aux autres.

Comment Mattei le savait-elle ? Parce que, dès la première question de Holt et la première réponse de Månsson, elle avait compris ce qu'il allait répondre trois heures plus tard à la dernière question.

Bon à savoir, fit Anna Holt. Peut-être qu'à l'avenir, il suffira que je t'interroge, toi.

Si j'étais toi, je serais flattée, ajouta Mattei. Il te trouve très douée, alors pourquoi risquerait-il que tu lui casses son jeu dès maintenant ? Autant le garder pour les blouses blanches. Ils n'ont pas besoin, eux, de vérifier si ce qu'il dit est vrai.

– Tu ne l'imagines pas plus malin qu'il n'est ?

– Il n'est pas très malin, c'est sûr. Mais il sait parfaitement mentir aux filles. Se vendre à un client suspicieux. C'est son plus grand talent.

– Et moi-même, je ne suis qu'une bimbo de base, sourit Holt.

– Pas pour Bengt Månsson, dit Mattei en secouant sa tête blonde. Pour lui, tu es une bimbo intelligente. Une bimbo dangereuse.

– Mais il finira quand même entre mes jambes.

– Ne dis pas des choses pareilles, Anna, soupira Mattei. Tu es beaucoup trop bien pour ça. Ce que je veux dire, c'est qu'il est persuadé au plus profond de lui qu'à la fin, il parviendra à te culbuter. De façon purement symbolique.

– Alors, c'est ce qu'il croit, fit Holt, sinistre.

– Comment pourrait-il croire autre chose ?

L'après-midi, Bengt Månsson fit passer un message à Anna Holt par l'intermédiaire du personnel pénitentiaire. Il voulait lui reparler, c'était important. Un quart d'heure après, Anna Holt était assise dans sa cellule. Månsson ne se sentait pas bien du tout, et ne comprenait pas pourquoi. Il avait soudain ressenti une forte angoisse et se demandait ce qui était en train de se passer dans sa tête. Quand il avait voulu aller aux toilettes, dans le couloir de la section de détention, juste avant que Holt n'arrive, il avait été pris de vertiges et était tombé.

– Je vais vous appeler le médecin, dit Holt.

– C'est possible ? demanda Månsson.

En sortant, elle demanda au gardien :

– Comment se porte Månsson ?

– Qu'est-ce que tu lui as fait ? dit le gardien avec un large sourire. Quand il est allé aux chiottes tout à l'heure, il semblait complètement parti. Il s'est retrouvé par terre avant que je parvienne à le rattraper.

– Qu'en penses-tu ?

– Très fort, par rapport à ce que j'ai pu voir auparavant. Le coup de la maladie. Digne d'un Oscar du meilleur rôle masculin.

L'après-midi, alors qu'elle allait rentrer à l'hôtel, Anna Holt découvrit sur leur tableau d'affichage un papier qui n'avait rien à voir avec son enquête.

C'était un extrait du rapport d'audition de la journaliste qui avait porté plainte contre Bäckström pour harcèlement sexuel.

Le collègue de Växjö qui avait auditionné la plaignante semblait l'avoir déjà fait auparavant. En outre, il paraissait parfaitement conscient de la différence que le procureur et les juges faisaient entre tenue négligée ou simplement dévêtue et la nudité, considérée dans une perspective sexuelle et contraire aux bonnes mœurs.

– Avait-il une érection quand il a enlevé la serviette ? avait demandé le responsable de l'audition.

La plaignante n'en était pas sûre. En partie parce qu'elle n'avait pas regardé très attentivement, en partie parce qu'elle lui avait crié de se tenir correctement.

– Tu as quand même bien dû voir quelque chose, s'était entêté le responsable de l'audition, qui savait que ce serait capital s'il devait manœuvrer à travers le chas de l'aiguille qui menait au tribunal.

– Ça ressemblait à une petite saucisse de cocktail, dit la plaignante. Une petite saucisse en colère.

Sympa pour Bäckström, pensa Anna Holt en froissant le papier et le jetant dans la corbeille réservée à cet usage.

– Bien fait pour lui, gloussa impitoyablement Mattei une fois installée avec Holt au bar de l'hôtel avec leurs verres de vin, à passer leur semaine en revue.

– Oui, soupira Holt, je me demande parfois ce qui ne va pas chez moi. J'avais presque pitié de lui. Imagine, Lisa : j'avais pitié de Bäckström.

– On peut se faire aider, pour ce genre de syndrome, Anna, dit sévèrement Mattei. Si tu veux, je peux raccrocher le papier. Si tu leur donnes un seul millimètre de toi, ils te prendront tout entière.

– Mais pas Johansson, dit Holt.

– Jamais mon Lars Martin, acquiesça Mattei.

89

Jan Lewin rêvait toutes les nuits, désormais. Presque toutes les nuits, de cet été remontant à presque cinquante ans, quand il avait reçu son premier vrai vélo et que son papa lui avait appris à en faire. Il ne rêvait pas du vélo, pas de son Crescent Vaillant rouge, mais de cet été et de ce jour où son papa avait brusquement dû rentrer en ville.

Papa n'avait pas pris le bus comme d'habitude, grand-père était venu le chercher en voiture. Papa avait l'air fatigué. À bientôt, avait dit papa en lui ébouriffant les cheveux, mais cette fois ça n'avait pas eu l'effet de ramener les choses à la normale.

Puis grand-père lui avait ébouriffé les cheveux aussi, et ça c'était bizarre parce que c'était la toute première fois de sa vie qu'il faisait cela.

– C'est à toi de prendre la relève, Jan, d'être l'homme de la maison et d'aider ta maman pendant que papa est en ville, avait dit grand-père.

– Promis, avait dit Jan.

90

Un été sans fin. Un paysage avec autant de lacs qu'il y a d'étoiles dans un ciel nordique. Le dimanche, Anna Holt et Lisa Mattei préparèrent un panier et partirent en excursion au bord de l'un de ces lacs pour recharger leurs batteries avant la semaine à venir.

Anna Holt reprit d'abord son entraînement, un temps délaissé. Après s'être changée, elle s'étira et courut autour du lac. Une heure et dix kilomètres plus tard, elle balança ses baskets et nagea le crawl dans ce même lac. Ensuite, elle fit deux cents abdos et autant de pompes. Pour finir avec des étirements, avant de souffler, le visage un peu rouge, dans la chaleur de ces trente-cinq degrés.

Lisa Mattei s'était allongée à l'ombre pour lire l'un de ses vieux livres d'enfance préférés, *Émile et les détectives* d'Erich Kästner. Le passage en particulier où le petit Émile parvenait, grâce à quelques indices, à piéger le vilain méchant – les piqûres d'épingle dans les six billets volés – l'avait impressionnée pour le restant de ses jours, au point de placer Émile devant le détective Ture Sventon[1] et sa technique d'investigation

1. Détective privé héros de la série de romans pour enfants d'Åke Holmberg.

plus intuitive, surtout documentée par ses observations récurrentes des chaussures pointues du méchant Ville Vessla, et les conclusions qu'il en tirait sur sa personnalité. Petite fille, Lisa Mattei était déjà plus attirée par la criminologie technique.

Après son entraînement, Anna Holt vint lui tenir compagnie à l'ombre et se mit aussi à lire. En compulsant les relevés téléphoniques, les témoignages et différents indices techniques, Lewin avait établi une chronologie des faits et gestes de l'agresseur le jour où il avait violé et étranglé Linda Wallin. Anna Holt en avait besoin pour ses interrogatoires à venir et s'appliqua à apprendre chaque étape et le moindre détail par cœur.

À 18 heures le jeudi 3 juillet, Månsson était chez lui dans son appartement du Frövägen, dans le quartier d'Öster, à un bon kilomètre du centre de Växjö. Juste après 22 heures, il avait reçu la visite de leur témoin, qui avait refusé un rapport sexuel. Elle l'avait quitté vers 23 h 30 et dès lors, Månsson avait commencé à passer des coups de fil.

Entre 23 heures et minuit, il avait passé au total onze appels depuis son téléphone fixe. Uniquement à des femmes. Neuf d'entre elles n'étaient pas chez elles, et il ne semblait pas avoir laissé de message sur leurs répondeurs. Une lui avait répondu, mais n'avait pas pu le voir parce qu'elle était déjà occupée. Une autre avait raccroché dès qu'elle avait compris qui l'appelait.

Månsson était sorti en ville mais, faute d'indices aussi sûrs et précis que les appels téléphoniques, rien ne permettait de reconstituer les deux heures suivantes. Juste après minuit, Månsson avait salué l'un des témoins les plus crédibles à cette heure, un voisin qui rentrait chez lui après avoir sorti son chien. Le témoin était tout à fait sûr de la date, de l'heure et de la personne, mais aussi que Månsson était parti à pied en direction du centre. Lewin avait tout noté en soupirant.

Ensuite, selon deux témoins, Månsson s'était rendu dans au moins un pub à Växjö. Le barman, qui lui avait servi une pinte vers minuit et demi et une autre une demi-heure plus tard, le connaissait. Et justement, il avait remarqué cette fois-là que Månsson n'était pas accompagné, et qu'en plus il semblait « traqué et excité ». Lewin avait soupiré deux fois avant d'ajouter le témoignage au rapport. Le témoin suivant prétendait avoir vu Månsson dans un autre pub, à proximité du premier, entre 1 et 2 heures du matin. Il avait reconnu Månsson sur les photos dans les journaux – « je suis tout à fait sûr que c'était lui » –, et Lewin avait soupiré une fois de plus.

À 2 h 15, ça s'améliorait : Månsson avait appelé l'ancien numéro de Lotta Ericson depuis son portable, d'un endroit situé au centre de Växjö. Comme Lewin avait à la fois rencontré et interrogé le témoin, et vu lui-même le relevé téléphonique, il n'avait pas eu besoin de soupirer.

Juste après 3 heures du matin, selon leur propre analyse, il était apparu près de l'immeuble où la mère de Linda habitait. La voiture de Linda était garée à l'extérieur, et il l'avait sûrement reconnue. Sur une impulsion, Månsson était entré dans le bâtiment dans l'espoir de voir Linda. Rien de plus facile puisque le digicode était hors service depuis deux jours.

Ensuite, il s'était probablement trompé, pour la même raison qu'il avait appelé le mauvais numéro, et avait sonné à l'ancien appartement de la mère de Linda, au dernier étage. Il était rapidement redescendu en entendant aboyer les chiens, avait revérifié les noms à l'entrée, trouvé une « L. Ericson » avec la bonne initiale et la bonne orthographe, et sonné. Linda, qui venait de rentrer, avait ouvert.

La suite n'était que pures spéculations, mais comme c'était Lewin en personne qui spéculait, aucun problème de vraisemblance ne se posait. Au contraire, elles étaient même suffisamment plausibles pour inspirer d'autres conclusions, qu'il avait ajoutées au rapport. Que Månsson n'avait pas rendu visite à la mère de Linda depuis qu'elle avait changé d'appartement trois ans auparavant. Qu'elle ne lui en avait même probablement jamais parlé. Que Linda ne semblait pas le lui avoir dit non plus, et que sa visite chez Linda était spontanée, ni planifiée ni préméditée.

Entre 3 h 15 et 5 heures du matin environ, Månsson avait été en compagnie de sa victime sur les lieux du crime. Vers 5 heures, il avait sauté par la fenêtre de la chambre à coucher et était vraisemblablement reparti à pied en direction de chez lui, où il avait dû arriver juste avant 5 h 30.

Il avait ensuite préparé des affaires dans un sac de sport et décidé de quitter Växjö, pour une raison qui n'était pas encore bien établie. Il avait déjà ses billets pour le concert de Gyllene Tider sur Öland le soir même, mais indéniablement la situation avait évolué depuis qu'il se les était procurés. Une tentative de fuite dissimulée ? Une tentative de se fabriquer un alibi et dans ce cas, une bonne raison de ne pas prendre le bus pour Kalmar ?

Voilà probablement pourquoi il avait décidé de voler la vieille Saab du commandant de bord, se disait Lewin. Prendre place dans un bus ne semblait pas très prudent.

Il s'était rendu à pied de son appartement du Fröväg à la place de parking sur le Högtorpsväg, à un kilomètre. Vers 6 heures du matin, il avait été vu par le témoin de quatre-vingt-douze ans, avait volé la voiture et était parti. Tout à fait possible en marchant vite, la distance entre chez lui et l'emplacement de la voiture correspondait.

Vers 6 h 15, il était parti pour Kalmar et, à une vingtaine de kilomètres de la ville, il avait décidé de se débarrasser de la voiture. Il devait être à peu près 8 heures. À condition qu'il ait respecté les limitations de vitesse, commentait Lewin.

Se débarrasser de la voiture n'avait pas dû prendre très longtemps et à présent, il était environ 8 h 30. On ne savait toujours pas comment il s'était ensuite rendu à Kalmar. Selon les reconstitutions de la police, il avait même pu faire le trajet à pied. Il avait dû mettre deux heures pour parcourir les dix kilomètres jusqu'à l'appartement de la femme qu'il avait appelée juste après 9 heures du matin. Aucun passager de bus ne l'avait vu, personne ne semblait l'avoir pris en autostop.

Il était resté à Kalmar et sur Öland tout le vendredi, jusqu'à minuit environ. La jeune femme avec laquelle il aurait disparu du concert ne s'était pas manifestée, en dépit de leur appel à témoin dans les médias.

On ignorait où il avait passé le reste du week-end, mais peu importait. Le lundi matin, il était de retour sur son lieu de travail à Växjö.

– Jan Lewin est un homme méticuleux, constata Anna Holt après avoir fini sa lecture.

– Un peu verbeux à mon goût, objecta Mattei. Et puis il a aussi une façon très angoissée de présenter les faits. Je crois qu'il essaye à travers cela de maîtriser ses propres angoisses.

– Pas comme Johansson, alors, avec tous ses exploits et toutes les conneries des autres, dit Holt en regardant Mattei avec curiosité.

Non, effectivement, selon Lisa Mattei, Lars Martin Johansson ne ressemblait pas le moins du monde à Jan Lewin, même s'ils avaient le même âge. Au contraire. Les histoires de Lars Martin Johansson lui en avaient appris davantage sur le travail de police que presque tout ce qu'elle avait fait, lu ou entendu. Il était aussi extrêmement divertissant, et n'oubliait jamais la dimension pédagogique.

– Des histoires bien entendu toutes véridiques, sourit Holt.

Absolument véridiques, confirma Lisa Mattei, et tout à fait uniques, au sens où Lars Martin Johansson était l'une des rares personnes à avoir compris que parfois, la seule façon de chercher la vérité était le dialogue intérieur. Ce que Skinner en particulier avait développé dans ses essais scientifiques sur l'introspection comme moyen de découvrir la vérité. Rien de commun avec notre banale conception ordinaire de la différence entre la vérité et le mensonge.

– Johansson ne ment jamais, la taquina Holt.

– Pas de la manière habituelle, dit Mattei. Ce n'est pas son genre. Johansson ne ment jamais aux autres.

– Quel est son genre alors ?

– Il se ment probablement à lui-même, dit Mattei d'une voix brusquement très sèche.

– Tu devrais l'épouser, Lisa.

– Il est déjà marié. De plus, je ne pense pas être son genre, soupira Mattei.

91

Le lundi suivant, Anna Holt passa à l'offensive et confronta Bengt Månsson au rapport de Lewin retraçant ses faits et gestes. La sympathique et attentive Lisa Mattei avait été remplacée par Anna Sandberg, ne serait-ce que pour lui rappeler son principal, voire unique intérêt dans l'existence.

– Comment comptes-tu procéder, Anna ? demanda Anna Sandberg.

– Je parle, tu écoutes. Si je veux que tu interviennes, tu t'en rendras compte à temps, expliqua Holt.

– Ça me va parfaitement.

– Pas de menace, pas de promesse, et ne pas aller trop vite. Par contre, chicane tant que tu veux, expliqua Holt.

– Ça ne devrait pas poser de problème, dit Anna Sandberg.

– Comme je m'efforce d'être honnête avec vous, Bengt, je voudrais vous montrer ce résumé, commença Anna Holt en lui tendant la chronologie de Jan Lewin.

– Merci, je vous en suis vraiment très reconnaissant, répondit poliment Månsson.

– Bien, dit Anna Holt en souriant gentiment. Lisez-le tranquillement. Tout ce qui s'y trouve, c'est ce que nous savons déjà, que nous n'avons pas besoin de vous demander. Mais vos explications nous intéressent aussi.

Cinq minutes plus tard, Bengt Månsson avait fini de lire.

– Oui, je vois, dit Månsson. Et maintenant je me souviens bien avoir vu Linda ce soir-là… la nuit, je veux dire, corrigea-t-il. Je me souviens que nous nous sommes d'abord assis pour discuter et qu'ensuite nous avons eu une relation sexuelle, sur un sofa je crois que c'était… Mais ensuite, je ne me souviens plus de rien.

– Ensuite vous ne vous souvenez plus de rien, répéta Anna Holt.

– C'est juste comme un trou noir, dit Bengt Månsson.

– Quand retrouvez-vous la mémoire ? demanda Holt.

Månsson se souvenait d'avoir revu une vieille copine. Qu'il était allé chez elle, à Kalmar. Qu'ils avaient eu des rapports sexuels pendant la journée. Qu'ils avaient été au concert le soir. Gyllene Tider. Ça, il s'en souvenait. Il avait acheté les billets avant la Saint-Jean. Par des contacts personnels, à son boulot.

Mais ensuite c'était le noir. Surtout qu'il avait ressenti une terrible angoisse inexpliquée. Ça, il s'en souvenait. Qu'il était simplement parti. Qu'il avait laissé sa copine. Quitté le concert. Qu'il était rentré chez lui en bus, de Kalmar à Växjö. Un trou noir, une forte angoisse, rentrer à la maison. Il ne savait plus trop à quelle heure, mais sans doute en pleine journée parce qu'il y avait des gens dehors.

– Samedi dans la journée, vous êtes rentré chez vous, résuma Holt.

– Si si vous le dites, dit Månsson en haussant les épaules. C'est juste comme un trou noir.

– Est-ce qu'il y a quelque chose qui t'intrigue, Anna ? demanda Anna Holt en se tournant vers sa collègue.

– Vous vous souvenez que vous ne vous souvenez pas, dit Anna Sandberg d'un ton acide.

– Oui, confirma Månsson en la regardant comme s'il venait de s'apercevoir de sa présence.

– Mais que vous avez un trou de mémoire, ça vous vous en souvenez parfaitement ? continua Anna Sandberg.

– Oui, dit Månsson. C'est juste comme un trou noir.

– Entre 4 heures la nuit et le matin du vendredi, c'est juste comme un trou noir ?

– Oui. C'est exactement ça. C'est complètement inexplicable.

– Certes, acquiesça Anna Sandberg. Je n'ai jamais entendu parler d'un trou de mémoire aussi précis. Étrange que vous vous en souveniez si bien. Que vous vous souveniez exactement que vous ne vous souveniez pas. Une chance, parce que c'est précisément là que vous avez étranglé et violé Linda.

– Vous ne croyez quand même pas que je mentirais sur un truc pareil, l'interrompit Månsson.

– Vous n'osez pas le reconnaître, fit Anna Sandberg en haussant les épaules. Vous êtes bien trop lâche, tout simplement. En fait, c'est surtout de vous dont on devrait avoir pitié.

– Ce trou noir, les interrompit Anna Holt. Vous ne pouvez pas essayer de le décrire ? À quoi ressemble-t-il ?

À un trou noir ordinaire, tout simplement. Générateur d'une forte angoisse, sans qu'il comprenne pourquoi.

– Il semble s'être passé des choses terribles quand vous étiez au fond de ce trou. Que diriez-vous d'essayer d'en sortir ?

– Comment ? demanda Månsson.

– En nous racontant ce que vous avez fait. Pendant tout le temps où vous y étiez.

– Je ne sais pas, dit Månsson. J'ai juste atterri là.

Ils y passèrent toute la journée, sans progresser davantage. Vers la fin, Månsson voulut raconter lui-même plusieurs choses. Des choses importantes. Qu'il était important qu'elles comprennent. D'abord, il n'avait pas assassiné Linda. Ils avaient eu des rapports sexuels, consentis. Il ne lui avait jamais fait aucun mal.

– Comment pouvez-vous le savoir ? l'interrompit Anna Sandberg. Puisque vous ne vous souvenez de rien ?

Månsson le savait, même sans se souvenir de rien. Il n'aurait jamais pu faire une chose pareille. Ne serait-ce qu'y penser.

– Réfléchissez-y, proposa Holt, puis elle mit fin à l'interrogatoire.

– Maintenant nous l'avons dans l'appartement. Nous l'avons sur le sofa et il est avec Linda, dit Anna Sandberg, l'air toujours aussi assoiffée de sang.

– Certes, dit Anna Holt en haussant les épaules. Mais ce n'est pas pour nous qu'il le raconte.

– J'ai peur de ne pas comprendre.

– Il n'ira jamais plus loin. Il voulait juste nous faire part de son trou noir.

– Il reconnaît qu'il ne se souvient pas.

– Il n'est pas si fou que ça, constata Holt. Il a très bien pu prendre connaissance de tout ce qu'Enoksson et ses collègues ont trouvé. Son avocat s'est sûrement occupé de cet aspect.

– J'ai réfléchi à un truc, dit Anna Sandberg. Pourquoi n'essaye-t-il pas sous un autre angle ? Un jeu sexuel qui aurait dérapé, proposa-t-elle.

– L'explication la plus simple, ce serait que son avocat le lui ait fortement déconseillé, soupira Holt.

92

Durant son avant-dernière nuit à Växjö, Jan Lewin rêva de cet été où son père lui avait appris à faire du vélo. L'été où on lui avait offert son premier vrai vélo, un Crescent Vaillant rouge. L'été où son père était mort d'un cancer.

Quand il se réveilla et alla dans la salle de bains, il fut obligé d'ouvrir la fenêtre pour respirer. Dehors il pleuvait. Une pluie silencieuse sous des nuages noirs. Il faisait froid aussi, à présent.

Qu'est-ce que je fais ici ? C'est fini maintenant. Il est temps de rentrer à la maison.

93

Au milieu de la semaine, Jan Lewin et Eva Svanström partirent. Ils avaient fait leur part du travail et on n'avait plus besoin d'eux. Pas à Växjö, en tout cas. Sur la route de Stockholm, Lewin rassembla son courage dans le but de proposer à Eva qu'ils mettent de l'ordre dans leur relation. Il en était grand temps. Qu'il divorce de sa femme et elle, de son mari. Qu'ils emménagent ensemble. Qu'ils commencent à se construire un avenir commun. Grand temps, du moins pour lui, parce que sa vie allait vite se trouver très raccourcie.

Mais il ne dit jamais tout ça, et cela valait sans doute mieux, étant donné ce qui se passait dans la tête d'Eva Svanström. Dès qu'elle serait rentrée à Stockholm, elle avait l'intention de faire un réel effort pour mettre de l'ordre dans son mariage, et de remercier Jan Lewin pour le temps passé ensemble. Rétrospectivement, cela faisait beaucoup trop d'années, mais d'un autre côté, le temps passé avec lui avait rendu ces années supportables. *Comment peut-on expliquer une chose pareille ?* pensa-t-elle. *Quand ton cœur a fini de battre, et que tout ce qui reste dans ta poitrine n'est qu'un trou noir où tu ne peux même pas regarder. Et encore moins dire ce qui s'y trouve.*

Aucun souvenir avant de commencer l'école. Une maman dont il refusait de parler. Un père adoptif qui reposait sous une pierre tombale qu'il n'avait même pas pris la peine d'aller voir pour pisser dessus. Un trou noir dont il se souvenait très bien. Le sentiment indélébile qu'au moins, il n'avait pas fait de mal à Linda. La simple pensée qu'il aurait pu lui en faire lui était trop insupportable, aussi ne pouvait-il pas lui en avoir fait.

Il y eut six autres interrogatoires, et la procureure assista aux quatre derniers. Une fois, il fut entouré par trois femmes, qui lui parlèrent chacune à son tour. Katarina Wibom, Anna Holt et Anna Sandberg.

– Trois contre un, constata Månsson, dont l'humour noir semblait très forcé.

– Nous croyions que vous préfériez être entouré de femmes, Bengt, dit Katarina Wibom. Plus il y en avait, mieux c'était, avons-nous cru comprendre.

Il restait le trou noir où Bengt Månsson, selon leurs éléments, se serait trouvé pendant une bonne heure quand il avait violé, torturé et étranglé Linda Wallin. Ainsi que la voiture volée quelques heures plus tard, avant de simplement partir en laissant tout derrière lui, d'un intérêt juridique désormais limité.

– Un trou noir, résuma Anna Holt.

– Plus des preuves, sûres à cent vingt pour cent, ajouta Katarina Wibom.

– Si encore il avait purement et simplement nié, dit Holt. Ou du moins essayé la variante du jeu sexuel qui aurait mal tourné. *On ne peut pas tout avoir*, pensa-t-elle.

Le vendredi 5 septembre après-midi, Knutsson et Thorén avaient à leur tour quitté Växjö. D'autres victimes de meurtres faisaient la queue à leur porte, attendant leurs services. Sans parler des piles qui s'amoncelaient sur leurs bureaux à Stockholm, et qu'il allait falloir traiter. Comme ils étaient tous les deux polis et bien élevés, ils avaient pris congé du commissaire Bengt Olsson avant de partir.

– Merci pour le séjour, dit Knutsson.

– Au pire, on se reverra, continua Thorén. Oui, tu me comprends, Bengt, ajouta-t-il comme pour s'excuser.

– Je comprends tout à fait, répondit Olsson en souriant. Sans vous, nous aurions probablement eu du mal à élucider tout ceci. Sauf que c'est sûr, grâce à l'ADN, nous l'aurions tôt ou tard attrapé.

– Sans nous, Olsson et petit Månsson auraient emménagé ensemble, philosopha Knutsson sur la route de Stockholm.

– Et auraient vécu heureux jusqu'à la fin de leurs jours, acquiesça Thorén.

– Je me demande ce qui va arriver à Bäckström.

– Bäckström s'en tire toujours, décréta Thorén.

94

Le vendredi 12 septembre, Anna Holt et Lisa Mattei quittèrent Växjö pour rentrer à Stockholm. Holt devait retourner à son remplacement de commissaire principal au Bureau national de liaison, à la police nationale. Johansson avait d'ailleurs déjà essayé de l'attirer en lui proposant un poste nouvellement créé de directrice des ressources et des compétences de la police nationale, sous ses ordres directs. L'idée d'avoir à écouter toutes ses histoires ne la tentant guère, elle avait refusé. Fermement, mais bien entendu aussi gentiment qu'elle le put. Johansson avait réagi comme elle s'y attendait. Il avait boudé comme un enfant pendant plusieurs jours mais, dès la semaine suivante, tout était redevenu normal et il la saluait de façon presque exubérante lorsqu'ils se croisaient dans les couloirs.

C'est un vrai gosse, pensait Holt. *Je me demande ce qu'il va aller chercher, la prochaine fois.*

Lisa Mattei devait repartir en congé pour terminer ses études à l'université de Stockholm. Avec un peu d'espoir, elle aurait fini à temps, au Nouvel An, mais elle nourrissait quand même quelques doutes à ce propos. Chaque problème scientifique qu'elle résolvait semblait en générer deux nouveaux, encore plus passionnants, et la seule alternative attirante qu'elle entrevoyait était le boulot qu'Anna Holt avait refusé et que Johansson ne songerait jamais à lui offrir.

Étrange qu'une personne si douée ne se rende pas compte de ce qui est le mieux pour elle, pensait Mattei.

Avant de partir, Anna Holt avait eu une longue entrevue avec la procureure Katarina Wibom, pour lui remettre les cent pages du rapport d'interrogatoires. Douze interrogatoires en tout, du présumé coupable Bengt Månsson. Tous sous forme de dialogue, sauf un. À présent soigneusement imprimés et reliés, avec armoiries nationales bleu et jaune ainsi que blason de la police de Växjö sur la couverture. Accompagnés en outre d'un résumé à l'intention de la procureure.

– Je n'irai pas plus loin, alors à toi de prendre le relais, avait constaté Holt en indiquant de la tête les papiers sur la table.

– Je te remercie infiniment, Anna, avait dit Katarina Wibom. C'est plus que ce que j'étais en droit de demander, et bien plus que ce que j'espérais.

– Que va-t-il se passer, maintenant ? avait demandé Holt. Tu m'avais promis de me le dire.

– Prison à vie pour meurtre. À mon avis, Månsson et son avocat ont deux lignes de défense possibles.

– Lesquelles ?

La première, ce serait de prétendre qu'il s'était adonné avec la victime à des jeux sexuels qui auraient mal tourné. Volontairement de sa part à elle, un consentement actif de plus, des circonstances tragiques, homicide involontaire et quelques années de prison.

– Qu'en penses-tu, toi ? avait demandé Holt.

– À oublier, avait décrété la procureure en secouant la tête. Je n'aurais même pas besoin de brandir l'homicide par négligence. Ce que les techniciens et les médecins légistes ont écrit suffit largement.

– Tu en es sûre ?

– On parle du tribunal de Växjö, lui avait rappelé la procureure. Et du fait que ça ne s'est pas passé comme ça. Avec un peu de chance, son avocat est suffisamment intelligent pour lui déconseiller de ne serait-ce qu'essayer.

– Et l'autre, alors ? L'autre possibilité ? lui avait demandé Holt.

L'amnésie, avait expliqué la procureure. Ne serait-ce que comme point de départ acceptable pour démontrer combien il est perturbé sur le plan psychologique. Pour préparer le terrain à toutes les agressions sexuelles et autres auxquelles il aura été soumis quand il était petit, et qu'il va raconter dès qu'il fera l'objet d'un examen psychologique, une fois laissé seul avec ces docteurs qui, contrairement aux autres, savent si bien explorer la tête des gens.

– Depuis que ces braves messieurs et dames en blouse blanche peuvent remplir leurs petites cases avec les trous de mémoire, aucun voyou ne se souvient plus de rien, avait soupiré la procureure.

– Qu'est-il advenu de l'ancienne ivresse pathologique honorable, de nos honnêtes bons vieux ivrognes ordinaires, avait à son tour soupiré Holt.

– Ils ont disparu quand on a commencé à condamner tous les soi-disant alcoolos à la prison à vie, même s'ils n'avaient pas la moindre idée d'avoir enfoncé leur couteau de poche dans leur meilleur ami la veille au soir. À présent, c'est plus compliqué : l'eau-de-vie ordinaire ne suffit plus. Ni même que tu aies fait mariner ton cerveau dans l'alcool pendant vingt ans ou plus. La science psychiatrique va de l'avant, inlassablement. Il n'y a que les gens comme toi et moi pour faire du sur-place.

– Il ne va quand même pas s'en sortir ?

– Jamais au tribunal de Växjö. Ça n'arrivera pas. Mais devant la cour d'appel, parce que c'est là qu'on va terminer, je n'oserais pas prendre de paris.

– Jugé pour meurtre, et condamné à des soins psychiatriques en service fermé avec période de mise à l'épreuve, avait résumé Holt.

– Possible, et même très probable. Le seul motif de réconfort dans ce contexte, c'est la vision si bizarre que la plupart des avocats ont des soins psychiatriques en service fermé de nos jours.

– Pas une partie de plaisir, avait dit Holt.

– Pas une partie de plaisir, avait renchéri la procureure.

95

Le second lundi d'octobre, la Fédération des éditeurs de journaux de Stockholm tint une grande convention, où l'on discuta de différentes questions relatives à l'État de droit en liaison avec le très médiatisé meurtre de Linda. Une grande partie des personnalités des médias les plus célèbres étaient présentes, et le joyau de cette couronne médiatique était bien entendu le rédacteur en chef de *Dagens Nyheter*.

Qui n'était pourtant pas l'invité le plus raffiné, s'il avait fallu les placer par ordre d'importance à la table d'un dîner royal, puisque le premier orateur et invité d'honneur n'était autre que le chancelier de la justice en personne.

Le chancelier exprima une forte inquiétude sur la manière dont la police avait élucidé le meurtre de Linda, ainsi que d'autres incidents similaires ces derniers temps. Selon les renseignements qu'il avait exigés, la police de Växjö, en collaboration avec la police nationale, avait rassemblé des échantillons d'ADN de près de sept cents volontaires. Des échantillons qui évidemment n'avaient rien à voir avec le crime.

Selon les informations que ses enquêteurs avaient réunies auprès de la police nationale, le crime avait en outre été élucidé de manière conventionnelle, grâce à la combinaison de l'analyse d'indices, des témoignages et de l'enquête. Le test d'ADN de l'agresseur avait certes joué un rôle non négligeable dans le rapport d'enquête préliminaire de la procureure mais, sans devancer le jugement, le chancelier trouvait qu'on disposait de suffisamment de preuves d'origine plus traditionnelle pour poursuivre.

À titre personnel, le chancelier critiquait sévèrement l'utilisation du mot « volontaire » dans un contexte où la police et la procureure pouvaient recourir à la fameuse contrainte judiciaire. Dans le monde où vivait le chancelier, ce n'était pas compatible, aussi accueillait-il favorablement la proposition d'élargir les possibilités, pour les autorités judiciaires, de collecter des échantillons d'ADN, de les analyser et d'enregistrer leurs résultats. La question du volontariat devrait, avec un peu de chance, bientôt devenir obsolète et, dans un avenir radieux, l'ADN de chaque citoyen figurerait dès la naissance dans un registre national exhaustif. Ne serait-ce que pour la sécurité de tous.

Enfin, il prit bien soin de féliciter les médias pour leur vigilance. Non sans modestie, il admettait qu'il aurait pu passer à côté du problème si ces derniers ne l'avaient pas alerté.

Les représentants des médias n'eurent guère d'objection significative à l'analyse et aux conclusions du chancelier. Ces questions, de la plus haute importance dans tout État de droit démocratique, allaient devoir, selon le rédacteur en chef de *Dagens Nyheter*, occuper une place si possible encore plus éminente dans l'agenda de son propre journal. Sur le plan personnel, il était à la fois fier et heureux que lui et ses merveilleux collaborateurs aient suscité un tel mouvement de fond.

Le président de la Fédération des éditeurs de journaux, qui dirigeait le débat, profita aussi de l'occasion pour demander au rédacteur en chef du *Smålandsposten*, qui après tout avait été sur le terrain et qu'on ne voyait pas tous les jours à Stockholm, comment il était possible qu'un petit journal de province ait choisi de refuser le débat que les plus grands journaux de Suède s'étaient empressés de publier et de suivre à grand renfort d'éditoriaux et de reportages de premier plan.

Le rédacteur en chef du *Smålandsposten* remercia pour la question. Sans entrer dans les détails, il pouvait révéler à quel point ce choix s'expliquait par le fait qu'il connaissait certaines caractéristiques de l'auteur de l'article. Caractéristiques qui n'étaient probablement pas connues de ses collègues de *Dagens Nyheter,* ou qu'ils avaient peut-être choisi d'ignorer. Que savait-il en fait, lui, un simple journaliste de province, des décisions prises par le plus grand journal du pays ?

Il avait donc pris en personne la décision de refuser l'article du bibliothécaire Marian Gross. Une décision qu'il n'avait pas regrettée une minute, et que, si c'était à refaire, il reprendrait.

La discussion se poursuivit à l'Operabaren, au Veranda du Grand Hôtel et autres abreuvoirs à proximité pour les plus nantis, et comme d'habitude, le débat médiatique continua la moitié de la nuit avant que les participants ne pussent enfin rentrer chez eux pour quelques heures de repos bien méritées.

96

Le lundi 20 octobre s'ouvrit le procès de Bengt Månsson au tribunal de Växjö, et le jugement, qui se fit attendre presque trois mois, fut rendu le 19 janvier de l'année suivante. Un délai qui s'explique par le temps nécessaire à la cour pour établir si Bengt Månsson devait ou non subir un examen psychiatrique, cela afin de déterminer sa peine en toute connaissance de cause.

La réponse de la clinique de psychiatrie légale à Lund arriva dès le 20 décembre, mais il était alors temps de célébrer Noël, le Nouvel An et autres jours fériés. La cour avait en outre besoin de peaufiner ses conclusions et, globalement, de réfléchir.

La conclusion non classifiée du rapport de l'enquête psychiatrique mettait clairement en évidence que Månsson était bien profondément dérangé sur le plan psychologique, mais qu'en même temps, ses troubles n'étaient pas suffisamment graves pour justifier son transfert en unité de soins psychiatriques fermée. Dans son arrêt, la cour suivit à l'unanimité l'accusation et condamna Bengt Månsson à la prison à perpétuité pour meurtre.

Le jugement fut interjeté en appel, et la cour d'appel décida à son tour d'un nouvel examen psychiatrique, cette fois à l'hôpital psychiatrique Sankt

Sigfrid de Växjö, sous la direction de Robert Brundin, nouvellement nommé professeur en psychiatrie médico-légale.

Brundin parvint à d'autres conclusions que ses collègues de Lund. Selon lui, Månsson souffrait de troubles psychiatriques aggravés, aussi, à la fin mars, la cour d'appel le condamna-t-il à des soins psychiatriques en service fermé avec une période de mise à l'épreuve.

Dès la semaine qui suivit le jugement, le professeur Brundin apparut dans une grande interview télévisée, dans l'un des nombreux programmes consacrés aux questions de société de l'une des chaînes publiques.

Månsson avait en fait une psyché particulièrement chaotique et perturbée, ce qui pouvait s'expliquer par des expériences traumatisantes subies au cours de l'enfance.

Certes, pas d'expérience post-traumatique liée à la guerre comme chez les psychotiques traditionnels, mais le contenu était le même et les conséquences comparables. Tout cela protégé par le secret médical, aussi Brundin ne pouvait-il s'étendre davantage. Il ne s'agissait toutefois pas d'un sadique sexuel aux fantasmes pleinement développés. Pas non plus d'un pur psychotique. Plutôt d'une intéressante forme intermédiaire.

– Je crois aussi que j'ai enfin réussi à établir le lien qui manquait entre ces deux archétypes de base, se satisfaisait Brundin qui, par ailleurs, se félicitait des contacts étroits qui allaient se développer entre lui et son nouveau patient.

– Pensez-vous jamais parvenir à le guérir ? demanda la journaliste.

Avec tout le respect qu'il lui devait, ainsi qu'à l'émission, Brundin estimait la question mal formulée.

– Comment ça ?

– En fait, il s'agit surtout d'apprendre comment mieux aider les futurs cas comparables, expliqua Brundin. Si c'est notre époque qui vous intéresse, j'ai bien peur que ce patient n'appartienne à une génération déjà perdue, conclut Brundin qui, en plus, avait des lettres.

Bäckström regarda l'émission à la télévision confortablement installé chez lui, à proximité du siège de la police, avec une bière, un petit whisky pur malt, un congé maladie, une enquête pour harcèlement sexuel bientôt close, et encore suffisamment de billets dans l'enveloppe brune. Une existence qui, dans l'absolu, aurait pu être pire.

Il aurait tout simplement suffi de réduire ce salopard en bouillie, pensa Bäckström qui, en dépit de tous ses défauts et manquements, possédait un fort sens de la justice populaire.

97

Le vendredi 24 octobre, la mère de Linda Wallin aurait dû témoigner devant le tribunal de Växjö à propos de ses relations avec l'homme qui avait assassiné sa fille. La veille, elle avait parlé à Anna Sandberg au téléphone, et elles avaient convenu qu'Anna viendrait la chercher à sa maison de campagne le lendemain matin. Par ailleurs, elle allait beaucoup mieux ces derniers temps et était impatiente de pouvoir enfin mettre un terme à tout cela, afin de commencer son travail de deuil.

Lorsque Anna Sandberg arriva le matin, la porte d'entrée était grande ouverte et claquait dans le vent d'automne. Et quand elle vit le trou dans la rangée bien nette des pierres polies de la plage qui bordaient les chemins de gravier, elle comprit aussitôt ce qui s'était passé. Les plongeurs la retrouvèrent le jour même, par quatre mètres de fond. Avant de se jeter dans le lac, elle avait mis un manteau d'hiver avec de grandes poches et les avait bourrées de pierres. Ensuite, elle s'était attaché une ceinture autour de la poitrine, qui maintenait ses avant-bras, des fois qu'elle se raviserait au dernier moment.

La poche de sa poitrine contenait une photo prise lors de la fête de la Saint-Jean, au manoir du père de Linda, trois ans auparavant. Au milieu, une Linda souriante entre sa maman et son meurtrier. Quelqu'un avait aussi entouré les visages de Lotta Ericson et de Bengt Månsson au marqueur, et écrit « assassins ». L'enveloppe, qui était arrivée par la poste, se trouvait par terre dans la cuisine et avait été postée à Växjö le mercredi. Il n'y avait pas de nom d'expéditeur.

L'enquête sur sa mort fut terminée bien avant le procès, et les conclusions en furent immédiatement connues. La mère de Linda s'était suicidée. Le deuil de sa fille n'avait pas eu besoin de beaucoup la pousser dans le dos, et celui qui lui avait envoyé la photo ne fut jamais retrouvé. Le père de Linda n'avait aucune idée sur la question lorsque la police de Växjö l'interrogea à titre d'information, et il avait déjà surmonté le deuil de son ex-femme.

Pour lui, ne restait qu'à protéger la mémoire de sa fille unique et adorée.

98

En avril de l'année suivante, l'inspection générale de la police nationale termina enfin l'examen du cas du commissaire Evert Bäckström. Une telle lenteur s'expliquait par le fait que le procureur n'avait pu rejeter la plainte pour harcèlement sexuel contre Bäckström, faute de preuve, que la semaine précédente.

Une enquête compliquée. D'une part, les faits n'étaient pas clairement établis puisque Bäckström était resté campé sur sa première version, selon laquelle la plaignante était plus ou moins entrée de force dans sa chambre bien qu'il eût lui-même proposé de se retrouver au bar, pendant qu'il prenait une douche bien méritée et enfilait une chemise propre. Par la suite, la plaignante avait en outre cessé de collaborer à l'enquête, estimant que ça n'en valait pas la peine. Dans ces conditions, le procureur n'avait eu d'autre choix que de classer la plainte.

Restait tout l'aspect financier, évalué à environ vingt mille couronnes. Divers retraits en liquide non comptabilisés, une étrange note de pressing, une spécification mystérieuse sur la facture de matériel de conférence, qui comprenait notamment trente et un chiffons à tableau à 96 couronnes, une note de films pornos établie sur la chambre d'un de ses collègues et diverses autres petites choses. Le plus étrange de tout : le jour même où le service financier en avait parlé à Bäckström, il avait réglé toutes ces dépenses en espèces, ce qui, étant donné sa réputation, constituait probablement le plus grand mystère de toute cette affaire.

Il fut néanmoins réprimandé pour un certain nombre de violations des règles et instructions relatives au personnel de la police nationale, et son représentant syndical avait eu à batailler ferme pour que finalement soit trouvé un compromis que le plus haut supérieur de Bäckström, DPN Lars Martin Johansson, estime recevable.

Bäckström put retourner à son poste initial à la criminelle régionale de Stockholm, où il fut affecté jusqu'à nouvel ordre à la brigade des objets trouvés de la police, ou magasin des objets trouvés, comme tous les vrais flics, y compris Bäckström en personne, surnommaient ce terminus pour vélos abandonnés et âmes de policiers égarées.

Il avait quand même pu conserver son titre de commissaire. Johansson n'était pas rancunier à ce point, et Bäckström lui-même y aurait renoncé s'il avait pu éviter d'avoir à partager son lieu de travail avec son vieux frère d'armes Wiijnbladh, affecté là à mi-temps depuis que, quinze ans plus tôt, il avait essayé d'empoisonner son ex-femme[1]. Comme il n'avait malheureusement réussi qu'à s'empoisonner lui-même, il avait été transféré de la brigade technique à l'Archipel du goulag particulier de la police de Stockholm.

---

1. Voir *Autre temps, autre vie*, Rivages/noir n° 939.

99

En mai de la même année, à l'occasion des journées annuelles de la police à Älvsjö, le commissaire Bengt Olsson tint une conférence fort appréciée consacrée au thème principal du colloque : les conflits entre les différentes cultures policières. Olsson fit part de ses propres expériences en tant que responsable de l'enquête préliminaire sur le meurtre de Linda.

D'un côté, lui-même et ses collègues de la police de Växjö, qui avaient des ressources limitées, mais une grande connaissance des lieux, des habitants, et une certaine expérience. De l'autre, la police nationale avec son budget considérable, ce qui expliquait peut-être qu'elle préférait attaquer les problèmes sur un front aussi large que possible.

Il y avait eu certaines frictions entre ces deux groupes. C'était inévitable et personne n'était à blâmer puisque, selon Olsson, ils vivaient dans des mondes différents et avaient été élevés avec des valeurs différentes. Bien sûr, ils avaient aussi beaucoup appris les uns des autres et, à titre personnel, il voulait souligner l'inestimable contribution que la police de Växjö avait reçue du groupe GAC de la police nationale, ainsi que les précieux efforts consacrés par la police nationale à la gestion de l'important matériel lié à l'enquête.

En fin de compte, Olsson était convaincu que la connaissance des lieux et des personnes avait été l'élément le plus déterminant dans l'identification du meurtrier. Un état de fait à méditer à l'avenir, lorsqu'il s'agirait de réfléchir au renforcement des ressources des autorités policières régionales et locales confrontées à des crimes.

Après la conférence, Lars Martin Johansson était allé remercier Olsson. Pas seulement en son nom, mais aussi pour les autres. Jamais autant de collègues n'avaient eu l'occasion de remercier un seul collègue pour avoir dit autant de conneries en si peu de temps, constata Johansson à sa manière la plus polie. Et si à l'avenir Olsson avait besoin d'aide pour résoudre d'autres affaires évidentes, inutile qu'il aille embêter Johansson et ses collaborateurs.

Le vendredi 28 mai, Lisa Mattei soutint sa thèse de doctorat à l'Institut de philosophie pratique de l'université de Stockholm. Elle s'intitulait : « À la mémoire de la victime ? », le point d'interrogation final constituant le véritable sujet. Les messages cachés derrière les descriptions médiatiques des meurtres sexuels de femmes, que l'auteur avait choisi d'analyser dans une perspective de genre.

La relation sémiotique classique entre le contenu et l'expression, et le fait étrange que le prénom de près de deux cents femmes avait formé le complément du nom des meurtres sexuels dont elles avaient été victimes ces cinquante dernières années. Du meurtre de Birgitta, meurtre de Gerd, meurtre de Kerstin et meurtre d'Ulla, pour ne nommer que quatre exemples connus dans tout le royaume et qui remontaient à cinquante ans, aux plus récents de ce nouveau millénaire : le meurtre de Kajsa. Le meurtre de Petra, le meurtre de Jenny… et le meurtre de Linda.

Qu'elles avaient été, tout simplement, transformées de femmes de chair et de sang en messages médiatiques. En symboles, selon le langage sémiotique convenu. Et que les meilleures, selon la manière dont les médias avaient considéré l'affaire, pouvaient être réutilisées, une fois de plus, si la police réussissait à attraper l'agresseur.

De l'élève gardien de la paix Linda Wallin, vingt ans, au meurtre de Linda, au meurtrier de Linda et la boucle était bouclée.

Symboles de quoi ? Qu'est-ce qui les unissait, en dehors de la façon dont elles avaient été assassinées, décrites par les médias et finalement reléguées dans l'oubli relatif de l'histoire pénale suédoise ? Évidemment, ça ne pouvait pas être qu'une simple question de genre. Même si le prénom des hommes n'était jamais utilisé comme complément du nom au mot meurtre, qu'il existe un mobile sexuel ou pas. Être humain ne suffisait apparemment pas ; il fallait être une femme aussi, mais en même temps pas n'importe quelle femme.

Il fallait être une femme d'un certain âge. La plus jeune d'entre elles n'avait certes que cinq ans quand elle avait été violée et étranglée, mais, à l'exception d'une douzaine de prostituées, aucune d'elles n'avait plus de quarante ans. Le mobile et les méthodes de l'agresseur ne permettaient pas non plus de formuler d'explication définitive. Le nombre de femmes assassinées pour mobile sexuel, ou potentiellement sexuel, était de cinq cents pendant la même période.

Lisa Mattei avait donc posé une question évidente pour toute femme policière, et pour toute personne qui réfléchissait. Pourquoi les médias refusaient-ils de s'emparer de soixante pour cent des cas de femmes victimes de crimes sexuels ?

Beaucoup d'entre elles étaient beaucoup trop vieilles. La plus âgée avait plus de quatre-vingt-dix ans quand elle avait été violée et battue à mort avec le côté plat d'une hache. Beaucoup avaient vécu dans des milieux sociaux trop difficiles, avaient vécu avec des hommes trop exclus. Souvent, leurs assassins avaient été arrêtés tout de suite, à proximité immédiate du crime, et leurs histoires n'étaient pas suffisamment bonnes dans un sens purement dramaturgique.

Simplement et pour résumer, elles manquaient de valeur médiatique, cette notion simple et économique qui impliquait qu'il fallait vendre ses journaux. Pas de photos assez bonnes. Un texte pas assez passionnant. Des histoires beaucoup trop banales. Ça ne faisait tout simplement pas l'affaire.

Lisa Mattei avait dédié sa thèse aux quelque deux cents femmes énumérées, par ordre alphabétique, d'après leur prénom. La première s'appelait Anna, comme dans le meurtre d'Anna, et la dernière Åsa, comme dans le meurtre d'Åsa.

Sauf que moi je m'appelle Lisa, Lisa comme dans Lisa Mattei, *pensa Lisa Mattei en tapant les dernières lettres sur les touches de son ordinateur.* J'ai trente-deux ans, je suis une femme, inspectrice et bientôt docteur en philosophie.

Mise en pages
PCA – 44400 Rezé

Achevé d'imprimer en janvier 2016
sur les presses de Normandie Roto Impression s.a.s.
61250 Lonrai
pour le compte des Éditions Payot & Rivages
18, rue Séguier – 75006 Paris
N° d'imprimeur : 1600022
Dépôt légal : décembre 2015

Imprimé en France